U0600148

神话·诗骚·文学史

罗漫 著

·本书出版获中南民族大学重点学科建设基金资助·

中国出版集团
世界图书出版公司
广州·上海·西安·北京

图书在版编目（CIP）数据

神话•诗骚•文学史 / 罗漫著 . -- 广州 : 世界图书出版广东有限公司 , 2012.10

ISBN 978-7-5100-5392-4

Ⅰ . ①神… Ⅱ . ①罗… Ⅲ . ①中国文学－古典文学研究－文集 Ⅳ . ① I206.2-53

中国版本图书馆 CIP 数据核字 (2012) 第 249281 号

神话 · 诗骚 · 文学史 罗 漫 ◎ 著

策划编辑 杨力军
责任编辑 杨力军
封面设计 陈 璐
投稿邮箱 stxscb@163.com
出版发行 世界图书出版广东有限公司
地 址 广州市新港西路大江冲 25 号
电 话 020-84459702
印 刷 武汉三新大洋数字出版技术有限公司
规 格 787mm×1092mm 1/16
印 张 35.75
字 数 600 千
版 次 2012 年 12 月第 1 版 2012 年 12 月第 1 次印刷
ISBN 978-7-5100-5392-4/I·0263
定 价 98.00 元

目　录

CONTENTS

自序：我的家乡与我的学术

我的家乡在云贵高原的贵州贵定，简单点说，因地处贵阳与定番（今惠水）之间，故名贵定。详尽点说，则是明万历年间，将新贵县和定番州各划一块设立贵定县。

贵定虽然绝对算得上奇山秀水，但因距离贵阳太近，所以总体上无大名气。不过，也在《辞海》中几次被提及。

一是历史上在战国时属于“且（jū）兰国”之地。《辞海》[1]“且兰”条云：“1、古国名。一名‘头兰’。在今贵州都匀市、黄平、贵定一带。汉武帝通西南夷，置故且兰县。2、古县名。三国蜀改故且兰县置。治今贵州黄平、贵定一带；一说在今凯里市西北。南朝齐曾为南牂（zāng）柯郡治所。南朝梁废。”（第0975页）。但同书“故且兰”条却微有不同：“古县名。西汉元鼎六年（公元前111年）于故且兰国地置。治所在今贵州黄平西南，近说今黄平西北旧州。地当通滇国的要道。两汉

[1] 缩印本，2010年4月版，下同。

及三国蜀汉时，曾为牂柯郡治所。三国蜀汉时改名且兰。”（第0624页）《辞海》的叙述，因体例限制和出于众手，难免简略或歧异。根据《史记•西南夷列传》的记载和我的分析研究，详情是这样的：位于今广州一带的南越国反叛汉朝中央政权，汉武帝派遣中央特使“驰义侯”（其名不详）和犍（qián）为郡（今遵义一带）的太守征调南夷兵（且兰国与其它西南小国的少数民族军队）前往参与平定，且兰国王、贵族及其国内丁壮俱在征调之列。且兰国王担心远行之后，国内空虚且在交通要道之上，“旁国”容易“虏其老弱”作为奴隶——据我所知，贵定乡村直至清末还残存农奴制[1]——国王的家人和家族当然也不会幸免，为了避免这种悲剧的发生，国王率领贵族和民众反叛，并且杀死了驰义侯和犍为郡太守。朝廷于是从征讨南越的军队中分兵镇压，由参加平定南越的巴蜀罪人“八校尉”（八

[1] 清末以前，贵定乡村中的某些望族内部还有规定：不许与某村某姓开亲，因对方祖辈曾是奴隶身份。同地同姓同字辈之中也有主奴之别，故民间有“同姓不同宗，谁知你是公我是公”之说。这是由于“赐姓”形成的历史：主家担心若干年辈之后，本宗地位下降而奴隶家族因为军功等等原因地位上升，可能会发生联姻关系。一旦赐姓为同宗，即可避免通婚。这是维护血统纯正的落后观念。事实上，所谓“主奴”不是天生的，而是由于社会原因造成的，并且是经常变动的。在封建社会，主奴的地位特别容易发生转换：某位大臣一旦被认定为谋反，举家或举族或被斩杀，或籍没为奴。“籍没”是登记没收。唐律规定谋反大逆者祖孙兄弟姊妹和部曲（家仆）资产田宅一律没入官府。人为奴婢，物产充公。明律、清律均同。

个将官）率领。“八校尉”的兵力分别攻破了且兰国都的周边地区，但在中心区域“头兰”遭到顽强抵抗，被且兰人成功击退。汉军主力平定南越返程之后，与“八校尉”合力攻破头兰，灭掉了且兰国，而在其地设立“故且兰县”，并在包括且兰在内的原南夷地区设立牂（zāng）柯郡。[1] 我对且兰国的理解与《辞海》并不相同。《辞海》认为“且兰国”一名“头兰”，不确。这是沿袭唐人司马贞《史记索隐》的错误。司马贞注“头兰”云：“即且兰也。”其实，司马迁说：“且兰君恐远行……乃与其众反……汉乃发……八校尉击破之。会越已破，汉八校尉不下，即引兵还，行诛头兰。头兰，常隔滇道者也。已平头兰，遂平南夷为牂柯郡。”《史记》涉及且兰和头兰的文字总共只有98字，“且兰”一见，“头兰”三见。如果“且兰”就是“头兰”，有必要前后不一致吗？其实司马迁交代得很清楚：且兰是指整个国境，所以“八校尉击破之”，只有国都及其附近“八校尉不下”，直到主力军回程之际，才合力“行诛头兰”。由此可见“且

[1] 《史记•西南夷列传》：“及南越反，上使驰义侯因犍为发南夷兵。且兰君恐远行，旁国虏其老弱，乃与其众反，杀使者及犍为太守。汉乃发巴蜀罪人尝击南越者八校尉击破之。会越已破，汉八校尉不下，即引兵还，行诛头兰。头兰，常隔滇道者也。已平头兰，遂平南夷为牂柯郡。夜郎侯始倚南越，南越已灭，会还诛反者，夜郎遂入朝。上以为夜郎王。”中华书局点校本，第2996页（缩印本758页）。

兰”绝对不等于“头兰”。汉朝灭掉且兰国还有一个主要原因，就是且兰国的中心区域“头兰”亦即且兰国国都一带“常隔滇道”，横在汉朝通向滇国的要道之上，经常阻断中央政权与今昆明一带滇国的联系。这个历史事件说明两点：（1）且兰是个不畏强权的本土意识强烈的土著小国，而且智勇不凡，善于斗争；（2）且兰是通往滇国的要地，如果未经且兰国王同意，汉朝使者不得通过，严重影响中央王朝对整个云贵地区的开发和治理。汉灭且兰，具有政治上“杀鸡儆猴”的意义，主要是警告比且兰国强大得多而且同样是横在“滇道”之上的夜郎国。汉灭且兰之后，加上南越国已不存在，夜郎国从此改变原先依附南越国的政治态度而向汉朝称臣了，汉武帝也因此加封夜郎首领为“夜郎王”，将夜郎正式纳入大汉帝国的版图。此外，还必须指出一个司马迁未予揭示的民族原因：且兰国之所以敢于以小抗大，反叛汉朝，杀死汉朝官吏，不愿远征南越，最大的原因就是“夜郎•且兰•南越”三地的主体民族都是上古百越民族。语言相通，习俗相近。“夜郎•且兰•南越”是一荣俱荣、一损俱损的关系。且兰国君肯定意识到：一旦南越平定，汉武帝绝对不会再允许且兰小国的存在了。如果且兰参与平定南越，无异于加速本国的灭亡。在南越国被灭之前，与其参加自我灭亡式的平定南越的远征行动，不如铤而走险，拼力一搏，阻止汉武帝的平越援兵，既是帮助南越，也是帮助自己。现在看来，且兰国君的考虑完全符合事件的发展逻辑，不失为一种先见之明。当然，在国家进一步统一的历史大潮中，且兰国君的反抗，无疑只能落得悲剧结局。值得注意的是，今贵州境内的先秦古国见于史籍而且最为著名的只有且兰和夜郎，两国均在入滇要道之上。夜郎目前已经成为研究热点，遗憾且兰由于史料匮乏、地面遗存消失、出土文物未见而无人问津或少人问津。且兰、夜郎被灭之后，贵州境内再无古国出现，没有古国及其国都，加上统治民族和主体民族的迁徙变异，地方文化的色彩、辐射、承传显然大受影响。

二是地理上有“云雾山”。《辞海》“云雾山”条云：“在贵州贵定县东部。苗岭高峰之一，海拔 1806 米。因云雾弥漫，故名。沅江支流清水江源地。富林、矿资源。”（第 2359 页）说到沅江，那是战国楚将庄蹻（qiáo）的入滇要道：公元前 279 年左右，庄蹻奉命率军冲过黔中郡，经过沅水，攻克且兰，征服夜郎，直攻到滇（今云南滇池附近），后来在滇称王。东汉许慎《说文解字》释“沅”云：“沅水，出牂牁故且兰。”可见汉代人对这条要道是相当熟悉的。从唐代到明代，由沅州

（今湖南芷江）通往云南的主道，贵定是必经之地。战国的庄蹻、明末清初的吴三桂，都从贵定经过。元代在贵定设立“新添葛蛮安抚司”，管辖范围甚广。如果从语音学角度考察：“葛蛮”正是“且兰”的音变：“且（jū）”的声母（j）转化为“葛”的声母“g”，就像当地人读“房间”为“fáng gān”一样。[1] 1952年设立过贵定专区。也许因为这里是云贵高原与中原交往的重要通道之一，现在由广西进入贵州的铁路黔桂线、由湖南进入贵州的湘黔线，均在贵定会合。从交通或军事上看，如果贵定铁路出现了滑坡等问题：北京、上海、厦门、广州等地列车进入贵阳、昆明将非常困难。由此可见其地理位置之重要。

三是贵定烟叶和云雾山所产的云雾茶较为著名。《辞海》“贵定”条云：“明置县。……并以盛产烟草及云雾山的‘云雾茶’著名。”（第0655页）早在1900年前后，德国人经过考察，发现贵定土质非常适宜种植烟草，因而较早在贵定发展烟草业。至1990年前后，贵定所产“云雾山”牌香烟，画面云山金碧，景色瑰丽，令人玩赏不已，烟丝则金黄清香，持久不减。

[1] 杨宽等主编《中国通史词典》（上海人民出版社•2008）第1536页所载“古临国”，可作“且兰”演变为“葛蛮”的极好的参考例子：古临国（Kulam），故地在今印度南端西海岸的奎隆（Quilon）。在不同的汉语文献中，记作柯兰、古林、俱兰、小葛兰等。“俱兰”与“葛兰”，与且兰、葛蛮最接近。

可惜后来停产，转而为规模化的“贵烟”作嫁衣裳了。我们这一代人回想起消失了的“云雾山”，不免有几分怅惘。云雾茶则在清朝定为贡品，立有御碑。据说是全国唯一有碑为证的名副其实的贡茶。现在我也常常收到这种现代扩展板的御茶。在水汽缭绕之中，既能生发几点思古之幽情，吸纳几缕古茶之幽香，又能远想气势磅礴的云雾山的雄姿。朋友们很少知道：我还常常以“云雾山君”和“云雾山老樵”自居呢。

贵定既然是交通要道，难免留下历代的一些古语古音。今举两例。一例时间的，一例空间的。先说时间的。1970 年代初期，我在县城读高中，同学中每每口出赞语:“好 duò 哟！”一时不知“duò”音何来。直到大学毕业之后，才在西汉扬雄的《方言》卷二中读到这样的话:“娃、嫷（duò）、窕（ti ǎ o）、艳，美也。吴楚衡淮之间曰娃，南楚之外曰嫷，宋卫晋郑之间曰艳，陈楚周南之间曰窕。自关而西秦晋之间凡美色或谓之好，或谓之窕。”两千多年过去，“duò”还在“南楚之外”广泛使用，不能不使我分外惊叹古音生命力的顽强！现在说说空间的。前两天晚上，一个双音语气词“呢（n ī ）嘛”又让我浮想联翩。一部新拍的国产电影《骆驼客》，讲述抗日战争时期，新疆东部一队汉族人用骆驼为关内军队运送抗战军需品，他们说话不时冒出一个尾音“呢嘛”。重新唤醒了我青少年时代的记忆。我们表达肯定、强调的时候，常常会说：“事情就是这样呢嘛！”“这是我做呢嘛。”经过反复琢磨，我终于明白“呢嘛”就是“的吗”的音变。如果是反问句：“事情是这样的（nī）吗？”用的是升调。如果是肯定性的回答，就用降调：“本来就是这样呢嘛！”至于“”你的“我的”，在纯正的乡音中，一律读成“你nī”“我nī”。现在的年轻人是否还这样说，我不清楚，但我们当年确实就是这样说呢嘛。新疆与贵定，在以步行为主的年代，远得一般人想象不了。怎么会这样呢？我想，也只有交通要道之地，才可能遗留四方八面的语言语音。

至于小孩儿不停哭闹，家乡人称为“赖茅”，看来这是当年“赖茅酒”名声大噪之后的流行之词。又，凡是性情憨直、说话不会拐弯之人，则被呼为“直不（布）罗陀”！这个近代海外地理名词的流行，恐怕又是清末洋教士或远方报纸带来的新知识、新词语了。类似的例子还有：1960年代乡民嘲笑不怕热的人为“耐温将军”，原来当时东南亚某位访问北京的贵宾被称为“奈温将军”，报纸曾有大幅图片及文字报道，聪明的乡民很快就“活学活用”了这一称呼，在集体劳动中给乡村生活平添了不少新鲜的乐趣。更为逗人的是：老辈人百分之九十几没有送气音，当他们说“汉阳”“汉口”时，一律是“hàn 羊”“hàn 狗”……内中隐有戏虐的成分。

当地虽然开化较晚，名人不多，但民间人士的文化修养却不可小觑。如我祖父的三兄弟，分别名光璧、光莹、光瑬，足见曾祖、高祖的汉语水平之高。我小时还在二祖父留下来的藏书中，见到孙中山等人的著作（印有肖像）。事实上，我的高祖胜堂公是清末的廪（lǐn）生。职业是乡村私塾先生。什么叫廪生呢？原来清代的“秀才”（这是俗称，正规称呼是生员或庠 xiáng 生）分为 3 种：正式科举考试之前，先要参加童试，录取“入学”之后成为生员。成绩最好的生员叫廪生，有一定名额，由公家发给粮食（事实上是由当地相关的农民交纳）；其次是不廪粮的增生（增广的生员）；新“入学”的叫附生。记忆中老屋（拆于 1970 年代）的后面有一土台，台上建有粮仓，母亲说那是当年收粮装粮的地方。每当灾年闹饥荒，高祖都会将廪粮拿到集镇上煮义饭赈灾。日后老人家去世时，葬于 20 里外生前自择的墓地——一个称为“飞凤临江”的山地，送葬者在蜿蜒的田埂和山道上，竟长达三四里。更令我后来大为吃惊的是：村中一对兄弟叫来御、来宾。这两个名字居然见于《古本竹书纪年》：“方夷来宾”、“九夷来御”。——由于“御”字还有别的至高至贵涵义，为了避免不必要的麻烦，实际书写为“来玉”。还有一位老辈人名为“秉均”，显然来源于《诗经•小雅•节南山》的“秉国之均”（意为“执掌国家大权”）。这些例子时刻提醒我：千万别以为出门读了两本书，混了个教授，就比家乡的老辈人懂得多了。十步之内，必有芳草。谁说民族地区就一定汉语文化水平不高呢？

家乡既然存在一定数量的饱学之士，难免就会出现个别不以功名为念的隐者。3 年前，家乡的一位小学校长，也是我的远亲表弟，到武汉短期培训，抽空来看我。令我感动的是，他竟能背诵我为我母亲撰写的半文言的碑文片段。言谈中他介绍说，故乡一个叫“尧上”的地方新发现摩崖石刻，是一首七言诗。后两句为：“归来卧隐云深处，免得君王问有无。”我当下觉得这话绝对不是外来为官者所留。诗中使用了南朝被誉为“山中宰相”的陶弘景的典故。《太平广记》卷 202《陶弘景》引《谈薮》说：“（陶弘景）惟爱林泉，尤好著述，缙绅士庶，禀（b ǐ ng）道服膺（yìng），承流向风，千里而至。……齐高祖问之曰：‘山中何所有？’弘景赋诗以答之，词曰：‘山中何所有？岭上多白云。只可自怡悦，不堪持赠君。’高祖赏之。”后人给这首诗拟了一个题目：《答诏问“山中何所有”》。帝尧时代有一个著名隐士许由，两次不愿接受帝尧辞让的帝位和州长的职务而逃往深山和在河边洗耳——因为他觉得帝尧的话污染了他纯洁的耳朵。在“尧上”出现“归来卧隐云深处，免得君王问有无”的诗句，格外意味深长。我怀疑“尧上”之名就是这位乡贤隐者所取。可以作为例证的是：我们的汉族邻村名为“鼎九”，我小时听说，乃是该村有人当了乡长，就将本村原名改为“鼎九”，暗含“九鼎”或“一言九鼎”之意，而“九鼎”则是天子宴享的规格。此人显然暗自以土皇帝自居。我们那里的民族语地名表现为汉字的时候，往往被文人刻意雅化。如口语中的地名“鸟王”书写为“仰望”、“发寨”书写为“花寨”。我认为，“归来卧隐云深处，免得君王问有无”，诗意在陶弘景的基础上更进一层。此诗无论放在《全唐诗》还是《全宋诗》中，似乎丝毫不让古人。只可惜到目前为止，仍然不知是何人所留？何时所镌？这位高人的名字与生平，恐怕也永远隐藏于深山最深处的漫天云雾之中了。

我的家乡历史上并不完全是充满诗情画意的地方。从“定番”、“平越”（今福泉市）之名就可以想象那是一个杀戮的战场。就我小时所知方圆四五十里之地，就遍布许多军事化的中小地名：杀苗冲、平伐、王把冲、营上、扎营坡、孙武寨……许多险峻的山头还修

建了巨石高墙的营盘（寨堡）。如果当地不是兵匪穿梭的孔道，人们有必要修建这种自卫的高耸坚固的营垒吗？当年到底发生了什么？我的先祖们担当了什么角色？土著的居民又到哪里去了？威胁乡村安全的兵匪又是来自何方的神圣？

这些文献的，地理的，传说的，语言的问题，经常萦绕我的心头。我的思维空间，时不时都会飘进家乡的雨丝风片。

视野决定知识，知识决定选择。我希望自己能够看得宽一些，想得深一些。早年自撰的两对联语，很能表达我的追求和感受：“自为江汉客，即有海天思。”“胸间多浩气，笔下少纤尘。”

家乡的小学，也是我的母校和我初为教师的地方——高中毕业后我曾做过 1 年的代课教师——去年让我写一首“校歌”，坚辞不获，笨拙为之。自我感觉也能代表我的少年梦想。就让这首小小的的歌词来作这篇似序非序的结语吧——

高山下，大道旁，
弯弯的流水向海洋。
开花的校园，
书声琅琅。

我有一个梦想——
追流水，到远方，
听海浪，看夕阳。

秧苗儿青，菜花儿黄，
云贵高原是我家乡。
飘香的校园，
书声琅琅。
我有一个梦想——
到远方，越重洋，
高高的的天空我飞翔。

2012年10月23日（重九之夜）
于武汉万科城市花园寓所

桃、桃花与中国文化

本文从纵横两方面，讨论了桃和桃花在中国文化史上的重要意义。从横的方面，在社会生活、民间文化的众多领域，桃和桃花由于其对先民的巨大的食用、药用价值，常常带着魔幻神奇的光彩，扮演着重要的角色；从纵的方面，桃和桃花自“夸父逐日”的神话时代起，就以丰富的阅历、坎坷的命运记载了它扎根其上的中国文化发展、演变的某些轨迹。

桃，从植物学角度去看，它只是中国大地上一种随处可见的极为普通的花、果、树，从内地到边陲，高原到海岛，谁也说不清它在漫漫时空中曾经多少次开花结果、更新换代；然而，从文化学角度看，这极普通的花、果、树，却早在远古时代的中华大地上发芽、生长，它的“根”

深深地扎进中国的土壤中，它给中国文化增添了一份奇丽的景观，人们也在它身上寄寓着众多美好、怪谲的想象。同样，这花，这果，这树，也经受着几千年来不断发生变异的文化的风风雨雨，它的"年轮"，也就是这一文化烙印其上的刻痕。今天，我们从桃的原型的发展、变化，可以看到中国文化发展、演变的一些轨迹。

一、大自然的特殊恩赐

在很古很远的年代，中国的先民就创造了一则神话——"夸父逐日"。在这则神话里，桃荣幸地取得了"神化"（apotheosis，意即崇拜为神）的资格。《山海经•海外北经》说："夸父与日逐步，入日。渴欲得饮，饮于河渭。河渭不足，北饮大泽。未至，道渴而死。弃其杖，化为邓（桃）林。"同书《中山经•中次六经》说：夸父之山，"其北有林焉，名曰桃林，是广员三百里"。《列子•汤问》则说：夸父"弃其杖，尸膏肉所浸，生邓林，邓林弥广数千里焉"。夸父是神话中远古时代一位和太阳"赛跑"（其深层意蕴后文详论）的巨人英雄。灼热的阳光毁灭了他的生命，这无疑是一个悲剧。但他抛出的那根饱浸着他的英雄膏血的手杖，却幻化成了一片"广员三百里"甚至"弥广数千里"的大桃林，这无疑又是他悲剧生命中的异彩。

如果追溯这桃林的文化意义，或许情况将远为复杂。因为中国人对桃有种种特殊的感情。最突出的情感之一就是视桃为世上最鲜美的佳果，而把许多并非桃类的佳果也美称之为"桃"——如核桃（胡桃）、樱桃（莺桃）、猕猴桃（羊桃。但广东人又把另外一种不同于猕猴桃的果品称为"羊桃"[1]）、奈桃（《齐民要术》称苹果的一种即俗名花红或沙果的柰子为"柰桃"）、蒲桃（《汉书》称葡萄为"蒲桃"，但"蒲桃"又是一种味甜而香的淡绿色或淡黄色浆果，我国海南岛有野生，华南地区有栽培），还有药用的金丝桃、桃金娘……好像不把这些佳果或花木美称为"桃"，就不足以显示出这些果品的优良和中国人对它们的美好情感一样。此外，我们的民族还在神话传说中虚构了种种仙桃、玉桃、碧桃、蟠桃（非人

[1] 又可写作"杨桃"、"阳桃"，以广州市西南郊的芳村、花地一带出产的品种最好，味甜而肉滑，含有充足的水分，糖分也十分丰富。

间之蟠桃），古代皇家宗庙里也有“御桃”供奉[1]，甚至民间为长辈做生日，如有条件要添上几只鲜桃而名曰寿桃（无桃则用特制的蛋糕或其它米面粉所做的桃形食物代替）……所有这些，使我们有理由认为，桃是中国先民的一大发现：在种种山果之中，桃是最易得最甘美的佳果！日本“照叶树林文化带”理论认为：如果某一种植物在世界各地都有分布，但某地分布集中，则这种植物的原产地当在该地。运用到文化学上，相应的植物文化也会密集于该地[2]。中国与桃的关系正是如此。据我国学者研究，桃（学名 Prunuspersica）“原产中国，以华北、华东、西北栽培最多”。果实甘甜，可以生食，花色艳丽，可供观赏。桃仁、桃花可入药。“变种蟠桃和油桃，也栽培供食用。”[3] 国际权威著作也指出：“桃很可以起源于中国，后来经亚洲向西传到地中海地区，最后传到欧洲其他地区。……桃树遍布全球，是仅次于苹果和梨的第三种最重要果树。”[4] 在唐代，诗人们把香气浓烈的栀子花称为“越桃”[5]。据此，桃由我们的祖先最早发现采食并奉为珍品，然后不断给它添著神话色彩，从情理上说是完全应当如此的。所谓“桃林广员三百里”、“弥广数千里”，不正是先民们希望遍地盛开桃花、到处挂满桃实的美好幻想吗？至今民间仍然流传“桃饱李饿”、“桃饱杏伤人”、“宁吃鲜桃一颗，不吃烂杏一筐”等谚语。非常明显，为了突出桃、褒扬桃，中国人历来是不惜极力贬抑其它果品的。这就充分表明了中国人民对桃的特殊情感也就是对桃的食用价值的高度重视，当然这也只能是先民在生食野果的漫长的历史进程中比较鉴别出来的宝贵经验。古籍中的《诗经》、《山海经》等书就是这样认识的。《魏风•园有桃》说：“园有桃，其实之肴（yáo）。”意即园中的桃就是美好的食品。《西山经》则说：“不周之山……爰有嘉果，其实如桃，……食之不劳。”不劳即不饿。郝懿行注引《太平御览》卷九六四的异文是：“其实如桃李，其华食之不饥。”连桃花也可以充饥了。古人还往往把“食”与“色”连在一起，故

[1] 《吕氏春秋•仲夏纪》：“是月也，天子……羞（进）以含桃，先荐寝庙。”含桃高诱注为樱桃，后世则多以桃代替。

[2] 参阅《民间文学论坛》1988年第4期，第87页。

[3] 《辞海》“桃”条。上海：上海辞书出版社，2010年版缩印本，第1845页。

[4] 《简明不列颠百科全书》第7卷“桃条”。北京：中国大百科全书出版社，1985年版。

[5] 刘禹锡《和令狐相公咏栀子》诗云：“蜀国花已尽，越桃今正开。”

晋人干宝的《搜神记》对“食桃”说得更加具体生动：“刘晨、阮肇（zhào）入天台取榖（gòu，今音 gǔ，同构，即楮）皮，远不得返。经十三日，饥。遥望山上有桃树，子实熟。遂跻（jī）险援葛至其下，噉（dàn）数枚，饥止体充。”接着刘、阮在一条水溪边遇见了两个“色甚美”的仙女，二女邀他们到家中用餐。“食毕，行酒，俄有群女持桃子，笑曰：‘贺汝婿来！’”[1] 于是“酒酣作乐”，热烈庆贺这仙凡艳遇（这个意义后来演变为“桃花运”、“桃色”、“轻薄桃花逐水流”等与风流韵事有关的特殊意义）。刘、阮第二年春天回家，“乡邑零落，已十世矣”。刘、阮如此长寿，就跟吃了仙桃有关。唐人元稹曾就此事议论：“千树桃花万年药，不知何事忆人间！”（《刘阮妻》）《古今图书集成•草木典》引《庆元县志》所述相类：

> 黄十公……宋时樵于仙桃山，见二叟对弈，取其余桃啖（dàn）之，遂不知饥渴。叟语曰：“此后勿食烟火物。”及归，已春秋三度矣。始知所遇者仙也。

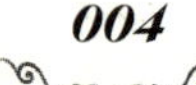

宋人《鸡肋编》亦载：

> 婺州义乌县有叶炼师者，本菩蕾村田家女。随嫂浣纱于溪中，见一巨桃流于水上，乃取以遗嫂。时方仲冬，嫂以其非时，又若食馀，因弃不取。女乃啖之，归遂绝粒。逾年之后，性极通慧，初不识字，便乃能操笔，书有楷法。徽宗闻之，引入禁中，赐号“炼师”。[2]

《列仙传》记载蜀中王侯贵人追随骑羊的葛由来到绥山，因饱食山桃而成仙。当时流行一句话说：“得绥山一桃，虽不得仙，亦足以豪。”《太平御览》卷九六七引《神农经》甚至说：“玉桃服之，长生不死。”上述记载反映了人们对桃的感情历程的三个阶段：最先是发现桃“食之不劳”、“饥止体充”亦即解饿提神；继而是长时间“不饥不渴”，再发展就认为是“长生不死”的仙家食品了。在唐人高蟾的诗句中，地上的桃被搬到天庭：“天上碧桃和露种，日边红杏倚云栽。”[3] 到《西游记》里，

---

[1] 现在河南农村还有青年男女相恋至可以互订终身时便共吃一桃的习俗，陕西商洛一带则是在闹洞房时悬吊一桃，让新郎新娘从两边去咬。这种现象可以视为古人以桃贺喜的遗存与变形。

[2] 宋•庄绰：《鸡肋编》卷上，北京：中华书局1983年版，第122页。

[3] 《全唐诗》，北京：中华书局，1985年版，第20册，第7649页。

天上的桃已形成了三千六百株的大桃林——蟠桃园，西王母就靠这特产在瑶池举行广聚众仙的“蟠桃会”。这些天上蟠桃尤为神奇：

> 前面一千二百株，花微果小，三千年一熟，人吃了成仙了道，体健身轻。中间一千二百株，层花甘实，六千年一熟，人吃了霞举飞升，长生不老。后面一千二百株，紫纹缃核，九千年一熟，人吃了与天地齐寿，日月同庚。

孙悟空未被西王母邀请赴神宴“吃桃”，表明仙界对他的“神仙”资格的一再漠视——尽管他已经多次偷吃了桃。正是为此，孙悟空才去搅乱蟠桃会并进而大闹天宫的。这又表明“吃桃”对“仙人”来说是何等重要！

中国人何以会对“吃桃”产生如此丰富而美丽的想象呢？答案大约只能从“吃”中去寻找。因为不管是地上的桃还是天上的桃，总归是要摘来吃的。桃在“欲界”与“仙都”均被公认为食中佳品基于这样的事实：桃在广阔的中国大地上到处都有出产，多数夏天成熟，品种也很多。而且桃有几个突出的优点：一是进入“盛果期”早。“果中易生者莫如桃，而结实迟者莫如橘。谚云：‘头有二毛，好种桃；立不逾膝，好种橘。’盖言桃可待，橘不可待。”[1] 桃树种植三年之后便可进入盛果期，而苹果则要六至七年。二是“大年”“小年”不分明。一般果树今年结果多，明年便结果少，桃树则只要精心管理，可以年年都是“大年”。三是桃树对气候的选择不苛刻，而柑桔、苹果等则比较“娇气”，气候稍不适宜便不结果。总之，桃的易于收获，加上营养价值的丰富以及各个品种的渐次成熟期长达半年以上——当代专家甚至发现：“今陕西商县、扶风等地所产冬桃，果实在初期生长极慢，至立秋后始渐肥大，至十一月、十二月成熟。”[2]——这对“以食为天”的中国古人来说自然是非常重要的。

中国很早就是一个农业大国，由于土地贫瘠，物产不丰，加之天灾人祸，故温饱问题一直是中华民族生存发展所面临的首要问题。当代的

[1] 宋•朱弁《曲洧旧闻》卷三，《师友谈记•曲洧旧闻•西塘集耆旧续闻》，孔凡礼点校，中华书局2002年版，第127页。“立”指小儿站立。

[2] 缪启愉等：《齐民要术译注》，齐鲁书社2009年版，第270页注释③。

农业研究表明：中国农民几乎四季劳作而未能温饱，是世界上最穷最苦的群体之一。由此，我们不难理解中国古人为什么会产生这样的幻想：世界上存在着某种吃一丁点儿就可以长期不饥不渴的东西。而从中国古代的自然条件、经济地理、基至民族口味已经决定：寄予这种幻想的东西非桃莫属！因为古人在种种自然生长的果实之中，实在选不出一种可与桃媲美的了。明人李时珍曾经在《本草纲目•果部》中总结道：

> 桃品甚多，易于栽种，且早结实。……其花有红、紫、白、千叶、二色之殊。其实有红桃、绯桃、碧桃、缃（xiāng）桃、白桃、乌桃、金桃、银桃、胭脂桃，皆以色名之者也；有绵桃、油桃、御桃、方桃、匾桃、偏核桃，皆以形命者也；有五月早桃、十月冬桃、秋桃、霜桃，皆以时名者也。并可供食。……冬桃一名西王母桃，一名仙人桃，即昆仑桃……表里彻赤，得霜始熟。……
>
> 又杨维桢、宋濂集中，并载元朝御库蟠桃，核大如碗，以为神异。按王子年《拾遗记》载汉明帝时，常山献巨核桃，霜下始花，隆暑方熟。《玄中记》载积石之桃，大如斗斛（hú）器。《酉阳杂俎》载九疑（九嶷）有桃核，半扇可容米一升。及蜀后主有桃核杯，半扇容水五升，良久如酒味，可饮。此皆桃之极大者。昔人谓桃为仙果，殆此类欤？[1]

李时珍之前，元代王桢的《农书•百谷谱集之六•果属》引《广志》云："桃有冬桃、夏白桃、秋白桃、襄桃，其桃美也，有秋赤桃。"引《西京杂记》（文字与今传本不同）云："胡桃，出西域，甘美可食。"引《本草衍义》云："太原有金桃，色深黄。西京有昆仑桃，肉深紫、红色。此二种尤佳。又饼子桃，如今之香饼子。"最后特别赞美蟠桃云：

> 夫蟠桃仙果，固世所罕见，而天台之山，武陵之洞，往往有窥其境者，所种皆漫衍。况于凡世，安可少此果哉？其花可观，其果可食，而其树且易成也。且其为种，早熟者谓之"络丝白"，晚熟者谓之"过

---

[1] 李时珍《本草纲目•果部》卷二十九。刘衡如等编著《<本草纲目>研究》，下册。华夏出版社2009年版，第1168—1169页。

雁红”，夏秋咸有，食之不匮，诚仙凡之佳果也。[1]

极为有趣的是，古代中国人一方面将桃与其它果品作为药物记入医书，另一方面又将它们作为百谷之一记入农书，甚至作为仙家食品与药品记入神仙典籍。我想正是为了满足食欲维持人类生存和延年益寿的强烈需求，人们才又想象有种种极大而味美、功能特异而珍贵的桃子品种。

梁代任昉《述异记》说：“磅磄山，去扶桑五万里，日所不及，其地甚寒，有桃树，千围，万年一实。一说，日本国有金桃，其实重一斤。”北魏贾思勰的《齐民要术》卷四《种桃》注引《邺中记》说：“石虎苑中有勾鼻桃，重二斤。”另书《会昌解颐录》则说：“邺华林苑有勾鼻桃子，重三斤或二斤半，气味甘美，入口消汁。”不过，最大的可能要算汉人东方朔《神异经•东荒经》中一种高五十丈、叶长八尺、直径三尺二寸的“寿桃”了，“和核羹食之，令人益寿”。[2] 试想，这些金桃、勾鼻桃、寿桃之所以形状这么大、味道这么美，不正是为了更能填饱泱泱大国中芸芸众生的空空肚皮么？由于土地贫瘠、物产不丰而造成人民饥饿，这一事实我们还可以从传说中汉武帝与西王母“食桃”时的对话中得到进一步的证明。《汉武帝内传》云：某年七月，西王母见汉武帝，王母以仙桃待客。桃味甘美，口有盈味。帝食，辄收其核以备种植。王母曰：“此桃三千年生实，中夏地薄，种之不生。”[3] 帝乃止。所谓“中夏地薄，种之不生”云云，正是中土先民不能依靠天然物产（众多植物的果实、根块等）解决食物问题的根本原因。所以，鲜红烂漫的桃花、甘美香甜的桃实，也就自然地成为先民心目中神圣的吉祥物，进而形成为喜庆、热烈、美满、和谐、繁荣、幸福、自由等等理想境界的象征了。

---

[1] 元•王桢：《农书•百谷谱集之六•果属》，缪启愉等译注，齐鲁书社2009年版，第277—278页。

[2] 汉•东方朔：《神异经》，上海古籍出版社编：《汉魏六朝笔记小说大观》，上海：上海古籍出版社1999年版，第50页。

[3] 佚名：《汉武帝内传》，上海古籍出版社编：《汉魏六朝笔记小说大观》，上海：上海古籍出版社1999年版，第142页。

二、华夏族的守护神灵

桃不仅以其食用价值刺激了中国古人的美好幻想，也以其药用价值赢得了中国古人的信任、敬仰甚至神秘崇拜，以致桃实、桃叶、桃花、桃木都被神圣化了。著名史学家吕思勉曾说："古人于植物多有迷信，其最显而易见者为桃。君临臣丧，以巫祝桃茢（liè）执戈；桃弧棘矢，以共御王事是也。羿死桃棓（bàng），盖亦由是。"[1] 但桃何以会有如此奇异的功能呢？吕先生没有说，笔者认为这一切都源于桃的药用价值。

桃在民间具有治疗多种疾病的功能。考古发掘的资料表明，早在三千多年前的商代中期，桃仁的药用价值就已经得到高度重视了。在河北藁（gǎo）城县台西村的商代遗址中，考古工作者先后在房内、墙外、墓中以及探方的文化层里发现了30多枚桃仁、郁李仁和医用"砭镰"（石镰），经中国科学院植物研究所和中医研究所鉴定，认为是医药用物[2]。关于桃仁，从先秦流传下来的我国第一部植物药书《神农本草经》说它"主瘀血、血闭、瘕（xiá）邪、杀小虫"。应该说，早在原始时代，先民在寻觅食物的同时，就发现了许多能吃的植物的有关部分可以用来治病，历史上所谓"医食同源"、"原汤化原食"便反映了这种史实。桃无论在食用价值或药用价值上，都远远高出其它果实，其功能因此不断被先民加以神化。据宋人笔记《鸡肋编》记载，五倍子和五倍子叶可用于消毒，故福建浙江民间称五倍子为盐麸（fú）桃和仙人胆[3]。又载范仲淹有一孙女因丧夫而精神失常，"尝闭于室中，窗外有大桃树，花适盛开，一夕断棂（líng）登木，食桃花几尽……自是遂愈"。[4] 著名医学家李时珍所著《本草纲目》中有关桃的药性与功能的分析长达十多页，不仅桃仁，而且桃皮、桃根、桃叶、桃花、桃毛、桃胶均可入药。

现代人类学研究认为：在原始人的观念中，疾病和死亡从来不是"自然"的，而是来自某种超自然的力量，亦即与中邪、闹鬼有关[5]。桃能治病，

[1] 吕思勉：《吕思勉读史札记》，上海：上海古籍出版社，1982年版，第1307页。
[2] 《藁城台西商代遗址》，北京：文物出版社，1977年版，第79—81页。
[3] 宋•庄绰：《鸡肋编》卷上，北京：中华书局1983年版，第25页。
[4] 宋•庄绰：《鸡肋编》卷上，北京：中华书局1983年版，第65页。
[5] 参阅列维—布留尔《原始思维》第7章，北京：商务印书馆，1985年版。

显然也就是在驱邪镇鬼了。《齐民要术•种桃》注引《本草经》说："桃枭在树不落，杀百鬼。"桃枭即桃枝上经冬未落的干桃，古人用来治病，说桃枭"杀百鬼"，就因为它能治较多的病。唐段成式《酉阳杂俎•木篇》记载一种仙桃"破之，如有核三重，研饮之，愈众疾，尤治邪气"。可见"治病"就意味着"杀鬼"与"驱邪"。至今在陕西商洛和湖北崇阳以及海南岛一些文化落后的农村，尚有将桃枝抽打昏迷之人的"疗法"，其用意自然是"赶鬼"。湖北黄陂一位曾到过非洲的退休工程师告诉笔者：许多国家和民族都有自己的"神木"，中国的"神木"大概是桃。他曾在家乡看见一些巫师用桃枝在病人站立的周围划一圆圈，然后从圈中抓几把土，装入陶罐，埋到三岔路底下，再用桃木桩将陶罐钉穿……以为这样就可以将鬼钉死了。今人尚且如此，古人自然不消说了。为了防止得病，我们可以想象原始人如何挖空心思利用桃的神力来保护自己。这种观念影响之深远，在古籍中能够随处见到。

《左传》昭公四年（公元前538年）记载："古者日在北陆而藏冰……其出之也，桃弧棘矢，以除其灾也。"意思是说古人冬天藏冰，日后取冰时要用桃木弓和棘枝箭在埋冰处射退邪气才能取出。这种民俗在当代作家贾平凹的叙事诗《一个老女人的故事》中仍然有所反映，他描写人们在挖坟上的牡丹花丛时，先在坟上插下桃木楔子，这就跟古人在夏天取冰时先用桃弓棘箭射击藏冰的土地一样，都是为了避免在破土时受到邪气和鬼魂的侵害。

桃木制鬼也反映在中国神话之中。汉代王充的《论衡•订鬼篇》说："《山海经》又曰：沧海之中，有度朔之山，上有大桃木，其屈蟠三千里，其枝间东北曰鬼门，万鬼所出入也。上有二神人，一曰神荼，二曰郁垒。主阅领万鬼，恶害之鬼，执以苇索而以食虎（按：此句《史记•五帝本纪》集解引《海外经》作'若害人之鬼，以苇索缚之，射以桃弧，投虎食也'）。于是黄帝乃作礼，以时驱之，立大桃人，门户画神荼、郁垒与虎，悬苇索以御。凶魅有形，故执以食虎。"[1]这就是后世"桃板"、"桃符"的来源：桃木板上画着神荼、郁垒两位门神（"符"）。梁代宗懔（lǐn）的《荆楚岁时记》载大年初一"造桃板著户，谓之仙木"。[2]宋人王安石《元日》诗说：

---

[1] 黄晖：《论衡校释》，第三册，中华书局1990年版，第938~940页。

[2] 梁•宗懔：《荆楚岁时记》，上海古籍出版社编：《汉魏六朝笔记小说大观》，上海：上海古籍出版社1999年版，第1051页。

“爆竹声中一岁除，春风送暖入屠苏。千门万户曈（tóng）曈日，总把新桃换旧符。”“新桃”就是新的桃木板，上面贴着新画的门神。

除门神与虎外，《汉书•西域传》还介绍了一种叫“桃拔”的辟邪神兽。此外还有桃印，作用跟桃符相似。《后汉书•礼仪志》说：“仲夏之月，万物方盛，日夏至，阴气萌作，恐万物不楙（茂），以桃印……施门户。”这条资料告诉我们：桃的除病镇痛的药用价值又和阴阳五行中的“阳气”联合起来镇阴辟邪了。在今天的河南周口农村，如果家中有病人，则在日落之时将桃枝插在门口，其作用恐怕也是想在阴气（夜气）来临之际，通过桃枝继续得到“阳气”的护持。上文所说的度朔之山的大桃树就是阴阳两界的分界树，或者说就是保护阳界生灵的大屏障。万鬼可以从“鬼门”也就是桃枝的东北角进入阴界，如果溜出来干扰阳间，两位门神就要用桃木弓射击它。《荆楚岁时记》也记载一株神秘的大桃树：

> 桃都山有大桃树，盘屈三千里。上有金鸡，日照则鸣；下有二神……并执苇索以伺不祥之鬼，得则杀之。[1]

这又是说东方的太阳一出来就首先照着这株三千里高的大桃树，上面的金鸡一叫，天下的雄鸡就跟着叫，表明阳气回升，阴气消退，万鬼要立即回到阴曹地府，如有还在外面游荡的，门神发现就杀死它。因此在民间，鬼特别怕听雄鸡报晓。因为桃木最先得到日照，其前身的夸父手杖又曾“入日”，所以充满阳气，是“五行之精”（《荆楚岁时记》）、“五木之精”，可以“压伏邪气，制百鬼”（《典术》）。不仅制鬼，就连与“阴”有牵连并于阳有害的神也可以用桃木去制伏。《淮南子•诠言训》说：“羿死于桃棓（棒）。”许慎注：“棓，大杖，以桃木为之，以击杀羿，由是以来，鬼畏桃也。”为什么羿这个赫赫有名的上古英雄射手竟会死于普普通通的桃木大棒呢？一个较合理的推测是：在比“羿死于桃棓”更为古老的神话中，羿曾经射落了十个太阳中的九个，成了克“阳”的大敌！《庄子•秋水》成玄英疏引《淮南子》：“羿射十日，中其九日。”按照“阴盛阳衰”的原则，羿自然代表着抑制阳的阴界势力了。再者，羿的妻子嫦娥不是

---

[1] 梁•宗懔：《荆楚岁时记》，上海古籍出版社编：《汉魏六朝笔记小说大观》，上海：上海古籍出版社1999年版，第1052页。

成了阴界的领袖——月神了吗？可见羿跟阴有种种牵涉，所以最终难免要被代表阳的神力的桃木大杖所杀。汉代以后把可作手杖的竹子称为“桃竹”或“桃枝”，恐怕就跟杀羿的桃杖和夸父手杖化为桃林有关，取“桃”这种神木能够护身、驱阴、镇鬼之意。

不仅“桃木”神力无边，连“桃花”有时也功用不凡。在古典戏曲和民间传说中，出现了一位能在婚嫁之时破除一切凶神恶煞的“桃花女”[1]，桃花女之所以一路化险为夷，无疑跟她的名字“桃花”有关。除神话传说外，在现实生活中，用桃木制品来辟邪祈福，春秋时代已经盛行。《左传》襄公二十九年（公元前544年）、《礼记•檀弓下》、《周礼•夏官•戎右》等都记载了古人用“桃茢”也就是桃枝桃叶编成的扫帚来驱鬼辟邪的事。这类桃的系列产品计有桃弓、桃板、桃符、桃印、桃茢、桃殳（shū）、桃戟、桃杙（yì）、桃人（桃梗）、桃橛（桃杙，即桃木桩、桃木钉）等等。今日民俗中，河南周口一带农村仍将桃核雕刻成各种小动物形状，然后串成手镯，戴在还不会奔跑的小孩手上，以为这样，小孩便可避免“被鬼拉走”。安徽滁州一带则将一节桃枝放在产妇枕下，或幼婴随母亲出远门时带在身上。山东郓城一带曾用八棱桃木箭作辟邪物，长短两寸余，用红头绳系在儿童脖颈。多数地区幼孩身上的小肚兜也做成“桃”形，小孩也常剃“桃子头”。

人们不仅在超自然力量的领域里用桃来制神、压鬼、镇阴，同时也在社会力量的冲突中用桃来克敌。据说，现在河南信阳地区及大别山区的一些农村，尚流行一种报仇方式：用桃木桩去钉仇家的坟。其实指导这种行为的观念相当久远。早在先秦，人们就认为桃木弓在战斗中能够置敌军于死地，给自己带来胜利。《左传》昭公十二年（公元前530年）楚国人说：“昔我先王辟在荆山，筚路蓝缕以赴草莽……唯是桃弧棘矢以共御王事。”《吴越春秋•句践阴谋外传》又记载楚国神射手陈音的话说：楚国“累世盖以桃弓棘矢而备邻国也”。汉代的《焦氏易林•明夷之未济卦》说得更明白：“桃弓苇戟，除残去恶，敌人执服。”正是这个原因，周代才把制造兵器（刀剑）的工匠美称为“桃氏”（《周礼•考工记》）。这

[1] 参见庄一拂：《古典戏曲存目汇考》上卷，上海：上海古籍出版社，1982年版，第354页。

一切都是建立在桃可以驱邪消灾、克敌制胜的迷信观念之上的。

综上所述，可知几千年来，桃不仅以其食用价值与药用价值为延续我们的民族作出了莫大的贡献，同时也使我们民族的成员在从事各种斗争的时候，在心理上、精神上获得了强有力的保护和慰藉。

三、中国式的理想象征

由于中国是桃的故乡，而桃是中国史前的最重要的特产，因此中国人成为一个吃桃、种桃、爱桃、敬桃的民族并不奇怪。《韩诗外传》说："夫春树桃李者，夏得阴其下，秋得其实。"桃可以使人身体健康，生活幸福，所以古人还要在大年初一"饮桃汤"[1]，在寒食节喝"桃花粥"[2]。时至今日，一些地区又衍生出龙年端午"吃桃"的风俗。据友人告知：公元1988年，在中国乃属龙年，而北方民间多认为龙年不吉利，所以此年端阳节前夕，山西太原的桃罐头曾一度脱销。抢购桃罐头的消费心理无疑是古人"饮桃汤"、"喝桃花粥"的心理的模糊延续。

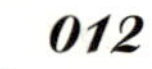

桃和桃花即美好事物的观念渗透了文化的许多领域。例如盛开的桃花是春天的象征[3]，所以春水被美称为"桃花水"、"桃花汛"、"桃花浪"。中国女性与桃和桃花的关系尤为密切。不仅"桃之夭夭"和"刘、阮入天台"与女性有关，就连女子的青春期也被称为"桃李年"，他们使用的胭脂被称为"桃花粉"，用胭脂化的妆叫"桃花妆"。不少朋友告诉我，在他们的家乡，女性以"桃"取名是一种传统的普遍现象，如"杏桃"、"春桃"、"秋桃"、"雪桃"、"红桃"、"金桃"、"银桃"等等。有的还说男青年们甚至私下把最漂亮的青年女子称作"桃子"。这和晋代大书法家王献之宠爱的美妾的名字——"桃叶"、以及"桃叶"的妹妹"桃根"，还有北宋名相寇准的爱妾"倩桃"，不是颇为相似吗？自然，说起桃花与女性，读者还会记起后人送给春秋时代息夫人的美称——"桃花夫人"；记起唐代诗人崔护"人面桃花相映红"的艳遇；记起明末名妓李香君反抗奸臣

---

[1] 梁•宗懔：《荆楚岁时记》："正月一日……进椒柏酒，饮桃汤。"上海古籍出版社编：《汉魏六朝笔记小说大观》，上海：上海古籍出版社1999年版，第1051页。

[2] 《云仙杂记》："寒食……煮桃花粥。"

[3] 《礼记•月令》："仲春之月，……始雨水，桃始花，仓庚鸣。"时至今日，桃花开放的迟早在气象学中还是重要物候之一。

以血染成的“桃花扇”；记起《红楼梦》中林黛玉自比桃花的缠绵悱恻的哀音——“葬花吟”和《桃花行》……桃花之所以代表美女，大致如清人李渔所说：“凡言草木之花，矢口即称‘桃李’，是桃李二物，领袖群芳者也。其所以领袖群芳者，以色之大都不出红白二种，桃色为红之极纯，李色为白之至洁，‘桃花能红李能白’一语，足尽二物之能事。”[1]需要补充的是：桃花也有红中泛白、白中泛红的，成熟的桃子也是这样，而中国人对“红颜”的推崇便以“白里透红”为美之极致，因此桃和桃花可以成为美丽女性的代名词，“桃李之年”、“桃李年华”、“桃李其容”、“秾桃艳李”、“夭桃艳杏”、“夭桃襛（nóng）李”则比喻少年貌美或新婚夫妇彼此辉耀[2]。凡此种种，证明桃和桃花无不象征着美好。在其它方面，如教师的劳动成果——广布四方的门生——也被誉为“桃李满天下”。在《诗经》中，桃还是友谊和爱情的信物。《卫风•木瓜篇》说：“投我以木桃，报之以琼瑶。匪报也，永以为好也。”谁获得了对方的桃，谁就获得了对方的永久友谊或爱情。到了长篇小说《三国演义》中，“桃园结义”又成了同生死共患难的象征。直至本世纪40年代中叶，人们讽刺蒋介石攫取抗日战争的胜利果实时，仍然说是“蒋介石从峨眉山上下来摘桃子”。笔者在今人庄一拂先生编著的《古典戏曲存目汇考》中，发现历代共有64部戏曲涉及“桃和桃花”题材，尽管其中不乏重复之作。又在台湾段木干先生主编的《中外地名大辞典》中发现带有“桃”、“桃花”字样的中国地名92条[3]。这些事实表明了桃和桃花在中国文化中的意义是何等的广泛和重要。

四、植物中的文化奇树

以上我们从横的方面考察了桃在中国文化及社会生活中广泛而深远的意义。也许用“食用价值”和“药用价值”来解释桃在文化、生活中扮演如此众多的角色，还显得理由不够充分，尤其显得过于理性化，，而没有完全顾及关于桃的种种联想发生的时代是以“神秘互渗性”为特点

[1] 李渔：《闲情偶记》卷五《种植部•木本•桃》。

[2] 唐•张说：《安乐郡主花烛行》：“星昴殷冬献吉日，夭桃襛李遥相匹。”

[3] 段木干：《中外地名大辞典》，台湾：台湾人文出版社，1982年版。

的原始思维时代。尽管这种思维也有它的物质基础，而且甚至更依赖于当时的物质基础，但它看待世界的目光毕竟是和今人大异其趣的，也正是这种眼光、这种心理机制导致了桃的“神化”以及它的种种变形。因此，我们有必要在历史的长河中，从几千年来的有关典籍（尤其是神话及文艺作品）里，来进一步考察桃在中国文化中生长的轨迹。

史料中最早赋予桃以特殊地位的是神话中的“夸父逐日”。关于“夸父逐日”的深层意蕴，研究者有不尽相同的阐释。主要有茅盾的“与神争霸”说[1]，朱芳圃的“猿猱（náo）饮水”说[2]，吕思勉的“水火二神之争”说[3]，袁珂的“追求光明或征服自然”说[4]，龚维英的“日食”说[5]，甚至还有“先民插表（木棒）以观测日影”说[6]……真是言人人殊，见仁见智。我以为，“夸父与日逐走”，可能与远古时代的某一次特大旱灾有关。“逐走”相当于现代意义的“赛跑”，夸父何以要和太阳赛跑呢？这实在是黄河流域的一个原始部族想要摆脱烈日、摆脱特大旱灾而进行的部落大迁移。根据当代地理、气象等部门的科学家研究：在距今五千至二千五百年期间，中国气候出现过相当长的干燥时代。其特点是旱季远长于雨季，蒸发强烈，许多河流长期保持低水位。这种干燥气候“在华北、东北、西北、西南和长江以南都有证据。尽管它们发生的时间未必完全一致，但是，一个非常干燥阶段的存在是可以肯定的”[7]。史学家童书业先生的《春秋左传研究》经过统计也指出：先秦旱灾大大多于水灾[8]。“夸父”的年代或许正是一个类似于《淮南子•本经训》所述的“十日并出，焦禾稼，杀草木，而民无所食”的年代；或类似于《国语•周语》所述“昔伊、洛竭而夏亡，河竭而商亡”和《尚书大传•汤誓传》所述“汤代桀之后，大旱七年”等旱情严重、黄河渭河为之枯竭的年代。黄河枯竭是可能出现的史实。陈正祥《中国文化地理》指出：“黄河虽大，但河水也有涸竭之日。《明史•神

[1] 茅盾：《神话研究》，天津：百花文艺出版社，1982年版，第117页。
[2] 朱芳圃：《中国古代神话与史实》，郑州：中州书画社，1982年版，第108—110页。
[3] 吕思勉：《吕思勉读史札记》，上海：上海古籍出版社，1982年版，第59页。
[4] 袁珂：《古神话选译》，北京：人民文学出版，1982年版，第148页。
[5] 《天津社会科学》1985年第3期。
[6] 《新华文摘》1985年第1期，第213页。
[7] 中国科学院《中国自然地理》编辑委员会编：《历史自然地理》，科学出版社，1985年版，第16页。
[8] 童书业：《春秋左传研究》，上海：上海人民出版社，1980年版，第267页。

宗本纪》(卷二一):'万历三十年春闰二月戊午，河州黄河竭。'"[1]据史实说明：黄河断流的两大因素是（一）长期天旱和（二）上游截水。了解了黄河因特大旱情可能枯竭的历史背景后，我们再看“夸父逐日”的本身。为抵御这次特大旱灾，夸父这个巨人部族曾进行过勇猛的抗争。他们导引黄河、渭河的河水浇灌干裂的土地（“饮于河谓”）。但是，旱情不断加剧，两河的流水越来越少，水位降低，连水也引不出来了（“河渭不足”）。尔后，两河上流的其他部族又把水流截断，用以解决本部族的水荒。这种情况造成了夸父部族的危险处境，部族人因为中暑（“入日”[2]）但又无水解救而大量死亡（《山海经》的《大荒东经》与《大荒北经》说：“应龙杀夸父”，龙能蓄水使河水枯竭，所以杀夸父。其隐义则是上游的应龙部族截断黄河流水，致使夸父部族人员渴死）。为求生存，整个夸父部族不得不离开河渭交汇处的原居住地向北迁徙，寻找有水源的大泽（“北饮大泽”。）从地理位置判断，黄河在秦晋高原上正处于正北方向达近千里，至内蒙古高原始向西部转折。夸父部族“北饮大泽”极有可能就是沿黄河向北去寻找湖泊。而所谓“大泽”也并非幻想之地，因为春秋战国以前，位于黄河河曲的鄂尔多斯高原，正是河流河泊广布，草木茂盛的地区。著名的“河套人”就曾生活地那里。到公元407年匈奴族在那里建都时，还是“临广泽而带清流”[3]，北朝乐府民歌也有“放马大泽中”、“放马两泉泽”的句子。“北饮大泽”的迁移壮举显然是建立在这样的现实基础上的。遗憾的是，征途中总是伴随着烈日（“与日逐走”），到处都是干旱的土地、枯竭的河床。部族最终陷于更危险的境地：大泽还没有找到，众多的成员已陆续在千里赤地中干渴而死。整个部族濒临灭绝，首领也奄奄一息（北饮大泽，未至，道渴而死）。危急关头，英明的首领改变了继续北寻大泽的计划，指示残存的成员往山间或野外寻找野果自救。干旱一般以三四月至八九月最严重，而此时也正是野果的渐次成熟期。部族成员请临死的首领（人类学资料表明，部落首领多是年龄最长者，故其行动时有手杖，而手杖又是

[1] 陈正祥：《中国文化地理》，北京：三联书店，1983年版，第152页。

[2] “入日”或作“日入”，是原始人对干渴中暑的理解或说明，亦即“人闯入太阳之中”或“太阳进入人体之内”，从而引起干渴或中暑。

[3] 参阅陈正祥：《中国文化地理》，北京：三联书店，1983年版，第93页。

权力与地位的象征[1]）指示何方可去，他用手杖亦即权杖指了一个方向之后就永远离开了他的部族。残存者朝着这个手杖所指的方向前进，果然找到了一片大桃林（“弃其杖，化为邓林”）。桃林中正是鲜桃满树，有了桃，烈日再不是可怕的了。他们得救了！他们胜利了！为了纪念他们的胜利，记录他们“与日逐走”的壮举，表达他们对以权杖指示桃林方向的首领的怀念，尤其是对那片桃林的感激、热爱与景仰，一则气吞日月的神话被创造出来了。创造者企图让非凡的经历、获救的奇遇永远保持在部族的记忆之中。中国全境其它受过干旱之苦的部族也乐意接受它、传播它。于是，“夸父逐日”就像一只五彩龙舟一样，从漫长的时间长河中漂流下来了。

在这则史诗般的神话里，桃成了“神圣的植物”，由史前的佳果升华为所有中国人共同视作吉祥、喜庆的极为重要的“集体表象”（列维一布留尔）或“原型意象”（archetype，荣格），成为拯救一个部落人的文化英雄。瑞士生物学家A •波尔特曼说：“人的遗传所特有的方式不是生物的，而是社会的。”[2] 桃在远古时代，解脱人类困境，使他们得以继续繁衍生存而建立的奇勋，一直持久地留在人们的脑海里，我们从上面提到的种种在物质困境中求助于桃的幻想，以及由此推导出来的桃的特异功能里，都能看见远古时代在一群饥渴至极、疲惫不堪的人们眼中熠熠闪亮着的一大片桃林的影子。

神话时代过去了，拯救了一个部落人的生命的桃花，又在人生最重要的庆典之一——婚礼上，扮演了十分令人难忘的角色，请读《诗经•周南》中的《桃夭》篇：

> 桃之夭夭，灼灼其华，之子于归，宜其室家。
> 桃之夭夭，有蕡（fén）其实，之子于归，宜其家室。
> 桃之夭夭，其叶蓁（zh ē n）蓁，之子于归，宜其家人。

---

[1] 古希腊罗马艺术品中的宙斯神像手持权杖。印第安人部落中的头人也手持权杖。《圣经》故事有“亚伦之杖”：主耶和华选中刻着族长亚伦之名的那根杖作为对以色列叛逆者的警告。我国新石器时代的反山良渚文化墓地、上海江浦县福泉山良渚文化遗址均出土过礼仪用器“杖首”。四川三星堆出土商代1.4米长的“金杖”一根。江苏背顶山吴墓出土吴王余昧的鸠杖杖镦。又，中国古代有“敬杖”的传统，《战国策•楚策》：“见君之乘，下之；见杖，起立。”《论语•乡党》：“乡人饮酒，杖者出，斯出矣。”以此推测，夸父的杖不是一般的杖，而是部落中权力与地位的标志。

[2] 《简明不列颠百科全书》第9卷“哲学的人学”条。

据笔者的最新考证，“夭夭”就是“摇摇”[1]。“桃之摇摇”是形容桃枝在浓密的桃花、硕大的桃果、茂盛的桃叶的重负下，恍若不胜其繁而颤动的样子。诗人说，新娘就像这颤颤摇摇的充满生命力的桃树一样，结婚之后一定能在一切方面使她的夫家受益。然而读罢全诗，心头不免疑惑：这位上古姑娘是作为一个人嫁过去，还是作为一株桃树嫁过去呢？仔细寻思，这位姑娘作为一个人嫁过去并不重要，重要的是必须像开花结果、枝繁叶茂的桃树那样（！）嫁过去！我猜想，这或许是一篇先秦时代对新娘的赞美辞、祝福辞。但赞美、祝福新娘何以会同时选择桃花、桃实和桃叶来加以赞美呢？这就是我们所要窥探的深层意蕴了。先民以艳丽的桃花、累累的桃实、繁茂的桃叶——换言之，以生命力极其旺盛的桃树赞美新娘，这种赞美的深层意义就是希望新娘能像桃树一样使夫家丰衣足食、多子多孙、繁荣昌盛、病除灾消！因为诗中不仅将桃当作生命之树加以描写，而且当作吉祥之树、神圣之树加以礼赞。灼灼的桃花、累累的桃实、蓁蓁的桃叶，已不再单纯指自然的桃树，而是携带着幸福、美好、吉祥等内涵，与新娘本人的美丽、繁殖力、生机、健康、富有等融而为一了。因此她才“宜其室家”、“宜其家人”。汉代的《焦氏易林•泰之小过》等卦说：“桃李花实，累累日息。长大成熟，甘美可食。为我利福。”《否之随》等卦说：“春树生花，季女为家。受福多年，男为邦君。”《齐民要术•种桃》则说：“东方种桃九根，宜子孙，除凶祸。”王建《宫词》又说：“只为桃花贪结子，教人错恨五更风。”这些发挥便更清晰地揭橥了“桃”之所以能够宜家宜室宜人的神秘底蕴。

《桃夭》诗最值得人注意的地方是，尽管和神话时代的“桃林”一样，桃代表着无比旺盛的生命力，但是它已经不是出现在万分危急的生死关头，而是出现在世俗生活的广阔领域里了。它已经成为英雄，成为象征，于是它也就被“移植”、被效法，被崇拜着。美丽、丰满的新娘子也就和一株枝繁叶茂、红花灼灼的桃树叠合在一起。应该说，这一叠合，在中国文化中的影响是巨大的，桃的艳丽和女性的美色，桃的超群的繁殖能力和人们对子孙繁衍的渴望——这自然就关涉到女性的生育能力，还有

[1] 参见拙文《说“桃之夭夭”即“桃之摇摇”》，《文史》第32辑。

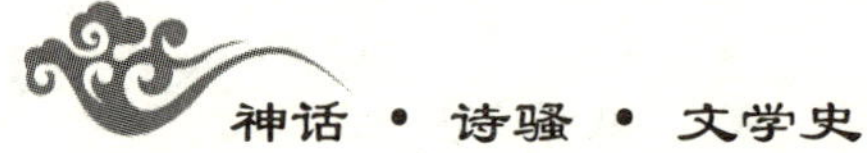

一些联系是从中引申、发展而来的，从此以后，桃与女性就有了密不可分的联系。

“桃”还和中国人向往的美好的社会图景结合起来。《桃花源记》就是这种结合的具体例证。“晋太和中，武陵人捕鱼为业，缘溪行，忘路之远近。忽逢桃花林，夹岸数百步，中无杂树。芳草鲜美，落英缤纷。”把人们引入和平宁静的安乐境界。陶渊明笔下的“桃花源”之所以远比其他的“乌托邦”更能唤起人们的向往之心，不正是桃花明艳的色彩能给人以温暖悠远的想象吗？

如果说陶渊明用“桃花源”构制了一个幻想的世界，那么顾恺（kǎi）之却用“桃”表示着一种精神追求。那在陡壁悬崖上开放着的一枝桃花，是神奇的，具有无穷魅力的，同时，它又是难以摘取的：“画绝险之势，天师坐其上……磵（jiàn）中桃，旁生石间，画天师瘦形而神气远，据磵指桃，回面谓弟子……”[1] 顾恺之正是用这幅画来描绘求道的艰难。从顾画所本《神仙传》的有关记载中，我们可以想见顾恺之这幅名作的神采：

> 张道陵者，沛国人也。本太学书生，博通五经，晚乃叹曰：“此无益于年命。”遂学长生之道。……陵将诸弟子，登云台绝岩之上，下有一桃树，如人臂，旁生石壁，下临不测之渊，桃大有实。陵谓诸弟子曰：“有人能得此桃实，当告以道要。”于时伏而窥之者三百馀人。股战流汗，无敢久临视之者，莫不退却而还，谢不能得。（赵）升一人乃曰：“神之所护，何险之有？圣师在此，终不使吾死于谷中耳。师有教者，必是此桃有可得之理故耳。”乃从上自掷，投树上，足不蹉跌，取桃实满怀，而石壁险峻，无所攀援，不能得返。于是乃以桃一一掷上，正得二百二颗。陵得而分赐诸弟子各一，陵自食（一），留一以待升。陵乃以手引升，众视之，见陵臂加长三二丈，引升。升忽然来还，乃以向所留桃与食。[2]

这种富有超妙的哲学意味的精彩描绘，在顾恺之以后，我们见得不

[1] 晋•顾恺之：《画云台山记》。俞剑华《中国古代画论类编》（修订本）上卷，北京：人民美术出版社，1998年版，第581页。

[2] 晋•葛洪：《神仙传•张道陵》，《太平广记》卷8引。北京：中华书局，1963年版，第55、57页。“于时伏而窥之者三百馀人”之“三”，疑为“二”之讹，因后文云“正得二百二颗”。

多了。唐代浪漫的诗人，如李贺，还用绚烂的桃花缀满自己的诗篇，表达了对生命的热爱和挚情，晚唐诗人皮日休，甚至还在他的《桃花赋》中，为桃花动情地高歌一曲：

> 伊祁氏之作春也，有艳外之艳，华中之华，众木不得，融为桃花。厥花伊何？其美实多！……花品之中，此花最异：以众为繁，以多见鄙。自是物情，非关春意。……其花可以畅君之心目，其实可以充君之口腹。匪（斐）乎兹花，他则碌碌。我将修花品，以此花为第一！

宋代以后，中国的封建统治日趋僵化，宋明理学严重阻碍人们的想象力，尽管异端文人还是将自己的理想天国置于一片红艳的桃林中（如唐寅《桃花庵歌》），尽管在民间，由桃和桃花扮演主角的仪式还在不断地重演，但阴森肃穆的气氛终究笼罩了中国，浓艳、热烈的桃花凋零了。

本文探讨的是一种普通的植物被某一文化选中后，在这一文化土壤中扎根、发芽、生长、传播以至凋零的大体过程。可以毫不夸张地说，只有桃，从远古时代起，就和中国大地上的人民相遇，被赋予任何其它一种植物所不曾有的丰富内涵。“一沙一世界，一花一天国”，我们可以从桃的命运获得关于文化史、风俗史、宗教史、文学史等方面的启示。

原载《中国社会科学》1989年第4期，略有增补；又载《新华文摘》1989年第10期；摘要载《〈中国社会科学〉总目提要》第一辑（1980—1989），中国社会科学出版社1993年版，第101—102页。

[附录一]

《说“桃之夭夭”即“桃之摇摇”》

《诗•周南•桃夭》云：“桃之夭夭，灼灼其花；之子于归，宜其室家。桃之夭夭，有蕡其实；之子于归，宜其家室。桃之夭夭，其叶蓁蓁；之子于归，宜其家人。”《传》：“夭夭，其少壮也。”《集传》：“夭夭，少好之貌。”

此说从者如云，然《说文•女部》“媄”（yāo）字云：“媄媄：巧也。一曰女子笑皃（貌）；《诗》曰：‘桃之媄媄。’从女，芺（ǎo）声。”清人王闿（kǎi）运《湘绮楼日记》同治八年九月二十日引《说文》而曰：“明‘芺’即‘笑’字。”今人钱鍾书从之，云：“盖‘夭夭’乃比喻之词，亦形容花之娇好，非指桃树之‘少壮’。”（《管锥编》第一册，三联书店2008年第2版，第122页）漫按：王、钱二氏，皆未发现《说文•木部》另有“枖（yāo）”字云：“木少盛皃。从木，夭声。《诗》曰：‘桃之枖枖。’”可证许慎亦是“媄”与“枖”并存、“女子笑”与“木少盛”两见，未能断定何者为是。学者倘仅凭《说文》之“女子笑”或“木少盛”立论，恐两难成立。近人吴秋晖（1877—1927，山东临清人）于其遗著《“桃之夭夭”解》中独辟蹊径，以为“二十余年，反复研求，……遍稽经传……而分析错综研究之，始晓然于此‘夭夭’字，实为‘夭夭’之误。而夭夭之义，又久不为世人所知，此其所以贻误直于两千余年也。”吴氏考证“夭”第一义为“歪”，第二义为“刈”，第三义为“早逝者”，进而推论：“夭夭者，即今人所谓接树也。”（吴文始刊于《文史哲》1985年5期）窃以为，“夭夭”为“少壮”、“少好”固不可通，吴文驳之甚力，此不赘。以“笑”释之，亦不然。言桃花“笑”则可，言桃实、桃叶亦“笑”则殊谬。至言“夭夭”为嫁接，颇疑先秦人能晓嫁接之术，而书证又缺，且《大学》引“桃之夭夭”正作“夭夭”而非“夭夭”，故亦不敢苟从。迩来习《诗》，忽悟“夭夭”即“摇摇”。三句“桃之夭夭”，首言桃花繁盛鲜丽，如火之燃烧，故其枝“摇摇”——即杜甫诗“黄四娘家花满溪，千朵万朵压枝低”之谓；次言桃实既多且大（吴文释“蕡”为“肥大饱满”，甚确），故其枝“摇摇”；再言桃叶茂密招风，故其枝“摇摇”。“夭夭”（“摇摇”）之状，纵贯花、实、叶三重物态，犹《王风•黍离》“彼黍离离，彼稷之苗……彼黍离离，彼稷之穗……彼黍离离，彼稷之实”，“离离”之状，亦纵贯花、穗、实三重物态。据此，知鍾书先生专以“夭夭”状“花之娇好”，似未确。“摇摇”者，若有重物坠之也。花不繁、实不盛、叶不茂之树，难当“摇摇”二字。全诗颂扬桃树之整体，以“摇摇”状其花盛、实繁、叶茂亦即生命力、繁殖力之极其旺盛。盖《桃夭》乃先秦人给予新娘之祝福辞、赞美辞。于出嫁之际颂赞新娘能如桃树之整体（非仅指桃花）使夫家繁荣昌盛、多子多孙、丰衣足食、福至灾消。故言“宜其室家”、“宜其家人”。桃者，古之生命树、神圣树、幸福树也，能祈福、治病、辟邪、镇鬼。此义渊源甚古，拙文《桃、桃花与中国文化》已详论之。

“夭夭”即“摇摇”之假借，非凭空作论，于《诗》于《经》皆得例证。《诗•邶风•凯风》云：“凯风自南，吹彼棘心。棘心夭夭，母氏劬（qú）劳。”棘心即棘树春日所抽之嫩柔枝条，“夭夭”即“摇摇”，因被南风吹拂故“摇摇”。诗人因棘之“心”于风中摇摇不定，其心亦感于物态而颤慄“摇摇”，思及“母氏劬劳”。何也？因其“有子七人，莫慰母心”（末章）也。否则，“棘心夭夭”何关乎“母氏劬劳”？以“摇摇”状心态，《王风•黍离》有之：“行迈靡靡，中心摇摇。”此“中心摇摇”犹彼“棘心夭夭”，“摇摇”与“夭夭”音近故可假借。此说《论语》亦可为证，《述而篇》云：“子之燕居，申申如也，夭夭如也。”吴秋晖释“申”为“伸”，极切；惟释“夭”以“歪”义而曰“侧首与人晤语”，又读此句为“申，申如也，夭，夭如也”，似不妥。此申申、夭夭即伸伸、摇摇。坐久之人，起立时必伸伸腰、伸伸手，活动活动四肢、头部，亦即摇摇身子、晃晃脑袋，此为人之常态，想夫子虽超凡入圣、非礼勿动，然其闲居之际，恐亦不免伸伸摇摇也，故弟子书之。“摇”“夭”相通，至汉犹然。汉乐府《病妇行》云：“属累君两三孤子，莫我儿饥且寒，有过慎莫笪（dá）笞（chī），行当折摇（即折夭，犹言夭折），思复念之！”得此数例，愚意以为，言“桃之夭夭”即“桃之摇摇”，非但切理且为有据矣。

吴氏积廿年之功考订“夭”单字之义颇详亦确，读之获益匪浅，然释“桃之夭夭”为“桃之夭夭”则不尽服人。因小辩如上，诚望海内方家有以教我。

原载《文史》第三十二辑，第84页。中华书局1990年3月版；又载中国人民大学复印报刊资料《语言文字学》1990年第12期，第111页。微有增补。按：“桃之夭夭”即“桃之摇摇”，已为当今《诗经》注释者所采用。

[附录二]

崇　　桃

原始的植物崇拜之一。崇桃现象出现很早，至今残存，见于我国众多的民族和地区。《山海经 海外北经》说夸父逐日，“弃其杖，化为邓林”，邓林即杖林、桃林（“杖”的上古音近于“邓”，今南方壮侗语族犹称“手杖”为“邓”。权杖、神杖、魔杖具有神力，是一种世界性的宗教文化现象）。又载“度朔之山，上有大桃树”，“上有二神人，一曰神荼，一曰郁垒”，阅领万鬼，制御凶魅。《后汉书•礼仪志》云“恐万物不楙（茂）”，以桃印施门户。《齐民要术》则说：“东方种桃九根，宜子孙，除凶祸。”今陕西、河南、湖北直至海南的一些农村仍流行以桃枝抽打昏迷之人的“祛鬼治病”风俗。过去在湖北黄陂一带，巫师替人治病，用桃枝在病人站立的周围画圈，然后抓几把圈中之土装入陶罐，埋于三岔路口，在用桃木桩将罐钉穿，名曰“钉鬼”。江浙一带有幼儿出门，须携一二节桃枝的习俗。多数地区幼孩身上的小肚兜也做成“桃”形，小孩也常剃“桃子头”。民间常将桃核雕刻成各种各样动物形状，戴在幼儿颈上或手上，用以辟邪。《荆楚岁月时记》记载古人正月初一饮桃汤，《云仙杂记》记载古人寒食节煮桃花粥，随着饮食文化的发展，近年又兴起端午节吃桃罐头的习俗。“桃”谐音“逃”，据说吃了桃制品食物，一切的不吉利都“逃”走了。有时把桃与梨共食谐音“逃离”。老武汉人相传何年桃子丰收，将有洪水淹市，人民逃荒。“桃”谐音“逃”，迟至战国末年之前即已使用。《越绝书•吴地传》记载楚相春申君修建了一座“桃夏宫”也就是“避暑”的宫殿，东汉初年还被用作太守官厅。先秦时期，人们称制造兵器的工匠为“桃工”；在战斗中用桃木弓射击敌人，都隐寓使敌人“逃”走之意。东汉许慎注《淮南子•诠言训》云：“鬼畏桃，今人以桃梗径寸许，长七八寸，中分之，书祈福禳灾之辞。”时至今日，我国各地一些农村都有在门首插桃枝的习俗，道士巫师们的法器如剑、弓、印、符、橛等也多是桃木制成。桃崇拜的起源与桃的食用价值和药用价值有密切关系。

大约在人类初年或更早，桃就成为维持生命的佳果之一了。桃生命力旺盛，分布极广，营养较丰富，这是人们崇桃的原因之一。桃花、桃仁、桃叶、桃胶、桃根、桃树皮、桃毛等都曾列入药典，可以治疗一些常见疾病和杀死一些使人致病的小虫，这是桃木制鬼驱邪的根源所在。

桃在制鬼驱邪的同时，也逐渐演变成中国福乐文化的象征之一。桃花的红色、桃果的红色都和人的健康之色、美艳之色极为相似，而红色又是中国人用于喜庆的主色调。所以桃在中国人的喜庆活动中，尤其是在婚嫁、寿诞活动中占有一席之地。《诗经•桃夭》说："桃之夭夭，灼灼其花"、"桃之夭夭，有蕡（fén，硕大）其实"，这是献给新娘的婚礼之歌，至今湘西苗族还在嫁女时演唱。桃花盛开还是天下太平、人民幸福的象征，传说周武王灭商之后，"偃武修文，归马于华山之阳，放牛于桃林之野"（见《尚书•武成》及《史记•周本纪》）。"华山之阳"与"桃林之野"是同一地方，都指华山南面。后人祝寿时所说的"寿比南山"就与"南山"是"桃林"有关。《山海经•西次三经》也说："乐游之山，桃水出焉。"乐游、福寿、太平、喜庆再与青山绿水相结合，就是东晋陶渊明所描绘而历代中国人所神往的"桃花源"了：溪水清澈、桃花盛开、落英缤纷、芳草鲜美、民风古朴、生活安定。从唐人张志和《渔歌子》的"桃花流水鳜鱼肥"，到当代流行歌曲"在那桃花盛开的地方，有我可爱的故乡"，桃和桃花始终受到中国民间的高度喜爱。"在那桃花盛开的地方……"，倘若换成"在那梅花盛开的地方"、"在那菊花盛开的地方"、"在那荷花盛开的地方"，或者"在那杏花盛开的地方"，甚至"在那牡丹花盛开的地方"等等，其美感都远远不如"在那桃花盛开的地方"来得热烈奔放和喜气盎然。20世纪80年代末以来，北京、兰州、山东青州等地又兴办了与旅游、经济、民俗相关的"桃花节"或"蜜桃节"，桃的神秘力量不断减少而喜庆色彩不断加浓。

桃与寿庆直接相关的说法，最早见于传为汉人东方朔所撰的《神异经•东方经》，该书说有一种"和核羹食之，令人益寿"的直径"三尺二寸"的特大"寿桃"。后来也见于《汉武帝内传》中西王母以"三千年生实"的桃子赐给汉武帝尝新。以后逐渐演变推广，成为个别民间神灵如寿星、麻姑的圣物之一。民间的“寿桃”即是模仿寿星手中的仙桃和麻姑献寿时花篮中所盛的仙桃，甚至是农历三月三日西王母为庆自己诞辰而设的蟠桃寿宴上的蟠桃。但寿桃的真实渊源却远在“夸父桃林”和“南山之阳，桃林之野”的神话之中。崇桃现象集中显示了中国人祖先崇拜、生殖崇拜、求生、求福、游乐、和平、制鬼、克敌、驱病等社会的、家庭的、个体的多层次、多侧面的文化心理。

原载王景琳主编《中国民间信仰风俗辞典》，中国文联出版公司1992年12月版，第804-807页，略有增补。因部分表述未见于《桃、桃花与中国文化》，特移为附录。

息壤与膨润土：
一个文化之谜的科技考察

自然界中真有所谓能够“增长”的土壤吗？如果有，洪水时代的中国先民曾经使用过它吗？本文郑重宣告：这两个问题的答案都是十分肯定的。如果说，中国的古代科技还有什么“世界第一”未被发现，那么，最早认识、开发和垄断使用息壤——膨润土，便是神话时代就已诞生的光辉的一例。

世界上许多民族都有“上古世界毁灭于特大洪水”的神话，中国古籍《尚书•尧典》说：“汤汤洪水方割，荡荡怀山襄陵，浩浩滔天。”洪水漫及山腰，淹没丘陵，波涛在低空翻卷，大地被分割为众多孤立的“岛屿”，可见这场洪水之大了。

不少神话认为人类在这场灾难中除极少数人，如一家人或一对兄妹，因躲进方舟或大葫芦，得以幸免于难之外，上古世界完全被毁灭了。唯有古汉语系统的一些洪水神话不这样看，它认为人类并非坐以待毙和被动地乘坐某种漂浮物得以逃避，而是与洪水进行了长期的艰苦卓绝的抗争，并最终取得了胜利。它在世界洪水神话中所具有的独特色彩是显而易见的：即洪水并没有覆盖整个地球，而只是“怀山襄陵”，亦即包围高山，淹没丘陵。人类也绝大部分没有被毁灭，而只是遇到空前的治水困难。事实上，现代地质考古学的证据也不支持洪水淹没整个世界的说法，因为根本就没有发现这场特大洪水的任何遗迹。当然局部地区的一次或多次的特大洪水总是有的。本文不拟解决洪水的发生问题，只想着重指出：上古汉语洪水神话较之许多民族的洪水神话更接近现实一些，因此也更富有科学研究价值。迄今为止，我们的神话研究偏重于肯定治水神话中充分体现出来的不屈不挠的民族奋斗精神、治水领袖大禹的无私奉献精神和“因势利导”的治水方略，对其中所蕴藏的远古科技价值和先民早熟的智慧则研究得不够深入。比如所谓“大禹的父亲”伯鲧用来堵塞洪水的“息壤”到底是什么矿物，就还没有取得合乎事实的研究成果。

一、自然界中真有“息壤”吗？

息壤，根据字面的解释就是“生长的土壤”、“长大的土壤”、“增多的土壤”。这个“息”字，完全等同于现代汉语中“这个孩子比过去出息多了”的“息”，以及“银行存款利息”的“息”。都表示在过去的基点上“长了”、“大了”、“多了”之意。

自然界中真有某种能够“长大”、“增多”的土壤吗？有！它就是当今广泛应用于工业领域的“膨润土”，也称“膨胀土”。或许有人要问：既然从事工业生产的人们早就与膨润土频繁地打交道，何以直到现在才由你点明“息壤”就是“膨润土”呢？这其实简单得很：熟悉膨润土的人并不关心息壤的研究，研究息壤的人又不了解膨润土。直到某一天，研究远古息壤的某个人，突然了解膨润土就是“会生长的土壤”，并且主要用于治理水的渗漏，息壤与膨润土才可能在远古与当今的时间坐标上逐渐接近乃至交集重合，形成一个“息壤就是膨润土”的研究结论。

关于膨润土的特性与功能，暂且按下不表，先看看古人对息壤是如何介绍的。《山海经•海内经》记载：

> 洪水滔天，鲧窃帝之息壤以堙（yīn）洪水，不待帝命，帝令祝融杀鲧于羽郊。

这则神话告诉人们：息壤是帝独有的神物，鲧窃息壤是为了用息壤来治理人间洪水，结果鲧为此付出了极为高昂的生命代价。息壤在另一本先秦古书《开筮》中，是与某种石头联合治水的。晋代博物学家郭璞引此书注释《山海经》的“息壤”时说：

> 息壤者，土自长息无限，故可以塞洪水。《开筮》曰：“滔滔洪水，无所止极，伯鲧乃以息石、息壤以填洪水。”汉元帝时，临淮徐县地踊长五六里，高二丈，即息壤之类也。

郭璞的这条注释对于我们科学地了解息壤的实质有两大贡献：一是用另一本古籍补充介绍了息壤这种“土壤的物质”与某种“岩石的物质”存在着紧密联系，这一信息在古书中是独一无二的。二是介绍了后人不易知晓的一个历史实例：汉代临淮徐县地面隆起一条五六里长、二丈高的土带。他认为那就是神话中的息壤。这无疑是说：息壤不是虚构想象之物，而是某种客观实在之土或石。这在当时真是了不起的科学见解！据《太平御览》卷880引《古本竹书纪年》：“梁惠成王七年，地忽长十丈有余，高尺半。周隐王二年，齐地暴长，长丈余，高一尺。”此后，《史记•天官书》和《汉书》都曾用“地长”二字讲到过类似现象[1]，但都没有和“息壤”联系起来。不过，郭璞也沿袭了前人的错误说法，认为息壤能够“自长息无限”。这“无限”二字是绝对错误的。地球上没有任何一种物质可以“长息无限”，就连可以通过大气循环而貌似“长息无限”的江河之水，往往也会因长期天旱而断流。即使如郭璞所介绍的汉代徐

[1] 司马迁：《史记•天官书》，中华书局点校本，第1339页：“水澹地长，泽竭见象。”班固《汉书•天文志》同，中华书局点校本，第1298页。

县那条隆起的土带，不也只是“长五六里，高二丈”吗？怎么能说是“长息无限”呢？可见郭璞所举的实例本身就否定了“长息无限”的误说。况且，神话中的“息壤”之“息”也没有“长息无限”之意。否则，“水来土掩”（在中国古代的五行理论中，土能克水），息壤无限地长，洪水能堵不住吗？伯鲧治水能失败吗？“息壤自长息无限”的错误认识始于汉人高诱。高诱注《淮南子•地形训》中“禹乃以息土填洪水，以为名山”一句时说：

息土不耗减，掘之益多，故以填洪水。

高注完全是凭空想象，既没有来自鲧那样亲身治水的实践经验，也没有郭璞那样源于客观实在的考察。其误说影响至今，还在许多研究文章和《辞海》《辞源》中出现。

郭璞之后，历代学者都曾对息壤的庐山真面目作过探究，但除现代著名学者顾颉刚先生之外，别的研究者都没有超出郭璞认识水平。如中唐柳宗元在《永州龙兴寺息壤记》中说：

永州龙兴寺东北陬（zōu）有堂，堂之地隆然负砖甓（pì，甓也是砖）而起者，广四步，高一尺五寸。始之为堂也，夷之而又高，凡持锸（chā，铁锹）者尽死。永州居楚越间，其又鬼且禨（jī），由是寺之人皆神之，人莫敢夷。《史记•天官书》及《汉志》有“地长”之占而亡（无）其说，甘茂盟息壤（漫按：地名。见《战国策•秦二》及《史记•甘茂传》，其地今无考。或以为在咸阳东郊），盖其地有是类也。昔之异书，有记“洪水滔天，鲧窃帝之息壤以堙（yīn）洪水，帝乃令祝融杀鲧于羽郊”。其言不经见（不见于经书），今是土也，夷之者不幸而死，岂帝之所爱耶？南方多疫，劳者先死。则彼持锸者，其死于劳且疫也。土乌能神？余恐学者之至于斯。征是言而唯异书之倍（背诵）。故记于堂上。[1]

柳宗元的用意是好的，他认为地面隆起就是古之息壤，也与郭璞相

[1] 《全唐文》（点校本）卷581。山西教育出版社2002年版，第3464~3465页。

同。但他缺少一点科学家为探索自然奥秘而勇于冒险和牺牲的大无畏精神：何不亲手挖它几锄试试，看看到底是什么物质？或者一直掏下去看个究竟不是更好么？如果柳本人挖之而不死，不是更能说明"土乌能神"么？大概是因为鲧动用了息壤而被杀，永州人也就认为谁铲平那隆起之土也会被"帝"杀死。这种精神状态跟鲧当年毅然窃帝之息壤以堙洪水的壮举相比，实在是神人之差、天壤之别，堪称一出民族进取精神大衰退的悲剧！

明人《五杂组•地部二》也记载了一则有关息壤的传说：

> 《山海经》："鲧窃帝之息壤，以堙洪水。"今江陵南门有息壤祠云。息壤，石也，而状若城郭。唐元和中，裴宇牧荆州，阴雨弥旬不止。有道士欧阳献谓宇曰："公曾得一石室乎？瘗（yì，掩埋）之则雨止矣。"宇惊曰："有之，但已弃竹篱外矣。"觅而瘗之，雨即止。后人有发之者，辄致淋雨。苏轼序云："今江陵南门外有石，状若宅陷地中而犹见其脊。旁有石记云：'不可犯畚（běn，撮箕）锸，以致雷雨。'"后失其处。万历壬午（公元1582年）新筑南门城，乃复得而瘗之，置祠其上。[1]

这个传说的表层意义——"石现天雨"，已经严重背离了息壤神话的真谛，但其深层结构却仍然与"息壤治水"有关：1."息壤，石也"，息壤是一种"状若城郭"的石头，而筑城之法，则与鲧筑坝堵水有关；2.息壤用于治水，埋之于地，说明无水可治；发之出土，就会阴雨不止，显示洪水征兆。此外便很难说还有什么新的价值。学术界曾有人希望这块石头出土，事实上即使真的出土了，也不会给研究工作带来任何重大突破，因为其实质仅仅是带有某种奇异色彩的传说而已。

此外，也有人不依据实物考察而仅据字义推衍。如明人朱国桢的《涌幢（chuáng）小品》卷十五《息壤辩》就认为：息壤是指经过耕治的熟土，桑土稻田，可供人民生息，故称息壤。《山海经》的意思是指鲧不遵循水的特性而与水抗争，动用耕桑之土以遏阻洪水，所以招致失败而被杀：

---

[1] 明•谢肇（zhào）淛（zhè）《五杂组•地部二》，上海古籍出版社编《明代笔记小说大观》，第二册，上海：上海古籍出版社，2005年版，第1545页。

> 《山海经》所云"鲧窃帝之息壤"，盖指桑土稻田，可以生息，故曰息壤。土田皆君所授于民，故曰"帝之息壤"。鲧之治水，不顺水性，而力与水争，决耕桑之畎亩以堙淫潦之洪流，故曰"窃帝之息壤以堙洪水"，其义岂不昭矣哉！[1]

这种解释经不起推敲：上古人口稀少，未经耕治的土地那么多，何以鲧独取耕治之土以阻遏洪水？今人徐南洲发挥了朱国桢的观点，认为其实息壤就是很肥沃的土壤，也可说是腐殖质多少适当的土壤。《大戴礼记•易本命篇》："息土之人美"，孔广森注解说："息土谓衍沃之田"。意谓当洪水漫天价冲来的紧急关头，鲧当机立断，带领人们就地挖土筑堤。但是被挖的土地是帝尧氏族肥沃的耕地，损害了当时掌握部落联盟大权的尧氏族的利益，而且事先连招呼也不打，所以其罪名是"不待帝命"，其罪行是"窃"[2]。徐文总的观点是：鲧已用尧氏族的耕地之土成功地阻止了洪水，他之所以被杀是因为没有请示帝尧。同时治水的"息壤"也没有什么神奇之处。说"息壤"会生长是"编"出来的解释云云。此后，还有人说"鲧窃息壤并非盗魔土治服洪水，而是鲧向相邻的帝部落扩展土地的治水行为"[3]。什么叫"扩展土地的治水行为"？是跑到别人的土地上去治水吗？这种语焉不详的"研究"，除了令人莫名其妙之外，很难说有什么客观实在的根据。

我以为，朱国桢、徐南洲二家之说的最大失误在于：他们似乎并不明白古人把什么状态的水称为"洪水"或"大水"。《左传•桓公元年》说："秋，大水，凡平原出水曰大水。"平原既已被大水所淹，又到哪里挖耕地？"洪水"或"鸿水"又比"大水"更甚。古籍中常把"横流"之水或"逆流"之水特称为"洪水"。"横流"指水流大于河道，四处泛滥；"逆流"指上游涌入之水大于下游排泄之水，致使水流倒灌上游。所以《尚书•尧典》说："汤汤洪水方割，荡荡怀山襄陵，浩浩滔天。"《孟子•

[1] 明•朱国桢《涌幢小品》卷十五《息壤辩》，上海古籍出版社编《明代笔记小说大观》，第四册，上海：上海古籍出版社，2005年版，第3450页。

[2] 徐南洲：《<山海经>——一部中国上古的科技史书》，收入《山海经新探》，四川社会科学院出版社1986年版。

[3] 刘晔原：《普罗米修斯之火与鲧之息壤》，《民间文学论坛》1986年第5期。

滕文公》说："当尧之时，水逆行，泛滥于中国。"《吕氏春秋•爱类》说："昔上古龙门未开，吕梁未发，河出孟门，大溢逆流，无有丘陵沃衍（《周礼•地官•大司徒》郑注：'下平曰衍，高平曰原'），平原高阜（fù，无石之山，高起之陆地），尽皆灭之，名曰鸿水。"可是，朱、徐二氏则相反，他们把上古那场"怀山襄陵"、"横流"、"逆流"、"丘陵沃衍，平原高阜，尽皆灭之"的"鸿水"缩小了若干倍，变成一场普普通通的筑堤防汛运动：一群原始人在鲧的带领下，变魔术式地制服了"漫天价冲来"的洪水。这里完全没有"丘陵沃衍，平原高阜，尽皆灭之"的恐怖景象，而是到处有肥沃的耕地可挖的虽然紧张但却热烈的"防洪场面"。可是古籍中说的却是长期治洪，而且是鲧禹两代的前仆后继啊！光是大禹"九年治水，三过家门而不入"的传说就足以证明治洪的长期性与艰巨性了。可见朱、徐二氏不仅否认了洪水灾害的巨大性，同时也否认了"息壤"性质的神异性。上古"挖耕地以治洪"的说法之所以不成立，我们还可以根据当今洪灾的实际情况来加以推想，证明其根本不可能。试想最近的1991年中国南方百年未遇的大洪灾出现之时，从电视镜头中可以清楚看到，洪波所及，汪洋一片，哪里还有什么耕地可挖？伯鲧总不能带领原始人钻到水下去取耕地之土来筑堤吧？现代人尚且经常抵抗不住的特大洪水，伯鲧就那么轻易地制伏了？如果硬要把"息壤"解释成"肥沃的耕地"，那"息石"岂不成了"肥沃的石头"了吗？可见前人研究失误的重要原因之一，就是专在"息壤"上别出心裁，完全没有考虑过"息石"的存在及其功能。

总之，把"鲧窃息壤以堙洪水"解释成"挖耕地以治洪"，既不符合息壤能"长息"的根本特性，又不能解释后世以"地长"为"息壤"的种种事实，所以并不可信。

通过上述的全面介绍，我们可以总结出神话传说中"息壤"的几个最主要的特征：

1. 息壤是一种会"生长"、"长大"的土壤；

2. 息壤这种土质与某种岩石亦即"息石"有关；

3. 息壤"长大"的先决条件与"水"有关，所以能够在治理洪水的

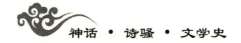

工程中用息壤来“堙”即“塞”洪水（见《山海经》及郭璞注）、“填”洪水（见《开筮》;《天问》:“洪泉极深，何以填之”？《淮南子•地形训》:“凡鸿水渊薮，自三仞以上，二亿三万三千五百五十有九。禹乃以息土填洪水，以为名山”)、“障”洪水（《国语•鲁语上》:“鲧障洪水”)。

4. 晚周秦国地名的“息壤”、汉代徐县的“息壤”、唐代永州的“息壤”数处息壤遗迹后来都消失了。

二、息壤息石遇水膨胀的特殊功能

我说远古神话中的息壤就是今天在工业领域广泛使用的膨润土，就是因为膨润土（包括膨润土矿床）与息壤的上述4个特征完全吻合。

膨润土最大的特点是遇水膨胀，其膨胀系数一般为十几到四五十倍。其膨胀力的数值可达1公斤/厘米2以上，在现代建筑工程中，还将包括膨润土在内的膨胀较强的粘土用作填料或灌浆材料来处理岩石中的裂缝，以降低岩石间的透水性能。一般说来，一块鸡蛋大小的膨润土，吸满水后即长成拳头大小，受热失水后又恢复原状。更妙的是，它的主要成分竟是“蒙脱石”。1979年版《辞海》“膨润土”条说：

> 也称“斑脱岩”。由凝灰岩或其他火山岩在碱性水的作用下蚀变而成。主要矿物成分为蒙脱石。呈灰绿色、黄色或粉红色、白色等，吸水性强，体积能随所吸水分胀大，但在加热后又可失去所吸水分。

同书“蒙脱石”条则说：

> 矿物名。……成块状或土状集合体，色白，微带红色或绿的色调。光泽暗淡；……加水膨胀。具有很强的吸附力。是膨润土和商用漂白土的重要组成成分。

《简明不列颠百科全书》第5卷“蒙脱石”条更详尽地指出：

> （蒙脱石是）粘土族矿物及其变种。在水中膨胀并具有高的离子交换能力。蒙脱石由颗粒极细的含水铝硅酸盐构成。它们在各个层体之间吸水，引起膨胀，并随不同矿物种别改变其夹层间距。……“蒙

脱石——皂石”最初用来表示硅藻土，后来表示蒙脱石矿物和某些看来象膨润土的粘土矿床，以及多水高岭石（埃洛石）的浅绿色变种。蒙脱石常存在于粘土岩、页岩、土壤、中生代和新生代的沉积层以及不含云母的近代海相沉积层中。它们通常出现于排水不良地区。

此外，上海科学技术出版社 1980 年出版的《现代科学技术辞典》第 2611 页载：“膨胀土 smelled ground[地质] 指潮湿时膨胀的土壤和岩石。”同书第 2612 页载：

> 膨润土泥浆 bentonite slurry [材] 一种泥浆，成分是水和粘土，其重要组成的蒙脱土矿物。建筑材料中还有“膨胀砖 expanded drick”用于水下漏洞的堵塞。

将膨润和蒙脱石与息壤稍加对比，不难发现：

1. 膨润土的遇水膨胀性与治水的息壤会“长息”的特点完全相同；但中国古人关于息壤息石的许多记载，一个共同的最大阙失，就在于没有明确指出：息壤息石只有在遇到水时才会“长息”。例如《山海经》说“鲧窃帝之息壤以堙洪水”，难道当息壤堆放在帝所之时，它们也会无缘无故地“长息无限”吗？不过，《淮南子•地形训》还是隐隐约约地提到息土（息壤息石）吸满深渊之水后，膨胀成为中国境内的大山：

> 禹乃使大章步自东极至于四极，二亿三万三千五百里七十五步；使竖亥步自北极至于南极，二亿三万三千五百里七十五步，凡鸿水渊数，自三仞以上，二亿三万。

至于《史记》和《汉书》，则共同指出“水澹地长”，表明“地长”是大水浸泡的直接后果。

2. 膨润土的主要成分为蒙脱石，而且蒙托石含量越多，膨胀量越大。其形状或成块状，或成土状，这又与息壤与息石联合治水相同；换言之，块状的“蒙托石”便是神话中的“息石”，土状的则是“息壤”；

3. 膨润土及其矿床吸水后膨胀，失水后恢复原状，这完全可以解释战国、汉、唐数处息壤后来统统失考的原因；

4. 膨润土在现代建筑工程中用作填料、灌浆，以减少岩石透水，或堵塞水下设施的孔隙，又与神话中说用息石息壤去填、塞、堵洪水，减低或阻止洪水的泛滥相符；

5. 块状膨润土呈灰绿色、黄色、粉红色、白色等，多种块状膨润土放在一起，一定是五色斑斓。加上膨润土遇水而大，失水而小的神奇变化，所以受到“帝”的喜爱、珍视而钦定为“帝之息壤”。

揭去了罩在“息壤”之上的神秘面纱，我们终于见到了这种在数千年的中国历史上时隐时现的“帝之息壤”的庐山真面目！它原来就是遇水则“长息”、失水则复原、色彩缤纷、若石若土的“膨润土”或其矿床！

值得一提的是，早在1957年，著名学者顾颉刚先生的论文《息壤考》，就已经和这个结论“擦肩而过”了。顾先生以丰富的史料和1950年他在陕西铁道线上亲自考察到的“土地时时隆起”现象，证明“地长”或黄土塌方一是“黄土层间夹有红色粘土层”；二是“地下水太多，土地时时隆起，今天刚刨平，明天又长出，铁轨不能保持平衡”。顾先生还举了一个实例：

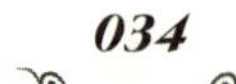

> 人民解放军的指挥员和作战员数万人听从工程师的指导，用了排山倒海的威力战胜自然的困难。对于土地隆起的现象，民间向来称它做“神山”的，他们估计山中可能有水源使土地起化学作用而膨胀，就号召“向神山进攻”。果然在山里发现水泉。他们立刻在山后掘了沟把它排泄。水既由山后泄出，山前就不再胀，神山失去了神秘，铁路得保安全。[1]

顾先生的这一研究，指明“粘土和水”与息壤有关，从方法到结论都正确的。但先生的研究也明显存在两大缺陷：一是没有深入探究“息壤”如何用于“治水”及其与“息石”的关系，所举例证对于理解“以息壤治水”关系甚远；二是论文重心放在考察鲧禹治水之不同的历史演变上了，没有进一步追踪“息壤息石”的真实面目，所以最终还是和“息

[1] 顾颉刚：《息壤考》，《文史哲》1957年第10期，第43页。

壤”真相失之交臂。

从文化史和科技史的角度看：一个民族能够在不少于五千年以前的“洪水神话”时代，就已经发现了膨润土这种“潮湿时膨胀的土壤和岩石”的神奇特性，并在治理洪水的工程中加以巧妙利用，而且其基本原理至今依然广泛应用于建筑工程中。这在远古时代，是一种何等伟大的智慧！何等灿烂的文化光辉！

三、息壤息石助人治水的真相揭秘

那么，鲧又是如何利用“膨润土”来“堙”也就是或填、或堵、或塞洪水的呢？

常识告诉我们：正面堵截洪水是根本不可能的。每当特大洪灾发生时，人们总是移居高地。古今中外莫不如此。正如《孟子•滕文公下》所说：“当尧之时，水逆行，泛滥于中国，蛇龙居之，民无所定。下者为巢，上者为营窟。”所谓“下者为巢，上者为营窟”，可以作两种理解：1. 地势低下的，便到树上结巢为居；地势高坦的，便用石块土壤作营垒窟室以挡洪水。2. 政治地位低下的普通人民，便到树上结巢为居；政治地位高高在上者，便到高地上用石块土壤筑起营垒居住。两种理解实际上只是一回事：因为处在高地下方的只能是政治地位低下的普通人民，部落首领或部落联盟机构是不可能到树上以巢为居的。这一点，《周易•涣卦》曾用一个非常鲜明生动的洪水故事加以表述过。所谓“涣”，意即“水流无阻，四向涣散”。卦象“上风下水”，是风急浪猛之象。原文云：“涣：亨，王假有庙。利涉大川，利贞。”洪水将至，王亲自到宗庙里祭祀，求神问卜，得到有利的解答。“初六：用拯马壮，吉。”洪水来临，人们纷纷乘上强壮之马往高处奔逃。“九二：涣奔其机，悔亡。”洪水冲塌了低处的房基（也有可能是堤围），但人已逃离，无害。“六三：涣其躬，无悔。”洪水冲到一些人的身上，但未灭顶。“六四：涣其群，元吉。涣有丘，匪夷所思。”洪水危及广大的人群，因人群已聚集于高丘之上，大吉，未有伤亡；但是，如果洪水再淹上来，后果将不堪设想。“九五：涣其汗大号。涣王居，无咎。”洪水持续快速上涨，人群流汗惊叫大哭。洪水又涨到最高处——王的居所。谢天谢地，不再上涨了。“上九：涣其血（恤），去逖（惕）出。无咎。”洪水之患消失了，但应警惕再次出现。如果早有防备，而不是继续让“水流无阻，四向涣散”，就不会再遭其害了。这个洪水场面明明白白地告诉我们：最先受到洪水侵害的正是普通老百姓！而王的居所建在最高处：比老百姓避难之所的“丘”还要高。假设“王居”建在高丘的最高处，而王又高居其上，这种“高而又高”的地位，在躲避洪灾时，其优势自然比“下民”强多了！此种场景，西汉的《淮南子•本经训》的说法也可为证：“共工振滔洪水，以薄（逼近）空桑（高诱注：空桑，地名，在鲁也）。龙门未开，吕梁未发，江淮通流（长江水与淮河水溢出两岸连成一片），四海溟幸，民皆上邱陵、赴树木。”东汉许慎的《说文解字》卷十一下“州”字注解也认为：“水中可居曰州，周绕其旁，从重川。昔尧遭洪水，民居水中高土，或曰九州。”东汉赵晔著《吴越春秋•吴太伯传》亦云：“尧遭洪水，人民泛滥，逐高而居。”可见治洪救民，首先必然是把受洪水围困的人民转移到高地，然后在高地下方筑起防止洪水上涨的堤坝——实际上只能是土石结合的围子。下方住民，上方住“官”。值得注意的是：“堯”字的本意就是“高”。《说文》云：“垚，土高也。”“堯，高也。从垚，在兀上，高远也。”两字读音完全相同，今黔南方言犹有“高堯堯”的形容词。《说文》又云：“兀，高而上平也。……从一在人上。”我推测：尧时大水是历史事实。“堯”字正是“民居水中高土”而“堯”居人民之上的形象说明。最近见到历史学家杨向奎先生的一篇文章，正从不同角度支持了上述观点。杨先生说：

> 在原始社会以及奴隶社会的居民多就陵阜而居，这在卜辞中以及考古学上都有反映，因为这时营造居民地区多在高台上，在古籍中如《墨子•辞过》有“古之民未知为宫室，时就陵阜而居”。《孟子•尽心》中也有“是故得乎丘民而为天子”。都可以说明中国古代有一个时期居山或高地。一般人既然依陵阜而居，那些陵驾于人民之上的统治者越发得高高在上了。统治者——国王或者酋长，居住在山上作为人民的统治者，同时也作为上帝的子孙及其代言人，他们把自己看做天人

之间的媒介，这种媒介的称呼当时叫做“神（申）”。[1]

上古某个时期人民居山或高地，1947 年柳诒徵撰《中国文化史》时已经注意到了。他在第一编第一章《中国人种之起源》中指出，根据古代传说，大约可得二义：

“一则出于多元也。”“次则兴于山岳也。世多谓文明起于河流，吾观吾国文明，实先发生于山岳。盖吾国地居大陆，人种之生，本不限于一地，其拥部众而施号令者，必具居高临下之势，始可以控制多方。……周、秦诸书，虽不尽可据为上古之信史，然自来传说，古代诸部兴于山岭者多，而起于河流者少。……实吾民先居山岭，后沿河流之证。更以其后言之，则证据尤多：（一）君主相传号为林、蒸……盖古之部落，其酋长多深居山林，故后世译古代林、蒸之名，即君主之义。（二）唐、虞时诸侯之长尚号为岳。《尚书》四岳之民，说者不一。……要皆可证古者诸侯之长，多居山岳，故以岳为朝臣首领也。（三）巡狩之朝诸侯必于山岳。舜巡四岳，禹会诸侯于涂山，即其证。（四）人民相传号为丘民。《孟子》谓‘得乎丘民为天子’。……《禹贡》有‘降丘宅土’之文，是洪水以前及洪水时，民多居丘也。（五）为帝王者必登山封禅。……此非古人迷信山林之神也。最古之大部强酋，多居山岳，故后之为帝王者，虽已奠都造邑，亦必循古代之仪式，登山行礼，然后为众所推崇。《书》称‘尧纳舜于大麓’，亦即此意也。”[2]

今人张岩近年在《< 山海经 > 与中华民族的起源》一文中[3] 也指出：

《山经》中的 447 个山丘，实际上正是构成当时我国大型原始文明政权结构的 447 个相同层级的政权单元。在这个层级之上，是 26 个连山系统；再向上，是南西北东中 5 个更高层级的连山结构（五岳结构）；再向上，则是一个五合一的总系统。中山是这个庞大的原始

[1] 孟世凯《甲骨学小辞典•杨向奎序》，上海辞书出版社1987年12月版，第2页。
[2] 柳诒徵：《中国文化史》，中国社会科学出版社2008年版，第7-10页。
[3] 张岩：《<山海经>与中华民族的起源》，《文艺研究》1994年第2期。

政权的中央政权所在地。

总之，许多证据表明：中国上古时代确有一个时期居住于山上或高地，而普通民众却只能居住于高地下方。既然如此，受到洪水严重威胁的自然只能是普通民众的土石围子了。远古劳动工具落后，围子所用石块必定纯是天然生成的石块，这就决定石块与石块之间不可能完全弥合，如果在石块之间形成的空隙处置放一些膨胀土，膨润土遇水膨胀并产生很强的吸附力，自然可以堵塞漏水的孔隙，使石墙后面的土堤不会直接受到洪水的冲刷，达到“堵塞洪水”的预想目的。如果拦洪围子或堤坝出现水洞，也可用膨润土进行紧急抢修，确保围子或堤坝的安全。《天问》曾问：“鸱（chī）龟曳衔，鲧何听焉？”林庚先生的《(天问）笺释》云：

> 毛奇龄《天问补注》：“曳犹踵曳，以尾相掸（dǎn）援也；衔犹衔辔（pèi），以口相结衔也。……鲧筑堤以障洪水，宛委盘错，如鸱龟牵衔者然；是就鸱龟形而因之为堤；盖听鸱龟之计也。古人制物多因物形，如视鸱制柁，观鱼制帆；类此不足怪。……按扬雄《蜀本纪》：张仪筑城，依龟行踪筑之。”毛氏之说出于朱注，而引征有据。[1]

祝恩发则指出：

> 据建筑学家们认为：“曳衔”还不光是一般性的模仿生物形态用石头垒坝的问题，这里还有一个“衔口”的问题。……所谓“衔口”，就是今天砌砖墙时还仍然在沿用的一层一层的错口。在鲧的时代就掌握了这种每层之间互相错口（衔）的技术，不仅可以将坝垒得很高，而且也可以砌得很长。看来鲧模仿“曳衔”法筑坝并非是一件简单的生物形态的模仿，而且确实可以称得上是一项伟大的发明。它是我国建筑史上的一个光辉的起点和里程碑，它标志着我国建筑科学的成熟。[2]

尽管最后一句不够准确，但基本符合实际。简单说来，“鸱龟曳衔”

---

[1] 林庚：《<天问>论笺》，人民文学出版社1983年版，第13—14页。

[2] 祝恩发：《从<楚辞•天问>看鲧的历史功绩》，载辽宁省首次楚辞研究学术讨论会专辑《楚辞研究》，1984年编印，第353页。

就是用上面一块石头的中部，压住下面两块石头的“衔口”亦即“接头”。上古没有水泥或其他粘合剂性质的灰浆，所以能够堵塞漏缝并具有很强的吸附力的膨润土就显得百倍的重要。我与前人看法不尽相同的是：前人一致认为鲧是在河岸筑堤治水，我则以为鲧（包括上古时代类似鲧的人）主要是在“水中高土”、“丘陵”或“山脚”筑围防洪，犹如现今的“围湖造田”与“围海造田”之类的工程。伯鲧的任务是保证部落联盟总部的安全，他带领防洪队伍在高地下方筑起高高的围子以阻遏洪水的进一步上涨，并用“息壤”来加固围子的防水性。这种围子便是孟子所说的“营窟”。如果从短期效果看，鲧无疑是成功的，正确的。但如果长此以往，自然解决不了洪水消退的问题，也难以永久阻遏洪水的进一步上涨，所以就出现了“九载，绩用弗成”的严重后果，最终被部落联盟的大酋长尧或舜所杀。对于“帝”的这种判决，鲧及鲧部落并不心服，所以又有“鲧殛（jí）死，三岁不腐”的神话产生。屈原就曾经多次为鲧无辜被杀大鸣不平，看来不无道理。

对于“鲧窃帝之息壤以堙洪水，不待帝命”的问题，如何理解这个“窃”字？许多学者将鲧窃“息壤”比之于普罗米修斯的“盗天火”。我以为此中还有一些小差异。主要是联系“不待帝命”来加以理解。“洪水滔天”或许还有风狂浪猛，鲧迫于形势危急，“不待帝命”而动用息壤，“窃”就成了罪名。息壤亦即膨润土在当时已成极其珍稀贵重之物，不到万不得已，“帝”不会准许使用。可见使用息壤“堙”亦即“堵塞”洪水也是帝的常识，只是何时使用、用在何处必须由“帝”来钦定而已。上文已经论证最先受到洪水上涨威胁的是处于高地下方的普通民众，他们是战斗在“堙洪”前沿阵地的主力军，鲧只有依靠他们的力量与智慧，才能完成“堙洪”重任。在他们的生命安全受到威胁的紧急关头，鲧毅然动用了珍稀的息壤。或许风停浪退之后，普通民众的生命保住了，但“帝”也发怒了。因为“帝”只有在自己以及最高领导集团的生命受到威胁时，才会准许动用息壤。前引科技材料说过：“膨润土”是“由凝灰岩或其他火山岩在碱性水的作用下蚀变而成”，“蒙脱石常存在于粘土岩、页岩、土壤、中生代和新生代的沉积层以及不含云母的近代海相沉积层中。它们通常出现于排水不良地区”。请注意：所谓“碱性水”、“海相沉积层”以及“排水不良地区”，无疑都是海滨或内陆位置较低之地。由于洪水上涨，人们的居住地不断上移，与此同时也就不断失去已有的膨润土矿床，使本来就不多的膨润土变得愈加稀有和珍贵，以至帝作出决定，只有他才能拥有和支配膨润土。鲧虽然违反了帝的决定，但普通民众却非常感激他。这就形成了上古神话中的两种感情倾向：鲧是帝的罪人和鲧是人民的保护神。这两种感情倾向的对立和冲突及其原因，联系“夏鲧作城”的历史传说来综合考察，就会获致极为明朗的认识。不过这已经是另一篇论文的任务了。

原载《中国文化研究》1995 年夏之卷（第 2 期，总第 8 期）。

[附记]

《息壤与膨润土：一个文化之谜的科技考察》寄走清洋之后，我从陶阳、钟秀合编的《中国神话》[1] 中，接触到了流传在今浙江省东阳县的一则民间神话《王鲧和防风》，这则神话完全证实了本文的研究结论。神话说：“当初呀，天下发大水，到处是海满洋溢的。王鲧对防风说：‘我们治水吧。’……他们听说天帝有色土，见水就长，只要偷一点来治水就省事了。于是他们就想法到天宫去偷色土。”整理者原注说：“色土：疑即息土。但口述者反复说明是色土，有颜色的土，故存原说。”当我读到这条原注时，高兴得大叫并挥笔批于书上：“太妙了！”是啊，古籍中神秘的“息壤”终于在这里“原形毕露”了：原来它就是一种“见水就长”的“有颜色的土”！这不正是膨润土的最通俗不过的介绍么？我感谢神话的讲述者“坚持已见”，也感谢记录者的尊重事实，假如他俩不是“故存原说”，而是一切以古书为准，这条珍重的史料就会价值全无！为此，我曾复印这篇神话的全文寄给《中国文化研究》的主编阎纯德先生，可

[1] 陶阳、钟秀编：《中国神话》，上海：上海文艺出版社，1990年。

惜杂志已经完全编好，不便改动了。现在，我把它附录于后，让读者与我“奇文共欣赏”。息壤已被证明就是色土，那息石的情况又如何呢？同书此文之后又收了一篇《蛮龙归正》的神话，大意说：大禹看到一条乌黑的巨龙在水坝里嬉戏翻腾，不时掀起冲天的浪花，危及水坝的安全，大禹制止它，它却置若罔闻。大禹便从袖中取出一块小小的“五彩息石”，放到了乌龙的两角之间，只见五彩息石无时无刻不在膨胀变大，不一会儿，便把乌龙治服了。乌龙就是水患的象征，这五彩息石当然也就是块状的膨润土了。此外，流传在云南少数民族地区的神话《女娲娘娘补天》，也认为女娲用来填地的是“五彩石”，这在古汉语文献中是根本没有的。原文说：“女娲把天顶住之后，又去大山上、海底下找五彩石。……女娲将天补好后，就把剩下的五彩石用来填地。”填地就是治水啊！补天实际上也是堵“漏水”的“天河”，这说的不也是“息石”亦即块状的膨润土吗？贵州的布依族也有类似的用五彩石填地的神话。令人惊奇的是，从东南海滨到云贵高原，民间口头神话的治水神物竟然保持了高度的相似性。其中“有颜色的”和“见水就长”两点弥补了古汉语文献的严重阙失。至此，我终于有高度的自信向学术界宣称：中国洪水神话中用来治水的神秘物质——息壤息石，其原型就是土状或块状的五色纷呈的膨润土！

1995 年 7 月 30 日记于武汉暑热中。

[附录]

王鲧和防风

（汉　族）

王鲧和防风是好朋友。然而防风是大个子，站着山样高，躺下河样长；王鲧是小个子，三寸长，六两重，一大一小，站在一起真让人发笑。

当初呀，天下发大水，到处是海满洋溢的。王鲧对防风说：“我们治水吧。”于是，王鲧和防风就向地皇[1]把治水的事包了。他们听说天帝有色土[2]，见水就长，只要偷一点来治水就省事了。于是他们就想法到天宫去偷色土。

防风个子高，站在山上，手一举就能摸到天宫。于是防风把王鲧托在掌上，一举，就送王鲧上了天。王鲧个子小，不显眼，在天宫里跑来跑去，谁也不注意。色土藏在天帝的座椅下，王鲧就从天帝的裤脚里钻进，从裤裆缝钻出，不声不响就把色土给偷到了。

王鲧带着色土，防风托着王鲧，到处跑，跑遍天下每一条江，跑遍天下每一座山，他们用色土在江上扎了一道道坡，在山口筑了一座座坝。色土遇水长，坡坝随水高，江河上游的水被挡住，平川里自然免了洪灾。治水眼看要成功，地皇正打算让王鲧做王呢。谁知道，王鲧偷色土的事让天帝知道了，很恼火，一下子把全部色土都收了回去。这下更糟，原来挡在上游的水一下子往平川涌，洪灾更凶了，地皇发了怒，把王鲧和防风抓起来，要杀掉他们。防风个子大，一般人只够到他脚凹，杀他不得。而王鲧呢，个头小，就像灭蚂蚁一样被灭死了。临死前王鲧对天长叹说：“我个子小就被杀死，希望我儿子能长得高些，比防风还大三分。”果然，他儿子个子比防风还大，他儿子就是大禹王。

张永茂讲述，周耀明整理。

流传于浙江东阳县，选自 1986 年第 11 期《民间文学》。

[1] 地皇：也有叫国王的。

[2] 色土：疑是息土。但口述者反复说明是色土，有颜色的土，故存原说。

中国神话：原始文化的长子

从原始文化的视角去观察中国神话，将会窥见神话王国里的某一片充满着人间情味的独特风景。如果原始文化是一切民族文化之母的话，神话则是原始文化的一位硕壮的长子，是原始文化中最具特色的精神形态，满载着远古人类认识自然、反抗自然、适应自然、表现自然以及认识自己、发展自己的丰富信息。当原始文化逐渐消融在后起文化之中的时候，神话与神话精神的灿烂星光，至今依然闪烁在文学艺术的天空里。

一、洪水神话与水底遗迹

如果中国本土的大多数民族确实渊源于元谋人的故土——祖国西南部的云贵高原的话，那么，我们民族的发展史至少已经绵延了200多万年（暂不考虑来自DNA研究的“非洲智人后代说”）。[1] 早在2.5万年前，

[1] 参见[英]Richard Overy主编《泰晤士世界历史》第一编《人类的起源和早期文化》，毛昭晰等译，希望出版社•新世纪出版社2011年版，第30—35页。

北方民族的祖先已定居于面临渤海湾的北京山顶洞，开始缝衣御寒，以穿孔贝壳来满足审美要求，并出现了一些原始宗教仪式。大约在距今1万余年的旧石器时代晚期，我们祖先的踏荒巨足已经向东跨进了大海，到达今山东长岛的一系列岛屿上生息繁衍：当代考古工作者在岛上发现了大量史前人类的活动遗址，其中包括一处新石器时代的大型村落遗址，岛上远古文化遗存的密集程度超过大陆一般地区，被誉为中华文明的上源之一[1]。可以作出这样的猜测：中国神话中炎帝的女儿女娃游于东海，溺而不归，化为精卫，志填东海的著名故事，一定与远古时代东部先民们伟大的前仆后继的跨海行动有关。在西北部内蒙古高原的阴山岩画、乌兰察布草原岩画和阿拉善右旗曼德拉山岩画中，也留下了大约1万年前以下各时期的原始岩画艺术[2]。由此产生的“终北国”神话，也记载在《列子•汤问篇》中。就中国960万平方公里的全部领土而言，不仅地面上有着极为丰富的古文化遗存，甚至白洋淀底、太湖底、洞庭湖底也发现了六七千年至三四千年以下的古文化遗物。而淹于水底的原始文化遗址，又是世界性“洪水神话”得以孕育诞生的原始母体。现代地质史研究证明：“3.5万年前海平面与目前位置很相近，距今3—1.5万年间下降了130米，以后一直上升。”[3]中国如此，地中海沿岸各国如此，20世纪90年代初在太平洋东岸南美洲智利干涸了的塔瓜塔瓜湖底发现的1.1万年前的人类遗物也可作证[4]。

英国史学家赫•乔•韦尔斯（1866—1946）在其所著《世界史纲——生物和人类的简明史》中曾以想象性的语言进行推测：

> 今天碧波粼粼的地中海必然曾经是一大片陆地，一片气候宜人的陆地。在最后一次冰期时大概就是这样的。我们不清楚海洋里的水倒灌进地中盆地这个变化发生在什么时候，离我们的时代有多远。可以肯定的是，在现在淹没了的地区，当年的河谷和森林里一定有阿席林和新石器时代的人出没其间。新石器时代的暗白种人，就是地中海种

---

[1] 见《人民日报》1988年5月19日第3版报道。

[2] 见《新华文摘》1987年6期第76页“文物与考古”。

[3] 《简明不列颠百科全书》第3卷，1985年版，第650页“海平面”条。

[4] 见《新华文摘》1990年第7期第193页“世界文化之窗”。

族的人，在这个已经淹没的盆地里，向开始定居和开始有文明的道路上走得已经相当远了。……

突然间大西洋的水开始冲越西边山冈，奔向这些原始人群——这个湖本是他们的家园和挚友，一下变成了敌人；湖水猛涨，有增无减；他们的居所被淹没了。洪水把他们赶得四处奔逃，日复一日，年复一年，洪水漫山遍野地追逐着疲于逃命的人们。很多人必然被不断上涨的盐洪所围困和覆灭了。滚滚狂流，无遮无拦；越流越急，越来越高，没了树顶，漫了山冈，直到惊涛拍击了阿拉伯和阿非利加的山崖。遥远的地方，早在有文字记载的历史的黎明前，这一场巨灾降临了人间。[1]

尽管韦尔斯的说法与暴雨和陆地洪水无关，甚至明显带有欧洲中心论和神话传播的意味，但他所描述的景象却适合于全世界所有居住于低洼盆地的远古人类的共同遭遇。

2000年9月13日，世界各地的主流媒体都在显著位置刊载一条消息：被誉为“海底神探”的美国探险家波拉德，继1985年发现“泰坦尼克”号沉船、1999年发现以色列神秘失踪的潜艇之后，又于2000年9月初，在距离土耳其海岸20公里处95米深的海底下的一条古代河谷里，发现了一处古代建筑物遗址和两把制作精美的石斧石凿，遗址具有古代黑海地区的建筑风格，而石器具有7000年前新石器时代的特征。从遗址规模判断，当年这里是人口众多的古城。波拉德说，他们相信地球在远古时代发生过《圣经》中描述的大洪水。他们在黑海170米深的海底发现了两种截然不同的淡水贝类化石和海水贝类化石，经检测，海水贝类化石的年代为6500年前，淡水贝类化石最晚的也在7000年前。这证明，今天的黑海在7000年前曾是陆地！波拉德认为，只有大洪水才可能如此威力巨大，淹没大块陆地并把大湖变成深海。在此次海洋探险之前，波拉德阅读过美国哥伦比亚大学考古和历史学家威廉姆•雷恩教授和沃尔特•彼得曼教授1997年出版的《诺亚大洪水》一书，两位教授曾大胆推断：在7000年至12000年前，

[1] H.G.Wells著《世界史纲》，中译本，人民出版社1985年版，第122、123页。

冰川纪结束，大量洪水使地中海水位猛涨，特大洪水渐渐冲垮了地中海海岸，形成了分隔欧亚的博斯普鲁斯海峡。滔天洪水冲进当时是淡水湖的黑海，湖面以每天 15 厘米的速度暴涨成为和地中海相通的大海。此情此景，通过子子孙孙口耳相传，形成了神秘的远古大洪水神话。今天的黑海，就是这场大洪水在中东留下的足迹。[1]

中国古籍《尚书•尧典》也说："汤汤洪水方割，荡荡怀山襄陵，浩浩滔天。"洪水漫及山腰，波涛在低空翻卷，这和韦尔斯等人所述何其相似！不仅如此，仔细考查，中国洪水传说地区也是盆地。《吕氏春秋•爱类》载："上古龙门未开，吕梁未发，河出孟门，大溢逆流，无有丘陵沃衍（野），平原高阜，尽皆灭之，名曰鸿水。"这个为黄河洪水所灭之地就是包括今天西安市在内的整个关中盆地。海拔高度在 200—500 米之间，而周边海拔则在 1000 米以上。黄河与渭河汇流后即从中条山与崤山之间的三门峡穿过。著名的中国女性氏族公社——半坡遗址就位于这个盆地之内。出土的圜底钵口沿的宽带纹上，发现有 22 种不同的刻划符号，有人认为是中国古代文字的渊源之一。遗址年代约为公元前 4800—前 4300 年，距今已有六七千年[2]。对中国文化史，过去习称的 3000 年文化或 5000 年文化都已过时了。从史前文化遗物看来，中原一带至少已有 8000 年的文明史。1987 年 5 月在河南省舞阳县城北 22 公里处的贾湖——又一个地势低洼的古文化遗址，遗存跨度为公元前 7000—5800 年，出土了 16 支距今约 8000 年的骨笛，后来中国艺术研究院音乐研究所测音员曾用其中最完好的一支吹奏了民间乐曲《小白菜》。同址还出土了一些甲骨所显示的契刻符号，早于安阳殷墟的甲骨卜辞 4000 多年[3]。跨入 21 世纪之后，考古工作者又在苏州独墅湖底发现了早至 5500 年前的崧泽文化时期的古井群[4]。

关于延续了 2000 余年的河姆渡文化为何逐渐消失，最新的研究结论认为与海水倒灌有关：

---

[1] 参看《光明日报》驻特拉维夫记者陈克勤：《寻找诺亚方舟的遗迹》，《光明日报》2000 年9月22日 C2版。

[2] 参见《中国大百科全书•考古学》卷，中国大百科全书出版社1986年版，第34页。

[3] 《光明日报》1987年12月17日第1版。

[4] 《光明日报》2001年11月4日A1版。又，2005年5月19日中央电视台1套节目下午6时新闻报道：安徽巢湖湖底沉没了一座秦汉时代的古城。

河姆渡地区曾经是人类难以定居的浅海。……通过卫星遥感技术成果，发现河姆渡的地貌原来是一个天然的‘工’字形结构。……正是由于这种特殊的地貌特征，造成河姆渡地区不断淤积，加上宁（波）绍（兴）平原只有这样一个‘工’字形地貌，从而使它在全新世海退初期最先变成陆地，成为原始人群的定居地。

但是，全新世海退结束后形成的杭州湾喇叭口地形，使姚江平原的水流北排不畅，洪涝成灾，造成沟头冲刷。在特大洪水的切割下，‘工’字形高地终于被冲出一个大缺口，姚江完成了改道东流的剧变，这时海水沿河道上溯，河姆渡变成一片水乡泽国，环境严重恶化，先民们不得不背井离乡，河姆渡文化最终在这里消失。[1]

二、陨石神话与女娲补天

关于有文字记录的中国远古神话，当代更有了最古老的发现：位于内蒙古东南隅的翁牛特旗石棚山，考古工作者于 1977 年秋冬之交，在清理新石器时代的古墓群时，发现出土陶器上刻划着一些神秘的文字符号。其中一件大口深腹陶罐的表面，刻有 6 个字和一个山石形图案，其字形有回纹、鸟纹、羽纹等。以研究神话考古知名的内蒙古文物考古研究所的陆思贤运用大量史料进行研究，终于在 10 年后将这组与甲骨文相似的原始文字破译为：

天穹突然爆炸，打了一个大雷，光芒普照，隆隆之声回旋不绝，掉下一块巨大山石（陨石），由燕子（玄鸟）背负，安置在这片田野上；这是天神命令燕子飞到地面留下的神物[2]。

如果陆氏的释读大体可靠的话，证明远在 5000 年至 4000 年之前，作为中国北方古文化发祥地之一的内蒙古高原，已闪烁着中华古文明的火花。作为当代读者的我们，能够依稀谛听 5000 年前先祖创造的神奇故

[1] 《光明日报》2002年1月6日A1版。

[2] 见《人民日报》1988年6月21日第3版报道。陆氏1995年在文物出版社出版《神话考古》一书。

事，实在是天大的幸运！

不难看出，上述这个既和商民族以燕子为图腾的崇拜有关，又和北方一座名山被命名为燕山有关的远古的神奇故事，从起源上看是一则“陨石神话”。关于陨石神话，过去的神话研究注意得不够，其实这是一个对文化史、科技史、文学史、哲学史、宗教史有重大意义的课题。汤因比晚年曾指出：

> 嵌在麦加的克尔白天房墙上的黑石崇拜物，可能不仅是伊斯兰教本身，而且是所有现存的的高级宗教的残留的自然崇拜成分的象征。[1]

这块黑石，就是从高广神秘的沙漠天空上掉下来的一块黑色陨石，高 1.5 米，长 0.3 米，是全世界所有阿拉伯人特殊崇拜的对象。笔者近年的研究认为：中国著名神话“女娲炼五色石以补苍天”，就是一则典型的以陨石为主兼融其他天文、气象、地质、地理现象的累层神话。正如研究界所熟知的那样：

> 世界的文明古国很早就有关于陨石的记载，例如，大约公元前 645 年 12 月 24 日在今河南省商丘县城北的一次陨石降落……（中国人）首次提出了陨石是星陨至地之说，比欧洲人认识到这一点要早二千多年。在中国和世界上其他一些历史悠久的国家中，往往在古代的墓葬中发现一些用铁陨石制作的器物。这说明古代人很早就设法利用陨石了。在中国河北省藁城县的商代中期古墓中，发掘出一件铁刃铜钺，经研究证明，铜钺的铁刃是由八面体铁陨石锻制而成的。在河南省浚县出土的商末周初的两件青铜武器，其铁刃和铁援部分也是由铁陨石锻制而成的。因此，中国是世界上最早用铁陨石制作武器和其他器物的国家。[2]

陨石降落时，人们在白天能看到耀眼的火球，在夜间则看到如同白昼的光亮，还可能听见霹雳般的爆炸声、雷鸣般的隆隆声。有时地震仪能记录到较大陨石的冲击波信号和陨石落地时产生震动的信号。在陨石的新

---

[1] [英]汤因比：《一个历史学家的宗教观》，中译本，成都：四川人民出版社，1992年，第31页。

[2] 《中国大百科全书•天文学》卷“陨石”条，北京：中国大百科全书出版社，1980年，第539页。

鲜断面上，有时能见到闪闪发光的金色颗粒和金黄色的硫化物细粒。收录在《中国大百科全书•天文学》卷中的6幅陨石结构的显微彩色照片正是五光十色，满目绚丽[1]！目前的天文资料表明：世界上最大的陨石雨记录是1976年陨落在中国的“吉林陨石雨”，该次陨石雨中含有世界上最大的陨石“吉林一号陨石”，重1079公斤；中国还保存有占世界第3位的“新疆大陨铁”，重约30吨。中国地理学界还有人提出：太湖的形成与陨石的冲击有关[2]。2000年8－9月，中国一些媒体相继报道：新疆考古工作者在新疆北部青河县西北的一个山沟中，发现了散落面积达数平方公里的铁陨石群，根据陨石成分的密度及体积，初步推测其中有的铁陨石足有100吨以上。历史上青河曾发生铁陨石雨大坠落，散落面积、数量，在已发现的地面遗物中，可能是世界之最。此前所发现的最大的铁陨石重60吨，1920年坠落在非洲的纳米比亚，称为“戈巴陨铁”。根据青河陨铁上刻有一幅“独目人”图案，可以判定这些陨铁坠落于公元前7世纪之前。[3]因为独目人部落是公元前7世纪或早些时候中亚草原的霸主。我国内蒙古阴山岩画和宁夏贺兰山岩画都发现过独目人形象。此外，独目人部落也见于中国古代文献，即《山海经•海外北经》的“一目国”和《淮南子•地形训》的“一目民”。[4]独目人部落在陨铁上作画，说明自天而降的巨大陨铁雨曾带给他们难以想象的惊奇感。古今种种迹象证实：中国人能够有许多机会在理论思维上和实践活动中与陨石发生联系。这一点对我们重新认识中国文化史是很有价值的。《列子•汤问篇》说：“天地亦物也，物有不足，故昔女娲氏炼五色石以补其阙。”中国古人认为：天也是一种物质，什么物质？五彩石头！何以见得？因为铁陨石的新鲜断面上有着闪闪发光的金色颗粒物质！陨石自天而降，在原始人看来，不就是寥廓高远的神秘之“天”出现了可怕的破洞？于是，女娲这位伟大的原始文化之母勇敢地站出来了，凭着她非凡的智慧，决定给“天”做一次旷古未有“外科手术”：“销炼”破碎的“五色石”重新去“补”苍天的躯体！又由于巨大陨石冲

[1] 《中国大百科全书•天文学卷》彩图，第33页。

[2] 傅成义：《太湖是一个陨石坑》，《地理知识》，1990年第4期。

[3] 《楚天都市报》2000年9月6日第38版摘录《新快报》文章。

[4] 参阅林梅村：《古道西风——考古新发现所见中西文化交流》，北京：三联书店2000年版，第95－96页。

击地表产生地震，所以又有《淮南子•览冥训》的“往古之时，四极废，九州裂；天不兼覆，地不周载”的认识。“女娲销炼五色石”[1]的行为就是中国古人熔炼陨铁的神化。这和中国是世界上最早利用陨铁的国家这一史实相一致。虽然目前中国利用陨铁的物证上限是商代中期，但从神话角度和青铜冶炼技术的起源看，“销炼五色石”的上限还可上推。至于共工与颛顼争帝，不胜而怒触不周之山，使撑天的柱子倒塌，系地的绳子断掉，这也是由巨大陨石雨引起的“天摇地动”、“天崩地裂”的地震现象。总之，女娲补天神话的首要因素是巨大陨石的降落，融合了中国古人对天体的正确认识与对陨石的大胆利用。可以毫不夸张地说：这完全称得上是中国远古文化的辉煌记录之一！

遗憾的是，并非所有的原始文化都能产生相应的神话并且还能流传至今，因为神话的载体毕竟是在时间和空间中转瞬即逝的语言。此类原始文化诸如北方黄土高原上的彩陶文化、南方良渚的玉雕文化、距今5000年的辽西红山文化、距今7000年的河姆渡文化和继承河姆渡文化因素发展起来的马家滨文化、距今4800年至3000年前以三星堆为中心的川西平原文化等等，那数不清的各种精美灿烂的玉器、彩陶与青铜器，那木结构基本原理至今依存的房屋，那丝织器与水稻种植等等，象一颗颗原始文化的璀灿明珠撒遍了中华大地，让后人尽情地寻觅、拾取和欣赏。要想在如此悠长的时间，如此广远的空间中，找出中国文学起源于何时何地何因何人，确实太渺茫了。不过，我们从河南舞阳贾湖那8000年前的笛音中，从青海大通孙家寨彩陶舞人钵的舞蹈队列中[2]，从辽西红山文化的裸体女陶像中，从广布于云南、新疆、内蒙、广西等地的绚烂岩画中，已经感觉到文学幼婴的孕育、诞生乃至成长了。可以说，哪里有原始文化的存在，哪里就有文学的母乳、文学的源头！神话，无疑是原始文化硕壮的长子！

三、神话与民族精神

神话之所以是原始文化的长子，那是因为无论哪个国度、哪个民族，其文化发展程度如何，神话总是他们最先发达的文学样式并在后来不断

[1] 王充：《论衡•谈天篇》。

[2] 参见郑为：《中国彩陶艺术》图版，上海：上海人民出版社，1985年，第64页。

发展变化。当然，神话是一个民族的历史、哲学、宗教、文学、思维、科学、心理乃至与他族文化交往等等的共生形态，而文学只是神话的一个显著特质，这就决定了要考察一个民族的神话，一定离不开一种比较开阔的视野和深邃的目光。中国神话的原生形态如何，现在已经难于一一索考，更难于全面复原了。但我们却从片断的、零星的现存神话中，深深地感受到中国神话有一种崇高、悲壮的品格和瑰丽、宏伟的景象。一种对人类主体精神的高度赞美，掩盖了它体制残缺的不足。那“炼石补天”、“除旱射日”、“劈山治洪”、“衔木填海”的不凡气势，不管其原始底蕴是否符合研究者们的种种“破译”，但那在表层意象上所展现的浩大工程的气魄，确实足以使子子孙孙为之永远骄傲并永受鼓舞！在这里，一个建造万里长城、开凿千里运河的伟大民族，已经透出了自己灿烂的精神曙光！斐声国际学术界的华人学者陈正祥先生赞叹说：

> 长城和大运河，是中国文化在中华大地上所刻划的两条有形的线。它们的长和大，存在的恒久，功能的显赫，影响的深远，是世界上任何其他文化遗留所无可比拟的。长城内外，运河左右，无数城市，又好象中国文化景观的星星，在太空中构成一幅幅美妙的图画。……
>
> 长城的体积，估计包容了一亿五千万立方米的砖和石块。它无疑是人类历史上空前的巨构，并且也将是最后的巨构。[1]

20世纪六七十年代，据说部分宇航员先后发现，万里长城是从月球上唯一用肉眼可以看到的古代人类的创造物（也有人怀疑这一说法[2]）。使人不能不联想的是：中华民族这种文化创造的宏伟气魄，难道不可以看作是远古神话精神的延续和光大吗？恰好，欧洲19世纪因发现荷马史诗中特洛亚城而驰名于世的H•谢里曼正是这样看的：

> 长城不可争辩地是人类的双手所曾创造的最奇伟的作品。它是过

[1] 陈正祥：《中国文化地理》第六篇《长城和运河》，三联书店1983版。

[2] 第一个登上月面的地球人、1930年出生的美国宇航员迈克尔•科林斯在一篇名为《进入未知世界》的序文中写到：“1966年我进行了为期三天的环绕地球飞行，1969年我飞向月球，一见到这个小到可以用我的大拇指盖住的地球，我不禁笑起来。”载〔美〕戴维•哈尼著《詹姆斯•库克和太平洋的探险家》，北京：世界知识出版社，1998年，第2页。据此，可以肯定地说，在月球上是难以见到万里长城的。

去的伟大所留的纪念碑。……

我曾经从爪哇岛火山的高峰上，从加利福尼亚的西拉利瓦达的山顶上，从印度喜马拉亚山的顶上，从南美洲的哥地来的高原上见到过闳丽壮伟的景象，但是永远不能和我现在眼前展开的这一幅美丽奇伟的画幅相比拟，我惊讶着，震动着……它的伟大是超过我想象中的一百倍。我越长久地注视这个壮伟的防御工程……它对于我越象是洪水以前巨人族的神话式的创造。[1]

神话精神与民族精神之间的源流隐显，似乎于此可见一斑。

在另一些中国神话中，如美丽的嫦娥为求青春的永驻和生命的不朽，独自奔向高高的天路历程；南海之鲲为求眼界的无限，化而为鹏，展如云之翅，乘扶摇羊角之风，在九万里高空上，将目光投向天外“远而无所至极”之处，随后又蓦然下视苍茫莫辨的地球故乡……古代贤哲的奇思异想，已从文学乃至科学、哲学的角度，为后人开拓了寥廓无际而又享用不尽的思维空间、思辨空间甚至宇航空间。20世纪末叶，当美籍华裔科学家即被誉为“太空华人”的王赣骏博士从宇宙飞船上俯看祖国的山河大地时，其情其景，竟仿佛重演了遥远年代中大鹏鸟在九万里高空作逍遥游时的那一次蓦然回首……

本文不惜从文学角度赞叹中国神话给予后人情感上的极大满足，并不妨碍应当理智地对中国神话作多角度的探讨，以及进行一些中外比较，以便客观地评估中国神话的成就和不足。已往一些文学史著作对神话所述甚少，这与神话作为后世许多文学思想、文学样式、文学技巧的武库和土壤，以及作为中华民族文化精神的庞大的“遗传基因库”的性质是不相称的。因此，有理由期待新世纪的文学史家能以更丰厚的内容来描述中国神话和原始文化的关系。我相信，文学史家们可以用、也能够用更绚丽更精确的文学色彩，为中国文化史献上一幅民族精神的底层结构的显微彩照！

---

[1] [德]谢里曼（Schliemann，Heinrich，1822—1890）：《我到长城的旅行》，宗白华译，载宗白华《美学与意境》，北京：人民出版社，1987年，第273—274页。

夏、越、汉：语言与文化简论

本文将先称职位身份后称具体人名如“帝尧”“帝舜”之类者称为“越式称谓”；反之，先称具体人名后称职位身分如“黄帝”“炎帝”之类者，则称之为“汉式称谓”。大量的古籍显示：远古及先秦时代，“越式称谓”占据主导地位。

夏、越语言与古汉语是否有交融现象？《浙江学刊》1990 年 1 期曾有何炳棣与董楚平二先生讨论这一问题的通信。董文举出“帝喾”“帝俊”“帝尧”“帝舜”“朱馀”之类专有名词，认为先称官名（职称）后称人名或职业属性——宛若不称“张主席”“李先生”而称“主席张”“先生李”，其构词规律与古汉语习惯不尽一致，应是古越语的遗存或影响，同时此种构词法又与百越后裔的壮侗语族语言相近。笔者作为百越后裔的布依族成员，深感董先生提出的问题比较重要也比较复杂。现不揣愚陋，愿就夏越汉的语言与文化诸现象聊抒浅见，以就正于何、董二先生及诸位深研百越文化的方家。

一、“汉式称谓”与“越式称谓”的语法差异

如果我们依照传统说法，以“炎黄”二帝文化为汉文化系统的正宗上源文化，则“炎帝”、“黄帝”、“望帝”、“蜀帝”、“丛帝”、“开明帝”之称确实与“帝喾”、“帝俊”之称完全不类。而“帝喾”之类的称谓构词法又与当今南方壮侗语族及苗瑶语族的称谓构词法完全相同。因此，说“帝俊”一类称谓形式属于夏人亦即越人的语言，似为可信。以下，我们将把先称职位身份后称具体人名如“帝尧”之类者称为“越式称谓”；反之，先称具体人名后称职位身分如“黄帝”之类者，则称之为“汉式称谓”。大量的古籍显示：远古及先秦时代，“越式称谓”占据主导地位。

在《山海经》中，我们看到如下称谓：帝丹朱、帝俊、帝江、帝尧、帝舜、帝鸿、帝颛顼、帝喾；同时我们也见到炎帝、黄帝、白帝、天帝之类的“汉式称谓”。但帝江，注家们又认为即帝鸿，而帝鸿，注家们又据其它史料认为即黄帝，可见黄帝也称为“帝黄”！窃以为这是黄、鸿、江（古音工）音近相转之故。这就揭示了“汉式称谓”的“黄帝”可能在很早就曾经一度受到“越式称谓”的影响而转为“帝鸿”、“帝江”了。

《山海经》中还有先称“神”后称神之名的，如神于兒、神天愚、神江疑、神长乘、神英招、神计蒙、神红光、神耕父、神泰逢、神耆童、神陆吾、神涉鼉（tuó）、神蓐收、神熏池、神鼉围、魋武罗（魋音神，《说文》段注：“鬼之神者也。”《玉篇》：“山神也”）、神魄（chì）。又东汉王充《论衡•订鬼篇》引古本《山海经》有神荼。这和《史记•五帝本纪》中的“神农氏”或“神农”同属“越式称谓”。应予进一步阐明的是：“神农”是“炎帝”的前称，而炎帝系统的文化乃是越文化的主干之一，由于“野蛮的征服者总是被那些他们所征服的民族的较高文明所征服”，是一条“永恒的历史规律”（马克思语），故称谓上有黄帝变为帝鸿帝江之事，而征服之初，也有神农变炎帝之事。

也有先称“相”后称名的，如“共工之臣曰相柳”（《山海经》）、“共工臣名相繇”（《大荒北经》），其格式与商族始祖“相土”相同。《诗经•商颂》云：“相土烈烈，海外有截。”《史记•殷本纪•索隐》：“相土佐夏，功著于商。”可见“相土”之“相”，相当于后世官职的“相”与“宰”。

也有先称“后”后称名或属性的，如“后土”（《海内经》）、“后稷”（《大荒西经》）。这正和《竹书纪年》记夏代有“后荒”、“后芒”相同。还有在“后”字之前加朝代名的，如“夏后启”、“夏后开”。前者仍是“越式称谓”，后者则已变化为“汉式称谓”了（详下）。

也有先称“王”的，如商人始祖“王亥”（《大荒东经》）。令人惊奇的是，在出土的越王剑上，我们还多次见到称“越王”为“王戉”的剑铭。我曾据董楚平《吴越文化新探》中“越国兵器”一节的资料进行统计，发现称“王戉”8 次、“王郘”1 次、“王鼦与”1 次、“王州句”6 次。说明在春秋末期的越国，汉式称谓的“越王”尚未完全取代越式称谓的“王戉”。同时，“王戉”之称只见于兵器而不见于礼器，更是耐人寻味。值得注意的是，《史记•南越列传》载汉初“南越王尉他者，真定人也，姓赵氏”，《索隐》云：“尉，官也；他，名也。”这位北方人赵他到南方做王，连称号也越化了。

《山海经》中没有“帝禹”或“禹帝”之称，但《国语》及《吴越春秋》等书中则有“伯鲧”、“伯禹”。这又与《山海经》的“伯夷父生西岳”（《大荒北经》）、“颛项生伯服”（《大荒南经》）、“炎帝之孙伯陵”（《海内经》）相同。“伯陵”一例正说明炎帝（神农）后裔的称谓又开始继承“越式称谓”的传统了。此外，《山海经•海内经》还记载一个能够上天下地的神人名叫“柏高”，而《史记•五帝本纪》则载舜以“伯夷”为秩宗（官名），《正义》以为“伯夷”是齐太公之祖。到商末周初（武王时），孤竹君之子又名“伯夷”。《秦本纪》也载秦始祖曰“柏翳（伯益）”，注家多以伯益为舜，可见柏高、伯益、帝舜同属“越式称谓”。

学术界有人认为《山海经》乃夏代官员或殷代遗巫所作，经后人不断增补而流传至今，从是书中“越式称谓”的大量存在尤其是“越式巫名”如巫凡、巫即、巫抵、巫肦（bān）、巫姑、巫相、巫咸、巫真、巫阳、巫彭、巫履、巫谢、巫礼、巫罗、巫䦈（dié）民的大量记述看来，此说不无道理。

其次看《尚书》。《尧典》首句：“曰若稽古帝尧”，《舜典》首句：“曰若稽古帝舜”，《大禹谟》则称“曰若稽古大禹”。“大”或“太”是一种“尊称”，在这里可能是名词而非形容词。说明大禹和帝尧、帝舜一样同属“越式称谓”。说伯鲧与大禹之类名称是越式称谓，还有百越民族语和方言方面的佐证。方言有称“父”为“大”、称“爹”为“diā”的。如新疆东部的汉语方言就称“阿爸”为“阿大”。在部落时代，或许只有“国父”可称“父”（如“夸父”等），所以“伯鲧”、“大禹”之称，便宛如“大家的父鲧、父禹”了。在壮族和布依族的洪水神话中，有一位或叫“布伯”，或叫“布杰”的英雄祖先，是“伏哥羲妹”的父亲，曾上天整治久不下雨的雷公，后来又治理了雷公造成的滔天洪水。这个“布”就是“父亲”之意。“伯”“大”“布”性质相类，可能是同音的分化。况且，伯鲧、大禹、布杰，均是神话中在东海治水的英雄祖先。据此，笔者认为：伯鲧、大禹、布杰均是越式称谓无疑。可以作为参考的是：今日中国壮侗语族侗水语支的水族（聚居于贵州），其民间宗教书中使用一种叫做“le[13]（字、书）sui[33]（水族）”的文字，意思是“水族的字”或“水族的书”。现存约二百多个。在水书中，汉文“父”字的写法有三体：古体为[illegible]，今体为[illegible]，异体为[illegible]。此字的上部正是“大”或接近于“太”。这一百越后裔的民族文字资料，对于认识古越人“大禹”“大舜”之“大”的内涵，无疑具有一定的启示作用。有资料表明：夏商帝王名字之前的“大”可能是名词而非形容词。因为商代卜辞中，祖妣之名每见倒书，如“大乙”或作“乙大”（《粹》82），“大甲”或作“甲大”（《粹》193）；“大戊”或作“戊大”（《粹》218）；“祖乙”或作“乙祖”（《粹》908）。无论是正书还是倒书，“大”与“祖”位置都是相同的，因此，他们的词性也应该是相等的。一位长者告知：卜辞中的“大”是庙号前所冠的区别字，具有区别同名的作用。但笔者认为“大禹”、“大舜”只有一个，不存在区别同名的问题。可以作为此说参照的是，《史记•匈奴列传》云：“匈奴，其先祖夏后氏之苗裔也。”史载匈奴后代称主帅为“大”，称一部之长为“部大”。《晋书•石勒载记上》云：“时胡部大……冯莫突等拥众数千，壁于上党。”《宋书•氐胡传》说：“大且（音沮）渠蒙逊，张掖临松卢水胡人；……羌之酋豪曰‘大’。”不管现代汉族史学家是否认同司马迁的意见，但后来的匈奴、鲜卑、羌等民族，皆固执地自命为夏人后裔，如 11 至 13 世纪党项羌在今宁夏、陕北、甘肃西北部、内蒙古部分地区建立的国家就叫大夏国，宋人则称之为西夏。至今仍有“宁夏”的地名。事实上，早在司马迁之前，《山海经•海内西经》已经有了“大夏国”之名：“国在流沙外者：大夏、竖沙、居繇（yáo）、月支之国。”《逸周书•王会解》、《吕氏春秋•适威》、《淮南子•地形训》等书也有“大夏”之名，可证“大夏”确是西北“流沙之外”的一个先秦古国。“大且渠”之名在称谓结构上和“大禹”“大舜”是一致的。此外，据《辞海》2010年版缩印本第0308页“大夏”条载：“（大夏）西周制定的六代舞之一。相传为夏禹时代的乐舞，周代用以祭祀山川（见《周礼•春官•大司乐》）。”这也可以看作“大夏”作为舞名、地名和国名，确与夏人有关的一个佐证。

《左传•哀九年》有“帝乙”、《文十八年》有“帝鸿”。《国语》有“帝甲”、“帝辛”、“帝舜”、“帝喾”。

在《楚辞•离骚》中，屈原一开口就自报家门：“帝高阳之苗裔兮”，他说“帝高阳”，显然是使用较古老的“越式称谓”。

《史记》中的先秦史，司马迁多据古文献写成，故《五帝本纪》中，除黄帝、炎帝、虞帝之称外，其余如神农、帝颛顼、帝喾、帝挚、帝尧、帝舜、帝鸿氏，均属越式称谓，可见以越式称谓为多。

《夏本纪》则清一色是“越式称谓”，只要是帝，均先称帝后称名：帝禹、帝启、帝太康等十七“帝”。

《殷本纪》未见“帝汤”之称，但自其子外丙始，均按“越式称谓”称帝外丙、帝中壬、帝太甲直至帝辛（帝纣），一共二十九“帝”，无一例外。这些称呼与出土的甲骨文资料基本吻合，说明有商一代帝王世系的称谓形式全同夏代，亦即为越式称谓所占据。

《周本纪》中周族帝王的称谓已不全是“越式称谓”了。如篇首云：“周后稷，名弃。其母有邰氏女，曰姜嫄。”后稷显然属于越式称谓，但“后”字之前加一“周”字，就与“夏后开”等相类，已变化为汉式称谓的“周武王发”、“吴王夫差”、“越王勾践”、“秦始皇嬴政”等的形式了。

不过，后稷母亲姜嫄之名却是道地的越式称谓。前辈学者指出：姜嫄即原姜——高原上之姜，亦即羌人之女。笔者认为：“姜嫄”其名的构词规则是“先举人后举地”，这跟“唐尧”“虞舜”即“唐地之尧”“虞地之舜”或“唐人尧”

“虞人舜”者完全不类，也与春秋战国时的“齐姜”、“褒姒”、“郑袖”等汉式称谓恰好相反。说明“姜嫄”其名是相当古老的越式称谓。由姜嫄即原姜之理，可知《商本纪》所载商族女始祖“简狄”之名的内涵为：“简”是人名而“狄”是地名或处于狄地的部落名（以地名称族或以族名称地是常见的现象，如现代藏民的集中居住地曰西藏，蒙古人的集中居住地曰蒙古等等）。《殷本纪•索隐》云：“狄，旧本作‘易’。”这个“易”，显然是《山海经•大荒东经》所谓“有易杀王亥”的“有易”。这和《殷本纪》说简狄是有娀氏之女又有所不同。这种先称人后称地的称谓形式与今日南方布依语正同。如汉语“上面寨子的那个女人”，布依语说“女人寨上”，又如汉语“上面一家的姑娘”，布依语说成“姑娘家上”，再如汉语“水井冲的那个男人”，布依语则说“男人冲水井”。由此，姜嫄、简狄之名正与今日越人后裔的称谓相一致。

后稷之“后”义同“帝”。故《左传•襄四年》称“后羿”，而《夏本纪•正义》引《帝王世系》则称“帝羿”。后稷与帝尧、帝舜同时。后稷子孙如公刘、皇仆、公叔祖类、古公亶（dǎn）父、公季，也是基本上属于越式称谓。公刘、公季依义即刘公、季公，古公亶（dǎn）父即亶（dǎn）父古公。古公一例较特别，在“公”前加“古”，为“帝俊”、“帝鸿”等所未见，已开“文王”、“武王”之式。“古公•亶（dǎn）父”犹如“文王•昌”、“周公•旦”。“古公”“太王”是区别于其他“公”和“王”的标志。这样一来，越式称谓就向汉式称谓转化了。倘若再加一“周”字于古公、太王之前，那周古公、周太王就与夏后开、周后稷、周文王、齐桓公、秦始皇、汉武帝等汉式称谓毫无差别了。我推测：周后稷、夏后开的周、夏二字是后人追加上去的，比如后羿，因其族未曾一统诸侯，所以就只是单称后羿，在尧舜时代，后稷作为尧舜之臣，不可能称后，也不可能称周。只有周族兴盛之后，才可能尊为后稷。又由于夏族、商族也有自己的后，才又加上周而变成“周后稷”的形式。

《周本纪》又云：“纣……杀王子比干。”王子比干表面上看是越式称谓：王子是身分、地位，比干是名。但其实质已是汉式称谓。因为越式称谓的“王子”应是“子王”，主要身分“子”最前，其次才是“王”，最后才是“名”。若称“王子”，则其主要身分就是“王”了。然而“王子”毕竟不是“王”，在越式称谓中，“县长的儿子”、“省长的儿子”称作“儿子县长”、“儿子省长”。这就是越式称谓与汉式称谓的原则区别。在先秦，“王子××”、“王孙××”、“公子××”、“公孙××”等，一直是上古汉语中主要的称谓形式之一。其中“王孙”、“公孙”甚至演化成了复姓。在《左传》中，如公子札（季札）、公子纠、公子小白等以“公子”身份作为人名出现的就有百余位。

综合以上讨论，我们可以清理出帝王世系的两种不同的称谓形式：

一、帝尧、帝舜式，亦即越式称谓。这是夏商两代占据统治地位的称谓形式，这是否因为夏商两族均是东方滨海民族之故？此种称谓的绝对要求是其名只带一个标志：或帝或王或公或神或伯或大或相，而且标志前置。如帝高阳、后羿、王亥、公刘、神农、伯鲧、大禹、相土……。直到春秋时期，吴国还有一位君主名僚，被称为“王僚”。《战国策•魏策四•唐且为安陵君劫秦王》云：“夫专诸之刺王僚也，彗星袭月。”需要说明的是，并非“越式称谓”不具备容纳多重标志的能力，而是因为“越式称谓”的多重标志与汉语习惯亦即“汉式称谓”差异太大，使得汉语系统难以接受。比如汉语说“张家的三儿子”，越语得从最主要的部分“儿子”说起，但却只用“子”字表示，顺序刚好与汉语相反，变成“子三家张”。倘要表达“夏后开”，则将说成“后开夏”。如果说帝鸿和黄帝的差别上古汉语接受之后还不致引起混乱的话，“后开夏”之类的称谓就必然要引起混乱了。

二、黄帝、炎帝式，亦即汉式称谓。我怀疑这是内陆民族周族成为统治民族之后才开始普遍流行的称谓形式。其多重标志不是置于帝之后而是置于帝之前：如夏后开、周穆王满、越王勾践。秦之后，还可将姓嵌入名前，如秦始皇帝嬴政、汉武帝刘彻、唐太宗李世民、清太祖爱新觉罗努尔哈赤……直至中华人民共和国主席刘少奇等等。其优势在于符合中国人的语言表达习惯，宜乎其在殷末周初即开始逐渐与越式称谓并用，到秦汉之际终于一统天下，成为直到今日还在具有强大活力的称谓形式。

二、布依语 · 于越语 · 古汉语

布依语属汉藏语系壮侗语族壮傣语支。在词汇的构词原则上和于越语有相通之处。由于古越人参与建立了夏朝（此说正不断得到考古学方面的有力支持），古越语保留一些词汇在古汉语中，成为古汉语中一种比较特

殊的形式，这不仅是可能的，而且是必然的。所以，通过解析布依语的构词规律，可以帮助理解已经融为古汉语一部分的古越语的某些内涵。

人事方面。布依语的亲属称谓是先称身分、地位，如太太公（高祖）、太公（曾祖）、大公、二公、三公……均先称“公”，说成“公太太”等。父辈、母辈的各种称谓均先称“父”或“母”。儿辈如女婿、侄儿、媳妇、男儿、女儿、大儿……均先称“儿”。

布依语称匠人为“掌”，意为“擅长”。如木匠、铁匠、书匠（教师）、裁缝、厨师……均说成“掌 ×”。这和古于越语称“盐官”为“官盐”规律相似。

布依语称“姑妈”的“姑”与汉语略近，但构词却相反。汉语中“春桃姑”、“杏姑”之称，布依语将说成“姑春桃”、“姑杏”。再如汉语的大女、二女、高个子姑娘、矮个子姑娘，布依语也将说成女大、女二、女高、女矮。

上节曾言“公刘”即“刘公”，这与布依语正相同。此处再以“姑杏”、“女高”之类越式称谓解释两则中国神话、一则传说以及《山海经》、《楚辞》的女性人名。我以为它们的底层正保存有夏文化亦即越文化的因子。

一、姑媱。《山海经•中山经》：“姑媱之山，帝女死焉，其名曰女尸，化为䔄（yáo）草。”这位帝女姑媱，实际上就是媱姑，女尸也就是尸女。此则神话后来演变为巫山神女瑶姬的神话，从姑媱变为瑶姬，就是从越式称谓演变为汉式称谓。这说明姑瑶姬神话较为古老，而且可能是越人神话。瑶姬神话则较为晚出，后来又演变为仙话。瑶姬“尝东海游还”，帮助大禹治水获得成功。事见《太平广记》卷 56“云华夫人”条引《集仙录》。正因为故事的底层是越人神话，所以瑶姬的踪迹（“尝东海游还”）和行为（助禹治水）都与越人故地和越人领袖有关。西南地区的百越后裔，一定有从东海故地迁移而去者，尝检索多种少数民族的语言词汇集，发现许多民族包括汉族均将天上“银河”称为“天河”，唯有居住于贵州省境内的布依族称之为“河海”（如翻译成汉语则是“海河”）。说明布依族的先人可能曾生活于海边。只有海天相连的自然景象才会使“天河”变成“海河”。黔南布依族有一首著名古歌叫《十二层天十二层海》，说的也是海天相连之景。而布依族洪水神话也说其族英雄祖先布杰曾往东海治水并死于东海。再有一个证据是：据陈桥驿先生的文章《吴越文化和中日两国的史前交流》[1] 介绍，“日语音读数字：一、二、三、四、五等等，这个‘二’，音读作‘ni’，现在主要流行于宁绍地区”。布依族“十二”、“二十二”也正好读作“zi ni”、“ni zi ni”，与宁绍读音和日本音读同。“二”读“ni”正是上古汉语的读音，力证之一就是“腻”以“贰”为声符却读为“nì”。考腻字在现存文献中，首见于战国时代的《楚辞•招魂》，东汉许慎《说文》云：“腻，上肥也。从肉，贰声。”贰则多见于周代金文，如召伯簋、周生簋、大叔斧等。《说文》云：“贰，副益也。从贝，贰声。贰，古文二。”布依语读“二”为“ni”，正是布依族在上古时代与中原族群有过接触的明证之一。我认为这类现象可能不少，只是我们的越文化比较研究尚未注意及此罢了。更为令人吃惊的证据是：布依人还有一个非常独特的自称叫“布禹人”，而“布禹”和“伯禹”可能就是同一个称谓。布依族古歌《赛胡细妹造人烟》说布杰在东海治洪水丧身，“布杰虽死留名声，布禹世代记在心”。太白金星让兄妹成婚，他们说：“布禹自古有规矩，乱了风规怎么行？”兄妹成亲后声明：“这是太白金星来答应，布禹后代记得清。”黔南部分布依族自称“越”，称苗族为“尤”（蚩尤），称汉族为“哈”亦即“汉”音的变异。布依族称苗族为尤或布尤、濮尤，应是发生在一个十分古老的年代，因为蚩尤一族曾参加过炎黄战争，舜禹时期，又在中原附近掀起过大规模的反抗斗争。布依语称他们为尤而不称苗，从名称的起源上看尤早于苗，这充分说明布依族（其准确的自称应是“布越”或“濮越”）很早就与苗族发生接触了。至今，苗族仍在南方与百越后裔的许多民族比邻而居，友好相处。颇为有趣的是，苗瑶语族的称谓词序和壮侗语族的称谓词序也完全相同。

二、姑射。《庄子•逍遥游》：“藐姑射之山，有神人居焉，肌肤若冰雪，绰约若处子，不食五谷，吸风饮露，乘云气，御飞龙，而游乎四海之外。其神凝，使物不疵疠而年谷熟。”从“年谷熟”三字可以判知是滨海稻作

---

[1] 载《浙江学刊》1990年4期。

民族崇奉的海神，故《山海经•海内北经》又说“列姑射在海河州中”（按“海河”一词正与布依语之“天河”同）。据历代注家的意见，“藐姑射”之“藐”是“远”，“列姑射”之“列”是“诸”之义。这就是说：在很远的海中，有一座或一系列的姑射之山，山上有一位神人。这位神难分性别，但从其居所“姑射之山”看来，应是一位女神，其名“姑射”其实就是“射姑”。后来“八仙过海”故事中就是有一位“何仙姑”。后世又有七仙姑、九仙姑、麻姑等女神仙。尤其是《海内北经》还有“射姑国在海中，属列姑射”的话，更可为“姑射”即“射姑”之确证。春秋时期，曹国（今山东定陶一带）还有一位世子（太子）名为“射姑”（用女孩名称呼男子）。

三、姑获鸟。《玄中记》：“姑获鸟……，衣毛为飞鸟，脱毛为女人。一名天帝少女……。”姑获就是获姑，因此鸟前身正是“天帝少女”。这也是越地神话的演变，因为最早穿上鸟衣的，正是受到父母兄弟迫害的帝舜。

《山海经》中有女尸、女丑、女蔑（miè）、女和月母、女娃、女娲、女虔、女戚、女祭等名，其实乃是越式称谓，汉语意义则应倒过来理解。

《离骚》中有女媭，《天问》中有女歧。从“帝高阳”及《天问》的“后益”诸语看，女媭（xū）、女歧也是越式称谓。汉语则应为媭（xū）女、歧女，故天上有“须女”（一名婺女）、“织女”之星。天上群星之名世界各民族都曾以本族人名称呼其中的一部分。其例甚多，至今依然，不赘。

植物方面。布依语称黄花为花黄、嫩叶为叶嫩。这与《诗经•大雅•桑柔》称柔嫩之桑为“桑柔”相同。布依语称青藤、毛藤为藤青、藤毛（藤音则跟古汉语的葛相同），这和《诗经•周南•樛木》、《王风•葛藟》以及《大雅•旱麓》称野葡萄藤为“葛藟”完全一致。其它如大树、小树、高树、矮树、李树、桃树……，均先称“树”，这和《诗经•郑风•将仲子》的树杞、树桑、树檀，《秦风•晨风》的树檖，《小雅•鹤鸣》的树檀又完全一致。这种构词法可以解释越地古神话中“桃都山”和“桃都树”的问题。

《古小说钩沉》辑《玄中记》云：“东南有桃都山，上有大树，名曰桃都，枝相去三千里。上有天鸡，日初出，光照此木，天鸡则鸣，群鸡皆随之鸣。”《河图括地志》亦云：“桃都山有大桃树，盘曲三千里，上有金鸡，日照此则鸣。”从高广几千里的桃树名叫“桃都”来看，“桃都”

正是越式构词法，而“东南”的地理位置也正是越地所处。唐人李白在《梦游天姥吟留别》诗中引述过这则神话：“我欲因之梦吴越，一夜飞渡镜湖月。……脚著谢公屐，身登青云梯。半壁见海日，空中闻天鸡。”天姥山在今浙江东部，可见不仅“桃都”是越语，就是整个“桃都”神话也都是古越地神话。“桃都山”、“桃都树”即“大桃山”、“大桃树”。布依语称“大桃”为“桃大”。“都”字古有“大”义。如大城市曰“都”及“通都大邑”等均是。《国语•楚语四•客说春申君》有人名“子奢”，奢一作都，注家以为奢、都同字。其实“奢”正是“大者”二字之合体。可见“都”确有“大”义。再如《诗经•郑风•有女同车》赞美齐国女子孟姜：“彼美孟姜，洵美且都”。《诗经》时代女性以高大健壮为美，而齐姜之女则以“硕”壮著称（《卫风•硕人》），今人犹有“山东大姑娘”的美称。又，《郑风•山有扶苏》用大树“扶苏（扶桑）”、“乔松”来比喻男青年“子都”、“子充”，也可证“都”有“高大”之义。这与“桃都山，上有大树，名曰桃都，枝相去三千里”完全吻合。

方位方面。布依语称路边为“沿路”也就是“边路”，路中为“中路”，路之上方为“上路”，路之下方为“下路”：其特点是先称方位。其它如田中、林中、山中、心中……，布依话均说成中田、中林、中山、中心。“中 ×”的格式在上古汉语中比较常见，有的“中 ×”的说法由于变成了常用语或嵌于成语之中，至今仍活跃在现代汉语中，只是人们浑然不觉而已。如“丽日中天”之“中天”等即是。《诗经》中保留的“中 ×”格式最多，删其重现，可得：

施于中逵（朱注：逵，九达之道）
施于中林——《周南•兔罝（jū）》
施于中谷——《周南•葛覃》
中心有违——《邶风•谷风》
微君之故，胡为乎中露——《邶风•式微》
（对比：微君之躬，胡为乎泥中）
汎彼柏舟，在彼中河——《鄘风•柏舟》

（对比：汎彼柏舟，在彼河侧）

溯游从之，宛在水中坻

溯游从之，宛在水中沚——《秦风•蒹葭》

中堂有甓（朱注：庙中路谓之唐）——《陈风•防有鹊巢

洌彼下泉——《曹风•下泉》

在彼中阿

在彼中陵——《小雅•菁菁者莪》

集于中泽——《小雅•鸿雁》

中田有庐——《小雅•信南山》

中原有菽，庶民采之——《小雅•小宛》

惠此中国，以绥四方（朱注：中国，京师也）——《大雅•民劳》

昔在中叶，有震且业（朱注：叶，世也）——《商颂•长发》

上述带有“中 ×”（含一例“下 ×”）格式的诗句，依朱熹注，全为“× 中”。这和布依语称“路中”为“中路”、称“田中”为“中田”完全相符。这种格式可能不止壮侗语族如此，但它反映了上古汉语吸收了各民族语言的事实。在《诗经》中，也有不称“中 ×”而称“× 中”的，但数量较少。如《鄘风•桑中》云：“美孟姜矣，期我乎桑中。”《王风•丘中有麻》云：“丘中有麻”、“丘中有麦”、“丘中有李”。这说明在《诗经》时代，虽然“中 ×”和“× 中”两种格式并存，但还是以越式结构的“中 ×”占主导地位。

三、越语“勾”即“鸠”试说

地理学家陈桥驿先生在《点校本越绝书序》[1]一文中指出：“由于于越部族的最后流散及与他族的融合，于越的语言早已泯灭，却赖此书为我们留下了这方面的宝贵的资料。此书中拥有大量吴越两国的人名和地名。此书《纪策考》篇说：‘吴越为邻，同俗并土。’……这就说明，句吴和于越在语言上是相近的。从此书留下的人名与地名加以对比，就可

[1] 上海古籍出版社1985年版。

以发现两者确实相似。例如句吴之‘句’，与于越句践、句章、甬句东之‘句’；句吴国都姑苏之‘姑’，与于越‘姑蔑’之‘姑’；……不胜枚胜。当然，记载于越人名和地名的古籍并不止《越绝书》一种，而且人、地名都属于专有名词，我们无法从中了解这些语言的意义。”

诚如所言，保留在吴越人名、地名之中的“句”、“姑”诸字，确实难以了解其含义。不过，我们还是可以作出种种尝试的。

愚以为：越语中的句、姑等字，只是汉字记音符号，不能按汉语意义去理解。也不能将句、姑等字当作古越语的“发声词”看待。事实上，从出土的吴剑、吴戈、越剑、越戈铭文看，“句”字并不完全写作“句”。

1．1965年江陵出土的句践剑的鸟篆铭文是“越王鸠浅（即勾践）自作用鐱”。

2．1973年江陵出土的越王州句剑的鸟篆铭文是“戉（越）王州（朱）句（勾）自乍（作）用佥（剑）”。

3．1958—1959年安徽淮南蔡家岗蔡声侯墓出土有铸铭36字的工敔大子姑发口反剑（郭沫若、商承祚以为即吴王寿梦的太子诸樊）。

4．上墓还出土有铭文10字的攻敔王夫差戈。

5．上墓另出土有铭文为鸟书的两支越戈，正反两面各有6字：“戈郄丸之子戉王者旨於赐”。考古学界以为“戈郄丸”是“勾践”的缓读。

上述考古资料摘自《楚文化考古大事记》[1]有关各条。例1的“鸠浅”即“勾践”；例2的“州句”即“朱勾”；例3的“姑发口反”即“诸樊”、“工敔大子”即“勾吴太子”；例4的“攻敔王”即“勾吴王”；例5的“戈郄丸”我以为是“勾践郄王”，“丸”是“王”的记音字。

从上述资料看，我以为鸠、句、姑、诸、工、攻、戈，就是典籍中常见的越语“勾”。“勾”的含义是什么？就是“越王鸠浅”的“鸠”！

何以“勾”就是“鸠”呢？

（一）鸠是鸠鸽部分种类的通称，我国有绿鸠、南鸠、鹃鸠和斑鸠等。鸠的叫声基本上是“咕咕咕”或“卡卡故一故”等。鸠之得名源于其声，

[1] 文物出版社1984年版。

亦即《山海经》常说的“其名自叫”。《说文》云：“鸠，鹘鸼也，从鸟九声。”今布依语、壮语读“九”如“故”（广州粤语则音“狗”），其他壮侗语族如海南临高话、侗语、水语、毛难语的“九”都含有“u”音。鹘鸼的“鹘”即读如“姑”。因为以鸠的叫声代替鸠字，所以可以写作勾、句、姑、工、攻、戈等不同的汉字，越王勾践也才被刻成“越王鸠浅”。据民族语言资料，不少民族都以斑鸠的叫声称呼斑鸠。

（二）吴越及东南沿海是古中国鸟崇拜的大本营。吴越文化中有丰富的鸟崇拜遗迹和神话传说，如《吴越春秋•越王无余外传》载大禹为帝时“凤凰栖于树，鸾鸟巢于侧……百鸟佃于泽”。又载禹亡之后，众瑞并去，但“天美禹德，而劳其功，使百鸟还为民田，大小有差，进退有行，一盛一衰，往来有常”。这些“百鸟”，可以猜测为众多的以鸟为图腾的部族首领。又云：“无余传世十馀，……禹祀断绝。十有余岁，有人生而言语，其语曰：‘鸟禽呼’……众民悦喜……因共封立……复夏王之祭。安集鸟田之瑞……号曰无壬。”从中可见，越王族是以统治“百鸟”为“盛衰”标志的。在这个意义上，说他们是“鸟官”、“鸟王”亦不为过。

（三）吴越之地正在少昊所建鸟之王国境内。《山海经•大荒东经》：“东海之外有大壑，少昊之国。”少昊之国是一个鸟国。《左传•昭十七年载：“少皞挚之立也，凤鸟适至，故纪于鸟，为鸟师而鸟名。凤鸟氏，历正也；玄鸟氏，司分者也；伯赵氏，司至者也；青鸟氏，司分者也；丹鸟氏，司闭者也。祝鸠氏，司徒也，鴡鸠氏，司马也；鳲（shī）鸠氏，司空也；爽鸠氏，司寇也；鹘鸠氏，司事也。五鸠，鸠民者也。”鸠民就是统治人民，管理人。故王族往往以“鸠”象征权力，越王兵器上的铭文也往往变形为“鸟”。五鸠之外的“伯赵氏，司至者也”，其实也是鸠。《拾遗记》卷一说：“少昊以金德王。母曰皇娥……帝子与皇娥泛于海上，以桂枝为表，结薰茅为旌，刻玉为鸠，置于表端，言鸠知四时之候，故《春秋传》曰‘司至’是也。今之相风，此之遗象也。“《尔雅翼》卷14也说：‘佳鸠，孝鸟，故少皞氏以为司徒。一名祝鸠，又名鹁鸠……天将雨，则逐其雌；霁则呼而反之。”又说：“鶌鸠，春来冬去，备四时之事。故少皋以为司事之官……多声。”（原注：“今江东亦呼为鹘鸼。”）鸠是古代稻作民族的重要物候之一，因鸠知四时之候，又能预测风雨阴晴，自然会受到吴越这两个稻作民族的崇拜。可见少昊鸟国是一个以“鸠”为主包括鸷、鹰、雕等（见《左传》杜预注）》的王国。又，汉代蔡邕《琴操》叙《思亲操》本事云：“舜耕历山，思慕父母，见鸠与母俱飞鸣，相哺食，感思作歌。”这些传说都反映出越地与鸠的特殊关系。

（四）越人谓越地深山如鸠之鸟能化人形者是“越祝之祖”。《搜神记》卷12云：“越地深山中有鸟，大如鸠，青色，名曰‘冶鸟’。寄大树作巢，如五六升器，户口径数寸……。此鸟白日现其形，是鸟也；夜听其鸣，亦鸟也；时有观乐者，便作人形，长三尺，至涧中取石蟹，就火炙之，人不可犯也。越人谓此鸟是越祝之祖也。”除去荒诞色彩，可知“冶鸟”即“野鸟”，有可能是《尔雅翼》所说的“祝鸠”。故事反映了越人对巢居祖先的一种渺远的、变形的追忆。《孟子•腾文公上》曾说：“当尧之时，水逆行，泛滥于中国，蛇龙居之，民无所定。下者为巢，上者为营窟。”巢即巢居。鸟而如鸠，鸠而化人，人而为越祝之祖，正可见鸠与越的源流关系。

（五）1982年绍兴发现一座东周大型墓葬，出土一座中国首见的铜质房屋模型（M306：13），屋顶立一图腾柱，柱顶塑一大尾鸠。这和前引《拾遗记》所云“刻玉为鸠，置于表端，言鸠知四时之候”若合符节。

（六）1984年江苏丹徒县北山顶吴王余昧墓中出土了一件青铜鸠杖杖首。此鸠杖是吴王权杖，象征地位与权力。近年浙江绍兴也出土春秋战国鸠杖一支[1]。

（七）据我的侗族学生杨均特君介绍：侗族自称为“于”，他称为“勾”，今苗族称侗族仍叫“勾”[2]。侗族属于鸟崇拜的百越后裔的一支，史前时期也有可能活动于今东南沿海的江浙地区。其族称之一为“勾”，也可证“勾”并非古越语的“发声词”。

（八）“鸠”或“鸟”与“勾（句）”多有联系：

1. 句龙。《左传•昭二十九年》：“共工氏有子曰句龙，为后土。”《国语•鲁语上》则说句龙“能平水土，故祀以为社”。可见句龙是以“平水土”

[1] 见《东南文化》1989年4期。

[2] 杨均特等著：《侗族民间文化审美论》，广西人民出版社1994年版，第59页注①。

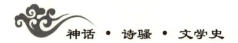

才当上“后土”的。但《左传•昭十七年》杜预注却说“鸤鸠平均，故为司空，平水土”，可见鸤鸠与句龙在“平水土”的职业上是相同的。

2. 句芒。《山海经•海外东经》：“东方句芒，鸟身人面，乘两龙。”

3. 句望。《史记•五帝本纪》载舜之曾祖名句望，上引《琴操》则说舜“见鸠与母俱飞鸣”而“感思作歌”。

4. 高丽或高句丽。《淮南子•时则训》：“东方之极，自碣石山，过朝鲜，贯大人之国，东至日出之次……太皞，句芒之所司者万二千里。”依上文所考，“高”“句”均为鸠之鸣声，又在句芒所司之地，宜乎其地有“句”也。

5. 须句。《左传•僖公二十一年》：“任、宿、须句、颛臾、风姓也。”风即凤，也属鸟类。

6. 王亥句姓。《山海经•大荒东经》：“有因民国，勾姓，黍食。有人曰王亥，两手操鸟，方食其头。”（引文据袁珂校正之文），在出土的有关王亥的甲骨卜辞中，“亥”字的头上均有鸟形纹图像。这可证王亥“勾”姓即是鸟姓、鸠姓。对于夏商二代为何统一使用越式称谓的问题，于此也可找到一点内部原因。另外，现今南方壮侗语族仍呼鸡为亥或该，鸡是由野鸟驯化而成，这对理解甲骨文中王亥头上的鸟图像不无帮助。

7.“鸠”化为“钩”。《搜神记》卷9云：“京兆长安，有张氏，独处一室。有鸠自外入……鸠飞入怀。以手探之，则不知鸠之所在，而得一金钩。遂宝之，自是子孙渐富，资财万倍。”鸠化为钩说明古音鸠钩相同或相近，又说明鸠是古代吉祥物之一。鸠、钩一物二形，且能使人致大富，更可能是鸠崇拜的余绪或流波。

在《越绝书》中，我们知道越人称盐为“馀”，称官为“朱”，如上述考证可以成立，那我们又可以将越语中出现频率较高的“句”理解为“鸠”了。当然，本节只是提出假说而已，期望有一天它将被证明或被证伪。

四、词序 · 民族 · 历史

大量事实证明：由于古越人参与建立了中国上古的第一个政权国家，使得越语与汉语在一些容易互相接受的方面出现了融合或并存。因为上古普通人的名字不可能被记载而加以流传，所以今日所见上古人名绝大多数是帝王世系，从中可以看到“帝鸿”“帝俊”等“越式称谓”占据主导地位，这是因为夏朝“帝”和其它官职主要由古越人担当的缘故。《诗经》中的“上天”、“上帝”、“下土”、“下泉”等可能是越语与汉语的融合或共有，但更多见的“中田”、“中泽”类却是纯粹的越式构词。依据越式构词的特点，我们还找出了一些神话传说的越文化底层：如桃都神话、姑射神话、姑瑶神话等等。这些夏文化因素——包括今日“中国”、“中原”等词汇——都已融解在汉文化体系之中了。

主要参考资料：

1. 袁珂：《山海经校注》、《中国神话传说辞典》、《中国神话资料萃编》。

2.《诗经》、《尚书》、《左传》、《国语》、《战国策》、《史记》。

3.《越绝书》、《吴越春秋》、《说文解字》、《搜神记》。

4.《壮侗语族语言词汇集》、《苗瑶语言词汇集》（二书均为中央民族学院出版社出版）。

5. 俞敏先生的语言学论文。

6. 倪大白：《侗台语概论》，中央民族学院出版社 1990 年版。

[附记]

原载《国际百越文化研究》（首届国际百越文化学术讨论会论文集，1990 年 8 月 21—24 日，杭州），中国社会科学出版社 1994 年版；又载《东南文化》1992 年第 3—4 期合刊，第 1—8 页。略有补充和校正。

[附录]

关于《吴越文化新探》的通信

楚平先生惠鉴：1986年秋十月访问杭州三四日，未缘识荆，为憾。日昨接奉大著《吴越文化新探》，竟一昼夜披阅一通，诚近年来读书一大快事。尊著视野辽阔，想象丰富，语言工具、古籍及考古诸种资料配合允当，立论新颖而无主观偏宕之弊，开辟古史新领域，厥功甚伟，自不待言。

棣1989年10月自芝加哥大学正式退休，事前已接受鄂宛加州大学之聘无限期访问。年来课余从事传统中国国家及社会之较大综合工作，其中不少部门尚须自作原则性钻研，国家起源即其中之一（夏代当然最为关键，钺、琮等礼器之出现及出土地点统计本是重要线索之一），故对尊著极感兴趣。不揣固陋，略陈鄙见，决非质难，用意在提出一事之另面，正望能扶助加强证成尊论也。

尊著中多方面利用语言学方法所得一系列初步结论，大多证据相当坚实。但有一问题最为基本“反”证，似非设法通释克服不可。此即《论语•述而》“子所雅言，诗书执（艺）礼，亦雅言也。”雅夏之训，荀子以降，从无异议。可见夏人语言，基本上与殷人周人同，一脉相承，皆单音缀之华夏语，非古越族之粘着语明甚。如语言之为物至为保守，越族北迁，何能立即改说单音缀之华夏语，此问题如有合理解释，尊论可望立于不败之地，幸集思广益，认真处理，要要要。

……（略）专此，敬颂

研撰顺利

何炳棣拜

一九八九年二月十二日

何先生惠鉴：

华翰敬悉。承蒙过奖，愧不敢当，然作鞭策可也。先生所提问题确为“基本反证”，非妥善解决不可。唯恨学力不逮，未能深究，班门弄斧，愿闻明教。

古籍中夏、雅二字，确有可通假者，但大多似不可通假。《荀子》、《论语》亦然。《论语•述而》：“子所雅言，诗、书、执礼，皆雅言。”此“雅言”，何晏《集解》引孔安国、郑玄均训为“正言”，犹今规范语言。近人杨伯峻教授解释为“当时在中国所通行的语言”(《论语译注》第 76 页，中华书局 1963 年版)。“当时”，指春秋晚年。因此，此“雅言”非指夏代夏人之言。夏代夏人语言与春秋末年中原地区的规范语言，虽有承袭关系，但似乎未能等同看待。统一的中华文明由各地区的土著文化融合而成，经历了二三千年的漫长过程。夏朝是第一个王朝，语言恐未十分统一。田野考古表明，夏文化有两个类型：晋南的东下冯类型保留着浓厚的中原传统，豫西的二里头类型包涵着大量东南夷蛮文化因素。当时的夏人语言恐怕也未实现一体化，当时的伊洛平原，恐怕是南腔北调的集中地。诚如先生所云，语言这东西极为保守。良渚文化的先民北迁后，不可能立即改说单音缀语。拙书第 57—65 页、第 112—114 页，列举了北方的粘着语人名、地名，这是南方人北迁后留下的语言化石。夏王朝作为一个统一的国家政权，可能规定黄河中游的单音缀语为官用语言，即规范语言，也即夏代的“雅言”(“正言”)。越裔的粘着语只是中原地区的一种方言。但由于南方籍人在夏王朝中占有很大势力（详见拙书第 105—115 页），古越语对当时的“雅言”竟也造成一定的影响。上古汉语中的一些特殊现象可能导源于此。例如“帝尧”、“帝舜”之类的语序，把职称置于人名之前，好似不称“王主席”，而称“主席王”；不称“张老师”，而称“老师张”，显然不符合古汉语规律，而与古越语相一致。《越绝书•外传记地传》：“朱余者，越盐官也，越人谓盐曰余”；“官渎者，勾践工官也”。这就是说，古汉语的盐官，越语说作“官盐”；古汉语的工官，越语说作“官工”。据说，今天的侗壮语仍有这种语序，侗族与壮族是古越人的后裔。对这些问题，我仅作初步探索，极不成熟，有待于历史学家与语言学家通力合作，协同研究。

良渚文化的先民不但给中原带来古越语、琮、钺等文化因素，并可能带去原始文字与原始宗教，成为华夏文字与华夏神话的重要来源之一。《历史研究》1989 年第 3 期发表李学勤先生《〈吴越文化新探〉读后》一文，把这两项作为重点提出，令人耳目一样。

古代文化起源是近年来世界性的热门课题。中华文明源远流长，个性特具。先生学识卓绝，欣闻正从事此项研究，必将有硕果献世，余正翘首以待矣！敬颂

大安

后学董楚平拜启

[附记]

此附录原载《国际百越文化》所刊拙文之后，今一并移录，以供参考。

“艮 · 食”字族与古越文化

在汉语和汉字系统中，“艮”与“食”虽然字形相近，但字音、字义于商代之前已两不相干。本文以理性和诗性的辩证结合为原则，以回归物象原点、贯通字族全盘、让事物“说话”为研究方法，对汉字系统的“艮•食”字族进行原义考古。首先利用甲骨文的“西戉”与良渚文化玉器流布川境、《史记•楚世家》载东周早期周惠王特许楚成王“镇尔南方夷越之乱”、战国《越人歌》产生于长江中游、湖南里耶秦简“越人城邑反蛮”、《战国楚竹书•容成氏》述成汤攻逐夏桀至苍梧之野等材料，呈现古越族的西南迁徙路径与图景，再以古越人后裔之一的南方壮族、布依族称“吃”为“艮”的古义遗存或“共同的汉音始祖”，证明“艮”乃“食”及“食”字族的核心和底层。进而追溯以“艮”及其变体“良”为义符声符的“艮•食”字族的原始含义，全方位揭示该字族源流演变的一些被屏蔽极深的民族文化心理秘密并修正相关的前人误释。最后在“艮•食”同义的背景下对《周易•艮卦》的卦辞作出全新的解读。文章还列举了一些可能属于原始“汉台族同源词”的词汇，认为尽可能利用同一语系内亲属语族的同源共祖词汇对少数民族文献进行汉译，可以避免或减少此类词语的真义流失，提升译文的文献价值、存史价值和利用价值。

一、导论：古越族称“食”为“艮”

中国南方壮族、布依族（其主要自称为布越[1]）称“吃”为“艮”，恰好“艮”字又是汉语“食”字的主要构成部分，这就为“艮”是“食”的前身提供了字形上彼此关联、字义上可能关联的依据。遗憾“艮”为“食”义在汉字的音义系统中被屏蔽太久，隐藏极深，很难直观感知“艮•食”同义[2]。从造字规律和逻辑上讲，应当先有独体字“艮”，后有与“艮”联姻的合体字“食”。商代的甲骨文以及周代的金文，都有许多含有“艮”的食字、簋字，但直至春秋时代的出土文献，仍然见不到单体的“艮”字。只有战国时代的上博简《周易》和云梦简《封诊》，才出现与八卦相关的“艮”字。[3]“艮”是“食”、“簋”的核心成分，为何商代有“食”、“簋”而无“艮”呢？可见“艮•食”同义在汉字音义系统中脱节太早——至少早于商代。鉴于这种反常的条件，研究者如果仅仅想在汉语的音义系统中查明“艮•食”同义，难度将非常之大。比如东汉许慎的《说文》卷八云：“艮，很也。从匕目。匕目犹目相匕不相下也。《易》曰：‘艮其限。’匕（bǐ）目为艮。匕（huà 化）目为眞也。”又释“真”为“仙人变形而登天也”。[4]这两段话就完全看不出“艮”与“食”存在任何蛛丝马迹的关联。唐兰的《殷墟文字记》批评“许氏不得其说，故解为从匕目，又从而附会之耳”，然而唐兰据《艮卦》之“艮其背”解“艮”为“回顾”[5]，亦非正解。因为《艮卦》卦辞中与“艮其背”句型完全一致的句子还有“艮其趾”、“艮其腓”、“艮其限”、“艮其身”、“艮其辅”，而“回顾”之义不能一以贯之（详后），其误亦与

[1] 布依族分三个土语区，自称大同小异：第一、第二、第三土语区的自称分别为“布依”、“布越”、“布夷”，见《布依族简史》编写组：《布依族简史》，贵州人民出版社，1984年版，第16页注①。又见《辞海》2010年版缩印本第0163页“布依族”：“中国少数民族之一。自称‘布依’、‘布越’、‘布雅依’等。”郑天挺等主编《中国历史大辞典》（上海辞书出版社2010年版）第二册第688页：“布依族：旧称仲家、夷族，自称布越。”杨宽等主编《中国通史词典》（下），上海人民出版社2008年版第1435页：“布依族……旧称仲家、夷族，自称布越。”

[2] 班弨认为与汉语“吃”义近者为古汉语“咽”，上古音*ian，与台语kin合。见班弨《论汉语中的台语底层》，民族出版社2006年版，第138页。本文认为kin即“艮”，但“咽”与“艮”义近而形远，唯有“艮”与“食”义同且形近。

[3] 参见高明、涂白奎编著：《古文字类编》（增订本），上海古籍出版社2008年版，第53页。

[4] 许慎：《说文•匕部》，班吉庆等《说文解字校订本》，凤凰出版社2004年版，第231页。

[5] 李圃、郑明主编：《古文字释要》“艮”字条引，上海教育出版社2010年版，第789页。按：该书即《古文字诂林》的精选本。

许慎释“艮其限”之“艮”为“很（狠）”但又不能在《艮卦》中一以贯之完全类同。既然“回顾”不是正解，所以唐兰的解释同样无法看到“艮•食”同义。好在从与“艮”联姻的“即”、“既”、“簋”、“卿（鄉饗）”等甲骨文已有的合体字中，我们依然可以追踪到“艮•食”同义的半壁江山或中心位置。不仅如此，通过细心辨析，笔者发现：《周易•艮卦》一旦卸下遮面琵琶，其全部爻辞之“艮”，清一色是与“食”相近的原始含义或民间隐义。这一考察结果，与壮族、布依族“艮”即“食（吃）”的语音语义完全吻合。“艮”必用牙“牙”，“牙”是“艮”的必用之具[1]。而“牙”在先秦亦有“撕咬”之义。这一解读符合许慎在《说文序》中所说的独体字是“依类象形”和“物象之本”并早于合体字的见解。[2] 更为重要的是：虽然两周存世文献尤其是《周易》多有“艮”字，但目前所见，商周甲金文皆无“艮”字。不仅无“艮”，好几位古文字大家甚至认为甲骨文没有“牙”字而只有“齿”字。例如徐中舒主编的《甲骨文字典》（2006年第二版）、马如森的《殷墟甲骨文实用字典》（2008年版），均不收录“牙”字。高明和涂白奎的《古文字类编》增订本（2008年版）认为甲骨文、金文皆无“牙”字。同为徐中舒主编的《汉语大字典》（1992年版缩印本）认为甲骨文无“牙”但金文有“牙”。此外，部分学者认为甲骨文有“牙”有“齿”，也有学者认为甲骨文“牙”与“齿”尚无区别，齿即是牙。如果殷周甲骨文、金文真的均无“牙”、“艮”二字，就将使得“艮”的文献上源无以追溯。现在，我们借助古越语汇知道“牙”是“艮”的唯一前提和物质工具，“艮”则是“牙”的最主要的功能目的。也就是说，虽然一切的“牙（撕咬）”不一定都与“艮•食”关联，但是一切的“艮”却必然通过“牙”来进行。而“牙”的小篆（《说文》卷二下）与“艮”的反书极为接近，这对开启《周易•艮卦》的文字迷宫，以及迷宫的系列通道和系列房间，提供了一把切实有用的万

---

[1] 先秦至唐宋“牙”“齿”有别：对腮为牙，对唇为齿，亦即两旁为牙，中间为齿。故有“唇亡齿寒”之喻和“笑不露齿”之语。“牙”在先秦可作动词“撕咬”用。《战国策•秦策三》：“王见大王之狗，卧者卧，起者起，行者行，止者止，毋相与斗者，投之一骨，轻起相牙者，何则？有争意也。”“齿”无此义。参见王凤阳《古辞辨》（增订本），中华书局2011年版，第131页“牙•齿”。故与“艮•食”相关的是“牙”而非“齿”。

[2] 许慎《说文解字•序》：“仓颉之初作书，盖依类象形，故谓之文。其后形声相益，即谓之字。〔文者，物象之本；〕字者，言孳乳而浸多也。”（班吉庆等：《说文解字校订本》卷十五上，凤凰出版社2004年版，第440页）

能钥匙。比如，“艮”何以在《说卦》中具有崇高地位：“终万物、始万物者莫盛乎艮”？何以“艮为狗”、“艮为手”？何以“艮为山，为径路，为小石，为门阙，为果蓏（luǒ），为阍寺，为指，为狗，为鼠，为黔喙之属，其于木也为坚多节”？何以三《易》之首《连山易》以“艮”（连山、纯山，亦即下山上山）为首？东汉经学家郑众（司农）的《赞易》推测与“云”有关：“《连山》者，象山之出云，连山不绝。”[1] 清人雷学淇接受郑众之说而微有差异：“山托于地而亲上，能出云气，和洽天地，且二山相袭，故曰《连山》。”[2] 宋代学者则有一种比较象征的说法：“《连山》始艮，终而始也；《归藏》先坤，阖而辟也；《易》先乾，太极之动也。”[3] 意为《连山》以艮卦开始，表达终止即是开始（止于平地而始于登山）；《归藏》先坤卦后乾卦，表达闭合即是开张（种子、生命“归藏”于大地又萌发于新春）；《周易》始于乾卦，表达天体的永恒运动。今人饶宗颐教授的推测具体得多，涉及到时代、事件与族群：

> 《连山易》以艮卦为首，夏代何以首艮？以理推之，其时洪水控制，其民降丘宅土，观古陶文记宅土事，卜辞云：“王乎宅丘。”（《合集》140反）丘为小山高陵，民居高地为便，故以艮（山）为首务，八卦中以“山”为首，为当时生活写照。艮，止也，民止于山，乃得安处。首艮或取义于此。旧说因八风始于不周，居西北之位，执以艮为首。[4]

其它说法还有不少，如将艮卦与气功修炼相联系等等。即使承认汉人、宋人、清人和今人之说皆有可信之处，但是，从字形和读音上看，“艮”和“山”的关系依然十分遥远，几无连接之处。如果同样“以理推之”：洪水之前，人民首先必须以吃东西（艮物•食物）来延续、壮大个体和群体的生命与生存力量，“艮”或“食”才是自始至终伴随人类的“第

[1] 清•顾炎武著，黄汝成集释：《日知录集释》卷一《三易》，上海古籍出版社2006年版，第3页引。

[2] 清•顾炎武著，黄汝成集释：《日知录集释》卷一《三易》，上海古籍出版社2006年版，第3页引。

[3] 宋•王应麟：《困学纪闻》卷九《历数》，上海古籍出版社2008年版，第1151页。

[4] 饶宗颐：《谈<归藏斗图>——早期卜辞“从斗”释义与北斗信仰溯源》，原载《追寻中华古代文明的踪迹——李学勤先生学术活动五十年纪念文集》，复旦大学出版社，2002年8月。见沈建华编：《饶宗颐新出土文献汇编》，上海古籍出版社2005年版，第252页。

一要务”亦即以“艮”为首。诚如恩格斯所言：“人们首先必须吃、喝、住、穿，然后才能从事政治、科学、艺术、宗教等等。”[1]

《周易•艮卦》以及两周学者之所以丢失了《连山易》的“艮•食”本义，直接以“艮”为“山”，跳过了许多环节，造成理解上的重重困难，最大的原因可能是商代学人曾将夏人的《连山易》删去了将近95%，人为造成了许多逻辑上的缺环。这和上文所论“艮•食”同义，殷商不传，正相吻合。宋人王应麟曾在《困学纪闻》卷一《易》中提到：“桓谭《新论》云：‘《连山》八万言，《归藏》四千三百言。’夏《易》详而商《易》简。未详所据。”[2] 在没有文字或文字使用还不发达的远古时代，“八万言”或“四千三百言”都不太可能出现。但是，如果殷人只将《连山易》删掉二分之一，其结果依然会给后人理解《连山易》造成重重困难。

其实，夏人（含越人）的《连山易》以“艮”为首，皆与“牙”和“艮•食”有着或密或疏亦即直接间接的联系。“连山”的“下艮上艮”之象，即牙与牙相叠；“莫盛乎艮”，即“民以食（吃饭、食物）为天”；果实长了落、落了长，粮食种了吃、吃了种，即“终万物、始万物”之义。口腔中上牙下牙如石块相叠，其象如山，如径路，如小石，如门阙，如果蓏之排列，如阍寺之有门庭；手有指而指有甲，可以剥食果蓏（在树为果，在地为蓏），其功能亦如口腔之有牙有齿；狗、鼠之牙最利，而猛禽之嘴硬如兽牙[3]，功能亦如之；牙齿是人体中最为坚硬的部分，可以与木之“坚多节”者相媲美，而“木之坚多节”最重、最硬，是打击、敲击的最佳工具。总之，“牙”是“艮•食”字族、字义的核心与始源，“牙•艮”相依，“艮”必有“牙”，以“牙”通释三《易》之《“艮”卦》，“艮•食”关系由此变得直接而贯通，简明而流畅。

基于上述理由，我们有可能借鉴古越文化中保存的“艮•食”信息，全方位并且大体无障碍地揭示汉字系统中“艮•食”字族源流演变的一些重要而多趣的文化心理秘密。

---

[1] 恩格斯：《在马克思墓前的讲话》，《马克思恩格斯选集》第三卷，人民出版社1972年版，第574页。

[2] 宋•王应麟：《困学纪闻》卷一，上海古籍出版社2008年版，第39页。参阅朱谦之《新辑本桓谭新论》卷九《正经篇》，中华书局2009年版，第38页。但朱辑有不够准确处。

[3] 《诗•召南•行露》即咏鸟嘴和鼠牙：“谁谓雀无角（无牛羊之角而仅有嘴壳），何以穿我屋？……谁谓鼠无牙（只有门牙即齿），何以穿我墉（墙）？”可见在先民的观念里，“艮”“为狗，为鼠，为黔喙（鸟嘴）之属”，指的就是狗、鼠之牙与禽类之嘴壳。

二、甲骨文的“西戉”与古越族的西南迁徙及“艮 · 食”古义的万幸保存

壮侗语族壮傣语支称“吃”为“艮”，包括“饮”与“食”的全部内容。如“吃肉”、“喝酒”、“饮水”、“吸烟”的动词部分，一律以“艮”担当。构词规律与上古汉语的“食言而肥”的“食言”[1]、“食肉寝皮”的“食肉”[2]、“登昆仑兮食玉英”[3]的“食玉英”完全相同，也和现代汉语的“食人族”、“食草动物”、“食肉动物”的“食人”、“食草”、“食肉”毫无区别。另外，《诗经》中的《魏风•硕鼠》有“硕鼠硕鼠，无食我黍”、《小雅•白驹》有“皎皎白驹，食我场苗”，皆与“吃”同义。由此可见：壮傣语支的“艮”是汉语“食”的前身和来源，亦即构成汉字“食”的基础结构，同时也是活跃在“食”字族中的主要字素或“词根”。“民以食为天”，由“食”字组合而成的文字家族相当庞大。笔者以《汉语大字典》的“食”部进行统计，共得556字，虽然含有简化字和异体字，但也足证“艮”在汉字系统中的重要性了。

据《汉语大字典》“食”字分析：“食”由“亼（jī）”（古“集”字）与“艮”合成。“艮”表示装满食物的食具，亦即“簋”（guǐ）字的中间部分“艮”，也写作“皀”（bì）[4]，“食”字象“人”“张口”向下对着“艮（皀、簋）”中满满的食物，是个会意字。[5]此一解释源自林义光《文源》卷六：“从亼倒口在皀上。皀，荐熟物器也。象食之形。”商承祚《甲骨文字研究》则认为亼是食具之盖：“此象器中有黍稷，可食者也。黍稷宜温，故上施盖。”[6]林说持人之口与食品食具合一，商说持食品与食具合一。两说各有优长，林说有人为食，无人为艮；商说有盖为食，无盖为艮。

---

[1] 《左传•哀公二十五年（前470）》，《十三经注疏》本，第2182页。

[2] 《左传•襄公二十一年（前552）》，《十三经注疏》本，第1972页。

[3] 屈原：《楚辞•九章•涉江》，宋•洪兴祖《楚辞补注》，中华书局1983年版，第129页。

[4] 皀，最初有可能就是艮，读gèn。后人因为皀由白、匕合成，才读为bì。但皀极有可能是由独体字艮的字形讹变、误认而来的合体字。而且艮、簋（guǐ）为同声母之字，皀则与艮、簋的声、韵皆不同，但艮与皀形态非常相近，属于讹变的可能性极大。暂时不敢肯定一定如此，略记管窥，以待今后研究及高明教正。

[5] 《汉语大字典》缩印本，湖北辞书出版社、四川辞书出版社1992年版，第1846页。

[6] 林义光、商承祚二说见李圃、郑明主编《古文字释要》，上海教育出版社2010年版，第515页。

都能准确而形象地揭示艮早于食、食为艮之衍生的先后次序。

在“艮”的基础上衍生出盛放食物的“簋”，艮、簋同声，簋“象手持勺于簋中取食之形。……金文变形甚多，而大致类此”。[1]“簋”可以用竹片编成，盛放普通人吃的食物，故从“竹”从“皿”[2]；也可以用青铜铸成，盛放贵族食品及贵族祭祀死者的祭品，是商周两代仅次于“鼎”的极为重要的礼器之一。笔者用高明、涂白奎编著的《古文字类编》（增订本）[3]的“引器目录”进行统计，共得鼎504件，高居第一。簋248件，居于第二。爵131件，卣（yǒu）120件，分列第三第四位。如果说“民以食为天”，那么，很显然，食具则以鼎簋居前。

应该区别的是：平民甚至边远地区的山野之民所用的鼎簋，与贵族之家、帝王宫廷所用的鼎簋是有巨大差异的。民间之鼎与贵族之鼎肯定不是完全一样的功能和形式。同理，民间之簋与贵族之簋也肯定不会完全一样。这就是为何簋字有竹，而出土的簋都是青铜器的原因。当然，也可能是竹质的簋易于朽烂，难以传世。

簋之名见于《诗经•小雅》等先秦文献，其功能是盛放煮熟的稷、黍、稻、粱等食物。祭祀时鼎用奇数，簋用偶数，互相配合。如九鼎八簋，七鼎六簋，五鼎四簋，三鼎二簋，形成鼎簋制度。此一制度在商代早期初现雏形，西周时期比较规范。目前考古发现最早的簋是商代早期的无耳圈足式簋，腹部饰有带状饕餮纹；商代晚期出现双耳簋；西周时期造型发生变化，出现盖、四耳、方座等。[4]

从古人类的“牙”到古越族的“艮”、又从古汉族的“食”到简陋的“食器”，再进一步升级为国家时代祭祀礼器的“青铜食器”——簋，时间至少需要几千年。《山海经•海外北经》载：“夸父与日逐走……道渴而死。弃其杖，化为邓林。”笔者研究认为：“布依语读‘杖’为‘邓’，正是保留了上古‘夸父逐日’神话起源阶段（而非记录阶段）的语音，以及

[1] 李圃、郑明主编：《古文字释要》，上海教育出版社2010年版，第464页。此书在“簋”字下引高缙鸿《中国字例二篇》，集众家之说论“簋”字甚详。

[2] 笔者幼年还见到以细竹片编制的方形有盖的食具，盛放平坝地区人群进山种植玉米等山地作物时所带的午餐（含菜肴）。因竹器透气性能较佳，一般不易变馊（变味）。

[3] 高明、涂白奎编著：《古文字类编》（增订本），上海古籍出版社2008年版。

[4] 参见中国国家博物馆编：《文物夏商周史》，中华书局2009年版，第141页。

这一神话最古老的底蕴。……布依族先民的一支曾经活动于中原，‘杖’读‘邓’正是这一史实的多重证据之一。”[1] 周振鹤、游汝杰的《方言与中国文化》也认为：“布依语的第一类外来词说明布依族的先民在上古时代就跟北方的汉族人民有过交往，他们当时的聚居地当然不会象今天一样僻在贵州，而应该是和汉族的居住地相邻接的。”[2] 至于是否属于“外来词”，学术界存在不同看法。著名语言学家邢公畹教授认为应当属于“汉台同源词”，先生曾经设想中国语言史上有一个很古老的原始“汉台族”阶段：

> 所以与其说侗台语在殷商以前就从汉语借去了“箸”和“梜”字，倒不如说前上古有一个民族叫做“汉台族”（还应该假设，这个民族是从更古老的汉藏族分化出来的）。这个民族后来分化为两个，一个是汉族，一个是侗台族。[3]

所谓“侗台族”，又写作“侗傣族”、“侗泰族”，即古代百越后裔的部分民族。所谓“前上古”，当然只能是一个模糊概念。以中国传统的“虞夏商周”四代[4] 或“夏商周”三代来说，“前上古”应该始于虞或夏之前。夏商周断代工程将禹之立国定于公元前 2070 年，则“前上古”应该始于距今 4000 多年以上。

西南地区在殷商时代即有古越人生存活动，目前有较多的卜辞和出土玉琮可以证明。饶宗颐在《殷代的西（戉）越》一文中引《合集》36532、36181、7100 的晚期卜辞，证明“殷时有西戉断然无疑”、“戉在西土，故称‘西戉’。……戉以产钺兵器为名。湖北天门石家河出土有钺，

---

[1] 罗漫：《布依族与夏文化》，载罗祖虞主编《布依族历史与文化研究》，云南人民出版社2007年版，第29—66页。参阅罗漫：《桃、桃花与中国文化》，《中国社会科学》1989年第4期。值得注意的是：布依语读“杖”为“邓”，但泰国语即暹罗语和广西龙州壮语已读“杖”为“桃thau”，见《李方桂全集》之8《比较台语手册》，清华大学出版社2011年11月版，第92页。这可能即是“掷其杖，化为邓林”而“邓林”又演变为“桃林”的语音轨迹。

[2] 周振鹤、游汝杰：《方言与中国文化》，上海人民出版社1986年版，第241—242页。

[3] 邢公畹：《语言论集》，商务印书馆1983年版，第268页。

[4] 《礼记•明堂位》：“有虞氏祭首，夏后氏祭心，殷祭肝，周祭肺。”同书《檀弓》：“有虞氏瓦棺，夏后氏堲周，殷人棺椁，周人置墙翣。”参阅张光直：《考古学专题六讲》（增订本）之第六讲《三代社会的几点特征——从联系关系看事物本质两例》，三联书店2010年版，第127—128页。《国语•鲁语下》第18条载孔子论“防风氏”云：“在虞夏商为汪芒氏，于周为长狄，于今为大人。”同书《郑语》云：“夫成天地之大功者，其子孙未尝不章，虞夏商周是也。”四代各传其子孙及文化，杜撰的可能性极小。分别见徐元诰撰《国语集解》，中华书局2002年版，第203页、466页。

薛家岗亦出石钺"、"戉在秦、蜀之间其为西戉"。又说：

> 古代越人势力已深入于四川，金沙之巨大玉琮，及蜀地到处玉琮出现之夥，可断殷代越人势力已及于西蜀，良渚文化之远被。
>
> 有湖南里耶所出秦简内记"越人城邑反蛮"……蛮指五溪蛮，越与土族五溪蛮之交涉，亦可见到处有越人之足迹。
>
> 戉本是星名，《史记•天官书》："东井为水事。其西曲星曰钺。""北宫玄武……军西为垒，或曰钺。"知秦地于星宿属戉。……戉人足迹及于西北，由来已久。
>
> 尚有进者，先秦以来，戉人足迹，拓殖甚广，分布几乎远至域外[1]。汪宁生论云贵高原上已有古越人，永昌徼外及越嶲郡皆有越地名之遗存。……
>
> 今凉山彝族自治州仍称曰越西县……殷之西戉，流裔甚远，于兹可见。[2]

成都市郊金沙遗址的巨型十节青玉琮是良渚文化玉器的最典型代表，拥有并守护这一重宝中之重宝的部族，毫无疑问，一定是良渚文化后裔的核心支系。不难设想，只有在无法继续守护的万般无奈之时才会将巨琮埋藏于地下。地表上的族群流散了，迁移了，与居住生活相关的一切地表遗迹也很快消失了，唯有深埋地下的巨型玉琮，以其坚硬晶莹的不朽质地，一直像现代的电脑硬盘一样，默默保存着上古越人不断南下西迁、慷慨悲壮的命运密码。此外，三星堆遗址的仁胜村墓葬也发现了良渚式玉琮。类似玉琮或玉器，在江西、安徽、河南、广东、四川均有出现，学术界认为古蜀文明中出现了一只外来族群。据此，越族南下、西进直至远徙滇黔的足迹历历可辨。再从地名看，夏人中的越人又称"有洛氏"，《国语•周语上》第10条载伯阳父语云："昔伊、洛竭而夏亡。"[3]晋初张华《博物志》卷九《杂说上》则云："昔有洛氏，宫室无常，囿池

---

[1] 原注：详拙著：《符号•初文与字母——汉字树》第五章："越族迁徙蓝图与陶符出土地区之对应"，上海书店出版社，2000年3月，页62—74。

[2] 沈建华编：《饶宗颐新出土文献论证》，上海古籍出版社2005年版，第130—132页。

[3] 徐元诰撰：《国语集解》卷一，中华书局2002年版，第27页。

广大，人民困匮。商伐之，有洛以亡。”[1]故中原洛阳之洛水、陕西商洛之洛水、四川什邡之洛水（东南流经三星堆所在地的广汉县），其名皆为越人所留。再者，周文王娶位于今陕西合阳的莘国姒姓女子太姒，姒姓即夏越领袖大禹之姓，太姒属于夏越人后裔无疑。由此可见周文王为其灭商的远谋大计，主动与商之世仇夏越人后裔建立政治联姻。最终在太姒与文王之子的武王姬发手上，周人完成了灭商伟业。值得注意的是，上述观点并非仅仅属于推论，而是获得了近年来考古发现的文化支撑：位于商洛地区的东龙山遗址，其夏代晚期遗存与伊洛地区的二里头文化三、四期大同小异，考古学界认为应当属于二里头时期夏文化的一个地域类型。[2]也就是说，商洛一带在夏末正好居于夏文化的势力范围之内。上述文献和遗址，也是为饶宗颐所说“戉在秦、蜀之间其为西戉”、“戉人足迹及于西北，由来已久”补充了三个极为重要的证据。

出土文献《战国楚竹书》（二）《容成氏》，讲述夏朝末年，成汤对夏桀不断“从而攻之”，夏桀依次“逃之鬲山氏”、“逃之南巢氏”、“去之苍梧之野”。[3]也就是说，夏桀及其部族亦即夏越民族的核心支系最终来到了湘黔桂的交汇之地。

传世文献《山海经》更有不少述及越人南迁的记载，其要者如下。《中山经》：“洞庭之山（君山）……（尧）帝之二女居之。”《海内经》：“南方苍梧之丘，苍梧之渊，其中有九嶷山，舜之所葬，在长沙零陵界中。”《海内南经》：“夏后启之臣曰孟涂，是司神于巴。（参《海内经》：‘西南有巴国。’”《大荒西经》：“西南海之外，赤水之南……有人……名曰夏后开（漫按：其实是夏启的后裔沿用先祖之名）。开上三嫔于天，得《九辩》与《九歌》以下。”又说：“有人无首，操戈盾立，名曰夏耕之尸。故成汤伐夏桀于章山，克之，斩耕厥前。耕既立，无首，走厥咎。乃降于巫山。”《海内经》：“西南黑水之间，有都广之野，后稷（尧舜时之农官）葬焉。……爰有膏菽、膏稻、膏黍、膏稷。”20世纪60年代，甚至有移居海外的著名学者指出：“中国的河淮江汉区域，乃僮泰族祖

[1] 上海古籍出版社编：《汉魏六朝笔记小说大观》，上海古籍出版社1999年版，第221页。
[2] 陕西省考古研究院等编著：《商洛东龙山》，科学出版社2011年版版权页之“内容简介”。
[3] 马承源主编：《战国楚竹书》（二），上海博物馆藏，上海古籍出版社2002年版。

先的原住地，证据多至不能尽述。”[1]这和前引饶宗颐从研究古陶文而得出的结论“先秦以来，戊人足迹，拓殖甚广，分布几乎远至域外”也是吻合的。笔者仅举一例，希望能以一滴露珠反射全部阳光的色彩：位于河南信阳的国家自然保护区、全国重点风景名胜区鸡公山，“鸡公”“鸡婆”乃越式构词[2]，其为越人故地无可置疑。

笔者研究认为，从河姆渡文化到殷商时代，古越人（含夏人）大规模南迁主要有四次：1. 良渚文化衰亡之时；2. 帝舜禅位亦即失国之时（越人的内部权力之争）；3. 夏初帝太康失国之时；4. 夏末帝癸亦即夏桀失国之时。四次南迁，第一次有蜀地巨琮及诸多玉器实物为证，后三次并见于上引《山海经》，最后一次还见于出土文献《容成氏》。当然，不排除部分玉器为后三次带入，但还是以第一次南迁时带入为主，只是这种带入是长时间若干代人接力完成的，并非一步到位或短时间抵达西蜀。这些源自东南沿海古越文化的出土玉器，以及与古越文化相关的出土文献，司马迁等古代史家未曾见到，因而夏禹及其后裔与古越族群相关的史实，自然也会超出《史记•夏本纪》的记载之外。

以上着力论证西南地区在殷商时代即有古越人生存活动及其迁徙轨迹，目的在于证明西南越人称“吃”为“艮”同于古汉语之“食”，绝对不是各自隔空生成而偶尔巧合。今天之所以还能够有幸对“艮•食”字族进行原义考古，不能不感谢南方壮族、布依族对“艮”字音义的完整保存。

三、以“艮”及其变体“良”为义符声符的“艮·食”字族原义的现代理解

如果我们从字形字义上分析，不难发现，善“艮”者必“良”：能“艮”能“食”是体格强壮（良）的表现，所谓“牙好胃好身体好”，民间素有“吃香在好”一说，即饮食好的人必然身体好、精神好、活得好。体格强壮，自然生存力、竞争力、战斗力、灭杀力特别强。一方面，强者可以赢得羡慕，带来正面评价；另一方面，强者必然使弱者退让、恐惧，而且与

[1] 徐松石：《尔雅里面的泰国语音》，《徐松石民族学文集》下卷，广西师范大学出版社2005年版，第1151—1152页。

[2] 详拙文：《夏、越、汉：语言与文化简论》，《国际百越文化研究》，中国社会科学出版社1994年版，第39—58页。

强者伴生的往往是霸道与霸权，与儒家鼓吹的“王道”形成强烈对比。不管强者的主观愿望如何，强者的出现与存在，对弱者的生存空间、心理空间都会形成不同程度的挤压。同时在占有生存资源、生活资料以及自我保护能力等方面，也会具有天然优势。结果必然是带来弱者的不满与怨恨，产生负面评价。这两方面在“艮•食”字族中都各有鲜明表现。

与“词根”“艮”组成合体字的字族可分三类：

1. 以“艮”为义符；

2. 以“艮”为声符；

3. 以变体“良”为义符或声符。

这些字族中的绝大部分字都可以从“吃”或与“吃”相关的“口”、“牙”、“食物”、“坚硬（牙质坚硬）”、“凶狠”等推演而得——例如猛犬就特别喜欢显示其“口”与“牙”的怪怖之状。另外，伴随着“艮”的动作，牙齿必然反复“进入”并“击碎”被“艮”的食物，道教经典因牙齿锋利如刀剑而设立“齿神”：“齿神崿锋字罗千：牙齿坚利如剑崿刀锋，摧罗众物而食之也。”[1] 所以，“艮”自然带有“进入”、“攻击”、“击打”、“损伤”、“伤害”等义，进而带有“毒害”、“狠毒”等义。——在这个意义上，前引《说文》“艮，很（狠）也”并非全无道理，只是字形分析难以见出“艮•食”同义而已。不仅如此，一些动物、植物就先以带毒的器官、液体、气味击伤或击毙猎物，然后“艮•食”。至今蛇咬、犬咬必须注射解毒之药或疫苗，然而民间认为人咬之毒不亚于蛇、犬，反而未闻有注射疫苗者。早年有山地捕蛇者告诉笔者：当巨蛇半身已经入洞，捕蛇者用尽全力，蛇身即使断掉也不会离洞，但是，如果用衣角将蛇尾包裹，然后猛力一咬，蛇身将慢慢退却并且渐渐失去反噬能力，故民间以此证明人毒不让蛇毒。明乎此，“艮”作为“词根”，与带有狠性、狼性、毒性之物组合成若干孳乳字词，也就可以见怪不怪了。

1. 以“艮”为义符的字族

即：甲文、金文象人正在跪坐吃饭，故本义是“正在”、“即刻”、“就食”的“就”。引申为靠近、接触。

---

[1] 宋•张君房编，李永晟点校：《云笈七籤》卷十一《上清黄庭内景经•至道章第七》，中华书局2003年版，第210页。

既：甲文、金文象人已经吃饱，把嘴转过去（掉头）。故当“吃完”、“已经”讲。此义见于《周易》的“既济”卦，苏轼名篇《赤壁赋》有“七月既望”。

郷（鄉饗）：甲、金文象两人相向而艮（食），中间是盛满食物的“艮（簋）”。故有享受、面向等义[1]。

卿：上古音读 qiāng。卿与郷（鄉）原为一字。两人对艮（食），表示关系亲密，即两者属于“可以同吃一锅饭”的人。六卿作为官职，比一般士大夫地位高，卿与帝王的关系也比一般士大夫密切得多，故有“上卿”之职与“爱卿”之称，时至今日，中国仍以“国务卿”称呼美国总理。在家庭内部，西晋名列竹林七贤的王戎，其妻呼之为卿，留下成语“卿卿我我”[2]。这些现象，均可见出明显发端于“食（吃）”的原始形态“艮”。

㲉（簋）：甲文、金文象右手拿瓢舀饭之形。

飨（饗 xiǎng）：甲骨文、金文皆有此字。字形象两人相对饮食，中间为食具“艮”。

飡湌喰（cān）：三字音同义同或义近，皆有“食”义。

餐：吞、吞食、夕食、小饭。神仙家吸风、饮露、餐霞。《离骚》则云“夕餐秋菊之落英”。

飧（飱 sūn）：共有三义：晚餐、简单的饭食、用水泡饭。

上述例字，全部与“艮•食”相关，不独完全可以证明“艮”即“食”，而且可以证明先有“艮”后有“食”：古“汉台（夏越）语”之“艮”早于古汉语之“食”，“食”是“艮”的衍生字。

2. 以“艮”为声符的字族

首先必须声明的是：“艮”为声符，并不等于“声”不含义。中国文字，既可因形求义，亦可因声求义。更多的时候，因声求义往往比因形求义更为直接，也更为快捷。20 世纪前半叶清华大学、西南联大教授许维遹在《韩诗外传集释》卷一第一章中指出：“古义存乎声，不泥其形也。”[3] 已故史学家、西北大学教授陈直也在《读金日札》卷四《壐陶简石》

[1] 参见《汉语大字典》缩印本，湖北辞书出版社、四川辞书出版社1992年版，第1576页。
[2] 朱铸禹：《世说新语汇校集注•惑溺篇》，上海古籍出版社2002年版。第767页。
[3] 许维遹：《韩诗外传集释》，中华书局1980年版，第1页。

中说："古代文字主声不主形也。"[1]

根：从植物自身定义：草木"艮"土的部分为根。从人类利用植物的角度定义：植物可"艮"的主要部分之一为根。草本和木本食物，主要取自植物的果实和根块。所以，1."根"与食、食物有关，故从艮。2. 从农作物或蔬果栽培的角度考察：人类先将土地掘开，再将种子或幼苗的根部植入土中。此一过程就是根可以"艮"土，故可从艮。清人郑板桥的题画诗《竹石》有"咬定青山不放松"之句，咬者，竹根咬也。即曰咬，自然必须从艮亦即以牙吃东西，用前引许慎《说文序》的话来说，就是"文者，物象之本"，字形直接与物象的初始形态和内在特性紧密关联。造字者尤其是象形、会意字的创造者，他们和优秀的诗人一样，具备灵动飞扬的诗性想象力。值得注意的是：根据斯瓦迪士（M.Swadesh）的 100 个基本词表，居于第 26 位的是"root"，与之对应的是古汉语的"本"和现代汉语的"根儿"，但"本"与"根儿"却不属于同源关系。[2]"根"字目前所见最早是战国云梦简的《为吏》。[3] 是否可以如此推测："根儿"的同源关系，存在于很早就转入了先秦民间口语的"艮"，而非书面语的"本"。

跟：动物身体接触土地的部分为"跟"，亦即动物的"根"部，有的至今成为可"艮"的名菜，如：鸭掌、鹅掌、熊掌、猪蹄、鸡爪。

哏（gén，又读 hěn 另义）：让耳朵"艮"亦即"耳食"得非常愉悦（滑稽，有趣）的话语即"哏"。故现代汉语称以滑稽有趣的语言引人发笑为逗哏。

茛（gèn）：形似"老虎脚爪"之毒草。《辞海》释为"野葛，一名钩吻。见'毛茛'"。而"毛茛"条云："俗称'老虎脚爪草'。毛茛科。……产于中国各地。有毒。民间以全草入药，不作内服，捣敷大椎穴，可治疟疾、哮喘，敷内关穴，可治黄疸、结膜炎。"从"老虎脚爪"看，此字与"根""跟"相近；从"有毒"看，则与"狠"相近，张华《博物志》认为钩吻"不可食，入口立死"[4]；从可以治病看，又与"良"相近。

---

[1] 陈直：《读金日札 读子日札》，中华书局2008年版，第195页。

[2] 徐痛锵：《历史语言学》，商务印书馆1991年版，第456—458页。

[3] 高明、涂白奎编著：《古文字类编》（增订本），上海古籍出版社2008年版，第574页。

[4] 晋•张华：《博物志》卷五《方士》，上海古籍出版社编：《汉魏六朝笔记小说大观》，上海古籍出版社1999年版，第205页。

狠：善“艮”之兽为“狠”。指残忍，凶狠。动物之狠，离不开牙和爪，故古代兵卫及武臣有“爪牙”之称。肉食动物抓捕、撕裂及吞噬猎物，关键就看爪与牙。人类彼此张牙舞手或动用杀伤性语言攻击对方则叫斗狠、抖狠、发狠（动怒）。

佷很（hěn）：本性毒辣、狠戾之人。《后汉书•蔡邕传》：“然（董）卓多自佷用。”在人为“佷”或“很”，在兽为“狠”，在草则为“茛”（gèn）。

恨：一种欲“艮”其人的情感。指怨，怨恨；仇视，仇恨。民间话语“恨不得撕碎”、“恨不得咬一口”、“恨不得吃了他”、“恨不得食肉寝皮”、“恨不得吃他的肉、喝他的血”、“恨得牙痒痒”，“恨得咬牙切齿”，就直接与动物性的爪与牙相似，因为“恨”之极必“狠”。“恨”是一种强烈的心理活动，“恨”由心与艮构成，即恨不得在“心”上用“牙”“吃掉”或“撕咬”所恨之人——这就是“恨”的本质和“恨”的诗性呈现。只有返回原点，现代人才有可能重新体验造字者的原始动力、观察、思考、判断、经验、情感与智慧。

痕：被牙咬、被爪抓皆可留下“痕”迹。

拫（hén）：以手狠压。接近于摁（èn）。指排挤、压抑。

詪（hěn）：特别伤人的言语。通狠。

哏（hěn）：以口（言语）伤人。通狠。

豤：（kěn）“啃”的本字，本指猪咬物和猪以吻部拱地。又通垦。翻耕土地。战国已有此字。

龈（kěn）：同啃。牙龈（yín）之龈，本指牙根肉在牙根处形成边线。艮、啃必然用牙，故牙龈之龈既读 yín，又读啃。段玉裁《说文解字注•齿部•龈（kěn）》云：“此与豕部豤（kěn）音义同。疑古只作豤，龈（kěn）者后出分别之字也。”又在《豕部•豤》云：“人之啮曰龈……豕之啮曰豤。音同而字异也。”

硍：同“啃”。《辞海》释“啃”：“用牙齿剥食坚硬的东西。”从“石”，表明“硍”物之“牙”其形像石，其质也像“石”一样坚硬；同时被“硍”之物也是坚硬如“石”。

垦（墾）：用坚硬锋利的工具“艮•食”土地即为“开垦”。

恳（懇）：能使“心”“艮”之语为恳。动情之语、入心之谈、彼此将心底话掏出交流——彼此之“心”可以互“艮”对方的话语即为“恳谈”，亦即语言可以“深入人心”。

裉（kěn）：上衣腋下两块布相接的部分。亦即两块布的边缘彼此“咬合”。故从“艮”。

垠：边际，尽头。用牙咬断或撕裂，即可形成新的边际。

龈：齿根肉（牙根肉与牙齿有明显分界）。又音 kěn。

泿（yín）：水涯。水的边际。

珢（yín）：石质象牙齿一样光洁的假玉。《说文•玉部》：“珢，石之似玉者。”牙齿的质地较为坚硬且有珐琅质，故“象玉的石头”也可从“艮”——因为任何“艮”都离不开牙。

银：质软，民间一般用牙咬来判定真伪。即牙比“银”更硬。

3. 以变体“良”为义符或声符的字族

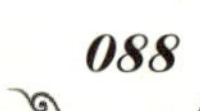

良：两义：物之可“艮”者为“良”，亦即可以吃的东西是好东西；人、兽、植物之善“艮”者为“良”。古代妇女称丈夫为“良”，见《礼记•士婚礼》及贾公彦疏。又古乐府《读曲歌》：“白毛郎，是侬良。”也称“良人”亦即“好人”。[1] 从体格上说，“良”必“狠”，“狠”必如“狼”，民间有“三十如狼，四十如虎”的谚语，意义并非全为负向。可见“狼”字可以从“良”。更何况，“狼”在古代，既有被诅咒、被猎杀的一面，也有被崇拜、被仿效、被神化的一面。狼是恶兽，但在古代许多民族那里却极受崇拜。从北亚到北美，狼图腾极为盛行，许多草原民族都自认为是狼的子孙。《国语》的第一篇就载周初穆王西征，“得四白狼、四白鹿以归”[2]，现代学者普遍认为四白狼、四白鹿即西域以白狼、白鹿为图腾的部落领袖，而民间亦有“狼越老越白，狐狸越老越红”之说。后世的《蒙古秘史》就认为蒙古族是“苍狼白鹿”的后代。这就是“良”与“狼”的一体二面或一体二性。

---

[1] 古代汉语的“良，善”义同英语的good，在斯瓦迪士100基本词中居97位。但与现代汉语的“好”不属同源关系。详徐痛锵：《历史语言学》，商务印书馆1991年版，第458页。但先秦文献之“良”已有与“好”相等相近之义，如“贤能”、“贤能者”、“优秀”、“优秀者”、“精善”等等。《尚书•益稷》：“元首明哉，股肱良哉，庶事康哉！”《诗•小雅•十月之交》：“四国无政，不用其良。”《诗•秦风•黄鸟》：“彼苍者天，歼我良人！”《吕氏春秋•仲冬纪》：“陶器必良。”参阅《辞源》修订版第2847页释“良”。

[2] 徐元诰撰：《国语集解•周语上》，中华书局2002年版，第9页。

粮：“良”好的“米”就是“粮食”。

郎：居于都邑的优秀男性或杰出男性。左“良”右“邑”，与“狼”同音。按理说，丈夫是“良”或“良人”已经足够，为何还要再称之为与“狼”同音的“郎”呢？“郎”“狼”同音，既有体格的要求，又有心灵的企望。体格上要求如狼似虎，可以给女性提供安全保护；心灵上企望良人是一个文明程度较高的都邑（城市）之人，因为都市即文明前沿。通过寻找良人可以实现女性自身及其后代的文明跃迁，由乡村而城镇，由小城而大城，由大城而国际婚姻，古今中外，心理如一，风尚如一。此外，“郎”作为职官之称，同样证明男性非优秀杰出不得为“郎”。

狼：善“艮”并性“狠”之兽为“狼”。狼在力量、机敏、智力、贪婪、残忍方面，均为犬类獸中之良者。东汉文献有“贪狼”一词，形容人性为了贪婪而残暴：“彭宠故旧渤海赵宽，妻子家属依托宠居，宽仇家赵伯有好奴（美色女奴），以赇宠。宠贪之，为尽杀宽家属。宽之勃德不仁贪狼如此。”[1]狼的最底层的意义是狼比其它犬类兽吃得更多更好，所以才会更强壮更优良。在此义统辖之下，产生一组与“艮”、“狠”、“良”、“狼”贴近的孳乳字。如在兽为狼、在草为蒗（láng），在禾为稂（láng）、在木为桹（láng）、在舟为艆（láng，海船）、在矛为矝（láng，锋利之矛）、在力为劤（láng，大力）、在人为躴（láng，身长）及俍（lǎng，身长）、在马为駺（láng，尾白如老狼）、在鸟为鵖（láng，旧解为鸠，当为鸠类猛禽）、在竹为苍筤（láng，嫩竹之色灰白如狼）、在刑具（铁索）为锒铛（如狼攫物）、在雄蟹为蜋蟹（láng hái，性凶，其螯可伤人）、在虫为螳螂（láng，其臂如斧）、在神为“强良”[2]、在怪为“方良”（wǎng liǎng，同“网两”、魍魉、蝄蜽，传说中的木石精怪[3]）、在草为莨（làng）、在水为浪。

浪：迅猛奔腾并有伤物能量之水为浪。或：水“狠”如漫山遍野之恶“狼”扑食者为浪。故浪偶尔也写作狼、蒗。《史记•秦始皇本纪》载秦始皇东游，被猛士偷袭于博狼沙，《汉书•张良传》亦作博狼沙，但后

---

[1] 刘珍等：《东观汉记》卷八“彭宠”条，吴树平校注，中华书局2008年版，第297页。

[2] 《山海经•大荒北经》：“又有神，衔蛇操蛇，其状虎首人身，四蹄长肘，名曰强良。”冯国超译注《山海经》，商务印书馆2009年版，第471页。

[3] 《国语•鲁语下》：“丘闻之：木石之怪曰夔、蝄蜽”，徐元诰《国语集解》，中华书局2002年版，第191页。

世写作博浪沙。其地1947年曾设搏浪县。[1] 今山东东部白浪河，古称白狼水。《说文•水部》有浪湯渠，段玉裁注："前志（漫按：此指《汉书•地理志》）作狼湯。《水经注》作蒗蕩渠，皆音同字异耳。"[2] 狂风巨浪、特别是海啸巨浪，往往引发巨大规模的物毁人亡。浪从良，由"良"的双面性甚至多面性（或善良；或凶狠；或精怪）决定人类的情感评价：作为欣赏的景观，如中国传统的八月观涛，人人喜爱；作为灾害的威胁，人人避之不及。《山海经•北山经》载："炎帝之少女名曰女娃，女娃游于东海，溺而不返，故为精卫，常衔西山之木石，以堙于东海。"少女的青春是美好的，"炎帝之少女"更是尊贵的，美好而尊贵的少女却毁灭于她所追寻的景观——海浪或海潮，所以死后还要化为海鸟誓填东海以报深仇大恨。这种爱与恨都集中于"浪"，反映了人类从神话时代开始，就对"浪"产生了双向的情感和评价。只有辩证把握这种对同一客体的双向情感和评价，才不会简单地对"浪"作出"水之良也"的滑稽解读。——北宋王安石著有《字说》一书，不从许慎《说文》和传统说解而自创新说，自视甚高，以为可亚六经，遭到苏东坡针锋相对地的讽刺："世传东坡问荆公：'何以谓之波？'曰：'波者，水之皮。'坡曰：'然则滑者，水之骨也？'"[3] 我认为："滑"当然不能解为"水之骨"，但是，水下之骨却必然是滑的。"滑"的构造是让识字者在原点即初始条件下产生联想：某种坚硬、平光如骨的物体尤其是平面——比如光洁度较高的石板、瓷砖等等——只要其上有水、有雪、有稀泥、有油渍、有果皮，这种地方必定非常"滑"，最容易摔倒和翻车。泥路之滑，滑坡之滑，就是因为底泥坚硬而表泥浮动。释"滑"的关键在于，不能直接将"滑"字之"骨"理解为某种生命体的"骨头"，更不能理解为水有骨头。此等处必须引入诗性联想：骨是表面光洁的，至于原始状态的石、坚土等就不一定如此了。这也就是为何"滑"选择"骨"而不选石、玉、土的原因。"说文解字"或曰追寻汉字的"物象之本"，一定要坚持理性和诗性的统一。仅有理性不够，仅有诗性也不够。简而言之：物体坚硬平光

---

[1] 戴均良等主编：《中国古今地名大词典》第三卷，上海辞书出版社2005年版，第2813页。
[2] 宗福邦等主编：《故训汇纂•水部》，商务印书馆2003年版，第1267页。
[3] 宋•罗大经《鹤林玉露》甲编卷三《字义》，中华书局1983年版，第53页。

而表面有水，必"滑"。客观地说，苏轼与王安石这两位名人的解答与诘难，几乎都是脱口而出，未经深度思考与仔细斟酌，这对解决问题是没有益处的。

稂（láng）：由于善"艮"如狼而长势良好的假禾。与"狼"同音，恶草，与"莠"（yǒu）连称"稂莠"，两草皆形似禾苗而对禾苗有害。《诗•小雅•大田》："既坚既好，不稂不莠。"用于比喻坏人。"稂"声符中的"良"不再指良好，而是与"狼"之声符的"良"相似，指生命力、生存力、竞争力超强，既可以吃到更多的养料，也具备"吃"掉别的草类和兽类的能力。有稻作经验的人都知道：田间杂草普遍比精心培育的禾苗高大粗壮。

桹（láng）：善"艮"而高之木。《说文•木部》："桹，高木也。""俍"、"躴"是人长，桹是木高，都属正面评价。可见古代对"长人""长物"皆有好感。《辞海》又以"桹"为榔之本字，桹是主动敲击（攻击、伤害）他木或他物之木棒，其义亦从"艮"生发而来。

筤（láng，苍筤）：竹粉灰白而主干高耸的初生之竹。《辞海》"苍筤"条云："亦作'苍狼'。青色；竹未黄熟时的颜色。《易•说卦》：'为苍筤竹。'孔颖达疏：'竹初生之时，色苍筤，取其春生之美也。'《吕氏春秋•审时》：'后时者弱苗而穗苍狼。'毕沅校正：'苍狼，青色也。在竹曰苍筤，在天曰仓浪，在水曰沧浪，字异而义皆同。'"[1]笔者以为，不管是苍筤还是苍狼，皆取自颜色似狼。民间呼狼为"灰狼"或"大灰狼"，又称"苍狼"。孔颖达将"苍筤"释为"春生之美"而不涉及具体颜色是对的，《辞海》从毕沅说直接将"苍筤"解为"青色"未得其实。新竹因水分充沛、叶片未生或叶片较少而显得粗壮并高耸于竹林，民间谚语曰"嫩笋高过林，女婿大过老丈人"，故从良。同时初生之竹带有一层较厚的白色竹粉，所以"苍筤"之"苍"也只能解为"苍白色"或"灰白色"。不管是蒹葭苍苍、白发苍苍，还是天之苍苍，皆指青白、灰白之色。至于碧海、碧水，则与清亮、清澈的绿水完全不同，一般取决于水之深度，浅则清、绿、蓝，深则碧并呈灰白色，故流传于春秋战国时代汉水之北的古歌《孺子歌》唱到："沧浪

[1] 《辞海》，上海辞书出版社2010年版，缩印本，第176页。

之水清兮，可以濯我缨；沧浪之水浊兮，可以濯我足。”只有水体呈现为灰白色（青白色亦即缥碧色），才可能既是“清”的，又是“浊”的，不管是清是浊，都属“沧浪之水”。宋代诗人杨万里自京师出守高安，有诗云：“新晴在在野花香，过雨迢迢沙路长。两度立朝今结局，一生行客老还乡。犹嫌数骑传书札，賸喜千峰入肺肠。到得前头上船处，莫将白发照沧浪。”[1]宋代禅师宏智亦有语录云：“须发沧浪，形容寒瘠。春林带雪痕，云山染秋色。”[2]南宋严羽自号“沧浪逋（bū）客”，撰有著名的《沧浪诗话》。此三例直接并极好地证明：从人体须发到自然界春秋的“沧浪”就是灰白之色。总之，“苍筤”其形从良，指高大粗壮；其色从狼，指青白、灰白的混合色。毕沅之说应予修正。至于“沧浪”之水，亦当解为河床很深而颜色灰白之水。此类颜色之水在今日四川的九寨沟、云南丽江的玉龙雪山、贵州荔波的鸳鸯湖等等地方笔者曾经看到。先秦时期的江汉流域植被丰茂、泥沙少而河床深，“沧浪之水”应该是随处可见的。南朝•梁吴均的著名散文《与朱（或作宋）元思书》对此有着极为出色的描绘：“风烟俱净，天山共色，从流飘荡，任意东西。自富阳至桐庐，一百许里，奇山异水，天下独绝。水皆缥碧，千丈见底；游鱼细石，直视无碍。”缥碧即青白色的沧浪之水。

蜋（láng）：虫之性狠如狼为“螳蜋”，也写作螳螂。《庄子•人间世》：“汝不知夫螳螂乎？怒其臂以当车辙。”《尔雅•释虫》：“莫貈（zhōu），蟷蜋，蛑。”邢昺疏：“莫貈，一名螳蜋，一名蛑……捕蝉而食，有臂若斧，奋之当轶不避。”[3]

躴（láng）《集韵•唐韵》：“躴，长身也。”解说同“俍 lǎng”。

俍（lǎng）：善“良”而高之人。《广韵•三十七•荡》：“长貌。”既然“人良”是“长”，反过来说，“人长”亦“良”。表现了一种优生学的观念。身高自古及今都是家长和少男少女择偶的主要标准之一。历史上最著名的例子是：西汉宣帝时弘农太守冯杨，有子八人皆为二千石，其中七子形体伟壮，唯冯偃“长不满七尺（漫按：汉时七尺约合今 161.7cm），常自谓短陋，恐子孙似之，乃为子伉娶长妻，生勤，长八尺三寸（漫按：

---

[1] 宋•罗大经《鹤林玉露》乙编卷一“高宗配享”条，中华书局版1988年版，第119页。

[2] 上海古籍出版社编：《禅宗语录辑要》下卷《宏智禅师广录》卷九，上海古籍出版社2011年12月版，第678页。

[3] 说见《汉语大字典》缩印本第1192页引。

约合今191.7cm)"。[1]晋武帝为太子选妃的标准也是家族"种贤而多子，美而长白"。[2]唐玄宗也曾下诏"亟选人间颀长洁白者五人，以赐太子"[3]。现今女子择男亦有"高、帅、富"之说。人长而良，表明对食物有吃、能吃、营养好、吸纳好。俍又读liáng，义亦同良。《庄子•庚桑楚》："夫工乎天而俍乎人者，唯全人能之。"

琅：左"玉"右"良"，即好看的玉石，好听的声音。

朖朗（脼）烺䀶（lǎng）：四字同音，义为明亮、明朗。分别从日、从月、从火、从目。良日、良月、良火、良目，故"lǎng"。

埌（làng）：占有"良土"为埌，民间旧称为"落好地"。《广雅•释丘》："埌，塚也。"《庄子•列御寇》"阖胡尝视其良"陆德明《释文》："良，或作埌，音浪，塚也。"土之良为埌，埌是大坟，此义何解？原来，这与坟是"风水宝地"（良土）有关。山顶为冢，大坟如山，由土垒成，故写作塚。占有良土虽然与"艮•食"无关，但坟必须掘进土中，如同垦地一样，形式上与"艮•食"存在关联。

莨菪（làng dàng）：毒草。又写作蔨蔼、狼蓎。《辞海》："种子入药，称'天仙子'。性温，味苦辛，有大毒，功能镇痉、止痛，主治癫狂、风痫、牙痛、久痢、胃痛、神经痛、气喘等症。"李时珍《本草纲目•莨菪•释名》"时珍曰"："其子（籽）服之，令人狂狼放宕，故名。"[4]既如"狼"之狠毒，又为苦口之"良"药，一物而二性。可与"毛茛（gèn）"参看。

阆（làng）：门良而高。《说文•门部》："阆，门高也。"高门必用高木制作，高木必是良木，良木必能"争食"（争夺营养），故良木制作的高门称为"阆"。阆为高门，所以《离骚》中的登天之山——昆仑山——分为三层：阆风、板桐、玄圃，第一层相当于神山之门，诗中乘马飞翔的主人公灵均必须先在阆风（山门）系马停歇，亦即"登阆风而緤马"。

4. 其它

䩕（hén）：将灰尘与古代车厢隔断的车前皮件。《汉语大字典》引

[1] 东汉•刘珍等撰，吴树平校注：《东观汉记校注》下册，中华书局2008年版，第496页。

[2] 唐•房玄龄等：《晋书•惠贾皇后传》，中华书局点校本，第963页。

[3] 周勋初：《唐语林校证》卷一。中华书局2008年版，第4页。本条源于李德裕《次柳氏旧闻》，文字小异。

[4] 刘衡如等：《<本草纲目>研究》（上），华夏出版社2009年版，第783页。

《说文》:“车前革曰鞎。”又引王引之《经义述闻》:“鞎之言限也,限隔内外,使尘不得入也。”这个字可以和“垠”、“泿”、“限”参看,均有边界、尽头之意。因为用牙咬断的东西,自然形成新的断限。

限:边界。西周早期金文已有此字。《周易•艮卦》有“艮其限”,限指腰部,因腰是上下身的分界处。

艰(艱)。难挖的硬土。《说文•土部》:“土难治也。从堇,艮声。”土难治,即土质坚硬,使得牙齿般的工具难以“艮”土。故段玉裁注云:“引申之,凡难理皆曰艰。”段注这种基于原点的引申是对的。当下各大型辞书释“艰”有“险恶”一义,书证为《诗•小雅•何人斯》“彼何人斯?其心孔(特别)艰”及朱熹《诗集传》“艰,险也”,然而此诗继言:“胡逝我梁,不入我门?……胡逝我梁,不入唁我?……胡逝我梁,秖搅我心?”可见本诗并非怒斥对方凶险,而是仅仅不满其人心硬如坚土,不念旧情,无视旧人而已。民间有心硬(心狠)、心软(心慈)之说,后世往往用铁石心肠、铁肝、铁胆、铁面之铁来代替“其心孔艰”之艰,实为坚硬不可改变之义。《辞海》、《辞源》、《汉语大字典》皆从朱熹之说,似可修正。

四、“艮 · 食”同义背景下《周易 · 艮卦》卦辞的重新解读

《周易》是个迷宫,因为使用象征语言,怎么说都可能有些道理。加上中国古代文字此通彼通,愈通愈远的通假——声通、韵通、形通,使得复杂的解说可能更加无止境地复杂。鉴于上述困境,本文只涉及最根本的也是最原始的爻辞和卦象,两者之中又以爻辞为主。对解说爻辞和卦象的《彖传》、《象传》、《文言传》、《说卦传》、《序卦传》、《杂卦传》一概从略,目的在于有效限制可能无限生发的歧义。对于走进死角的思路,必须返回大地,从事物发生的原点再观察、再思考、再判断、再出发,才有可能寻找到理想的出路。庄子与惠施在濠梁之上辩论不休,庄子提出,“请循其本”[1],回到问题的原点。离原点愈近,离问题的核心也就愈近。

要想获得艮卦的爻辞和卦象的原义,很有必要将艮卦与咸卦的爻辞和卦象进行比照,因为两卦的叙事语言极为相似。

---

[1] 《庄子•至乐篇》,陈鼓应《庄子今注今译》,中华书局1983年版,第443页。

先看咸卦。咸，古音 hán。咸卦的卦象是“上泽下山”，亦即泽在上，山在下。水势向下，山势向上，形成交接感应，是个涉及新婚的吉卦。故其爻辞云（括号内为解释词）：

咸（通释感、撼。实即抚弄）。亨，利贞，取女吉。

初六。咸其拇（足拇指）。

六二。咸其腓（féi 小腿）。凶，居（稍停），吉。

九三。咸其股（大腿）。执其随（髓，水，体液），往（向前），咎（灾祸；罪过）。

九四。贞吉。悔亡（灾祸消失）。憧（chōng）憧往来，朋从尔思（尽尔所愿）。

九五。咸其脢（méi 背肉或脊背）。无悔。

上六。咸其辅（笑靥）颊舌。

毫无疑问，“咸”是动词而且贯彻全部人体部位。咸卦总体上是相互理解，柔性较多，过程由不太适应到融洽状态。艮卦的卦象则是上艮下艮，上下皆山——本文开篇曾经揭示“艮•牙”相近相通，故上艮下艮可以视为上牙下牙，牙坚硬如石，石上累石即是“山”之物象——与咸卦对比，互动稍差，总体上是由很不适应渐到相互接受再到同乐状态。从一以贯之的动词看，咸卦用“咸”而艮卦用“艮”：

艮。艮其背，不获其身（胸）。行其庭（茎，中，脊骨），不见其人（面）。

初六。艮其趾。无咎。利永（长时间）贞。

六二。艮其腓，不拯（向上接触）其随，其心不快。

九三。艮其限（腰），列（裂）其夤（yín 深；阴），厉（恶；强烈刺激）其心。

六四。艮其身（胸）。无咎。

六五。艮其辅，言有序（语言交流）。悔亡。

九五。敦（亲密；勤勉）艮。吉。

展开几点论述：

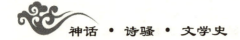

1. 从叙事语言看，两卦都与婚恋行为相关：咸卦有"咸其拇"、"咸其腓"等等，艮卦亦有"艮其趾"、"艮其腓"等等，说明"咸"、"艮"皆是直接由人体施授的动词，除了可以作传统的感、撼理解之外，也可因声求义，理解为与"咸"音对等的"含"与"衔"，但不宜背离婚恋之旨而随便解作它义。

2. 两卦皆有"其X"的结构，"其"后之字皆为人体名词，如咸卦的"其拇"、"其腓"；艮卦的"其趾""其腓"等等。所以，两卦的"其随"、"其庭"也当与人体相关，不宜解作其它。本文认为，只有在这样的前提下贯通理解，才能使全部爻辞文脉畅达。

3.《说文•广部》朱骏声《通训定声》认为"庭"可以假借为茎[1]。茎，植物之中干、器物之柄，《考工记•桃氏》郑玄注："茎，在夹中者。"在艮卦中，脊骨可视为人体之茎。同时与上文"艮其背"形成动作的连贯性、一体性。此外，中国先秦已有行气导引之术，其源始于何时难以确定，后世道家以"中"为"庭"或"黄庭"，外指宇宙的天中、人中、地中，内指人体的脑中、心中、脾中，即与行气相关。如《云笈七籤》十一《上清黄庭内景经释题》："黄者中央之色也，庭者四方之中也。外指事即天中、人中、地中；内指事即脑中、心中、脾中。故曰黄庭。"[2]"天庭即天中也。"[3]精气运行于五体及躯干之中，故道书以"庭"称呼人体的中心部位或不同部位的中心位置。如果单从道家术语看，艮卦之"庭"虽然很有可能是指人体，不过也仅仅只是很有可能而已。但是，如果结合艮卦的"艮其背，不获其身。行其庭，不见其人"以及随后的几组"其X"结构看，"其庭"之"庭"就只能属于人体名称。不仅如此，旧时相术称前额为"天庭"，故有"天庭饱满，地角方圆"之说，而天庭隆起更称之为"龙庭"，乃帝王之相。这样一来，道家术语、相士术语的人体之"庭"显然就和艮卦的"行其庭"遥相呼应并具有某种神秘的传承关系了。笔者近日从港台网友所译好莱坞影片《龙纹身的女孩》的中文对白的字幕中看到，港台民间至今仍

[1] 宗福邦等主编：《故训汇纂•广部》，商务印书馆2003年版，第697页，"茎"字第44条。

[2] 宋•张君房编，李永晟点校《云笈七籤》，中华书局2003年版，第197页。

[3] 宋•张君房编，李永晟点校《云笈七籤》，中华书局2003年版，第239页。

将不正常的性行为称作"走后庭"，这种隐喻毋庸置疑与《艮卦》的"行其庭"一脉相承。高文典册、辞书字典之中早已不见踪影的古辞奥义，民间通俗文化和神秘文化往往口口相传、代代不绝，生命力极其顽强。这一现象乃是由于《周易》的传承长期分裂为双轨制运行所致：儒与道、官与民、雅与俗、显与隐两条路径多数时候互不交集，井水不犯河水、老死不相往来。儒与官走的是形而上的精神路线，民与俗走的是形而下的实用路线。导致双方各自形成特定群体和秘密知识，尤其是民间的特定群体更是使用特定的秘密语汇。艮卦及其"行其庭"长期得不到整体协调一致的理解，问题就出在民间语汇往往"其文不雅驯，荐绅先生难言之"[1]而上不了台面，而高人雅士又不屑放下身段向民间求教，宁肯左冲右突、勉为其难地进行曲解。譬如顾炎武《日知录》就曾如此释《艮》："'毋意，毋必，毋固，毋我'，'艮其背，不获其身'也。'富贵不能淫，贫贱不能移，威武不能屈'，'行其庭不见其人'也。"[2]这种漫无边际的联想是会离本义越来越远的。遗憾这类思维并非个别现象。语言学界认为："扬雄（《方言》）所开创的最早成就没有被后来的汉语语言学研究所继承……这种长期的过失的造成有很多社会原因。主要是因为中国传统的学问是专门涉及贵族的文化和语言即所谓'雅言'的。"[3]时至今日，《易》学界仍在为"贵族的文化和语言"劳而无功地浪费许多精力与智力。事实上，古《易》源自民间，理解时不必完全拒斥民间通俗话语、特俗话语、隐秘话语的介入。

4. 艮卦"行其庭，不见其人"之"行"，并非行走，而是手、口在背部以脊骨为中心的上下游移。

5. "艮其夤"之艮，有"进入"义，与"憧憧往来"之"往来"同属隐语。有趣的是，部分学者认为：汉字"牙"的原始形态是"相入"即互相咬合。[4]而暹罗语"牙齿"读khiau，"进入"读khau，两音非常接近。[5]

---

[1] 司马迁：《史记•五帝本纪》"太史公曰"。中华书局点校本，第1册第46页。

[2] 清•顾炎武著，黄汝成集释：《日知录集释》卷一《三易》，上海古籍出版社2006年版，第30页。

[3] [美]王士元：《语言的变异及语言的关系》，刘娟、石锋译，《王士元语言学论文集》，商务印书馆2002年版，第11—12页。

[4] 《汉语大字典》缩印本第596页释"牙"引元•戴侗《六书故•人四》云："口有齿有牙，齿当唇，牙当车。齿相直，牙相入也。"艮与牙相关，故有进入义。

[5] [美]李方桂：《比较台语手册》，丁邦新译，清华大学出版社2011年11月版，第180—181页。

“艮其夤”之夤，从寅，寅属“黎明前的黑暗”，民间称为“寅时天不亮，卯时大天光”。“夤夜”即深夜，故其义为深，为暗、为阴，为私。今日媒体言私处泄露曰“走光”，得其实矣！

6. 两卦表述人体部位皆从低至高，从脚趾渐到面部。

7. 后世有“敦伦”一词可比“敦艮”，指性爱亦即以“食”喻性。但“敦”可能要读duì。《辞海》释“敦（duì）”云：“中国古代食器。青铜制。盖和器身都作半圆球形，各有三足或圈足，上下合成球形，盖可却置。流行于战国时期。旧金石学家曾将‘𣪘’误释为敦。”食器有盖应该很早，从简朴之盖到精致之盖则费时甚多，而流行必在起源之后[1]，故敦的起源必在战国之前。据此，敦、艮（簋）皆为上下合体之器，故可借喻性事（包括口口接触）。可以作为参证的是，古代宫人的同性恋，史家称之为“对食”。《汉书•孝成赵皇后传》：“（道）房与（曹）宫对食。”《注》：“宫人自相与为夫妇名对食。”[2] 十分明显，“敦艮”与“对食”，正是一对等义词，区别在于“敦艮”悬挂着时间的重重帘幕，“对食”的薄纱则一眼可以看穿。

8.《周易》中的部分爻辞是一卦讲述一个有头有尾的事件（有时也会简要插入别的相关事件或其碎片），然后根据情节发生的时间、顺序、环节，以及事件进展的顺或阻、长或消、转机或终止，配合利、吉、亨、喜、凶、咎、悔、厉等字以作解说。

9. 如果不考虑占卜需要，理解卦中爻辞可以不必牵扯卦象，按照陈鼓应、赵建伟的意见，“< 周易 >六十四卦，先有卦辞而后有卦名。卦名多出自卦爻辞……有些卦名可概括该卦主旨，有些则否”[3]。准此，“艮”卦之象“下山上山”，要么与卦辞主旨不尽吻合，理解时可以不必牵涉到“山”；要么就属龙阳之恋，而后者的可能性特别大。

根据以上分析，艮卦爻辞之“艮”不是卦象“山”的本义，应该是与咸卦爻辞之“咸”（感、撼；含、衔）相近或相等的动词。其象之“山”实非“两山相叠”，只是“人”甚至是“两男”的一种喻象。“艮其背”与“不见其人（面）”，写其羞态而已。李白诗《长干行》之“十四为君妇，羞颜

---

[1] 参见高明、涂白奎编著：《古文字类编》（增订本）之《引器目录•敦》，上海古籍出版社2008年版，附录第34页，共收8器。

[2] 参见《辞源》“对食”条，商务印书馆2010修订重排版，第0964页。

[3] 陈鼓应、赵建伟：《周易今注今译•屯卦》，商务印书馆2005年版，第53页。

未尝开。低头向暗壁，千唤不一回”，有助于理解古代少年的心理与行为。至于“艮其趾”、“艮其腓”、“艮其限”、“艮其身”、“艮其辅”则与咸卦全同，区别只在于“艮”使用的是直接与“食”相关的原始含义或隐义。

五、久久沉寂的原始汉音在当代回响的价值与意义

法国思想家米歇尔•福柯曾以考古学的方法“梳理人类知识的历史，似乎是在追寻落在时间之外，今天又归于沉寂的印迹”[1]。以上，笔者尝试以理性和诗性的辩证结合为原则，以回归物象原点、贯通字族全盘、让事物“说话”[2]为研究方法[3]，通过古越语“艮”与古汉语“食”完全对应的启示，试图追寻汉字系统中“艮•食”字族的一系列业已失落或不断被遮蔽的原始音义，并尽可能对这种原始音义进行理性与诗性并存的呈现，这种追寻颇为艰难，但也常常伴生意外的喜悦。窃以为绝大多数应该是说得通的，不过，即使说得通的字词，也仍然可能存有需要进一步完善甚至重新改写之处。前述笔者曾以夸父逐日的“邓林”即“杖林”等等证据，证明远古越族或原始汉台族，远在夸父神话产生的时代就已经活动于中原和河渭流域[4]。春秋时代，越人已大规模退至与楚杂居的南方。《史记•楚世家》载：周惠王六年即楚成王元年（前671）时，成王“使人献天子，天子赐胙，曰：‘镇尔南方夷越之乱，无侵中国。’于是楚地千里。”[5]也就是从这一时期开始，楚人凭借周天子的特许，开始吞食南方各国，慢慢成为河淮江汉间越人的统治者。[6]部分越人也从此开始了新一轮的西南迁徙之行。产生于楚都附近的《越人歌》，以及前引饶宗颐文章提及的里耶秦简所言“越人城邑”，更是证明晚至战国时代和秦代，古

[1] [法]米歇尔•福柯：《知识考古学》，谢强 马月译，引自三联书店2007年版封四推介语。

[2] 此处借用[美]唐•伊德：《让事物“说话”——后现象学与技术科学》的有趣说法，韩连庆译。北京大学出版社2008年版。

[3] 这和庄子的“请循其本”、孔子的“予一以贯之”（《论语•卫灵公》）有连通之处。

[4] 徐松石早已从地名角度考察，认为“自河北山东江苏浙江，向西南经安徽江西湖北湖南，以至两粤和川滇黔，这‘古’字和‘都’字的僮义地名，还大批的存留着。可见远古时代，黄河下游和黄河以南这莽莽的神州，全是苍梧古族孳养生息的处所”。见徐松石《泰族僮族粤族考》第二十四章《杂录》，《徐松石民族学文集》上卷，广西师范大学出版社2005年版，第427页。

[5] 司马迁：《史记•楚世家》，中华书局点校本，1982年版，第1697页。

[6] 徐松石：《泰族僮族粤族考》第二十三章《僮泰祖先是河淮江汉的原住人》，《徐松石民族学文集》上卷，广西师范大学出版社2005年版，第413—417页。

越人仍然是长江两岸操舟弄楫即兴歌唱的底层民众和城邑居民。现在，笔者又从“艮”是“食”及“食”字族的核心和底层，再次证明早在遥远的先商时代，远古越人作为原始汉台族的成员以及后来的夏民族的主体之一，已经大量使用“艮”亦即“㿝（簋）”的食具，所以才可能将“艮”为“食（吃）”之义普及于整个语支，并一直保留到今天而且随时随地使用[1]。我不认为“艮”是布越人的汉语借词，而是原始汉台族的“同源共祖词”——徐松石则称此类同源词为“共同的汉音始祖”[2]。理由十分简单：对于普通得不能再普通的一日三餐的“吃饭”之吃，世界上恐怕没有任何一个具有原生语言的民族会向另一民族借词表达。

与“艮”类同的日常用语还可列出不少，例如：

1. 布越语称说话、歌唱、讲述、奉劝、批评、训斥、数落等等每时每刻都必须使用的口头语言为“呶 náo”或“譊 náo”，与《诗•小雅•宾之初筵》的“载号载呶”完全吻合，《庄子•至乐》则有“譊譊”之语，西汉扬雄《法言•寡见》云“譊譊者，天下皆说也”、“譊譊之学，各习其师”[3]，可见“呶”、“譊”即“说”，与布越语全同。

2. 称彩虹则曰“蝃蝀 dì dòng”，与《诗•鄘风•蝃蝀》一致。

3. 称“打不过”为“敌靡 guā”、“打不赢”为“敌靡 yáng”。“guā””是“過（过）”的古音，故从冎（guǎ）——海南岛民间春节忌吃南瓜，因谐音“难過 guā”而被禁，布越语现称“锅”仍为“guá”——“yáng”是“赢”的古音[4]，“靡”包含“不”和“没有”两义[5]，如《大雅•文王》的“天命靡常”。

4. 称死亡为“歹 dǎi”，似乎比汉字汉音“死”更为古老。“歹”

---

[1] 目前因为受到强势语言的影响，说民族语的区域和群体都在急遽缩小。使用民族语的机会、场合也在急遽减少。远古民族史的面目也在语言的丧失中愈来愈模糊。

[2] 徐松石：《粤江流域人民史》第二十一章《极有趣味的粤语》，《徐松石民族学文集》上卷，广西师范大学出版社2005年版，第153页。

[3] 扬雄：《法言•寡见》，汪荣宝撰《法言义疏》，中华书局1987年版，第217页。

[4] 古汉语读“ang昂、iang央”之字，后世多转读为“ing英”。如《诗经•郑风•将仲子》的“将”即“请”的古音，读qiāng。后世乐府有《将（qiāng）进酒》，意为“请喝酒”、“请干杯”。类似例子很多：“行”，《诗经》皆读háng；《离骚》“夕餐秋菊之落英”之“英”，读“央”；“颈子”之“颈”，南方民间普遍称“jiǎng子”；最典型的则是“京”字，许多与之组合的字现在仍读āng韵，如凉、晾、谅、椋、倞、辌、綡、鯨。至于“鲸鱼”，《说文•鱼部》：“鱷，海大鱼也。从鱼，畺声。《春秋传》曰：‘取其鱷鯢。’……鱷，或从京。”

[5] 《诗经》和先秦两汉典籍最为常见，《故训汇纂》第2471页“靡”字条收集有大量例证。

许慎认为读 niè，现代各大辞书除《辞海》、《辞源》外读 è。在释义方面，于省吾《甲骨文字释林》认为许慎"从半冎之说殊不可信"；林义光《文源》卷三也说"形与半冎不类"。[1] 以此知许慎关于"歹"的字形分析不可信，字音读 niè 同样不可信。各大辞书从《广韵》读 è，事实上也没有任何依据。在汉字系统中，凡与"死"义相关之字皆从"歹"，而汉族民间也普遍读"歹"为 dǎi，证明布越语读"死"为"歹 dǎi"，属于更古老、更准确、更普遍的读音，可以排除读 niè、读 è、读 dǎi 的混乱。

六、"莋都夷"之"莋"与《白狼歌》之"白狼"的越语释读

布越语称绳索为"绳筰"，音"绳 zà"，也是极古之音。要么本是越人语音，要么就是"汉台同源词"亦即"汉越同源词"。越人极善就地取材，随处可将长条形的草、木、竹、藤绞结为绳，流行"柴綑柴，草綑草，索子綑柴是憨宝（愚人）"的民谣。筰今音 zuó，而布越语读 zà，zà 比 zuó 更为古老。如"啄"字，南方读"zuá"。又如歌字，北方音读 gē，南方音读 gō，越南语读 gā，以越南语音最为古老。《诗经•召南•江有汜》（产生于江汉流域的越人故地）可证："江有沱 dā[2]，之子归，不我过 guā。不我过，其啸也歌 gā。"[3] 笮又写作筰、莋，竹或草表示"绳"可由竹与草绞结而成，乍表音。可见"笮筰莋"读"乍"音最为古老。《辞海》的"zha"音系列仍有下列从"乍"之字：zhā：咋（咋呼、诈唬）；zhá：炸（炸丸子；炸酱）；zhǎ：厏柞砟鲊；zhà：乍诈柞（榨）咋柞（水名）炸痄蚱（蚱蜢）鲊（海蜇）榨（搾）。《辞海》所无而《汉语大字典》多出之字有：zhā：宱；zhǎ：苲；zhà 怍苲。《辞源》"作"字共列 5 音，其第三音为 zhà。尤其值得注意的是：笮，《说文》云"从竹，乍声"，可见本音为 zhà（今读 zé）。莋（今音 zuó），《说文新附•艸部》又云："越嶲县名，见《史记》。"足证"笮筰莋"读"乍"这种最为古老的语音，本是越人

[1] 参见李圃、郑明主编《古文字释要》，上海教育出版社2010年版，第418页。

[2] 古越人很少有送气音，故河流之"沱"，在贵州布依族地区普遍记作"打"。如北盘江支流长101公里的"打帮河"、织金县全国重点风景名胜区的织金洞原名"打鸡洞"等等。

[3] 参阅郭锡良《汉字古音手册》（增订本），商务印书馆2010年版，第23页"歌ka"字、第54页"沱da"字。

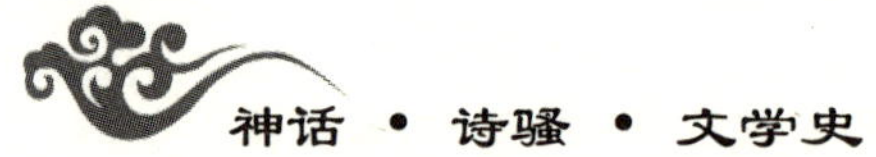

早在商代或更早留在川境的遗产。《辞海》zuó音系列字下又有“莋都”、“笮桥”、“筰都夷”三词，并可证明皆为古越人所留：

> 莋都：古县名。汉武帝元鼎六年（公元前111年）以莋都夷地置，治今四川汉源东北。为沈黎郡治所。天汉四年（前97年）废。
>
> 笮桥：一名“夷里桥”。在今四川成都市西南。因桥用竹索编成，故名。
>
> 筰都夷：古族名。汉代西南夷之一，分布在今四川汉源一带。从事农牧。输出名马，史称“筰马”。汉武帝元鼎六年（公元前111年）于其地置沈黎郡。

《汉语大字典》释“笮”读音之一即zhà，与榨同义。释“筰”主要有三义1、竹索；2、竹名；3、古部族名。下录2、3条于后，以见与古越人相关：

> 竹名：元李衎《竹谱详录•竹品谱•异形品下》：“筰竹，出筰都，今黎州是也，其高参天。”
>
> 古部族名：主要分布在今四川省汉源一带。《史记•西南夷列传》：“自嶲以东北，君长以什数，徙、筰都最大。”裴骃集解引徐广曰：“徙在汉嘉，筰音昨，在越嶲。”司马贞索隐引服虔曰：“二国名。”

今四川汉源县西北一带唐仪凤二年（677年）曾设“飞越县”，属雅州，天宝初废入汉源县[1]，其地古时当为越人所居。关于“筰音昨”，《说文•日部》释昨“从日，乍声”，可知迟至汉代，筰仍读zà（西南人无卷舌音）。古越人曾在西南建立许多小国，“筰都”正是其中一国。古越人崇竹，尤其是崇拜“其高参天”的巨竹，故汉代的夜郎侯为巨竹所生，以竹为姓，世称“竹王”，而“夜郎”即“夷郎”、“越郎”之记音。笔者家乡现在仍然有人说“夜晚”为“yì晚”、“输液”为“输yì”。遇到丧礼，则用高大之竹悬挂白纸剪贴而成的长龙幡，树于坟前，数里之外亦可望见，称为“望山钱”，既可表达哀思，又可博取他人对孝心的赞美。笔者还亲见堂兄手书喜联“岭上红梅多结子，山中绿竹早生孙”，贴于堂侄的

---

[1] 戴均良等主编：《中国古今地名大词典》第一卷，上海辞书出版社2005年版，第295页。

新房门口。这些均可视为越人崇竹心理的印证。

查谭其骧主编《中国历史地图册》[1]第一册第31—32页《战国时期全图》，蜀地已有"莋"，又查第二册11—12页《秦•淮汉以南诸郡》，蜀地有"筰都"，与"巂"相接。可见"笮筰莋"之名自古即有，只是未见于古籍记载而已，直到汉武帝大规模通西南夷，古越语地名才有可能被关注和记载。另外，直至20世纪中期，布依（布越）族仍然被称为"夷人"、"夷族"，其自称（第三土语区）仍叫"布夷（濮夷）"（见前引）。故成都的"夷里桥"显然就是"越人住地之桥"，其名可能不晚于商代，因为良渚文化的巨型玉琮就出土于成都市郊的金沙遗址。

另查《中国古今地名大词典》第三卷第2388页，有"莋秦县"、"莋都县"两条：

> 莋秦县：古县名。西汉置，治今四川省冕宁县境。属越巂郡。三国蜀废。
>
> 莋都县：古县名。西汉武帝元鼎六年（公元前111年）以莋都夷地置，约治今四川省泸定县南沈村。为沈黎郡治。天汉四年（前97年）废。

上述"莋（越巂县名）"、"莋都"、"笮桥（夷里桥）"、"筰都夷（莋都县）"、"莋秦县（属越巂郡）"、"飞越县"等等信息，无不证明古越人称竹索为"zà"是上古遗音。同时，从出土十节巨琮的成都金沙遗址，经雅安市（古雅州）向南，即是连成一线的泸定、汉源、甘洛、越西、冕宁数县，从地名信息看，确实曾经是古越人的迁徙与留居之地。

《后汉书•南蛮西南夷列传》又载：

> 邛都夷者，武帝所开，以为邛都县。……后复反叛。元鼎六年，汉兵自越巂水伐之，以为越巂郡。其土地平原，有稻田。……俗多游荡，而喜讴歌，略与牂牁相类。[2]

邛都夷居于越巂郡，种稻，喜讴歌，略与牂牁相类等等，与现代居

---

[1] 中国地图出版社1982年版。

[2] 南朝•宋•范晔：《后汉书》，中华书局点校本，第2852页。

于广西境内的壮族、贵州境内的布依族几无差异。与邛都夷相邻的莋都夷，创作有著名的《白狼歌》，被东汉刘珍等所撰的《东观汉记》将汉、越两种语言同时收录。《后汉书•南蛮西南夷列传•莋都夷传》在《邛都夷传》之后予以转录。白狼，古今无注，既然是莋都夷所作，当作古越语来理解。布越人直至今天，仍称体型巨大的雄水牛为“大 bǎ lǎng”，“白狼”最有可能就是雄水牛“bǎ lǎng”的音译，以其力大、体巨、有时性情凶猛但却平时温顺、喜角斗、耕田快、不易疲劳，极受稻作民族的西南越人喜爱，视为家中大宝。每年农闲，西南越人都要举行雄水牛竞斗大会，俗称“bǎ lǎng 打架”，举族以为盛典。笔者故乡贵州贵定海拔 1806 米的云雾山下有一座巨型石桥，名叫“bǎ lǎng 桥”，桥边 200 米处的水田中央，有一占地 100 平方米以上的巨型石墓，即雄水牛之坟。越人为纪念 bǎ lǎng 拉巨石垒桥，力尽而死，不仅垒巨坟以隆葬，而且以“bǎ lǎng”命名石桥。崇敬珍惜之意，无以复加。“白狼族”，如果理解为“bǎ lǎng 族”，将与邛都夷、莋都夷的稻作环境、游荡讴歌一类的习俗非常贴近。所谓与巨竹相关的“夜郎”、与猛牛相关的“白狼”，都与古越语、古越人相关。“郎”或“狼”，如前所述，是中原官方选择具有特殊音义内涵的汉语汉字对性情凶悍、不时反叛抗争的西南古越人的称呼。[1]

笔者多次在一些学术会议上倡议：可以向日文学习，尝试将汉字与拼音文字混搭，提高少数民族文字的表达质量，传播更多更精准的跨文化交流信息。

---

[1] 黄懿陆曾撰《白狼歌是越人歌谣》一文，载《广西民族研究》2001年第3期，该文结论为：越语歌词仅仅是古越人招待来访汉官的即兴歌唱。汉语歌词则是汉官为颂圣而改造拔高，与原歌出入不少。惜作者未曾考察“白狼”语义。该文2009年引发香港学者措辞犀利的批评，认为“纰漏甚多，语音检测无法通过”云云。见丁思志《试评<白狼歌>之壮语破译》。载何志华、沈培等编：《先秦两汉古籍国际学术研讨会论文集》，社会科学出版社2011年版，第463页。本文认为，黄氏的“破译”可能存在具体的技术失误，但其据《白狼歌》乃“越嶲郡”之“莋都夷”所作，故视之为古越语歌谣，应有一定的正确性。“语音检测”之说，我一直认为不可过于迷信。王士元先生曾说他的祖母以“狗戴帽子”来记忆“good morning”，并且成功地与纽约郊区的邻居们打了招呼。王先生据此推论：“当古代的作者们开始用汉字来标记不熟悉的语言时，当时的情况或许不会跟现在有太大的差别。”这才是通达之论。王士元：《语言的变异及语言的关系》，《王士元语言学论文集》，第11页。不同的人可能会使用不同的汉字来记录陌生的语音，这些汉字很难运用同一标准来进行“语音检测”。汉字主要是靠相同或相近的音来表达相同的义，单纯对记音的汉字进行“语音检测”，其结论并不是太可靠。

七、壮傣语：从河姆渡文化、良渚文化、中原夏文化到西南古越文化的沿途吸纳与生新

众所周知，汉族并非纯粹的民族，同样，汉语、汉字也不是纯粹的汉民族语言文字。在全国各地，有音无字、有字无音的事实都不是绝无仅有，证明无论汉语还是汉字，都有着相当复杂的来源。语言学家王士元在1991~1992年曾经提醒：

> 根据最近的人口普查结果，现在中国人口的90%是汉族。然而，要理解中国的语言变异，关键是要知道这种汉族占绝大多数的情况还只是出现得相当晚的现象。如果我们按现在的边界线对中国做一个粗略的描述，这块土地上生活着众多的民族，每个民族都有不同的文化和语言传统。目前，在政府行政区划中正式承认的有55个少数民族。实际尚未详细列出的比这个数字还要多。如果考虑到那些居住在汉族地区，千百年来已在某一方面失去了本来特色的群体，那么这个数字要成倍增加。简而言之，我们今天的各种方言，最初都是以从中原地区扩散开来的汉语为表层语言，各少数民族的语言为底层语言，这样相互作用、相互影响而形成的。
>
> 这些少数民族的力量过去曾经比今天强大得多。回溯过去一千六百多年的历史，大约有一半的时间里，北部中国是在阿尔泰系的统治者建立的王朝的控制之下。[1]

笔者想要补充的是：中国长期以"夷越"、"吴越"、"夔越"、"楚越"、"代越"、"胡越"对称或连称，尤其是以"胡、越"对称作为中原以外北方和南方的少数民族代称。例如《古诗十九首•行行重行行》："胡马依北风，越鸟巢南枝"、扬雄《凉州箴》"陇山以徂，列为西荒。南排劲越，北启强胡"[2]。类似表达古籍中不胜枚举，充分说明古越族在中国的影响，

[1] [美]王士元：《语言的变异及语言的关系》，刘娟、石锋译，《王士元语言学论文集》，商务印书馆2002年版，第4页。最近，香港《凤凰周刊》记者赵家鹏撰有《五十六个民族是怎么来的》一文，检讨大陆民族识别问题，文中附有"中国部分未认定民族清单"，共列"西家人、东家人、羿人"等37个。载《凤凰周刊》2012年第9期，第34—37页。

[2] 唐•徐坚等著：《初学记》卷八，中华书局2004年版，第181页。

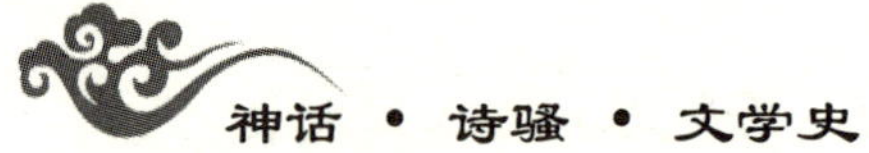

非同一般的强劲、广远而持久。

1990年8月，笔者撰写《夏、越、汉：语言与文化简论》一文，提交在杭州举行的首届国家百越文化学术讨论会，以“越式构词”和“汉式构词”的差异，从构词法角度系统考察上古的神灵称谓、帝王称谓、卜辞人名、《诗经》的植物名与方位名，证明与今日南方壮族、布依族的称谓方式和命名方式完全一致。该文结论性的意见为：

> 因为上古普通人的名字不可能被记载而加以流传，所以今日所见上古人名绝大多数是帝王世系，从中可以看到“帝鸿”、“帝俊”等“越式称谓”占据主导地位，这是因为夏朝“帝”和其他官职主要由古越人担当的缘故。《诗经》中的“上天”、“上帝”、“下土”、“下田”等可能是越语与汉语的融合或共有，但更多见的“中田”、“中泽”类却是纯粹的越式构词。依据越式构词的特点，我们还找出了一些神话传说的越文化底层：如桃都神话、姑射神话、姑瑶神话等等。这些夏文化因素——包括今日“中国”、“中原”等词汇——都已融解在汉文化体系之中了。[1]

董楚平也在与何炳棣的信函中转述李学勤之语指出：

> 良渚文化的先民不但给中原带来古越语、琮、钺等文化因素，并可能带去原始文字与原始宗教，成为华夏文字与华夏神话的重要来源之一。《历史研究》1989年第3期发表李学勤先生《<吴越文化新探>读后》一文，把这两项作为重点提出，令人耳目一新。[2]

这些意见，正和先后旅居香港、美国的汉族学者徐松石老前辈（1900—1999）早年的考察不谋而合：“观此可见中国古文的建立，至低限度，僮泰族的先人是有分的。”“其实泰语还是比较最原始汉语的一

---

[1] 罗漫：《夏、越、汉：语言与文化简论》，《国际百越文化研究》，中国社会科学出版社1994年版，第58页。

[2] 董楚平：《关于<吴越文化新探>的通信》，《国际百越文化研究》，中国社会科学出版社1994年版，第60页（漫按：何炳棣、董楚平两先生的通信原附录于拙稿《简论》之后）。

支呢。章太炎说，古汉音存于南方为多，甚有意义。"[1]

布依（布越）语属壮侗语族壮傣语支，称"我"为"孤"（与商代至春秋战国的汉语相同[2]），称"吃"为"艮"（与原始汉台语相同），称"酒"为"醪"。《庄子•盗跖篇》有"醪醴之味"。当代四川话还叫甜酒为"醪糟"。《红楼梦》第五回回目则云"饮香醪曲演红楼梦"。"酒"起源甚早，许慎《说文•酉部》释"酒"云："古者仪狄作酒醪，禹尝之而美，遂疏仪狄。杜康作秫酒。"虽然专供宫廷使用的甲骨文有"酒"而无"醪"，但酒、醪同时产生，醪之音应该也是早就流行，只是随着说"醪"之族迁离中原，遂使"酒"流行而"醪"被边缘化而沉寂。到了战国，各地方言文字汇入私人著述，"醪"又开始局部流行。笔者以为，从今以后，布越人饮酒、敬酒，书面语应该可以直接写作"艮醪"[3]。布越语又称"吃饭"为"艮 khau"，这个"khau"，徐松石、邢公畹一致认为即前引《山海经》中"膏菽、膏稻、膏黍、膏稷"之膏。[4] 今布依（布越）语称稻谷、包谷、粘谷、糯谷、高粱、大麦、小麦、燕麦、荞麦，均先称谷即膏，音亦读 khau，与《山海经》此处称各种粮食的语序和膏的读音相近。宦游西南的古代学者也曾关注过古越族的"艮膏"、"艮醪"，但略于深考，所以未得真义。更有甚者，不仅未得真义，甚至视为与汉语完全不同的语言。如清中叶著名史学家、诗人赵翼，在其《檐曝杂记》卷三之"西

---

[1] 徐松石：《泰族僮族粤族考》第二十三章《僮泰祖先是河淮江汉的原住人》，《徐松石民族学文集》上卷，广西师范大学出版社2005年版，第417页。作者曾将此章的论证部分抽出，改题《尔雅里面的泰国语音》，发表于香港《东南亚学报》第1卷第1期（1965年1月）。同时收入本《论文集》下卷第1151—1155页。

[2] 商代有孤竹国；出土有孤竹罍、孤竹觚，其上皆有"孤"字。见《古文字类编》第201页。《国语》中诸侯王称"孤"者，以《晋语七》中的晋悼公和《吴语》中的夫差、《越语》中的勾践说得最多。吴越是古越人的故乡，晋是夏王朝的故地。可证"孤"与越人、夏人关系更为密切。

[3] 由于缺乏考证，学者们将"艮醪"写作"耕劳"或"根老"或其它形式，这就纯是音译而无意译了。这类现象普遍存在，并非一族一书所仅有，使得少数民族文献汉译之后不少词语的真义丧失殆尽，文献价值和存史价值也随之大打折扣，遗憾这一问题目前尚未引起学术界和政府相关部门以及出版部门的足够重视。解决的唯一途径就是切实提高民族语文编译审校人员的古汉语、古汉字和汉语方言等方面的修养水平。

[4] 邢公畹：《语言论集》，商务印书馆1983年版，第149页。徐松石《泰族僮族粤族考》第二十四章《杂录》，载《徐松石民族学文集》上卷，广西师范大学出版社2005年版，第418—419页。徐氏又云："僮语泰语的膏字，即是汉语谷字音的来源。此点无可疑问。僮语泰语呼食饭为哽膏Kin khau，其实就是哽谷。"（P419）徐氏未考"艮""食"同义，所以译为"哽膏"。

南土音相通”条云：

> 广东言语，虽不可了了，但音异耳。至粤西边地与安南相接之镇安、太平等府，如吃饭曰“紧考”，吃酒曰“紧老”，吃茶曰“紧伽”（漫按：伽 ji ā 音在贵州黔南变化为 jié），不特音异，其言语本异也。然自粤西至西南徼外，大略相通。余在滇南各土司地，令随行之镇安人以乡语与僰人问答，相通者竟十之六七。[1]

安南即今越南北部，镇安在今广西德保县一带，太平在今广西崇左市一带。从中越边境到云南南部，交通要道沿途居住着广大的百越后裔，元代以来，还在今云南腾冲县设置名为“腾越”的府、卫、厅，当代的县政府所在地就叫腾越镇。桂、滇两省的越族语言在清中期“相通者竟十之六七”，日常用语的“吃饭”、“吃酒”显然就在“相通”之内。赵翼乃一代鸿儒，博古通今，著有《廿二史劄记》、《陔馀丛考》等考据精赅的著作，以其学养尚且不明“艮膏”、“艮醪”之义，遑论其他。

“艮膏！艮醪！”“吃饭！吃酒！”远古越族对于以汉文化为主体的中华古文化的多方面贡献于此可见一斑。在汉藏语系中，借助亲属语族或语支中的民族语理解古汉音、古汉字，亦即进行“汉字细读”，一般说来，只要方法正确，证据链接近完整或相对完整，或多或少都会引发当代人的几分惊异和敬意。

---

[1] 清•赵翼：《檐曝杂记》卷三，上海古籍出版社编《清代笔记小说大观》第四册，上海古籍出版社2007年版，第3139—3140页。

商周秦汉文学流程的文化观照

商代出现过高度成熟的文学作品吗？今存《商颂》、《商书》是否商代诗文？为什么《诗经•大雅•文王》会要商族遗民“无念尔祖，聿修厥德”？强迫他们放弃的仅仅是对祖先的怀念吗？是否还必须放弃一大批与自己的民族文化传统相关的文献、礼仪和传承文学呢？延续了五、六个世纪之久的西周诗统何以会被战国散文所取代？庄文屈赋擅美当时并辉耀千古的特殊原因何在？为何“秦世无文”而后世的《过秦论》、《桃花源记》、《阿房宫赋》、《孟姜女哭长城》等等“谴秦”作品却成了文学名篇？汉代的巨史大赋是在什么样的文化环境中产生的？表达了作家们怎样的文化追求和审美理想？“少而好赋”者为何又“壮夫不为”？……假设文化是文学的母体，我们能从文化母体中窥见文学之子的某些体貌与性格吗？此法固非处处适用，但也并非处处相反，好处在于当我们看厌了文学的孤峰独树之时，偶尔放眼一望文化的群山林莽，或许会有另外一种心情和收获。

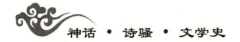

一、商文化的高度发达决定商文学必然高度成熟

中国诗歌不始于周代，这是尽人皆知的事实。我难以同意商代无诗或《商颂》不是商诗的说法。在我看来，商代诗歌已经高度成熟。这从商代高度发达的物质文明和精神文明完全可以判知。20 世纪末叶，考古工作者在殷墟遗址的东北外缘，新发现了一座规模巨大的商代城址。该城深埋于现今地表 2.5 米以下。城址平面为方形，城墙残存的基槽宽 9 米左右，四边城墙的长度都在 2000 米以上，城址总面积超过 400 万平方米。这是迄今发现规模最大的有城墙的商都遗址，初步判定早于武丁时期而晚于郑州商城[1]。试想，能够建造如此宏大的都城的贵族、平民与奴隶，难道就创造不出自己的诗歌吗？难道立国长达 600 年之久、已经创造和使用了 5000 多个甲骨文单字的商族人民，他们的生活就不需要演唱诗歌、记录诗歌、传播诗歌吗？再说早在先秦时代，《礼记•大学》之中已载有《汤之盘铭》三言体诗歌一首："苟日新，日日新，又日新。"而商初乃至夏末已有青铜器则已被考古发掘所证实。笔者发现：《商颂》5 篇，前 3 篇《那》、《烈祖》、《玄鸟》均为通篇一章的 22 句体。这和《周颂》里 12 句以上至 23 句、31 句的周初颂诗均是通篇一章完全相同。周初，周人的书面文学水平，肯定低于商代中后期商人的书面文学水平。故周初之颂，就有可能模拟了商人之颂"通篇一章"的形式。如果从保存在今本《诗经》中的五篇《商颂》的艺术水准来推测，商诗的成就一定不小。正如清人姚际恒《诗经通论》所说：

> 《商颂》五篇，文字风华高贵，寓质朴于敷腴，运清缓于古峭，文质相宜，允为至文。

又据一些专家考证，商代的天文学已有二十八宿的初步系统和竖亥步天故事[2]；神话学已有海上三神山和北海大神"止若"、东海大神"王

[1] 见《光明日报》2000年1月8日第1版报道。

[2] 参见陈邦怀：《商代金文中所见的星宿》，载《古文字研究》第八辑，中华书局，1983；丁山遗著《卜辞所见先帝高祖六宗考》，《文史》第四十三辑。中华书局，1997。又据冯时在《文物》1990年3期著文论证：中国二十八宿体系建于公元前3000年。1989年考古工作者在洛阳西水坡一座仰韶文化墓葬（45号墓）中发现，墓主骨架两侧有蚌壳摆塑的龙虎图案，与二十八宿东西二陆及北斗的真实星图的位置完全一致。又见冯时《中国天文考古学》，第261—275页。社会科学文献出版社，2001。

吴”（或水伯天吴）的甲骨文[1]，证以《诗经•商颂•长发》的“相土烈烈，海外有截”，以及商人以星宿为族徽[2]，武丁之相傅说死而化为天上星辰的神话[3]，可知商人对星空、海洋已有许多神奇瑰丽的艺术性想象。这种想象如果发之于诗，那诗情诗境一定相当的热烈浪漫。加之商人极重鬼神，为了娱神、敬祖、祭天或宴享，必有发达的音乐、舞蹈与诗歌。比如祭祀用的花纹精美的“司母戊鼎”就重达1700斤，可想配合这种祭具的歌舞场面应该是何等的盛大壮观！商人“恒舞于宫，酣歌于室”[4]，巫风极炽，那“歌”自然包括诗歌（歌辞）与音乐。据《国语•鲁语》说，周初《商颂》还保存有12篇，但今本《诗经》所收只有5篇，这说明商诗确实是有散佚的。现存商诗之所以较少，跟商人政权落入周人手中之后商诗散佚有关。这是王朝更替所伴生的必然的文化现象，试想秦人统一中国之后，不是对六国文献尤其是对两周王室文献，进行了有目的的大规模焚毁吗？这就足以说明问题的严重性和普遍性了。

张乘健先生曾经指出殷商文学是一块沉没的黄金大陆：

> 姬发的攻殷是异族的入侵，而且是以文化较落后的少数民族征服有悠久文化传统的先进民族，其后果是造成了殷文化也就是周以前的上古中国文化的沦亡。《诗经•大雅》中的《文王》篇很可以说明问题……平心而论，这岂止是偏见，简直是蛮横无理。一方面美化、夸大甚至不惜编造自家的传统；一方面却要人家全面彻底地割断传统。“无念尔祖”四字是一把利刀，它割断了上古中国文化的传统。以周人的立场来说，叫做“无念尔祖”；以殷人……的立场而论，是“无念我祖”！这真是上古中国文化的大断裂！……中国各民族的多元文化至殷代相当一部分集中地荟萃于殷文化，殷文化是当时世界上居于前列的先进文化。殷商文学是一块沉没在逝去的时间领域里的黄金大陆，它荟萃了前代的神话传说和文学创作，内容是非常丰富多彩的。尽管

[1] 常任侠：《海上丝路与文化交流》：“亡友陈梦家曾在我的纪念册上，写过三神山甲骨文，有过一些初步的想法。”海洋出版社1985年版，第1页注释①；丁山：《卜辞所见先帝高祖六宗考》。

[2] 陈邦怀《商代金文中所见的星宿》云：“取名于星宿名的族徽”，目前已发现十二个。

[3] 《庄子•大宗师》：“傅说……乘东维，骑箕尾，而比于列星。”《楚辞•远游》：“奇傅说之托星辰兮。”

[4] 见《墨子•非乐》。后四字据晚出古文《尚书•伊训》补。

横遭湮没，但偶现吉光片羽，已令人惊为绝艳。[1]

我同意这样的观点：商代末期，生活在中原地区和京城的的商族，其文明程度和文艺水准，肯定大大高于生活在西北高原的周族。因此，《尚书》中的《商书》五篇和《诗经》中的《商颂》五篇，总体的文学水平高于周初文诰和《周颂》，应是情理之中的事。不能因为这些作品比《周书》和《周颂》更为成熟就怀疑是后人所作，就像我们不会因为五代十国的诗歌水平低于唐诗，就认为唐诗不是五代十国之前的唐人所作一样。这方面，当代历史学家刘起釪先生和李学勤先生的意见值得引起文学史学界重视，刘先生指出：

有人认为，商代最可靠的文学是甲骨文，它的文句那么简短，结构那么古朴，语法还较原始，因而在它的时代不可能有长篇大作如《商书》各篇出现。其实这是执卜辞一隅之见来看待这一问题。……我们只要看在金文中，有简短如卦爻辞甚或更少于卦爻辞的，也有长篇巨制如周初诸诰的，所以并不妨繁简不同的文体同时存在。因此，我们既不能根据《易》的卦爻辞来否定周初诸诰，同样不能根据甲骨文来否定《商书》五篇。[2]

李学勤先生也指出：

我们曾说过，学术界以往的传统观念把中国古代文明低估了，对商代也是这样。一系列考古发现表明，二里头文化和早于殷墟的商文化已是具有相当水平的青铜文化，同时商文化的分布要比过去人们想象的辽阔得多。……最近四川广汉三星堆的发掘，证明商文化对那么遥远的地方也有强烈的影响。以前已有科学鉴定出一片有字龟甲产于东南亚地区。殷墟妇好墓的一些玉器，据鉴定可能是用新疆的和阗玉制作的。看来商朝同四方，包括外国，有着很大范围的交往。……甲

---

[1] 张乘健：《殷商文学：一块沉没的黄金大陆》（手稿，“文学史观与文学史”学术讨论会论文，1990年10月桂林）。

[2] 刘起釪：《古史续辩•<高宗肜日>所反映的历史事实》，北京：中国社会科学出版社1997年版，第241页。

骨是商代占卜遗物，而且主要是属于王室的，因此虽然甲骨文数量超过十万片，内容丰常广泛丰富，究竟不能包括当时社会文化的一切方面。不能认为凡甲骨文没有记载的，当时就不存在；也不好用甲骨文作为尺度，去衡量传世有关商代的文献，以为与甲骨文例不合的即为后人伪托。……有关商代的文献也需要进一步研究。不少材料足以证明文献的可据。刘起釪先生的一篇文章指出五篇《商书》的可靠性……这个看法是很正确的。对于《商颂》，其实也应作如是观。[1]

不仅《商颂》是商诗，而且民间诗歌和文人诗歌在商代应已形成诗史上的第一座高峰。这座高峰的消逝，乃是周族的天空下容不得它的存在。从商代诗歌到周初《商颂》12 篇再到《诗经•商颂》5 篇，完全可以想见这座高峰在时间海洋中的渐次陆沉。当然，仅存的 5 篇也不是原始面貌了，经过正考父和孔子的润色删改，以及传承过程中可能出现的变异，某些词语由于时代不同以及唱诗者或诵诗者地位的不同而有所改动在所难免。不过，颂诗的主体部分决不会等到宋襄公时代由此前溯，中国诗歌的起源一定很古，只是具体时代已不可定。

二、西周诗歌的衰落与战国文辞的蔚起

周初（公元前十二世纪初期）至春秋（公元前六世纪），是周诗的创作期，也是中国文学继远古神话和商诗之后的又一个丰收期。周诗后来被奉为《诗经》，成为一部经典，影响文学传统和民族精神甚深甚远。由于中国可能是世界作物的栽培中心之一，中国古代文明最主要的特征又是所谓萨满（shamanistic）的文明[2]，而周民族兴盛时已是一个成熟的以农桑为业的民族，所以周诗大多以典型的农桑文化和萨满式文化为背景。以周民族对旱灾的恐惧为例，如果说人类的洪水神话保留有史前出现的某次特大洪水使地球上江河横溢，沧桑田为沧海的影子的话，那么，5000 年至 2500 年前中国气候甚多特大旱灾的事实，则在《诗经》中留下了至今依然撕心裂肺的呼号（神话中的“夸父逐日”和“后羿射日”同

[1] 李学勤：《失落的文明》，上海：上海文艺出版社1997年版，第105—106页。
[2] 张光直：《考古学专题六讲》，文物出版社，1986年5月1版。

样与特大旱情有关，但经过时间浪潮的长期淘洗，已不同程度地减弱了这种呼号的音量）。对于一个农业民族来说，旱灾之可怕可能远甚于洪水猛兽：洪水有高山可避，猛兽有洞穴可防，而旱灾却直欲扫荡一切生命与生机——不管它是植物、动物，还是自诩为大自然骄子的人类！在《诗经•大雅》的《云汉》篇中，我们便听见了这种呼号，那声音与心情，与其说属于一位在宗教仪式中仰视云汉祈求雨水的古代帝王[1]，不如说是整个民族的忧惧、焦灼和绝望更为恰切。此外，农桑文化和萨满式文化的背景，在其它的亚史诗[2]、农事诗、战争诗、怨刺诗、婚恋诗中也相当重要，反映出一个以农桑为业的民族的特殊心态和情感。由于中国远古神话的残缺与零星，继而商诗亡佚，相比之下，周诗更能全面地反映时代的面貌、反映诗歌作者及其他社会成员的心声。周诗之所以比较发达，可能有三方面的原因：一是因为政治上的胜利，带来了周初的社会安定、经济发展，统治者需要相当数量的颂诗来为自己歌功颂德，追述先辈的光荣历史和创业的伟大成就（这点商诗亦然，并且还是直贯当今的文学史线索之一），这方面主要产生了亚史诗和宗教诗；二是周朝设有官方采诗以观民风的制度，各阶层的诗人有可能将自己的感受和想象融入诗歌，以便上达天听，这方面主要产生了怨刺诗；三是人们需要互相沟通、理解、表达思想感情或生活体会、生产经验以至发泄心中积郁等等，这方面内容较宽泛，涉及怨刺诗、婚恋诗、战争诗、农事诗等等。以上三方面说明，周诗的作者面相当广泛，有个体的独白，也有群体的合唱。从这个角度看，周诗完全可以代表“郁郁乎文哉”[3]的周代文化的精华。

继周诗之后蔚起的是如江如海、如云如霞、如群峰如旷野的战国散文。散文与诗歌可能同时诞生于同一的文化母体，如现存大部分神话——《山海经》神话或中国各民族神话，就有三种文体形态并存：散文体、韵文体、散韵共融体。散文体是供说的，韵文体是供唱的，散韵共融体是供说中带唱或唱中带说的。换言之，诗文在生活中经常是一种伴生现象，就象唱与说必定是一种伴生现象一样，尽管唱的机会远远比说的机会少得

[1] 旧说为周宣王，前827—前782在位。

[2] 无论是与国外史诗或国内少数民族的史诗相比，《诗经》中的部分诗篇都只是具有史诗因素，这里权且称作“亚史诗。”

[3] 《论语•季氏》。

多。但由于唱的比说的好听、好懂和好记，所以诗必定比文凝聚了更多的智慧、更浓的情感和更高的表达技巧。在两者的发展史上，诗因此必定比文成熟得更早、更快、更美。在孔子时代以前，官场生活或文人生活是“不学诗，无以言”[1]，但我相信，在民间生活中一定是“不学歌，无以言”。现当代民族志资料表明，在一些无文字的族群当中，往往人人都是歌手，优秀的民间口头诗人也比比皆是。所谓“随地一锄，都能掘出山歌的涌泉”，便是善歌民族的真实写照。正因为唱歌和吟诗（低级形态的诗）是一种全民性的生存需要，是人们表达思想、交流感情、竞赛技艺、获取赞美甚至赢得理想配偶的最佳手段，所以歌或诗必定是那里最普及、最发达、最完美、最受欢迎的艺术形式。此理可以解释为什么在上古时代有韵文学往往较无韵文学成熟得早、作品更多、美感更强的文学史困惑。在现存文献中，从殷商的《盘庚》到春秋末年孔门弟子记录的《论语》等，散文已有数百年的发展史。但根据文学史实，我们不能不承认中国先秦散文的勃兴必在周诗衰亡之后。事实上正是散文被大量使用的本身才排斥并夺取了诗歌“言志”的历史地位。孟子所说“王者之熄而诗亡”[2]似乎只说对了诗亡的外在原因。内在原因则是散文更能表达当时的知识阶层对历史的总结、对外界的认识和源自内心的体验，具体说来即是表达他们的政治主张、思想观念、战争策略和对宇宙人生奥秘的探寻等等。诸侯纷争的局面决定上层统治者更多倾听游说之士口若悬河的散文言辞和舌剑唇枪的争论辩驳，而顾不上去揣摸民间诗作中的微言大义。正如后世学者刘勰在《文心雕龙•论说》篇中所言：

> 战国争雄，辨（辩）士云涌；从（纵）横参谋，长短角势。……一人之辨，重于九鼎之宝；三寸之舌，强于百万之师。

诗者时代的结束，即是辩者时代的到来。周诗的桂冠就这样落地了，散文的大纛则趁机高扬在政治、外交、战争的奇幻风云之中。这就是战国散文之所以勃兴的内在原因。从《论语》到《孟子》的由短而长，从《老子》到《庄子》的由整而散，从《春秋》到《左传》、《国语》、《战国策》的由简而繁，

[1] 《论语•八佾》。
[2] 《孟子•离娄下》。

其语言、体制、规模的演化，无不昭昭然展示着战国散文的发展轨迹。

神话、诗歌、散文在先秦文学史的不同时代各领风骚，这种现象很能说明中国文学的一条极重要的发展规律："一代有一代之文学。"自近代学术巨人王国维使这条极具史学眼光和美学眼光的文学史规律得以张皇幽眇以来，不断受到一些研究者的非难。然而试想战国散文之后文学的峰巅是楚辞，楚辞之后是汉赋、唐诗、宋词、元曲、明清小说……。可见王氏一派的意见是有充分的客观依据的。惟有一代又一代均有新的文学样式崛起，成为那一时代的文学主潮，文学史长河才会掀波涌浪，蔚为壮观。宋诗、元诗、明诗与清诗，纵使他们在数量上超过唐诗而且其中不乏优秀之作，那也不过是平稳地使文学史长河的水位上升而已，那因前后奔腾冲撞形成的惊涛拍岸的景观恐怕就难以见到了。

与战国散文同步而舒卷于我们眼前的，便是楚天文辞的奇情幻境。我想可以尝试将庄周及其文章断入楚文学体系论述，除了从文化背景看，庄周与屈原的才情同属楚地的"思想的奇葩"之外，更重要的，还是因为庄周与屈原的诗人气质是那样的邻近。仅以《庄子•天运》中对自然之天的排炮似的十五个问与屈原长诗《天问》的问天部分为例，二者口吻之酷似，精神之融通，使我们感觉到在庄与屈、哲与诗之间，存在着某种惊人的同构。简言之，即他们同是楚文化与中原文化相激荡而孕育的一代诗豪。闻一多先生对庄子有极深的爱与极精的评：

> 古来谈哲学以老庄并称，谈文学以庄屈并称，南华的文辞是千真万真的文学，人人都承认。可是《庄子》的文学价值还不只在文辞上。实在连他的哲学都不象寻常那一样矜严的、峻刻的、料峭的一味皱眉头、绞脑子的东西；他的思想的本身便是一首绝妙的诗。[1]

> 庄子是从哲学又跨进了一步，到了文学的封域。他那婴儿哭着要捉月亮的天真，那神秘的惆怅，圣睿的憧憬，无边际的企慕，无涯岸的艳羡，更使他成为最真实的诗人。[2]

[1] 《闻一多全集》，第2卷，第280页。北京：三联书店，1982。
[2] 《闻一多全集》，第2卷，第281页。北京：三联书店，1982。

此外，庄屈之间还有一些现象值得注意，如庄子虽无材料证明他到过齐国，但他却从齐国之书《齐谐》中抄录了鲲化为鹏，从南海飞往北海的故事；又描写了黄河之神伯，随着秋天浩荡的洪水向东漂流而进入北海海域，聆听北海之神若讲述宇宙之大的故事，那海洋文化亦即齐燕文化的气息何等浓烈浪漫！再看屈原。在屈原的政治生涯中，曾经两次出使齐国首都临淄。据考战国时临淄城距海岸仅约50公里。屈原的作品多次写到海洋，尤其是《远游》还幻想从天空俯视海景。这证明庄周与屈原的思想都曾经受到齐文化与大海的激荡与启迪，亦即体现了齐楚文化合流的特点。指出这种文化合流的特点，似乎对认识庄屈二哲海洋般博大与神秘的思想，又增加了一个新的视角。

马克思曾说："空间是一切生产和人类活动所需要的要素。"[1]如果我们再把空间分为物理空间和思维空间，那么，庄周之外的战国散文所描写的战争空间或策士们的思维空间，基本上是在地面的东南西北中五方展开，我们可以将其看作近似的二维平面；但庄周笔下的大鹏、列子、藐姑射神人以及"乘日之车"而"复游于六合之外"的牧马童子等等，却飞上了高高的天空，"外天地，遗万物，而神未尝有所困"[2]，屈原笔下的诸神和《离骚》、《涉江》、《远游》等诗中的主人公也在无涯无际的天宇间上下求索、任意漫游，从思维空间上说，已经是立体的三维空间了。如果加上庄文屈赋中的人物可以自由穿梭于远古与现实的时间之维，那么，庄周与屈原的思维空间已经是非常标准的四维时空了。这四维时空的文学境界远比其他战国散文壮观、奇幻。犹如安静的文艺女神将翅膀收敛起来，她的美就只能显露出一半；如果她在太空中翱翔，就能显出全部的美。过去我们总说庄屈浪漫主义艺术有别于其他战国散文艺术，然而其本质特点是什么却未曾了了。现在看来，正是对辽阔的立体的天空和邈远悠长的时间进行艺术性的"开发利用"，让人类的精神活动拥有更为广远阔大和自由变幻的思维时空，正是庄屈浪漫艺术的本质特点之一。

以上四点即楚文化的土壤、齐文化的海域、大诗人的气质和浪漫艺术的四维时空，构成了进行庄屈联论的基点。

---

[1] 《马克思恩格斯全集》第25卷，北京：人民出版社1974年版，第872页。

[2] 《庄子•天道》。

无论周诗的星空如何灿烂，但任何一颗诗星都不能与后起的屈原媲美。屈原无疑是中华诗国的太阳。诗人屈原成功的历史原因是多方面的。主要因为他处于南方文化高潮与北方文化高潮交汇碰撞的顶点，又赶上了楚国由强盛急速变衰的悲剧时代，加上他具有罕见的超佚群伦的大诗人素质，以及一种必然会被历史进程所超越的古典政治理想所限定的悲剧人生。他被楚怀王重用之后又被无情放逐，大起大落的遭遇刺激着他，列国形势的动荡变化刺激着他，楚国的未来命运困扰着他，在漫长的放逐岁月里，在浪迹寒荒的人生路上，在洋溢着萨满文化情调的民间宗教歌舞中，他需要倾吐，需要发泄，需要创作诗歌来作思想的伴侣与慰抚。他象行吟歌手一样用滴血的声音唱着、叫着；象通神的祭司一样用迷狂的身姿跳着、舞着；他的歌声，他的舞姿，他的足迹，他的泪点，留在了南国的江畔、山河、旷野……他时而激情澎湃，想象飞腾；时而缠绵悱恻，如泣如诉；时而慷慨陈词，头脑清醒；时而热血上涌，精神失常。他的作品总的来说是一流杰作，但各篇之间因他特殊的精神状态或创作环境的变异而显出艺术质量上的参差不齐，有时一篇之中也忽高忽低，顾此失彼。以至不少作品被人疑为伪作，甚至连他本人的存在也被否定，说世界上本无这么一个人神参半的怪杰，他的富于自传色彩的抒情长诗《离骚》，也是汉武帝时淮南王刘安门下一群蹩脚诗人你一言我一语拼凑起来的，他的《远游》更是一篇汉赋的草稿，等等，等等。这些现代神话令人难以置信。只要留心一下战国文化就会发现：那是一个以大、以高、以长、以广、以众、甚至以雄、以险为美的文化创造的时代，无论是海畔的燕齐，还是内陆的秦楚，为实现其威慑诸侯，称霸宇内的政治意图，在拼命扩大国土的同时，他们的音乐、舞蹈、壁画、散文等精神文化和宫殿、陵墓、都城、苑囿、长城等物质文化，无不体现出同一的人为风格——惟“大”是崇，以“大”为美。在这种精神与物质同步追求宏伟奇丽的战国文化潮流中，诗的形式必然要从《诗经》的主要歌咏单一内容的重章叠句，演变为《离骚》、《天问》、《招魂》等具有多重内容的鸿篇巨制。而一代极富创造力的新型天才，也必将推出自己的诗歌代表——屈原。屈原的诗歌在思想上吸收北方文化的纯净深广和理性，高扬荆楚文化的诡秘奇幻和原始，领之以个人的爱憎忧愤与歌哭；在气魄上挟其政治革新的余勇大胆创造；在语言上将战国散文的壮阔移入南国诗歌的澄碧溪流，从而使先秦诗歌的格局、气象、规模和成就，达到了一个难以逾越的峰巅和境界。显现出楚文化独特的品格和韵味。从文化热点看，《离骚》反复言陈的古典政治理想与孔、孟、老、庄学派的复古政治理想遥相映照；《天问》是当时热烈的宇宙本体和天人关系大讨论的学术结晶之一；《离骚》、《远游》、《招魂》中宏大的神游空间，是战国时代广远的中外交通的变相反映；楚辞里集中出现的洪荒神奇、边远怪异不仅与《山海经》、古本《列子》、《庄子》趣味近似，在其他战国诸子的著作如《墨子》、《孟子》、《韩非子》等书中也不乏记载。因此可以说，屈原是挺立在春秋战国之际诸如孔、孟、老、庄、列、惠、墨、孙、荀、韩等文化巨人中的诗歌巨人，是“百家争鸣”中的一家，秦汉之际不可能产生屈原这样体现了典型的战国文化风格的思想巨人，国际间的少数学人的屈原乌有论，轻率地忽略了这个中国巨人之林赖以产生的、广袤的历史文化土壤。

三、“秦世不文”：文学精神的奔涌与文学作品的缺失

严格地说，结束战国的秦代基本上是一个无文学的时代。《吕氏春秋》和李斯的《谏逐客书》产生于秦始皇统一六国之前，时间上属于战国时代而非秦代。秦统一后，李斯的铭虽然上继神话与诗的“颂”的传统，但并没有多少文学价值可言。部分学者认为那三句一韵的基因隐伏上千年后突然遗传给了唐诗名篇《走马川行奉送封大夫出师西征》，实在是牵强之词。岑参在西域创作的那首歌行，只能由岑参当时深深迷恋的西域文化来解释[1]。《汉书•艺文志》“荀赋之属”记有“秦时杂赋九篇”一语，虽然这些秦赋早已失传，但是根据质木无文的荀子之赋加以推测，恐怕它们也是缺少文学色彩的。秦文学的唯一记载是秦始皇死前三年（前211年），大约是六国贵族或其他持不同政见者在陨石上刻“始皇帝死而地分”，“始皇不乐，使博士为《仙真人诗》，及行所游天下，传令乐人歌

[1] 参阅拙文：《论唐人送别诗》，《文学遗产》，1987年2期。

弦之”[1]。遗憾其诗汉初已不传，致使秦代少见的一簇文学火星一闪而逝。秦始皇死后，李斯被秦二世和赵高以谋反罪投入狱中，《史记•李斯列传》载李斯被赵高之人“榜掠千馀，不胜痛，自诬服”，写下《狱中上书》，正话反说，将自己辅佐秦始皇的七大功劳说成“七罪”，希望二世能放过他。这一手法被宋元时期的南戏《十大功劳》以及元代无名氏的《萧何赚风魔蒯通》所效法。后者扮演蒯通在萧何等人面前历数韩信辅助刘邦的“十大罪状”。《狱中上书》虽然感情抑郁，气势盘旋，具有很强的感人力量，但毕竟说理多，形象少，难以称得上一流的文学散文。仔细考察，李斯的论说艺术正是受到他的政敌蒙恬的启迪。蒙恬是深受秦始皇尊宠的著名战将，原籍齐国，祖父和父亲相继为秦将，他挥师破齐，扫平六国之后，又率兵三十万北逐匈奴，收取河套以南土地，主持修筑万里长城，西起临洮，东至辽东，绵延万余里。驻兵上郡十余年，威镇匈奴，使其不敢进扰。秦始皇病死沙丘，他成为二世篡位的巨大障碍。故胡亥、赵高、李斯合谋篡改遗诏，将他赐死而被迫自杀。《史记•蒙恬传》载：

> 蒙恬喟然太息曰：“我何罪于天？无过而死乎！”良久，徐曰：“恬罪固当死矣：起临洮属之辽东，城堑万余里，此其中不能无绝地脉哉？此乃恬之罪也。”

以大功为大罪，深蕴无限愤慨。想不到历史竟会这么快就安排李斯去步蒙恬的后尘！由于“秦世不文”[2]，再加上秦始皇焚书坑儒，人们往往将秦看作文化毁灭的时代。从思想文化果实的角度来看，这无疑是完全正确的。不过，从文学发生的角度来看，秦代却是一个充满浪漫文学情调的时代。秦代一方面无文学，一方面又为后世文学提供了许许多多精彩的素材亦即丰富的文学养料[3]。那横扫六国、筑城万里、巡行天下、

---

[1] 《史记•秦始皇本纪》。

[2] 刘勰：《文心雕龙•诠赋》。

[3] 秦代的文学空白及其蕴藏的文学富矿，极端类似当代的“文化大革命”时期：一方面文革时期无文学，另一方面文革结束后立即有大量文艺作品取材于文革，原因就在于“文革”本身充满着无限的文学“意味”。因此之故，近年来涌现出不少以秦始皇及其时代为题材的高质量的影视作品。

泰山封禅、东临碣石、海上求仙、焚书坑儒、入海射鱼[1]……哪一样不洋溢着文学的“意味”！那三十万人边境筑长城、五十万人远征戍岭南、七十万人云集咸阳修建陵墓与宫殿，那三百里的阿房宫，那七千人的兵马俑，那“高五十余丈，周回五里余”并“以水银为百川江河大海……上具天文，下具地理”的宇宙模型式的坟墓，那关中宫殿三百栋、关外三百栋，以临近东海之地作为大秦帝国东门的“家天下”的格局，其气度，其想象，其成就，哪一代人曾经有过？哪一代人再次有过？正如汉文帝时的贾山在《至言》中所说：

> 秦……起咸阳而西至雍，离宫三百，钟鼓帷帐，不移而具。又为阿房之殿，殿高数十仞，东西五里，南北千步，从车罗骑，四马鹜驰，旌旗不桡（高举而过）。为宫室之丽至于此，使其后世曾不得聚庐而托处焉。为驰道于天下，东穷燕齐，南极吴楚，江湖之上、濒海之观毕至。道广五十步，三丈而树，厚筑其外，隐以金锥，树以青松（以路中央三丈为天子道，埋金锥、栽青松严禁越入）。为驰道之丽至于此，使其后世曾不得邪（斜）径而托足焉。死葬乎骊山，吏徒数十万人，旷日十年，下彻三泉，合采金石，冶铜锢其内，漆涂其外，被以珠玉，饰以翡翠，中成观游，上成山林。为葬薶（埋）之侈至于此，使其后世曾不得蓬颗（土块）蔽冢而托葬焉。

尽管其中有血海、有尸山，但文学又何曾回避过血海与尸山？所以我想必须指出秦无文学但又是一个不断上演特大悲剧的、充满文学精神的时代，它对后世许多文学杰作的发生有着不可忽略的文化意义。

四、两汉巨史与大赋的大文化品格

从文学实绩来看，文学史在秦代确实出现了断层。不过，文学精神的潜流仍在奔涌。汉代继起的以汉武精神为核心的辞赋与史传文学，即在精神上承接了楚齐文化精神和秦始皇大一统的文化精神。汉初，一批有识文士反思秦亡的历史，贾谊是他们的杰出代表之一。贾谊曾在政论

[1] 秦始皇临死前夕，梦与海神作战，醒后以连弩入海，亲自射杀一条巨型海鱼。见《史记·秦始皇本纪》。

散文名篇《过秦论》中指出秦孝公以后的秦国“有席卷天下、包举宇内、囊括四海之意，并吞八荒之心”。这种理想竟在始皇手中实现了。如果把这种政治色彩异常浓烈的文化心态对照一下汉赋大师司马相如的“赋家之心，苞括宇宙”，我们会发现两者宇宙入心、惟大是崇的价值观和美学观竟是如此的对等。秦始皇虽然在死前三四年时焚书坑儒，但此前的秦代文化倒可以说是兼收并蓄而又能推陈出新的。“夫秦本无儒，异国之士，辐凑于秦，形成帝业，于是杂家之学大盛，……此亦一时之奇观也。”[1]又如秦国进军六国时，每攻灭一个国家，便摹写该国的宫室制度，在咸阳北阪附近加以仿造，以至东西八百里离宫别馆林立，并把从各国掳来的美女钟鼓填置其间，这便是对六国文化从建筑到音乐、舞蹈、歌词都广揽博收的表现。令人惊异的是，汉武帝的一生，其业绩竟仿佛是秦始皇再世：一样的击胡拓土、巡行八方、上泰山、临沧海、求仙人、广建大殿高楼与苑囿（其中章台、上林皆秦旧有）……总之，一样的好大喜功。甚至可以说：秦始皇喜欢的，汉武帝无不喜欢，而且还要更进一步超过秦始皇。例如秦始皇“聚天下兵器；铸铜人十二，各重三十四万斤”[2]，称为“十二金人”。汉武帝就有高达五十余丈（约合今天 115 米以上）的“舒掌捧铜盘玉杯”的青铜塑像，也称“金铜仙人”。想象一下吧：美国上纽约港的自由女神像带基座在内也只有 92 米！又如秦始皇听齐人徐福说，海中有三神山叫蓬莱、方丈、瀛洲，汉武帝就在长安城西模仿北海修建太液池，“象海水周流方丈、瀛洲、蓬莱，游观侈靡，穷妙极丽”[3]，将海市蜃楼的三神山一一落实在身边和眼前。再如秦始皇曾三次东行至齐之海滨地区，并派遣三千人入海寻求神仙与不死之药，汉武帝则先后十一次去燕齐滨海之地巡游，“齐人之上疏言神怪奇方者以万数，……乃益发船，令言海中神山者数千人求蓬莱神人”，后来又“留宿海上”，“复遣方士求神怪、采芝药以千数”[4]。与东巡紧密相连的，秦始皇只上过泰山一次，汉武帝则上过八次……。产生于武帝时代的《淮南子•本经训》，就有这样一段极象是批评现实的话：“高筑城郭，设树险阻，崇台榭之

[1] 顾实：《汉书•艺文志讲疏》，上海：上海古籍出版社1987年版，第154页。

[2] 《史记•秦始皇本纪》司马贞《索隐》引《三辅旧事》。一作“二十四万斤”。

[3] 扬雄：《羽猎赋》。

[4] 《史记•汉武本纪》。

隆，侈苑囿之大，以穷要妙之望。魏阙之高，上际青云；大厦曾（层）加，拟于昆仑。”刘歆《甘泉宫赋》则用“颂”的口吻加以称赞：“冠高山而为居，乘昆仑而为宫。”诸如此类的现象还有不少，可见在汉武帝的心目中，秦始皇始终是他赶超历史最高纪录的目标和对象。就拿前者的焚书坑儒和后者的独尊儒术这个似乎“对着干”的重大历史事件来说，其差异也仅仅只是崇法与崇儒的不同罢了。那种大一统的排斥异端的文化精神却是相通的。于是，我们便看到了汉武帝酷爱的司马相如的赋，与秦始皇酷爱的李斯的铭在文化精神上的酷似：都是颂的产物。颂是汉大赋的精神核心，历代以武功开国治邦者无不喜听颂歌而抵制批评和异端，秦皇汉武无疑是其前导。其它上承《诗》、《骚》传统的抒情小赋，如贾谊的《鵩鸟赋》、司马迁的《感士不遇赋》等，都是在秦汉专制的大一统文化精神的持续高压下个体所发出的悲苦呻吟。当然，汉代这种文化大一统精神并非自武帝始有，更非至武帝而终。只是说汉武时代达到了最高峰，是汉代文化大一统精神的典型代表罢了。早在汉高祖八年（前199）二月，刘邦入长安——

> 萧何治未央宫，立东阙、北阙、前殿、武库、大仓。上见其壮丽，甚怒，谓何曰：“天下匈匈，劳苦数岁，成败未可知，是何治宫室过度也！”何曰：“天下方未定，故可因以就宫室。且夫天子以四海为家，非令壮丽亡（无）以重威，且亡令后世有以加也。”上说。自栎阳徙都长安。[1]

萧何的思想继承了春秋战国时代各国霸主借都城宫殿之壮丽以张扬国家威力的思想[2]，尤其是继承了秦始皇家天下的思想，他鼓励刘邦创造既前无古人又后无来者的壮丽宫室来加重天子的至高无上的权威，所以得

[1] 《汉书•高帝纪下》。萧何的想法完全可以看作《战国策•赵一》所载腹击的想法在新时代的发展：“腹击为室而巨，荆敢言之主。（主）谓腹子曰：‘何故为室之巨也？’腹击曰：‘臣羁旅也，爵高而禄轻，宫室小而帑不众。主虽信臣，百姓皆曰：“国有大事，击必不为用。”今击之巨宫，将以取信于百姓也。’主君曰：‘善。’”

[2] 《国语•楚语上》载楚灵王“为章华之台”，举国共建，“三年乃成”，灵王广邀各国诸侯一道首次登台，均遭拒绝；《国语•晋语九》载智襄子“为室美”；《战国策•赵二•苏秦从燕之赵始合从章》载战国七雄普遍“高台榭，美宫室”；《史记•苏秦列传》载苏秦游说齐湣王“高宫室大苑囿以明得意”。凡此种种，无不是借强大的有形的物质文化力量来夸示强大的无形的精神力量。

到刘邦的赞赏，在这一点上，他们是秦始皇的知音。从高祖刘邦到武帝刘彻，经过近百年的时间，又有文景之治的物质积累[1]，使得汉武能够在军事上更加倚重武功："东开乐浪，西置敦煌，南逾交趾，北筑朔方，卒定南越，诛斩大宛，武军所向，无不夷灭"[2]，"拓地万里，威震八方"[3]；建筑上更加铺张扬厉："览除阁之丽美，觉堂殿之巍巍"[4]。刘彻将汉代赶超历史最高水平的亢奋心态推向极点，并持续影响了两汉文化的方方面面。其中最典型的即是大赋与巨史。正因为"赶超历史最高水平"、"创造历史新纪录"的信念积淀成了两汉最主要的文化心理，所以两汉的思想文化成果在惟前是超、惟大是崇的发展趋向上，呈现了如下的一些现象：

一、从文化百科式的著作看，与汉武帝同时代的司马迁，以非凡的才能"究天人之际，通古今之变，成一家之言"[5]，撰写了一部"五十二万六千五百字"的煌煌巨著——《史记》[6]。时间上从传说中的黄帝纵贯当时的汉武帝，历时三千年左右；空间上写了远达西亚的四境诸国及其民族，以及地上的高山、大河、物产和天上的星空[7]。就时空而论，是当时认识极限的真正立体的世界史。无论是主体情感、时空结构，还是奇词壮采，都极具《离骚》神韵。而先秦部头最大的子书《吕氏春秋》，总字数才有"一十三万五千余字"[8]，仅有《史记》的三分之一。《史记》含十二本纪、十表、八书、三十世家、七十列传，《吕氏春秋》只含十二纪、八览、六论。《史记》以一人之力写成，《吕览》则靠三千位门下食客集体协助编撰。汉代文士在文化上"开创历史最高纪录"的雄心大志与非凡才能，在司马迁身上得到了完美体现。如同著名学者高步瀛先生在《两汉文举要•司马子长史记魏公子列传》解题中所高度评价的那样：

[1] 《史记•平准书》载文景之世"京师之钱累百巨万，贯朽而不可校，太仓之粟，陈陈相因，充溢露积于外，腐败不可食"。

[2] 汉•王符：《潜夫论•救边》。

[3] 《后汉书•文苑传》载杜笃《论都赋》评汉武帝语。

[4] 汉•王褒《甘泉宫赋》。

[5] 司马迁：《报任安书》。

[6] 见《史记•太史公自叙》；中华书局的现代标点本实有五十五万余字。

[7] 见《夏本纪》、《河渠书》、《天官书》等。

[8] 按《史记•吕不韦列传》作"二十余万言"，不确。汉末高诱《吕氏春秋序》言"十余万言"，则过略；实际应为一十三万五千余字。

> 夫进化之旨，今日史家矜为剏（创）获者，而史公于二千年前已实行之，何其伟乎！若乎列项羽于本纪，列陈涉于世家，传游侠以著民族之精神，传货殖以諗（xiǎn，议论）社会之心理，是何等胸襟，何等识见！……且夫孔子布衣也，而王侯尊之；吕不韦名相也，而商贾例之。试问后来史家，谁能有此卓识？

司马迁以天纵之才完成了旷古杰作，后世景仰者何止千千万万，但在那个人人都想创纪录的时代里，却有不少人不以为然并立志超越《史记》，所以《史记》问世后，续作《史记》者蜂起，有史可查者，竟有十七家之多，可惜都没有独立写出一部自成体系的史书[1]。唯有东汉的班固在继承父业的基础上，“探撰前记，缀集所闻”[2]，发展创新，推出了“包举一代”[3]的断代史——洋洋八十一万言的《汉书》，终于在字数上将“始变《左氏》之体”[4]的《史记》压了下去！班固对《史记》多有批评：“采经摭传，分散数家之事，甚多疏略，或有抵捂。……又其是非颇谬于圣人。”[5]岂只批评司马迁？他还认为司马相如与扬雄之才也不如他：“固又作《典引篇》述叙汉德，以为相如《封禅》，靡而不典；扬雄《美新》，典而不实；盖自谓得其致焉。”[6]甚至对他父亲班彪也有所不满：“固以彪所续前史未详……欲就其业”，“潜精积思二十余年……乃成。当世甚重其书，莫不讽诵焉”[7]。这种唯我独善、唯前是超的心理状态，促成了有汉一代纷纷投身于开创文化新纪录的热潮。千百年来，史学界

---

[1] 《史记》成书后，先有褚少孙的“补阙”；接着有刘向、刘歆、冯商、卫衡、扬雄等十五人“撰续”（见《史通•古今正史》）；东汉初年，班彪将刘向等人的续《史记》总汇一起，称为《别录》，同时又“采其旧事，旁贯异闻”，著成《史记后传》百篇以上。参见陆侃如《中古文学系年》，人民文学出版社1985年版，第34页；又见尹达主编《中国史学发展史》，郑州：中州古籍出版社1985年版，第90页。

[2] 范晔：《后汉书•班固传》。

[3] 刘知几：《史通•六家》。

[4] 司马贞：《史记索隐序》。

[5] 班固：《汉书•司马迁传》。宋•秦观《司马迁论》云：“方汉武用法刻深，急于功利，大臣一言不合，辄下吏就诛。……迁之遭李陵祸也……其愤懑不平之气无所发泄，乃一切寓之于书。故其序游侠也……盖迁自况也。……又云：‘谚曰：“千金之子，不死于市。”非空言也。’盖迁自伤砥节砺行，特以贫故，不免于刑戮也。以此言退处士而进奸雄，崇势利而羞贫贱，岂非有激而云哉？彼班固不达其意，遂以为是非颇谬于圣人，亦已过矣！”

[6] 范晔：《后汉书•班固传》。

[7] 范晔：《后汉书•班固传》。

对“《史》、《汉》优劣”的问题一直争论不休，这当然可以见仁见智，但对班固的特殊心理——一心想以“文赡而事详”[1]压倒前贤的心理，应该予以足够重视。他写《典引篇》，是为了超过司马相如和扬雄，他写《汉书》，是为了超过司马迁和他父亲。对此，唐人张守节说：“固作《汉书》，与《史记》同者五十余卷，谨写《史记》，少加异者，不弱即劣，何更菲薄《史记》？乃是后士妄非前贤。又《史记》五十二万六千五百言，叙二千四百一十三年事，《汉书》八十一万言，叙二百二十五年事；司马迁引父致意，班固父修而蔽之，优劣可知矣。”[2]《汉书》详博的优点是不言而喻的，其贡献更是巨大的，但班固为什么大抄《史记》而又“妄非前贤”？为什么继承父业而又将父亲的成果埋没于自己的笔下？这些，都离不开班固试图“创造历史最高纪录”的强烈欲望。

二、以上分析了班固唯前是超的心理，如果以此专责班固，那未免有“以特殊代替一般”之嫌了。早于班固半个世纪的桓谭，便在其《新论•正经》中记载：“秦近君能说《尧典》，篇目两字之说至十余万言，但说‘曰若稽古’三万言”[3]，秦近是西汉宣帝时的讲学大夫[4]，桓谭称他为“君”，可见对他的尊敬与肯定。他讲解两个字的文章标题——《尧典》，竟然要费舌十多万字，前人对此无不困惑！但是班固本人却是深知其中奥秘的。他的《汉书•儒林传赞》说：“自武帝立《五经》博士，开弟子员，设科射策，劝以官禄，迄于元始，百有余年，传业者浸盛，支叶蕃滋，一经说至百余万言，大师众至千余人，盖利禄之路然也。”非常清楚：经学大师太多，要想超过别人或前人，获得官位利禄就必须从“多”入手，“一经说至百

[1] 范晔：《后汉书•班固传》。

[2] 裴因《史记集解序》引张守节《正义》。本稿写就之后，见到《光明日报》2001年2月20日B3版载有易宁、易平文章《“班固盗窃父名”说辨诬》，主要理由是：班固《叙传》不提其父《后传》，“盖有难言之隐。在汉代，私续《史记》是违法行为。永平间班固被人控告下狱，罪名就是‘私改作国史’（《后汉书》本传）”。“违法”之说不能成立，因为班固之前续写《史记》者多达17位，其中就有班固之父班彪，并未见朝廷依“法”惩处了什么人，可见并无其“法”。事实上班固入狱之后，其弟班超“诣阙上书”，向明帝说明其兄“所著述意”，明帝亲审书稿之后即任命班固为史官。证明关键不在违法，而在“著述意”。或许有人诬告他借修史之机攻击或丑化皇家，这才是要害之处。私撰史书与班固在《汉书》中罕称父亲作品关系不大。总之，班固现象涉及的是“德”的问题而不是“法”的问题。关于《史记》的总字数，今中华书局标点本由于后人增删而实有55万余字；《史记》记载的总年数，今人认为实有3000余年。

[3] 严可均校辑：《全后汉文》卷十四。

[4] 据许慎《说文叙》。

余万言”，用解说词的数量之多去压倒别人，从而获得比别人丰厚得多的官位利禄。现在，我们再把它置于有汉一代争创历史最高纪录、“无令后世有以加也”的文化背景中加以观照，这种畸形发展的学术文化景观及其赖以产生的主体心理也就毫无神秘可言了。时至东汉，繁琐经学开始受人唾弃。如《后汉书•桓荣列传》载：桓荣认为老师朱普“四十万言”的“章句”“浮辞繁长，多过其实”，“减为二十三万言”，桓郁又减为“十二万言”。物极必反的规律同样适合于一切精神创造的领域。

三、与经学的讲解相似，“创纪录”的文化热潮同样出现在汉代字书的演进中：汉初民间将三部秦代字书合并为《苍颉篇》，武帝时司马相如作《凡将篇》，元帝时史游作《急就篇》，成帝时李长作《元尚篇》。平帝时扬雄从百余名“天下通小学者”汇总到朝廷的文字中，“取其有用者”2040字作成《训纂篇》，同时收入《苍颉篇》原书的3300字，共5340字；流传一段时间后，班固又增入780字，共6120字；东汉中叶许慎的《说文解字》又广增为9353字[1]……。《说文解字》不仅是汉代最大的字书，也是现存最古的字书。从司马相如经扬雄、班固到许慎，走的正是不断打破前人记录的道路。

四、汉赋作为汉代文化和汉代文学的典型代表，必然也挟裹于争创历史最高纪录的文化高潮之中。汉初贾谊的《鹏鸟赋》，只有500来字；稍后枚乘的《七发》，便发展到2300多字；再后的司马相如的《天子游猎赋》，已铺衍到3500字。这是西汉赋体文学发展的情况。到了东汉前期，那个专以超越西汉两司马为文化目标的班固，推出了长达4300字的《两都赋》，实现了他的预想。竞赛并未到此结束。班固作古之后，东汉后期的张衡，又写了7700多字的《二京赋》，终于达到了汉赋长篇的极轨[2]。前述司马迁以52．65万言叙2400年（或3000余年）事，班固则以81万言叙225年事，这种现象在汉赋中同样见到：汉初枚乘的《七发》写琴一节，只用220字，但宣帝时王褒的《洞箫赋》写洞箫已达988字，而后汉初期马融的《长笛赋》写长笛则用1393字。又《七发》写整装打猎到归来宴饮，总共才440余字，但在司马相如的《天子游猎赋》中，

[1] 参见顾实：《汉书•艺术志讲疏》，上海：上海古籍出版社1987年版，第90—91页。

[2] 此处汉赋的统计数字采自龚克昌《汉赋的铺张扬厉》一文，原载《文史知识》1988年第12期。

已发展成“楚王之猎、宴”和“天子之猎、宴”共1230字，而扬雄的《羽猎赋》又扩展为1428字[1]。篇幅的增大，意味着描写更为全面、具体和精细。所以，汉赋既以大为美，唯前是超，同时又导致结构的更加精致完美和艺术描写的更加铺张扬厉。外观之美洋洋洒洒，气势磅礴；内观之美峰回路转，厅壁辉煌，这可说是汉赋的两大特征。这和两汉的历史著作，不仅以篇幅之长超越先秦，同时也以结构的更完美、内容的更丰赡去超越前人是步调一致的。史赋之间的这种文化同步也导致了二者的轻度交融：一方面《史记》、《汉书》中选载了一些颂美当世景象的赋体名作，另一方面不少以颂为主的大赋也部分承担了史书的功能——存讽寓诫。对当代在物质文化上拼命超越秦人的心态加以热情歌颂，同时又受历史意识的牵制忍不住委婉批评现实的奢侈，创作主体的这种两难心理流露在汉赋中，便是劝百讽一的不和谐合奏。

五、这种不和谐合奏或曰损害汉赋文学功能的现象，更表现在汉赋过多地分担了汉代字书的功能。汉代小学的热潮后浪超前浪，其心理动力来自何处呢？《汉书•艺文志》说：“汉兴，萧何草律，亦著其法，曰：‘太史试学童，能讽书（籀书）[2]九千字以上，乃得为史。又以六体试之，课最者以为尚书御史、史书令史。吏民上书，字或不正，辄举劾。’六体者，古文、奇字、篆书、隶书、缪篆、虫书。皆所以通知古今文字，摹印章、书幡信也。”政府职员的文化素质的起点如此之高，客观上必然大大抬高汉代字书的社会价值。于是乎，在相当程度上能够代替字书读本的汉大赋，以其图写万物、堆砌辞藻、排列类字的独有特点，在广泛的社会需要中被文化阶层所钟爱了：对青少年读者和低水平的作者来说，读赋、作赋既能大大扩充识字量和用字量，又能比单纯研习字书获得更多的审美愉悦——这就是扬雄晚年之所以要说“少而好赋”是“童子雕虫篆刻……壮夫不为也”的根本所在，也是多数大赋洋溢着一种浪漫的“少年气质”的根本所在，更是东汉后期的政论家王符在其所著《潜夫论•务本》中攻击“今赋颂之徒，苟为饶辩屈蹇（晦涩不通）之辞，竞陈诬罔无然之事，以索见怪于世，

[1] 不计序文300字。

[2] 许慎《说文叙》：“尉律：学僮十七以上，始试讽籀书九千字，乃得为史。”《文史》2000年第二辑载王子今先生《汉代的少年吏》，述及数以百计的少年吏事例，可参看。少年吏的大量出现，跟官府和民间高度重视对少年的文史教育有着直接的关系。

愚夫憨士，从而奇之，此悖（乱）孩童之思，而长不诚之言者也”的根本所在。对高水平的汉赋大手笔来说，越熟悉字书，越拥有更多更新奇的词汇，就越能将汉赋写得比别人更铺张、更宏大……。《汉书》扬雄本传载雄“家素贫，嗜酒，人希至其门。时有好事者载酒肴从游学”，异文奇字竟成了扬雄换取酒肉的课酬。“唐诗晋字汉文章”，如果允许我们重新解释的话，也许应该是唐人偏重审美，故以诗取士而诗亦发达；汉人偏重认识，故以字取士而文史发达。刘邦曾劝告太子多读书：“汝可勤学习，每上疏，宜自书，勿使人也。”[1]这位“马上得天下”的大汉天子，虽然曾经大骂过儒生并曾摘儒冠撒尿，但后来还是认识到读书与写作的重要性。汉大赋，正是力图集文学的审美功能与史论、字书的认识功能于一体的文化形态。同时，它并不仅仅只是包含了赋家颂美大汉皇威的思想，更重要的还是包含了赋家主体力图创造文化最高纪录的勃勃雄心，以及为此付出的艰辛努力和不懈追求，一篇赋体名作的产生，往往要花几年甚至上十年的时间，有的赋家甚至在构思时因劳苦过度而病倒[2]。

倘再就文化的独创性而论，汉赋则不能跟汉史尤其是跟《史记》平分秋色了。大赋的重要作家多是文字学家，大赋最重要的读者又是帝王，所以从用字到使典，从设喻到铺陈，胸中没有几千怪字外加数十旧书，恐怕是难以卒读的，这就决定了汉赋的文化性质无论当时、现在或将来乃至永远，都只能是精英文化，尽管其成就包括其史料价值不容低估，但它作为文学的可读性功能和文化上的可接受性功能必将日益萎缩。更为严重的是，大赋的发展充分暴露了中国作家的文化模拟性格，以致西晋的左思还要花费整整十年的功夫创作9200余字的《三都赋》，再次超越汉大赋之最的《二京赋》。虽然“九千”长于“七千”，“三都”多于“二京”，但文化独创精神却更为衰弱了。新的断代史可以随时代变迁而持续产生，但《汉书•扬雄传》所说“斟酌其本，相与放依而驰骋”的大赋创作却更近于编字典、撰类书：时代越后，收罗越多，部头越大……大赋至此，其文学之路也就走到尽头了。

---

[1] 《全汉文》卷一。

[2] 《太平御览》卷五八七引桓谭《新论》云：“予少时见扬子云丽文高论，不量年少，猥欲逮及，尝作《山赋》，用思大剧，而立感动发病。子云亦言，成帝至甘泉，诏使作赋，为之卒暴倦卧，梦具五脏出地，以手收之，觉大少气，病一岁余。”

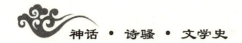

五、文学史的“内转”趋势与文学作品的抒情化和小型化

当铺张描写客观世界的大赋如秋林叶落的时候，展现内心世界的抒情小赋却上接贾谊和司马迁的言情之赋，又在东汉后期以新的面貌重现了，那宛如萦绕田园潺潺流淌的几曲清溪，至魏晋南北朝，终于形成了万壑争流的缤纷景象。赋体流向的捩转是以一位文化上的大人物为标志的。这位大人物就是科学家兼文学家与画家的张衡，他是汉大赋的最后一批作者之一[1]，同时又是新体小赋的最初一位作者：他集10年之功于28岁创造完成了汉大赋的最高纪录——7700多字的《二京赋》；约在58岁的晚年，又创下抒情之赋的最高纪录——2800字的《思玄赋》，开始了大赋文学的“向内转”，即由图写宇宙表象转为外射内心幽隐；同时还写有极著名的田园小赋《归田赋》，全文仅211字，以清新流畅之笔描写大自然景色，西晋陶潜的部分田园诗文的韵味可以在此中找到。他还有《定情赋》、《同声歌》等言说男女情爱并称羡女性人体美的作品，既上承传为宋玉所作的《登徒子好色赋》以及传为司马相如所作的《美人赋》，又下启蔡邕的《静情赋》和陶潜的《闲情赋》。由张衡扭转的这一审美流向一旦进入南朝诗歌领域，便出现了以审视女性人体美为特点的宫体诗，完善了文学史由写物到写人[2]的必然发展环节。可见张衡理应受到文学史家更多的重视。

汉代文人诗歌成就不大，意义不小，它在发展过程中终结了《诗经》式的四言传统和《楚辞》式的含有“兮”字的杂言传统，大胆进行纯五言和纯七言的创造与尝试。到汉季之末，五言终于以更大的优势占了上风，推出《古诗十九首》等上乘之作。民间诗歌也在杂言的基础上趋于五言，使五言叙事长诗《孔雀东南飞》得以将成熟的风姿展现在文学史上。

统治400多年之久的汉代大一统帝国土崩瓦解之后，从汉末到隋末，代之以同样长达400多年的以分裂为主的政治局面，人们的生活充满灾难。汉末社会大动乱导致历史出现巨大转折，也导致大一统的文化主潮

---

[1] 汉赋较晚的一篇名作是东汉末期王延寿的《鲁灵光殿赋》，但全文只有1200多字，如果仅从字数上说，是不宜称为大赋的。

[2] 可惜只限于写女人，这也是南朝文化缺少阳刚之气的一个方面。

漫衍为茫茫九派，儒术独尊的历史被名家、法家、兵家、纵横家和玄学、佛学思想的自由发展所取代。正如宗白华先生所说：

> 汉末魏晋六朝是中国政治上最混乱、社会上最痛苦的时代，然而都是精神上极自由、极解放，最富于智慧、最浓于热情的一个时代。因此也就是最富有艺术性精神的一个时代。……只有这几百年间，人心里面的美与丑、高贵与残忍、圣洁与恶魔，同样发挥到了极致。[1]

在这一思想大解放的文化背景下，中国文学及其理论获得了长足发展。

“昼携壮士破坚阵，夜接词人赋华屋”[2]的魏武帝曹操，既是一个高贵与残忍、圣徒与恶魔并存的权谋之士，又是一个历史上少有的武功与诗才兼擅的杰出帝王。他挟天子以令诸侯，挥鞭统一了中国北部，颇得秦王遗风；他东临碣石，以观沧海，兼领秦皇汉武的浪漫情怀；他慨叹人生“譬如朝露，去日苦多”，同时高歌“烈士暮年，壮心不已”，又比秦皇汉武多了一颗清醒的头颅。世积乱离，风衰俗怨，哀民生之多艰，感生命之不久，使他吟唱出在当时富有古典气息的四言诗和流行的五言诗。以他为核心的那个时代唯一的邺下诗群，雅好慷慨，志深笔长，刚健多气，开创了一个崭新的诗歌时代——建安文学时代，形成了颇有影响的“建安风骨”。从《文选》所载曹丕的两封《与吴质书》中，后人可以窥见建安时代那群文学中青年令人羡慕的创作环境与创作激情：

> 每念昔日南皮之游，诚不可忘！既妙思六经，逍遥百氏，弹棋闲设，终以六博。高谈娱心，哀筝顺耳。驰骋北场，旅食南馆。浮甘瓜于清泉，沉朱李于寒水。白日既匿，继以朗月。同乘并载，以游后园。舆轮徐动，宾从无声。清风夜起，悲笳微吟。乐往哀来，怆然伤怀！

> 昔日游处，行则连舆，止则接席，何曾须臾相失？每至觞酌流行，丝竹并奏，酒酣耳热，仰而赋诗。当此之时，忽然不自知乐也！

[1] 宗白华：《论<世说新语>和晋人的美》，《美学与意境》，北京：人民出版社1987年版，第183、184页。

[2] 唐•张说：《邺都引》。

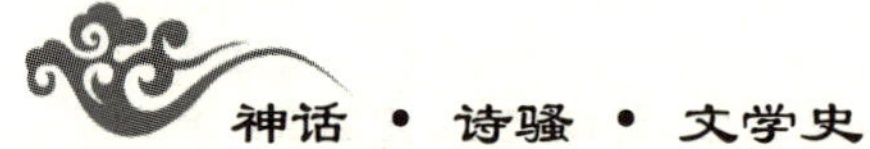

政治上三国鼎立而文学上风景独好，说明倘若没有曹操对文学的喜爱与实践，文学史上的“建安文学”恐怕将是另一种景观。此意曹植已在《与杨德祖书》中言及：

> 昔仲宣独步于汉南，孔璋鹰扬于河朔，伟长擅名于青土，公干振藻于海隅，德琏发迹于大魏，足下高视于上京。当此之时，人人自谓握灵蛇之珠，家家自谓抱荆山之玉。吾王于是设天网以该之，顿八紘以掩之。今悉集兹国矣！

王粲也在汉水之滨的筵席上，奉觞称颂曹操“文武并用，英雄毕力”[1]，这和汉武帝陶醉于大赋而大赋也成了一代文学主潮可谓异代同功。

建安文学的另一贡献是：自曹氏父子开始，中国文学开始出现明显的群体化、家族化、王室化、流派化，在群体、家族、王室、流派的基础上，另有南方色彩、北方色彩及南北融合色彩，有了这样的基础，九派归一，百川会海的盛唐气象终于来临了。

[1] 《三国志•魏书•王粲传》。

《关雎》的原始结构与爱情本相

《关雎》是《诗经》第一诗，但《关雎》的结构却很少引起讨论。本文支持《关雎》错简说，并从“《关雎》之乱”、“乐而不淫，哀而不伤”、风雅七诗的结构、采荇的劳动程序、《诗经》中“采”字的位置与频率五个方面探讨了《关雎》的原始结构；又从“关关”并非雌雄和鸣、《关雎》中鸟与人的对应关系两个方面，演绎了这个上古时代的爱情故事——贵族青年单恋平民少女的由乐转哀的青春情怀。

《关雎》堪称“中国第一诗”。它不仅是《诗经》305篇中的第一篇，而且是知名度最高的一篇。“关关雎鸠，在河之洲。窈窕（yǎo tiǎo）淑女，君子好（hǎo）逑（qiú）。”中国的读书界，几乎没有人不知道这民谣般的优美诗句。尽管古代解诗者硬说它是政治诗、礼教诗、道德伦理诗，

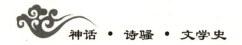

可是普通读者都明白，这不过是阳春三月之时，鸟儿为恋爱而歌唱、君子见淑女而动春心而已。故事虽然十分单纯，但为了能把全诗说通说顺，特别是说“圆”说“美”，本文不得不去解决一系列即将提到的学术难题。

一、从“《关雎》之乱”一证《关雎》的原始结构

阅读上古诗篇，分章十分重要。章句不明，解说就不免糊涂了，正所谓“章句不明，亦所以害义理”[1]。《关雎》二十句诗的分章，迄今有四种。

第一种见于《毛诗》，南宋朱熹《诗集传》等从之，共分三章，首章四句，次章、三章各八句：

关关雎鸠，在河之洲。窈窕淑女，君子好逑。（一章）
参差荇菜，左右流之。窈窕淑女，寤寐求之。
求之不得，寤寐思服。优哉游哉，辗转反侧。（二章）
参差荇菜，左右采之。窈窕淑女，琴瑟友之。
参差荇菜，左右芼之。窈窕淑女，钟鼓乐之。（三章）

如果用英文字母将各行首句加以区别，并且抽象为一个公式的话，这种结构可以表示为“ABCBB”。

第二种见于朱自清《诗名著笺•关雎》，共分四章，首章、次章同朱熹；另将朱熹的第三章一分为二，每章四句。其结构也是“ABCBB”。

第三种分为五章，每章四句，出于汉•郑玄，后人如清•姚际恒《诗经通论》及今人金启华《诗经全译》等著作或赏析文章从之。其结构还是“ABCBB”。

第四种认为今本《关雎》存在错简，应把朱熹所分的第二章与第三章的位置互换并分为五章，每章四句，才是《关雎》的原始结构。[2] 经整理，其形如下：

关关雎鸠，在河之洲。窈窕淑女，君子好逑。（一章）

---

[1] 北宋•沈括：《梦溪笔谈•补笔谈卷一•辩证》，第526条：“章句与义理”，金良年点校，上海书店出版社2009年版，第238页。

[2] 王景琳：《<关雎>错简臆说》，载《文史》第25辑，第66页。

参差荇菜，左右采之。窈窕淑女，琴瑟友之。（二章）
参差荇菜，左右芼之。窈窕淑女，钟鼓乐之。（三章）
参差荇菜，左右流之。窈窕淑女，寤寐求之。（四章）
求之不得，寤寐思服。悠哉游哉，辗转反侧。（乱）

这种结构可以表示为“ABBBC”。所谓“乱”，就是一首诗结束时带有总结性质的独立一段。《论语•泰伯》载孔子语云：“师挚之始，《关雎》之乱，洋洋乎盈耳哉！”《史记•孔子世家》也说：“《关雎》之乱，以为《风》始。”证明《关雎》确有“乱”章。我认为，这种分法将“参差荇菜”开头的三章集中在全诗中部，以雎鸠的鸣叫开始，以君子的失眠结束。不说别的，仅从结构看就很优美很悦目。试加吟咏，效果也比其它三种结构更流畅更动听。此外，以“参差荇菜”开头的三章竟和《陈风•东门之池》的全诗在结构上如出一辙，试看：

参差荇菜，左右采之。窈窕淑女，琴瑟友之。
参差荇菜，左右芼之。窈窕淑女，钟鼓乐之。
参差荇菜，左右流之。窈窕淑女，寤寐求之。

东门之池，可以沤麻。彼美淑姬，可与晤歌。
东门之池，可以沤纻。彼美淑姬，可与晤语。
东门之池，可以沤菅，彼美淑姬，可与晤言。

《东门之池》将“彼美淑姬”三次连接重复，形成“BBB”结构，间接证明了《关雎》的正确结构应该是将“窈窕淑女”不间断地三次连接重复，形成“ABBBC”结构，而不是流行本的“ABCBB”结构。

二、从“乐而不淫，哀而不伤”二证《关雎》的原始结构

《论语•八佾》又载孔子语云：“《关雎》乐而不淫，哀而不伤。”这说明《关雎》有乐有哀，而且是由乐转哀。翻开程树德撰《论语集释》，各家解释都未能理顺《关雎》先乐后哀的关系。汉儒甚至认为“哀”是“衷”

的误写。殊不知孔子只是引用前人评价《诗》乐的成语而已。《左传•襄公二十九年》载吴公子季札入鲁观周乐，听完《豳风》之后说“乐而不淫”，听完《颂》之后说“哀而不愁，乐而不荒”。“荒”与“淫”都是过度的意思。《关雎》以其“乐而不淫，哀而不伤”的感情上的中和之美，以及音乐上的“洋洋乎盈耳”，两次赢得孔子作评，可见它的特殊地位与美学价值了。

今本《关雎》的结构以“窈窕淑女，钟鼓乐之”的欢乐表达结束，绝对不符合“乐而不淫，哀而不伤”的情绪变化。相反，如果承认《关雎》存在错简，将“琴瑟友之”、“钟鼓乐之”、“寤寐求之”放在中间部分，将“优哉游哉，辗转反侧”作为结束，就十分切合“乐而不淫，哀而不伤”的由乐转哀的过程了。所谓“乐而不淫”，当然就是“君子”对“窈窕淑女”所产生的一系列快乐而适度的、爱慕异性美色的青春期心理。怎样才叫“哀而不伤”呢？先看什么是爱情上的“哀伤”吧。《陈风•泽陂》云：

彼泽之陂，有蒲与荷。有美一人，伤如之何？寤寐无为，涕泗滂沱。
彼泽之陂，有蒲与蕑。有美一人，硕大且卷。寤寐无为，中心悁悁。
彼泽之陂，有蒲菡萏。有美一人，硕大且俨。寤寐无为，辗转伏枕。

原来爱情之“伤”就是“涕泗滂沱”！《关雎》的主人公虽然也“求之不得，寤寐思服”，但并未流泪痛哭，所以孔子称赞他“哀而不伤”。闻一多《风诗类钞》认为《泽陂》的主人公“一幅柔怯而任情的女性意态”，可见《关雎》的君子更有男子汉的阳刚气质。需要指出的是：《泽陂》以“寤寐无为，辗转伏枕”作为“哀伤”的爱情之歌的结束，也从侧面证实《关雎》的结尾应是“优哉游哉，辗转反侧”。

三、从《风》《雅》七诗的结构三证《关雎》的原始结构

调整后的《关雎》结构，也就是本文认定的原始结构，其特点是首章和末章在叙述上与中间部分不一致；中间部分则自成一体，具有相类同的结构。这种写作技巧，在《诗经》中并非仅见。本文将举出三组证据，

一共七首诗，供读者进行比较判断。

第一组是《曹风•候人》和《豳风•九罭》，它们的结构与《关雎》的原始结构为类似，都是首尾相异，中间相同：

彼候人兮，何戈与祋。彼其之子，三百赤芾。
维鹈在梁，不濡其翼，彼其之子，不称其服。
维鹈在梁，不濡其咮。彼其之子，不遂其媾。
荟兮蔚兮，南山朝隮。婉兮娈兮，季女斯饥。（《候人》）

九罭之鱼鳟鲂，我觏之子，衮衣绣裳。
鸿飞遵渚，公归无所，于女信处。
鸿飞遵陆，公归不复，于女信宿。
是以有衮衣兮！无以我公归兮！无使我心悲兮！（《九罭》）

这两首诗的结构可以表示为“ABBC”，和《关雎》的“ABBBC”最为接近。

第二组是《周南•卷耳》以及《小雅》的《皇皇者华》和《瓠叶》，它们很像《关雎》原始结构的首章和中间部分。试看三诗的各章首句。

《卷耳》各章首句	《皇皇者华》各章首句	《瓠叶》各章首句
采采卷耳……	皇皇者华……	幡幡瓠叶……
陟彼崔嵬……	我马维驹……	有兔斯首……
陟彼高冈……	我马维骐……	有兔斯首……
陟彼砠矣……	我马维骆……	有兔斯首……

这三首的结构可以表示为“ABBB”。

第三组是《小雅•菁菁者莪》和《小雅•隰桑》，它们很像《关雎》原始结构的中间部分和末章。试看二诗的各章首句：

《菁菁者莪》各章首句　　　　　《隰桑》各章首句

菁菁者莪……　　　　　隰桑有阿……
菁菁者莪……　　　　　隰桑有阿……
菁菁者莪……　　　　　隰桑有阿……
泛泛杨舟……　　　　　心乎爱矣……

这两首诗的结构可以表示为“BBBC”。

以上七首诗，没有一首的结构类同于今本《关雎》的错乱状态，足证今本《关雎》确有错简：错在打乱了三组“参差荇菜”的有序排列。遍查全部《诗经》，相同部分的结构错乱也仅有《关雎》一首。由此看来，如想继续维护《关雎》现存结构的正确性，恐怕将是非常困难了。

四、从采荇的劳动程序四证《关雎》的原始结构

从来解《关雎》者均为标准的儒生，个别人甚至是腐儒，他们从未有过在水中采集植物的劳动体验，因此也就不可能想到可以用生活本身的劳动程序来理解《关雎》。关于“荇菜”亦即“莕菜”，《辞海》云：

> 多年生水生草本。茎细长，节上生根，沉没水中，叶对生……漂浮在水面上。夏秋间开花，花鲜黄色。生于淡水湖泊中。分布几遍我国各地。……全草为解热利尿药，又可作猪饲料或绿肥，也可栽于池塘内供观赏；根茎可供食用。[1]

农家女子采集荇菜正是为了拿它作饲料。为何要“左右采之”？考《诗经》中所有关于采集的诗歌，唯独此篇言“左右采之”，可见这是一种在水中采集特有的动作：劳动者用手从左到右将她身体两侧及前面的荇菜从水中扯出。此种动作今日农民拔秧时依然如此。就是手工割稻、割麦时，也同样是“左右割之”。这是程序一。程序二为“左右芼之”。汉儒毛亨说：“芼，择也。”这话是不错的：先有采，后有择，扯出的荇菜必须拿在水

---

[1]　《辞海》1979年版，缩印本，第582页。

中摊开、散开，以利发现和拣出杂物或腐烂部分，然后再用力将荇菜往左右摆动，利用水的冲刷力将污物杂质冲洗干净，方可用为饲料。“芼”字从“草”从“毛”，字形本身就代表了被拣出的杂物。程序三为“左右流之”：将洗好的荇菜用双手从水中捧出，挤紧荇菜使水泄流，水流变小时再用力将荇菜往左右方向甩动，尽量甩掉余水，最后才将荇菜抛到岸上。这三个程序是绝对不可错乱或逆转的，因而也是不可随便想象的。贵族青年何以能如此准确生动地写出这种采集程序的呢？理由只有一个：当时他就在岸上亲眼目睹了这一完整的劳作过程！若依今本《关雎》的章次排列，不但将孔子所说的“先乐后哀”变成了“先哀后乐”，而且也违反了采集荇菜的操作过程，变成先“流”后“采”再“芼”了。

五、从“采”字的位置与频率五证《关雎》的原始结构

《诗经》说到采集植物的时候，一共有四种情况：

1. 采集同一植物而分章使用动词的，“采”字用在最前面。这有《周南•芣苡》为证：

采采芣苡，薄言采之。
采采芣苡，薄言有之。
采采芣苡，薄言掇之。
采采芣苡，薄言捋之。
采采芣苡，薄言袺之。
采采芣苡，薄言襭之。

“采采芣苡”的“采采”是形容词，表示芣苡的色泽鲜明夺目。与此相同的结构还有同在《周南》的《卷耳》诗中的“采采卷耳”和《曹风•蜉蝣》的“采采衣服”[1]。叠字的功能，在于意义的强化与声音的美听。犹如《周南•桃夭》的“灼灼其花”，《周南•汉广》的“翘翘错薪”，《王风•葛藟》的“绵绵葛藟”，《小雅•楚茨》的“楚楚者茨”等等。尤其是《曹

[1] 《蜉蝣》首章云“蜉蝣之羽，衣裳楚楚”，次章云“蜉蝣之翼，采采衣服”。可见“衣裳”与“衣服”等义，“楚楚”与“采采”等义。至今仍有成语“衣冠楚楚”。故“采采”系形容词而非动词甚明。

风•蜉蝣》的“采采衣服”，同样是说蜉蝣的衣服（羽翼）色泽鲜明夺目。现代学者们普遍将“采采芣苡”译作“采了又采”或“采呀采”，毫无疑问是错误的，我们无论如何总不能将“采采衣服”译为“采呀采衣服”吧？就是《秦风•蒹葭》里的“蒹葭采采”，也依然是形容深秋的蒹葭一片灰白，在河岸边显得非常的鲜明夺目而已。由于《芣苡》与《关雎》同在《周南》，而《芣苡》连续使用“采之”、“有之”、“掇之”等4个采集动作，但第一个正是“采之”。这又为《关雎》的原始结构的中间部分以“采之”为首句，增加了一个值得信赖的证据。

2. 同一句中采集不同植物的，先用“采”字，后用别的动词。这种情况《诗经》中仅有一例。《小雅•小明》云：“岁聿云莫，采萧获菽。”这说明“采”字是诗人最先想到的动词。

3. 同一句或同一首中，纯用“采”字采集相同植物或不同植物。这种情况全部《诗经》中共有46例。《召南•采蘩》有两句“于以采蘩”；《草虫》有“言采其蕨”，《采蘋》有“于以采蘋”、“于以采藻”。《邶风•谷风》有“采葑采菲”。《鄘风•桑中》有“爰采唐矣”、“爰采麦矣”、“爰采葑矣”；《载驰》有“言采其蝱”。《王风•采葛》有“彼采葛兮”、“彼采萧兮”、“彼采艾兮”。《魏风•汾沮洳》有“言采其莫”、“言采其桑”、“言采其藚”。《唐风•采苓》有“采苓采苓”、“采苦采苦”、“采葑采葑”。《豳风•七月》有“采蘩祁祁”。《小雅•采薇》有三句“采薇采薇”；《出车》有“采蘩祁祁”；《杕杜》有“言采其杞”；《采芑》有两句“薄言采芑”；《我行其野》有“言采其蓫”、“言采其葍”；《北山》有“言采其杞”；《采菽》有“采菽采菽”；《采绿》有“终朝采绿”、“终朝采蓝”；《瓠叶》有“采之亨（烹）之”。《鲁颂•泮水》有“薄采其芹”、“薄采其藻”、“薄采其茆”。

4. 同一句中以并列动词采集同一植物而“采”字在后。这种情况全部《诗经》中也只有一例，见于《大雅•桑柔》的“捋采其刘”。

以上是用“穷举法”展示的全部证据：纯用“采”46例；分用“采”与“获”1例，并用“捋采”1例。《关雎》的情况是分用不同动词，与《芣苡》和《小明》相同，“采”的位置应在最前面。再者，从“采”字使用的频率之高来看，诗人最先想到和最容易想到的动词也就用是“采”

而不是“芼”。至于《桑柔》的“捋采”，已从上古汉语的单音词演变为并列结构的双音词。从词汇发展的角度看，“捋采”是由单音词“捋”或“采”增衍而成，表达的中心还是“采”。具体而言，“捋采其刘”正是由“言采其蕨”、“言采其薇”、“言采其桑”、“言采其杞”、“薄采其芹”、“薄采其藻”等等变化而来，中心是“采”而不是“捋”。所以，“捋采”这个仅见的“捋”在“采”前的双音节词，并不能推翻或影响《关雎》的原始结构先言“采”后言“芼”。

所有证据表明：“采”是《诗经》表现采集动作的首选动词。

六、“关关雎鸠”不是雌雄和鸣

毛亨说：“关关。和声也。”宋儒朱熹《诗集传》发挥说：“关关，雌雄相应之和声也。”又说：“言彼关关然之雎鸠，则相与和鸣于河洲之上矣。”清•王先谦《三家诗义集疏》云：“鲁说曰：‘关关，音声和也’。……《玉篇》：‘关关，和鸣也。’”现代学者无人对此表达异议。其实，古代学者并非鸟类学家，所述是否准确大可怀疑。我根据从电视系列片《动物世界》中获得的一系列直接印象，以及在大科学家达尔文著作中读到的大量鸟类考察的记录，认为“关关”仅仅是雄性雎鸠春季求偶的嘹亮歌声，与雌性雎鸠的“应和”完全无关。这些记录见于达尔文的巨著《人类的由来》：

> 从这些多方面的考虑，我们可以得出结论：鸟类的雌雄相配并不是一种碰巧的事，雄鸟之中，只有那些具备各式各样的诱引的手段而最能运用这些手段来取悦于雌鸟和激发雌鸟的才被接受下来而成为配偶的一方。[1]

> 许多鸟种的雄鸟是在蕃育季节里高度地好勇狠斗的。……（但要取得胜利）还须有些诱引雌鸟的特殊手段。因此，有的鸟会唱，有的会发出怪叫，有的会放出一些器乐，其结果是雄鸟在发音器官和某些羽毛的结构上便和雌鸟有所不同。[2]

[1] 达尔文：《人类的由来》，潘光旦、胡寿文译，商务印书馆1986年版 第644页。
[2] 达尔文：《人类的由来》，第753页。

> 在动物界的几个大的纲……中间……调情求爱的一方几乎都是的公的或雄的。……（公的）又有着种种鲜艳夺目的颜色，而这些颜色又往往编排成各种漂亮的花样，而母的却是朴朴素素，全不打扮。[1]

> 性的竞争一般有两类：一类是在同一性别的个体之间，一般是在雄性与雄性之间，为的是要把情敌赶走或除掉，雌的始终处于是被动而观望的；另一类也是在同一性别的个体之间进行的，为的是要激发和媚惑异性的个体，这异性一般总是雌的，到此，雌的也就不再观望，而进而选取更为惬意的配偶了。[2]

将达尔文的论述进行总结，可得两点结论：（1）雄鸟求爱时会唱歌和发出器乐声；此时雄鸟的颜色最艳丽，也最易识别；调情求爱的一方总是公的或雄的。（2）雌鸟朴朴素素，全不打扮，在求爱过程中，雌的始终处于被动而观望的地位。[3] 根据达尔文的记述，一种合理的推测是：那位君子所听到的"关关"之声，只是雄性雎鸠用来"取悦"、"激发和媚惑"雌性雎鸠的歌声而已，旧儒的"和鸣"说纯属主观想象，没有事实根据，应予否定。

七、《关雎》中鸟与人的对应关系

讨论鸟是为了讨论人，亦即寻找鸟与人的相似点。河洲上会唱歌、羽毛鲜丽并主动求爱的雄性雎鸠，正好对应于河岸上穿华服、会作诗、能唱歌、善演奏的贵族男青年；朴朴素素、全不打扮，在求爱过程中始终被动而观望的雌性雎鸠，也正好对应于在水中采集荇菜的娴静的农家少女。"比兴"之法，在于抓住自然物象与人类情感的相似之处。如果缺少这种"同构"，"起兴"就不会获得预期的效应。假如这位姑娘是个性情奔放之人，衣着华美并对爱的召唤热烈响应，贵族男青年就不会称她为"窈窕淑女"了。

---

[1] 达尔文：《人类的由来》，第931页。

[2] 达尔文：《人类的由来》，第932页。

[3] 《简明不列颠百科全书》（1986年版）第9卷第461页"雉"条也有类似记载："多数种雄鸟羽衣艳丽。雄雉……于繁殖期好斗，求偶的雄鸟有时格斗至死，而在场的雌鸟对之无动于衷。"

根据重新发现的《关雎》的原始形式，可将《关雎》的爱情故事作如下演绎：

一个春和景明的日子，一只色彩艳丽的雄性雎鸠鸣唱于河洲，频频向似乎无动于衷的雌性雎鸠发出求爱的信号。闲行于河岸的贵族男青年，目睹这一场景的同时，忽然发现一位在水中采集荇菜的娴静美丽的农家少女。少女的天然丽质和熟练优雅的劳动姿态吸引了他，使他长久地驻足河岸，仔细观察少女劳动的每一个细节。设想她可以成为自己的美好伴侣，进而用求爱的歌声去“友”她、去“乐”她，实际上就是挑逗她，希望引起她的注目。《诗经》证明，贵族男青年出游，是常常唱着歌的。《魏风•园有桃》说：“心之忧矣，我歌且谣。”《陈风•东门之池》见到美丽女郎，更是说：“彼美淑姬，可以晤歌。”更有甚者，有的贵族男青年出游时还带着车马、美女、侍从、乐器，以及跳舞用的羽毛。《郑风•有女同车》说：“有女同车，颜如舜华”。《王风•君子阳阳》说：“君子阳阳，左执簧，右招我由房（游放）。其乐只且！”“君子陶陶，左执翿（dào，羽毛制成的舞具），右招我由敖（游遨）。其乐只且！”《秦风•车邻》说：“有车邻邻，有马白颠（头）。未见君子，寺人之令。”“既见君子，并坐鼓瑟”、“既见君子，并坐鼓簧”。《关雎》里的“君子”也是有条件做到这一切的，所以他在歌中表示：为了让她看他一眼，他可以用悠扬的琴瑟来取悦于她；如果她一直假装听不见而不予理睬，他将换用宏亮的钟鼓来打动她、取悦她，刺激她的反应。但是，作为劳动者的少女，非常清醒地知道自己“采荇”的地位，始终不愿对“君子”步步进逼的爱情呼唤作出相应的表态。“君子”归家之后，直到夜深将要入睡，还在追念河边偶见的“无动于衷”的“淑女”。想到两人地位悬殊，难以成为“好逑”，君子在床上辗转反侧，不能入眠，感觉到“悠哉悠哉”——经历了生命中从未有过的最为漫长的春日夜晚……

从发生学的角度推测：“中国第一诗”应当酝酿于一个或许是初恋的失眠之夜，极有可能产生于次日清晨。它是一首暂时追求不遂的单相思的动人情歌。男主人公是一位有知识有教养有风度有诗意的贵族青年，无论是快乐的追求还是忧心的怀想，都没有产生过分的行为；女主人公则是一位美貌、文静、勤劳、自尊的农家姑娘，受宠不惊，处爱不乱，表现出成熟女性的高度自制与情感的深沉含蓄。古今中外，公子王孙爱上平民少女的例子数不胜数，但很少有人能够亲自将心中之爱转化为极具美感的情歌。本诗的核心词一是淑女，二是君子。两者在诗中都获得了等价的赞美。什么是君子？什么是淑女？什么是古老中国的求爱方式和审美情趣？熟读《关雎》，或许每个读者都能领悟到一些答案。

[附记及补论]

原载《中南民族学院学报》1998 年第 1 期。略有增补。

文章发表之后，读到《文学评论》1980 年第 6 期上所载朱一清《诗经•关雎“流”字新解》一文，朱氏认为此“流”字不作“求”解，应依“流”的本义作“水流”、“流动”解，此解先得我心。现摘录主要部分于后，以作本文的补充并供读者参考：“左右流之的‘流’字，历来研究《诗经》的注家都作‘求’解。但据《说文解字》：“㳅（流），水行也。”故“流”的本义应是随水流动的意思。”“自《毛传》给‘流’作‘求’解以后，后起注家，都相袭沿用，很少对此怀疑。……只有清人方玉润在《诗经原始》中，对‘流’作‘求’解怀疑过……但也没有提出足够的论据。”“如果‘流’有‘求’义，那末，在《诗经》中定有例可寻，但我翻阅了《诗经》全书中对‘流’字的用法，共见二十六次，但其义大都作‘水流’或‘流动’解……没有一个作‘求’解。再考之与《诗经》同时代的《尚书》中对‘流’字的用法，共十一见……也没有一个作‘求’解。”“《毛传》对‘流’字的解释是附会，即使是师承，也是孤证，不足信。……《尔雅》关于‘流’字的解释，也是受《毛传》影响的，也难以足信。”“从以上可以看出……‘流’字不作‘求’解，应依‘流’的本义作‘水流’、‘流动’……讲为是。”（第 76—77 页）2001 年 5 月 10 日补记。

另外，2001 年，上海古籍出版社出版了马承源先生主编的《上海博物

馆藏战国楚竹书》第一册，其中收有《诗论》一篇，数处涉及“《关雎》之改”：

> 《关雎》以色喻于礼，……两矣，其四章则喻矣。以琴瑟之悦拟好色之愿，以钟鼓之乐□□□［之］好，反内于礼，不亦能改乎？
>
> 《关雎》之改，则其思益矣。

这段引文是李学勤先生连简编排后的释读，见于李先生《<诗论>说<关雎>等七篇释义》（原载《齐鲁学刊》2002年第2期，收入作者《中国古代文明研究》，华东师范大学出版社2005年版，第272—275页），表达的是战国某位学者（李先生认为是孔子学生子夏）对于《关雎》诗义的看法。我认为，对于《诗经》之诗，应该分为诗意与诗义两层去看：诗意指的是诗篇的原初之义即本义，诗义指的是后儒所做的思想或意识形态上的发挥和拔高。《诗论》表达的明显是战国以后的诗义而非孔子之前的诗意。不能以后起的诗义去取代、覆盖或否定原初的诗意。

不过，《诗论》提到“两矣，其四章则喻矣”，证明战国时《关雎》分为四章以上，与郑玄同，也与本文的论证吻合（具体分章则不尽相同）。遗憾的是，“两矣”之前有阙文，致使“两矣”的具体所指不得而知，可以暂不探讨。“四章”，按本文的分章，实指：“参差荇菜，左右流之。窈窕淑女，寤寐求之。”本章如何能“喻于礼”呢？重点在“窈窕淑女，寤寐求之”：要像追求窈窕淑女一样追求礼。实际上就是孔子在《论语》中表达的另一说法：君子要“好德如好色”（《子罕》、《卫灵公》）。好色是人之本能，不必教授与训练，无师自通，好德则相反，必须反复教育、训练、磨炼并持之以恒。所以孔子强调要用“好色”的精神来“好德”，换言之，就是“以色喻于德”。而《关雎》的“窈窕淑女，寤寐求之”，恰好可以引申、拔高和升华为“要用好色的心理与行为来坚持不懈地好德”。这样，就可以完美地达到“以色喻于礼”了。所以，我主张《诗论》的“《关雎》以色喻于礼”就是《论语》的“好德如好色”。所谓“《关雎》之改”，就是要以好德、合礼的诗义，去改造或升华《关雎》原初的贵族男青年爱慕女色的诗意。

由此可见，“以色喻于礼”也好，“好德如好色”也好，它们都是后代某些知识精英的借题发挥，与《关雎》的本相和本义无关，只是《诗论》

将《关雎》分为四章以上，未言卒章，而“《诗》之末句古人只谓之‘卒章’”（沈括《梦溪笔谈•补笔谈》“断章”条）证明了本文所说的“原始结构”有其合理之处。

法国哲学家米歇尔•福柯在《词与物》一书中说：“语言的古典秩序现在自我封闭了。它已丧失了自己在知识领域中的透明性和主要功能。”（莫伟民译，上海三联书店 2001 年版，第 386 页）值得庆幸的是：由于恋爱是人类生活的永恒主题，所以，“关关雎鸠，在河之洲。窈窕淑女，君子好（hǎo）逑”、“求之不得”、“辗转反侧”几句，其透明性和主要功能，至今依然一如既往，鲜活如初，与当代读书人的情感生活几无隔阂。

《关雎》原是一首 3000 年前左右产生的爱情诗，如果我们要作古典礼乐的思想史研究，自然免不了要深度关注“以色喻于礼”的问题，但是，如果我们只作文学的研究，感情的研究，目标就必须紧扣寻找《关雎》的原始结构亦即福柯所说的“古典秩序”，还要尽可能充分地揭示《关雎》诗意的“透明性”及其结构的“主要功能”。

2012 年 7 月，我曾在武汉市“巴山夜雨茶楼”的一次讲演中谈到《关雎》的错简和原始结构，一位听众现场提问：老师的看法学术界赞同的人多吗？我答：没见赞同也没见反对。不过，我认为，一个观点的出现，我们应当只问是否合理，不必问多少人赞同。所谓合理，就是既要符合当时诗歌语言本身直接呈现的原意，又要增强理解的美感。例如我将“左右流之”的流解为水流之流，既符合采荇活动的劳作程序，又能得到朱一清先生考证成果的支持，可以增强阅读和理解的美感。今传本《关雎》的结构，一是显得扭曲而缺少美感，二是在《诗经》中显得异常而孤立，三是呈现的诗意严重背离了采荇的劳动程序，四是诗意极不自然与流畅，五是与孔子所说的先乐后哀不能对应。所以，我主张应当关注这些证据是否经得起检验，而不是关注有多少人赞同。如果赞同的人很多但却缺少研究，意义就不大；如果反对的人只有一个，但证据非常坚实、有力、合理，并且增强了诗意的美感，那就是一句顶一万句了。我期待这样的反对意见。

2012 年 8 月 9 日补记

《庄子》的“至德之世”与“富裕的食物采集文化”

《庄子》一书多次提及远古时代的“至德之世”，并对当时人类无知无欲、无争无斗、生活富足、快乐自在的生存状况和智力水平作出了相当精细的描绘。进而主张用至德之世的道德境界来矫正后世的统治者在礼乐征伐的名义下所进行的杀人盈城、杀人盈野。本文在考古学、人类学、神话学、历史学的背景下讨论了至德之世的资料来源，认为老庄学派的“尚柔”、“不争”哲学，其源头远在原始时代“富裕的食物采集文化”之中。《庄子》中保存的有关至德之世的神话传说，是研究我国远古食物采集文化的珍贵文献，同时也是当今史学研究、民族学研究、伦理学研究应予利用的思想资源之一。

“至德之世”是《庄子》书中一而再、再而三向读者强力推荐的理想社会[1]，作者对当时人类的生存状况和智力水平作出了相当精细的描绘。问题在于，这个理想社会的可信程度到底有多大？是庄子及其学派根据古代佚书和民间传闻所作的史实纪录，还是他们“卮言日出”[2]的臆想结果？本文借用考古学界和人类学界关于“富裕的食物采集文化”的研究成果，阐述中国远古“至德之世”真实存在的可能性，进而讨论庄子学说与一些史前的“古之道术”的渊源关系。

一、“至德之世”潜藏着史前丰富的神话传说

如果把人类历史划分为“前文明时代”和“文明时代”的话，那么，庄子及其学派对文明时代几乎都是否定的，他们极力肯定与赞美的只是前文明时代。在《胠箧篇》中，作者列举了12位古代帝王所代表的该学派理想中的“黄金时代”：

> 您难道不了解“至德之世”吗？从前容成氏、大庭氏、伯皇氏、中央氏、栗陆氏、骊畜氏、轩辕氏、赫胥氏、尊卢氏、伏牺氏、神农氏，在那些时代，“民结绳而用之，甘其食，美其服，乐其俗，安其居。邻国相望，鸡狗之音相闻，民至老死而不相往来”。象这样的时代，就是“至德”的时代——最好的太平时代了。现在却发展到让人民伸长脖子、抬高脚跟、无限向往地说：“某地有贤德的高官。”于是大家携带干粮奔他而去，以致不断发生“内弃其亲而外去其主”之事。流动的足迹连接不断地出入于各个诸侯国的疆土，车轮的印子频繁往来于千里之外。这些都是高居上位的统治者“好智”的过错啊！

自从《庄子•天下篇》说庄周“不谴是非以与世俗处”以来，人们多认为庄周及其学派都是远离现实的群体，读了上引的一段话，我们看到庄子后学严厉批判现实的一面。这种批判具有两个层面的意义：一、至德之世多么美好，当代社会多么丑恶；二、要使当代社会重建美好，应

[1] 《庄子》4次提及“至德之世”，其中《马蹄篇》2见，《胠箧篇》1见，《天地篇》1见；“至德”一词2见于《秋水篇》，1见于《盗跖篇》。

[2] “卮言日出”3见于《庄子•寓言篇》。“卮”是古代盛酒的器皿，故“卮言”即酒话、醉话、真话，或包涵有酒话和醉话的真话。

当恢复至德之世。我们知道，要建立一个新的美好社会是极其艰难的。在意识到没有能力创建新的理想朝代的情况下，最容易产生的想法就是恢复曾经有过的美好，让消逝的美好代替现存的丑恶。老庄哲学本质上是一种弱者的生存哲学和发展哲学，是弱者千方百计化弱势为强势的哲学思考。他们借重远古智慧但又推崇过头，幻想可以用远古时代的原始平等来冲击现实社会的弱肉强食。十二氏所代表的至德之世之所以极受推崇，就在于原始之德对现实之德具有某种幻想的冲击力量。林希逸《南华真经口义》说：“十二个氏，只轩辕、伏牺、神农见于经，自此以上，古书中无之，或得之于上古之传，或出于庄子自撰，亦未可知。”林说指出《庄子》“至德之世”的故事“或得之于上古之传”，可谓独具慧眼。今人涂又光《楚国哲学史》第十五章《庄子（上）》在引述上举《胠箧》文字之后指出：

> 这段话一口气连说12氏，足见真正是神话传说。成玄英疏：“以上十二氏，并上古帝王也。”所谓上古帝王，不过是神话传说中的氏族部落首领。这样的上古帝王，《庄子》中除此12氏，还有10氏……。其无“氏”者未计焉。这么多的古帝王，除有虞氏（舜）以外，《论语》、《孟子》皆不言之。《孟子》记“有为神农之言者许行”，并非孟子自为神农之言。即此亦可知老庄与孔孟依据之材料确乎不同。
>
> 《庄子》哪来的这么多古“氏”？还有，哪来的这么多怪人、怪事？传统的解释是《庄子》“寓言十九”[1]，都是寓言。就算是寓言，这些寓言难道都是凭空虚构？它们有没有原始材料？闻一多初步回答了这个问题，他说：“庄子寓言，大都脱胎于先古传说，而非尽由虚构。”本书则进一步认为，神话传说，不仅是庄子寓言的材料，而且是《庄子》哲学的材料。

值得补充的是：《胠箧》里的“中央氏”，就是《天地》的“浑沌氏”、《应帝王》的“浑沌”。因为《应帝王》说：

[1] 原注：《庄子•寓言》。

南海的帝王叫倏（shū），北海的帝王叫忽，中央的帝王叫做浑沌。倏与忽常常到浑沌的国境相会，浑沌待他们很好。倏与忽商量报答浑沌的美意，说："人人都有七窍，用来看、听、饮食、呼吸，唯独浑沌没有，人间的许多快乐他就无法享受了，让我们尝试帮他凿通吧！"一天凿一窍，到了第七天，浑沌就死了。

有七窍和无七窍的区别，应该是有欲望和无欲望、已开化和未开化的隐喻。无欲望、未开化的中央氏，自有他适应中央之国的物质环境的能力。南海之帝和北海之帝不明白这个道理，硬将自己认为美好的生存方式强加给中央之帝，最后导致中央之帝由于有了他并不需要的七窍而一命呜呼。这个神话传说暗示了一个文化交流中的至上原则：好意的帮助如果不考虑对象的特殊性质，后果将与恶意的摧残一样，都会将对象彻底毁灭。乐意接受帮助的一方，如果不考虑哪些是自己的本质所需，哪些是自己的本质所忌，同样会在接受帮助的过程中逐步走向死亡。弄清中央氏就是中央之帝浑沌，我们对至德之世又增加了一些认识：至德之世对外来的访问者友好相待；至德之世没有过多的物质欲望与精神需求。

《庄子》中出现许多远古帝王，乍看之下的确有些荒诞不经，但是，如果考虑到下述资料可以作为这些远古帝王的存在背景，问题也许就不是那么复杂和神秘了。这些资料都肯定在周代以前，曾有72个帝王前往泰山举行向天地宣告成功的封禅仪式：

一、司马相如《封禅文》："继昭夏，崇号谥，略可道者七十有二君。"

二、司马迁《史记•封禅书》载管仲语："古者封泰山，禅梁父者，七十二家，而夷吾（管仲）所记者十有二焉。"又："齐人公孙卿（上书）曰：'七十二王，唯黄帝得上泰山封。'"

三、《初学记》卷9引桓谭《新论•离事篇》："太山之上，有刻石凡千八百余处，而可识者七十有二。"

四、王充《论衡•书虚篇》："百王太平，升封泰山。泰山之上，封可见者七十有二。纷沦湮灭，不可胜数。"

五、许慎《说文•序》："黄帝之史苍颉初造书契，以迄五帝三王之世，

改易殊体，封于泰山者七十二代，靡有同焉。”

六、《续汉书•祭祀志中》注引《庄子》佚文：“易姓而王，封于泰山，禅于梁父者，七十二代。”

七、《太平御览》卷536引《河图真纪钩》：“王者封太山，禅梁父，易姓奉度，继典崇功，七十有二君。”[1]

八、《山海经•中山经》：“封于太山，禅于梁父，七十二家。”

以上资料绝大部分为汉代人所记，但汉代人尤其是司马迁不可能凭空编造，他们的根据只能是先秦典籍的记述。先秦典籍的记述又只能是来源于上古传说。

如果将12氏乃至72君放在20世纪文物考古资料的背景下进行观照，这一切都会变得相当平常，不但可以理解，而且可以接受。例如在北方：河南裴李岗文化距今8000年；陕西老官台文化距今7800年至7000年；山东北辛文化距今7400年至6300年；甘肃大地湾文化距今7000年至6000年；仰韶文化距今7000年至5000年；山东大汶口文化距今6300年至2500年；东北红山文化距今5500年；龙山文化距今5000年至4000年……。在南方：湖南城背溪文化和彭头山文化距今9000年至7000年；属于长江水系的陕西李家村文化距今7000年至5300年；大溪文化距今6400年至5300年；崧泽文化距今5900年至5300年；良渚文化距今5300年至4200年；屈家岭文化距今5000年至4600年；四川成都平原龙马宝墩古城遗址距今5000年以上……。[2]《庄子》一书所接受的口头的神话传说，至少也有3000年之久，庄子学派可能见到的有文字的神话传说，保守的估计也有将近千年之久。《庄子》书中出现一系列稀奇古怪的远古帝王，不可能没有一定的历史文化为根据。可以相信，这一切并不全是庄子所编造。要知道，一个学派宣传自己的理论主张，如果完全靠杜撰或大部分靠杜撰，其宣传效果就会不堪设想。即使象鲲化为鹏这样最具想象力的故事，庄子也充分利用了前人的文字资料甚至口头资料。庄子时代，许多上古书籍仍然大量保留，只是书籍内容在流传过程中难免有些变化乃至失真而已，如果认为全是古人伪造就有违史实了。《庄

[1] 以上资料引自《闻一多全集》第一卷《七十二》，三联书店1982年版第209、218页。
[2] 资料来源：《中国大百科全书•考古卷》等。

子》中学术味最重的《杂篇•天下》曾说："其明而在度数者，旧法世传之史，尚多有之。"意为那些明明白白的规则制度，古代的法律和传世的史书，还多有记载。《内篇•人间世》曾两次提到"故《法言》曰"，尽管《法言》有可能是格言一类的书，但也可以证明庄子及其学派见过的古籍不在少数。《天下篇》还说："惠施多方，其书五车。"不管这五车书是惠施的藏书还是惠施的著作，作为惠施的老朋友，庄子都可能读过这五车之书。所以司马迁说他"其学无所不窥"[1]，《天下篇》也说他"万物毕罗，莫足以归，古之道术有在于是者"。《庄子》一书收集并保留了不少"古之道术"，当然也夹杂了庄子及其学派的大量的主观发挥，但发挥的基础还是"古之道术"。这一点值得重新加以认识。

今人董立卓在批驳顾颉刚"层垒地造成的历史"的史学观点时指出：

> 随着社会文化的发展，远古时期主要的本族本国部分群团所世代熟知、笔记口传的史料越来越为更广阔的社会所知晓，更多的笔记口传的内容形成互相补充发展而日渐详尽的各类书典资料，使本来纲目体的简略史记，汇聚更多的曾以片断形态存在的日渐散逸的内容变得更为充实。这既是一个不断破除狭隘性而渐具开放性的传播过程，也是一个史料汇聚、筛选和历史思考、研究的过程。在这一过程中，史籍古书又或多或少地打上所经时代的哲学意识的烙印。因此，包括远古史在内的任何阶段的历史记述的不断丰富，乃是合乎逻辑的必然。[2]

我的看法是：顾颉刚先生等"古史辨"派发现古史是"层垒地造成"的结果，无疑是符合实际的，但以此结果全盘颠覆文献记载的真实性，就难免大有问题了。以今天的情形和汉代相比，今人拥有10万片左右的甲骨文，但司马迁却从未见过甲骨文，对商代史料的全面掌握，今人无疑超过司马迁，而后人亦将超过今人。从这个角度看，任何比前人更为丰富的历史知识，都必然是、也只能是"层垒地造成"的。因此，董氏的观点，对于理解《庄子》中的上古传说，很有理论上的启示意义。

---

[1] 司马迁：《史记•老庄申韩列传》。

[2] 董立卓：《国语译注辨析》，暨南大学出版社1993年版，第769页。

二、“至德之世”是庄子学派理想社会的最佳标本

古籍中所载远古原始人简朴平静的生活图景，与后代文明人不断遭受战乱、劳苦、伤亡的生存状态，形成强烈对比。庄子及其学派面临的理论选择是：文明人获得了一些智慧而遭受无限痛苦，原始人没有智慧但却安享幸福安宁与健康长寿，两者相比，哪种更好呢？在庄子学派看来，当然是原始人更好，所以他们将历史划分为无智慧的时代和多智慧的时代，或者是“弃智”或“好智”的时代。弃智时代共传了12位帝王，这些时代的突出特点是：“民结绳而用之，甘其食，美其服，乐其俗，安其居。邻国相望，鸡狗之音相闻，民至老死不相往来。”之所以能够做到这一点，根据《应帝王》对中央氏的介绍，那是因为那时人们的七窍尚未开凿，享乐意识尚未苏醒。一旦七窍被开，享乐意识苏醒，中央氏的帝王浑沌也就死亡了。换言之，中央氏的至德社会也就消亡了。总之，原始时代的蒙昧、平静、安乐、和平与平均主义，是构成《庄子》书中至德之世的系列特征。对此，《内篇•应帝王》在介绍南海之帝、北海之帝和中央之帝的故事之前，还在本篇的开头介绍了另一位古帝——泰氏：

> 有虞氏的帝舜不如泰氏，有虞氏还标榜仁义来诱惑人，但是并没有摆脱人与人之间各种利害关系的纠缠。泰氏就不一样了：“其卧徐徐，其觉于于。”——睡下时坦然安适，醒来后，逍遥自在。别人说自己是马就是马，是牛就是牛，懒得与人争辩。他的理解出于真情，讲究信用，德行天真无邪，从来不受各种利害关系的影响。

泰氏，可能就是《史记•封禅书》里的泰帝，也就是太昊。再据《世本•帝系篇》“太昊伏羲氏”，可知太昊就是伏羲氏，正在《应帝王》的12帝之中。对至德之世最为详尽的追想是《外篇•马蹄》的一节文字：

> 马的蹄子可以践踏霜雪，皮毛可以抵御风寒，吃草饮水，尥蹶子跳跃撒欢，这是马的天性。虽然有高台大殿，对它也没有用处。到了伯乐出现，说：“我善于驯马。”于是用烧红的铁给马打上烙印，剪它的鬃毛，削它的双蹄，钉上马掌，带上笼头，系上绊腿，拴在槽上。

这样一来，马就死去十分之二三了。然后饿它、渴它，骑着它飞驰、奔跑，让它与别的马列队，让它们走齐，前有口衔笼头的灾难，后有皮鞭竹片的威胁，马就死掉大半了。……这和治理天下的人民一样，是犯了扼杀天性的过错啊！

我认为，善于治理天下的人不应这样。人民有着基本的性情，纺织穿衣，耕种吃饭，这是共同的要求。同住一地而不拉帮结派，称之为天然放任。所以至德之世，“其行填填，其视颠颠”——走路缓慢稳重，看物漫不经心，这个时代，山中没有路径通道，水上没有船只桥梁，草木茂盛。可以随便牵着禽兽游玩，可以随时爬上鸟巢观看。

至德之世，人类与禽兽同地而居，与万物归为一族，哪里知道要区分什么君子小人？同样的没有智慧，纯真的本性就不会丧失；同样的没有欲望，就叫做朴实无华；朴实无华，人民的本性就能保持不变了。等到出了圣人，孜孜不倦地求仁，高谈阔论地谈义，天下才开始迷惑疑心，纵情肆性地追求音乐，无限繁琐地制定礼仪，天下人从此产生君子小人的分别了。所以说，完整的木头不被砍削，哪里会有酒器？洁白的美玉不被毁灭，哪里会有文彩？五音不被区别，哪里会有五音六律？残毁原木来做器皿，这是工匠的罪过；废弃道德来推行仁义，这是圣人的错误。

马，生活在陆地就吃草饮水，高兴就脖子挨脖子互相摩擦；发怒就背对背用后腿相踢。马的智力也就这个样子了。等到给它套上车轭，装上头饰，马就知道要弄折车辕、曲颈脱轭、抗击车盖、吐出口勒、咬断笼头。所以马的智力和神态变得象跟人对打的盗贼一样，这是伯乐的罪过啊！

赫胥氏之时，人民安居，不知道要做什么；悠闲行走，不知道要去哪里；嘴里嚼着食物而嬉戏，拍着肚皮到处转游。老百姓能做的就是这些了。等到圣人出现，打拱作揖规范天下人的姿势，标榜仁义安慰天下人的心情，老百姓才开始逞能“好智”，争相获取名利，简直无法制止。这也是圣人的过错。

《马蹄篇》的这些文字，是《庄子》中最为精彩的段落之一。人和马有着相同的本性、相同的命运。一旦马的天然自由的生存状态被伯乐所破坏，它们就会作出强烈的反抗；一旦人类的本性被圣人的礼乐仁义所破坏，人们就会产生逞能好智、争名夺利的异化行为。在这样的意义上说，伯乐是马的罪人，圣人是人类的罪人。文字背后潜藏着深沉的愤怒和强烈的反抗情绪。

庄子并非完全否定帝王的作用，而是要帝王一切顺着老百姓的自然本性去做，不刻意讨好，也不刻意管制，用《天地篇》的话来说，就是：“故曰：玄古之君天下，无为也，天德而矣。”“故曰：古之畜天下者，无欲而天下足，无为而万物化，渊静而百姓定。”天德就是天地与自然万物相安无事的一种境界：天地对自然万物不会特别关怀什么、剥夺什么，双方都出于自然。后来李白乐府《日出入行》将这种关系比喻为“草不谢荣于春风，木不怨落于秋天”：春天的花草不必感谢春风，秋天的木叶不必怨恨秋风。一切都是出于自然。古代君王的天德就是无欲、无为与渊静。无欲是无为的基础，无为则是安定的基础，人民与君王相安，就象天地与万物相安一样。天地与万物的关系还是过于抽象，所以《天地篇》在篇末又列举了一个更为具体形象的例子：“上如标枝，民如野鹿”：

至德之世，不崇尚贤德，不推重才能，君上如大树的高枝，人民如树下的野鹿；高枝不是专为野鹿遮挡烈日暴雨而生长，但野鹿会自动来到树下。大树端正生长而不知以为义，大树与野鹿相爱而不知为仁，鹿的感情真实却不知道是忠，来去得当却不知什么是信，双方行为单纯而互相关照，却不以为恩赐。因此行动没有痕迹，做了好事却不流传。

“上如标枝，民如野鹿”，与李白的比喻已经非常相似了。在《杂篇•盗跖》中，作者借盗跖之口引用古史知识教训孔丘说：

而且我听说：古时候禽兽多而人民少，于是人民就在树上筑巢居住来躲避禽兽，白天下地捡拾橡子板栗，晚上睡在树上，所以叫他们为有巢氏之民。古时候人民不知道穿衣服，夏天存积许多木柴，冬天

> 用来燃烧取暖，所以叫做知道保护生命的人民。神农之世，“卧则居居，起则于于”——躺卧时安静舒适，起身时逍遥自在。民知其母，不知其父，和麋鹿共同生活在一起，耕田而食，织布而衣，人和麋鹿没有相害的念头，这就是历史上的至德盛世。

今天看来，庄子的话并非无据。人类可以随便牵着鸟兽游玩，可以随便爬上鸟巢观看，可以长期和动物相处而没有相害的念头，这在当今南极或一些人迹罕至的地区，仍然可能见到类似景象。[1] 盗跖批评黄帝以后的君主做不到这一点：黄帝不能达到这种道德境界，和蚩尤交战于涿鹿的郊野，血流百里；尧舜起来，设立群臣；汤流放他的君主；武王杀害纣。从此以后，以强力欺凌弱小，以人多侵害人少。汤武以来，都是祸害人民之徒。战国时代的史学观点有两派，一派认为尧舜禹是禅让，汤武是暴力革命；另一派认为历史的真相是舜逼尧、禹逼舜，汤武是武力篡权，夏桀商纣是被篡权者丑化的君王。庄子学派的史学观点倾向于后一派，所以对黄帝、尧、舜、汤、武持否定意见。

如果说至德之世作为一种历史存在，只保存于战国时代先进地区的一些古老典籍或民间传说之中的话，那么，在文化后进地区，至德之世的历史活化石，确确实实还在某些闭塞的地理环境中保存着，延续着。《外篇•山木》中市南宜僚对鲁侯所谈的建德之国就是一例：

> 南越有个地方，名为建德之国。那里的人民无智而朴实，少私而寡欲。知道劳作却不知道收藏，帮助别人但不求报答。不知道怎样才

[1] 《人民政协报》2000年6月3日第4版载有王璐《藏民族的环保意识》一文，文中第2节《那里的野生动物不怕穿藏装的人》可以作为《庄子•马蹄篇》“禽兽可系羁而游”的例证：“所有的人都知道，野生动物怕人，根本无法接近。而（20世纪）60年代初，当我第一次到达西藏时，却发现了一个极为有趣的现象，那里的野生动物一点也不怕人，与人和谐相处在大自然的怀抱里，一派其乐融融的友好景象。美丽的拉萨河畔，成群成群的野鸭、天鹅，甚至连那极为罕见的仙鹤、鸳鸯，和在江边劳动的藏族百姓融合在一起，丝毫没有会受到侵害的忧虑。特别是在美丽的朝霞、或宁静的太阳余晖中，那些野生鸟儿悠闲自得地漫步、休息、嬉戏，这情景让人从心底感到美好，就像到了天堂仙界一般。/ 然而，当我也想靠近它们，并融入那美好的情景之中时，一个完全出乎意料、令人尴尬的情况出现了：那些原本十分放松的鸟儿们，忽然都警觉了起来，如同受了惊吓，呼地一下，惊叫着全飞了起来。当那些天使般的仙鸟转瞬之间便在蓝天白云之间消失得无影无踪、把我一个人孤零零地抛弃在辽阔原野上时，我的心中在感到无比懊恼的同时，也为那些伤害了人与野生动物之间原本十分友好感情的那些行为不轨的人，感到深深的羞愧。”

合于义，不知道怎样才算是礼。随意去做，事事合于大道。活着时能乐就乐，死去时能葬则葬。

拥有历史与现实两方面的根据，庄子学派就敢于极力主张推行“无智—→无欲—→无为—→渊静—→至德”的社会模式了。南越之地的建德之国，从他们“知作而不知藏”的生存方式来判断，这里应是当时的热带地区，一年四季都有果实成熟，不必储藏果实来度过冬季和青黄不接的季节。应该说，建德之国的存在及其社会特征也不是出于幻想，而是出于传闻或游历。有趣的是：三国时代的吴国开始在今浙江省境内设置建德县，至今犹存。设置的原因不知是否源于《庄子》，这可能是一个永远无法回答的历史之谜了。不过，从《庄子》书中19次提到“越”、“越人”、“越国”、“越鸟”、“南越”[1]的情况来看，庄子及其学派对越地文明还是相当熟悉的，也是相当感兴趣的。考古学界也证明：包括越地文明在内的中国东南海岸正处于“富裕的食物采集文化”区域之中。考古学家张光直先生在一篇论文的开头写到：

1979年6月，在日本大阪国立民族博物馆举行了一次题为“富裕的食物采集文化”的座谈会。主持召集这次座谈会的日本和美国的考古学、民族学者，相信在旧石器时代的末期，在沿着太平洋边缘的亚美两洲一带，有天然条件非常丰饶的自然环境，而这种环境里的住民虽然仍处于从事渔猎的“食物采集时代”，却有相当富裕的生活，而这种富裕的生活更奠定了日后发展农业生活的基础。[2]

由此看来，不仅“建德之国”不是“庄子自撰”，而且“至德之世”“或得之于上古之传”，也有了考古学和民族学的理论依据了。

对远古时代的向往，并不只是《庄子》一家。《马蹄篇》中的赫胥氏，俞樾的《庄子平议》曾疑为《列子•黄帝篇》中的华胥氏。这是很有道理的。庄子学派将自己的时代与赫胥氏的时代在时间上拉开遥远的距离，

[1] 哈佛燕京学社引得编纂处：《庄子引得》，上海古籍出版社1986年版，第286页。其中“越”10见、“越人”6见。

[2] 张光直：《中国东南海岸的“富裕的食物采集文化”》，收入张光直《中国考古学论文集》，三联书店1999年版，第190页。

列子学派则将自己的国度与华胥氏的国度在空间上拉开遥远的距离。不管是时间的遥远还是空间的遥远，都意味着充满战乱、饥荒、瘟疫、劳役等等的战国时代，远远比不上赫胥氏之时或华胥氏之国的至德与至治。为什么比不上？因为早就出现了圣人——黄帝、尧、舜、禹、汤、文、武、老、孔等等。总之，黄帝以下多智的圣人不如无智的远古帝王，在这一点上，庄子学派、列子学派的看法是一致的。

从现有的资料看，先秦道家推崇神农炎帝以上的远古帝王，先秦儒墨两家推崇尧舜禹汤文武的中古、近古帝王，两派似乎以黄帝为中介线，在自己所理解的大时段历史时期内，对帝王们的评价都是越古越好，至德的概念可能是孔子创立的，庄子只是接受并改造了孔子的内涵而已，孔子说："周文王的大伯父泰伯，那可以说是'至德'的了：他多次以天下让给文王的父亲——他的三弟季历。老百姓简直找不出恰当的词语来称赞他！"[1]又说："周朝的道德，可以说是'至德'了。"[2]《荀子•哀公篇》也引孔子之语云："古之王者，……其政好生而恶杀焉。是以凤在列树，麟在郊野，乌鹊之巢，可俯而窥也。"这和《庄子•马蹄篇》的"乌鹊之巢，可攀援而窥"如出一源。

对远古时代的向往，也不只是中国的思想家如此。古希腊的神话说：神创造的第一阶段的人类，属于黄金时代的人类，这时宙斯之父克洛诺斯统治天国，人们无忧无虑地生活，没有劳苦，不会衰老，不生疾病，一生享受着盛宴与快乐。以后分别是白银时代的人类，青铜时代的人类，一代不如一代，就连第四代的英雄种族也陷入了不幸的战争与可怕的厮杀。宙斯再次创造了第五代的黑铁种族，他们罪恶遍身。人类陷入深重的悲哀之中，面对罪恶而无所求助。古埃及的神话说：太阳神拉创造了人类万物，在拉年轻的时候，人民享受着欢乐；当拉年老时，出现了蔑视拉，甚至传言杀害拉的一部分臣民。拉告诉众神说他想用海水去淹死人类，众神劝他用眼睛——阳光与旱灾的象征——去惩罚人类。《圣经》则说：上帝创造的人类始祖亚当与夏娃开始生活在美妙无比的伊甸园，只因偷吃禁果，触怒天帝而被逐下凡间。他们的后代品质日怀，终于引

[1] 《论语•泰伯》。
[2] 《论语•泰伯》。

来耶和华的灭世洪水。在印度神话中四个时间长短有变的“世界时代”（yugas）组成了一个极其漫长的诸神时代。这一时代的组合反映了一种历史观，它把黄金时代放在创生的时期，然后人的寿命和美德渐次减少，直至第四个“世界时代（yuga）[1]。

有趣的是，中国古籍中也将远古至春秋时代划分为四个时代。汉人根据先秦史料编撰而成的《越绝书》第11卷有一段楚王与风胡子的回答，风胡子告诉楚王：

> 每一时代都有必须如此的特征。轩辕、神农、赫胥时代，以石头为兵器。…… 到了黄帝的时代，以玉为兵器。…… 大禹的时代，以铜为兵器。……到了当代，以铁作兵器。威镇三军。天下闻之，莫敢不服。

本节前文说过：先秦道家和儒家两家似乎以黄帝为中介线，道家推崇神农炎帝以前的古帝王，儒墨两家推崇尧以下的古帝王。现在我们看到：在风胡子的历史知识中，黄帝确实代表一个独立存在的时代。涂又光先生指出：

> 这四个时代，正与近代考古学所讲的顺序相当：以石为兵，相当于旧石器时代；以玉为兵，相当于新石器时代；以铜为兵，相当于铜器时代；以铁为兵，相当于铁器时代。在公元前6世纪，楚人已有此说，我看是个奇迹。但也奇而不怪，因为历史上的时代本来如此。风胡子此说，正是楚人的古老传说，反映了历史本来面目。近代考古学之说也正是反映了历史本来面目的，所以相合。[2]

涂氏又据《吴越春秋》卷4考定向风胡子提问的楚王是昭王，公元前515至前488年在位，时在春秋末期。风胡子以轩辕、神农、赫胥作为以石为兵时代的代表，和庄子以轩辕、神农、赫胥等为至德之世的代表，在古史阶段上两者有相近之处。

将庄子的至德之世放在人类文化的宏大背景下进行观照，我们已经

---

[1] 参见〈法〉路易•加迪特著《文化与时间》，中译本，浙江人民出版社1988年版，第101页；以及《摩奴法典》第一卷《创造》，商务印书馆1982年版，第18—20页。

[2] 涂又光：《楚国哲学史》，湖北教育出版社1995年版，第3页。

看到：追溯远古，歆羡初民，东方西方，若出一源。这个源，一是保存在神话传说中的远古社会的真伪参半的信息，二是保存在文化后进地区的人类较原始的生存状态，三是战乱时代刺激人们普遍产生的怀旧心理和幻想心理。与儒墨两家对比，庄子以及道家学派继承了更为古老的文化传统，他们的理论主张、社会理想、思维方式、语言表达等等与神话传说有着极为密切的联系，也和世界性的神话传说的价值取向相一致。可以说以老庄为代表的道家学派是一个神话色彩很浓的理论学派，但不能简单地说老庄在政治上主张复古，因为他们仅仅主张不治之治。

三、人类学视野中的“至德之世”

至德之世真能“天下平均”，人人平等；“无攻伐之战”，社会安定；“无杀戮之刑”，人人逍遥于世得终天年吗[1]？那些“其卧徐徐，其觉于于”[2]、“其行填填，其视颠颠”[3]、“卧则居居，起则于于”[4]的无知无欲的远古人类，真的处在幸福之中吗？对这些问题的回答，过去主要有三种意见：其一，庄子所写是原始社会，但原始社会绝对没有如此美好；其二，庄子所写并非原始社会，而是庄子学派理想化了的未来；是过去未曾出现过、将来也不会有的社会形态，体现了庄子及其学派的浪漫主义精神，目的在于否定当时社会的黑暗面乃至整个剥削制度[5]；其三，“自战国至于汉代，一些儒家和道家的传统观念，往往以返古为高，贵远贱近，但其中许多有政治主张者则意在托古改制。”[6]托古改制就是假借古人古事来改变现行制度，可见也不认为是真正的原始社会。

本节将介绍当代美国一位享有世界声誉的历史学家的一部近著，验证庄子及其学派所说的至德之世，作为一种社会形态和道德境界，确实存在于人类历史上。这位历史学家叫L•S•斯塔夫里阿诺斯（L•S•

---

[1] 《庄子•达生篇》。

[2] 《庄子•应帝王篇》。

[3] 《庄子•马蹄篇》。

[4] 《庄子•盗跖篇》。

[5] 张军：《论〈庄子〉的“至德之世”》，载张松如、陈鼓应等《老庄论集》，齐鲁书社1987年版，第246－259页。

[6] 于省吾：《“皇帝”称号的由来和“秦始皇”的正式称号》，《吉林大学学报》1962年第2期。

STAVRIANOS，1913—），1990年出版了他的晚年最重要的一部著作《远古以来的人类生命线——一部新的世界史》，该书的许多段落对于理解《庄子》中的至德之世很有帮助。

作者指出：食物采集社会中实行“普遍的互惠主义”。大多数史前学家和人类学者现在都赞成这样一种意见：原始的人类社会的基本特点在于它建立在血族关系的基础上。它与灵长目动物的社会截然不同，是合作的、公有的社会。血族关系意味着当旧石器时代的狩猎者将杀死的鹿带回宿营地时，通常不仅要与自己的直系亲属，还要与群体中其他成员一起分享；那些成员全都同他有这种或那种亲属关系。这种分享被视为理所当然，并不是因为与他人分享会得到某种补偿，而是这种血族关系本身引起了与他人分享一切的期望。——这和《庄子》中建德之国的“与而不求其报，不知义之所适，不知礼之所将，猖狂妄行，乃蹈乎大方”完全吻合。

类似情况，中国现代民族志也有大量记录。证明普遍的互惠主义原则至今尚未消亡。在贵州少数民族地区，很早就实行“隔山打虎，见者有份”的原则。在云南，各民族的集体狩猎活动，除首先射中猎物者应获规定部分有所差异之外，其余都是平均分配。景颇族甚至连心、肝、肠也切成与人数、猎狗数相等的份额平均分配。分配前如有临时闯入者也一视同仁，任何人不能有不满情绪，否则影响下一次狩猎的运气，同时还会被认为良心不好。独自猎获的野兽应分一些给亲友，大家共享快乐。基诺族对共猎大兽，除射中者应得的部分之外，其余分成3份，首先射中者再获1份，但此份必须在山上一分为二，到家后拿出一半请邻居、亲友分享，另一半让本家族全体成员来共享。宴享时敲击竹筒为乐声，增添欢乐气氛。独龙族的猎物分配近于绝对平均，人人等分。分到者也不能独享，还要分给家庭成员或邻居。布朗族共猎时将三分之二兽体由众人与狗分配，首中猎手再将煮熟了的兽头肉及三分之一兽体上最好的一碗肉，剁细后由众人分食。独猎时若获小兽，有前来参观者须分一点给他或邀共餐。获大兽则要分三分之一兽体给抬兽人，三分之二再与本民族成员平均分配，猎手只能得兽头与兽皮。布朗族认为唯有如此才最合理，下次才能再获猎物。拉祜族共获大兽后，除头、脖等外，其余平均分配，蹄子等供祭猎神及会餐用。上述各族都将兽头分给猎手悬挂，作为战绩的纪录和能力的标志。[1]

关于互惠主义产生的历史原因，斯氏指出：基于血族关系的人际关系早在数百万年前的远古祖先如南猿中就有了，并作为社会交往的主要形式一直持续到约公元前3500年出现纳贡社会时。也就是说，在很长时期内血族社会一直是人类在世界各地所经历的最主要的社会。不过，互惠主义的这种逐年的，地区性的渗透与蔓延不是独特的基因的产物，甚至也不是社会为获得自身利益而多方策划的结果。这种渗透与蔓延仅仅是由旧石器时代的生活方式自然地引起的。共同分享同公共所有制以及获取周围地区随处可得的食物的途径有密切联系。对旧石器时代的食物采集者来说，他们的自然环境就象一个总是装得满满的、随时可取用的冰箱。一群食物采集者只要发现当地可作食物用的动植物快耗尽，便迁移到一个新的营地。因此，旧石器时代的一群群食物采集者总是处在迁移中，他们差不多是从一个营地一路吃到下一个营地。

这种到处流浪的生活方式使个人积累不仅是不必要的，而且是不切实际的。在食物采集者每隔数星期或几个月便须收拾好一切物品、将它们带到下一个营地时，物质财富必然受到严格的限制。获取、积聚财富的欲望，虽然我们认为是“人性”中固有的，但在这种环境下，确实是难以想象的。——《庄子》中至德之世的人们无知无欲、建德之国的人们“少私而寡欲，知作而不知藏”，和史学家的描述几乎毫无差别，原因就在于两者都反映了历史的真实。《庄子》之外，中国史学家也记录过类似史实，如司马迁的《史记•货殖列传》写道：“楚越之地，地广人稀，饭稻羹鱼，……地势饶食”，这种环境一方面使人民“无饥馑之患”，另一方面也使他们“无积聚而多贫”，难以出现“千金之家”。班固《汉书•地理志》也说：“江南地广，民食鱼稻，以渔猎山伐为业”，一方面“食物常足”，一方面“亡（无）积聚”。由此可见，处在这样的生存环境之中，人民是很容易做到“少私而寡欲”的。这一道德境界后世很难企及，但

---

[1] 罗钰：《云南物质文化•采集狩猎卷》，云南教育出版社1996年版，第291—297页。

在当时当地却只是一种自然而然的行为而已，完全没有任何神秘、夸张与想象的色彩渗入其中。

Stavrianos 指出：各血族社会尽管所在的环境根本不同，但都以惊人相似的方式运转——这一点表明：食物采集者生活中的一个决定性因素是，不管他们所处的地理环境和时代如何，他们可选择的道路非常有限。凡是靠土地生活的民族都面临着基本相似的问题，因而，它们发展起大体相似的社会制度。旧石器时代的食物采集者和今天的食物采集者之间的主要差别很可能在于：后者已被赶进不受欢迎的边缘地区如沙漠和丛林，正在最困难的情况下维持生活；而他们旧石器时代的祖先则可以出入世界各地区，包括那些气候宜人，现已为人数较多、较强大的农业和工业民族所居住的富饶地区。因此，人类学者今天所看到的食物采集社会不能被认为是所有食物采集社会的理想代表，相反，它们只是一些已设法在极端不利的条件下幸存下来、现正在最不利、最紧张的情况下硬撑下去并面临着更为暗淡的前景的社会。

如果今天的食物采集社会的境况是如此不幸，那么更值得注意的是，近几年中，人类学者已发现传统的霍布斯[1]观点必须予以抛弃——这种观点认为，食物采集生活是“孤独的、贫穷的、不愉快的、野蛮的、短暂的”[2]。今天，这些形容词已各为其反义词所取代。人们现在认为，食物采集社会是“原始的富裕社会”，其成员实行“短工作时”，吃的食物有益于健康，经济上有保障，社会生活很温暖。这一重新评价建立在对各大陆幸存的食物采集者群体进行调查的基础上，其中对生活在非洲的南部卡拉哈里沙漠中的布须曼人的一支——昆人的调查最为详细。从1963年起，人类学家、考古学家、语言学家和营养学家就一直在仔细地调查昆人的情况。他们的调查结果与来自其它大陆的调查结果是一致的，这些调查结果使我们对人类有史以来一直盛行的这种生活方式有了意外的、重要的了解。

从对昆人的调查研究中获得的一个惊人的新发现是，尽管环境于昆人很不利，但他们的食物却非常充足、非常可靠，这一定程度上是由于

[1] 托马斯•霍布斯（1588—1679），英国政治哲学家。——译者注

[2] 托马斯•霍布斯：《利维坦》（伦敦，1651年）。原注

他们对家乡地区及其所有动植物的生活极为熟悉。虽然这些游牧民不会读书、写字，但他们能够学习和记忆——而且达到这样的程度：若将他们经由口头世代相传的广闻博识写成书，估计可以写出数千卷。

昆人用作食物或用于医疗、化妆、施毒等目的的动植物多达500种。食物来源的这种多样性使昆人即使在最不利的气候条件下也能一年四季都获得可靠的食物供应，而农人则相反，他们必须依靠自己种值的少数作物，因此较易受到干旱、冰冻、洪水和疫病的伤害。事实上，人类学者曾指出，在1964年夏一场大旱灾中，昆人的食物供应仍同往常一样丰富，而附近的班图农民却挨饿了。班图妇女为了替饥饿的家人弄到吃的，加入了昆人姐妹的行列，一起去搜寻食物。昆人不仅有充足、可靠的食物供应，而且所得的食物还有益于健康。

同样值得注意的是，昆人从事狩猎、采集活动时，能够做到使付出的劳动比今天农业和工业社会中的工人所需花费的劳动少得多。虽然每周工作40小时的制度是我们经过长期、激烈的斗争后才争取到的，但这种制度在男女昆人看来可能是不人道的。他们每周用于狩猎采集的时间仅15—20小时，其余时间都用来休息、做游戏、聊天、一块儿抽烟、互相打扮和访问附近营地的朋友。——庄子学派也认为至德之世的人民“甘其食、美其服、乐其俗，安其居”，甚至“含哺而熙，鼓腹而游”，“相爱而不知以为仁”。——由于昆人投入较少的劳动就能获得必须的食物供应，年轻人无须干活。一般要长到十五六岁时，女孩才能和母亲一起去搜寻食物，男孩子同父亲一道去狩猎。——这些年轻人在跟随父母干活之前，不就是《庄子》所说的“其卧徐徐，其觉于于”、“其行填填，其视颠颠”、“卧则居居，起则于于”的样子吗？不就是“民居不知所为，行不知所之。含哺而熙，鼓腹而游”的逍遥自在吗？

《庄子》曾说至德之世“不尚贤，不使能”[1]、“恶乎知君子小人哉”[2]。这一点在昆人社会中也可以得到验证——例如，如果一个狩猎者打猎非常成功，时常满载而归，那么就会有人采取措施抑制其骄傲自满的倾向或对他人摆威风的欲望。昆人群体中的一个成员解释说：“我们不允许任

[1] 《天地篇》。

[2] 《马蹄篇》。

何人自吹自擂，因为他的骄傲总有一天会使他杀死别人。所以我们总是讲他提供的肉毫无价值……我们嘲笑他：‘你是说，你一直把我们拉到了这里，是为了让我们把你的那堆骨头运回家去？’……我们以这种方式使他变得心灰意懒、谦和有礼。”昆人通过交替安排狩猎期、立功期和使狩猎者“心灰意懒”、“谦和有礼”的休眠期，来保持群体内部的和睦融洽。《韩非子•五蠹》和《八说》也有类似的描述：“古者丈夫不耕，草木之实足食也；……不事力而养足，人民少而财有余，故民不争。”“古者人寡而相亲，物多而轻利易让，故有揖让而传天下者。”我认为，老庄学派的“尚柔”、“不争”哲学，其源头就与“富裕的食物采集文化”有着直接的关系。

《庄子•胠箧篇》说：“子独不知至德之世乎？……若此之时，则至治已。”这种口吻似乎是说：至德之世如此美好，如此著名，你竟然不知道，那真是一种悲哀啊！至德之世的生活方式，是否真像庄子所说在某一历史阶段中被认为是令人向往的呢？史学家写道：最后，昆人的社会生活是非常丰富多彩、令人满意的。茅屋造得很小，仅供睡觉用。每所小屋的门前都燃着一堆堆火，所有的门都朝着一块很大的公共场地。因此，昆人最重视的是群体的公共社会生活。个人寻求的不是隐避，而是交往。他们将睡醒后 2/3 的时间都用于访问其他群体的亲戚朋友或接受回访。一位对昆人进行观察的人类学者指出，昆人“很可能是世界上最健谈的人”。他们的谈话内容包括白天狩猎采集的经历、食物分配、礼品赠送、饶有趣味的闲话和丑闻。音乐和舞蹈也是群体的重要活动，通常是作为年青人的成年礼来进行，这类仪式伴有世代相传的神话和传说中的内容。艺术、宗教、娱乐和教育的这种紧密结合构成了群体的传统和文化的连续性的基础。有位观察者下结论说：“他们拥有丰富的审美经验，过着极有人情味的生活，这种生活使工作和爱情、仪式和游戏保持令人羡慕的平衡。”[1]

昆人的生活方式不仅“令人羡慕”，而且一向是稳定的——至少近代以前是如此。昆人的社会是一种平衡的社会，这种平衡不但普遍地存在于

[1] M.肖斯塔克：《尼萨：一个女昆人的生活和谈话》，哈佛大学出版社，第16页。——原注

个人之间，还普遍地存在于那些个人和他们的环境之间。基本的需求是以一种非剥削的方式予以满足的。——这使我们又想起了《庄子•达生篇》中的“天下平均”的记述。——当然，个人冲突大量存在，但不存在制度上的冲突。事实上，正如人类学家斯坦利•戴蒙德对一般食物采集社会所下的结论那样，“据我了解，原始人不懂得革命活动。也许可以有把握地说，在原始社会，从未发生过革命。”[1]——这使我们想到庄子描述的情景：“神农之世……耕而食，织而衣，无有相害之心，此至德之隆也。”[2]

当然，史学家也指出：所有食物采集社会都已存在很长时期，如今正在四分五裂，面临暗淡的前途。这些社会独自存在时，各方面一向很协调，可长久地自生自存，但是，当公元前10000年前后出现农业时，它们就不再能继续孤立地存在下去了。任何食物采集社会，其人口必然是稀少的，因为食物采集者在一定地区内所能养活的人口比起食物生产者来说要少得多。因此，在农业出现以后，食物采集者就不再能保持原有的地位了[3]。——庄子学派对食物采集社会的衰落是了解的，但对这个社会为什么衰落的原因却是糊涂的。有时他们甚至把“耕而食，织而衣”这种农业社会的生活方式混入食物采集社会中去，因为在中原地区，在战国时代，食物采集的生活方式，早在六七千年前甚至上万年前就已经结束了，被食物生产的生活方式所取代了。庄子学派只是在神话传说中了解食物采集社会的一些生活方式，并没有亲身经历的体验，在向读者转述食物采集社会的本质特征时难免加入了自己的想象，或者是加入了食物生产社会的某些特征。他们不明白食物采集社会的衰落是由于人口增长、自然界衣食资源的衰减以及生产方式和生活方式的改变，所以简单地理解为人类德性不断衰落的结果——一代不如一代的“德衰论”：

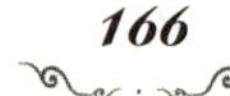

> 古时之人，处在混沌茫昧之中，整个社会，包括君臣君民之间，相处淡漠，互不相求。在那时候，阴气与阳气和谐共处，平平静静，

[1] S.戴蒙德：《对原始社会的探索》（达顿，1974年），第138页。——原注

[2] 《庄子•盗跖篇》。

[3] 以上关于食物采集社会和昆人生活方式的引述，节录自L.S.斯塔夫里阿诺斯所著《远古以来的人类生命线——一部新的世界史》，吴象婴等译，中国社会科学出版社1992年版，第20—33页。

> 鬼神不惊扰人类：四季分明，按时来去；万物不受伤害；一切生命都没有早亡的现象，人类虽然有心智，却无处可用。这种社会称为完美单纯的社会。在那时候，人类无所作为而让万物顺其自然。
>
> 等到人的德性衰落，进入燧人氏伏羲氏的时代，开始有所作为——治理天下。这时治理天下，只能顺从民心，但已不能返回完美单纯的社会了。德性再衰落，进入神农黄帝时代，又开始有所作为——治理天下，这时治理天下，只能安定天下，却不能顺从民心了。德性再衰落，进入唐尧虞舜时代，又开始有所作为——治理天下。这时治理天下，已是大兴教化，改变人们的淳厚之心，打散人们的单纯本性，离开道去作为，淹没德去办事，然后抛弃本性而顺从心计。心与心互相侦察试探，就不足以安定天下了，然后再附加世俗的文过饰非，增加攻击与辩护的博学。文饰破坏本性，博学淹没灵性，然后人民开始迷惑混乱，无法再获得朴实的性情，回归人类的童年了。[1]

由于远古人类相处淡漠，互不相求，所以庄子希望后人也能像古人那样"君子之交淡如水"[2]，好比干涸之地的鱼群"相濡以沫，不如相忘于江湖"[3]。我们知道，鱼群之所以能够"相忘于江湖"，完全是因为江湖中具有无穷无尽的水资源可供鱼群生存与游乐。庄子死后1000年左右，生活在唐代安史之乱时期的诗人元结，当他见到沅湘一带的深山居民"所欢同鸟兽"的生活情景，也禁不住缅"思太古"而反对起"圣贤之教"来了："东南三千里，沅湘为太湖。湖上山谷深，有人多似愚。婴孩寄树颠，就水捕鸰鲈。所欢同鸟兽，身意复何拘？吾行遍九州，此风皆已无。吁嗟圣贤教，不觉久踯躅！"[4]在这里，我们不是见到了一个公元8世纪的活脱儿的庄子了么？《庄子》的矛盾在于：一方面预见到上古至德之世已经成为历史，当今之世"无以反其性情而复其初"，另一方面却又提倡"缮性"——修整人的本性——"以求复其初"[5]，让人们重

---

[1] 《庄子•缮性篇》。
[2] 《庄子•山木篇》。
[3] 《庄子•大宗师篇》。
[4] 唐•元结：《思太古》。
[5] 《庄子•缮性篇》。

新步入至德之世的道德境界，如同让失水的鱼群重归江湖。在这一点上，庄子和孔子一样，都是“知其不可而为之”[1]。相反，主张法后王，反对法先王的后起的思想家韩非，就比他们清醒得多，明智得多。韩非承认上古之世有艰辛也有美好，但又明确指出那种艰辛和美好完全不可重现，上古的一切作法，在当今之世绝对行不通：

上古之世，人民少而禽兽众，人民不胜禽兽虫蛇。有圣人作，构木为巢以避群害，而民说之，使王天下，号曰有巢氏。民食果蓏（luǒ）蚌蛤（gě），腥臊恶臭而伤害腹胃，民多疾病。有圣人作，钻燧取火以化腥臊，而民说之，使王天下，号曰燧人氏。中古之世，天下大水，而鲧禹决渎。近古之世，桀、纣暴乱，而汤、武征伐。今有构木钻燧于夏后氏之世者，必为鲧、禹笑矣；有决渎于殷、周之世者，必为汤、武笑矣。然则今有美尧、舜、汤、武、禹之道于当今之世者，必为新圣笑矣。[2]

古者丈夫不耕，草木之实足食也；妇人不织，禽兽之皮足衣也。不事力而养足，人民少而财有余，故民不争。是以厚赏不行，重罚不用，而民自治。今人有五子不为多，子又有五子，大父未死而有二十五孙。是以人民众而货财寡，事力劳而供养薄，故民争，虽倍赏累罚而不免于乱。[3]

上古竞于道德，中世逐于智谋，当今争于气力。[4]

古人亟[5]于德，中世逐于智，当今争于力。古者事寡[6]而备简，

[1] 《论语•宪问篇》。
[2] 《韩非子•五蠹》。
[3] 《韩非子•五蠹》。
[4] 《韩非子•五蠹》。
[5] 亟：急切。此为追求之意。
[6] 事寡：原作寡事，罗根泽《诸子考索》（人民出版社，1958）认为“应作事寡”。

朴陋而不尽[1]，故有珧（yáo）铫（yáo）而椎车者[2]。古者人寡而相亲，物多而轻利易让，故有揖让而传天下者。然则行揖让，高慈惠，而道仁厚，皆椎政也[3]。处多事之时，用寡事之器，非智者之备也；当大争之世，而循揖让之轨[4]，非圣人之治也。故智者不乘椎车，圣人不行椎政也。[5]

根据以上较为详尽的介绍和比较，本文可以作出下列结论：

一、《庄子》中保存的许多至德之世的神话传说极为难得，是研究我国远古食物采集社会的珍贵的文献资料。

二、至德之世确是原始社会的一种形态的客观存在，人们生活在“原始的富裕社会”之中，成年人工作时间短，青少年则有很长的不工作时间，吃的食物有益健康，经济上有保障，社会生活很温暖，具有许多“令人羡慕”的地方。

三、至德之世虽然在庄子时代的过去曾经有过，并且也为其他思想家所认同，但只是一种一去不复返的社会现象。《庄子》不厌其烦地热衷介绍至德之世，目的在于希望远古的最高道德能在道德沦丧的现实社会中挽狂澜于既倒，亦即通过“缮性”工程“以求复其初”。

四、《庄子》的主张的确有返古的一面，但并非托古，因为他们所说的多是事实或变形的事实。

五、《庄子》一代不如一代的德衰论，是对社会发展与人性异化现象的深刻洞察与大胆揭露，尽管结论未免过于片面和悲观。

六、《庄子》的作者群完全可以称得上是我国最古老并且相当优秀的人类学家与社会学家。

原载《广西民族研究》2000 年第 4 期。

---

[1] 不尽：不精美。

[2] 珧铫：远古用蚌壳做的原始农具。椎车：用整块木板做车轮的原始车子。椎 车，原作推车，从罗根泽《诸子考索》校改。

[3] 椎政：原始简朴的政务。椎政，原作推政，从罗根泽《诸子考索》校改。

[4] 轨：车轮压在地上的印子，这里指制度。

[5] 《韩非子•八说》。

修齐治平：《邹忌讽齐王纳谏》的儒学释读

《邹忌讽齐王纳谏》是收入《古文观止》的传统名篇，邹忌也是一位极富个性的儒学人物。除了故事题材颇具文学趣味之外，其内在涵义正是儒学“修身、齐家、治国、平天下”的政治理想。邹忌的言行及故事的结构，几乎是“修齐治平”的逻辑展开和形象演示。作者还设计了以“三”为结构元素的谋篇技巧，文章因此获得了“一唱三叹”的类诗效果。

《战国策•齐策一》有一篇独具风神的文章：《邹忌修八尺有馀》，清人《古文观止》改题《邹忌讽齐王纳谏》，今人选本亦多加选录，堪称一篇具有广泛影响的散文名作。现在看来，此文之所以能引起选家的关注和读者的喜爱，除了故事的表层意义颇具文学趣味之外，其深层意义的儒家理想应是吸引选者和读者的更为重要的原因。所谓儒家理想，就是《礼记•中庸》所言的“审问、慎思、明辨、笃行”的“修身”准则，以及《礼记•大学》所言的“修身、齐家、治国、平天下”的伦理观念和政治理想。邹忌的言行及故事的结构，几乎是“问思辨行”尤其是“修齐治平”的逻辑展开和形象演示。当然，如果此说成立，又将产生一系列需要解决的问题：邹忌是儒家吗？司马迁《史记》为何将他与儒家的亚圣孟轲并列于《孟子荀卿列传》？在回答这些问题之前，首先应当解决《邹忌讽齐王纳谏》与儒家理想亦即修齐治平的对应关系。

一、美德胜于美色

儒学祖师孔子曾两次说道：“吾未见好德如好色者也。”[1]在孔子看来，好德与好色是相距甚大的两个层次：好色层次较低，好德层次较高，好色平常之人无师自通，好德即使受到贵族教育者也难以做到。孟子后来发挥了孔子的这一思想。《孟子•梁惠王下》载：

王曰：“寡人有疾，寡人好色。”对曰：“昔者大王好色，爱厥妃。《诗》云：‘古公亶甫，来朝走马。率西水浒，至于岐下。爰及姜女，聿来胥宇。’[2]当是时也，内无怨女，外无旷夫，王如好色，与百姓同之，于王何有？”

孔孟二位至圣与亚圣所说的“好色”，当然是指喜好美丽的女色。邹忌也喜欢艳丽的形貌，不过不是女色，而是他本人。文云：

邹忌修八尺有馀，而形貌昳（dié）丽。朝服衣冠，窥镜，谓其妻曰：“我孰与城北徐公美？”其妻曰：“君美甚，徐公何能及君也！”城北徐公，齐国之美丽者也。忌不自信，而复问其妾曰：“吾与徐公孰美？”妾曰：“徐公何能及君也？”旦（明）日，客从外来，与坐谈，问之曰：“吾与徐公孰美？”客曰：“徐公不若君之美也。”

---

[1] 见《论语•子罕》、《卫灵公》两篇。

[2] 所引诗句见《诗经•大雅•绵》。意为：周人族长古公亶父，次日清晨催马快跑，率领周族躲避游牧民族的追击，沿着水边来到岐下，和他的妻子太姜，一同视察新选定的居所。

邹忌身长八尺[1]，可见这个山东汉子确实是一位堂堂伟男，而且他的体貌象午后的阳光或落日的光芒那样耀人眼目。《古文观止》注云："昳（dié），日侧也，言有光艳。"这毫无疑问是说一个"色"字。邹忌希望自己是齐国第一号美男子，于是想与"城北徐公，齐国之美丽者也"比较一番，以便确定自己在齐国美男坐标上的位置。他早上穿好衣服，对着镜子端详，然后依次"审问"自己身边的妻、妾以及次日来访的客人，所得答案竟然完全一致：他比徐公美多了！然而经过自己"慎思明辨"之后所获得的事实真相，却是徐公比他美得多：

> 明日，徐公来，孰视之，自以为不如；窥镜自视，又弗如远甚。暮寝而思之，曰："吾妻之美我者，私我也；妾之美我者，畏我也；客之美我者，欲有求于我也。"

文章到此，便由好色的追求、比美的反思，渐次转入好德的层次了。最后，邹忌"入朝见威王"，将自己的体会转告齐王，同时指出"王之蔽甚矣"。齐王欣然接受，并立即作出三项决定，奖励揭露"寡人之过"者。一年之后，"燕、赵、韩、魏闻之，皆朝于齐"，达到了"平天下"的政治目的。于是，邹忌便由好色的层次跃迁到了好德的层次，由个人的心性修养以及私人生活的狭窄圈子，飞升到了政治哲学的思考与实践的层次，第一次使"好德"与"好色"这两种互相冲突的人生追求得到了和谐的统一与完美的展示。

二、"修齐治平"的四部曲

1. 修身。如果把邹忌的"修八尺有馀，形貌昳丽"作为一种天生丽质之美，那么，他"朝服衣冠，窥镜"，便可视作"修身"的过程。只有极为关注自身之美，才会连续请妻、妾、客评判自己与徐公谁个更美。在这里，"朝服衣冠，窥镜"，不仅是一种行为的描述，更是一种心理活动的暗示。爱美之心，人皆有之，但并非每个人都能从形貌衣冠之美进入心灵品德之美的境界。我不知道屈原是否读过这篇文章，但《离骚》

---

[1] 战国1尺等于23.1厘米，八尺约等于1.85米。当然，所谓"身长八尺"只是一个约数。

主人公追求天生之美、衣饰之美与品德之美的完美融合，却与本文极为相似。作者如此开篇，完全只是为了使邹忌转向品德之美而作的铺垫。我以为儒学的思维准则、为人准则与处世准则正是“从我做起，推己及人，以德服天下”。故《孟子•梁惠王上》云：

> 老吾老，以及人之老；幼吾幼，以及人之幼：天下可运于掌。《诗》云：“刑于寡妻[1]，至于兄弟，以御（治）于家邦。”言举斯心，加诸彼而已。故推恩足以保四海，不推恩不足以保妻子。古之人所以大过人者，无他焉，善推其所为而已矣。

邹忌讽齐王纳谏之所以获得成功，在于他能从妻、妾与客人的矫情中悟出一种修身齐家的奥秘，并荐之于齐王，“以御于家邦”，扩大了“修齐”的应用范围，亦即孟子所言“举斯心，加诸彼”、“善推其所为而已矣”。“善推”二字，是邹忌与孟子在思想方法上的共同点，不可轻易放过。

2. 齐家。齐家之意，《大学》解释道：

> 所谓齐其家修其身者：人之其所亲爱而辟（偏）焉，之其所贱恶而辟焉，之其所敬畏而辟焉，之其所哀矜（怜）而辟焉，之其所敖惰而辟焉，故好（hào）而知其恶（è），恶（wù）而知其美者，天下鲜矣！故谚有曰：“人莫知其子之恶，莫知其苗之硕。”此谓身不修不可以齐其家。

要想把家庭治理好，首先要超越于一己的成见或偏见，其次要超越于不同亲属与自己的各种利害关系，只有这样，处理各种家庭关系时才能保持清醒与公正。试看邹忌“暮寝而思”的内心独白：“吾妻之美我者，私（偏爱）我也；妾之美我者，畏我也；客之美我者，欲有求于我也。”这和《大学》所言的“亲爱而辟”、“敬畏而辟”、“哀矜而辟”，立论的心理依据都是相似的。

3. 治国。请允许我在这里插入一个小故事：近年某省一位县委书记新上任，立即到一些乡村基层去考察乡长与村长的人选。他明确宣布两

[1] 刑于寡妻：给自己的妻子作出榜样。刑通型。见《诗经•大雅•思齐》。

条标准：①必须尊敬父母。一个人如果连自己的父母都不爱，还能爱乡亲、爱家乡、爱祖国？②必须是致富能手。一个人如果连自己的家庭都弄不富裕他还能带领全村、全乡走向小康？这位书记的用人标准要说很新也能成立，因为很少有人象他这么选拔基层干部；要说很旧也不为诬，因为这本质上只是古人“修身、齐家、治国”以及“老吾老，以及人之老；幼吾幼，以及人之幼：天下可运于掌”的现代实践而已，《大学》的作者已云：

> 所谓治国必须齐其家者，其家不可教而能教人者，无之。故君子不出家而成教于国：孝者，所以事君也；弟者，所以事长也；慈者，所以使众也。……一家仁，一国兴仁；一家让，一国兴让；一人贪戾，一国作乱。其机如此。此谓一言偾（败）事，一人定国。尧、舜率天下以仁，而民从之；桀、纣率天下以暴，而民从之。……是故君子有诸己而后求诸人，无诸己而后非诸人。……故治国在齐其家。《诗》云：“桃之夭夭，其叶蓁蓁。之子于归，宜其家人。”宜其家人，而后可以教国人。《诗》云：“宜兄宜弟。”宜兄宜弟，而后可以教国人。《诗》云：“其仪不忒，正是四国。”其为父子兄弟足法，而后民法之也。此谓治国在齐其家。

一个人能不能从修身、齐家跨向治国，决定此一人才是一般人才还是特殊人才，是家之贤主还是国之栋梁。《史记•田敬仲完世家》载邹忌齐威王时为相，封于下邳，号成侯，说明邹忌从修身齐家迈向了平治天下，从一个齐家明主上升为一个治国良相。《战国策•齐策一》的作者运用极精炼的语言交代了邹忌的这一人才转型经过：

> 于是入朝见威王曰：“臣诚知不如徐公美，臣之妻私臣，臣之妾畏臣，臣之客欲有求于臣，皆以美于徐公。今齐地方千里，百二十城，宫妇左右，莫不私王；朝廷之臣，莫不畏王；四境之内，莫不有求于王。由是观之，王之蔽甚矣！”

将邹忌的讽谏言论与前引《礼记•大学》的片断对读，可以十分清楚地看到中国古人对“国”的认识，不折不扣地只是“家”的放大：所谓“国家”者，家国连称也，家国一体也，家乃国之基础也；另一方面，国先于家也，国大于家也，国乃家之总体也。因为在家天下的时代，贵族的家务便是国务的组成部分。贵族、大臣重视齐家，乃是由于家与国密不可分的原因。这只是就一般情况而言，在某些时候或从某些角度去看，古人甚至认为家重于国：在“家邦”、“家国”、“祖国”、“祖宗社稷”、“不孝有三，无后为大”等词语及儒家观念中，祖宗往往比社稷重要，亦即家先于国、家重于国。哪怕江山丢掉了，也要将祖宗神位迁至某地供奉。舜后封于陈，夏后封于杞，殷后封于宋等等就是灭其国存其家的典型例子。这既是古代社会常常要“举孝廉”的深层原因，也是邹忌能够将齐家经验上升为治国策略的文化背景和深层原因。邹忌的高明之处在于：“臣诚知不如徐公美”，“诚知”二字极为难得，它是《大学》所谓“好（hào）而知其恶，恶（wù）而知其美，天下鲜矣”的具体说明。邹忌的潜台词是：我从我自身和我家里的情况分析推断，“诚知不如徐公美”，那么，大王你呢？你能从你自身及你的国家的情况分析推断，“诚知”你自己不如别国君主的缺点吗？当然，邹忌不说那是齐王固有的缺点，只说那些缺点是齐王身边的人对齐王的“遮蔽”所造成的不能明察而已。有趣的是，稍后的屈原也这样埋怨楚王。可见“受蒙蔽”是那个时代各国君主所共有的时代病。所幸的是，齐王不是楚王，他马上对此作出了积极响应，终于使邹忌的“由家而国”、“由己而王”的思考转换成了行之有效的治国谋略：

王曰：“善”。乃下令：“群臣吏民能面刺寡人之过者，受上赏；上书谏寡人者，受中赏；能谤议于市朝，闻寡人之耳，受下赏！”令初下，群臣进谏，门庭若市；数月之后，时时而间进；期年之后，虽欲言无可进者。

4. 平天下。儒家的最高理想乃是以仁政统一天下。《孟子•离娄上》云：“尧舜之道，不以仁政，不能平治天下”。《公孙丑下》又云：“夫天未欲平治天下也，如欲平治天下，当今之世，舍我其谁也！”《大学》亦云：“有国者不可以不慎，辟（偏）则为天下戮矣。”故《邹忌讽齐王纳谏》

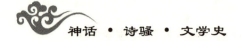

以“一统在望”的政治景象作结：

> 燕、赵、韩、魏闻之，皆朝于齐。此所谓战胜于朝廷。

“战胜于朝廷”者，即身在朝廷，不待用兵，即可战胜别的国家。这正是儒家反复宣扬的“王道”思想，完全符合《国语•周语上》所载周穆王时周公后人祭公谋父所云“先王耀德不观（示）兵”的儒家仁政理想。反之，以兵力战胜别国，则是儒家一贯反对的“霸道”思想。《孟子•公孙丑上》亦云：“孟子曰：以力假仁者霸，霸必有大国；以德行仁者王，王不待大。……以力服人者，非心服也，力不赡也；以德服人者，中心悦而诚服也。”

总之，《邹忌讽齐王纳谏》在立意、布局上完全对应于修齐治平的儒学理想，主人公邹忌则是一个十分完美的问思辨行和修齐治平的文学标本。《古文观止》的编者对邹忌形象深感折服，故热情赞颂说：“邹忌将忌之美，徐公之美；细细详勘，正欲于此参出微理。千古臣谄君蔽，兴亡关头，从闺房小语破之，快哉！”可惜吴楚材、吴调侯二位编者未能参透本文所述“修齐治平”四部曲的系统意义，如果没有对“治国平天下”的政治理想的热心追求，邹忌便不会从“闺房小语”中经过“慎思明辨”而“参出微理”，从而去破“千古臣谄君蔽”的恶习。反之亦然，只有一个“治国平天下”的高广境界的反照，才会使“修身齐家”的小语细行远射出不平常的思想光辉。

二、以“三”为结构元素的谋篇技巧

拥有好的题材，好的思想，并不一定能写成好的文章。《邹忌讽齐王纳谏》之所以能够成为文学名篇，作者高妙的谋篇技巧同样具有决定性的意义。笔者将原文结构按空间、时间、人物、审问、慎思、明辨、措施[1]、效应加以分解，发现作者处处皆以“三”为结构元素，一层层地演示“修齐治平”的展开过程，读来令人有“一生二，二生三，三生万物”的联想。试看：

---

[1] 措施即《中庸》所谓“笃行”。

空间：修美于室内；思治于国中；取胜于天下

时间 1（修身时间）：朝服衣冠，窥镜；旦日，客从外来，与坐谈；明日，徐公来，孰视之，自以为不如

时间 2（治国时间）：令初下；数月之后；期年之后

人物 1：邹忌；徐公；威王

人物 2：妻；妾；客

人物 3：宫妇左右；朝廷之臣；四境之人

人物 4：面刺寡人之过者；上书谏寡人者；谤议于市朝闻于寡人者

审问：问妻；问妾；问客

慎思：熟视徐公，自以为不如；窥镜自视，又弗如远甚；暮寝而思之

明辨 1：妻私我也；妾畏我也；客欲有求于我也

明辨 2：宫妇左右私王；朝廷之臣畏王；四境之人有求于王

措施：上赏；中赏；下赏（对应于“人物 4”的三种奖励）

效应：群臣进谏，门庭若市；时时而间进；虽欲言无可进者（对应于“时间 2”的三种效应）

由于全文以“三”为内在结构，所有的“小三元素群”均紧紧围绕着一个“大三空间”依次展开，颇类上古诗歌“一唱三叹”的艺术效果。据笔者统计，在《诗经•国风》的 160 首诗作中，每首三章者 91 首，约占 57%；其中《周南》共 11 首，每首三章者 10 首，约占 91%；《召南》共 14 首，每首三章者 12 首，约占 86%。《邹忌讽齐王纳谏》以“三”为内在结构，或许与《诗经》影响下的思维模式有关亦未可知，不过，这里所要强调的只是全文特有的“一唱三叹”的类诗效果而已。还应当附带指出的是：本文对徐公之美的描写纯是侧面烘托，但却极为成功，令人想起汉乐府《陌上桑》对罗敷之美的描写，以及荷马史诗对海伦之美的描写。

三、邹忌与孟轲合传的儒学依据

一般学术史并未将邹忌列为儒家，但《史记•孟子荀卿列传》却在《孟子列传》之后，紧接说："齐有三邹子。其前邹忌，以鼓琴干威王，因及国政，封为成侯而受相印，先孟子。"司马迁为何在孟子荀卿两位大儒之间夹传齐国的"三邹子"呢？前人对此无说。笔者认为，这是因为三邹子的政治主张、思想方法等与儒家尤其是与孟子相近的缘故。至少在司马迁看来是如此。所谓"齐有三邹子"，只是讲其主要活动的地区，并未说齐国就是他们的出生地或祖籍。三邹子的祖籍应是鲁国的小邻居邹国，而孟轲也恰好是邹人。《史记》孟子本传说："孟轲，邹人也。受业子思之门人。……游事齐宣王，宣王不能用。适梁，梁惠王不果所言。……退而与万章之徒，序《诗》《书》，述仲尼之意，作《孟子》七篇。其后有邹子之属。"孟轲"退"在哪里？我以为应是"退"在邹国，故紧接又说："其后有邹子之属"。可见在司马迁看来，从孔子到孟子到邹子之属，都是一个思想体系里与核心人物或远或近的儒学成员。

关于邹忌"以琴干威王，因及国政"之事，刘向《新序》卷二"威王"误作"宣王"，并云：

> 昔者邹忌以鼓琴见齐宣王，宣王善之。邹忌曰："夫琴所以象政也。"遂为王言琴之象政，状及霸王之事。宣王大悦，与语三日，遂拜以为相。齐有稷下先生，喜议正事，邹忌既为齐相，稷下先生淳于髡（kūn）之属七十二人皆轻忌。以谓（为）设以辞邹忌不能及，乃相与俱往见邹忌。淳于髡之徒礼倨，邹忌之礼卑。淳于髡等曰："狐白之裘，补之以弊羊皮，何如？"邹忌曰："敬诺。请（愿意）不敢杂贤与不肖。"淳于髡曰："方内（ruì 枘）而圆釭（gāng，孔），何如？"邹忌曰："敬诺。请谨门内，不敢留宾客。"[1] 淳于髡等曰："三人共牧一羊，羊不得食，人亦不得息。何如？"邹忌曰："敬诺。请

[1] 此问不太好理解，赵仲邑《新序详注》解作："指尊事髡等，不纳杂宾；因门有杂宾，忠信之言便进不来了。"（中华书局1997年版第48页注[15]）其他注家亦有类似说法，似有未安。原问似说：关门窗的机关配合不了，无法使用，怎么办？答：我愿意谨慎地看好门窗（《群书治要》卷四十二引"门内"作"门户"），不敢留客住宿。

减吏省员，使无扰民也。”淳于髡等三称，邹忌三知之，如应响。淳于髡等辞屈而去。邹忌之礼倨，淳于髡等之礼卑。……是以聪明捷敏，人之美材也。子贡曰：“回也闻一以知十。”美敏捷也。

根据这段记载来看，邹忌与儒学的孟子几乎无大差别，都曾经大谈霸王之事；他头脑反应敏捷，语言表达流利，和孟轲一样，都是超一流辩才。此外，“淳于髡等三称，邹忌三知之”，与《邹忌讽齐王纳谏》以“三”为结构元素也有相似之处。

从思想方法看，邹忌由闺房小语而推论到朝廷大事；从“三人共牧一羊”而推论到“减吏省员，使无扰民也”（此即毛泽东“要精兵简政”之意），这也是孟轲“善推”的一贯作风，前面已引证不少。这里再看《梁惠王下》的一则故事：

孟子谓齐宣王曰：“王之臣有托其妻子于其友而之楚游者，比其反也，则冻馁其妻子，则如之何？王曰：“弃之（和他绝交）！”曰：“士师不能治士，则如之何？”王曰：“已之（撤他的职）！”曰：“四境之内不治，则如之何？”王顾左右而言他。

这种从“友”到“吏”到“王”的三层推进，与邹忌的思维方式是一致的，其中孟子所言“四境之内”一语，邹忌也说“四境之内，莫不有求于王”。此外，孟子也有“国”“家”“身”这类三层相关的推论。《孟子》开篇即说：

孟子见梁惠王，王曰：‘叟不远千里而来，亦将有以利吾国乎？’孟子对曰：‘王何必曰利，亦有仁义而已矣。王曰何以利吾国，大夫曰何以利吾家，士庶人曰何以利吾身，上下交征利而国危矣。’

《史记•孟荀列传》继云：

其次邹衍，后孟子。以其语宏大不经。必先验小物，推而大之，至于无垠。……推而远之，至天地未生，窈冥不可考而原也。

邹衍是战国著名的政治哲学家和史地理论学家，以“大九州”理论和“上古通史观”（即“五德转移说”）著称于世，其方法论是对空间（地理）“推而大之”，对时间（历史）“推而远之”。吕思勉先生在《先秦学术概论》第九章中评论说：

> 史事地理，均以意推测言之，由今日观之，未免可骇。然宇宙广大无边，决非实验所能尽。实验所不及，势不能不有所据以为推，此则极崇实验者所不能免。邹衍之所据，庸或未必可据；其所推得者，亦未必可信。然先验细物，推而大之，其法固不误也。[1]

经验告诉我们：善于修身者，不一定善于齐家；善于齐家者，更不一定善于治国平天下！邹衍“必先验小物，推而大之，至于无垠”，也有可能得出荒谬的纯主观的结果。就象孟轲推导“五百年必有王者兴。……如欲平治天下，当今之世，舍我其谁也”[2]，以及推导杨朱、墨子二人“是禽兽也”[3]的主观、荒唐一样。我要强调的只是邹衍这种“推”的思想方法，乃是与邹忌、孟轲一脉相承的。

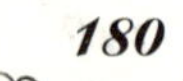

根据以上的联系，我认为将邹忌算作一个与孟轲一样讲“霸王”之术的儒学政治家是可以成立的。从思想渊源上说，《孟子外书》认为子思、孟轲是曾子的继承人；《荀子•非十二子》则认为是子游继承人；朱熹则认为《大学》的《说经》一章是曾子所述的孔子语，以下《传》十章是曾子门人传述的曾子语。尽管这些说法不可全信，但也说明“修齐治平”的思想起源比较早。《礼记•乐记》又载子夏语云：“……君子……修身及家，平均天下，此古乐之所发也。”据此，“修齐治平”又应该是孔子另一位学生子夏的思想。更为有趣的是：《老子》五十四章也有类似思想：

> 修之于身，其德乃真；修之于家，其德乃馀；修之于乡，其德乃长；修之于邦，其德乃丰；修之于天下，其德乃普。故以身观身，以家观家，以乡观乡，以邦观邦，以天下观天下。吾何以知天下然哉？以此。

---

[1] 吕思勉：《先秦学术概论》第九章《阴阳数术》，中国大百科全书出版社1985版，142页。

[2] 《孟子•公孙丑下》。

[3] 《孟子•藤文公下》。

更早一点，《尚书•尧典》也说：

克明俊德，以亲九族；九族既睦，平章百姓；百姓昭明，协和万邦。

也同样是“修身齐家治国平天下”的逻辑思路和政治理想。总之，不管“修齐治平”是《尧典》的思想，是老子的思想，还是孔子的思想，抑或是孔子诸门徒的思想，都能说明在子思之后，邹忌、孟子都有可能从多种途径了解到“修齐治平”的思想内涵，然后再加以各具特色的发挥。

四、修齐治平的两面性

马克思曾在《1844年经济学哲学手稿》中写道：

在黑格尔法哲学中，扬弃了的私人权利等于道德，扬弃了的道德等于家庭，扬弃了的家庭等于市民社会，扬弃了的市民社会等于国家，扬弃了的国家等于世界史。[1]

不知怎的，当我读到黑格尔的这段语录时，立即想到了中国先秦政治理论家们“修身、齐家、治国、平天下”的思路历程。这说明“修齐治平”确是世界古代史上一种富于中国特色的政治哲学，并确有一定的实践意义。但同时我又认为不可对这种理论评价过高，尤其是把“国”和“天下”作为“家”来治理，极容易产生家长制的独裁制度和独裁人物。这一点，几千年来的中国政治已有无数的事实可作证明。《邹忌讽齐王纳谏》的特殊价值就在于它积极提倡一种近于民主性质的讽喻与纳谏精神，能够避免修齐治平过程中可能出现的消极因素和消极后果。

原载《漳州师院学报》1995年第1期，又载中国人民大学复印报刊资料《中国哲学史》1995年第7期。发表前曾提交《文学遗产》编辑部及曲阜师范大学中文系联合主办的“儒学与文学”国际学术讨论会，1994年8月，山东曲阜。

[1] 马克思：《1844年经济学哲学手稿》中译本，人民出版社1985版，129页。

“叶公好龙”与文艺的超现实性功能

鲁迅的《狂人日记》有一句振聋发聩之问：“从来如此，便对么？”本文有一个发现：“叶公好龙”是真情流露；“叶公惧龙”也是真情流露；“好龙”与“惧龙”是发生在两种不同的环境中的人类心理与行为。“是叶公非好龙也，好乎似龙而非龙者也！”这种议论和判断混淆了“艺术之龙”与“天上之龙”的本质区别，同时也混淆了人类的可生存环境与不可生存环境的基本区别，粗率地将艺术与自然视为同一平面，完全不了解艺术自有其超越现实的特性。

刘向《新序•杂事第五》记载了一个家喻户晓的寓言故事——“叶公好龙”。此后一两千年，叶公在人们的心目中一直是个可笑的形象，“好龙”的典故也一直是贬义，可谓“父师沿袭而诵之，小子矇聋而听之，万口一词，不可破也；千年一律，不自知也”[1]！

这篇小文所要探讨的，便是重新审视叶公在人的本质环境和异质环境中所表现的两种截然相反的行为，以及由此而体现的文艺的超现实性功能，希望能够改变国人对“叶公好龙”的传统认识，彻底摒弃一种似乎正确但却异常谬误的艺术评判标准。

所谓“人的本质环境”，就是人类赖以生存、竞争、发展的社会环境；所谓“人的异质环境”，就是危及或毁灭人类生存发展的自然环境。故事原文说：

叶公子高好龙，钩以写龙，凿以写龙，屋室雕文以写龙。

这里没有交代这些龙是否叶公亲手所画所刻，也就是说，很难证实叶公是不是一个真正的艺术家。但有一点可以肯定，叶公非常爱好艺术——龙的艺术或艺术的龙。无论是作为真正的艺术家，还是作为艺术的狂热爱好者，叶公都生活在人的本质环境之中，醉心于纯艺术的欣赏。他的“好龙”是和自然的原态环境有距离的。是符合“审美距离说”的原则的。在一个象牙之塔——“钩以写龙，凿以写龙，屋室雕文以写龙”的高雅精致的艺术环境里，他可以观察龙，抚摸龙，向龙微笑，对龙自语。在精神上，他是龙的征服者更是龙的泯合者。一句话，他对龙采用的是“有距离的”、“无利害的”纯粹审美判断，因而具有无限的自由。但是，一旦这种艺术环境与“无距离的”、“有利害的”自然原态环境发生交叉或重合，事情就会向着相反的方向发展：

于是天龙闻而下之，窥头于牖，施尾于堂。叶公见之，弃而还走，失其魂魄，五色无主。

人的本质环境变了，变得那样突如其来，出人不备；叶公的正常行为变了，变得那样仓皇失措，丢魂落魄。但是，在这种人的异质环境中，并不应该得出结论说：叶公不是一个优秀的“龙的艺术”的爱好者。而只能证明：叶公不是一个杰出的屠龙勇士。在这种人的异质环境中，叶

[1] 明•李贽：《续焚书•题孔子像于芝佛院》。《焚书•续焚书》，北京：中华书局2009年版，第100页。

公不可能是龙的征服者和泯合者，无法采用在人的本质环境中的纯粹审美判断，他所使用的只能是人的异质环境中的功利判断，即此时此刻的生命是否会发生危险而本能地进行躲避。同样的道理，武松在景阳岗上也不会欣赏猛虎的美。武松当时是心有所备，也难免吓出一身冷汗，酒也醒了一大半。叶子高却是完全没有精神防备，所以才“弃而还走，失其魂魄，五色无主”。换个例子说，如果某位艺术家特别喜爱画猛虎，因而客厅墙上挂满各种形式的猛虎名画，以至沙发巾、窗帘布也绣有猛虎图案，可是某时艺术家外出之后，这些二维平面的画上猛虎都变成了活态的真正猛虎，大大小小聚集于艺术家的客厅。当艺术家自外推门而入时，猛虎们欢叫跳跃，争先恐后地上前亲热……。此时此际，这位酷爱猛虎艺术的艺术家还会大张双臂、扑入虎群吗？可见叶公子高的失态，乃是人的异质环境中的正常。我决不相信：把一位爱画猛虎的艺术家推进猛虎圈中，他还能泰然自若？他竟会欣喜若狂？因而——

是叶公非好龙也，好乎似龙而非龙者也。

这种混淆两种质的环境的议论，无论是在行为科学的意义上，还是在艺术科学的领域中，都是丝毫不可取的。两千年来一味赞同古人见解，正好说明国人往往只有一双观看表象的眼睛而缺少一颗清醒的思辨头颅！

以上谈的是叶公子高在人的异质环境里暴露出来的窘态，尽管“天龙闻而下之”是一典型的虚拟场景，但这一原本并不存在的窘态，已使叶公子高在国人心目中变成了一致鄙弃的形象。这是一桩千古奇冤。让我们再看看叶公子高在人的本质环境，亦即历史活动中是一个什么角色——大英雄还是大狗熊？

历史上的叶公子高又叫叶公诸梁，虽然以“高”为字，但却并非身“高”七尺的堂堂大汉，而是一个瘦弱矮小，走路摇摇晃晃、似乎力不胜衣而近于猥琐的人物。或许正是这种形体特点，才被别人编进了“好龙而惧龙”的故事之中，享尽千秋羞名。然而正是这位貌不惊人的小个子，在楚国蒙难时显出了他崇高的英雄本色！战国思想家荀子在一篇批判以貌取人的著作《非相篇》中指出：

帝尧长，帝舜短；文王长，周公短；仲尼长，子弓短。……叶公子高，微小短瘠，行若将不胜其衣。然白公之乱也，令尹子西、司马子期皆死焉。叶公子高入据楚，诛白公，定楚国，如反手尔！仁义功名，善（盖）于后世。[1]

故事说：白公胜在楚国郢都闹事（前479），杀死楚相子西和楚司马子期一文一武两位大臣，劫持了楚惠王。沧海横流，英雄何在？只见叶公子高奋然而起，带兵入都，面对强敌，伸张大义，诛灭白公，平定内乱，回天壮举，易如反掌，以小小之躯立下大大之功！

如此英雄，当时有几？这说明叶公子高在人的本质环境里是一个多么了不起的人物！

同样，刘向《新序•杂事第一•秦欲伐楚章》也记载了一个极具历史真实性的叶公子高的形象：

秦欲伐楚，使使者往观楚国之宝器。……昭奚恤……称曰：“客欲观楚国之宝器，楚国之所宝者贤臣也。……守封疆，谨境界，不侵邻国，邻国亦不见侵，叶公子高在此！”[2]

看吧！这就是真正的叶子高：“不侵邻国，领国亦不见侵。”只要提起他的英名，就足以震碎敌国胆敢来犯的梦想！

在“叶公好龙”这一寓言故事中，“艺术之龙使人爱好而天上之龙使人恐惧”的现象告诉我们：一些艺术形象是不应该还原到现实生活中来的。也就是说，某些特定内容的文艺，是有着强烈的超现实性功能的。作为艺术形象，人们可能非常喜爱它；作为现实生活中的事物，人们可能非常厌恶它。因为人们对艺术和生活采用不同的价值判断——对艺术采用动态的审美的价值判断。比如美术馆中的裸体绘画、裸体雕塑是艺术，而普通场合的非艺术裸体却是病态与堕落。又如狂风暴雨、惊涛骇浪、悬崖峭壁、猛兽长蛇、雷霆闪电……置身于其中的人是很难对它们

[1] 梁启雄：《荀子简释》，北京：中华书局1983年版，第47—48页。

[2] 汉•刘向编著：《新序》，石光瑛：《新序校释》上册，北京：中华书局2009年版，第93—106页。

进行审美的。只有把它们化为艺术亦即与人类的生存拉开距离之后——如李白的《蜀道难》等，人们才会获得审美的愉悦。但对于攀登蜀道的人来说，这一切就是值得诅咒的了。再说强盗与小偷，在现实的道德判断与功利判断中，以及从法学的观点看来，强盗比小偷更有害，更可恶，应当受到更严厉的遣责与更有力的惩处。但是，在文艺中作家们往往把强盗尤其是海盗塑造得很有英雄气质，充满着挑战自然困境、挑战社会权威的超人的力量与智慧，因而很有审美价值；而小偷则永远只是一个卑弱渺小的形象。请看《庄子•盗跖篇》中的大强盗：

> 盗跖从卒九千人，横行天下，侵暴诸侯。……所过之邑，大国守城，小国入保（堡），万民苦之。[1]

不管作者主观上是不是在满怀激情赞美大强盗对旧的社会秩序的破坏，是不是在高歌盗跖的势不可挡的伟力之美，但在我们的脑海中，盗跖横行天下的形象以及他的本质力量，却给我们以力的美感，英雄的美感。以之对比同书《胠箧（qiè）》篇中的两种小偷："胠箧、探囊、发匮（kuì）"的小小偷和"负匮、揭箧、担囊"的大小偷，哪一种形象更有美学价值，不是一目了然吗？再看名满四海的《红楼梦》，在书中，贾宝玉无疑是曹雪芹的所爱者，但在使用静态的道德判断的现实生活中，贾宝玉却只能被人厌弃：没有男子气，整天和女孩子们胡闹，亲鸳鸯的后颈，跟麝月梳头，洗湘云剩下的洗脸水，爱吃女孩子唇上的胭脂，甚至小小年纪便和袭人少年风流，跟秦钟也有曹雪芹当作疑案不愿交待的隐私……。如此男孩，生活中人们是有可能要向他吐唾沫的，但作为艺术形象，贾宝玉却是一个少有的具有极高审美价值的人物，因为评论家对他使用的是动态的艺术审美判断。

以上种种，足证"文艺是生活的教科书"一说具有极大的局限性甚至谬误性。人们在欣赏艺术之际，千万不要忘记：古今中外的许多艺术精品，其中不乏强烈的超现实性功能。当你回到生活中来的时候，是不宜过于"艺术"化的。

---

[1] 陈鼓应：《庄子今注今译》，北京：中华书局1983年版，第776页。

战国文学的太平洋视域

战国时代，中国的文学、哲学、政治同时将目光从陆地延展向北海、东海、南海和神秘辽阔的太平洋，并由此记录、改写和传播了一系列与海洋有关的神话传说。例如鲲鹏神话、大壑神话、鳌戴五山神话、龙伯神话、海若与河泊神话、任公子钓出东海巨鱼神话、咸池神话、扶桑神话以及大九州、大瀛海的世界格局和地球观念等等。本文系统论述了这些海洋神话及其生成背景，认为此类鲲化为鹏、海外有山、海外有国以至天外有天的故事，之所以受到部分战国文化巨人的倾情关注，既和当时各国君主崇尚巨美的文化风潮有关，也和一批文学家、哲学家、政治理论家对海天之外的未知领域进行浪漫猜想有关，更和大批文化人士乐于接受随着中西交通而涌进的远方信息有关，甚至还可能和濒海民族尤其是流放远海的越国罪人的航海经历有关。《庄子•逍遥游》等作品，之所以两千多年后还充溢着激动人心的艺术力量与思想力量，在于海天之间正是人们在地球上所能寻找得到的、足以驰骋自由心灵和展示大美情怀的最佳境域。

一旦打开《庄子》这部旷古奇书的第一页，《逍遥游》就会带着强大的海风和强烈的海味冲出纸面，扑你而来。紧接着，那些连天的海涛，其大不知几千里的海上鲲鱼，无限辽阔的水域与天空，弥天飞翔的云彩与气流，乘风直上九万里而后背负青天朝下看的旅天之鹏，将一一展现在、变幻在你的视野。让你感到惊愕、感到狂喜、感到迷茫、感到眼睛感到心智远远追不上庄周神思的摩天巨翅，穷尽不了他的思维空间，到达不了他的思想终点。庄子的海天之思从哪里来？他想用海天神话说明宇宙与人生的什么问题？其他战国巨子也有类似的情思吗？为什么千载之下，当中国文人极目大海和仰视蓝天的时候，还会伴随着天风海浪、鲲化为鹏、怒飞万里的思维之象而激情澎湃、浮想连连？为了思索这些问题，本文拟将战国文学中的海天境域进行整合建构，并尝试从这里去接触和感受庄周等一代巨子的目光与心灵。

一、激荡一代文化的大美风潮

德国大文豪歌德说得好："我们都惊赞古希腊的悲剧，不过用正确的观点来看，我们更应惊赞的是使它可能产生的那个时代和那个民族，而不是一些个别的作家。"[1]

庄子生活的时代，中原大地烽烟四起，车马驰突，旌旗蔽日，鼓角震天，"争地以战，杀人盈野；争城以战，杀人盈城"[2]，列国诸侯，图雄争霸，国无宁日，民不安生，后世称之为"战国时代"。庄子的生卒年，一般认为在前369—前286年之间。也就是说，这位哲学老人，文学奇人，大约在他所痛恨、所失望的"人间世"里苦苦煎熬了84番寒暑。痛苦的人生与无情的岁月，销磨了他有限的形体与生命，但也玉成了他奇特的思想——一个伟人与天地为友与日月同光的大自由大美感的"逍遥游"思想。

战国时代是一个大动荡、大变革、大追求、大创造的时代，是一个"需要巨人而且产生了巨人"的时代，社会开放、政治开放、文化开放的优越条件，造就了在思维能力、知识渊博、演说争辩方面难以逾越的

---

[1] [德]爱克曼：《歌德谈话录》，朱光潜译，北京：人民文学出版社1985年版，第141页。
[2] 《孟子•离娄下》。朱熹：《四书章句集注》，北京：中华书局1983年版，第283页。

一代典范，产生了一系列不朽的精神与物质的文化财富。后世汉唐文化的宏大气魄只是战国文化风格的余波荡漾，而思想界的各类巨人如群星竞耀的盛况，则是直至近代中国仍然不再出现的历史文化现象。庄周及其海阔天空、巨鱼大鸟、乘云御风、磅礴万物、往来天地的情采与神思的出现，正处于这个中国本土文化遍地盛开思想奇葩的战国时代。一部《庄子》，几乎可以说是处处高扬着“大美”的旗帜，书中不仅在《天下篇》里自称是“弘大而辟，深宏而肆”，而且言美之处多涉及天地和大。《知北游》说：

天地有大美而不言。

《天道》说：

美则美矣，未为大也。……夫天地者，古之所大也，而黄帝尧舜之所共美也。

《秋水》说：

泾流之大……河伯……以天下之美为尽在己。

《人间世》说：

匠石之齐……见社栎树，其大蔽数千牛，挈之百围，其高临山。弟子……曰：“自吾执斧斤以随夫子，未尝见材如此其美也。”

因为“天地者，形之大者也”[1]，“天地非不广且大也”[2]，“夫大莫若天地”[3]，所以《庄子》常常提到“天地之美”。如《知北游》说：“原天地之美。”《天下》说：“判天地之美”、“寡能备于天地之美”。书中更有大海、大壑、大块、大山、大川、大泽、大林、大国、大城、大物、大浸、大旱等130多种与“大”相连的词汇和场景。

战国时代崇尚宏伟奇丽的大美观念，我们可以在许多文化领域中逐

---

[1] 《庄子•则阳》。陈鼓应：《庄子今注今译》，北京：中华书局1983年版，第693页。
[2] 《庄子•外物》。陈鼓应：《庄子今注今译》，北京：中华书局1983年版，第717页。
[3] 《庄子•徐无鬼》。陈鼓应：《庄子今注今译》，北京：中华书局1983年版，第648页。

一看到：从哲学看，当时关于“大一”也就是空间“至大”问题的讨论十分热烈[1]。从天文学看，古老的盖天说受到了猛烈冲击，浑天说和宣夜说的萌芽开始产生，所以庄子笔下出现了在无限的空间中乘风翱翔的大鹏鸟，稍后的屈原写下了气势磅礴的《天问》。从地理学看，战国学者编定的《山海经》的空间，远远超过了《尚书•禹贡》和《管子•地员》的空间。从建筑学看，大规模的筑城运动开始于春秋战国时期，其中齐、楚、秦等国，为实现他们威慑诸侯、统一中国的政治意图，在拼命扩大领土与都城的同时，也竭力扩大宫殿、陵墓、苑囿等等的规模。从各国诸侯墓葬使用的首要礼器——象征国家和权力级别的青铜大鼎看，越接近战国末期，鼎的数量、规格也就越多、越大，远远超过周天子的规格。从政治、外交舞台看，赋诗言志的时代过去了，与之相适应的人才成了旧式人才，代之而起的是一大批“天下雄俊弘辩智士”[2]，他们的游说长篇大论，滔滔不绝，视野宏阔，取材广远，语言富丽奇玮，以政治家理性的洞察与文学家情感的奔泻俘虏着君主之心；他们不再象赋诗言志者那样把自己的意图隐藏在前人的诗句里，更不恪守孔子所谓“君子欲讷于言而敏于行”[3]的信条，而是竭力探寻独特的方式，完全用自己的语言来展现自己的思想和才情，哪怕是正统眼光中的“怪说琦辞”也要让它们为自己的目的服务，促使语言的使用和功能发生了质的飞跃，导致了战国语言风格挣脱传统惯性的一场巨变[4]。从音乐上看，好几个国家的君主都突破了礼的限制，竞相追求长篇的音乐和大型的舞蹈，“以巨为美，以众为观”，“务以相过，不用度量”[5]，如齐宣王就乐于在300人组成的庞大乐团的吹竽声中体验和享受“巨美”与“壮观”的音乐效果[6]。尤其以楚为甚，湖北随州出上的曾侯乙墓中的64件巨型青铜编钟，便是当年“宫廷震惊，发激楚些”[7]的宏大场面的力证。凡此种种，莫不显示出一种巨

[1] “至大”问题是庄周的老朋友惠施提出的，受到了“天下之辩者”的热烈欢迎。参看《庄子•天下篇》。

[2] 司马迁：《史记•范睢蔡泽列传》。中华书局校点本，第2419页。

[3] 《论语•里仁》。朱熹：《四书章句集注》，中华书局1983年版，第74页。

[4] 例如战国诸子的语言风格就与《易》、《春秋》、《尚书》的语言风格大不相同，这和20世纪初中国的书面语言由文言向白话转变极其类似。

[5] 《吕氏春秋•侈乐》。

[6] 《韩非子•内储说上》：“齐宣王使人吹竽，必三百人。”

[7] 《楚辞•招魂》。

人时代所特有的大美风潮。始筑于春秋战国时代的万里长城，就特别能集中体现这种战国文化的风格——以长、以高、以大、以雄、以险为美。在这种文化风潮的激荡下，将必然出现秦始皇时代的阿房宫、行宫的庞大建筑群和始皇陵墓中的模拟小宇宙——

以水银为百川、江河、大海……上具天文，下具地理。[1]

令人吃惊但又合乎逻辑的是：秦始皇这种“超自然”的追求竟然只是庄子“自然理论”的物质化而已。请听一则盖世奇谈：

庄子将死，弟子欲厚葬之。庄子曰：“吾以天地为棺椁，以日月为连璧，星辰为珠玑，万物为赍送，吾葬具岂不备哉！”[2]

庄子是回归自然，享用自然；秦始皇则是企图征服自然，以致创造第二自然，妄想将第一自然和第二自然挟持到另一世界去继续享受。

再回到文学、史学、哲学的著作来看，从《论语》到《孟子》，从《老子》到《庄子》，从《春秋》到《左传》，其发展的轨迹——语言、体制、规模的演化，无不由短变长，一路裹挟在浩浩荡荡的、精神与物质同步追求宏伟奇丽的战国文化潮流之中。

大创造需要大智慧，大智慧需要大空间。对空间理解力的大小，对空间占有度的宽窄，决定着一个人、一个群体、一个民族创造力的大小与开拓度的广狭。庄周、屈原是古今公认的大天才，所以海洋之大，天空之大，强烈地吸引着他们的目光与心灵。

二、向往海洋远方的辽阔世界

以巨为美的战国文学、战国文化风格的形成，与当时人类实践活动范围的大幅度扩展，以及一代哲人对广阔的自然环境所作的宏观思考紧密相连。

如果以大海为考察战国宏观意识的一个视域，我们将看到一系列极为有趣的文化现象。春秋末期，孔子故里虽然离大海不远，但这位先哲

---

[1] 《史记•秦始皇本纪》。北京：中华书局校点本，第265页。

[2] 《庄子•列御寇》。陈鼓应：《庄子今注今译》，北京：中华书局1983年版，第850页。

似乎对大海的宏阔景象毫不在意。一部《论语》虽有4个“海”字，但特指海洋的却只有1个：“道不行，乘桴浮于海”[1]，一看可知是未曾付诸实施的空头计划。我疑心这位终身为恢复古礼而忙碌的老人，至死也没有真正去看过一次大海。如果看过，孔子不会对大海一言不发，《论语》也不应当漏载。孔子在34岁时就曾光临过濒海的齐都，遗憾吸引他的只是令他“三月不知肉味”的古典音乐——《韶乐》[2]。孔子对水说过一句极有宇宙意识的话：“子在川上曰：‘逝者如斯夫！不舍昼夜。”[3]这“川”大约也只是一条平常的河流而已。如果孔子喜欢大海，他的心胸、他的眼界也许就不会那样狭窄——“子不语怪力乱神”[4]。甚至对宇宙空间——日月星辰的看法也仅限于“比德”之中：“君子之过也，如日月之食焉”[5]，“为政以德，譬如北辰居其所而众星共之”[6]。战国中期，到了亚圣孟轲那里就大不相同了，你瞧《孟子》中他那气魄非凡的话：“孔子……登泰山而小天下”[7]，“挟泰山以超北海”[8]，“观于海者难为水”[9]。第一句是借孔子以自重，第二句是夸张性的比喻，第三句则表明他已经真正领略过大海的宽广了。孔孟气度之不同，如李长之先生所述，一个重要的原因就是孟子生活在濒海的齐都较久[10]。稍后的屈原也是这样，他两次出使齐都，所以写出了流观山海、上下天地、往来古今的伟大诗篇。《庄子》是中国海洋文化特色最为浓烈的一部经典，全书海、冥、洋、大壑共出现63次。庄周散文，屈原辞赋，很大程度上都是齐楚文化合流的产物。

---

[1] 《论语•公冶长》。朱熹：《四书章句集注》，北京：中华书局1983年版，第77页。又《子罕》言“子欲居九夷”（同上，P113），与“乘桴浮于海”意近。故汉代许慎《说文•羊部》“羌”字下云：“唯东夷从大。大，人也。夷俗仁，仁者寿，有君子、不死之国。孔子曰：‘道不行，欲之九夷，乘桴浮于海。’”许慎将《公冶长》和《子罕》的文字合并成一个意思，认为“九夷”在海外。这一拼合虽然在今本《论语》的文献上是错误的，却没有违背孔子准备漂泊海外的思想。参阅本文第四节《孕育宏广思维的海陆交通》（本书第205页）。

[2] 《论语•述而》。朱熹：《四书章句集注》，北京：中华书局1983年版，第96页。

[3] 《论语•子罕》。朱熹：《四书章句集注》，北京：中华书局1983年版，第113页。《孔子家语•颜回》曾将这句话改写为：“不观巨海，何以知风波之患。”

[4] 《论语•述而》。朱熹：《四书章句集注》，北京：中华书局1983年版，第98页。

[5] 《论语•子张》。朱熹：《四书章句集注》，北京：中华书局1983年版，第192页。

[6] 《论语•为政》。朱熹：《四书章句集注》，北京：中华书局1983年版，第53页。

[7] 《孟子•尽心上》。朱熹：《四书章句集注》，北京：中华书局1983年版，第356页。

[8] 《孟子•梁惠王上》。朱熹：《四书章句集注》，北京：中华书局1983年版，第209页。

[9] 《孟子•尽心上》。朱熹：《四书章句集注》，北京：中华书局1983年版，第356页。

[10] 李长之：《司马迁之人格与风格》，北京：三联书店1984年版，第7页。

这种由“山”到“海”的宏观意识，颇让人想起《山海经》的内容序列：《山经》→《海经》→《大荒经》。一般认为《山经》形成较早，这是有道理的，而《海经》的定型或初步定型，也离不开战国哲人为寻求宏观视野而对大海的关注，更离不开政治家、军事家、商人对海产品、海路运输、海路出兵等等多方面利益的关注。“山海”连称，文献上最早见于《管子•海王篇》，文中有“官山海”亦即“管山海”、“国无山海不王乎”一类“山海”连观的政治经济策略；同书《国蓄篇》也有“君有山海之金”一语。至于在列御寇、庄周等人及其学派的思维视野中，大海就是惊心动魄、启人心智、令人身往神游的大好处所了。关于记录列御寇思想的《列子》一书，学术史上曾判定为伪书，最主要的理由就是《列子》与佛典有着个别十分类同的故事，可见是魏晋人抄袭佛典为伪书的铁证。现在看来，这个理由不能成立，因为中外古籍共载类似的传说乃是十分常见的事。例如著名的“刻舟求剑”的故事，既见于《吕氏春秋•察今》，又见于《淮南子•说林训》。但佛典《百喻经》卷上《乘船失釪喻》却说：

> 昔有人乘船渡海，失一银釪，堕入水中，即作思念：我今画水作记，舍之而去，后当取之。行经二月，到师子诸国，见一河水，便入水中，觅本失釪。

很显然不能据此说《吕氏春秋》和《淮南子》是抄袭佛典的伪书，也不能说《百喻经》是抄袭中国古籍的伪书。只能说它们或者是各自拥有独立产生的故事源头，或者是共同拥有一个古老的故事源头。近 20 多年来，部分台湾学者和大陆学者已论定《列子》的成书时间早于《庄子》，故《庄子》及《吕氏春秋》等先秦古籍得以引述其书的内容和总结列子其人的思想特征[1]；或论定《列子》与《庄子》两相类同的部分拥有共同的古籍来

---

[1] 参阅下列文献：陈鼓应：《庄子今注今译》，北京：中华书局1983年版，第15、16页；陈鼓应：《老庄新论•老子与道家各流派》第一节《原始道家•列子》，上海：上海古籍出版社1992年版，第104—106页；罗漫：《〈列子〉不伪与当代辨伪学的新思维》，《贵州社会科学》1989年第2期；古棣、周英：《惠施思想及先秦名学•〈汤问〉时代考证》，北京：海洋出版社1990年版，第413—444页；陈广忠：《为张湛辨诬•〈列子〉非伪书考之一》、《〈列子〉三辨•〈列子〉非伪书考之二》、《从古词语看〈列子〉非伪•〈列子〉非伪书考之三》，陈鼓应主编：《道家文化研究》第十辑，上海：上海古籍出版社1996年版。

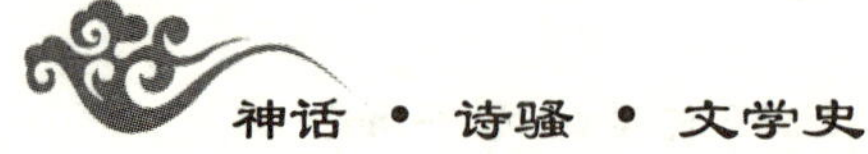

源[1]。既知《列子》早于《庄子》或《列子》与《庄子》部分同源，在讨论庄子的海天视域的时候，就不应当对《列子》的相关记载视而不见。

《列子•汤问》载：

> 渤海之东不知几亿万里，有大壑焉，实维无底之谷，其下无底，名曰归墟。八紘九野之水，天汉之流，莫不注之，而无增无减焉。其中有五山焉：一曰岱舆，二曰圆峤，三曰方壶，四曰瀛洲，五曰蓬莱。其山高下周旋三万里，其顶平处九千里。山之中间相去七万里，以为邻居焉。其上台观皆金玉，其上禽兽皆纯缟。珠玕之树皆丛生，华实皆有滋味，食之皆不老不死。所居之人皆仙圣之种，一日一夕飞相往来者，不可数焉。而五山之根无所连着，常随潮波上下往还，不得暂峙焉。仙圣毒之，诉之于帝。帝恐流于西极，失群仙圣之居，乃命禺强使巨鳌十五举首而戴之。迭为三番，六万岁一交焉。五山始峙而不动。而龙伯之国有大人，举足不盈数步而暨五山之所。一钓而连六鳌，合负而趣归其国，灼其骨以数焉。于是岱舆、员峤二山流于北极，沉于大海，仙圣之播迁者巨亿计。帝凭怒，侵减龙伯之国使隘，侵小龙伯之民使短。至伏羲、神农时，其国人犹数十丈。[2]

这个神幻故事反映了列子学派对太平洋的宏大、辽阔和神秘所作的沉思遐想：在离渤海之东不知几亿万里的大壑，龙伯国巨人竟然不用几步就游遍了相隔数十万里的五座仙山，心血来潮时还一钓而连六鳌，致使两座仙山流失于北极，沉没于深海。因而触怒天帝，惨遭惩罚。这位专与仙人、圣人和天帝恶作剧的巨人，跟众所周知的与颛顼争帝而怒触不周山的共工、与上帝争神而被杀头的刑天，均属反抗上帝的英雄。龙伯大人与共工并见《列子•汤问篇》，我想记录或整理加工这些争帝争神的巨人英雄的事迹，并对他们反抗上帝，破坏仙居，打乱宇宙旧有秩序的行为津津乐道，离开了春秋战国之际争雄争霸、陈兵问鼎的社会存在和社会意识，也许很难受到重视和传播。事实上，大壑神话起源较早，《山海经•大荒东经》已有记载："东海之外有大壑，少昊之国。"并说少昊在这片领地里抚养了他的侄子帝

---

[1] 涂又光：《楚国哲学史》，武汉：湖北教育出版社1995年版，第373-375页。

[2] 杨伯峻：《列子集释》，北京：中华书局1979年版，第151-155页。

颛顼，后来帝颛顼的童年玩具琴瑟就被丢弃在大壑里。虽然这一神话的文化内涵渺远难寻，但大壑远在东海之外的空间想象却是毋庸置疑的，时间也早到了少昊时代。如果说少昊与帝颛顼在东海之外的关系显露了两代人的脉脉温情的话，黄帝与夔在东海之外的关系就是血淋淋的征服惨景了：

东海中有流波山，入海七千里。其上有兽，状如牛，苍身而无角，一足，出入水则必风雨，其光如日月，其声如雷，其名曰夔。黄帝得之，以其皮为鼓，橛以雷兽之骨，声闻五百里，以威天下。

无论是大壑属于少昊之国，还是黄帝远征流波山，都表明一种疆土意识或“领海”意识早已进入神话的创造者、记录者与传播者的思维空间了。巨鳌顶山的神话，屈原也曾在《天问》中加以设问：“鳌戴山抃，何以安之？”关于龙伯巨人，《楚辞•招魂》说：

魂兮归来，东方不可以托些！长人千仞，唯魂是索些。

《楚辞•大招》说：

东有大海，溺水攸攸只。螭龙并流，上下悠悠只。

螭龙就是龙伯的一种变形。《山海经•海外东经》说：“大人国在其北，为人大。”《大荒东经》说：“东海之外……有波谷山者，有大人之国。”这些材料充分证明《列子》记载的大壑和龙伯巨人是一个十分古老的东方神话，并体现了鲜明的战国文化意识。杀死巨鳌，烧其甲骨，显然就是“唯魂是索”的破坏性行为。龙伯巨人的高大可谓古今无二。晋人张湛给这个故事作注时写道：

以高下周围三万里山而一鳌头之所戴，而此六鳌复为一钓之所引，龙伯之人能并而负之，又钻其骨以卜记，此人之形当百余万里，鲲鹏方之，犹蚊蚋蚤虱耳，则太虚（天空）之所受，又奚所不容哉！[1]

由此可见，空间无限的新宇宙观使列子的想象空间变得何等的宏广而壮丽！

---

[1] 杨伯峻：《列子集释•汤河篇》，中华书局1979年版，第154页。

崇拜宏大空间中的巨人及其反抗上帝、破坏旧世界的伟力，这种时代意识的特点，极其类似17世纪欧洲的巴罗克艺术。美国当代文学评论家M•罗斯顿在其1980年出版的专著《弥尔顿和巴罗克艺术》中指出：

> 巴罗克艺术的典型特点就在于首先认为空间是善与恶、光明与黑暗、上帝与恶魔互相敌对的巨人力量发生冲突的宇宙领域。……弥尔顿是完全有意把恶的体现者作为勇敢无畏的英雄来塑造的。[1]

先秦的文学家和哲学家也不例外：共工折天柱，绝地维，重组了日月星辰和山岳河海在宇宙中的位置[2]；刑天与帝争神，帝断其首，葬于日月所入之山，但仍以乳为目，以脐为口，操干戚以舞，进行不屈的抗争[3]；龙伯巨人则在漫不经心的游戏之中杀死神鳌，毁灭仙山；一个叫做“跖”的著名大盗——

> 从卒九千人，横行天下，侵暴诸侯。……所过之邑，大国守城，小国入保，万民苦之。

孔子前往规劝：

> 将军有意听臣，臣请南使吴越，北使齐鲁，东使宋卫，西使晋楚，使为将军造大城数百里，立数十万户之邑，尊将军为诸侯……

结果遭到跖的愤怒斥责[4]。这些“恶的体现者”在礼崩乐坏之后重新确立的社会价值标准面前，不正是“勇敢无畏的英雄”吗？一些艺术史家告诉我们：巴罗克艺术之所以形成这种特点，是16世纪的西班牙由于海外贸易发达而成为欧洲第一大国、国王的领土遍及德国、奥地利、尼德兰、意大利这种强大国力在艺术领域的反映，也是17世纪中后期法国国王路易十四崇尚武功、开疆拓土、连败荷兰、西班牙、意大利，一度显示了欧洲霸主之势在艺术领域的反映。同样，战国文化风格也是当时中国分久求合的统一趋势

---

[1] 转引自《国外社会科学著作提要》1983年2期。

[2] 《淮南子•天文训》。

[3] 《山海经•海内西经》。

[4] 《庄子•盗跖》。陈鼓应：《庄子今注今译》，北京：中华书局1983年版，第777页。这个故事并非历史事实，而是一个成功的文学创造。

在文化领域的体现。然而，除了这种二维平面的四向扩展的物质力量之外，还存在着一种指向宇宙空间的强大的思想力量。M•罗斯顿告诉我们：

> 巴罗克艺术的起源，是同哥白尼、布鲁诺、凯普勒和伽俐略等人的发现促进了世界广漠、宇宙无限的思想传播以后产生的新宇宙观联系在一起的。[1]

这又和东方的战国文学、战国文化风格的形成何其相似！如果不是天文学上的盖天说被打破，空间无限的宣夜说的萌芽开始产生，以及当时的航海者对太平洋无涯无际的推想，那么，与天帝在巨大的宇宙空间中对峙抗争的共工、刑天、龙伯巨人这些弥尔顿笔下撒旦式的英雄能够出现吗？能有龙伯的钓鳌、大鹏的“逍遥”、灵均的“求索”与“远游”吗？所以我认为龙伯巨人的行为与意识正好反映了战国时代的行为与意识。

关于远海中神秘的“大壑”，《庄子•天地篇》也曾提到：

> 谆芒将东之大壑，适遇苑风于东海之滨。苑风曰：“子将奚之？”曰：“将之大壑。”曰：“奚为焉？”曰：“夫大壑之为物也，注焉而不满，酌焉而不竭，吾将游焉。”

这就是说，谆芒将去游览探索的，乃是东部海疆极远处“注焉而不满，酌焉而不竭”的无比宏大的水量。这和列子对大壑的描述“八紘（hóng）九野之水，天汉之流，莫不注之，而无增无减焉”完全相同。

庄子之后，大诗人屈原也曾站在大海边思考大壑的奥秘，《天问》问道：“东流不溢，孰知其故？”这和庄子对“大壑”“注焉而不满，酌焉而不竭，吾将游之”的探索精神是一脉相承的。屈原又在《远游》中写到了从高空俯看大壑的情景：

> 经营四方兮，
> 周流六漠。
> 上至列缺兮，
> 降望大壑：

[1] 转引自《国外社会科学著作提要》1983年2期。

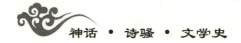

下峥嵘而无地兮，
上寥廓而无天。

诗中说：我驾着车马远走四方，将东西南北上下周游了一趟。上升到达了产生闪电的列缺，下降望见了大壑所在的东部海疆。汹涌的巨浪如千山万壑没有陆地，高广的天宇无边无际不见天堂。

列子、庄子、屈原对远方大海的描写，生动形象地反映了诸子对宏观意识的自觉追求以及探讨宏观现象的浓厚兴趣。庄子之前，宋钘、尹文就曾探讨过“下生五谷，上为列星，流于天地之间”、“其大无外”的“气”[1]；与庄子同时的惠施则把“气”发展为“至大无外”的“大一”说[2]；孟子对“气”也说过“至大”的话：

我善养吾浩然之气……其为气也，至大至刚，以直养而无害，则塞于天地之间。[3]

稍后，屈原也在《远游》中谈到了“其小无内兮，其大无垠”的“道”的观念，其实也就是“气”的观念。作为宏观景象之一的大海，对屈原的吸引力也许仅次于昆仑山。这在屈原诗作的《悲回风》、《云中君》、《远游》、《天问》诸篇中均有描述。屈原虽是楚人，但他是亲齐派，两次出使齐都的经历，使他不仅深知大壑、鳌戴五山等有关东方远海的神话、仙话，甚至极有可能去看过大海，并由此引起“四海兮焉穷”[4]的宏观思索。在《离骚》中，他甚至借诗中主人公灵均之口，幻想“路漫漫其修远兮，吾将上下而求索。饮余马于咸池兮，总余辔乎扶桑”。咸池是神话中朝阳洗浴的地方。《初学记》卷一引《淮南子》说：

日出于旸谷，浴于咸池，拂于扶桑，是谓晨明；登于扶桑之上，爰始将行。

咸池其实就是大海的别名，海水含盐，故称咸池，视觉上日出于海，

[1] 《管子•内心》。
[2] 《庄子•天下》。陈鼓应：《庄子今注今译》，北京：中华书局1983年版，第887页。
[3] 《孟子•公孙丑上》。朱熹：《四书章句集注》，北京：中华书局1983年版，第231页。
[4] 《九歌•云中君》。

所以大海也就成了太阳的洗浴之地。歌德的小诗《渔夫》里的一节，可以帮助我们更好地理解“日浴咸池”的神话：

可爱的太阳和月亮
不是也到海里去恢复元气？
在吞吐波涛之后，它们的面容
岂不是加倍美丽？[1]

屈原在思维中对咸池、扶桑的“游历”，表明他对海洋远方和所有的海洋神话都有兴趣。

《庄子•秋水篇》还有一个著名的与海洋有关的典故：望洋兴叹！所述虽是神话故事和寓言故事，但却准确却反映了陆居之人对大海的惊愕和强烈的失落感。我疑心其原型便是庄子本人或其门徒初见大海时“适适然惊，规规然自失也”的情状与心态。一个名叫“若”的北海神嘲笑了秋天涨水时“欣然自喜，以天下之美为尽在己”的视野狭隘的黄河神河伯：现在你走出了黄河岸边，观看了辽阔的大海，知道了你的渺少与浅陋，我可以和你谈谈大道理了：天下之水，莫大于海，陆地上万川归海，不知何时停止，但大海总也不满；尾闾[2]天天将海水排泄出去，不知何时停止，但海水从不减少。春天秋天，水量不变；水灾旱灾，全无感觉，这是海水的总量超过江河的水流多得无法计算的结果啊！但是我从未因此而自大。因为我知道，我的形体包容在天地之中，我的生命来源于阴阳二气。我在天地之间，就像小石块小树木在巍峨的大山之上一样，我自己感觉渺小还不够，哪里还敢自大呢！你想想四海在天地之间，不就像蚂蚁的孔穴在广阔的山林原野之上吗？再想想中国在四海之内，不就像一粒野稗籽在巨大的粮仓里一样吗？这些“大道理”是说给儒家学派的人听的，告诉他们只有海洋一样的大美才是真正的美，只有天地一样的无限之美才是真正的大美。北海若进一步指出：伯夷辞让王位换取贤德的名声，孔子到处教训人以显示学问的渊博，他们这样的自大，不就像你刚才对于黄河之水的自大一样吗？接着，庄子再一次把视野狭隘的儒者比作“坎井之蛙”，又借东海之鳖所陈述

---

[1] 王以铸译：《歌德席勒叙事谣曲选》，北京：人民文学出版社1980年版，第13页。
[2] 尾闾：传说中将海水排泄出去的出水口。

的“东海之大乐”，否定了坎井之蛙将“一壑之水”视为“至乐”的“坎井之乐”。东海之鳖不紧不慢地向坎井之蛙描述了大海的形状和历史：

> 夫千里之远，不足以举其大；千仞之高，不足以极其深。禹之时十年九潦（lǎo），而水弗为加益；汤之时八年七旱，而崖（海岸线）不为加损。夫不为顷久推移，不以多少进退者，此亦东海之大乐也。

无论是“大美”还是“大乐”，庄子都尽量将它们与海洋联系起来。因为“天下之水，莫大于海”、“海不辞东流，大之至也。”[1] 如果说“智者乐水”[2]，人们通过观察水而获得智慧的启迪，同时水也成了智慧的载体与象征，那么拥有万川之水的太平洋，就是蕴藏和展现全天下智慧的最佳处所了。列庄学派在肆力拓展智慧空间与思维空间的时候，特别把目光投向“渤海之东不知几亿万里”的广阔水域，那里不仅养育着“其广数千里，未有知其修者”的超一流大鲲鱼，不仅漂流着“高下周旋三万里，其顶平处九千里，山之中间相去七万里”的五大仙山，不仅生活着十五只轮流头顶仙山的巨形鳌鱼，而且游荡着一位迈开几步就可以遍及五山，甚至一钓而连六鳌的龙伯巨人。如此宏广的空间，如此惊天的伟力与险象，没有太平洋，如何能够产生？不是太平洋，又如何能让这些巨大事物一展身手？不仅如此，北海若还说：

> 夫物，量无穷，时无止……由此观之……又何以知天地之足以穷至大之域！

物质世界在空间中拥有无穷的数量，在时间中占有无尽的历史，从这个角度去思考，“知天地之为稊米也”，一定还有比人们所知的天地更大的天地存在于“至大之域”的空间之中，我们所了解的“天地”不过象小米粒那样大罢了。与“至大之域”相比，既然“天地”只是小米粒，那么太平洋又算得了什么呢？我们知道，这种空间无限的思想相当先进。令人觉得有趣的是，这种宇宙观念的产生与推导，竟然与观察大海亦即观察太平洋紧密相连。由高山而大海，由大海而天穹，由天穹而至大之域，正表明精神视野中宏观层次的逐级递进。

---

[1] 《庄子•徐无鬼》。陈鼓应：《庄子今注今译》，北京：中华书局983年版，第页。
[2] 《论语•雍也》。朱熹：《四书章句集注》，北京：中华书局1983年版，第90页。

三、推想未知领域的宇宙眼光

在对儒者狭隘视野的冲击中，还有一个以“谈天”同时也谈“海”而摛名于当时学术界的齐国人邹衍，邹衍的生卒年约在前324—前250年之间[1]，他是齐国的学术中心“稷下学宫”里的一位著名学者。《史记•孟子荀卿列传》说：

> 邹衍，后孟子……乃深观阴阳消息而作怪迂之变，《终始》《大圣》之篇十余万言。其语宏大不经，必先验小物，推而大之，至于无垠。……邹衍之术迂大而宏辩……故齐人颂曰“谈天衍”。

《史记•集解》引刘向《别录》也说：

> 邹衍之所言五德终始，天地广大，尽言天事，故曰“谈天”。

这些叙述、转述与评价，中心语都是“宏大”二字，齐人以“谈天”概括，真是精当之极！邹衍原是儒家，后来因为不满意儒家的狭隘，才创造了一种包括天体、地理与历史三大学说的理论体系。邹衍的“天论”和他的地理学说“大九州说”紧密相连，据司马迁在《史记•孟子荀卿列传》中介绍，具体内容是：

> 先列中国名山、大川、通谷、禽兽，水土所殖，物类所珍。因而推之及海外，人之所不能睹。以为儒者所谓“中国”者，于天下乃八十一分居其一耳！中国名曰赤县神州，赤县神州内自有九州，禹序九州是也，不得为州数。中国外如赤县神州者九[2]，乃所谓“九州”也。于是有裨海环之，人民禽兽莫能相通者，如一区中者，乃为一州。如此者九，乃有大瀛海环其外，天地之际焉。

---

[1] 据孙开泰：《邹衍年谱》，《管子学刊》1990年第2期，第55—56页。

[2] 这个“九”字是司马迁的笔误，实际上应为“八”。学术界（包括许多古今名家）引用此文，一概没有注意这一细节。因为“中国”已算“小九州”中的一州，故“中国外如赤县神州者九，乃所谓‘九州’也”，准确地说，应该是“中国外如赤县神州者八，乃所谓‘九州’也”。问题虽小，但也说明学术界对邹衍学说的研究往往是陈陈相因，人云亦云，绝大多数不够深入细致。见《史记》，中华书局点校本，第2344页。

“儒者所谓‘中国’者，于天下乃八十一分居其一耳！”“禹之序九州……不得为州数！”这是向传统挑战的声音！西汉桓宽《盐铁论•论邹篇》曾引桑弘羊的话正确地指出：“邹子疾晚世之儒墨不知天地之宏”，才激起他“推《大圣》《终始》之运，以喻王公列士”。

邹衍的地理学说可能和天文学上的“浑天说”有些联系，浑天说认为天穹如蛋壳，海水如蛋清，陆地如蛋黄，陆地被海水包围，海水又充实了陆地和天穹的全部空间，并以巨大的浮力支撑着两者的存在。因此有学者认为，浑天说是一种滨海人特有的宇宙理论：

> 滨海而居的先民们，面对苍茫晦暝、天水一色和辽阔无垠的海洋，自然会萌发出海洋支撑着整个大地的思想，再与‘天’联系起来，便很容易产生出‘浑天’的理论。浑天说认为：水（海洋）不仅载着地，同时也支撑着天。天与地都是‘载水而浮’的。[1]

邹衍的宇宙模式“中国山川→小九州→小海→大九州→大瀛海→天地之际”，跟浑天说的总体框架相当一致。区别在于浑天说的地（蛋黄）只有一个，大九州说的地（蛋黄）却有九个，而且互相被小海所环绕所分隔，人民禽兽莫能相通，成为九个独立存在的水上大陆。邹衍的大九州说对中国思想界、文学艺术界影响久远，是一种极富想象力的地理理论。笔者早年研究认为：大九州说具有战国时代地图理论的特征[2]，应是邹衍游说诸侯时对其地图模式的理论说明。这一点，我们只要想一想燕太子丹派荆轲刺秦王时“图穷匕现”的故事，就能明白地图对战国策士们的重要，尤其是对战国诸侯们的强烈吸引了。自古以来，地图就是一个国家的重大机密之一。失去地图，往往是亡国的前兆。《吕氏春秋•先识览》说：

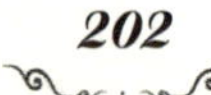

> 夏太史令终古，出其图法，执而泣之。夏桀迷惑，暴乱愈甚，太史令终古乃出奔如商。

---

[1] 郭永芳、罗琳：《提出海洋开放型地球观的邹衍》，载《山东古代科学家》，济南：山东教育出版社1991年版，第83页。

[2] 参看《管子•地图篇》；罗漫：《邹衍生平与学术二题》的第二部分，《传统文化》1991年2期。

殷内史向挚见纣之愈乱迷惑也，于是载其图法，出亡之周。

晋太史屠黍见晋之乱也，见晋公之骄而无德义也，以其图法归周。

邹衍的时代，各个大国诸侯都有统一天下的野心，邹衍有可能既用理论也用地图亦即宇宙模型去开拓各位大国诸侯的眼界和心胸：过去你们听说“溥天之下，莫非王土”[1]，其实那个“天下”小得很，仅仅是真实天下的 1/81！真正的天下广大得多，比你们所知道的大出整整 80 倍！正因为如此，《史记•孟子荀卿列传》才说：“王公大人初见其术，惧然顾化，其后不能行之。”这个“初见其术”的“初见”，应当是相当直观的地图和相当简明的文字说明才行[2]；这个“不能行之”的“行”，应当是亲自去考察或者出兵去征服、去占有。邹衍的地图打破了中国人自认为居于天下中心并且是泱泱大国的自大心理，使王公大人们由认识赤县神州在地球上的渺小而认识到自身的渺小，最后产生对巨大的宇宙空间的恐惧。

翻开《战国策》，策士们一旦游说某位诸侯，总要描述该国的“东南西北”如何如何，再说“方”多少多少。这说明他们的心中确有一幅该国的地图。《管子•地图篇》说：

凡兵主者，必先审知地图。环辕之险，滥车之水，名山、通谷、经川、陵陆、丘阜之所在，苴草、林木、蒲苇之所茂，道理之远近，城郭之大小，名邑、废邑、困殖之地，必尽知之。

身佩六国相印的大策士张仪最爱说的一句话就是：

据九鼎，案图籍，挟天子以令天下，天下莫敢不听，此王业也！[3]

苏秦也为了“合从”之策而对赵王说过“臣窃以天下地图案之”[4]的话，可证地图确是策士们进行游说活动的必备工具之一。但策士们大多

---

[1] 《诗经•小雅•北山》。

[2] 先秦书籍有图文配合的形式，如《山海经》即“山海图”的说明文；《管子•幼官》即“玄宫图”的说明文（见郭沫若《管子集校》）等等。

[3] 《战国策•秦一•司马错与张仪争于秦惠王前》及《齐二•张仪事秦惠王》。

[4] 《战国策•赵二•苏秦从燕之起始合从》。

不是地理学家，故不一定制有地图，而邹衍是历史、地理、天文、动植物、巫术兼通，甚至他的地理观也和《管子•地图篇》的语言十分接近，因此，最有可能制作地图。

邹衍认为中国的位置处在大九州亦即世界的东南角[1]，这是符合中国东南部接海的客观实际的。甚至可以说，邹衍正是把浩瀚无垠的太平洋作为大瀛海的一部分。更值得注意的是：在邹衍的地图模式中 [见图]，中国的北方、西北方、西南方，正是广阔的“中国外”之地，反映了当时人们对西北地理和西南地理的认识，同时也说明西北丝绸之路和西南丝绸之路早已开通。最后，邹衍认为大九州被大瀛海所环绕，说明他已明确将人类居住的世界（大九州）与地球（包括大九州、裨海和大瀛海）区别开来了。这在人类的认识史上也是值得记上一笔的。

天地广大，海域茫茫，正是大海的辽阔与阻隔，加上航海者接力传递的某些信息，才大大激发了邹衍的空间想象能力。事实上，太平洋已经成为邹衍自由地推想未知世界和描画秩序井然的宇宙图式的艺术空间了。

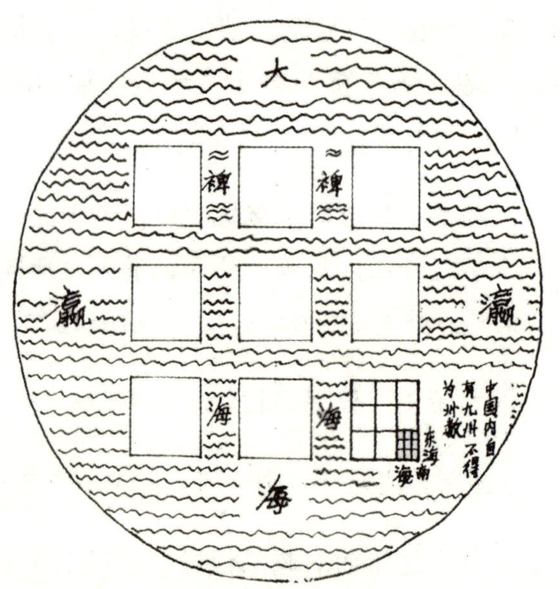

天圆地方观念中的邹衍大九州说示意图

中国居天下东南隅

[1] 王充：《论衡•谈天篇》：“邹衍之书，言天下有（大）九州。禹贡之土……在东南隅，名曰赤县神州。复更有八州，每一州者，四海环之，名曰稗海。九州之外，更有瀛海。此言诡异，闻者惊骇，然亦不能实然否。”王充对“小九州”的解说“赤县神州”之外“复更有八州”完全正确，足见王充读书远较其他人甚至远较许多现代人细心。

四、孕育宏广思维的海陆交通

邹衍的大九州说已经相当完整和精细，按照事物发展的规律，这种学说无论是在民间还是在知识界的思想言论中，都不可能没有一个萌芽成长阶段。这一阶段应当和庄周的中晚年以及庄周后学活动的时间大致相同，这种共时性使彼此的学说在传播空间中有可能自然接触，所以他们的思想中留有互相影响的痕迹。1890 年，一位曾在曾国藩幕府任职、被称为“曾门四子”之一的清廷外交官薛福成（1838 — 1894），出使英国、法国、意大利、比利时四国，于 1894 年归来之后，发表了《出使英法义比四国日记》，其中就提出了邹衍之学应有所本的问题：

> 昔邹衍谈天……司马子长谓其宏大不经，桓宽、王充并讥其迂怪虚妄……今则环游地球一周者，不乏其人。其形势方里，皆可核实测算。余始知邹子之说，非无稽，或者古人本有此学，邹子从而推阐之，未可知也。[1]

据宋人朱弁《曲洧旧闻》卷五“东坡儋耳试笔”所载，去过海南岛的苏轼也完全接受了邹衍的大九州学说：

> 吾始至南海，环视天水无际，凄然伤之，曰：“何时得出此岛耶？”已而思之：天地在积水中，九州在大瀛海中，中国在少海中，有生孰不在海岛者？[2]

大九州说的宏观意识反映了当时由于海上交通的空前发达而带来的海洋文化的丰富信息。早在春秋末期，孔子曾因“道不行”而想要“乘桴浮于海”，说明他相信大海之外确有供他“行道”之地，而且还相信当时海上的交通工具能够安全地将他送达彼岸。据现代学者研究，孔子想去的地方正是日本：

> 令人震惊的是，孔子竟然欲渡海东走。这是中国历史上第一位

---

[1] 清•薛福成：《出使英法义比四国日记》卷1，钟淑河编《走向世界丛书》本，岳麓书社2008年第2版，第76—77页。

[2] 宋•朱弁《曲洧旧闻》卷五，《师友谈记•曲洧旧闻•西塘集耆旧续闻》，孔凡礼点校，中华书局2002年版，第152页。

公开言明打算移居海外的政治家、社会活动家和学者。那么，孔子到底准备去什么地方呢？《汉书•地理志》说得很明白，其文曰：

> 孔子悼道之不行，设桴于海，欲居九夷。夫乐浪海中有倭人，分为百余国。

这两段史料中（漫按：指上文及《论语•公冶长》），有两点是非常重要的。第一，春秋时代，海外传闻的增多及海外交往的拓展，促使孔子产生了欲去海外作政治“寓公”的念头。第二，孔子欲居的海外，就是“九夷”之地。而此时的“夷”，已不在中国本土，实在便是乐浪海中的“倭人”。据此可知，此时代的所谓“夷”，即是“倭”，也即是“原日本人”（漫按：指日本列岛上的原居住民 Proto-Japanese）。[1]

我同意严绍璗先生的解读，因为这一解读完全符合班固的原意。值得注意的是：班固对孔子之语的引述，与本文第二节《向往海洋远方的辽阔世界》注释引许慎《说文》的“孔子曰：‘道不行，欲之九夷，乘桴浮于海’”[2]非常接近。这就产生一个新的问题：今本《论语》将“道不行，乘桴浮于海”和“子欲居九夷”分散到《公冶长》和《子罕》两篇，到底是班固和许慎的所见准确，还是今本《论语》准确？当然，不管是哪个版本准确，都能确保“孔子竟然欲渡海东走”，既符合孔子的原意又符合《论语》的原义。

齐景公将孔子式的空头计划变成了实践行为，甚至达到了“游于海上而乐之，六月不归”[3]的痴迷程度。到了战国前夕，齐成了北方的海上强国，吴、越、燕也都先后为了战争和商业的目的而不断发展海上交通。在邹衍生活的战国末期，诸侯们已派人入海寻求仙境和仙药了。《史记•封禅书》载：

> 自齐威、宣之时，邹子之徒论著终始五行之德。……自威、宣、燕昭，使人入海求蓬莱、方丈、瀛洲。[4]

---

[1] 严绍璗、刘渤：《中国与东北亚文化交流志》第一章《中国上古文献中关于日本的记载》，上海人民出版社，1999年版，第11页。

[2] 参阅本书第192页。

[3] 汉•刘向：《说苑•正谏》。《韩非子•十过》作“游于海而乐之”。

[4] 齐威王的在位时间为前344—前320；齐宣王的在位时间为前319—前301；燕昭王的在位时间为前311—前279。

发展到后来，就是秦始皇派遣三千人的求仙大军游弋在浩渺的海疆了。《淮南子•齐俗训》介绍齐国人航行远海的经验说：

夫乘舟而惑者，不知东西，见斗极则寤矣。

可见当时的航海设备、技术与经验已相当先进，因此域外文化的许多信息在滨海的齐国登陆，乃是十分自然的事。顾颉刚先生曾经指出：

渤海湾最适于航行，故《庄子》有齐谐，《孟子》有齐东野人之语，明由航海中得新知识，为大陆上人言之而反以为怪异。……《庄子》说“齐谐”，《孟子》说“齐东野语”，《史记》说“燕齐怪迂之士”，可见战国时齐国人说话最自由。然其恢奇实有得于海上交通。……《齐谐》为齐国志怪之书，“齐东野语”为齐国沿海人民夸大之言。[1]

“大九州说”产生于齐国稷下并非偶然。这种“中国外有海而海外有国”的说法不可能是凭空构拟，因为它有相当丰富的航海活动为背景。《吕氏春秋•听言》有这样一条十分重要的论述：

夫流于海者，行之旬月，见似人者而喜矣！及其期年也，见其所尝见物于中国者而喜矣！

类似的记载又见于《庄子•徐无鬼》：

子不闻乎越之流人乎？去国数日，见其所知而喜；去国旬月，见所尝见于国中者喜；及期年也，见似人者而喜矣！不亦去人滋久，思人滋深乎？

据此，这些航海家属于越国流放的罪人，他们将比一般的海滨居民更富于冒险精神，在海上航行的距离更远，漂流的时间更长。毫无疑问，只有远洋航海才会产生这种强烈的寂寞感，才会有这种见国货如见亲人的独特感受。这一点，我想可以用东晋时代赴印度取经求法的著名僧人法显自撰的一段游记来作证明：

法显去汉地积年，所与交接悉异域人，山川草木，举目无旧；又

[1] 顾洪编：《顾颉刚学术文化随笔》，北京：中国青年出版社1998年版，第173、259页。

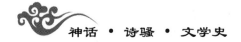

> 同行分披，或留或亡，顾影唯己，心常怀悲。忽于此玉像边[1]，见晋地白绢扇供养，不觉凄然，泪下满目。

航海者“及其期年也，见其所尝见物于中国者而喜矣”，远游于异国他乡而后泛海 14 昼夜到达斯里兰卡的出家人法显，也因见到故国的一把供佛的白绢扇而“泪下满目”。[2] 这充分说明《吕氏春秋》的记述确是先秦时代中国航海家的真实体验。今人陈奇猷先生在其巨著《吕氏春秋校释》中为上引文字写下了这样的注释：

> 据此，秦以前已有流于海至期年之久者，则着陆美洲已是意料中事。然则中国人发现美洲之说，当上溯至秦以前矣。又据此，邹衍九州之说，并非无据之谈也。[3]

关于在大海中航行，《庄子•山木》中有一段抒情诗一般优美的文字：

> 君其涉于江而浮于海，望之而不见其崖，愈往而不知其所穷。送君者皆自崖而返，君自此远矣！

你就要渡过江而航于海了，你在海上往前看根本看不到海边，你愈往远海航行愈不知哪里是彼岸。送你的人都从江岸上回来了，老朋友啊，你从此远离我们了！如此令人鼻酸的送人出海的文字，中国文学中极为罕见。可以肯定，不了解远海航行经验的人是很难写出的。顾颉刚先生也有类似看法：

> 惠施……又曰：“天下之中央：燕之北、越之南是也。”可知燕北、越南在战国时同为不知之境界。此甚有地球思想。燕之北为北冰洋，越之南为南冰洋，此在当时必有探其地者，故《庄子》有卢敖游于大阴之记载。[4]

既然先秦航海家已经能够在“望之不见其崖，愈往愈不知其所穷”的

---

[1] 玉像制指斯里兰卡最著名的两大僧寺之一的玉石佛像。

[2] 晋•法显：《法显传》卷4《师子国记游》。

[3] 陈奇猷：《吕氏春秋校释》，上海：学林出版社1984年版，第701页。

[4] 顾洪编：《顾颉刚学术文化随笔》，北京：中国青年出版社1998年版，第112页。

远方大海航行达一年以上之久，那么，《列子•汤问篇》所载的远海中五座漂流不定的仙山，其原型也就可以尝试理解为海上的巨大冰山了。只有冰山，尤其是南极漂来的巨形平顶冰山，才会被夸张描述为“其顶平处九千里”，山上的台观才会像是纯粹的金玉所作，山上的禽兽才会是纯白色，山上丛生的树木才会被美化为具有半透明性质的珠玉，“五山之根”才会“无所连着”，并且“常随潮波上下往还”而“不得暂峙”。天帝才会担心五山“流于西极”，五山中的两山才会“流于北极，沉于大海”。这里有两种可能，一是中国先秦的航海家亲眼见到了冰山；二是他们在航海的交往中，曾经听人说过冰山的形状和其它特征，然后将冰山的信息带回中国本土，再被沿海的神仙家或民间人士运用夸张想象与美化的语言加工为神话故事。有关冰山的资料介绍说，冰山形成之后，从南北两极“向赤道漂流”；

> 北冰洋每年产 280 立方公里的冰山，南极产生 1800 立方公里的冰山，冰山漂流范围占世界大洋面积的 19%，其中 93% 在南极附近的海域内。”“南极的冰山以体积巨大、顶似平板为特征，数量众多，已知最大的一座冰山长 330 多公里，宽 100 公里。……冰山在大海中漂流，能维持 2 ～ 10 年不消融。源于冰架边缘的南极平顶冰山如果受到浮冰阻塞，可以保持多年不融。……推动冰山运动的主要因素是风。……在漂流过程中，冰山和浮冰能从沉积物源地将卵砾石和细粒物质甚至动植物活体，搬运到上千英里以外的地方沉积下来。[1]

从文献资料分析，先秦航海家可能正是在扬帆太平洋而“着陆美洲”的过程中，见到或听说了南极漂往赤道方向的体积巨大的平顶冰山，因为“渤海之东不知几亿万里”，方位与距离正好是太平洋东岸的美洲，甚至是南美洲，因为那里距南极更近，更容易见到被放大为“其顶平处九千里”的巨形平顶冰山。冰山上有动植物活体，也与《列子》中的五山神话相符合。南极洲是世界上风暴最多、风力最大的地区。据记载，1960 年 12 月 9 日，马克罗伯特森地沿海地区的风速每小时达 225 ～ 250 公里[2]，然而 12 级台风也不过是每小时 119 公里左右，如此巨大的风力，

---

[1] 《简明不列颠百科全书》，第1卷第755~756页，“冰山和浮冰”条。

[2] 《简明不列颠百科全书》，第6卷第179页，“南极洲”条。

自然能将巨形的平顶冰山推移到上千英里以外。南极的平顶冰山被狂风吹向赤道也就是北极方向，两座冰山才会“流于北极，沉于大海”。冰山被狂风吹动，也符合中国典籍的记载。《史记•封禅书》云：

自威、宣、燕昭使人入海求蓬莱、方丈、瀛洲。此三神山者，其傅[1]在勃海中，去人不远；患且至，则船风引而去。盖尝有至者，诸仙人及不死之药皆在焉。其物禽兽尽白，而黄金银为宫阙。未至，望之如云；及到，三神山反居水下。临之，风辄引去，终莫能至云。……及至秦始皇并天下，至海上，则方士言之不可胜数。始皇自以为至海上而恐不及矣，使人乃赍童男女入海求之。船交海中，皆以风为解，曰未能至，望见之焉。

方士之言并非全是编造，“未至，望之如云”，是说遥望天海相接之处的巨形冰山宛如一片白云。“及到，三神山反居水下”，是说近距离观察，见到冰山“大部沉于水下，露出水面部分约当总体积的七分之一至五分之一”[2]；“盖尝有至者”云云也有可能是事实，虽然不一定是中国人。只有“诸仙人及不死之药在焉”，以及“黄金银为宫阙”，纯属夸饰。

退一步说，战国古人并未涉足远海，南极洲的巨型平顶冰山与列子的巨型平顶仙山的种种相似，只不过是两不相干的偶合而已。即使是这样，中国古人在2000多年前关于海洋空间尤其是太平洋空间的想象力，以及这种空间想象力与今人观测事实的惊人吻合，也同样会让阅读与理解这些古老文字的子孙们感佩不已！

除了《庄子》、《列子》和《吕氏春秋》的相关记载之外，产生于齐国的《管子•地数篇》也有一条令人兴奋的记载：

若以身（舟？）济于大海，观风之所起，天下高则高，天下下则下。

如果以观察点的海面为中心，“天下高”无疑是指海岸上的陆地、山峰；“天下下”当指海洋的远方、地平线的下方。作者认为在大海上观察

---

[1] 《史记•集解》云：“服虔曰：‘傅音附，或曰其传书云尔。’瓒曰：‘世人相传之。’”北京：中华书局点校本，第1370页。可见“傅”作“傅”亦即“传”理解亦可。

[2] 《辞海》1979年版缩印本第365页，“冰山”条。

大风的活动，可以看见大风吹上陆地就升高，吹向远洋就降低。这就有点直观地、朦胧地感觉到“地球是圆的”这个极其重要的地理现象了，况且用“天下高”、“天下下”来描述地表的弧度，也是非常直观和形象的。试想，假如没有齐国人如此惊人的航海实践作为思想家思考的背景，“大九州说”怎么会在齐国产生呢？五山神话和三山神话怎么会让燕齐方士和几代君主如痴如醉呢？英国著名史学家、科学幻想小说家韦尔斯说得好：

航海会使人的思想自由奔放，正象定居在狭窄的天地里会使人胆怯和卑屈。[1]

战国人爱夸“海”口，动辄“神游”、“远游”、“游无穷”，正反应了海外信息对他们的强烈诱惑。如果没有发现海外陆地，大九州的幻影就不会在邹衍的脑海中浮现。中国现代著名史学家杨宽（1914—2006）先生如此评价邹衍：

他先探究中国的地理和物产，由此作出推论。……中国叫赤县神州，九个像赤县神州那样大的州，合成一个大州，周围有裨海环绕着；这样的大州又有九个，周围又有大瀛海环绕着。邹衍说：“此所谓八极。”在那里才有八个方面的终极之处。因此中国只是整个“大九州”中的八十一分之一。《尸子》说：“朔方之寒，冰厚六尺，木皮三寸；北极左右，有不释之冰。”（孙星衍辑本下卷）已经推测到北极有常年结冰的情况。这种学说的创立，是和当时交通的发展和人们见闻的增长分不开的，有利于人们打破保守闭塞的成见。[2]

正因为大量的海外传闻刺激了战国哲人的夸张想象能力，才使得他们一张口就说云游四海的大话：谆芒“将游”水量无穷的大壑，龙伯巨人则到大壑前的五座仙山做了一场游戏，庄子要“游乎四海之外”[3]，屈原要“将往观乎四荒”[4]、“览荒外之荒忽”[5]、“横四海兮焉穷”[6]；庄

[1] [英]赫•乔•韦尔斯：《世界史纲》，吴文藻等译，北京：人民出版社1982年版，第795页。

[2] 杨宽：《战国史》第十一章《战国时代科学和科学思想的发展》，上海人民出版社2003年版，第566—567页。

[3] 《庄子•逍遥游》及《齐物论》。

[4] 屈原：《离骚》。

[5] 屈原：《远游》。

[6] 屈原：《九歌•云中君》。

子写下《逍遥游》、《知北游》，屈原写下《远游》。试想后世倘若没有唐初玄装的西游、元初丘处机的西游、以及明初郑和多达七次的“西洋之游”，又哪来充满想象力的文学巨著《西游记》？欧洲历史学家曾说，《马可波罗游记》关于中国地理、风俗、人情、经济等等的描写，“最初是引起了整个欧洲的怀疑，接着是激起了整个欧洲的想象力”[1]、“它打开了我们对于十三世纪这个世界的想象力……它直接地导致了美洲的发现”[2]。这和战国时代中国人的心态与行为为极其相似：先是海外奇闻及其信从者、传播者的言论被当作“怪力乱神”[3]、“好治怪说，玩琦辞”[4]、“遍为万物说……益之以怪”[5]、“作怪迂之变”[6]等等加以鄙视和怀疑。屈原更是写了一首长诗《天问》，对一些海外的“奇怪之事”[7]表示怀疑与否定。但是，更重要的是这些海外奇闻导致了齐威王、齐宣王、燕昭王、秦始皇派人入海寻找仙境与仙药。这对后世的宗教与文学艺术，开辟了辽远、神秘、自由、奇丽的想象天地。可见“远方传闻→理论怀疑→行为证实”的认知模式与行为模式，并非欧洲专有。文学史家勃兰兑斯指出：

> 当一个文明而有文化的民族发现了在它看来是光怪陆离而令人惊叹的另一种文明和文化时，它立即就得到一种浪漫的印象，它所受到的影响仿佛是从彩色镜里所看到的旖旎风光。”[8]

战国时代想象力的蔚起，《逍遥游》等“神游”著作与故事的成批出现，如果说竟然没有一点源于海外真实之游的刺激，那是无论如何也说不过去的。例如《晏子春秋》卷八就载有一个由海上交通而带进来的变形了的远方信息：“（齐）景公问晏子曰：‘东海之中，有水而赤。其中有枣，华而不实。何也？’”这里的“有水而赤”、“华而不实”最值得注意。联系古代中国与西方的接力交通来考察，我认为这很象变形了的红

[1] [英]韦尔斯：《世界史纲》，北京:人民出版社1982年版，第767页。
[2] [英]韦尔斯：《世界史纲》，北京:人民出版社1982年版，第766页。
[3] 《论语•述而》。朱熹：《四书章句集注》，北京:中华书局1983年版。
[4] 《荀子•非十二子》评惠施、邓析语。
[5] 《庄子•天下》评惠施语。
[6] 《史记•孟子荀卿列传》评邹衍语。北京：中华书局点校本，第2344页。
[7] 王逸：《整辞章句》评《天问》语。
[8] [丹麦]勃兰兑斯：《十九世纪文学主流》第五分册《法国的浪漫派》，北京：人民文学出版社1982年版，第26页。

海（Red Sea）。红海是印度洋西北部的长形内海：

> 海中颜色一般呈深青绿色，局部地区因海藻大量繁殖而呈绛红色，故名红海。……红海是历史上首见记载的大海域之一，大约公元前 2000 年，早期的埃及人已从事海上商业活动。公元前 1500 年，已绘制海图。公元前 1000 年从红海航行通往印度洋。[1]

红海信息辗转传入中国之后，除了海中“有水而赤”保持原形而外，难免位置由西变东、植物由“藻”变“枣”了。据语言学界的意见，藻、枣二字古今音均同[2]。这样，实有其景的红色海“藻”，也就被传说成怪诞的只开花不结果的海中红“枣”了。这种信息转换最值得注意的就是，接受者已将原来的情景加以改造，使之能够纳入中国东部的太平洋神话体系。

众所周知，中国周边无论是海洋、大陆，还是岛屿，中国人一概称之为“四海”，并以中国为中心统称为“海内外”。这种认识与中国的地理环境有着密切关系。中国东南部濒临地球上最广阔的大洋——太平洋，西北部连接地球上最广远的大陆——陆亚大陆；陆亚大陆的许多湖泊，中国都称之为“海”，如青海、咸海、黑海、里海、死海等等，甚至云贵高原也有草海、洱海；而渤海、黄海、东海、南海，都有许多大河巨川日夜流注。这种特殊的地理条件，使中国人很早就形成了“四海”广大而“中国”狭小的观念。《博物志》卷一引《尚书•考灵耀》也指出：

> 天地四方皆海水相通，地在其中盖无几也。七戎六蛮，九夷八狄……谓之四海。言皆近海，海之言晦冥无所睹也。

因此，作为中国的智者，如果要了解“天地之宏”或推想天地之外的“至大之域”，就心须将目光沿着江河之水而投向四海之外，甚至还要象《逍遥游》中的藐姑射神人那样“游乎四海之外”。中国人称呼地球上有人居住的地域为“四海”以及称国外为“海外”的另一个重要原因，就是中国文明很早就与海洋相联系了。夏代的第 8 位国君帝芒，曾经“命九夷，

---

[1] 《简明不列颠百科全书》，第3卷，第797页。

[2] 丁声树：《古今音对照手册》，北京:中华书局1981年版，第105页。

东狩于海，获大鱼”[1]，这是中国历史上最早一次由官方组织沿海各族优秀渔民专程到远海捕捉大鱼的记录，支配这一行动的当然是帝芒对海洋的好奇、向往与求知欲望。比帝芒时代略早，商汤的11世祖相土，已经将以河南商丘为中心的商族势力，扩展到渤海沿岸并且关注着对海外的开发了[2]。商汤取得天下之后，不排除一些海外小国前来庆贺与朝贡[3]。从航海工具看，甲骨文已有舟、船、帆，仅《甲骨文编》就收罗了28个“帆”字，汇集了多种风帆的形象。本世纪对殷墟的发掘，出土了为数不少的马来巨龟、鲸鱼巨骨、巨型海贝等远海产品。只有这样的地理环境、文明传统和文化交往，一部份最有智慧的中国人，如列子、庄子、屈原、邹衍，以及《山海经》的无名作者和编者们，才有条件成为最富想象力的天才群体，才会运用海洋与天空来展现他们的壮丽才情，列子与庄子才会在狂想中设计：北海之鲲必须先在海啸与风暴之中进化为鹏，然后激起三千里的高浪，乘着九万里的长风，飞上苍苍无尽的天穹，迁往被称作“天池”的南海。这个由鲲鹏、风浪与云天所组成的太平洋世界，不就是想象中从北海到南海的广阔海域与空域吗？庄子希望人们了解的，不就是这样一个陆地之外无限广大的自由空间，以及这个广大空间的无限自由吗？不就是在海天之间追求自由、实现自由的心灵愉悦吗？

五、由海而天加入宇宙生命的大竞赛

据记载：邹衍是齐国人；屈原出使过齐国；列御寇虽是郑国人，但《列子•黄帝篇》说他“之齐，中道而反”，可见也是一个向往海洋的文化奇人。至于庄周，闻一多《古典新义•庄子》说他“在齐国待过一晌”，《庄子•人间世》也有“匠石之齐”一类的故事，说明庄周或其学派也有可能象河伯那样沿着黄河而到达滨海之地。此外，《庄子》书中34次提到“齐”、“齐国”、“齐桓公”、“桓公”、“齐君”、“齐侯”、“齐谐”；19次提到“越”、“越国”、“越人”、“越鸟”、“南越”。如此频繁地议论“齐”“越”，足证庄子和庄子学派对滨海文化的强烈关注和广泛吸纳。当屈原、邹衍等东方天才站

---

[1] 《古本竹书纪年》。“大鱼”又作“大鸟”，说明在东夷文化中，可能很早就孕育了鱼化为鸟亦即鲲化为鹏的艺术原型。

[2] 《诗经•商颂•长发》：“相土烈烈，海外有截。”

[3] 《诗经•商颂•玄鸟》：“肇域彼四海，四海来假。”

在太平洋西岸，眺望着、幻想着大海乃至“渤海之东不知几亿万里”的神秘远方的时候，不难设想，神话传说、海陆交通以及海市蜃楼等等古今中外的信息，必将变幻成一幅幅光怪陆离的图景浮动于他们的眼前与脑际。这些图景不仅诱惑着、激发着他们对太平洋空间的天才想象力，而且挑起了他们探索未知、尝试冒险、回应挑战、乃至征服海洋的欲望与雄心。在这些幻想家的心目中，太平洋虽然广阔无边，但精卫衔西山之木石，岁岁填海！太平洋虽有高大冰山，但龙伯巨人一钓六鳌，连沉两山！太平洋虽有卷海狂风、滔天巨浪与吞舟大鱼，但庄子笔下一位姓任的公子已制成大钩巨索，以五十条大牛为诱饵，蹲在会稽山上，投竿东海，“旦旦而钓，期年不得鱼。已而大鱼食之，牵巨钩，陷没而下，鹜扬而奋鬐，白波若山，海水震荡，声侔鬼神，惮赫千里”，大鱼钓上来了[1]！任公子成功了，太平洋的海水平静了。“任公子”是谁？“任”“人”同音，他和那些“将游大壑”、并且希望能以人类伟力征服海洋风浪与高大冰山的“龙伯”巨“人”和其他“远游”之“人”完全无关吗？《逍遥游》之所以如此激动人心，大壑、五山、北冥、南冥之所以如此令人神往，不正是战国人的鲲鹏情思、龙伯力量与航海壮举，赋予了太平洋以更崇高的美感吗？除了蓝天之外，太平洋这个自北向南环抱中国并延向“无穷”的大海，这个战国人旬月而至、期年而至、御风而至、乘云而至、“愈往而不知其所穷”的大海，它的辽远、神秘以及视觉上的海天一体，注定它就是东方天才在地球上所能寻找得到的、足以驰骋最大想象力和展示大美情怀的最佳境域！

公元一世纪，古罗马的美学家朗吉弩斯在《论崇高》中说：

> 大自然把人放到宇宙这个生命大会场里，让他不仅来观赏这全部宇宙壮观，而且还热烈地参加其中的竞赛……这整个宇宙还不够满足人的观赏和思索的要求，人往往还要游心骋思于八极之外。……我们所赞赏的不是小溪小涧……而是尼罗河，多瑙河，莱茵河，尤其是海洋。[2]

站在地球的海洋边上或者思想的海洋边上，庄周和战国诸子，为了表达自己的生命存在和参与宇宙的生命竞赛，不仅设想“将游大壑”，而且欣

[1] 《庄子•外物》。
[2] 朱光潜：《西方美学史》，北京：人民文学出版社1979年版（2008年印刷本），第112页。

赏着当时的宇宙奇景，“乘云气，御飞龙，而游乎四海之外”[1]、“乘云气，骑日月，而游乎四海之外”[2]；甚至还将思想放飞于日月之上的高广天宇，“乘东维，骑箕尾，而比于列星”[3]，令周天万象沐浴着中国思想者的光辉。

公元1000—1500年，世界格局发生了一次最显著最惊人的变化，突厥人和蒙古人从广阔的原居住地中亚开始，利用茫茫草原的畅通无阻向四周扩张，上演了一场规模宏大的陆上侵略的历史活剧，游牧民族的铁骑狂扫了除遥远的边缘地区日本、东南亚、南印度和西欧以外的整个欧亚大陆。草原霸主退出历史舞台之后，“革命的西方人的发明是以‘海洋’代替‘草原’，作为全世界交往的主要媒介”[4]，“世界的海洋空荡荡地留给了西方人，他们迅速利用了这一大好机会”[5]，拉开了海上侵略的序幕，进而毫无阻碍地开始了全球规模的侵略活动和殖民活动。

今天，在笔者看来，自第一次世界大战和第二次世界大战开始，西方人又首先从陆地和海洋飞身跃起，迅速控制了全世界万里无垠的天空，进而控制地球大气层以外的太空，抢先登陆太阳系内的星体或人类可居星体，利用飞机、炸弹、原子弹、导弹、航天飞机、军事卫星、宇宙空间站、宇宙探测器等等先进武器和先进设备，成为军事、经济、科技、人类新知识方面的超级大国和领先强国。与此同时，也充分考虑在地球能源枯竭之时，首先向外星移民，为本国居民寻找新的宜居星体，优先开发和享用宇宙处女地的生存资源。

大智力永远和大空间同在，宏大的思维空间永远和宏大的活动空间相连。

善良的人们，尤其是富有远见的人们，当我们脚踏实地守望家园的时候，切莫忘记远眺海洋和仰视天宇！

“读《庄子》，令人意宽、思大、敢作！”[6]

---

[1] 《庄子•逍遥游》。

[2] 《庄子•齐物论》。

[3] 《庄子•大宗师》。

[4] [美]斯塔夫里阿诺斯：《全球通史——1500年以前的世界》，中译本，上海：上海社会科学院出版社1988年版，第523页引A•J•汤因比语。

[5] [美]斯踏夫里阿诺斯：《全球通史——1500年以前的世界》，中译本，上海：上海社会科学院出版社1988年版，第525页。

[6] 宋•吕本中：《童蒙诗训》。《宋诗话辑佚》，北京：中华书局1987年版，第592页。

“楚辞”新概念试说

自从宋人黄伯思提出“盖屈宋诸骚，皆书楚语、作楚声、纪楚地、名楚物，故可谓之《楚辞》”的说法已来，千余年间尚无别议。然而黄伯思的话充其量只是涉及了而不是正确阐明了“楚辞”的“楚”字，对于为什么称“辞”却毫不沾边。遗憾现行多种权威中文工具书对“楚辞”的定义或阐释，基本上都是改写黄伯思的原话。针对这一现象，本文研究并提出了“楚辞”的新概念。

“楚辞”或者“楚词”，作为对屈原、宋玉等楚地作家群的文学样式的总称，早在西汉初年的汉文帝时期至汉景帝时期就已出现。但是，为什么把屈原所创造的这种文学样式称为“楚辞”，而不是象《越人歌》那样称为“楚人歌”或“楚歌”呢？《楚辞》中不是原本就有“九歌”的诗体名称吗？对此，汉代人一句也没有解释。“楚辞”的名称使用几近千年之后，才由宋代的黄伯思首次探讨这个问题。黄伯思的结论一出现，又被千馀年来的研究者们众口一词地接受。只要翻开当代各种关于《楚辞》的研究著作、文学史、大学讲义、工具书、普及读物等等，都会碰到黄伯思的原话或者改头换面的说法。然而，黄伯思关于“楚辞”得名的结论却是不正确的，他完全没有找到“楚辞”被冠以“楚”的真正原因，更没有找到“楚辞”被称为“辞”的任何根据。

一、“楚辞”与楚语、楚声、楚地、楚物之关系

最早记载“楚辞”之名的是大史学家司马迁。《史记•酷吏列传》载：“始，长史朱买臣，会稽人也，读《春秋》。庄助使人言买臣，买臣以《楚辞》与助俱幸……。”汉初几位皇帝都喜欢《楚辞》，朱买臣熟悉《楚辞》及其吟哦方式，所以受到皇帝的任用。此事另一史学家班固也作了记载。《汉书•地理志下》载：“吴有严助（即《史记》中的庄助）、朱买臣，贵显汉朝，文辞并发，故世传《楚辞》。”《汉书•朱买臣传》则把“楚辞”写作“楚词”：“会邑子严助贵幸，荐买臣，召见，说《春秋》，言《楚词》，帝甚说（悦）之。”王逸的《楚辞章句》也是“楚辞”和“楚词”并用。在汉初帝王喜爱《楚辞》的影响下，汉代形成了文学史和学术史上的第一次“楚辞热”，大量的文学作品模仿《楚辞》，同时这些模仿作品也被称为“楚辞”。正如鲁迅在《汉文学史纲要》中所言：“后人惊其文采，相率仿效，以原（屈原）楚产，故称《楚辞》。”[1]一批著名的《楚辞》研究者如刘安、司马迁、刘向、扬雄、王逸等也相继涌现。但终汉之世，人们对“楚辞”之得名并不关心，尽管“楚辞”之名正是汉初一批屈原作品的爱好者所命名的。

正因为自汉至唐的学者对“楚辞”之名不置一词，致使对“楚辞”之名的探讨变成了宋代黄伯思的独家专利。黄伯思在《新校楚辞序》中说：

[1] 鲁迅：《汉文学史纲要》，江苏文艺出版社2008年版，第27页。

> 盖屈宋诸骚，皆书楚语、作楚声、纪楚地、名楚物，故可谓之《楚辞》。若些、只、羌、谇（suì）、謇 (qiān)、纷、侘 (chā) 傺 (chì) 者，楚语也。悲壮顿挫、或韵或否者，楚声也。沅、湘、江、澧、修门、夏首者，楚地也。兰、茝 (chǎi)、荃、药、蕙、若、芷、蘅者，皆楚物也。率若此，故以楚名之。[1]

平心而论，黄伯思关于《楚辞》特征的四点概括还是不乏精当之处的，他的错误在于把"楚辞特征"当作"楚辞名称"的根据了。众所周知，"特征"可以成为"名称"的根据，但也不完全如此，因为"特征"有大与小、重要与非重要之分。事实上，《楚辞》所写并不限于"楚语、楚声、楚地、楚物"，这四个因素在全部《楚辞》中的成分其实较小，更何况所谓"楚物"中的兰、蕙、芷、蘅等并不限于楚地所有。如宋人祝穆父子所撰《方舆胜览》卷六十八《利州东路•蓬州》引《图经》云："溪山奇秀，两蓬高峙，屹然云霄，多神仙隐士。""山多崇兰、黄花，每春秋开时，清香满山谷间，剑外他州罕有也。"[2] 可是黄伯思却非常明显地将"部分"——而且仅仅是比例很小的部分——拿来代替"整体"："屈宋诸骚，皆书楚语、作楚声、纪楚地、名楚物"。一个"皆"字的总领，证明黄伯思对"屈宋诸骚"的概括性介绍极为轻率，严重背离了"屈宋诸骚"的整体实际。比如在屈原的名篇《天问》中，除了篇末"荆勋作师，夫何长？""何环穿自闾社丘陵，爰出子文？吾告堵敖以不长"数语涉及楚人楚事之外，就完全和"楚语、楚声、楚地、楚物"了不相干。

二、"楚辞"与《诗经 · 国风》及屈原作品之关系

《汉书•王褒传》说："《楚辞》虽肇于楚，而其目盖始于汉世。""目"就是"名"。汉代人自己也认为："楚辞"之名到汉代才开始出现，至于为何称作"楚辞"就没有进一步讨论了。"楚辞"或者"楚词"的得名，可分两层去看，一是"楚"，二是"辞"或"词"。将屈原、宋玉等的作

---

[1] 《宋文鉴》卷92，又陈振孙《直斋书录解题》引作《东观余论•翼骚序》。

[2] 宋•祝穆撰、祝洙增订：《方舆胜览》卷68，中华书局2003年版，第1184页。

品冠之以“楚”，在我看来，这是受《诗经》十三国之《风》和三国之《颂》即《邶风》、《鄘风》、《卫风》、《王风》、《郑风》、《齐风》、《魏风》、《唐风》、《秦风》、《陈风》、《桧风》、《豳风》以及《周颂》、《鲁颂》、《商颂》的诗歌传统所影响。以作者的国籍称其作品，并不取决于这些作品是否写了方言声韵或地方风物。又如相传春秋时左丘明所作的《国语》，就分《周语》、《鲁语》、《齐语》、《晋语》、《郑语》、《楚语》、《吴语》、《越语》八大部分，每一种“语”之前冠以方国之名，并非根据这些国别史料记载了“方言声韵”或地名物产。由此可知，所谓“楚语、楚声、楚地、楚物”并不是“楚辞”之“楚”的真正根源，“楚辞”之“楚”只是因为屈原、宋玉等人是“楚地作家”而获得。正如鲁迅所言：“以原楚产，故称《楚辞》。”既使“屈宋诸骚”丝毫未写“楚语、楚声、楚地、楚物”，“楚地作家”的屈原、宋玉等人的骚体作品仍然可以加上“楚”字来称呼。班固在《汉书•艺文志》中说：“自孝武立乐府而采歌谣，于是有代、赵之讴，秦、楚之风。”说明在汉武帝时代，人们还习惯于以古国名称来称呼某一地区的歌谣。而“秦楚之风”的用语，正与上文论“楚辞”之名受《诗经•国风》之名所影响的推测相一致，也与前引《汉书•王褒传》所说的“《楚辞》……肇于楚”相一致，班固等人的说法再次证明：“楚辞”之“楚”并不取决于《楚辞》之中是否有“楚语、楚声、楚地、楚物”。

“楚辞”为什么又称为“辞”或“词”呢？黄伯思直至当代许多学者忽略了一个极其重要的事实：屈原在其作品中曾多次自称其作品的部分内容为“辞”或“词”！也就是说：“楚辞”之“辞”，正是源于屈原作品的自身！

我以宋•洪兴祖《楚辞补注》进行统计，发现屈原自称其语为“辞”者5例，为“词”者2例。言“词”者有

> ① 济沅湘以南征兮，就重华而陈词。——《离骚》
>
> ② 结微情以陈词兮，矫以遗夫美人。——《抽思》

言“辞”者有

① 跪敶衽以陈辞兮，耿吾既得此中正。——《抽思》

② 历兹情以陈辞兮，荪（楚王）详（佯）聋而不闻。——《抽思》

③ 与美人之抽思兮，并日夜而无正。

骄吾以其美好兮，敖朕辞而不听。——《抽思》

④ 因归鸟而致辞兮，羌迅高而难当。——《思美人》

⑤ 宁溘死而流亡兮，恐祸殃之有再。

不毕辞而赴渊兮，惜壅君之不识。——《惜往日》

以“辞”指他人言辞者只有1例，即《惜往日》的“弗省察而按实兮，听谗人之虚辞。”以“辞”作动词用者也只有《少司命》的“入不言兮出不辞”1例。

分析上述句例与事实，可知在屈原作品中，虽然自称其作品的部分内容为“辞”或“词”，但“辞”字复现五例，比“词”多1.5倍。而“辞”与“词”的意义又完全等同，这从《离骚》、《抽思》的2例“陈词”和《离骚》、《抽思》的2例“陈辞”可以看出。由此，不难理解司马迁称“楚辞”、班固既称“楚辞”又称“楚词”的原因。再者，后世对屈原作品有楚辞、楚词、楚骚、楚谣、屈赋、屈骚、屈原辞赋等等名称，但最流行最权威并且也被绝大多数学者所接受的还是“楚辞”一种。这说明“楚辞”最能唤起读者对屈原作品的深层记忆。因为屈原的全部作品，本质上说都是屈原不断“陈辞”的产物。尤其是楚王长期“敖朕辞而不听”、“佯聋而不闻”，最终导致屈原在汨罗江上“不毕辞而赴渊”。屈原的“辞”留给读者的印象最为深刻，当汉初读者要找一个准确的词来称呼屈原作品及其仿作的时候，“辞”字就理所当然地中选了。我们还应该特别感激司马迁，是他首次使“楚辞”成为屈原作品及其仿作的定称。在司马迁那里，“辞”的概念很多时候是极其明确的，试看他在《史记•屈原贾生列传》中的一段话：“屈原既死之后，楚有宋玉、唐勒、景差之徒者，皆好辞而以赋见称；然皆祖屈原之从容辞令，终莫敢直谏。”从“皆好辞而以赋见称”和“皆祖屈原之……辞令”两语可以看出：司马迁此处所说宋玉等人“好辞”的“辞”，纯粹是指屈原作品及其形式与风格[1]，“赋”则是专指诸如宋玉的《高唐赋》、《神女赋》、《风赋》以及银雀山汉墓出土的《唐革（勒）》赋》（残篇，后来学术界大多认为应称《御赋》）等等。从屈原作品中择出“辞”字来与“楚”字搭配，构成“楚辞”一语，使之获得与《诗经》十三《国风》和三《颂》相应的形式与地位，成为先秦时代一种“国别文学”的总称，这跟汉初读者、尤其是司马迁对屈原作品有着准确的理解和把握不无关系。

三、“楚辞”新概念的中心内容

综上所述，宋人黄伯思的“书楚语、作楚声、纪楚地、名楚物”数语，如果将其看作是对《楚辞》的某些次要特征的概括，自然不无道理；但如果像黄伯思本人那样，将其看作是“故可谓之楚辞”、“故以楚名之”，亦即是对“楚辞”得名的根据，那就不正确了。黄伯思的话充其量只是涉及了而不是正确阐明了“楚辞”的“楚”字，对于为什么称为“辞”却毫不沾边，如果适当修正为：

屈宋诸骚，皆楚人所产，故曰楚辞。

尽管简略，但比较符合文学概念如《秦风》、《齐语》、《楚策》的命名传统，同时比较周延，因为黄伯思的“屈宋诸骚，皆书楚语……”，只涉及“书”的对象：“楚”的语、声、地、物，忽略了“书”的主体——屈原与宋玉——的楚人身份，因而不够周延。遗憾现行多种权威中文工具书对“楚辞”的定义或阐释，基本上都是改写黄伯思的原话，如1979年版直至2010年版《辞海》云：“以其运用楚地的文学样式、方言声韵和风土物产等，具有浓郁的地方色彩，故名《楚辞》。”1980年版直至2009年版《辞源》云：“因都具有楚地的文学样式、方言声韵、风土色彩，故名楚辞。……也作‘楚词’。”1985年版《简明不列颠百科全书》云：“……用楚地文学样式，方言声韵，又多写楚地风物，具有浓郁的

[1] 司马迁也有“辞”“赋”不分的时候，如在上述引文之后又说屈原“作《怀沙》之赋”。但司马迁从未说“屈赋”或“屈原赋”之类的话，这也是后人称“楚辞”而不称“楚赋”的一个重要原因。

地方色彩，故名《楚辞》。”我以为，类似上述的“楚辞”概念应予改正或更新，因为它们并不符合“楚辞”得名的实际。

“楚辞”的新概念应以如下内容为中心，即：

> 楚辞，战国末期以楚国作家屈原作品为主的文学样式的总称，因屈原多次自称其作品的部分内容为“辞”或“词”，故名“楚辞”。也作“楚词”。楚辞具有战国时代鲜明的论辩思维和理性觉醒的特征，广泛采用神话传说、历史故事、奇情幻境、巫术仪式和空前富丽的辞采进行言说与谋篇，作品远较《诗经》时空宏广和体制巨大，在遣词、造句、取象、采事方面，充分吸纳了楚国的地方风物、方言、音调、民歌、巫辞，极为成功地抒发了以屈原为主的楚国作家群的生存感悟和审美体验，尤其是政治上的追求、失意和对故土的挚爱。

《楚辞》的奇美想象与险怪想象

本文首次将中国文学的浪漫主义风格区分为两种类型：奇美想象和险怪想象。认为这两种风格形成于《楚辞》，影响中国文学甚深甚远。例如李白的《梦游天姥吟留别》和《蜀道难》，风格一奇美，一险怪。可见有必要根据文学史实际，对浪漫主义的文学风格作出更细致的考察。

《楚辞》的浪漫主义，以《离骚》为代表，凸显为“奇美想象”；以《招魂》为代表，凸显为“险怪想象”。“奇美想象”与“险怪想象”，构成《楚辞》中两种迥然不同的艺术风格，对后世的诗歌、辞赋、小说、戏曲都有影响。有必要把这两种不同风格既区别开来又联系起来加以考察，描述它们在文学史上的演化轨迹，以便更好地评价楚辞的贡献和影响。

一、奇美想象

首先，《楚辞》的奇美想象创造了屈原纯美高洁的理想人格。屈原以作为楚王的导师为己任[1]，希望在楚国实现他的“美政”即政治理想，最终使楚国恢复强盛。在《离骚》篇首，屈原形象是以血统高贵、吉日降生、外形俊美、内心高洁而闪亮登场的。他的名字“灵均”与“正则”，具有特殊的政治寄托和文化蕴含。按照《说文》“灵”、“均”、“正”、“则”四字的解释，所谓“灵均”，即：“灵巫以玉事神”而“无不周遍”，所以《离骚》的主人公的特殊禀赋是能够往来于天地之间并与各色神人对话交流；所谓“正则”，即“正直”的“准则”或“榜样”，所以《离骚》的主人公自始至终刚直不阿、宁折不弯、“虽九死其犹未悔”。《说文》解“正”为“是也”，解“是”为“直也。从日、正”（即以天、日为正直与正确的象征）。《离骚》主人公的性格特征，完全可以在《离骚》的文本中找到依据：“指九天以为正”、“愿依彭咸之遗则”；“伏清白以死直”、“鲧（gǔn）婞（xìng）直以亡身”、“耿吾既得此中正”。诗中反对抛弃“规矩”亦即坚守法则制度，反对违背“绳墨”亦即遵行正直路线，坚定守护夏、商、周三代政治道德的“纯粹”传统等等，都是对“正直”这一人类精神结晶的至高强调。为此，他在服饰、行动、饮食、环境、精神世界等各个方面都突出“奇美”二字，以培养自己实现“美政”所必须具备的“内美”、“修能”（修態）[2]，并期望能为同时代人作出榜样。请看服饰：

扈（hù）江离与辟芷兮，
纫秋兰以为佩。
……
制芰（jì）荷以为衣兮，
集芙蓉以为裳。
……

[1] 《离骚》：“不抚壮而弃秽兮，何不改乎此度？乘骐骥以驰骋兮，来！吾导夫先路！”

[2] “修能”有两种理解：美好的能力；美好的体态——“能”通繁体的“態”。笔者一直赞同第二种理解，因为“美好的体态”既不与“内美”相重复，又与《离骚》对主人公外在形象的精心修饰相一致。

佩缤纷其繁饰兮，

芬菲菲其弥章！

——《离骚》

艳丽的鲜花，芬芳的香草，既显示主人公的外美，又外现诗人的内质。这种“奇美化”的植物装饰或法衣图案，也许在宗教活动中可以作为通神者的传统披挂，成为具有一定魔力的法器的附属品，但在实际生活中是不可能出现的。如果我们仅仅从文学角度观察，这些来自山林、原野和湖泊的新鲜植物，顿使主人公形象升华到了文学史上空前鲜活与芳洁的地步。朱熹说得好：“佩服愈盛而明，志意愈修而洁也。”[1] 又如行为：

余既滋兰之九畹（wǎn）兮，

又树蕙之百亩。

畦（qí）留夷与揭车兮，

杂杜衡与芳芷。

冀枝叶之峻茂兮，

愿竢（sì）时吾将刈（yì）。

诗人创造性地以在田园中种植香花美草来比拟培养贵族子弟，这不仅“诗化”了教育的劳动，也“美化”了教育的目的。表明诗人把一腔心血都倾注在学生身上，希望新一代的贵族子弟能够生长为美材，成为他实现美政的新生力量。

诗人还想象通过仙人专用的高洁珍异的饮食，滋养超凡的躯体，获致高品质的生命，使之与天地日月一样悠长而光辉：

朝饮木兰之坠露兮，

夕餐秋菊之落英（yāng）。

……

折琼枝以为羞兮，

---

[1] 宋•朱熹：《楚辞集注•离骚》。

精琼靡（mí）以为粻（zhāng）。

——《离骚》

登昆仑兮食玉英（yāng），
与天地兮同寿，
与日月兮齐光！

——《涉江》

诗人之所以具有这些“天彩矗发”[1]的奇美想象，是跟他的“好奇”的性格分不开的：

余自幼好此奇服兮，
年既老而不衰（cuī）。
带长铗（jiá）之陆离兮，
冠切云之崔嵬（wēi）。
被明月兮佩宝璐……

——《涉江》

没有“好奇”就没有想象，没有想象就没有浪漫主义。古今中外，所有的浪漫主义艺术家没有一个不具有“好奇”的个性。明代浪漫主义剧作家汤显祖曾经说过一段十分精彩的话：

天下文章所以有生气者，全在奇士，士奇则心灵，心灵则能飞动，能飞动则下上天地，来去古今。[2]

[1] 清•王夫之：《楚辞通释•序例》。
[2] 明•汤显祖：《序丘毛伯稿》。胡经之主编：《中国古典美学丛编》，南京：凤凰出版社2009年版，第374页。

屈原的“好奇”也许与众不同：他装点一个幻想世界的目的，完全是为了衬托形象、内心和理想的美好：陆离之长铗、切云之高冠、明月之珠、宝璐之玉，加上食用兰露菊英、琼枝玉屑，佩带各种香草鲜花，既奇伟崇高又明洁香艳。与文学史上许多浪漫主义作品的艺术形象相比，屈原的形象之美、人格之美似乎可以说是相当少见的。就连《神曲》中在恋人贝亚德丽采引导下游历天国的但丁，也没有象屈原这样讲究珍异的饮食和奇美的服饰。

“山林皋壤，实文思之奥府。”[1] 屈原的奇美想象，除了主观的“好奇”而外，客观的“江山之助”也是同等重要的资源：“楚，泽国也；其南沅湘之交，抑山国也。”[2] 从汉北、江夏到洞庭、沅湘，泽国山乡，到处留下了“弃逐”者屈原“行吟”的足迹。“袅袅兮秋风，洞庭波兮木叶下”[3]，这是泽国的“迭波旷宇，以荡摇情”[4]；“九嶷缤兮并迎，灵之来兮如云”[5]，这又是山国的峻峰奇云，平添妙想。

其次，《楚辞》的奇美想象创造了一个瑰丽缤纷的艺术王国。在这个艺术王国里，屈原是亘古未有的大画家，他的感情的血泪，调和着神话、传说的各种色素；他的想象的彩笔，则将这些色泽任意地漫天挥洒，描绘了一幅瞬息万变的宇宙图景，而他本人就是唯一能在这幅彩画中上下飞腾的艺术之王。他求索的脚步把现实与理想、现实与神话传说、现实与历史事件串联起来，上下天地，来去古今。时空的转瞬遽变，忽古忽今，忽天忽地，忽东忽西，忽南忽北，反映着诗人激情的跳荡和思绪的飘飞。在离开尘世的虚拟空间中，诗人为所欲为，叱咤风云，超越时空，命令太阳止步，叩打天门，倒转光阴，向日、月、云、雨、风、雷诸神发号施令，“驷玉虬”、“令凤鸟”、“麾蛟龙”、“诏西皇”、“驾八龙”；代表楚王向夏代的洛神、二姚、商代的简狄这些绝世美人求婚，而最终却以美人的不贞、媒人的不力、求婚的失败等等虚想的情节，隐寓追求的失败，同时表达求索者“有志极而无旁”、“终危独以离异”的伟大的孤独。

---

[1] 梁•刘勰：《文心雕龙•物色篇》。
[2] 清•王夫之：《楚辞通释•序例》。
[3] 屈原：《九歌•湘夫人》。
[4] 清•王夫之：《楚辞通释•序例》。
[5] 屈原：《九章•惜诵》。

其三，《楚辞》的奇美想象创造了诸神各具其美的外在形象、活动空间与心灵风景。诗人广泛采用楚地神话和民间故事，把故事中的人物描写成美的象征，用香花蕙草、云衣霞披，点缀男神、女神的衣冠服饰和帷幕旌旗等等，这与他在《离骚》中塑造自我形象的手法很相似。如《山鬼》：

若有人兮山之阿，
被薜荔带女罗。
既含睇兮又宜笑，
子慕予兮善窈窕。
乘赤豹兮从文狸，
辛夷车兮结桂旗。
被石兰兮带杜蘅，
折芳馨兮遗（wèi）所思。

美好的容貌、性格、感情、举动——献花给思念的情人，写得若神若人，若古若今，若中若洋，浪漫温馨，可亲可爱。而山鬼的居住环境和日常生活是：

余处幽篁兮终不见天，
……
采三秀兮于山间，
石磊磊兮葛蔓蔓。
山中人兮芳杜若，
饮石泉兮荫松柏。

“处幽篁”、“荫松柏”、“采三秀”、“折芳馨”、“饮石泉”，既符合一个山国女神的特殊身份，又不失一种娴静芳洁之美。

再如太阳神在东方天幕的亮相和在西天的谢幕：

暾（dūn）将出兮东方，
照吾槛（jiàn）兮扶桑。

抚余马兮安驱，
夜皎皎兮既明。
驾龙辀（zhōu）兮乘雷，
载云旗兮委蛇。
长太息兮将上，
心低徊兮顾怀。
……
青云衣兮白霓裳，
举长矢兮射天狼。
操余弧兮反沦降，
援北斗兮酌桂浆。
撰余辔（pèi）兮高驰翔，
杳冥冥兮以东行（háng）。

——《东君》

其四，《楚辞》奇美的想象还表现为屈原对宇宙这个大千世界的探索兴趣。如《天问》中关于天体结构和太阳行程的疑问：

天何所沓？十二焉分？
日月安属？列星安陈？
出自汤谷，次于蒙汜（sì）。
自明及晦，所行几里？

何等的奇美壮丽！这种气魄，这种手笔，这种想象，文学史上极为罕见。后世大约只有曹操的《观沧海》才勉强可以称为它的嗣响。

二、险怪想象

《楚辞》之前，文学作品中的险怪想象曾见于《庄子》的个别片断。如著名的《徐无鬼》的“运斤成风”亦即将大斧挥舞得呼呼生风：

郢人垩（è）漫其鼻端，若蝇翼，使匠石斫（zhuó）之。匠石运斤成风，听而斫之，尽垩而鼻不伤，郢人立不失容。

又如《达生》的“孔子观于吕梁”：

孔子观于吕梁：县（悬）水三十仞，流沫四十里，鼋（yuán）鼍（tuó）鱼鳖之所不能游也。见一丈夫游之，以为有苦而欲死也，使弟子并流而拯之。数百步而出，被发行歌而游于塘下。

再如《外物》的“任公子为大钩巨缁（zī）”：

任公子为大钩巨缁，五十犗（xiá）以为饵，蹲乎会稽，投竿东海，旦旦而钓，期年不得鱼。已而大鱼食之，牵巨钩，陷没而下，骛扬而奋鬐（qí），白波若山，海水震荡，声侔（móu）鬼神，惮（dān）赫千里。

可惜，庄子的险怪想象还是简短的、零碎的，而且是人化的“寓言”——“人”是这些险怪“情景”里的主角。《楚辞•招魂》的险怪想象才是长篇的、系统的、结构严整的作品，而且保持着想象与神话、传说的一致性，神、怪是险怪“情景”中的主角。诗人按“东南西北天上地下”的秩序依次展开想象：

魂兮归来！
东方不可以托些。
……
魂兮归来！
南方不可以止些。
……
魂兮归来！
西方之害，
流沙千里些。
……

魂兮归来！
北方不可以止些。
……
魂兮归来！
君无上天些。
……
魂兮归来！
君无下此幽都些。
……

诗人引用神话中关于东方的一些险怪传说：那里有800丈高的长人，专门吃人的灵魂；又有10个太阳一齐照耀，把金属烧得流淌，把石头烧得熔化。灵魂在那里将被高温融解。南方有在额头上雕花、黑牙齿、用人肉祭祀、以人骨为酱的怪物；又有成群结队的毒蛇、遍布千里的大狐狸；还有一种凶猛的毒蛇有九个脑袋，来往迅速，张开大口可以吞人。西方有流动的千里沙漠，如果人被流沙旋转，很快就会陷进神话中的河流，终将被流沙压得粉碎。假如有幸逃脱，周围也是一片荒漠的旷野，有大象一样的红蚂蚁，葫芦一样的黑蜂。在那里闲游，没有一个地方可以休息。北方是冰峰高耸，飞雪千里。东南西北四方的描写虽夹杂一些神话传说，但更多的还是作者的想象，有的并且还符合自然界的真实情况：如东方是日出之所，南方多毒蛇，西方有沙漠，北方有冰雪。如果说四方之险怪，作者好歹还有一些地理知识和神话传说作为根据，然后再加以想象加工的话，那么“天上”、“幽都”的描写就纯属险怪想象的虚构了：

虎豹九关，
啄害下人些。
一夫九首，
拔木九千些。

还有一些竖眼狼，恶狠狠地跑来跑去，怪物们还喜欢把人提起来玩耍，然后投进深渊。这样描写天堂的环境、上帝的部属，古今中外真是绝无仅有！在现存的中外神话当中，我们也几乎没有见到如此描写天庭景象的。

跟天上的景况差不多，地底下的所谓“幽都”也极为可怕：那里有九条尾巴的魔王土伯，头上长着锋利的角，指爪血淋淋的，追捕人时跑得极快极快。还有三眼、虎头、牛身的怪物，也以吃人为乐事。看得出天上的“一夫九首”，跟幽都的“土伯九约”是一种对应的想象，这在才华横溢的诗人笔下，本不是一件困难的事。

《招魂》后半部分，转用赞美之笔，精细地刻划了楚都宫室的华美清丽：

川谷经复，流潺湲些。
光风转蕙，泛崇兰些。
……
坐堂伏槛，临曲池些。
芙蓉始发，杂芰荷些。
紫茎屏风，文缘波些。
……
兰薄户树，琼木篱些。
魂兮归来，何远为些？

很显然，《招魂》中“天地四方，多贼奸些”的险怪想象，纯粹是为了制造恐怖气氛，与全诗后半部分的华美描写相对照，呼唤“魂兮归来，何远为些？”诱引死者灵魂归来而虚构的，艺术效果由于鲜明对比而分外强烈；丑的绝丑，美的绝美，两峰对峙，各逞其极。我们知道，无论是但丁《神曲》的天国，还是吴承恩《西游记》的天宫，他们都是用人间帝王的宫庭结构去排列天上的秩序，但丁甚至把天国作为人类的最高精神境界来描绘，而《招魂》描写天庭却是这样的混乱不堪，充满“贼奸”，天帝就是这些“贼奸”之首。这一点是《招魂》的特异之处，更是它险怪想象的批判锋芒和力量所在。

《招魂》中对楚宫室的赞美，对天地四方的恐怖渲染，更与诗人潜意识中的迷恋故土有关：就是死，也不能死在异邦；死在异邦，灵魂也不能停在异邦。这与屈原最后沉江汨罗的行动是一致的。而且，在楚宫里：

二八齐容，
起郑舞些。
……
吴歈（yú）蔡讴（ōu），
奏大吕些。
……
郑卫妖玩，
来杂陈些。
激楚之结，
独秀先些。

郑舞、吴歈、蔡讴、齐钟[1]、郑卫妖玩，这些象征异国进贡的乐舞，都集中到楚国王宫里来了！这与屈原“美政”的目的：重振楚国春秋时代的霸主地位，何其相符！而“激楚之结、独秀先些”，又对“楚”乐秀异出众的最高地位作了特别强调。应该说，诗人的用意正是通过乐舞（文化的象征）来寄托自己的爱国爱乡土的绵绵情思。

由《招魂》可以看出，奇美想象与险怪想象，尽管各自以其鲜明的特性分属两种不同的艺术风格，但两者并非格格不入，互为水火，而是在一定的感情纽带的连系下，能够辩证地统一起来。

三、影响与演化

移居美国的英国哲学家罗素曾在他的名著《西方哲学史》下卷第十八章中对西方的“浪漫主义运动”作过如下总结：

浪漫主义运动的特征，总的说来是用审美的标准代替功利的标准。蚯蚓有益，可是不美丽；老虎倒美，却不是有益的东西。达尔文

---

[1] 齐钟即大吕，《史记•乐毅列传》索隐：“大吕，齐钟名。”

（非浪漫主义者）赞美蚯蚓；布雷克赞美老虎。……卢梭是瑞士人，当然赞美阿尔卑斯山。在他的门徒写的小说及 故事里，见得到汹涌的激流、可怕的悬崖、无路的森林、大雷雨、海上风暴和一般讲无益的、破坏性的、凶猛暴烈的东西，这种趣味上的变化多少好象是永久性的；现在差不多人人对尼亚加拉瀑布和大峡谷，比对碧草葱茏的牧原和麦浪起伏的农田更爱好。

……

浪漫主义者的性情……喜欢奇异的东西：幽灵鬼怪、凋零的古堡、昔日盛大家族最末一批哀愁的后裔……。他们只能从宏伟、渺远和恐怖的事物领受灵感。……浪漫主义者的地理很有趣：……他们注意的是遥远的、亚细亚的或古代的地方。[1]

“浪漫主义运动”是西方独有的，但浪漫主义文学的总体性风格却是东西方共有的。事实上罗素的哲学总结和中国浪漫主义文学中的奇美想象、险怪想象就极为相似。

奇美想象在中国文学史上留下了不少脍炙人口的优美篇章，险怪想象同样也在文学史上与奇美想象双峰并峙，留下不少传诵佳作。就是同一作家的笔下，两种想象也争奇斗险，各逞姿色，相得益彰。首先值得注意的作家是宋玉。他的《高唐赋》是偏重险怪的。如写波涛的汹涌：

奔扬踊而相击兮，云兴声之霈霈。猛兽惊而跳骇兮，妄奔走而驰迈。虎豹豺兕（sì），失气恐喙（huì）；雕鹗鹰鹞（yào），飞扬伏窜。

他的《神女赋》是偏重奇美的，如写巫山神女的奇丽：

其始来也，耀乎若白日初出照屋梁；其少进也，皎若明月舒其光。须臾之间，美貌横生。晔兮如华，温乎如莹。五色并驰，不可殚形。……陈嘉辞而云对兮，吐芬芳其若兰。

从体态、行动、容貌、颜色、温度，到语言、气息，作家无不作了

[1] 罗素：《西方哲学史》下卷，北京：商务印书馆1976年版。第216—217页。

美的想象与比拟。因此，神灵世界的美的女性，除湘夫人、山鬼等外，又添了一个巫山神女。他的《登徒子好色赋》则是美怪并存之作：东家之子的美是：

> 天下之佳人，莫若楚国：楚国之丽者，莫若臣里，臣里之美者，莫若臣东家之子。东家之子，增之一分则太长，减之一分则太短。着粉则太白，施朱则太赤。眉如翠羽，肌如白雪，腰如束素，齿如含贝。嫣然一笑，惑阳城，迷下蔡。

随着美人范围的缩小，绝美者的形象越来越突出，宛如在满天星斗的夜空中突现一颗流星，引人注目而不暇他顾。但登徒子之妻的丑却是：

> 蓬头挛（luán）耳，齞（yàn）唇历齿，旁行踽（jǔ）偻（lóu），又疥（jiè）又痔。

这是中国文学史上第一个丑妇形象：头发蓬乱，耳轮卷曲，唇短牙暴，走路倾斜，驼背佝偻。宋玉甚至凭着怪异的想象，感知了登徒子之妻的“后病”，真是再怪也没有了。然而，美与丑却为着某种目的而并存于同一作品之中，在这里，我们似乎不难看出《招魂》手法的影响痕迹。只是已有了根本性的转移：艺术形象是人而不是非人的鬼与怪。这一点对司马相加创作《美人赋》有很大影响。

淮南小山的《招隐士》是一篇从命意到表现手法都刻意摹拟《招魂》的险怪想象的作品：

> 山气巃（lóng）嵸（cóng）兮石嵯峨，
> 溪谷崭岩兮水曾波。
> 猨狖群啸兮虎豹嗥，
> 攀援桂枝兮聊淹留。
> ……
> 虎豹斗兮熊罴咆，
> 禽兽骇兮亡其曹。
> 王孙兮归来，

山中兮不可以久留！

这首诗写山中景物孤寂而恐怖，希望潜居山林的隐士及早归来，是后世招隐诗之祖。其转移是：《招魂》中那种超验空间的挤满变形鬼怪的诡异境界已不复存在，完全是人间山林里可能有的险怪景象的集中与夸张了。

枚乘《七发》中的“广陵观涛”一节，也是奇美与险怪并存：

> 其始起也，洪淋淋焉，若白鹭之下翔，其少进也，浩浩溰溰（āi），如素车白马帷盖之张，其波涌而云乱，扰扰焉如三军之腾装。其旁作而奔起也，飘飘焉如轻车之勒兵。六驾蛟龙，附从太白。……

刘勰《文心雕龙•杂文》认为：“枚乘摛（chī）艳，首制《七发》，腴词云构，夸丽风骇。”上引文字可作“夸丽”的代表。“其始起也……其少进也”，可以看出是摹拟《神女赋》的“其始来也……其少进也。”紧接“夸丽”之后，作者又写了一节“风骇”的景象：

> 遇者死，当者坏，……鸟不及飞，鱼不及回，兽不及走。……荡取南山，背击北岸，覆亏丘陵，平夷西畔。险险戏戏，崩坏陂池，决胜乃罢。……神物怪疑，不可胜言。……此天下之怪异诡观也。

枚乘是体制《七》的创始者，其构思方法与描写手段尽管上承《楚辞》，但却标志着幻想境界的“奇美险怪”已经转变为现实境界的“夸丽风骇”了。后来仿《七》的作品，以及扬、马、班、张等人的大赋，其特点也都大体不出“夸丽风骇”的藩篱。

值得注意的是，此时奇美想象的浪涛已飞翻出辞赋体裁的堤围，浸淫于别的文体了。如宣帝时王褒的《圣主得贤臣颂》所塑造的神马形象：

> 纵驰骋骛，忽如景靡。过都越国，蹶（jué）如历块。追奔电，逐遗风。周流八级，万里壹息。何其辽哉，人马相得也！

“唐诸王孙”的浪漫主义诗人李贺，曾有托物言志的《马诗二十三

首》，其构思正得益于此。

东汉已降，张衡的《思玄赋》，可以说是一篇上承《楚辞》奇美想象的作品，笔法摹拟《离骚》和屈原的其它作品，如：

旦余沐于清源兮，
晞（xī）余发于朝阳。
漱飞泉之沥液兮，
咀（jǔ）石菌之流英（yāng）。

但也有他独创的一些境界，如：

命王良掌策驷兮，
逾高阁之将将。
建罔车之幕（mì）幕兮，
猎青林之芒芒。
弯威弧之拔剌兮，
射嶓（bō）冢之封狼。
观壁垒于北落兮，
伐河鼓之磅硠（láng）。
乘天潢之泛泛兮，
浮云汉之汤（shāng）汤。
（加点者均为天体名称）

张衡是一个在研究星空和地球方面作出了重大贡献的科学家，他对历史知识、天象变化、神话传说的掌握运用，以及他的艺术想象都不亚于屈原，这是他能够巧妙地根据天体的名称，一口气连用驾车、围猎、射狼、观战、击鼓、乘船等想象去组合众多天象的原因。张衡晚年还受到宦官迫害，郁郁不得志。他也象屈原一样在幻想境界中寄托和追求理想，但他终于把学术理论的探讨和归隐过“安时静而随时”的生活作为最后归宿，缺乏屈原以一死殉理想的激情和愤郁。所以，尽管《思玄赋》不乏一些奇美的想象、文辞、意境，但由于摹拟痕迹过重和情不胜文，其价值终究不是很高。

能以浪漫主义的奇美想象写出追比《楚辞》的杰构的，要数魏初曹植的《洛神赋》了。据作者自称，本篇是“感宋玉对楚玉说神女之事，遂作斯赋”，即是仿《神女赋》而作。其实篇中的造句命意，受《九歌》影响的地方也不少，不过更多的却是作者的创造。如：

其形也，翩若惊鸿，婉若游龙。荣耀秋菊，华茂青松。髣髴兮若轻云之蔽月，飘摇兮若流风之回雪，远而望之，皎若太阳升朝霞；迫而察之，灼若芙蕖出绿波。……于是洛灵感焉……竦轻躯以鹤立，若将飞而未翔。……超长吟以永慕兮，声衣厉而弥长。

作者以序文中“古人有言，斯水之神名宓（fú）妃”为基础，通过奇美的幻想，成功地塑造出洛神这个美女的形象，最后写“人神之殊道”，洛神、作者两两含恨而别，抒情的意味，悲剧的气氛都很浓厚。《洛神赋》不仅上承《九歌》和《神女赋》的奇美想象，而且下启李贺的《金铜仙人辞汉歌》和《苏小小墓》的构思。

魏晋南北朝以后，由于佛道二教的兴盛，奇美想象和险怪想象多出现在志怪小说中，有的则是根据民间传闻加工的，主要源流不同，跟楚辞浪漫主义的影响似乎关系不大，这里不予讨论。

南朝宋鲍照的《芜城赋》，前人曾认为是一篇继承《楚辞》精神的著名抒情小赋。它以险怪的实写为核心，描绘广陵旧城遗址的荒芜恐怖；再以奇丽的虚写为辅，追想广陵昔日的繁丽华美：原来的“歌咏沸天”之地，现在是“木魅山鬼，野鼠城狐”，嗥叫于风雨之夕，出没于晨昏之时，饥鹰磨嘴，猛虎喝血……。其中的险怪部分，对唐人李华创作《吊古战场文》有很大影响。这种表现方法尽管类似《招魂》，但浪漫的色彩已经消褪，转向现实世界的夸张和有限度的虚构了。

隋唐五代以后，奇美想象与险怪想象在辞赋中的生命力已逐渐衰微，杰出的作品几乎没有出现，不过，“吐峥嵘之高论，开浩荡之奇言”的李白之作尚可一读，试看他的《大鹏赋》：

脱鬐（qí）鬣（liè）于海岛，张羽毛于天门。刷渤（bó）澥（xiè）之春流，晞扶桑之朝暾（dūn）。燀赫乎宇宙，凭陵乎昆仑。一鼓一舞，烟朦沙昏。五岳为之震荡，百川为之崩奔。

尔乃蹶（jué）厚地，揭太清。亘（gèn）层霄，突重溟。激三千以崛起，向九万而迅征。……簸鸿蒙，扇雷霆。斗转天动，山摇而海倾。怒无所搏，雄无所争。固可想象其势，仿佛其形。

若乃足萦虹蜺（ní），目耀日月。……喷气则六合生云，洒毛则千里飞雪。邈彼北荒，将穷南图。运逸翰以傍击，鼓奔飙而长驱。……块视三山，杯观五湖。……

尔其雄姿壮观，坱（yǎng）轧河汉（意为身影远映河汉）。上摩苍苍，下覆漫漫。盘古开天而直视，羲和倚日以旁叹。缤纷乎八荒之间，掩映乎四海之半。……

李白的大鹏虽然脱胎于庄子的《逍遥游》，但毕竟有许多新的创造，例如“洒毛则千里飞雪”，不仅意象新奇，而且可能还是后人“战罢玉龙三百万，败鳞残甲满天飞”的艺术张本。当然《大鹏赋》也有不少前人大赋的通病：过分虚拟，缺少连贯，个别片段可能令人惊喜，但整体形象支离破碎，通篇语言拖沓怪异。以李白的天才，大赋也只能达到这种水平，说明大赋确实走到了末路。

与辞赋不同，由于唐代的一批浪漫主义诗人的崛起，奇美想象和险怪想象又重在诗歌领域里大放光华了。

首先将浪漫主义雄风卷进诗坛的，是胸怀“济苍生”、“安黎元”、“使寰区大定，海县清一”的远大理想的李白，他计划理想实现之后，“将欲倚剑天外，挂弓扶桑，浮四海，横八荒，出宇宙之寥廓，登云天之渺茫”，但此前却“吾未可去也，……安能餐君紫霞，荫君青松，乘君鸾鹤，驾君虬（qiú）龙，一朝飞腾，为方丈、蓬莱之人耳”[1]？这段文字，颇能道出李白爱好奇美想象的特点。而他“一生好入名山游”，名山美景的熏陶，又进一步刺激了、丰富了原有的奇美想象。但是，世界并不象李白所憧憬的那般美好，所以他的笔下也出现了一些险怪的境界，著名的有《鸣皋歌送岑征君》：诗人想象冰天雪地里的鸣皋山，“若长风扇海，涌沧溟之波

[1] 李白：《代寿山答孟少府移文书》。

涛”。黑色的猿，绿毛的罴，被险峰峻岭吓得吐出舌头。虎在山谷中怒吼，卷起狂风；龙在深溪里腾跳，吐出云雾。鹤声凄厉，饿鼠若哭。诗人发誓“固将弃天地而遗身”，离开险怪的环境，到一个物我相亲的地方去：

白鸥兮飞来，
长与人兮相亲！

结尾的奇美图景，源于《列子》中人与海鸥亦即人与大自然的和美共处，李白多次表达过这种理想和情趣，如“且放白鹿青崖间，须行即骑访名山”等。以浪漫主义的险怪想象描画人世险恶的诗作还有名篇《蜀道难》和《远别离》。两诗都借助于神话传说，夸张、浪漫的色彩显得更为浓厚，后一首的悲剧气氛尤其具有惊心骇目的艺术效果。《蜀道难》的造句命意，得力于《招魂》的险怪想象：

噫吁（hū）嚱（xī）！
危乎高哉！
蜀道之难，
难于上青天！
……
问君西游何时还？
畏途巉（chán）岩不可攀。
……
蜀道之难，
难于上青天！
……
其险也如此，
嗟尔远道之人胡为乎来哉！
……
所守或匪亲，
化为狼与豺。
朝避猛虎，

夕避长蛇。
磨牙吮血。
杀人如麻。
锦城虽云乐，
不如早还家。
蜀道之难，
难于上青天！

“蜀道之难，难于上青天”的三重咏叹，令人想起《招魂》的“东方不可以托些……南方不可以止些……君无上天些……”；“问君西游何时还？”“嗟尔远道之人胡为乎来哉”！“锦城虽云乐，不如早还家！”反复致意，又令人想起《招魂》中声声“魂兮归来”的深情呼唤。《蜀道难》的本事经过若干年的讨论，现在基本确认是李白的送别之作。我认为，这与李白经常在送别诗中抒发愤郁之情，表达对时局的认识、对国策的批评是一致的。《远别离》又借描写远古时代娥皇女英与帝舜生离死别的故事，以及二妃溺死于湘江的险怪景象，显示了作者对“君失臣”之惨、“龙为鱼”之害的洞察力：

海水直下万里深，
谁人不言此离苦！
日惨惨兮云冥冥，
猩猩啼烟兮鬼啸雨。
……
君失臣兮龙为鱼，
权归臣兮鼠变虎。

李白的奇美想象典型地体现于《梦游天姥吟留别》和《古风•西上莲花山》两首诗中。前者展现了仙山上与人世间迥然不同的洞中世界：

青冥浩荡不见底，
日月照耀金银台。

霓为衣兮风为马，
云之君兮纷纷而来下。
虎鼓瑟兮鸾回车（chā），
仙之人兮列如麻。

这里的一切，又把我们带到了楚辞的想象天地。《西上莲花山》更象是一篇浓缩了的《离骚》：

西上莲花山，
迢迢见明星。
素手把芙蓉，
虚步蹑太清。
霓裳曳广带，
飘拂升天行。
邀我登云台，
高揖卫叔卿。
恍恍与之去，
驾鸿凌紫冥。
俯视洛阳川，
茫茫走胡兵。
流血涂野草，
豺狼尽冠缨。

《离骚》结尾写诗人驾八龙，载云旗，在一片歌舞声中向辉煌灿烂的皇天飞驰而去，但忽然低头看见了故乡，终于停止前进。李白更进一步写出了社稷苍生在“安史之乱”中蒙受“胡兵”杀掠的血淋淋的惨景。可以说，《楚辞》浪漫主义的奇美想象和险怪想象，又在李白的诗歌之林中开出了新艳的奇花。

“岑参兄弟皆好奇，携我远来游渼（měi）陂。”在“好奇”的岑参兄弟的影响下，伟大的现实主义诗人杜甫也写了一首颇具浪漫主义色彩的

《渼陂行》。诗人抓住渼陂在天气阴晴不定的中“奇”景驰骋想象，联系传说中的神仙怪异，写得迷离惝恍：

此时骊龙亦吐珠，
冯夷击鼓群龙趋。
湘妃汉女出歌舞，
金支翠旗光有无。
咫尺但愁雷雨至，
苍茫不晓神灵意。

时而险怪，时而奇美。湘妃汉女句“此是虚景，本之楚辞”，“章法奇诡，莫此为甚”[1]。在杜集中，算得上别具一格之作。

那么，“好奇”的岑参又是如何呢？他贡献给诗坛的，不是人们见惯了的江南奇景，也不是人们听惯了的远古神话，而是令人耳目一新的西北边塞的丽景奇闻：

侧闻阴山胡儿语，
西头热海水如煮。
海上众鸟不敢飞，
中有鲤鱼长且肥。
岸旁青草常不歇，
空中白雪遥旋灭。
蒸沙烁石燃虏云，
沸浪炎波煎汉月。
阴火潜烧天地炉，
何事偏烘西一隅？
势吞月窟侵太白，
气连赤坂通单于。

——《热海行送崔侍御还京》

---

[1] 清•沈德潜：《唐诗别裁集》卷6。

海水滚沸的热海之中，居然鲤鱼长且肥，蒸沙烁石的热海之岸，居然青草常不歇！这奇绝怪绝之景，你可以归功于胡天的神话，但热海的炎气可以“燃虏云”，热海的沸浪在“煎汉月”，甚至天地之炉，为何阴火偏烘此处？以致热浪吞没了西极月亮的老家，侵扰了西天太白的星域……。这些，你总不该不归功于“好奇”诗人的浪漫想象吧！

如果说《热海行》是险怪中有奇美的话，《白雪歌送武判官归京》就是奇美中有险怪了：

北风卷地白草折，
胡天八月即飞雪。
忽如一夜春风来，
千树万树梨花开。
……
翰海阑干百丈冰，
愁云惨淡万里凝。
中军置酒饮归客，
胡琴琵琶与羌笛。
纷纷暮雪下辕门，
风掣红旗冻不翻！

胡天八月，北风卷地，飞雪漫天，白草冻折，瞬间即是一个冰雪世界！这跟“停车坐爱枫林晚，霜叶红于二月花”的江南风光差别多大啊！但是，如果换一个印象去看：“忽如一夜春风来，千树万树梨花开。”这不也是一种在北国雪地里所独有的江南春光么！诗人在中原生活过，过去满树梨花的美好记忆，此时在冰雪之中忽然跃出他的脑海[1]，使他唱出了如此奇美乐观的诗句。但笔锋一转，写到送别友人，这一切景象又顿时改变了颜色：“瀚海阑干百丈冰，愁云惨淡万里凝。”神话中“北方有曾冰万里，厚百丈”[2]的险怪景象也呈现现于他的想象中了。但一看军营

[1] 岑参出塞之前，曾有《梁园歌送河南王说判官》诗云：“梁园二月梨花飞，却似梁王雪下时。”李白的《送别》也有“梨花千树雪，杨叶万条烟“的描写。

[2] 宋•洪兴祖《楚辞补注•招魂》引汉•东方朔《神异经》。“曾冰”：高冰或层冰。

上空的红旗，在冰天雪地、疾风猛掣的晶莹世界里宛如彩色的雕塑高挂不翻！这既可告慰友人，也象征着将士戍边的豪情。奇美包容险怪，险怪反衬奇美。时间、空间、景物、感情的跳荡变化，喜欢平实而不“好奇”的诗人是很难创作出来的。

岑参另一些诗也以夸张险怪来抒写豪壮之气，如：

轮台九月风夜吼，
一川碎石大如斗，
随风满地石乱走。

——《走马川行奉送出师西征》

四边伐鼓雪海涌，
三军大呼阴山动。
虏塞兵气连云屯，
战场白骨缠草根。
剑河风急云片阔，
沙口石冻马蹄脱。

——《轮台歌奉送封大夫出师西征》

岑参的功绩不仅在于开拓了浪漫主义诗歌的新的美学天地，而且在于将歌颂的对象由塑造诗人的自我形象转变为歌颂包括诗人在内的英雄群象。后一点是屈原、李白所未能达到的。

把奇美想象和险怪想象转变为凄艳幽冷和虚荒诞幻的，是中晚唐之交的浪漫主义诗人李贺，李贺出身于一个丝毫不值得夸耀的没落贵族家庭，但他本人却非常看重这一点，每每以“王孙”自居。这就使他比较容易产生屈原、曹植那样远大的政治抱负，以及遭受打击时忧国忧身的情感，在创作上则是学习他们借助神话传说来寄托心事的浪漫主义手法。李贺也描写幻想中的神仙境界，寄托他的苦闷和追求。如《天上谣》写天宫的种种美好：

王子吹笙鹅管长，
呼龙耕烟种瑶草。
粉霞红绶藕丝裙，
青洲步拾兰苕春。

这里不仅有“呼龙耕烟种瑶草”的空前新奇、极富诗意的劳作，而且有与传统连接的爱情、美好青春和戏游玩乐，使我们想起《洛神赋》的“众灵杂沓，命俦啸侣：或戏清流，或翔神渚，或采明珠，或拾翠羽”，但《天上谣》的描写却使天仙的生活更富于人间性、人情味。这是李贺一首美丽的梦幻曲，反映着他所憧憬的生活情景。

李贺还有摹拟《湘君》、《湘夫人》的意境和神韵的《帝子歌》，有摹拟《山鬼》的《苏小小墓》。后者最为成功，是一篇可以追比《山鬼》的杰作：

幽兰露，如啼眼。
无物结同心，
烟花不堪剪。
草如茵，松如盖。
风为裳，水为佩。
油壁车，夕相待。
冷翠烛，劳光彩。
西陵下，风吹雨。

从形象看：幽兰上晶莹的露水，是苏小小啼哭含泪的眼睛，丰茸的花草是她静坐的绣垫，繁茂的松枝是她遮阴的巨伞。风是她轻飘的罗衣，水是她透明的环佩……较之“被薜荔兮带女罗”、“饮石泉兮荫松柏”的山鬼，显得更为凄艳。从情感上看：人鬼隔离，苏小小无物结同心，她的一切都是大自然的赐予，同时也是大自然的自身，不是她的能力所能据有，即使她伤心地哭了，也没有能力剪下坟上的一朵野花赠给情人，尽管如此，苏小小也不愿放弃和背叛自己的爱情，最终单方面赴约了……。苏小小的个性，渗透着李贺对理想执着追求的情感和血泪。艺术上则反映了李贺把《楚辞》浪漫主义的奇美想象“凄艳”化，从“采三秀兮于山间”的神变为“烟花不堪剪”的鬼。山鬼和苏小小都以对爱情的一片痴诚而增添她们的女性美，沿着这条在浪漫主义的奇美想象中飘舞的艺术曲线，我们还可以找到唐传奇《离魂记》中离魂私奔的张倩娘；明杂剧《牡丹亭》中死而复生的杜丽娘；清小说《红楼梦》中由仙草变为仙女、由仙女托生于人世、用眼泪偿还神瑛侍者浇灌之恩的林黛玉……。这些美丽的女性都是围绕着爱情这一人类最纯洁最高尚最美好的情感而展现着各自独特的风韵，同时也寄托着艺术们对理想人性和理想生活的向往。

险怪想象也由李贺发展和推进到了极其幽冷和虚荒诞幻的“鬼”的世界：

百年老鸮（xiāo）成木魅，
笑声碧火巢中起

——《神弦曲》

月午树立影，
一山唯白晓。
漆炬迎新人，
幽圹（kuàng）萤扰扰。

——《感讽》其三

秋野明，秋风白。
……
冷红泣露娇啼色。
……
石脉水流泉滴沙，
鬼灯如漆点松花。

——《南山田中行》

奇美想象和险怪想象，历魏晋南北朝隋唐宋元诸季，在曲折发展的路途中，不断吸收和融合各种外来文化，至有明一代，终于在天才作家吴承恩的手里，达到了完美融合和辩证统一的高峰，出现了众“险”咸集、群“怪”毕至，有“奇”有“美”的东方巨著《西游记》。

[附记]

原载《江江论坛》1984年第8期。发表前曾提交该年端阳节在武昌举行的“湖北省屈原学会成立大会”，会后《江汉论坛》在来自省内外的会议论文中选发此文，并在同期刊载会议述要一篇，以示配合。本文观点被会议述要摘录之后，《新华文摘》1985年第1期第154页转载述要。此后，《中国文学研究年鉴》（1985）第614页录题，曹础基主编的《先秦文学集疑》（广东高教出版社1988年版）第326页涉及“两种风格”的观点。文章节录之后，收入《楚辞评论集览》。此次据底稿增改。

常常听到一些朋友抱怨：西方浪漫主义与中国文学是两码事，如果认为中国文学也有所谓“浪漫主义文学”并不妥当。对此，本文曾言及：“‘浪漫主义运动’是西方独有的，但浪漫主义文学的总体性风格却是东西方共有的。”（本书第 页）我认为事实上正是如此。近日读到华裔学者、美国南加州大学比较文学系及东亚系、东亚研究所教授张错（Dominic Cheung）先生对“浪漫主义”的专文诠释，领会下来，依然觉得东西方文学确实存在共同的“浪漫主义”的“总体特征”或“主要元素”。节录于下，以供对“中国浪漫主义文学”有着否定看法的朋友们参考：

> 所有文学流派当中，浪漫主义是较难遽下定义的一种。它在文学、艺术、哲学、政治中均占一席位，但就没有一个总义能为它全面定位。即使在文学，也是众说纷纭，大致可认定其本质蕴含主观经验、想象、创新及个人身份。
>
> ……最早提出浪漫主义一词的是德国批评家……菲德烈•施莱

格尔（Friedrichvon Schlegel，1772-1829），以浪漫主义崛起，去抗衡那强调理性、秩序、节制、均衡的新古典主义（Neoclassicism）。

因此一般共识，浪漫主义遍布欧美大陆，兴起于十七世纪德国，大成于十八世纪末至十九世纪的英国。……

为了抗衡新古典主义模拟古人而在词藻上矫揉造作，浪漫主义强调个人主观经验与情感流露。文字上也喜欢流畅的生活语言，更崇尚自由想象力。

想象（imagination）始终是浪漫主义最重要的元素。柯勒律治把幻想（fancy）与想象分开，前者是一种脑中的机械活动，只能安排那些早已储存在脑海中的知识形象思维。但想象却不一样，它有两层作用，第一层的初级想象（primary imagination）只是单向思维，从一个起点到一个终点。但二级想象（secondary imagination）却是一个有机体（organic），拥有一种“组合想象力质素”（esempplastic element），去把许多不同分散的事物重新融汇组合，而成一个复合体。

浪漫主义相信人性至善，长大时被社会习俗污染，所以特别喜欢怀想童年及人性原始的无邪童真……

浪漫主义个人与社会关系若即若离。浪漫主义者的理想崇尚自然事物，保持对人为机械社会的戒心，但不抗拒。……浪漫主义笔下的英雄，经常与社会疏离而郁郁寡欢。

——摘自《西洋文学术语手册》之“Romanticism 浪漫主义”。上海译文出版社 2012 年 9 月版，第 291-292 页。

前引罗素《西方哲学史》曾说：“浪漫主义运动的特征，总的说来是用审美的标准代替功利的标准。”这与张错关于浪漫主义的主要元素的介绍相辅相成。譬如“主观经验、想象、创新及个人身份”的四大“本质”特征、反对模拟古人、强调个人主观经验与情感流露、文字上喜欢流畅的生活语言，更崇尚自由想象力、推崇“二级想象”的“组合想象力”（esempplastic element），把许多不同分散的事物重新融汇组合成一个复合体、相信人性至善，长大时被社会习俗污染，所以特别喜欢怀想童年及人性原始的无邪童真、浪漫主义笔下的英雄，经常与社会疏离而郁郁寡欢等等，我们不是部分可以或者绝大部分可以在庄周、屈原、宋玉的作品中遇见么？既然如此，有必要否定中国同样具有浪漫主义文学吗？（2012年12月16日补记）

当然，东西方浪漫主义笔下的英雄不会完全等同。比如东方的英雄一旦乘风升空或“乘彼白云，至于帝乡”（《庄子•天地》），立即与阳光、彩云、音乐、仙女、仪仗等等愉悦欢快的事象联系在一起。一旦俯视大地或回归人间，立即被苦难、烦恼、困境所包围和缠绕。尽管如此，浪漫主义笔下的主人公在天空、天庭、月宫、天河、远海、地心、美丽岛、外太空、水下世界、洞中仙境、奇异梦境等等变形空间之中，展开或长或短的非人间的浪漫生涯，这种浪漫主义的活动空间的特征，古今中外大体是一致的。（2012年12月16日补记）

战国宇宙本体大讨论与《天问》的产生

先秦哲学大讨论的两大主题是宇宙本体和天人关系，在《天圆》、《天志》、《天瑞》、《天地》、《天道》、《天运》、《天下》、《天则》、《天权》、《天官》、《天论》这一大片“天”的理论森林之中，挺立着一株挂满疑问之果的参天大树——《天问》，乃是非常自然、非常符合当时的学术气候的。《天问》的创作动因，是屈原要以自己的声音加入到当时的最高学问——宇宙与人的时代大论辩里去。

一、春秋战国：一大片“天”的理论森林

《天问》云：“上下未形，何由考之？”上下者，天地也。接触过先秦哲学史的人都知道：先秦哲学大讨论的两大主题是宇宙本体和天人关系，用《庄子•天下篇》的话来说，就叫“判天地之美，析万物之理，察古人之全”！而《天下篇》的性质是什么呢？陈鼓应先生说：“《天下篇》，为最早的一篇中国学术史；批评先秦各家学派的论著，以这一篇为最古。”“本篇一开头就标示了最高的学问乃是探讨宇宙、人生本原的学问（‘道术’）”[1]。那么《天问》的性质又是什么呢？清季以前的学者，不管是否同意呵壁说，几乎都认为是“抒愤”之作。林庚教授近年推出新论，说是一部史诗[2]。而我却要说是一首与《庄子•天下篇》媲美辉映的最早的中国学术诗，或者更确切一点说，叫做《战国学术大讨论系列问题诗》。它也是在“判天地之美，析万物之理，察古人之全”！谓予不信，请看战国时代讨论宇宙本体和天人关系的一系列以“天”命名的学术专章——《墨子》有《天志》、《列子》有《天瑞》、《庄子》有《天地》、《天道》、《天运》、《天下》、《鶡冠子》有《天则》、《天权》、《尉缭子》有《天官》、《荀子》有《天论》。甚至早在春秋末，孔门弟子曾参的《曾子》就已经有了一篇《天圆》。与屈原同时代的邹衍，其著作早已散佚，但当时的理论界送给他一个雅号：“谈天衍”。[3]——跳出了壁画的缠绕层次之后，广阔背景上的更高层次的文化视点，以及远比《天问》更为宏伟的文化参照系统已使我们看到：在《天圆》、《天志》、《天瑞》、《天地》《天道》、《天运》、《天下》、《天则》、《天权》、《天官》、《天论》这一大片“天”的理论森林之中，挺立着一株挂满疑问之果的参天大树——《天问》，乃是非常自然，非常符合当时的学术气候的。从春秋末到战国末，哲人们对自然之“天”的兴趣越来越浓厚，天时也，地利也，人和也，屈原什么也没有缺少。《天问》的创作动因，是屈原要以自己的声音加入到当时的“最高学问”——宇宙与人的时代大论辩里

[1] 陈鼓应：《庄子今注今译》，中华书局1983年版，第852页。

[2] 林庚：《天问论笺》，人民文学出版社1983年版。

[3] 《史记•孟子荀卿列传》云：“邹衍之术，迂大而宏辩。……故齐人颂曰‘谈天衍’。”《集解》引刘向《别录》云：“邹衍之所言五德终始，天地广大，尽言天事，故曰‘谈天’。”

去。《天问》的写作，苏雪林女士曾说是屈原经过精心准备、苦心结撰而成[1]。我的看法刚好相反。因为战国时期在进行理论辩难时，最推崇“不辞而应，不虑而对”[2]、“不先虑，不早谋，发之而当，成文而类，居错迁徙，应变不穷，是圣人之辩也”[3]。这种“不虑而对”“应变不穷”的“圣人之辩”，由于过分强调机敏权变，难免产生一些很不理想的效果。这也许可以说明为什么《天问》整体的脉胳是清晰的，而具体疑问的前后之间却不存在紧密联系。个别疑问的自身甚至模糊不清这个重大的矛盾现象。王逸曾说汉代“教传”楚辞的大儒们“莫能说《天问》，以其文义不次，又多奇怪之事”[4]。之所以会这样，我猜测唯一的原因就是屈原根据当时通行的“判天地之美，析万物之理，察古人之全”的论辩程序[5]和大纲要求，随手记下这许多“成文而类”的系列疑问而造成的，《天问》是在思考，是在探求，而不是“嗟号昊旻”，舒愁泄愤；屈原只是以平静的心情、冷峻的头脑，思索着当时学术界的诸多问题及其相关结论。既非单纯问天，也非一味呵壁。情感性是文学的显著特征之一，《天问》在屈赋中感情色彩较为暗淡，所以如胡适、刘大杰、钱钟书等学者便对它的文学价值表示轻视，非为苛刻，良有以也！屈原、荀卿之后，战国末年的子书，如《韩非子》、《吕氏春秋》，就不再有以“天”命名的学术专章了[6]。西汉以后的子书，除《淮南子》有一篇《天文训》以“天”命名之外，其它也很少见到了，可以作为对比的是，东汉王充的《论衡》卷十一有《谈天》，《说日》两篇，着力驳斥先秦典籍的神话传说，微妙的是，命题之际，那“天”“日”的位置也发生了变化。而《天文训》中的“天文”二字，并非淮南门客的的自创。除《辞源》录自《易•贲》等二处的“天文”之外，战国初期的两部天文著作即以“天文”命名：石申有《天文》八卷，甘德有《天文星占》八卷，《鹖冠子•夜行》也有“天文也，地理也”的字样，显然，《天文训》的“天文”

[1] 苏雪林：《天问正简——屈赋新探之一》，台北广东出版社1974年版。
[2] 《庄子•天下》赞惠施语。
[3] 《荀子•非相》。
[4] 汉•王逸：《楚辞章句•天问》后序。
[5] 《庄子•徐无鬼》可以为证：“辩士无谈说之序则不乐。”
[6] 《吕氏春秋》有同类性质的一篇，但已名为《有始》，因《老子》五十二章云：“天下有始，以为天下母。”

也只是沿用先秦的陈言，并不象战国哲人的“天志”“天论”云云是词必己出。基于这个理由，本节讨论“天”而引述“天文”的材料时，只引战国诸子而不及《淮南鸿烈》。

二、察辩的骄子：宇宙之谜对屈原的强烈诱惑

人处于天地之中，对天地能否了解，便是具有思辨智能的高层次脑瓜的痛苦了。《庄子•天下篇》一开始便提出了这样的问题：“神由何降？明由何出？”陈鼓应先生译为“[造化的]灵妙从哪里降下？[人类的]智慧从哪里出现？”一问宇宙本体的奥秘，一问认识主体的智慧[1]。能否回答这种宇宙与人的“形而上”的问题，对当时的每一个“雄俊宏辩智士”都是至关重要的：它是考验一个名人是否“多智”“博文”的方式，如果回答不了，是要被辩难的敌手记录下来并加以嘲笑的，当时盛行“好辩”的争鸣之风。《荀子•非相》说：“观人以言，美于黼黻文章；听人之言，乐于钟鼓琴瑟。”“观”即“夸耀”，意思是与人论辩，胜过夸耀华丽的服饰；听人论辩，胜过享受美妙的音乐。又说：“君子必辩”，并把“辩”分为“小人之辩”、“士君子之辩”、“圣人之辩”。《尹文子•大道上》[2]则说：“今世之人，……辩欲出群。”可见战国时代“辩”给人的精神压力非同小可，所以孟子才可怜巴巴地说：“予岂好辩哉，予不得已也！”辩就是辩解、分析，既要维护自家论点，又要指出对方错误[3]。这就需要具有广博的知识。《韩非子•问辩》云：“是以乱世之听方也，以难知为察，以博文为辩。”《墨子•修身》也说：“守道不笃，遍物不博，辩是非不察者，不足与游。”惟其如此，《庄子•天下篇》才评墨子为“好学而博”。但广博的知识（包括怪力乱神），却为正统的儒家和务实的法家在口头上所不取。《荀子•非十二子》批评惠施、邓析云：“好治怪说，玩琦辞，甚察而不惠，辩而无用。”批评子思、孟轲云：“材剧志大，闻见杂博。”《管子•任法》则反对“闻识博学辩说之士”；《商子》的《垦令》、《赏刑》也反对“博闻

---

[1] 《知北游》也说：“外不（能）观乎宇宙，内不（能）知乎大初（自身的本源），是以不过乎昆仑，不游乎太虚。”同是强调宇宙与人的问题。

[2] 国内学者多以此书为伪，陈鼓应先生则认为确是“先秦典籍”，见陈著《老子注译及评介•修订版序》，第14页，笔者认为陈先生的意见是正确的。

[3] 《墨子•经说下》：“辩也者，或谓之是，或谓之非，当者胜也。”

辩慧”。屈原主张“参验以考实”[1]，无疑受着这种“以难知为察，以博文为辩”的时代精神的吸引。《史记》本传就说他“博闻强志……娴于辞令”，可见他正是典型的既“博”又“辩”的战国新型人才。一部《天问》，无处不充满着察辩色彩的难知、杂博、怪说、琦辞……，以至不少问题虽然经后世鸿儒殚思极虑，仍然难于索解。是否善于察辩，在当时是评判一位思想家的重要标准之一。如《庄子•齐物论》说：“六合之外，圣人存而不论。”《鶡冠子•近迭》说：“天高而难知。”《吕氏春秋•离俗》说：“六合之外，人所不能察。”但他们又力图也解释一点什么，所以《庄子•逍遥游》说：“天之苍苍，其正色邪？其远而无所至极邪？”《鶡冠子•度万》则说：“所谓天者，非是苍苍之气之谓天也。”虽然看他的下文并没有说出个所以然来，但他却有胆量瞄准庄子、《齐谐》的“天之苍苍，其正色邪”开火了！可想当时的哲学论坛该是多么热闹！再如对宇宙现存秩序的讨论也是如此。何以会有日出日入、月圆月缺？天上列星何以不乱？当时出现一种“日德月刑说”来解释这一切。《史记•龟策列传》载孔子的话说：“日为德而君于天下，辱于三足之乌；月为刑而相佐，见食于虾蟆。”《群书治要》本《尉缭子•天官》说：“黄帝有刑德，可以百战百胜。”“刑以伐之，德以守之。”《汉书•艺文志》五行类则著录有《刑德》七卷。可见“日德月刑说”在当时何等盛行！其中以《鶡冠子》解释得最具体，其《夜行篇》说：“月刑也，日德也。”《王鈇篇》补充说：“天者诚其日德也，日诚出诚入，南北有极，故莫弗以为法则；天者信其月刑也，月信死信生，终则有始，故莫弗以为政。天者明，星其稽也。列星不乱，各以序行，故小星莫弗以章（陆佃注：小星不见陵）。”在《天则篇》中作者主张“天人参相连结”，证明他相信天有意志，一切都是天安排的结果：太阳出入，天天一样，常新而不老，是天施行德泽的标志；月方圆即缺，缺了又圆，是天施用刑罚的标志。所以天上的列星各占其所，小星不受大星欺负……这大约是一种维护现存秩序的弱者的心理吧！把月亮圆缺看成生死，也是当时普遍的看法，《孙子•虚实篇》说：“月有死生”。原因何在？《天问》问道：“夜光何德，死则又育？”闻一多《楚辞校补》认为德读得，得者，嫦娥

[1] 《九章•惜往日》。

得不死药以奔月也。闻说之不可从，在于如果屈原问的是嫦娥得不死药以奔月，那“何德”之问岂非多余？况且，如果月已得了不死之药，就应当永远不死才对，何以又“信死信生，终则有始”呢？更有甚者，近来屡见有人把德凭空构想为“属性”或“本领”。看来都是丝毫不了解当时认为天以日月为德刑标志的说法。屈原是问：月亮既然已经被天“刑”之而死了，这“死月”又靠“何德”重获新生呢？洞察之深刻，在于抓住了“日德月刑”说的自相矛盾，显示了屈原的“考实”精神和察辩思路的超群缜密。与《鶡冠子》这种弱者心理形成鲜明对照的是一种英雄心理。它认为宇宙目前的秩序是巨人英雄以伟力改变而成的。《列子•汤问》云：

> 天地亦物也，物有不足，故昔者女娲氏炼五色石以补其阙，断鳌之足以立四极，其后共工氏与颛顼争为帝，怒而触不周之山。折天柱，绝地维，故天倾西北，日月星辰就焉；地不满东南，故百川水潦归焉。

《天问》察辩之后问道：“康回凭怒（共工大怒），地何故以东南倾？”屈原觉得如此解释的确存在很大漏洞：不周山作为西北方向的天柱，共工把它撞折了，按理应当只是西北方向的天体往下塌，这跟大地往东南方向倾斜又有什么关系呢？朱熹《楚辞集注》根本不了解屈原的这一思路，反而说：“此亦无稽之言，不答可也。”胡文英《屈骚指掌》甚至说：“共工亦人耳，凭其一怒，何以能倾地乎！”现代注家也未见有道破这层关系的，可见如不紧紧抓住“察辩”的特点，要想追踪《天问》的思路谈何容易！

当时大讨论的一些优秀的理论成果，在《天问》中也有所反映。比如《墨经》对时间、空间的关系有过在诸子中最为精彩的表述：某物体在空间上由南到北，时间上必然由旦到暮，空间位置的变迁是与时间的流逝紧密结合的[1]。而屈原则以太阳在空间、时间中的运动来提问：“出自汤谷，次于蒙汜，自明及晦，所行几里？”不难发现，这竟是以诗的语言表达了一个企图探求太阳速度的公式：

[1] 参阅《墨子•经下》、《经说下》，以及杜石然等著《中国科学技术史稿》上册，科学出版社1985年版，第121—122页。

$$\frac{\text{距离：出自汤谷次于蒙汜}}{\text{时间：由明及晦}}=\text{速度：（每日）所行几里}$$

亦即现代物理学中的速度公式：V=S/T，据当代科学工作者研究："至迟在石申时代天文学已经数量化。"[1] 可见屈原的提问是有数学背景的。这从《天问》中多处以数字设问便可知晓，如："圜则九重，孰营度之？""隅隈多有，谁知其数？天何所沓？十二焉分"？"地方九则，何以坟之？""东西南北，其修孰多？南北顺椭，其衍几何？"[2]"增城九重，其高几里？"要回答这些问题，必然要涉及数学知识。屈原不是对当时流行的答案的数据不了解，而是从数学的角度怀疑这些数据的真实性。这表明科学的每一次进步，对神话、愚昧与迷信都将是一次新的冲击，同时也为哲学之树的成长提供了更优质的养料。先秦哲学的发展史也证明了这一点。战国宇宙本体的大讨论，就直接动摇了春秋以前根深蒂固的天命观。孔子认为："天何言哉！四时行焉，百物生焉"[3]。言外之意即天是神秘的，遵从它冥冥中的意志就得了，所以孔丘我从不探讨天。但他的那位善于"一日三省"的高足曾参，却率先告别导师，从理论上第一个怀疑起十分古老的"天圆地方"说来了："诚如天圆而地方，则四角不揜（掩）也。"[4] 至于孟轲，就更有识时务者为俊杰的派头了："天之高也，星辰之远也，苟求其故，千岁之日至（冬至），可坐而致也。"[5] 如何致？他不可能说清楚。但他却愿意肯定："可坐而致也！"这就对人类的认识主体的智慧表示了乐观的态度。"好辩"与"杂博"使亚圣跳出了"夫子之墙"。因为孔子式的"知识结构"陈旧了，不能适应时代的发展

---

[1] 杜石然等：《中国科学技术史稿》上册，科学出版社1985年版，第126页。

[2] 《管子•地员》和《吕氏春秋•有始》都认为大地是长方形："东西二万八千里，南北二万六千里。"这是"天圆地方"观念的产物，而东西长于南北又是一种世界文化现象。[美] I•阿西摩夫《宇宙——从天圆地方到类星体》一书认为："由于历史上和地理上的巧合，尼罗河、底格里斯河和幼发拉底河、印度河这一系列最早的人类文明发祥地是从西到东，而不是由北向南分布的。还有，地中海也是东西走向的。所以古代文明人的那一点模模糊糊的地理知识，似乎在东西方向上比在南北方向上来得丰富一些，因而他们也就理所当然地把'盒子宇宙'想象成东西方向长、南北方向短了。"（中译本，科学出版社1984年版，第4页）中国的黄河长江也是从西向东，难怪先秦人要认为东西比南北多出二千里了。

[3] 《论语•阳货》。

[4] 《大戴礼记•曾子•天圆》。

[5] 《孟子•离娄下》。

了。除庄子把孔子比为“自多于水”的河伯之外，《列子•汤问》还记载了一个有名的故事：

> 孔子东游，见两小儿辩斗。问其故，一儿曰：“我以日始出时去人近，而日中时远也。”一儿以日初出远，而日中时近也。一儿曰：“日初出大如车盖，及日中则如盘盂，此不为远者小而近者大乎？”一儿曰：“日初出则苍苍凉凉，及日中如探汤。此不为近者热而远者凉乎？”孔子不能决也。两小儿笑曰：“孰谓汝多智乎？”

在宇宙本体大讨论的时代里，在各家学说平等“辩斗”而不迷信任何权威的时代里，已故孔子的遭遇更加可怜。“孰谓汝多智乎？”这句出自两小儿之口的话，叫人听了真感到无限悲凉！想当年，孔子周游列国，为多少国君答疑释难，赢得多少赞誉与景仰！而今却落到这般田地，究其缘由，难道不是因为他抱残守阙、述而不作、敌视新观念——贬为之怪力乱神——对新知识也没有多少贡献而造成的吗？这故事的启迪意义在于：任何一种产生影响的新说怪说都可能隐有导致深刻认识的因子。屈原在当时能对所有怪说网罗殆尽，多方设问，一一察辩，组织为诗，这正是屈原的伟大、《天问》的异彩。不参透这点，将不免辜负屈子的苦心，辜负《天问》的问世与流传！

三、“万物说”与“忧天”：人类永恒的求知与忧患

当时的讨论是多方面的。这不仅对《天问》的产生是刺激与催化，有的具有深刻认识的思辨还为古代中国科学思想的发展赢得了崇高的荣誉。如关于天地毁坏的讨论就是著名的一例。《战国策》和《庄子•天下篇》记载：公元前318年，惠施（此前曾为魏相）自魏使楚，“南方有倚（奇）人焉曰黄缭，问天地何以不坠不陷，风雨雷霆之故。惠施不辞而应，不虑而对，遍为万物说，说而不休，多而不已，犹以为寡，益之以怪。”[1]值得研究者格外注意的是：这场讨论是在楚国进行的；提问者也是楚国

[1] 请将“遍为万物说”一句，与前引《墨子•修身》的“遍物不博”参照理解。

人。[1] 主辩者惠施不仅是政治家、外交家，而且是学问家、雄辩家、教育家，一身而数任。更巧的是惠施的这几重身份屈原也全部具有。这就有力地说明了《天问》的产生并不是偶然之事了。这种学者兼诗人的身份使我想起意大利的但丁："他的伟大诗篇中有许多天文学上的引喻，我们现在看来虽显得学究气，但在当时对于一般读者一定是可以理解的。"[2] 屈原的伟大诗篇与战国读者也不也应该这样去看吗？《天问》的学说体系，我疑心到汉初还有人继承与发展。《史记•日者列传》云：

> 司马季主者，楚人也。卜于长安市东。宋忠为中大夫，贾谊为博士，……二人……游于卜肆中，天新雨，道少人，司马季主闲坐，弟子三四人侍，……方辩天地之道，日月之运，阴阳吉凶之本。二大夫再拜谒。司马季主……使弟子延之坐。坐定，司马季主复理前语，分别天地之终始，日月星辰之纪，差次仁义之际，列吉凶之符，语数千言，莫不顺理。

汉初楚人与弟子讲辩的内容，与屈原的《天问》和庄子的《天运》几无二致。再说战国时期对天地万物感兴趣的还很多，《鹖冠子•王鈇篇》就说："辩于人情，究物之理，称于天地，废置不殆，审于山川，而运动举错有检。"其精神与"大九州说"和《天问》也很类似。惠施的学说既然叫做"万物说"，范围显然也极其广泛。《天下篇》说："惠施多方，其书五车，其道舛驳。"我疑心"说而不休，多而无已"，"益之以怪"的"万物说"，所讨论的内容恐怕并不亚于邹衍十余万言的"大九州说"和屈原《天问》的系列问题。《庄子》不载惠施的"万物说"，我们无从知道他如何解答"天地何以不坠下陷"的问题。但《列子•天瑞》载有一个家喻户晓的故事："杞人忧天"。回答的正是这个问题。只是解答的理由未免

---

[1] 钱穆《先秦诸子系年•惠施返魏考•附南方倚人黄缭考》推论与本文略同："徐廷槐曰：'《战国策》载魏王使惠子于楚，楚中善辩者如黄缭辈争为诘难'，是谓缭施问答在惠子使楚时也。……又《楚辞》有《天问篇》，相传为屈原作，亦未见其必然，岂亦如黄缭问施之类耶？屈原为楚怀王左徒，当在惠子使楚稍后，然则《天问》一派之思想，固可与惠施黄缭有渊源也。"（中华书局1985年版，第357页）特录以供参考。又，楚国黄氏乃善辩之家族，《史记•春申君列传》云："春申君者，楚人也，名歇，姓黄氏，游学博闻……顷襄王以歇为辩，使于秦。"

[2] [瑞士]雅各布•布克哈特：《意大利文艺复兴时期的文化》第二章《意大利的自然科学》，中译本，商务印书馆1979年版，第258页。

太简单、太幼稚了："天积气耳"，"地积块耳"，地面以上无处无气，地面以下无处无块，所以气不会坠、块不会陷："日月星宿，亦积气中之有光耀者，只使坠，亦不能有所中伤"云云。正因为这种回答十分幼稚，所以一番精彩的议论便被异常鲜明地衬托出来了：

> 长庐子闻而笑之曰："虹霓也，云雾也，风雨也，四时也，此积气之成乎天者也。山岳也，河海也，金石也，火木也，此积形之成乎地者也。知积气也，知积块也，奚谓不坏？夫天地空中之一细物，有中之最巨者，难终难穷，此固然矣；难测难识，此固然矣。忧其怀者，诚为大远。言其不坏者，亦未为是。天地不得不坏，则会归于坏。遇其坏时，奚为不忧哉！"

据考，长庐子还是与屈原同时而稍前的楚国的著名学者[1]。读着他的话，真不知该用什么语言才可以表达出对这位战国哲人的惊赞！因为这些纯粹思辨的洞察与今天的科学研究竟是如此地吻合[2]："知积气也，知积块也，奚谓不坏？"既然可以生成，何以不能毁坏？所以"忧其坏者，诚为大远"！再看"夫天地空中之一细物，有中之最巨者，难终难穷……难测难识"，这与现代天文望远镜的观测是相符的：银河系拥有1000多亿颗恒星，有的直径比太阳大几千倍，而河外星系目前已发现10亿多个和银河系同样庞大的恒星系统。人类目前已经能够以地球为圆心，观测到180—200亿光年的大尺度宇宙空间了。但是，"千万不要以为我们的测锤已探测到宇宙的最深处"[3]，可见"难测难识"云云是何等英明的预见！"天地不得不坏，则会归于坏"，不是吗？地球有自己的演化史，太阳、太阳系、

---

[1] 《史记•孟荀列传》云："楚有尸子、长庐。"《汉书•艺文志》著录《长庐子》九篇。《太平御览》三十七引《吕氏春秋》："长庐子曰：山岳、河海、金石、木火，此积形成乎地者也。"除省掉四个"也"字外，与《列子•天瑞》所记全同，足证《列子》所记确为先秦遗言，再结合黄缭惠施的问答来看，这种种关于宇宙本体的讨论，都是发生在《天问》的产生之前的。据我考证，《庄子•外物》所记"阴阳错行，则天地大骇，于是乎有雷有霆，水中有火，乃焚大槐。有甚忧两陷而无所逃，……心若悬于天地之间"一节，乃是解答"天地何以不坠不陷，风雨雷霆之故"的文字，以及描述"杞人忧天"的异文。

[2] 值得深思的是：几千年来，中国人一直对"杞人忧天"持哂笑态度。这故事最流传的部分，也只是见解最幼稚的那一部分，可见孔子"天何言哉"式的反科学的态度，对古代民族精神的消极影响多么严重！

[3] [美]I•阿西摩夫：《宇宙》第19章《宇宙的尽头》，中译本，第324页。

银河系等都有自己的演化史。你看，这位长庐先生对天地的产生与消亡的直观把握又是何等惊人？尤其令人感到滑稽的是，“遇其坏时，奚得不忧哉！”这话竟像是在描述20世纪初叶的人类心态！想想1910年哈雷彗星回归，在世界范围内所引起的恐慌吧！“当彗星出现后，北京就有一个算命术士兆生于2月9日深夜闯入皇宫阳明殿，狂呼圣道泯灭，世界末日来临，结果以妖言惑众罪在云阳市口处斩。在西方，由于天文学家预报地球将穿过彗星的尾巴，引起的慌乱更甚，悲观自杀者屡屡发生，倾家荡产，狂欢求醉者更多。5月18日，当人们惶惶不可终日之际，彗尾悄悄扫过地球，随即离去。”[1]真是不幸而言中！但与“杞人忧天”相比，到底谁更可笑呢？今天，当我怀着钦佩之情从历史长河的下游“回望天际”的时候，似乎又碰到了长庐子这位楚国先哲充满笑意的深邃目光……

我想，有这样的时代，有这样的民族，有这样的争鸣，而争鸣中又有这样震古烁今的思辨成果，生于斯，学于斯，游于斯，辩于斯，何以不能出现一个屈原？何以不能产生一部《天问》？

四、“敢问何故”：一代哲人昂首问天

研究《天问》，除了谈“天”，还须说“问”。先秦哲人讨论问题，往往采用问答的形式，故《管子》有《问》、《小问》、《主问》、《桓公问》，《墨子》有《鲁问》，《列子》有《汤问》，《荀子》有《尧问》，《黄帝内经》有《素问》，《鶡冠子》有《学问》，甚至《论语》中也有《宪问》，出土的《齐孙子》有《威王问》、《十问》。如此看来，《天问》也不过是春秋战国的区区一“问”！从这个角度还将轻易解决《天问》中何以所问不止于“天”，但却名曰《天问》这个两千多年来未曾解决好的问题。按各家著作中的“问”，乃是取开头一语或数语中的要点来命题，而《天问》开篇云：“邃古之初，谁传道之？上下未形，何由考之？”我想先秦还没有后世命题作文的八股，“不辞而应，不虑而对”，所以只是兴到笔随，想到哪，写到哪。取开头几字为题，意在表明此次论辩与写作是从这一问题开始的。显然《天问》的命题也是如此。因为首先问到“天”的问题，

[1] 郭正谊：《漫淡哈雷彗星》，《文史知识》1985年第11期，第64页。

所以必然名曰《天问》——这解释是完全符合当时学术论辩的客观实际的——此后便问地、问人、问史，甚至问物、问怪，诚如鲁迅所言："怀疑自邃古之初，直至百物之琐末。"但是，如果认为当时只是屈原一人具有这种宏观意识和探索精神那就错了。如前所述，惠子、庄子、邹子、长庐子、鶡冠子，无不这样。而稍晚于屈原的荀子也不例外。其《天论》说："列星随旋，日月递照，四时代御，阴阳大化，风雨博施，万物各得其和以生，各得其养以成。"又说："大天而思之：孰与物畜而制之？从天而颂之：孰与制天命而用之？望时而待之：孰与应时而使之？……故错人而思天，则失万物之情！"请看，这里不是也把"列星、日月、四时、阴阳、风雨、万物、人"这个庞大系统置于考察的视野之中了么？至于鲁迅还说其"放言无惮，为前人所不敢言"，则是我不敢完全赞同的。因为许多极富怀疑精神的学说（当时称为"迂怪之说"）已大量兴起，而且有不少问题还是屈原所不敢"放言"的。且不说《天问》中没有《荀子•天论》中"制天命而用之"的空前"无惮"，甚至连在当时已受到猛烈冲击的古老观念"天尊地卑"，屈原也没有"怀疑"。《荀子•不苟篇》云："山川平，天地比。……是说之难持者，而惠施邓析能精之"。邓析是春秋晚期人，到了战国，惠施将邓析的思想发展为"天与地卑，山与泽平"[1]。郭沫若高度评价为："这条正破旧有观念天尊地卑之说，所寓革命的精神非小！"[2] 如果从极高远的太空来观察，地的四周都是天，这何以不是"天与地卑"呢？而当地在视野中被缩小为一丁点儿，甚至难以辨察，这何以不是"山与泽平"呢？空间的无限性在当时已几乎是常识了。从高空俯看地面，也早就有大鹏鸟的"其视下也"等等的浪漫狂想，而屈原的《离骚》、《远游》、《九歌》等不也常常写到从天空俯瞰地面吗？所以屈原只是那个时代的"放言无惮"者之一，而不是"唯一"，更不是最早怀疑的"第一"。比如《管子•九守•主问》就列了一个"疑问"的简要提纲："一曰天之，二曰地之，三曰人之，四曰上下左右前后，荧惑之处安在？"如果把这"天、地、人、上下左右前后"四类的"荧惑之处"统统展开，

---

[1] 《庄子•天下》。

[2] 郭沫若：《惠施的性格与思想》，《沫若文集》第10卷，人民文学出版社1959年版，第33页。

其范围之广阔、疑问之众多，不也很象一篇《天问》吗？

再看连续不断的毋需回答的提问方式。我数了一下，《管子•问篇》一口气提出了64个问题，只是所问全为现实中的事务问题罢了。《楚辞》中的《卜居》也一口气提了18个问。文章的作者，王逸说是屈原，后来有人不同意。郭沫若在《屈原赋今译》中推测为："可能是深知屈原生活和思想的楚人的作品。"也有人至今仍然坚持是屈原所作[1]。笔者同意《卜居》确为屈原所作，理由则是文学翻译家梁宗岱先生早在1934年就提出了的——非常遗憾楚辞学界一直未予注意。梁先生说："《卜居》和《渔父辞》则显然是屈原作来自解自慰的，所谓'借人家杯酒，浇自己块垒'。渔父和卜尹都不过是屈原自我底化身（exteriorisation du, moi），用一句现代语说。""中国古代文学史中善用'自我底化身'的，屈原而外，有庄子和陶渊明。""有人以为我这解法近于'自我作古'，因为两重人格或自我底化身在近代文学中才出现。……我们只要想到庄子《齐物论》底'今者吾丧我'便不攻自破。"[2] 退一步说，即使《卜居》的作者不是屈原，也能说明连续设问的格式在当时颇为流行。也就是说，运用"问"这种格式来昂首问天的，当时并不只是屈原一人。在《庄子•天运篇》中，庄子就以他那"独与天地精神往来"的磅礴气势，向邈邈云天发出了排炮似的15个问：

> 天其运乎？地其处乎？日月其争于所乎？孰主张是？孰维纲是？孰居无事而推行是？意者其有机缄而不得已邪？意者其运转而不能自己邪？云者为雨乎？雨者为云乎？孰隆施是？孰居无事淫乐而劝是？风起北方，一西一东，在上彷徨，孰嘘吸是？孰居无事而披拂是？——敢问何故？

这里似乎有一种最新的"惊世"价值有待发现和考察：是否庄子早在公元前4世纪的时候，就已经雄心勃勃地试图解决宇宙的最高问题——"第一推动"的问题了？西方13世纪的"天使博士"托马斯•阿奎那和17世纪的大科学家牛顿，都认为是上帝第一次推动了宇宙，而庄子却说是宇宙

---

[1] 参见马茂元主编：《楚辞研究集成•楚辞注释•卜居》，第466—467页。

[2] 梁宗岱：《诗与真•诗与真二集》，外国文学出版社1984版，第100—101页。

自身推动了它自身！“孰居无事而推行是？”是不是宇宙自身有某种机制使它不得不运转而不能自停[1]？且不说庄子的“自推说”与现代量子宇宙学的“自足说”颇为接近[2]，仅就他取消了上帝神力的天才猜测（假说），就已经是世界第一流的了，更何况还是世界第一个！

如果说《天运》主要问了宇宙运动的最初动力的话，《天问》便主要是问宇宙的结构与布局，以及这种格局的创造者是谁：

> 圜则九重，孰营度之？唯兹何功？孰初作之？斡维焉系？天极焉加？八柱何当？东南何亏？九天之际，安放安属？隅隈多有，谁知其数？天何所沓？十二焉分？日月安属？列星安陈？出自汤谷，次于蒙汜，自明及晦，所行几里？

不可否认，《天问》中的问天部分是全诗中最为精彩的部分，它与《天运》口吻之酷似，精神之融通，使我们感觉到在庄与屈、哲与诗之间，存在着某种惊人的同构。这并不难理解，因为他们同时呼吸着察辩时代的空气，同时神游于高广冥漠的天宇，同时以敏锐的心灵感受着一切“大远”之忧……

以上，近乎是组织了一次以“天”以“问”为主题的博览，而我就在这许多灿烂的思辨成果的旁边写着蹩脚的说明。好在“博览”本身已经最好地传达了我的意思：没有它们，谈何《天问》！

[附记]

原载《文学遗产》1988年第1期，又载《中国古代、近代文学研究》1988年第4期。蒙学术界部分人士不弃，多见论述《天问》或战国天人关系时，将本文从战国诸子中首次抽绎出来的《天圆》、《天志》、《天瑞》、《天地》、《天道》、《天运》、《天下》、《天则》、《天权》、《天官》、《天论》、《天问》的系列“天书”之名，一篇不

---

[1] 这就使《知北游》中“日月不得不行……此其道与”的“道”具体化——被赋予可理解的“自动力”的丰富内涵了。

[2] 参见阿巍《“物理学是宽容的”：读方励之教授的几篇近作有感》，《读书》1986年8期。

漏而且不加说明地采入自己的论著之中。感谢中国屈原学会会长汤炳正先生，汤老在本期《文学遗产》到达成都的当月，就给笔者寄来一纸热情洋溢的鼓励信："罗漫同志：您好！最近读到您的《战国宇宙本体大讨论与<天问>的产生》，感到非常高兴，以屈学界有此高水平的论文而引以自豪！论文不仅能把产生《天问》的伟大时代和广阔空间，阐述得淋漓尽致，而且眼光敏锐地提出很多精辟见解。这无疑是屈学研究中的一篇力作！……今年屈学年会在岳阳召开，希望您能在会上谈谈自己治学的甘苦与经验，我想大家一定是很欢迎的！匆匆即颂　撰祺！　汤炳正　三月十九日"10年之后的1998年，汤老以近90岁的高龄辞世。由于信中颇多谬奖，故至今不敢示人，秘作鞭策而已。今借论文结集之机附记于此，表达对汤老奖掖后学的感激与追念。虽有借大家自重之嫌，也只好甘冒物议了。感谢中国屈原学会前副会长、湖北省屈原学会首任会长张啸虎先生次年发表文章评价："一位青年学者从战国时代关于'天'的大辩论中，推求《天问》产生的文化背景，视野广而发掘深，被称许为思路开阔之作。"(《江汉论坛》1989年2期第57页；张文被中国人民大学复印报刊资料J2《中国古代、近代文学研究》1989年6期复印。)感谢刘毓庆先生、周建忠先生在相关文章中高看此文；感谢萧兵先生在《楚辞的文化破译》(湖北人民出版社1991年版)第890—891页引用此文加以讨论……如今，张、汤二哲已在上世纪末相继高驾龙凤，远随灵均了。但长者对后学的高情厚望，不应中心独藏，更不容风流云散。是为记。

2000年9月28日

《天问》的博问与多重价值

《天问》是壁画诗之说很难成立，汉儒王逸的描述有三不可信。《天问》的博问包括“判天地之美”的创世之问，“析万物之理”的自然之问，“察古人之全”的历史之问。《天问》的性质是学术诗、哲理诗、科学诗而非典型的抒情诗。《天问》的艺术体现在四个方面：四言体制的继承与突破、“天地入胸臆”的取材视域、“引而不发”的抒情方式、终篇诘问的惊人异彩。《天问》的精神是怀疑、思考、辨析与探询。《天问》有许多闪光的思想，如太阳速度、地椭等，可惜始终停留在零星的“闪光”阶段，未能托出一轮理论科学的太阳。

一、《天问》的创作与“呵壁说”的新驳议

《天问》是古典文学中类型最奇特、内容最难懂的一首诗，堪称中国文化史上的一部“天书”。它在长度上仅次于《离骚》，通篇以问句构成，广泛涉及宇宙、神灵、万物、历史、政治、人生的多重系列问题。如此气势磅礴的长篇问句体诗歌，中国诗史上绝无仅有，世界文学史上也不多见。

关于《天问》的创作，流传最广影响至深的说法是“壁画题诗说”，亦即《天问》是一系列壁画题诗的拼接。此说源于后汉王逸《楚辞章句》的《天问》前序，文云：

> 《天问》者，屈原之所作也。何不言问天？天尊不可问，故曰天问也。屈原放逐，忧心愁悴，彷徨山泽，经历陵陆。嗟号昊旻，仰天叹息。见楚有先王之庙及公卿祠堂，图画天地山川神灵，琦玮僪佹，及古贤圣怪物行事。周流罢倦，休息其下，仰见图画，因书其壁，呵而问之。以泄愤懑，舒泻愁思。楚人哀惜屈原，因共论述，故其文义不次序云尔。

此说似是而非，前人辩驳甚夥，笔者再从几个新角度予以否定。

前序有三不可信：首先，“何不言问天？天尊不可问，故曰天问也”，仅从语言角度看，就极不准确。先秦典籍中与“天问”同构的“宾动”词组如《尚书》的“禹贡”、“禹锡玄圭”、“说命”以及《荀子》的“天论”，本义应是“贡禹”、“锡禹玄圭”、“命说”、“论天”，《天问》也有“尧不姚告”，本义应是“尧不告姚”。如果说“天问”是“天尊不可问”，那“禹贡”岂不成了“禹尊不可贡”？足见序说极谬。其次，王逸说屈原放逐，“嗟号昊旻，仰天叹息”，此释“问天”二字。然其下又说屈原是仰见数座庙堂中的壁画，“因书其壁，呵而问之”。前说问天，后说问画，全不顾天与画是否同一！而且壁画还分属不同庙堂——众多的先王之庙及公卿祠堂，并说《天问》是楚人“哀惜屈原，因共论述”，亦即楚人怀着伤痛珍惜的心情，经过集体讨论，把屈原散在各庙的若干题画之词收集排比而

成。这更是“发前人所未发”的匪夷所思之论了。如果此说成立，《天问》的著作权岂不变成“屈原题壁零散草稿，楚地作家收集讨论并编辑整理”去了？可见这又是一种“谬悠之说，荒唐之言”！第三，“因书其壁，呵而问之”，明显违反了题画诗的创作程序，难道屈原先题诗（书壁）后问画吗？我以为王逸固是楚辞功臣，但作为一个研究者，他却有一个根本性的弱点：热情有馀加过分自信[1]，知识不足则补以想象。考王逸之所以有此奇解，乃是其子王延寿曾在今山东曲阜参观过一处建筑——汉景帝之子鲁恭王刘馀的灵光殿，殿中有壁画，王延寿据之写成《鲁灵光殿赋》。王逸以古度今，揣测屈原的《天问》也是依据壁画写成。其实，王逸早年作《楚辞章句》，终其全部注文，未见一处以壁画说《天问》，其后序更明确说是“稽之旧章，合之经传，以相发明，为之符验”，未有一字涉及壁画。《天问》前序，估计是王逸晚年根据延寿的资料加以想象补写，并放在《天问章句》的前面，其作用相当于现在的前言或解题、导读等，目的是用壁画题诗的零散性来解释后序所言《天问》“文义不次，又多奇怪之事”的形成原因。后世很多研究者不明此故，盲从王逸，并纷纷援引《鲁灵光殿赋》为证，陷于循环论证而不自觉。我不否认屈原写作《天问》之前，曾经观看过壁画并从中获取过一些古代文化知识。但先秦有壁画是一回事，但屈原是否据壁画而写《天问》又是另一回事，前者有先秦文献和出土实物证明，后者则纯属猜测。

《天问》是个人创作还是集体创作？作者是屈原还是别人？我曾把《离骚》与《天问》对读，发现两者从思想感情到词语用典惊人一致，故《天问》作者非屈原莫属。但《天问》又与《离骚》不同，它是屈原根据时代思潮和进步知识来审视神话、传说、历史的再创作，其中难免有与前代或当时学者论辩的成分，故其性质是学术诗、哲理诗、科学诗而非典型的抒情诗。屈原之所以洋洋洒洒、一问而不可收，乃是由于某种巨大的心理驱动力，这种心理驱动力与《离骚》探索生命真谛、寻求政治出路的动力完全相通。作者企图通过指说天地、评骘古今、辨明真理来表达批判现实、讽谏楚王的愿望。

---

[1] 王逸《天问》后序言《天问》经过王逸的“章决句断，事事可晓，俾学者永无疑焉”，自信得惊人。

概而言之，《天问》由内涵极其丰富的民族文化传统所孕育，由怀疑、批判、探索、创造的战国文化潮流所催生，由屈原独特的人生遭际与悲剧情感所凝成。其中时代精神与个人情感最为重要。

二、《天问》的博问与多重价值

《天问》是通过怀疑方式来辨明真理和探索万物真相的诗作，它不可避免地要遵从时代论辩的总体规则进行。《庄子•徐无鬼》云："辩士无谈说之序则不乐。"谈说之序具体何指？《庄子•天下》曾概括为："判天地之美，析万物之理，察古人之全。"意即：分解天地的完美整体[1]，辨析万物的各自规律，考察古人的全部言行。《天问》的整体次序正与之吻合。

1."判天地之美"的创世内容。《天问》首先问天，亦即将完整的运动的天体分解为若干部分或要素，然后设问。这一部分是中国文学中气魄最宏大、想象力最丰富的问天文学。屈原之前，《诗经•小雅•大东》已开始仰望星空，用怀疑的目光、批判的口吻，指责织女牵牛、南箕北斗的有名无实，只是未用反诘语句而已。至《庄子•天运》，已直接用问句来叩问天地日月云雨等天象了。其中"风起北方，一西一东。在上彷徨，孰嘘吸是"之问，更是直接针对烛阴（烛龙）创世神话的"吹为冬，呼为夏……息为风"[2]而质疑发问。屈原正是在前人创造的基础上，将"问天"艺术推向登峰造极之境。屈原笔下的宇宙景象更加雄伟壮丽、奇幻莫测。作者的"视觉想象力"穿透了苍莽浑茫的时间迷雾，从天体的结构、星群的布置，问到太阳的运行与里程、终点与起点。其气魄、手笔与想象，说是空前绝后也不为过。这里更多的是探询而非怀疑。运动不息的宇宙被转换成充满秩序与动感的美——大美、天地之美、无尚之美！其中问及太阳速度[3]的思考更显示了《天问》的科学美。屈原还问及由许多美丽斑点引起人类无穷联想的月亮："厥利（黎，黑）维何？而顾菟在腹。"月中黑影是什么？是传说中的兔吗？又"白霓婴茀（fú，云气），胡为此堂？安得夫良药，不能固藏？""胡为此堂"一问是"壁

---

[1] 《庄子》推崇"浑沌"亦即整体之美，故本文解"天地之美"为"天地的完美整体"。
[2] 见《山海经•海外北经》及《大荒北经》。
[3] 参见罗漫：《战国宇宙本体大讨论与<天问>的产生》，《文学遗产》1988年第1期第48页。

画说”的唯一有力支柱，王逸及后人均释“此堂”为楚国先王之庙及公卿祠堂，或崔文子厅堂。我的看法完全不同，因为此处专问嫦娥奔月，应把“此堂”放到天空的月球上去理解。如果月中居所不比人间居所美丽，身为帝王之妻的嫦娥何必登月？故“此堂”应是白云缭绕的月中殿堂。

《天问》的问地部分，也使人浮想联翩，并为作者的超群睿智所振奋、所启发。我以为最值得注意的是屈原在诗中提出了“地椭”的概念：“东西南北，其修孰多？南北顺椭，其衍几何？”中国古代有“地方说”和“地圆”的模糊概念[1]，影响甚巨。但“地椭”比“地方”或“地圆”更接近现代科学：当今地球科学家认为地球的极直径（南北方向）就比赤道直径（东西方向）短42.806公里，因地球在其自转产生的离心力作用下，赤道将略为隆起。不过屈原的认识刚好相反，他认为南北长而东西短。尽管如此，屈原提出“南北顺椭”的概念却是非常独特的科学假说。当今科学也认为北极半径比南极半径长45.1米，地球是个梨子形的椭圆体。屈原否认“地方”而第一个提出“地椭”，虽是猜测，但确属中国科学史的光荣！战国时代，中国少数学者已知道大地是运动的和圆形的[2]，《庄子•天运》所问“地其处（静）乎”就认为大地是运动的。《大戴礼记•曾子•天员》也怀疑“地方说”：“诚如天圆而地方，则四角不掩也。”“地椭说”比“地圆说”更接近现代科学，这一假说由诗人屈原首先在《天问》中提出（或纪录），这恐怕在世界上也是第一次。

其次，问地部分记载了中西文化交流的一个重要史实：“昆仑县（悬）圃，其尻安在？增城九重，其高几里？”中国神话称神山昆仑的第二层为“县圃”，亦即“空中花园”，而巴比伦王国（位于今伊拉克南部）却真有所谓“空中花园”。说昆仑山的“县圃”神话来源于中亚新巴比伦王国的“空中花园”，主要证据有五。第一，两者时间接近。空中花园的建园时间在前604~562年，正当中国的春秋时代。可能“空中花园”的名声早在屈原之前就已从西亚远播中土，并被文人附会在中国西部的昆仑

[1] 胡适：《中国古代哲学史》第八编第四章《惠施》说：“惠施空间，似乎含有地圆和地动的道理。”

[2] 胡适说：“当时的学者，不但知道地是动的，并且知道地是圆的。”并举《周髀算经》和《大戴礼记•天员篇》为证（同注①）。参陈鼓应《庄子今注今译》第890、892页注释。

山上了。第二，两者有接触的通途。春秋前，中西丝绸之路已经开通。《光明日报》1987年12月8日第1版报道："中西文化交流史迹考古新资料证实：丝绸之路的开创可追溯到春秋以前。"天山古墓中，曾发现中原地区春秋时代的刺绣绢。再有纪元前6世纪至前5世纪流行于欧洲及地中海沿岸的"蜻蜓眼钠钙玻璃珠"，已在中国河南、湖北的春秋末期的楚墓中出土，有的还镶嵌在越王勾践剑和吴王夫差剑上。这种钠钙玻璃珠与中国战国所产的铅钡玻璃珠完全不同。因此，考古学界推测是"经过中亚输入中国的"[1]。语言学家林梅村更利用中亚古楼兰的死文字资料，证明欧亚大陆诸文明的交流，远在3000多年前业已开始[2]。第三，两者形状相同，皆为空中平台形。汉画"凡画西王母，其所居之山，皆作平台形，上宽下窄，宛如蘑菇，皆悬圃之象"[3]。空中花园的底部则由一系列塔形建筑所支撑，顶部也是层层平台。第四，两者皆与女性之"王"有关。西王母是女性，空中花园也是巴比伦某王为其王妃所建，上植王妃故乡的草木花卉[4]。另外，《史记•赵世家》说周穆王"西巡狩，见西王母，乐之忘归"，正与《穆天子传》的记载吻合。可见在司马迁所读的神话文本中，西王母已是美丽女性，否则周穆王就不会在他那里"乐之忘归"了。这同时也说明《穆天子传》的故事早在司马迁之前，就已十分流行。第五，两者地点吻合。巴比伦王国位于今日伊拉克南部，空中花园建成400多年后，张骞在位于今日伊朗高原的安息古国，还曾听当地长老说起过安息属国条枝有"西王母"，而条枝正在今伊拉克境内。可见"西王母"传说的诞生地与今伊拉克境内的"空中花园"有关。《史记•大宛列传》载："条枝在安息西数千里，临西海（按即今波斯湾）。……安息长老传闻条枝有弱水、西王母，而未尝见。"不仅中国的张骞未尝见，连安息长老也未尝见，因为"空中花园"或"西王母"，毕竟已是数百年前遥远西方的历史故事了。需要说明的是：西王母有"兽形西王母"和"美妇西王母"两种，前者见于《山海经》，后者见于《穆天子传》和《史记》，以及汉画。昆仑悬圃是仙境，所居应是"美妇西王母"。这"美妇西王母"的"悬圃"，

[1] 参见《中国大百科全书•考古卷》1986年版第52页。
[2] 参见高树勋：《不破楼兰终不还——青年语言学家林梅村》，《人物》1991年1期102页。
[3] 参见孙作云：《天问研究》第165页文字，第330页附图。
[4] 参见《简明不列颠百科全书》第4卷第810页"空中花园"图文。

其真实原型只能是新巴比伦王国的某妃及其“空中花园”。

此外，“日安不到？烛龙何照？”问的是极地现象。在北极及其附近，半年日照，半年不照。中国东北漠河地区即有半年日照的现象。半年无日之地，神话称为“司幽之国”[1]或“长夜无日之国”。屈原还问朝阳未出，朝霞（若华）之光何来？如果能进一步探寻与思考，是有可能接近认识地圆的。“何所冬暖？何所夏寒？”此问也有地理学的事实根据。据说我国辽宁东部桓仁县境内，有一条长 5 公里的地温异常带，盛夏时岩缝内温度低达摄氏零下 15 度。反之，北方大地冰封雪飘之际，这里的地温却升至零上摄氏 15 度，地表绿草如茵。不管屈原所问是否此地，他听说这种现象却是事实。其实楚国境内也存在这种地理现象：鄂西五峰县城附近有一高山，山顶有一长洞，洞内夏日凝冰，严冬则温暖如春。

仅举以上数例，其空间之广阔，现象之罕有，足证屈原不仅博闻强志，而且善于科学思考，引导读者的思维之翅飞翔在科学与文学的奇丽时空之中。

2.“析万物之理”的自然内容。《天问》中的万物内容，常常与地、人内容紧密相连，纯自然之问并不太多。考其所问，或是远方地理，或是远古传说，或是民俗现象，也有一些纯是当时迷信。如对“何所不死”之问，先问何处是不死之乡，旋以“延年不死，寿何所止”加以否定（按这意思更是画不出来了）。世上没有无限长寿之人，又怎么会有不死之乡？“析万物之理”，就是根据万物所遵循的自然规律，分析与判定相关传说是否合“理”。如阴阳变化决定万物存亡，阳气若离开人体，人就死亡。可是传说仙人王子乔死后又化为大鸟飞鸣，他是怎样由人形化为鸟形的？当屈原在进行这类思索辩难之时，没有清醒的理智是不可能做到的。

3.“察古人之全”的历史内容。这部分以女娲造人开始，到尧、舜、禹、夏、商、周，以及春秋五霸之事，全部加以提问。《天问》下限断在春秋末，正与“察古人”的涵义相合。这是《天问》中内容最繁复、政治观点最强烈的部分。屈原主要问及四大问题：

其一，人类诞生之初，谁是最早的创造者？这是世界各原始民族共

---

[1] 见《山海经•大荒东经》。

同关心的问题，是早期智者对“人”自身大梦先觉的标志。中国的古老传说认为女娲抟土造人，屈原据此发问：“女娲本人的躯体，又是谁创造的？”这种否定性的问法，跟民间盘歌的性质迥然不同。盘歌主要是询问对方的答案，考察对方的博物知识。但否定性提问如“女娲造人，谁造女娲”之类，根本无法回答，也无须回答。西方学者在批判上帝是人类的创始者时，曾创下一句名言：“如果人类是上帝创造的，那上帝又是谁创造的？”不难发现，屈原的反问已达到相当高的思辨水准。

其二，用“察全”的观点考察古人的全部言行，提示“圣者不全圣，恶者非纯恶”的历史文化现象，特别对文化英雄的悲剧人生寄予同情和愤慨。如问鲧不胜任治水，众人何以推荐他？鸱、龟佐鲧治水，川与谷也各有成功之处[1]，为何帝尧加以刑戮？不但说鲧失败的责任不全在鲧，而且批评尧滥用重刑和无视鲧的成功之处。对于成功者禹的形象，屈原在肯定他“献功”的伟力之外，对大禹“焉得彼涂山女，而通之于台桑”、“胡维嗜不同味，而快朝饱”的凡人欲望与行事，也加以提问。捅出“圣人”的“不圣”之处，还大禹以“人”的真实面目。屈原对鲧、禹二人的态度可以说是反传统的：鲧是失败之臣，但他被定罪杀戮却是无辜的；禹是成功之君，但也并非一切都无可非议。这不是在隐指他与楚王的关系吗？

其三，在历史人物身上，功与过、得与失是可能转化的，有时甚至是纠缠不清的；人的品质更非固定不变；善恶功罪的标准也依人、依时而确定、而变化。如：“帝降夷羿，革孽夏民。胡射夫河伯，而妻彼洛嫔？”“桀伐蒙山，何所得焉？妺嬉何肆？汤何殛焉？”后羿为民除害，立了大功，为何又射击河伯夺占其妻？这是思考功与过的转化：有益于人者如果成功后私欲膨胀，就会转化为有害于人者。夏桀讨伐蒙山的施国，施国献美女妺嬉为夏桀之妃，施国得以保全。后来妺嬉勾通伊尹，使夏朝灭亡，但商汤却杀死对灭夏事业有功的妺嬉。对施国而言，妺嬉是有功的；对夏桀而言，妺嬉是有罪的；对商汤而言，妺嬉至少可以说是无罪的，但却不免死于非命。桀得妺嬉而终于失国，汤之成功得益于

---

[1] 原文作“顺欲成功”，此从姜亮夫《屈原赋今译》第86页说。

妹嬉却归罪于她：得失功罪的变化就是这样的神秘莫测，历史有时充满太多的不平！屈原对尧、舜、禹、汤、周武王发等，都不全盘肯定，而是用“察全”的观点，细察其言行。功则歌之，过则疑之。而这些，又或多或少与屈原和楚国现实有某种近似。

其四，对“君权天授”和“天命”在更高的认识层次上作出全新的思考。如问：上天把天下交给某人，为何又经常使人替换？言下之意便是君位并非永固，应当加强君王自身修养以防不测。屈原对后妃人选也极其关注，主张选择“吉妃”：“成汤东巡，有莘爰极（至）。何乞彼小臣，而吉妃是得？”楚怀王时，南后和郑袖都称不上吉妃，尤其是郑袖，更是与屈原作对，做了不少危害国家的事情。故屈原之问，显然是有感而发。屈原无辜获罪，被逐流浪，他对天命能否永远公正持否定态度。如说：“天命反侧，何佑何罚[1]？齐桓九会，卒然身杀！”又问晋献公太子申生自杀之事：“何感天抑地，夫谁畏惧？”申生的孝道能感动天地，他又惧怕什么而自杀？意即好人遭难，天地也管不了。又问后稷是帝的长子，帝为何要毒害他？后稷的种种神力使天地震惊，为何他的后裔反倒繁荣昌盛？这似乎又是说：只要所作所为对人民有益，有时天不喜欢甚至冒犯天地也不要紧！屈原对周武王也有批评：“到击纣躬，叔旦不嘉。”纣王已死，周武王还要把他倒挂起来，砍下脑袋示众泄忿，这似乎太过分而周公也不赞成。又为周公鸣不平：“反成乃亡，其罪伊何？”武王死，成王幼，故周公摄政。后来已把政权归还成王，为何又出逃，他究竟犯了什么罪？

就这样，屈原在《天问》中，微妙地将自己的遭际与情感融入丰富复杂的历史故事之中，站在新的历史高度，运用新的价值观念，重新审视前人的文化遗产，探索一些值得现实借鉴的历史经验。最明显的一点，就是对历代圣王都有一些“揭短”之词。这不仅需要博大精深的历史知识，更需要反传统、反潮流的勇气和智慧，尤其是关心国计民生的挚爱。屈原的《天问》，首先是智者的自然哲学、历史哲学、人生哲学的思考，其次才是诗人的发愤抒情。《天问》中的屈原根本没有像个别学者所说的

[1] 原文作“何罚何佑”，不协韵，此从诸家注校改。

"神经错乱"和"情感迷狂"。全诗的思考是清醒的，见解是卓绝的，价值是丰富的。《天问》不仅在文学史，而且在哲学史、科学史上都有着重要地位。

三、《天问》的艺术创新

1. 四言诗体制的继承与创新。《天问》全诗以四言一句为主，如果把篇首"曰"算一句，则共有372句，其中四言283句，占76%。馀下三言19句、五言51句、六言16句、七言2句、八言1句。《诗经》也是约90%的诗句为四言。由此可见，《天问》对《诗经》的继承是明显的。不过，作为屈原的杰作之一，《天问》的创新形式却是主要的。它并非全是严格的四言，而是多在四言句中夹用"何"、"焉"、"孔"、"谁"、"孰"、"安"等疑问代词或疑问词，并且这些词的位置又不固定一处。因此，它与《诗经》的四言区别极大。有时由于引入疑问代词或转折语，严整的四言结构则变为五、六、七言等句式了，如"胡射夫河伯，而妻彼洛嫔"、"何不课而行之"、"地何故以东南倾"、"焉得彼涂山女，而通之于台桑"……如改用陈述语气，上述句子均可压缩为四言句。由于杂用这些非四言句，与《诗经》相比，《天问》更显得面目一新和独具风格。

2. "天地入胸臆"的取材视域。《天问》之所以常被人称为史诗，就在于它虽然没有史诗的规模，但却具备史诗的结构：包括了宇宙、神、人的广阔内容。《天问》之所以不是史诗，不仅因为它不是叙事体，还因为它缺乏（省略了）更丰富更曲折的故事情节与细节。《天问》是以学术辩难的观点，将当时学术界尤其是屈原本人所能认识到的众多重要课题，依照时间为经，空间为纬的结构方式，组织成一首纵无渊薮、横无际涯、涵容宇宙人文、表现诗人自我的诗。曹操有《观沧海》一诗赞美大海的吞吐气象："日月之行，若出其中；星汉粲烂，若出其里。"完全可以移比屈原的心怀、《天问》的结构。唐人孟郊曾表达过一种"写作的最高见解"："天地入胸臆，吁嗟生风雷。文章得其微，物象由我裁！"[1] 可惜此种诗境孟郊没有，李白没有，整个唐诗也没有。中国文学中真正有此广

---

[1] 参见孙作云《天问研究》第38页文字。

纳大千世界于一境的杰作，《天问》之外，罕见其它。

3.“引而不发”的抒情方式。中国文学有所谓“咏史”的传统：作者立于历史长河的下游，极目上溯历史波澜的奔涌，联系现实与未来，发表感慨或认识。这种传统，始于屈原，创于《天问》。每一代人都在重新创造历史，同时重新评价历史。作为时代的先进代表之一，屈原既献身于拯救国家的政治活动，积极参与创造历史，又用他充沛感情的苦汁，忧国忧民的血泪，凝成众多文学名篇，在历史上树起光芒永照的文学丰碑。他善于重评历史，对前人或时辈的历史观不固守、不盲从。大胆怀疑，缜密思考，广泛设问，从不武断。因此，《天问》批判现实的态度、抒发情感的方式，与《离骚》大异其趣：《离骚》是哭诉怒斥，《天问》则总体上引而不发，逼人深思反省。只在结尾处突现自我，披露深藏于心的情感与挣扎于其中的遭际：“薄暮雷电，归何忧？厥严不奉，帝何求？伏匿穴处，爰何云？……”屈原企图通过反问质疑、重评历史功罪来提醒楚王重新评价屈原自己，并汲取历史教训，改弦更张，刷新现实。故《天问》结语又说：“悟过更改，我又何言！”哭诉怒斥依赖诗人主体的感情冲击而使对方有所触动或醒悟，引而不发则重在引导对方自我思考、古今对比而达到较高的认识境界。这种异于《离骚》的抒情方式，使屈原的艺术风格更为丰富多彩，也使《天问》更具艺术的独创性。

4. 终篇诘问的惊人异彩。诗作包罗万象已属极难，终篇均用问句更属难上加难。《天问》的设问变幻莫测，有四句四问、四句三问、四句二问、四句一问诸种形式。如：“天何所沓？十二焉分？日月安属？列星安陈？”四句四问。“寰则九重，孰营度之？唯兹何功？孰初作之？”或：“何阖而晦？何开而明？角宿未旦，曜灵安藏？”虽均为四句三问，但却小有不同。四句三问还有另外两种形式：“明明暗暗，唯时何为？阴阳三合，何本何化？”或：“九天之际，安放安属？隅隈多有，谁知其数？”即四句中别有一句二问。“洪泉极深，何以填之？地方九则，何以坟之？”四句二问，此为《天问》中最常用的句式。“启棘宾商，九辩九歌。何勤子屠母，而死分竟地？”四句一问。再加上疑问词自身的变换与使用位置的变化、四言问句与非四言问句的交杂运用，《天问》的光怪陆离、奇情异彩便得以充分显现。再有，《天问》在中间及结尾夹用“四三结构”的问句，也产生了很好的效果。如中间的：“武发杀殷，何所挹？载尸集战，何所急？”结尾的：“中央共牧，后何怒？ 蛾微命，力何固？……”如繁音促节，很能配合作者紧迫激动的感情变化。

四、《天问》的精神

《天问》执着于叩询宇宙、历史与人生之谜。茫茫天宇和渺小人类、悠悠历史和短暂人生，对比如此强烈，不能不引起人类的永恒思考。天宇永远变化，历史不断延续，在宇宙中，在历史上，自我应当扮演什么角色？有人作恶而成功，有人为善而失败；有人叱咤风云，旋乾转坤；有人仰天悲叹，长歌当哭……。《天问》叩询宇宙万物、历史人生，其实也是问自已、问楚王、问楚国：路如何走？业如何创？国如何传？天命是否可靠？我的命运、楚国的命运能否改变？

《天问》对一切历史陈说，均用时代理性与个人智慧去审视、去怀疑，一气掀开从远古到当时在美丽外衣掩饰下的若干理论缺陷，大胆抽去建构这些神奇大厦的理论基石或雕梁画栋。

《天问》不仅在破坏旧的理论世界，同时也在探索未知，致力聚焦新的理论视点。《天问》有不少闪光的思想，如太阳速度、地椭、朝霞之光何来等等，可惜他本人未能发挥，后世更无人接力穷追，始终停留在零星的“闪光”阶段，未能托出一轮理论科学的太阳。

《天问》不朽！愿《天问》的精神永远和一个求知的民族同在！

原载《社会科学战线》1993 年第 4 期，有增补。

“离骚”：“屈原既放……
心烦虑乱”的心理长诗

中国诗歌史上，《风》《骚》并称；文学史上，庄屈并称、屈宋并称。《史记》写得好，鲁迅就赞：“史家之绝唱，无韵之《离骚》。”柳永创作于湖北江陵旅馆的慢词《戚氏》，是自有词体以来的长篇抒情词之冠，宋代人就誉称：“《离骚》寂寞千载后，《戚氏》凄凉一曲终。”将两者相提并论……无论从何种角度考察和评价，屈原及其《离骚》，毫无疑义都属于中国诗歌皇冠上最硕大、最闪亮的明月之珠。

一、“离骚”之名与“自我意识”的巍峨冰山

“离骚”的意思，直至当代已有超过20种的不同解释。司马迁《史记•屈原列传》认为“离骚者，离忧也”，班固《离骚赞序》解释“离忧”为遭遇忧愁或忧烦，“离”等同于“罹（lí）难”之“罹”。王逸的《离骚经序》则直接解为“别愁”。两种都能在屈原作品中找到内证。

但是，这些都是屈原之后的解释。更为重要的是：屈原之前，《国语•楚语上》记载楚灵王时代的大臣伍举，与楚王在章华台上对话，说了一个空前绝后的新词——“骚离”，亦即“先骚乱后逃离”：“德义不行，则迩者骚离而远者距违。”意为：如果国王您不能对老百姓施行德义，近距离的人民就会先骚乱后逃离，远距离的人民就会先拒绝后反抗。伍举、伍奢、伍员，祖孙三代均为楚史名人，屈原不可能不知道发生在章华台上的涉及“骚离”的君臣对白。

伍举的“骚离”是“骚而离之”，屈原的“离骚”则是“离而骚之”。两者除了重点前后不同之外完全等义，可以互释。具体一点，“离骚”就是“离别的心思骚乱”。或：“离别楚王前后的心思骚动与烦乱”。更详尽的解释，就是屈原本人在《卜居》开篇的自我描述：“屈原既放……竭知（智）尽忠，而蔽障于谗。心烦虑乱，不知所从。”“既放”或“将放”就是“离”;“心烦虑乱”就是“骚”。“忧”、“愁”二字，以及“怨”、“伤”、“悼”等字，都不能完全涵括“心烦虑乱”的心理状态。[1] 骚字从马，从蚤，一显一隐，或跑或跳、或踢或咬，故有内外躁动、扰乱、强烈不安之象。骚，既可表现心思的骚乱，也可描述行为的骚乱。宋玉《讽赋》亦有“岁将暮兮日已寒，中心乱兮勿多言”的少女之歌。心思骚乱是行为骚乱的原因和主导，行为骚乱则是心理骚乱的外显和结果。

《离骚》是中国诗史上最为卓异的痛陈政治创伤的内心独白式心理长诗。大约创作于诗人40岁前后“恐老”其实未“老”、精力充沛、智力旺盛、“及余饰之方壮兮，周流观乎上下”、敢言而且敢为的壮年时代。

[1] 汉代人刘安的《离骚传》（文字窜入司马迁的《史记•屈原列传》之中）、司马迁的《屈原列传》《太史公自序》《报任少卿书》、班固的《汉书•地理志》、王逸的《楚辞章句•离骚经序》，解释《离骚》的创作动因之时，无不依据或抄录《卜居》序文。遗憾都没有用来解读“离骚”二字，后人亦然。本文系首次将“离骚”等同于“屈原既放……心烦虑乱”。

诗中不独对"党人"以及"芜秽"、"从俗"的"众芳"展开激烈的批判，甚至对楚王也毫不客气地直言相向："岂余身之殚殃兮，恐皇舆之败绩"、"荃不察余之中情兮，反信谗而齌（jì）怒"、"余既不难乎离别兮，伤灵修之数化"、"怨灵修之浩荡兮，终不察乎民心"、"哲王又不寤"、"荃蕙化而为茅"。特别是"哲王不寤"和"荃化为茅"，更是直指楚王昏睡不醒，已由珍贵的"香草"化为无用的"野草"。这样的艺术化批评与讥讽，也只有"放言无惮"才能形容了！诗中大量地、反复地出现情感类认知类的心理名词：恐、忍、伤、惮、信、察、知、哀、怨、怒、悔、恶（wù）、怀、好（hào）、嫉、欲、愿、苟、谅、恕、佞（nìng）、太息、掩涕、屈心、抑志、郁邑（悒 yì）、嫉妒、慢慆（tāo）、侘傺（chà chì）、骄傲、犹豫、狐疑…… 以灵均的主要感受而言，可以概括为"八恐"、"四哀"、"三涕"、"一伤"、"一怨"："恐年岁之不吾与"、"恐美人之迟暮"、"恐皇舆（车）之败绩（颠覆）"、"恐修名之不立"、"恐高辛之先我"、"恐导言之不固"、"恐鹈鴃之先鸣"、"恐嫉妒而折之"；"哀众芳之芜秽"、"哀民生之多艰"、"哀朕时之不当"、"哀高丘之无女"；"长太息以掩涕兮，哀民生之多艰"、"揽茹蕙以掩涕兮，沾余襟之浪浪"、"忽反顾以流涕兮，哀高丘之无女"；"伤灵修之数化"；"怨灵修之浩荡"。主人公在因自身美质而受人嫉妒、被人攻击、独处"穷困"之际，曾经有过一次"悔"的反省：

悔相道之不察兮，
延伫乎吾将反。
回朕车以复路兮，
及行迷之未远。
步余马于兰皋兮，
驰椒丘且焉止息。
进不入以离尤兮，
退将复修吾初服。

他后悔曾与"众芳"、"众女"和"鸷鸟"的距离不够远，而且一度栽培"众芳"，甚至"屈心而抑志兮，忍尤而攘诟"——强制压抑内心的委曲不满，忍受无辜罪名和容纳谣言污蔑。此后从失望走向绝望，心境转换，不再“哀”“涕”：“和调度以自娱兮……吾将远逝以自疏！”甚至“已矣哉！……又何怀乎故都”。所有这些心理名词、心理状态和心理变化，集中地、多侧面地呈现了楚国君臣集体施予屈原一人的深度伤害，构成极为典型的感情上、思绪上的“离而骚之”和“骚而离之”，充分展示了“离别”[1]过程的种种难以言说、而又终于淋漓酣畅并且纯艺术化地加以言说了的精神痛苦。所以，“离骚”二字，最能概括和标识屈原与楚国君臣“何离心之可同”[2]、“终危独以离异”[3]之后，在心理上周流天地、洒泪“号呼”[4]、乘风御电、求神告巫、幻想自我解脱的心理图景。

《离骚》全诗，自始至终贯通一个“我”字：我的血统、我的出生、我的名字、我的体态、我的装束、我的品德、我的志向、我的禀赋、我的修炼、我的努力、我的反省、我的求索、我的观察、我的思考、我的希望、我的失望、我的痛哭、我的哀诉、我的孤独、我的犹豫、我的愤怒、我的绝望、我的选择……

《离骚》是一个政治独行侠的孤斗、突围与歌哭。

《离骚》是文学海洋中一座“自我意识”的巍峨冰山。

二、空前高贵的诗中之“我”

诗中的主人公灵均，是一个集宇宙精华、人间美德、家族荣耀、内美修能于一身的文化英雄。屈原以作为楚王的导师为已任[5]，希望在楚国实现他的“美政”即政治理想，最终使楚国恢复强盛。所以在《离骚》这首带有很强的自传色彩的篇首，主人公的形象以血统高贵、吉日降生、外形俊美、内心高洁而闪亮登场：

帝高阳之苗裔兮，
朕皇考曰伯庸。
摄提贞于孟陬兮，

[1] 《离骚》：“吾既不难乎离别兮，伤灵修之数化。”
[2] 《离骚》：“何离心之可同兮，吾将远逝以自疏。”
[3] 《九章•惜诵：“有志极而无旁，终危独以离异。”
[4] 《九章•惜诵》：“愿陈志而无路。……进好呼又莫吾闻。”
[5] 《离骚》：“不抚壮而弃秽兮，何不改乎此度？乘骐骥以驰骋兮，来！吾导乎先路！”

惟庚寅吾以降（hóng）。
皇览揆余初度兮，
肇锡余以嘉名：
名余曰正则兮，
字余曰灵均。

从神话时代的帝高阳开始追溯：表明自己是太阳神的后代，远祖是楚国的先王。如此安排诗篇的起始，令人想起《诗经》中的《崧高》和《烝民》的开篇：

崧高维岳，
骏极于天。
维岳降神，
生甫及申。
——《崧高》

天监有周，
昭假于下，
保兹天子，
生仲山甫。
——《烝民》

《崧高》篇首说：高耸的大山连通上天，天神通过大山降临人间，生下"甫（读作吕）"、"申"两位姜姓氏族的始祖。核心词是"天"、"降神"、"生××"。而《烝民》篇首则意为：上天考察了姬姓的周家王朝，决定召集下方神灵集体降福于他们。为了护佑和辅佐当代的周天子（宣王），生下了卓越的仲山甫。两诗往下就是叙述吕、申、仲山甫的种种不凡、忠心与接受"王命"之后的辉煌勋业。

屈原虽是楚人，时间上距离仲山甫也很远，但《崧高》和《烝民》大概不可能不读，因为尹吉甫的采邑和纪念地距离楚都已经很近。《离骚》

开篇的“帝”相当于尹吉甫诗中的“天”，奇特的是，《离骚》是“惟庚寅吾以降”，是“吾”在“降”，而不是“神”在“降”。换言之，“吾”即“神”。接着是“生”下“吾”即灵均。这决定灵均将具备“神”的各种资格与功能，才能在下文中展开天地神人与古今之间的种种活动。在离开尘世的虚拟空间中，诗人为所欲为，叱咤风云，超越时空，命令太阳止步，叩打天门，倒转光阴，向日、月、云、雨、风、雷诸神发号施令：“吾令羲和弥节”、“吾令凤鸟飞腾”、“吾令帝阍开关”、“吾令丰隆乘云”……直至最后“麾蛟龙使津梁兮，诏西皇使涉予”、“驾八龙之婉婉”；全程并全权代表楚王，向夏代的洛神、二姚和商代的简狄这些绝世美人求婚……

三、空前芳洁的诗中之“我”

灵均血统的高贵、诞生的神异、品质的稀罕等等“内美”，只能感知，不能外览，还必须通过饮食、服饰、行为等等来加以强化和彰显。诗人想象通过仙人专用的高洁珍异的饮食，滋养超凡的躯体，获致高品质的生命，使之与天地日月一样悠长而光辉：

朝饮木兰之坠露兮，
夕餐秋菊之落英（yāng）。
……
折琼枝以为羞兮，
精琼靡（mí）以为粻（zhāng）。

还要通过大自然的芳洁植物，加上人工的精美饰品，组合成特殊的服饰来增强外美：

制芰荷以为衣兮，
集芙蓉以为裳。
……
高余冠之岌岌兮，
长余佩之陆离。

饮食的高洁芬芳，风度的翩翩君子，穿戴佩饰的超拔时辈，构成振兴家国"舍我其谁"的物质层面和逻辑导引，以及必不可少的最佳时间值（最佳生命状态）的支持和保障。在生命存在的每一时刻，都应当尽力展现出人世间最高程度的美好。只有美质、美态加美饰，才有资质成为"美人"；也只有诗中反复重申的"余情信芳"、"昭质未亏"、"芳菲难亏"、"芬今未沫"、"余饰方壮"、尚未"迟暮"的"美人"，才具备能力、精力去引导君王实施"美政"，最终建立"美人"自我千秋不朽的"修名"。灵均为了延长导引美政的最佳时间值，亦即延长自我的最佳生命状态而饮露餐菊，既源于《庄子•逍遥游》中的"藐姑射神人"——"肌肤若冰雪，绰约若处子，不食五谷，吸风饮露；乘云气，御飞龙，而游乎四海之外。"也源于春秋战国时代著名医学家扁鹊之师及其学派以露水[1]与人治病，以及"不死之药"传入楚国王宫[2]的药学实验。"姑射"的神山之名，多次见于《山海经》的《海内北经》和《海内东经》，可见庄周、屈原，都曾经深度开掘和吸纳了《山海经》的神话资源。

四、诗中之我"三飞天"的浪漫历程

在屈原的诗篇中，主人公"我"常常与神灵游乐，与古人为伍，悠悠时空，任我遨游；天帝之外，唯我独尊；对宇宙万象的大小神灵随心所欲地发号施令，让整个宇宙匍匐在"幻我"的脚下：这是人生中何等惬意的乐事！如果没有现实中政治优越感的极度失落，怎会在文艺创造中享有如此崇高的神威呢？这种驱遣"百神"、奴役万象的权力幻觉，不过是政治欲望的特大火山，在久久压抑之后铺天盖地的大喷射而已。请看诗人所想望的一幅幅威风凛凛的神游场面：

驷玉虬以乘翳兮，

---

[1] 《史记•扁鹊列传》，中华书局点校本，第2785页。

[2] 《战国策•楚策四•有献不死之药与荆王者章》。现代医药学证明，清洁的露水对于治疗某些人体疾病确有辅助作用。

溘竢（sì）风[1]余上征。
朝发轫于苍梧兮，
夕余至乎县圃。
欲少留此灵琐兮，
日忽忽其将暮。
吾令羲和弭节兮，
望崦嵫而勿迫。
路曼曼其修远兮，
吾将上下而求索。
饮余马于咸池兮，
总余辔乎扶桑。
折若木以指日兮，
聊逍遥以相羊。
前望舒使先驱兮，
后飞廉使奔属。

鸾皇为余先戒兮，
雷师告余以未具。
吾令凤鸟飞腾兮，
继之以日夜。
飘风屯其相离兮，
帅云霓而来御。
纷总总其离合兮，
斑陆离其上下。
吾令帝阍开关兮，
倚阊阖而望予。……（一飞天）

[1] “竢风”即“待风”，《庄子•逍遥游》云：“列子御风而行，泠然善也，旬有五日而后反。……此虽免乎行，犹有所待者也。”即以风为初始飞行的启动力量。此为屈原所本。古今注家解“竢风”为“埃风”，即“挟带尘埃的风”，极误而无理。灵均好洁嗜芳，怎会在“埃风”中满身尘土、一脸污渍，然后飞入仙境、谒见天帝、求取玉女呢？

灵氛既告余以吉占兮，
历吉日乎吾将行。……
为余驾飞龙兮，
杂瑶象以为车。
何离心之可同兮，
吾将远逝以自疏。……
扬云霓之晻蔼兮，
鸣玉鸾之啾啾。
朝发轫于天津兮，
夕余至乎西极。
凤凰翼其承旗兮，
高翱翔之翼翼。……（二飞天）

驾八龙之婉婉兮，
载云旗之委蛇。
抑志而弭节兮，
神高驰之邈邈。
奏《九歌》而舞《韶》兮，
聊假日以愉乐。
陟升皇之赫戏兮，
忽临睨夫旧乡。（三飞天）

在人间歔欷掩涕，衣襟浪浪的诗人，一旦乘风升空，少留县圃，立即神力齐天，睥睨万类。为何升空歇足，首选县圃？为何一登县圃，人即为神？原来县圃乃是昆仑的第二神台："登之乃灵，能使风雨。"[1] 人若至此，可获神格。在这神话的国度里，诗人令风使雨、呼鸾唤凤、调龙遣虬、览观四极、周流[2] 乎天。达到了自我颂扬的最高峰巅，亦即将自我之美的精神层面修炼到了极至。如果此后天阍不开、哲王不寤、党人嫉

[1] 《淮南子•地形训》。
[2] "周流"即"周游"。

妒、荃化为茅、国人莫知、举国好朋，那就只能证明他们都是十足的恶草、十足的臭夫，“故都”已无芳华可采，国运已无生机可救了。

五、最先遥感国运沉沦的诗人预言

虽然灵均在天空中指挥诏令神灵的能力是超凡的，但楚王及其群小在地上对内迫害的力量则是无限的，以致直接造成了楚国“众芳芜秽”、“兰芷不芳”、“荃蕙化茅”的人才萧条的政治困局。当这一困局在《离骚》之后一而再、再而三地被证明，亦即楚国接二连三的新都和整个版图，最终被强秦的铁流彻底荡涤，那种一次次“哀民生之多艰”、“哀高丘之无女”和“沾余襟之浪浪”的先知先觉的奔流之泪，才会一次比一次强烈地放射出它的忧伤、焦灼、伟大与智慧。诗篇结尾，灵均正要兴高采烈地从高空飞越不周山，准备前往未知的遥远的“西海”，忽然低头看见了熟悉的“旧乡”——或许就是少年时代“长于原野”[1]的家园秭归吧——那里已经接近当时秦楚两国的边境了：

仆夫悲余马怀兮，
蜷局顾而不行。

出境的脚步不由自主地停止了。然而，那个无人理解自己、支持自己的“国”和“故都”——包括前文提及的“故宇”、“旧乡”——也是回不去了，那就算了吧！何必再挂念它们呢！

已矣哉！
国无人莫我知兮，
又何怀乎故都！
既莫足与为美政兮，
吾将从彭、咸之所居！

既然不能在楚王统治下实现理想中的政治，我将选择（降落在南楚的九嶷），追随生命不老的彭、咸二神！

---

[1] 东方朔：《七谏•初放》：“平生于国兮，长于原野。”此处故从其说。

本书认同彭、咸是"巫彭"、"巫咸"的并称。巫彭是"操不死之药"的大巫，巫咸则是《离骚》前文提及的"九疑缤其并迎"的楚国大神（主神）。《离骚》对古代帝王和贤臣采用并称，如"尧舜"、"禹汤"、"桀纣"、"挚咎繇"……灵均之"灵"即巫。《说文》云："灵：灵巫，以玉事神。"从"灵均即巫"的角度去看，灵均"从彭咸之所居"，就是到九嶷方向（今湖南境内）与巫彭、巫咸等古代大巫为邻、为友，并与他们"勉升降以上下（于天地）"。这也符合灵均遭到女嬃责骂之后"济沅湘以南征兮，就重华而陈词"的方位和初衷，更符合屈原后来选择湖南境内的汨罗江自沉——身死则是灵魂的升天——的地理指向。由此看来，"彭咸"与"尧舜"、"汤禹"等同为并称，并没有违背《离骚》的言说惯例，而且前呼后应，令全文结构更加精致紧密。

六、视觉想象与天地流观

楚声已经消逝，当今读者无法领略《离骚》的方音之美了。但文字尚在，屈原视觉想象力所营造的一幅幅芬芳而灿烂的天地图景，仍然让阅读者一次次地陶醉其间。这一特点，贯穿屈原的大部分作品。当灵均在不同的场景中活动，他的着装必有改易；当灵均访谈或访求的对象不同，他的出巡仪仗和飞行工具也会随之变化。他带领读者"济沅湘以南征"、"溘埃风余上征"、"朝发轫于苍梧兮，夕余至乎县圃"、"望崦嵫而勿迫"、"饮余马于咸池兮，总余辔乎扶桑"、"折若木以拂日"、"朝吾将济于白水兮，登阆风而緤（xiè）马"、"夕归次于穷石兮，朝濯发乎洧盘"、"览相观于四极兮，周流乎天余乃下"、"百神翳其备降兮，九疑缤其并迎"、"及余饰之方壮兮，周流观乎上下"、"邅吾道夫昆仑兮，路修远以周流"、"朝发轫于天津兮，夕余至乎西极"、"忽吾行此流沙兮，遵赤水而容与"、"路不周以左转兮，指西海以为期"、"抑志而弭节兮，神高驰之邈邈""奏《九歌》而舞《韶》兮，聊假日以愉乐"……场景的快速变幻，"朝发夕至"的流观节奏，部分消解了长诗的阅读疲劳。乐府民歌的"朝发欣城，暮宿陇头"、"旦辞爷娘去，暮宿黄河边"、"旦辞黄河去，暮至黑山头"；《水经注》的"朝发白帝，暮到江陵"，李白的"朝辞白帝彩云间，千里江陵一日还"、

“高堂明镜悲白发，朝如青丝暮成雪”……多多少少都能听到《离骚》的回响。

七、神人杂糅与百物纷总

《离骚》一共出现34位以上的古帝王、古大臣、古神灵、古人古巫和今人今巫：帝高阳、伯庸、灵均、楚王、尧、舜（重华）、桀、纣（后辛）、（巫）彭、（巫）咸、女媭、帝阍、羲和、鲧、启、五子、羿、浞、浇、宓妃、有娀（简狄）、高辛（帝喾）、少康、二姚、挚、咎繇、傅说、武丁、吕望、周文、宁戚、齐桓、西皇（少昊）……

其中神与巫一身二任的有：巫彭、巫咸、女媭、帝阍、灵氛、西皇。

《离骚》的植物谱系前后出现了29种以上的或香或臭、或神或凡的植物：江离、辟芷、秋兰、木兰、宿莽、申椒、菌桂、蕙（茹蕙）、芷（芳芷）、荃、兰（幽兰）、留夷、揭车、杜衡、秋菊、薜荔、胡绳（香草）、芰荷、芙蓉、薋菉葹（三种普通之草或恶草）、琼枝、藑茅、筳篿（竹片）、茅、萧、艾、榝（shā）……

草与人一身二任的则有16种以上：荃、兰、蕙、留夷、揭车、杜衡、芳芷、薋菉葹、椒、江离、茅、萧、艾、榝（shā）。

另有神木扶桑、若木。

动物或神物出现21种以上：玉虬、鹥、羲和、马、望舒、飞廉、鸾皇、雷师、凤鸟（凤凰）、飘风、云霓、丰隆、蹇修、、鸷鸟、鸩、鸠（雄鸠）、鹈鴂、飞龙、瑶象、玉鸾、蛟龙。

现实地名、地貌与神话地名共28种以上：阰（pí）、洲、沅、湘、兰皋、椒丘、苍梧、玄圃、崦嵫、咸池、白水、阆风、高丘、春宫、穷石、洧盘、九州、九疑、傅岩、昆仑、天津、西极、流沙、赤水、不周、西海、旧乡、故都。

当上述100多种或神或人、或地或物的叙事元素，在天空、地面、神境，以场景、图象、仪式、情态、声响、色、香“纷总总其离合”的时候，《离骚》的种种“缤纷”与“陆离”，也就可想而知了。

然而，必须指出的是：随着人类文明形态的变迁，知识要素的更换，关注热点的转移，自然物种及其数量的减少，《离骚》"上称帝喾，下道齐桓，中述汤武"以及百物纷呈、出入神人两界的叙述方式，后世读者的兴趣将越来越小，而阅读障碍将越来越大。长诗中众多的物象、神人与幻境，在后人的视域中，也将越来越遥远和迷离。尽管如此，《离骚》将永远是民族精神史上最值得珍藏的绚烂而神秘的画册之一。

《离骚》“求女”与怀王丧后

怎样解释《离骚》“求女”，是对大半部《离骚》作何种理解的关键所在。对于这样一个千载纷争、歧义繁多、具有决定意义的重大问题，以往占主导地位的观点是“求君说”与“求贤说”，均不确。事实上，《离骚》“求女”是以“楚王好色”为远背景，“怀王丧后”为近背景，其中隐藏着浓厚的政治色彩，是楚怀王丧后而群臣求后这一历史事件的艺术幻化。

当代楚辞学虽已蔚为国际学科，但对楚辞最主要的作家屈原、对屈原最主要的作品《离骚》，尤其是对《离骚》中主人公灵均的“求女”之谜，中外研究者并未取得共识。近览旧籍，偶然发现：《离骚》“求女”这一匪夷所思的超时空系列大寻访，乃是楚怀王丧后而立后这一真实的

楚国历史小插曲的艺术幻化！春秋战国时代，人们称诸侯国的王后为“小君”[1]。在古代一些历史时期的特殊条件下，王妃或王后的地位与作用，仅仅次于君王。有时甚至支配君王、控制君王。楚怀王晚期便是如此，所以《离骚》才会出现后半部迷离神奇的“求女”亦即“求小君”的情节。获此奇证，窃以为不独《离骚》“求女”之谜渐次可解，就是论定战国之世确有屈原、《离骚》确系屈原所作、产生年代当在怀王丧后的数年之间等重大问题亦可步入一重新辟境界。

一、“求女”背景：楚王好色与怀王丧后

《离骚》求女，“楚王好色”是远背景，“怀王丧后”是近背景。《战国策•楚三•张仪之楚贫章》载有一个富有传奇性的故事：

> 张子见楚王，楚王不说。张子曰：“王无所用臣，臣请北见晋君。”楚王曰：“诺。”张子曰：“王无求于晋国乎？”王曰：“黄金、珠玑、犀象出于楚，寡人无求于晋国。”张子曰：“王徒不好色耳？”王曰：“何也？”张子曰：“彼郑、周之女，粉白墨黑，立于衢闾（qú lǘ，街道），非知而见之者，以为神。”楚王曰：“楚，僻陋之国也，未尝见中国之女如此其美也。寡人之独何为不好色也？”乃资之以珠玉。
>
> 南后、郑袖闻之大恐。（南后）令人谓张子曰：“妾闻将军之晋国，偶有金千斤，进之左右，以供刍秣（chú mò，马饲料）。”郑袖亦以金五百斤。

楚怀王尽管已有南后和美姬郑袖，但一听说那些恍如神仙的美女，立即表态自己是“好色”之徒，而南后、郑袖亦“闻之大恐”。从中可以看出：政治活动与“求女”活动何等密切！屈原在《天问》中就曾广泛思考过许多女性与君臣政治、君臣关系的问题。《离骚》中的灵均之所以有“出国求女”的意图，目的正在于“求女”之后“献女”，进而改善与楚王的关系。古时献女可以减罪，故《史记•殷本纪》载：商纣王醢（hǎi）九侯、脯（pú）鄂侯、囚西伯昌，“西伯之臣闳夭之徒，求美女、奇物、善马以

[1] 《春秋经•庄公二十二年》及《谷梁传》。

献纣，纣乃赦西伯"；春秋时越败于吴，"越人饰美女八人纳太宰嚭（pǐ），曰：'子苟赦越国之罪，又有美于此者将进之。'"[1] 太宰嚭其实是一个楚国人。后来越人果然又进献绝美之女西施给吴王，以求不杀。同样，献女也可以达到赢得君王宠信并且掌握实权的政治目的。《战国策•楚四•楚考烈王无子章》就是一个极好的例子：

> 楚考烈王无子，春申君患之，求妇人宜子者进之，甚众，卒无子。赵人李园，持其女弟，欲进之楚王，闻其不宜子，恐又无宠。

于是将其妹献与春申君，"知其有身，园乃与其女弟谋。"其妹便对春申君说："妾之幸君未久，诚以君之重而进妾于楚王，王必幸妾。幸赖天而有男，则是君之子为王也……。"春申君大然之，又将李园妹献与楚王。"楚王召入，幸之。遂生子男，立为太子，以李园女弟立为王后。楚王贵李园，李园用事。"值得注意的是：楚相春申君与楚考烈王本是亲叔侄，利益关头，也会通过献女来巩固自己的地位。无须讳言：在古代中国的政治活动中，谁能将绝色而又能生育"子男"的女子献给帝王，谁的手中就会握有一张政治王牌。但是，这必须以那位君王"好色"胜过"好德"（孔子语意）为前提。仅就楚国历史而言，屈原之前，就有大量楚王好色之记载。流风所及，大臣中也不乏好色之徒。如楚文王（前689—前672在位）得丹之姬淫[2]；楚文王纳息夫人[3]；楚令尹子元逗诱息夫人[4]；楚庄王（前613—前509在位）欲纳夏姬[5]；楚庄王让美人与群臣共饮[6]；楚庄王左抱郑姬、右抱越女[7]；楚平王（前528—前516在位）接受楚大夫费无忌的建议，自娶来自秦国的太子新妇[8]；楚襄王好色并且不准讽谏[9]，等等。与他们相比，自称"好色"的楚怀王也算"佼佼者"之一（详后）。

[1] 《国语•越语上》。
[2] 《吕氏春秋•直谏篇》。
[3] 《左传•桓公十四年》。
[4] 《左传•庄公十二年》。
[5] 《左传•成公二年》。
[6] 《说苑•复恩》。
[7] 《史记•楚世家》。
[8] 《史记•楚世家》。
[9] 《淮南子•主术训》。

楚王好色，自然影响到楚人日常生活的言谈举止。宋玉《登徒子好色赋》公然以"好色"为赋，而且把楚王写入其中。《高唐赋》、《神女赋》也首写楚王与女色之事。《招魂》、《大招》极力铺陈女色，导诱灵魂。屈原《离骚》也有"众女嫉余蛾眉兮，谣诼（zhuó）谓余以善淫"之句。由于屈原曾一度被怀王信任，所以他的反对者便对他进行人身攻击。说他像个淫荡的女子，靠与怀王的性关系来邀宠。屈原一方面指出对方的话是"谣诼"，一方面也把攻击者比为"众女"。古今学者总说屈原此处是自比女子，哪知他是为了反击别人才"以其人之道还治其人之身"的。在整部《离骚》中，灵均的自我形象自始至终是位男性，并不存在性别变异的问题。灵均所谓"众女……谓余……"的自白并非自认为女子，故后文说："宁溘（kè）死以流亡兮，余不忍为此态也！""屈心而抑志兮，忍尤而攘诟"亦即容忍别人的污辱。愤激之情，溢于言表。这哪里是什么"后宫弄臣姬妾争风吃醋"？又哪里是"富有脂粉气息的美男子的失恋泪痕"[1]？近年又见不少学者用荣格心理学理论中的"阿妮玛"（The Anima）原型，亦即"男性心灵中的女性一面"来解说"众女……谓余……"的人物性别问题，这些都是忽略了"众女嫉余"的反讽意义：难道屈原所说的"众女"真是后宫众女而非朝中众臣么？

楚王好色除在屈原、宋玉的文学作品中有所描写而外，《战国策•楚四•魏王遗楚王美人章》中还有更为直接具体的记载：

> 魏王遗楚王美人，楚王说（悦）之。夫人郑袖知王之说新人也，甚爱新人。衣服玩好，择其所喜而为之；宫室卧具，择其所善（喜爱）而为之。爱之甚王。王曰："妇人所以事夫者，色也；而妒者，其情也。今郑袖知寡人之说新人也，其爱之甚于寡人，此孝子之所以事亲，忠臣之所以事君也。"
>
> 郑袖知王以己为不妒也，因谓新人曰："王爱子美矣。虽然，恶子之鼻。子为见王，则必掩子鼻。"王谓郑袖曰："夫新人见寡人，则掩其鼻，何也？"郑袖曰："妾知也。"王曰："虽恶必言之。"郑袖曰："其似恶闻君王之臭也。"王曰："悍哉！"令劓之，无使逆命。

---

[1] 孙次舟语，见《闻一多全集•屈原问题》引，三联书店1982年版，第246页。

楚王先是被郑袖的假象面具所迷惑，产生“今郑袖知寡人之说新人也，其爱之甚于寡人，此孝子之所以事亲，忠臣之所以事君也”的政治错觉与政治蠢见。中计之后，居然“令劓之，无使逆命”。“无使逆命”四字，使人相信《庄子•则阳篇》对楚王本性的概括的确是一针见血：“夫楚王之为人也，形尊而严；其于罪也，无赦如虎！”这些记载不仅说明楚怀王好色、愚蠢而残暴，还反映了当时各位美人之间的争宠也很激烈。《战国策•楚四》在此章之后，紧接叙述了楚王丧后一事：

> 楚王后死，未立后也。[谋士]谓昭鱼曰：“公何以不请立后也？”昭鱼曰：“王不听，是知困而交绝于后也。”“然则不买五双珥，令其一善而献之王，明日视善珥之所在，因请立之。”

注意：此说“五双珥”，证明楚王美人共有五位，而灵均所求之女也正好是五人。为什么楚王后死，楚王倒不急于立后，大臣却忙于此道呢？一个重要的历史秘密就隐藏其中：大臣时刻想着讨好王后，以便及时探知君王态度。如果某一王后是由某一大臣提名中选的，将来必定大有回报，一条政治渠道便可打通。这正是大臣热衷选后的奥秘所在。《战国策•中山策•司马喜三相中山章》有一个故事，极好地证明了这一点：司马喜已三次为中山之相，但中山王的美姬阴简却十分讨厌司马喜，刚好阴姬正与江姬争为王后。司马喜的谋士田简便对司马喜献计说：赵国的使者来了，你何不向他描述阴姬的美貌，大国的赵王肯定会向小国的中山王索要这个美女，如果君王将她献给赵王，您就没有内难了；如果不给，您就“劝君”立她为王后，这样，“阴简之德公无所穷矣”！由此可见：君王身边的美人可以给三度为相的大臣造成“内难”，但如果推举她作王后，“内难”就会变成无穷无尽的助力。《淮南子•应道训》有一则与“楚王后死”极其类似的记载：

> 齐王后死，欲置后而未定，使群臣议。薛公欲中王之意，因献十珥而美其一。旦日，因问美珥之所在，因劝立以为王后。齐王大说（悦），遂尊重薛公。

薛公通过立后成功，终于达到了重要的政治目的："齐王大说，遂尊重薛公。"细想楚人昭鱼之语："王不听，是知困而交绝于后也。"无后可交，大臣显得多么焦急！并由此意识到面临政治困境。但精于钻营的谋士（策士）却向大臣献计，用女人首饰侦察王的态度，然后逼王立后。本章文字虽少，但有关楚史与楚文学的价值却不容忽视。寥寥数语，将楚怀王的固执、大臣的急切、策士的精明、宠女的众多，一一呈现于读者面前。从"未立后"、"王不听"数语还可推测：君臣之间在立后问题上，一定僵持相当长的时间了。《战国策》鲍彪本在此章之后亦有注云："自张仪居时，独言郑袖，此则后死久矣。正曰：无据。使真为怀王，郑袖必不待视珥所在矣。"这条来自清人吴师道《战国策校注》的"正曰"不确，难道不见上章魏国所献美人，怀王是如何宠爱吗？郑袖是如何嫉妒吗？张仪扬言去北方为楚怀王求"恍如神仙"的美女，南后、郑袖是如何"闻之大恐"吗？倒是"后死久矣"一语颇得史实，因为设计陷害魏国美女的只提到"郑袖"一人而未提"南后"。此后怀王三十年"秦昭王与楚婚"，正是钻"楚王后死"而又久不立后的空子。[1]

[1] 大臣以进献耳坠来窥测国王心爱美女之法，楚人使用过，齐人也使用过。就材料的密集程度而言，齐大于楚：齐事见于三书，楚仅一书。就材料的有序性而言，楚优于齐：先述南后、郑袖恐惧北方美人来楚，次述郑袖一人设计陷害魏美人，其时楚王后已死，三述楚王后死而群臣争立后。就事主的可靠性而言，也是楚优于齐："楚王后"可以落实为南后，齐国则难以确定，或是"齐王夫人"、或是"齐王后"，窥测之大臣或是"薛公"、或是"靖郭君"（齐威王之子，封于薛的田婴，孟尝君田文之父）。就事件发生的早晚来看，两者不相上下但又不尽可信：清人顾观光定齐事在周显王四十八年（前321），定楚事在周赧王二年（前319）。

《战国策•齐三•齐王夫人死章》云："齐王夫人死，有七孺子皆近。薛公欲知王所欲立，乃献七珥，美其一，明日，视美珥所在，劝王立为夫人。"类似记载又见于《韩非子》和《淮南子》。《韩非子•外储说•右上》云："靖郭君之相齐也，王后死，未知所置，乃献玉珥以知之。一曰：薛公相齐，齐威王夫人死，有十孺子皆贵于王。薛公欲知王所欲立，而请置一人以为夫人。王听之。……于是为十玉珥而美其一而献之……明日坐，视美珥所在而劝王以为夫人。"《淮南子•应道训》云（略）。大臣立后成功，可以获得君王"尊重"，至于立后的方法，两国可能独自创造，也可能互享对方的成功经验。

关于美人同时也是候选人的数量，楚人说是五个；齐人或说七个，或说十个。楚人的"五个"或有历史传统。《史记•楚世家》载："共王有宠子五人，无适（嫡子）立，乃望祭群神，请神决之，使主社稷，而阴与巴姬埋璧于室内，召五公子斋而入。康王跨之，灵王肘加之，子比、子皙皆远之，平王幼，抱其上而拜，压钮。"前面四人或立或否，康王传子之后失位，灵王等死于非命，皆绝后。"唯独弃疾后立，为平王，竟续楚祀，如其神符。"（中华书局点校本，第1709页）综合看来，选后之事齐、楚皆可为真，但以楚更可信。

二、"求女"动机：屈原求后与灵均求女

既然怀王立后之事历时甚久，各位大臣都想在这个事件中有所建树，那么，屈原就不会放过这个大好时机。在屈原的印象中，楚国的国家大事就曾坏在怀王身边的女人手上。试看《战国策•楚二》所载郑袖救张仪一事：

> 楚怀王拘张仪。将欲杀之。靳尚为仪谓楚王曰……又谓王之幸夫人郑袖曰："子亦自知且贱于王乎？"……尚曰："秦王有爱女而美……欲因张仪内（纳）之楚王。楚王必爱，秦女依强秦以为重，挟宝地以为资，势为王妻以临于楚。王惑于虞乐……子益贱而日疏矣。"郑袖曰："愿委之于公，为之奈何？"曰："子何不急言王，出张子。张子得出……秦女必不来，而秦必重子。子内擅楚之贵，外结秦之交……子之子孙必为楚太子矣……。"郑袖遽（jù）说楚王出张子。

本文没有出现南后，而郑袖又只是幸夫人，同时又说秦王准备将其美丽的爱女通过张仪（同时也是解救张仪）献给楚王，并推测此女"势为王妻（王后）以临于楚"。这就透露了七点消息：

1. 南后已死（这一点最为重要）；

2. 怀王尚无正妻即未立王后；

3. 郑袖每次听到将有新的美女献给楚怀王，总是心惊肉跳，张皇失措，可见她的"幸夫人"的地位并不巩固；换言之，楚王后的宝座并不一定非她莫属；

4. 秦王要钻这个空子；

5. 秦王献"美女"予楚王（"美男"），必须通过"中介者"亦即"求女者"张仪；

6. 楚王后的空位是国内与国际政治力量激烈争夺的对象：昭鱼争、郑袖争、张仪与靳尚（秦势力）亦争。《史记•楚世家》将此事系于怀王十八年（前 311），并载张仪获释之后，说楚王"与秦合亲，约婚姻"，此次秦女虽未见来，但六年之后即怀王二十四年（前 305），"秦昭王初立，

乃厚赂于楚，楚往迎妇。”怀王三十年（前299），“秦昭王与楚婚”，怀王入秦迎新妇。又载顷襄王七年（前292），秦威胁伐楚，“楚迎妇于秦”。19年间，秦国4次用美女来与楚王打交道，足见当时女人政治、女人外交何等重要！

7. 此处明确指出楚怀王极易“惑于虞乐”亦即迷恋新妇。

以上7点对于理解屈原为何介入立后事件具有极其重要的意义。我以为《离骚》的创作阶段正是在怀王十八年之后各派政治力量争夺楚王后宝座之时。有人说楚怀王十八年至二十七年，楚国情况相对稳定，“而寻绎《离骚》的语气和感情，不免大声疾呼，痛哭流涕，说明楚国的危机已全部呈露”，故《离骚》作于怀王二十八九年及三十年入秦迎新妇之前[1]。此说信从者较多。但其证据并不可靠。试想一代英主秦昭王已立三十六年，南拔楚之鄢郢，楚怀王幽死于秦，秦东破齐，国际国内形势如此之好，魏国辩士范雎竟然可以对秦昭王说：“秦王之国危于累卵，得臣则安”[2]！刘邦贵极还乡，《大风》歌毕，“慷慨伤怀，泣数行下”[3]；贾谊《陈政事疏》言汉初“可为痛哭者一，可为流涕者二，可为长太息者六”，又岂能说明汉初“危机已全部呈露”？何况《离骚》中还时常提到“聊逍遥以求女”、“聊浮游以求女”、“聊浮游以逍遥”、“聊逍遥以相羊（徜徉：徘徊逗留）”，如果国势危急，诗人还如此从容不迫，也太令人费解了。总之，将“求女”放在楚王丧后不久而楚秦关系也不太紧张的时段中较妥。

从楚怀王拘张仪而郑袖等人为之解救一事可以看出：在那个时代，政治斗争有时简直就是“美人斗争”。谁能寻求到绝色、聪明、惑人的美女献给那些极易“惑于虞乐”的君主，谁就可以影响君王的政治态度，甚至操纵君王的政治行为，为自己在政治斗争中赢得主动权。《战国策•赵三》载：秦围赵都，魏不敢救，派将军辛垣衍劝赵尊秦为帝，鲁仲连向辛垣衍陈说帝秦对魏国的种种不利，但辛将军毫不为之所动。直到鲁仲连说：“彼秦国又将使其子女谗妾为诸侯妃姬，处梁之宫，梁王安得晏然而已乎？而

[1] 马茂元主编《楚辞注释•离骚解题》。

[2] 《史记•范雎蔡泽列传》，中华书局点校本，第2403—2404页。

[3] 《史记•高祖本纪》。中华书局点校本，第389页。

将军又何以得故宠乎？”辛将军终于震惊而“起”，再“拜”而“谢”。孔子、魏王（梁君）、辛将军等等，无不对身为“诸侯妃”的来自秦国的“子女谗妾”谈虎色变。战国大臣对诸侯妃姬的重视与恐惧于此毕现。同时说明秦国是何等重视“女人外交”。宋人朱熹、罗大经也曾关注过此一问题：

> 朱文公云：“齐人归女乐，说者谓爱女乐必怠于政事，故孔子遂行。然以《史记》观之，又似夫子惧其谗毁而去。如曰：‘彼妇之口，可以出走’是已。鲁仲连论帝秦之害，亦曰：‘彼又将使其子女谗妾为诸侯妃，处梁之宫，梁君安得晏然而已乎？’想当时列国多此等事，故夫子不得不星夜急走。”余（罗大经）谓齐人但欲蛊鲁君之心，君心即蛊，则所谓怠于政事、听谗嫉贤之事，自然色色有之。[1]

屈原之所以上天入地汲汲于求女，这些国际与国内、历史与现实的“女人政治”背景提供了最好的解答。《史记•屈原列传》说怀王“内惑于郑袖，外欺于张仪”，正可谓“色色有之”。屈原《天问》更是反对“惑妇”：“殷有惑妇，何所讥？”何为“惑妇”？《史记•殷本纪》云：“帝纣……爱妲己，妲己之言是从。”《史记•楚世家》又载“楚王幸姬郑袖，袖所言无不从者”，既然怀王身边有“惑妇”并常常受制（这是由好色本性决定的，怀王迎秦妇被拘客死，很难说与好色完全无关，只是未到要色不要国的地步而已），屈原若想重获怀王信任并长期信任，就必须有一个可靠的正直的能在怀王身边说好话办好事的“美女”——也就是未来的理想王后才行。这是稍有一点政治头脑的人都会产生的政治敏感。因此，《离骚》中的灵均必然积极投身于“求女”亦即“求王后”的严肃而重大的政治斗争之中。

也许有人会说：《离骚》只是典型的文学作品，虚构成分大，不宜与史实如此密切挂钩。不过请别忘了：《离骚》的创作以及反复叙说的唯一目的，不就是努力重新争取楚王的政治信任吗？以贵族政治家为第一身份的屈原，他会不计迫在眉睫的国家利益与政治利益，他的创作初衷难道仅仅是殚精竭虑地虚构一篇对现实政治完全无关痛痒的文学作品而已吗？屈原首先是政治家，然后才是诗人，不管是政治家还是诗人，他的

[1] 宋•罗大经：《鹤林玉露》乙编卷二“齐人归女乐”条，中华书局1988年版，第153页。

全部言说，都是以楚王作为唯一对象或第一对象。所以，理解《离骚》，既要坚持诗学的立场，更要保持政治的眼光，切不可持有太多的现代书生气。事实上早在南朝时期，出身沙门的一流学者、一流评论家刘勰就曾经感慨并提醒：“难矣哉，士之为才也！或练治而寡文（精于治国却缺少文采），或工文而疏治（工于文采而疏于治国）。……志足文远（情志充盈，文采远播），不其鲜欤！”[1]屈原虽然是治才有所不足的官吏，但却是文才流芳万古的诗家，这一特点决定后人阅读他的代表作《离骚》，不能不始终清醒地保持一种诗学与政治学不离不弃的复合视野。

三、从失败到失望：《离骚》“求五女”分析

屈原求后，灵均求女，也可以从屈原敬佩的历史人物身上找到先例。屈原多次在作品中提到伊尹，这个伊尹就是通过王妃而显达的。《吕氏春秋•本味》载：“此伊尹……长而贤。汤闻伊尹，使人请有侁（shēn）氏，有侁氏不可。伊尹亦欲归汤。汤于是请取妇为婚。有侁氏喜，以伊尹为媵（yìng）送女。故贤主之求有道之士，无不以（用）也；有道之士求贤主，无不行（做）也。”所述代表了战国时代政治家们的共同看法。屈原在《天问》中问及此事：“成汤东巡，有莘爰极（到）。何乞彼小臣，吉妃是得？”可见屈原确实想寻找这么一个机会重回楚王身边，要想通过这么一个“吉妃”来影响怀王，使“小臣”成为“大臣”。一部《离骚》，千言万语，反反复复，痛哭流涕，说的也就是既有“内美”又有“修能”（或“修態”）的主人公灵均，不但不被重用为“大臣”，反而不断遭到迫害打击的高级政治牢骚。概言之，灵均求女的实质乃是求吉妃之助，抵制惑妇抢权。现实中的屈原太感孤独了：君王、同僚、人民，都和他的思想有距离，可谓上不信，中不援，下不解（如女媭等）。当王后之位空缺而怀王又迟迟未立王后，尤其是不立郑袖之时，屈原当然要全力以赴了。试看灵均首次求女的心情是何等急切！早上从南方大舜处出发，傍晚到达西方悬圃，想尽办法阻止日落，以便上飞上庭。雷师报告车驾未具，他便“令凤鸟飞腾”，“继之以日夜”，连夜赶至天宫门口。为什么要如此

[1] 梁•刘勰：《文心雕龙•议对》，范文澜注，人民文学出版社1958年版，第?

拼命抢时间？因为被疏在外远离首都的屈原，获知“立后”信息可能就很晚，不日夜兼程就担心来不及了。如果被其他人立了一个“不吉之妃”，那对屈原、对楚国，都将是新的灾难。“求女为后”并不影响屈原形象的伟大，品格的高洁，因为这是一场在国际国内舞台上进行的重大的政治斗争。这就是我们在《离骚》中所见的“灵均求女”的现实基础。这“求女”既是为怀王而求，更是为屈原自己而求，为楚国的清明政治而求。屈原的“恐修名之不立”，是与“恐皇舆之败绩”紧密相连的。有了吉妃，屈原可用，怀王可辅，楚国可治。换言之，有了美好的“小君”，可以影响昏庸的“大君”，可以改善变坏的楚国政局。这恐怕就是屈原当时的想法。只要把艺术化的求女过程与《战国策•楚策》的史料对读，就会明显发现《离骚》中求女的场景正是楚国现实的幻化。如灵均上天求玉女的一节：

> 吾令帝阍（hūn）开关兮，倚阊阖（chāng hé）而望予。
> 时暧暧其将罢兮，结幽兰以延伫。
> 世溷（hún）浊而不分兮，好蔽美而嫉妒。

闻一多先生的《离骚解诂》说此处“确为求女不得而发”，“司马相如《大人赋》曰：“‘排阊阖而入帝宫兮，载玉女而与之归。’以此推之，《离骚》之叩阊阖，盖为求玉女矣。”有趣的是，帝宫前的情景竟同于《战国策•楚三》苏秦所述楚王宫的情景：“楚国……谒者难得见如鬼，王难得见如天帝。”《战国策•楚四》又载：“有献不死之药与荆王者，谒者操以入。中射之士（官名）……夺而食之。”谒者如鬼，宫卫如寇，楚王如天帝，灵均要入宫谈何容易！先秦王宫的守门人特权极大。《周礼•天官》云：“阍人：掌守王宫之中门之禁。丧服、凶器不入宫，潜服、贼器不入宫；奇服、怪民不入宫。……以时启闭。”以此看来，阍人的职责颇近于现代的侍卫长。《谷梁传•襄公二十九年》载：“阍杀吴子馀祭。”《礼记•檀弓下》载：“季孙之母死，哀公吊焉。曾子与子贡吊焉，阍人为君在，弗内也。”楚国的“帝阍”是世袭的，故屈原不满帝阍并非泛说，而是针对具体人物的批评。《左传•庄公十九年》载：楚人鬻（yù）拳曾用兵器威逼楚王纳谏，后来知罪自刖，“楚人以为大阍，谓之大伯”，并让他的后代世袭此官。一次，楚王被巴人战败，“还，鬻拳弗纳”，致使楚王病死于外，鬻拳便自杀葬于王墓之前。“帝阍”特权如此之大，被贬之臣要想与“帝”重修旧好，倘若没有后、妃一类人物做“内线”，势必“难于上青天”！灵均入帝宫求“玉女”，乃是想当面向楚怀王举荐宫内的某位理想女性。求玉女失败之后，诗云：

世溷浊而嫉贤兮，好蔽美而称恶。
闺中既已邃远兮，哲王又不寤（wù，睡醒）。

前两句与诗人批评帝宫的诗“世溷浊而不分兮，好蔽美而嫉妒”，字面极近而意思全同。这些都一再点明天宫即王宫。至于“闺中既已邃远兮，哲王又不寤”，诗人更是清清楚楚地表明：他要在“邃远”的“闺中”，寻找一位能够在楚王卧室中叫醒楚王不再昏睡的王后！试想：除了王后，还有谁能够叫醒、敢于叫醒深睡“不寤”的“哲王”呢？如此清晰的表达，难道还仅仅是文学虚构吗？诗人原以为经过时间的考验，人们将了解他的美质，因而抱着满腔热忱与希望飞奔前来，想不到现实并无变化。他只好毅然离开“天宫”：

朝吾将济于白水兮，登阆（làng）风而緤（xuè，系）马。
忽反顾以流涕兮，哀高丘之无女。

次日清晨他从天宫降下，回头一看，“高丘无女”亦即“楚国王宫无吉妃”的可哀现实刺痛了他的心，他痛哭流涕了。这里反顾的高丘即刚刚离开的帝宫。中国古人认为天宫或“帝之下宫”筑于昆仑之巅。《淮南子•地形训》说：

昆仑之丘（注意：这个‘丘’就是‘高丘’之‘丘’），或上倍之，是谓凉风之山，登之而不死．或上倍之，是谓悬圃，登之乃灵，能使风雨。或上倍之，乃维上天，登之乃神，是谓太帝之居。

灵均早上乘风离开苍梧，晚上到达神山第二层悬圃，并在此获得

“登之乃灵，能使风雨”的特异神力，从此，灵均便以神灵身份活动于天地四方了。灵均在这里阻止日落之后，飞至第三层太帝之居。次晨降回第一层阆（凉）风之山和白水，准备远游，但“忽反顾”“高丘”而“流涕”。昆仑神话的高丘是“太帝之居”，那里有神女或玉女；楚国神话的巫山高丘也有与楚王欢会的神女[1]，这就再次暗示“太帝之居”还是“楚王之宫”。诗人正是利用两个神话系统中“高丘”与“神女”的相似性来影射现实，正象利用天宫与王宫的相似特性一样。1957 年出土于安徽寿县的《鄂君启节》是楚怀王时物，研究意见认为：“从铭文内容可以看出，楚国的关卡税制非常严厉，即使对国内封君限制也极严格。”[2] 由此反观《战国策•楚策》的“因鬼见帝”、“中射夺药”和《离骚》的“帝阍望予”，可以推知楚国怀王时的晋见制度也十分严格。这一推测后来又在《庄子•让王》中得到确证：“楚国之法，必有重赏大功而后得见。”见即晋见。屈原一再说别人“蔽美”，一再埋怨怀王为“壅君”，一再忧虑自己的“理弱媒拙”、“媒绝路阻”，就跟这种过于严格的晋见制度有关。也正因为见帝不易，所以才会对立后之举亦即建立“内线”如此看重，以致痛哭流涕。若说“求女”是“求君”，那么，“哀高丘之无女”，岂不等于“哀楚国之无君”？这既有违楚王未死之事实，又有恶毒咒君之嫌。谅屈原再胆大，也不敢那么说；以屈原之忠君观念，更不会那么说。何况“无君”之言还与后文“哲王又不寤”相冲突。若说“无女”是“无后”，则恰好与现实和《离骚》的前后语境相吻合。闻一多《离骚解诂》及今人诸大著均将“哀高丘之无女”，释为至楚国巫山之高丘“求神女”，这是误将昆仑一事解为昆仑、巫山两事了。“济白水、登阆风”云云，游踪尚在昆仑，何由已至巫山高丘求女？此后，灵均“溘游此春宫兮，折琼枝以继佩。及荣华之未落兮，相下女之可诒”。“春宫”是东方春神之宫，但也可能是郢都附近的“游宫”或“渚宫”。《鄂君启节》铭文的开头，就记载楚怀王在前 323 年夏天“居于栽郢之游宫”；《左传•文公十年》则载子西“沿汉江，将入郢，王在渚宫，下见之”。因此，“游春宫”极有可能是屈原离“王宫”而至“游宫”或“渚

[1] 宋玉《高唐赋》。

[2] 《中国大百科全书•考古卷》1986年版，第116页。

宫”考察“下女”。这些下女便是历史上的宓妃、简狄及有虞之二姚。“上女”与“下女”的区别何在？我以为是“不得已而求其次”之意。符合灵均标准的“上女”即“太帝之居的神女”已经无从见到，远离天宫又心哀高丘无女。剩下就是迁就现实，相彼下女。首先是从天俯察：“求宓妃之所在”。但宓妃“保厥美以骄傲兮，日康娱以淫游。虽信美而无礼兮，来违弃而改求”。宓妃确实很美，可惜德行太差，只好改求。其次是从天而降，“望瑶台之偃蹇（jiǎn）兮，见有娀（sōng）之佚女。”佚女即美女。简狄居于高台之上，深宫之中，只能通过许多中间环节才能与她取得联系：

吾令鸩（zhèn）为媒兮，鸩告余以不好。
雄鸠之鸣逝兮，余犹恶其佻巧。
心犹豫而狐疑兮，欲自适而不可。
凤凰即受诒（yí，赠予）兮，恐高辛之先我。

大意是：我请鸩鸟为媒，鸩却告诉我简狄如何不好。雄鸠满口应承乐于帮忙，却一去而不返。我在等待、犹豫之余便想亲自去见简狄，但又不可能做到。再请凤凰相助，凤凰已替别人下过聘礼，告诉我恐怕高辛已先我而求了。如此理解，与新旧注释颇有不同，但只有这样才能使原诗语意畅达。首先是鸩鸟（毒鸟）不愿为媒，干脆说简狄不好，一下子就推掉了灵均之托；其次是雄鸠（好鸣之鸟）虽然嘴上答应得极好，但却再不露面。灵均在受骗过程中，一面怨恨雄鸠，一面焦急等待，产生了种种犹豫、猜测。甚至想亲自去探听，可惜无法做到。鸩鸟可能是指“内小臣”，雄鸠可能是指“寺人”、“内监”亦即后世的大太监、小太监。《周礼•天官》云：“内小臣：掌王后之命，正其服位。后出入，为前驱。后有好事于四方，则使往；有好令于卿大夫，亦如之。掌王之阴事阴令。”卿大夫要与王后交往，必须经过内小臣。楚王后虽然已死，但其旧日的“内小臣”尚在。因其权大，故敢直斥“简狄”不好，灵均也不敢反驳他的意见。《周礼•天官》又云：“寺人：掌王之内人及女宫之戒令，相道其出入之事而纠之（注意：纠与鸠同音）。……掌内人之禁令，凡内人吊临于外，则帅而往，立于其前而诏相之。”“内竖：掌内外之通令，凡小事。”将大太监、小太监一类人物称为“善鸣”的雄鸠，不独表达了对花言巧语者的极端憎恶，而且具有特殊的强烈的讽刺意义。最后连凤凰也婉言拒绝了灵均的请求。

灵均的第三次“求女”——也是最费时、最费神、最多曲折、感情投入最多的一次求女，又失败了。我猜测，这位“简狄”一定是一个灵均对她颇有好感的女性，但此女又为其他人所憎恶，或已被其他政治力量所控制。此后，灵均求女再不象先前那样急切而热情了：“欲远集而无所止兮，聊浮游以逍遥。”他已经不甚看重劳而无功的求女了。虽然也曾想到“及少康之未家兮，留有虞之二姚”，少康尚未成家，二姚尚未嫁出，可以作为考虑对象。但一想到“理弱而媒拙兮，恐导言之不固”，他便主动放弃，不再去“求”去碰壁了。这一切，逼出两句感叹：

闺中既已邃远兮，哲王又不寤！

所求吉妃无从得到，昏睡之王无人叫醒，政局已无可救药了。因此，“怀联情而不发兮，余焉能与此终古！”政局无望，修名不立，一片真情无从表达，灵均想到要离开这个“下女”难求的楚国了。

屈原之所以上下求索，一求天女而无门，二求宓妃而放弃，三求简狄费尽心力而无成，五求二姚而无信心，关键就在于楚王身边同时有五位美人，各派政治力量都想在她们五人之中寻找自己的代表。屈原由于是罪臣被疏且从远方“苍梧”赶回，时间、人际关系等条件都不如别人优越，因此，他并不能与其中哪一位建立联系。所有这些，都能一一对应于楚怀王宠女众多、立后态度暧昧、各派政治力量各有追求目标并力阻他人染指、各位女性也早就主动建立了一定的推荐渠道、以及楚怀王时各种会见制度极为严格这些特定的史实。屈原作为一个早在怀王丧后而群臣涌动立后之前就已被疏的大臣（且非最大之臣），他与美女们的接触自然困难重重。可以想见很少有人愿意和他建立“内交”关系。既使受托进行联系之人，也不会尽心尽力。这就是所谓“鸩”、“雄鸠”、“理弱媒拙”、“闺中邃远”的真实内涵。

灵均在萌动离楚念头的时候，他用茅草与竹节请灵氛占卜，解决心中的两个疑问：

> 两美其必合兮，孰信修而慕之？
>
> 思九州之博大兮，岂唯是其有女（rǔ）？

大意是：有美女（王后）必有美男（国君）与之配合，谁是真正的美女（后）而值得敬慕寻求呢？想九州如此博大，怎会只是楚地才有美女（后）呢？灵氛的回答是：你远走吧别再怀疑了，有谁（美女，后）求美男（君）而不考虑同你合作呢？哪个地方不长芳草呢？你何必如此依恋楚国呢？主张"求女"为"求君"的学者认为灵均此行是到国外求君，亦即九州博大，不独楚国有君。他们忘记了所谓"不独楚国有君"正好和"哀高丘之无女"亦即"哀楚国之无君"相矛盾！其实，直接解为出境求美女亦即求王后不是更好吗？前文已说"秦王有爱女而美……欲因张仪内（纳）之楚王"，既然在"两美"（美女美男即君与后）之间必须有一个张仪（后来怀王二十四年那一次秦楚婚姻果然就是张仪撮合的），那么屈原为何不可承担这一角色呢？同一道理，前述西施之入吴宫，须靠太宰嚭；楚平王之夺占秦女，中有费无忌；商汤之得吉妃，先为伊尹之故。当然，由于张仪本人"不美"，他所求之女也肯定"不美"，所以灵均不断修饰自己的外美，不断充实自己的内美，以期求得一位真正的美女（"信修"）"献给"哲王"（美男）。前文言春申君"求妇人宜子者甚众"献与楚考烈王，这不也是"求女"吗？商汤因"乞彼小臣"而得"吉妃"，不也是因为"求女"而君、后、臣三全其美吗？宋玉《神女赋》言巫山神女：

> 骨法多奇，应君之相。视之盈目，孰者克尚（能够超过）！私心独悦，乐之无量。交希恩疏，不可尽畅。

神女再美，甚至美得视之者"私心独说"，但也没有忘记那是君王的美人（"应君之相"）。视之者深感遗憾的"交希恩疏，不可尽畅"，并非要与对方发生性关系，而是不能从对方那里获得好处，自己的热爱之情无从酣畅表达。可见屈原经常说与美人交希恩疏，并非说他与美人是情人，而是说美人不理他，不帮他。美人自始至终都是君王的美人。宋玉说神女“骨法多奇，应君之相”，就是说可为君王配偶。在这样的历史文化背景下理解问题，就不至于把“孰求美而释女”看成屈原是美男而楚君是美女了。也不会因屈原说过“众女嫉余之蛾眉”而大伤楚国君臣性别变易的脑筋了。以上是分析灵氛的劝说，灵均对此将信将疑。尔后，楚国大神巫咸针对出境求女问题也出现并发言了。他劝灵均不必出境求女，而应该“勉升降其上下兮，求矩矱（huò）之所同”。灵均曾被帝阍所阻、鸩鸠所骗、又对宓妃与二姚主动放弃，巫咸的话是要他多多地上下沟通，与其他人“求同”存异，趁政局尚未“百草不芳”之时君臣求合。“苟中情之好修兮，又何必用乎行媒？”如果君臣直接互相理解，内心所好皆同即目的都是为了治好国家，那是完全不必“求女”即以王后为中介的。巫咸还举出了若干史例予以说明。巫咸的见解显然与灵氛的主张截然相反，而且巫咸的地位更高，看法更带权威性，这就在灵均的心中激起了互相冲击的感情波澜。

灵均首先是按巫咸的劝告去做了，可惜事情并不那么简单，灵均还是不被“众人”接受：

> 何琼佩之偃蹇兮，众薆（ài，草叶拥盖）然而蔽之？
> 唯此党人之不谅兮，恐嫉妒而折之。
> 时缤纷其变易兮，又何可以淹留！

诗人大惑不解：为什么他的美饰那么突出，众人还是看不见？甚至有意掩蔽它？为什么他主动求同了，党人还是毫不原谅他？他担心继续与嫉护他的党人求同，非但不能达到目的，可能还会受到新的猜忌、嫉妒与攻击，更加难以复修与楚王的关系。而且那样做，也容易被其他正直者认为是同流合污，有损自己形象。于是，他坚持在“芳菲菲其难亏兮，芳至今犹未沫”亦即自身之美洁未受影响之时继续求女：

> 和调度以自娱兮，聊浮游以求女。
> 及余饰之方壮兮，周流观乎上下。

既然新的王后各派均未能推出，不如再到别的更广大的范围去求女，亦即不再考虑已在怀王身边的那五位美人。这种想法是以屈原曾有过出使国外的经历为基础的。当然，屈原也知道这样做的希望并不大，甚至十分渺茫，所以才说是“自娱”和“聊浮游以求女”。这种“姑且为之”的“自娱”心态跟求二姚时“聊浮游以逍遥”的心态完全一样，都是对能否实现预想毫无把握的心情流露。此后，诗人就从灵氛之“吉占”而“远逝以自疏”了。

《离骚》求女是个千载纷争的大问题，决定大半部的《离骚》将作何种理解。求女寓指，过去占主导地位的是“求君说”与“求贤说”。[1] 求女不等于求君，除前述外，楚国内部是不可能有五个国君候选人可供屈原选择的。即使如《史记•楚世家》所言怀王在秦、太子在齐，“楚大臣患之，乃相与谋”，“欲立怀王子在国者”，也没有五位之多。因昭睢云：“而今又倍（背）王命而立其庶子，不宜。” 这位“庶子”显系特指某人如子兰而非泛称。求贤说之不通，在于如有五位之多的大贤人，怎么只让屈原单方面去求他们，贤人们为何就一点也不管贤人之首的屈原呢？有人说是屈原求妻子，因为似乎他没结婚，而且年龄也不小了。此说除了可以表扬屈原将青春献给国家政治而晚婚之外，价值无多。还有不少人主张“美女”比喻“美政”，这就更加离谱了：假如“美女”真的可以比喻“美政”，请问自从屈原开创此一传统之后，哪朝哪代何人何作曾经继续将“美女”比喻“美政”呢？中国的美女不少，又有哪一位美女曾经是中国“美政”的代表呢？游国恩先生说是求通君侧的侍女，极近本文的“求小君”之说，但游先生纯出推测，并无任何史料依据，况且侍女的地位和作用与王后比较也相距天渊。游先生还说屈原爱哭爱申诉爱流泪极似女子，我则以为善哭乃楚人气质，申包胥哭秦庭七日七夜不绝声；卞和哭玉，泪尽而继之以血；项羽《垓下》、刘邦《大风》，均伴以慷慨零涕，不得均以女子视之。尤其是项羽、刘邦，十足的赳赳武夫，动情处照样流泪哀哭，故称屈原近似女子理由并不十分充足。

我把《离骚》求女限定为楚怀王丧后事件的艺术幻化，这与传统说

[1] 明末清初钱澄之《屈诂》也认为“求女”是“求贤后”，惜未详论。

法大相径庭。为了填补王后的特权真空，各派政治力量甚至国外势力都认为有机可乘，纷纷涌上前台表演。屈原虽已被疏远流放，但还是满怀希望飞赴京城，积极开展求女活动。希望与失望、追求与碰壁、理想与现实、求援与孤独、劝走与劝留、友谊与背叛、求同与不谅……都在这个貌似平静但却剧烈动荡的政治角逐中发生碰撞。也只有在这个非常时期，与屈原打交道的各色人等才会比从前更加原形毕露。屈原本人也才可能与众多重要的和不太重要的人物发生联系，与众多思想发生接触，在众多场合进行一系列费力而无功的活动。任何神奇迷离的艺术构思都不可能没有一定的现实依托，离开了怀王丧后、大臣立后的特殊背景，灵均求索“五女”、埋怨“哲王”、辗转“托媒”、问卜求神与指责“党人不谅”这五个不同侧面的现象并存一诗就难于理解了。概而言之，灵均“求女”是一个独立的活动内容即“求后”，既非“求君”，亦非“求贤”。

原载《社会科学辑刊》1993 年第 3 期，有增补。

女媭为巫三论

《离骚》中有三个人物问题最多，一是灵均，二是女媭，三是彭咸。本文申论女媭为巫，并讨论了与之相关的一些文化事象。《离骚》是一篇具有浓重的巫文化色彩的长诗，诗中的所有人物，都被作者历史化、神话化、寓言化、象征化，亦即被巫化了。因此，《离骚》中不可能单独出现一位现实人物——灵均之姐或妹之类的现实人物。

女媭（xū）究竟为何许人也？因先秦诸典籍仅见于《离骚》，故后儒及今人各有臆说[1]。要之，或为屈原之姊，或为屈原之妹，或为女人名，或为屈原女伴，或为屈原妾。唯清人周拱辰、林昌彝及今人刘永济三家

[1] 周拱辰曰："按《汉书•广陵王胥传》，胥迎李巫女须，使下神祝诅。则须乃女巫之称，与灵氛之詹卜同一流人，以为原姊缪矣。"林昌彝说略同。见游国恩主编之《离骚纂义》。刘永济说见其《屈赋通笺》、《屈赋音注说解》。

主其为巫，惜其论据终嫌薄弱，遂使此说不行于世。本文申论女嬃为巫，只是拟从较为广阔的文化背景入手，虽攻旧垒，亦避旧辙。今缕述于后。

一、“女嬃”是良巫的公名

女嬃之名虽见于战国时代之《离骚》，但其命名方式绝非战国时代所有，试以《山海经》中以“女”字标名的女性名字为例，如：

女尸——《中山经》云：“帝女死焉，其名曰女尸，化为䔄（yáo）草。”袁珂先生考订为楚神话中巫山神女之“瑶姬”[1]。

女丑——《大荒东经》云：“海内有两人，名曰女丑。”袁氏谓即女巫之名。（漫按：此例特殊，为两位女巫之共名亦即公名。）

女娃——《北山经》云：“黄帝之少女名曰女娃，女娃游于东海，溺而不返，故为精卫。”

女虔（qián）——《大荒西经》云：“南岳取州山女，名曰女虔。”

女祭、女薎（miè）——《大荒西经》又云：“有寒荒之国，有二人女祭、女薎。”袁珂谓“即《海外西经》之女祭、女戚，盖祀神之女巫也”。

女娲、女英、女魃（bá）则是大家所熟知的远古女性人物。

以上诸女名字，绝非战国之名昭然。至今，我亦未在战国诸子的作品中见到如此命名的战国女性。[2]

如果在屈赋自身找内证，这种命名方式也不是孤独的现象。《天问》中就出现了“女歧”、“女娲”。而且“女歧”两见，在“女歧无合，夫焉取九子”中，女歧是星宿（天神）名；而在“女歧缝裳，而馆同爰止”中，女歧则是远古人物浇的嫂子了。这还说明一个事实：在屈原的作品中，人神共名的现象是存在的。

屈原作品之后，《史记》中可以确定其女性身份的，有《秦本纪》中的女修、女华。

《汉书•古今人名表》中可以确定的女性，除女英、女娲与《山海经》

---

[1] 本文所引《山海经》，均见袁珂《山海经校注》。

[2] 应该指出的是，“女”在古代曾是一个姓氏。《世本•氏姓篇》云：“女氏，天皇封弟埚于汝水之阳，后为天子，因称女皇，其后为女氏。夏有女艾，商有女鸠、女方，晋有女宽，皆其后也。”这和本文所举的远古女巫和远古帝妃之名性质不同，否则，作女巫和作帝妃就成为“女氏”家族的两项专利了。

重见外，尚有：女禄（颛顼妃）、女溃（祝融子陆终妃）、女皇（尧妃）、女志（鲧妃，生禹）、女趫（qiáo 禹妃）五位。

唐人编《初学记》卷九“帝王部”也载有两位远古女性的名字：“少昊金天氏，……母曰女节”。又云：“帝颛顼高阳氏，……母曰景仆……谓之女枢”。

上述十多位女性，其名字都是以“女”字放在前面表示性别，她们或为女神，或为女巫，或为天帝之女，或为精灵，或为帝王之妃，总之都是传说时期的人物。这和《天问》中的伯禹、后益、妹嬉、皇天，《诗经》中的公刘、后稷等名字，以“伯”“后”“妹”“皇”“公”这些称谓字放在前面表示性别和身分这一语言现象完全相同。这就使我们得到两点启示：1.“女媭”名字的构成方式比较古老；2. 符合《山海经》中女性神灵系统的命名方式。我们还可以结合屈原作品的一些物殊的语言现象来补充考虑：每当屈原追述古代史实或幻想远古情景的时候，他总喜欢使用一些远古的词法，比如《天问》本义是“问天”，但却写成“天问”。因此，我们推测：可能在屈原之前的远古时代也曾有一位名叫女媭的女巫，只是这个问题又涉及到不同时代的人与人或人与神之间的共名关系，兹举数例以明之。

例证之一，宋人赵彦卫《云麓漫钞》卷九云：“《说文》：‘羿（yì），帝喾（kù）时射官。’《山海经》云：‘尧时十日并出，尧命羿射其九。’《商书》曰：‘有穷后羿。’则羿是射官，世有其人，非一人也。”已故南京大学教授胡小石先生在其《屈原与古神话》一文中进一步指出：

> 中国古书上说的羿有各种不同的时代——或在帝喾时，或在帝尧时（这是射日的羿），或在夏初时（这是有穷后羿）。因为羿在古代不是专名，而是善射者之公名。有如大巫推“巫咸”，尧时有巫咸，殷也有巫咸；“扁鹊”是名医，黄帝时有扁鹊，后来战国时的名医“秦越人”也叫扁鹊一样。不特如此，就在今日也还有这一类的具体例子。例如：十七世纪南方匠人雷发达应募到北京参加营造宫殿，经历清朝末年已经七代，都称“样子雷”（或者作样式雷）。我们说羿应该理解为公名的根据在此。[1]

[1] 《胡小石论文集》，上海古籍出版社1982年版，第15页。

根据胡小石先生所揭示的这个历史文化现象，我们知道了羿是善射者之公名，巫咸是大巫之公名，扁鹊是名医之公名，那么，女媭是否良巫之公名呢？屈子之前，我们当然无法找到例证了（不过我们已证明其名绝非战国所有），而屈子之后一百多年，汉初确实就有一个名叫李女须（须与媭同，详下）的楚地女巫，这就说明，至少战国到汉初，女媭已确确实实成为良巫之公名了。

例证之二，尫（wāng）是中国古代求雨女巫的公名，《左传•僖公二十一年》云："夏大旱，公欲焚巫尫（放在高大的柴堆上焚烧）。"此事在公元前639年。而《礼记•檀弓》云："岁旱，穆公召县子而问然，曰：'天久雨，吾欲暴尫（放在烈日下暴晒），而奚若？'"据《十三经注疏•周礼注疏》云，此穆公即鲁穆云，考此人公元前407年至前375年在位。两个同叫尫的求雨之巫相隔两百多年，这难道不是取的公名么？

例证之三，巫咸是远古大巫，已见前文所述。而《庄子•应帝王》云："郑有神巫曰季咸。"疏云："郑国有神异之巫，甚有灵验，从齐而至，姓季名咸也。"现在看来，汉初那个姓李名女须的楚地"良巫"跟这个"姓季名咸""甚有灵验"的郑巫，在同取古代神巫的公名这一点上又有什么不同呢？

诸多例证告诉我们：屈原笔下的女媭只是沿用远古良巫的公名而已。

二、从《离骚》的艺术结构看女媭为巫

《离骚》中所见的巫，"灵氛"依闻一多说即灵山上十大古巫之一的巫肦（bān）[1]，而巫咸则纯粹是十大古巫之一[2]。但不管是灵氛也好，巫肦也好，还是巫咸也好，"灵""巫"二字都放在前面。一些女巫以"女"字放在前面已见上文，而《大荒西经》里的灵山十巫——巫咸、巫即、巫肦、巫彭、巫姑、巫真、巫礼、巫抵、巫谢、巫罗——也全部以"巫"字放在前面，这正好说明：《离骚》中的女媭、灵氛、巫咸，他们都以自己名字的特殊构成方式向读者出示了身份证——巫系统中的三位成员。此外，灵山十巫中又有巫彭、巫抵、巫礼（即巫履，方言中礼、履同音）四位，重见于《海内西经》，显然也是同享公名的关系。

[1] 闻一多：《离骚解诂》，见《闻一多全集•古典新义》。

[2] 巫肦、巫咸均见《山海经•大荒西经》。

当然，说女媭与灵氛、巫咸同为巫辈，并不等于说他们在《离骚》中的地位就一样。简言之，女媭与灵氛是当时楚国的两位男女巫人，但他们却使用或变用了古巫的名字（犹如“缝裳”之女歧与天神之女歧共名），他们是实实在在的巫；而巫咸却还保持着神话中的原始身分。就象灵均（其生活原型为屈原）“就重华而陈词”时重华并没有出现一样，在现实中，巫咸也没有真正出现。灵均通过女媭向舜（重华）陈词——其实就是面对女媭陈词，然后展开想象，进行四方“求女”的活动；“将夕降兮”的巫咸则通过灵氛之口“告余以吉故”，即告诉灵均历史上君臣遇合的美好故事。简证如下：

巫者降神之人。神未降，其为巫；神既降，其亦神亦巫，一身而二任，即所谓“又做师婆又做鬼”[1]，或“神不自言寄余口”[2]。《离骚》中，代重华受灵均“陈词”的女媭，以及代“夕降”的巫咸“告余以吉故”的灵氛，都是这种两位一体的人物。灵均还说：“女媭之婵媛兮，申申其詈予。”现实生活中能够引经据典并严厉地责骂屈原，从而促使屈原立即向大舜陈词，“上下求索”和到四方求女的人，不大可能是屈原之姊。如说“媭”等于“姊”，那么“女姐”之称岂不就像“男兄”之称一样非驴非马？但假如是屈原向之求占问卜的女巫，事情就不一样了。她完全可以用神的名义教训人。考察她责骂屈原的方式和内容，竟然跟巫咸劝屈原的方式和内容没有本质的差别。都是从历史到现实，希望屈原或者改变初衷，或者离开楚地。这就更加表明了她那种精通历史、洞明时事、假托古神的巫者身份。再进一步看，灵均陈词，不必亲自“济湘沅以南征”，跑到九嶷山脚下。况且《离骚》中尽管提到若干的神话地名，但现实中的楚地名却只有三个：湘、沅和九嶷。而这三个地名即使不“南征”也完全可以想得出来，用得不误。在《离骚》的结构中，女媭的出现处于从现实到神幻的转折点，如果不是女巫，我们就无法解释她在这个转折点上所承担的过渡作用。现实生活中的求神问卜，本来是为了解脱精神上的痛苦。屈原的痛苦基于崇高的理想和始终不渝的自信之上。在屈原的时代，有痛苦不能不诉诸神灵，并希望从神灵那里获得精神上的安慰甚至是冥冥中的支持。在幻想中，灵均是暂时离开了现实世界，但却始终没有离开痛苦。而在神灵世界的巨门之前最先给予灵均以新矛盾、新痛

[1][2] 明•高拱《病榻遗言》引俗言、唐•元稹《华之巫》诗，见钱钟书《管锥编》第一册，中华书局1979年版，第157页。

苦的，正是这位女媭！莫大的悲哀也就在这里：灵均本想寻求支持，但得到的却是责备；本想寻求希望，但得到的却是失望，最后终于是绝望！——女媭，也就是女巫，她的态度（也许不无一点善意）给予灵均的不良印象太深了，以至当灵均流涕陈词之后，再次在高空中“忽反顾以流涕”时，发出的浩叹竟然是“哀高丘之无女”！也就是悲哀楚国没有符合他的理想的好女子。然而灵均依然很自信，他认为尽管楚国无女，自己却可以在“荣华未落”之时，到楚国之外物色和访求某些古神女或古美女。于是，他“求宓妃之所在”，求“有娀之佚女”，求“有虞之二女”……正如我们所料，屈原只能一而再、再而三地品尝失败的苦果。这就意味着：屈原不仅在现实世界没有得到安慰和支持，而且在神灵世界也绝对找不到慰藉和和力量！这是双重的失望，双重的痛苦。挣脱痛苦的追求反而变成了收获痛苦的回归，还有什么比这更能摧毁人的意志呢——

> 闺中既已邃远兮，哲王又不悟；
> 怀朕情而不发兮，余焉能忍与此终古！

过多的失望就会积累成绝望。此时的灵均，已经开始绝望了：对哲王的绝望加上对女性的绝望！亦即对现实与理想的双重绝望！于是，到此为上，灵均中止了四方求女的活动，转向用灵草和竹节去请男巫灵氛为之占卜对楚国的去留问题了……

根据以上分析：尽管现实生活中不一定真有屈原向女媭和灵氛求助之事，但在《离骚》的结构中，与灵均对话的女媭却只能是女巫，其它的任何一种身分都不可能把灵均从痛苦的现实世界引导到痛苦的幻想世界。

三、女须、吕须与女巫

了解上述事实之后，我们再来详细看看《汉书•武五子传》中的这条材料：广陵王刘胥“迎女巫李女须，使下神祝诅”。史料告诉我们：汉初竟然有女巫沿用古巫女须之名。（按：媭即须。《汉书•高后纪》载吕后之妹樊哙（kuài）之妻名“吕媭”，而《樊哙传》作“吕须”。又，汉•郑玄注《周易》“屈原之妹名女须”，也直将媭引作须。清儒认为“妹”是“姊”之误，我看不然，郑玄正是从吕氏的姊妹关系来推断屈原的兄妹关系的。）再仔细考察：原来李女须不仅是女巫，而且是“楚地”女巫。李女须的时代，虽然比屈原晚了一百七八十年（以屈之卒年至李之生年计），但比贾逵、许慎、王逸、郑玄这些主张“嬃”为姊或为妹或女人名的语言大师和笺注权威早出一百至两百多年！现将《汉书》该节抄录于后：

> 始，昭帝时，胥见上年少无子，有觊欲心。而楚地巫鬼。（师古注：言其土俗尊尚巫鬼之事。）胥迎女巫李女须，使下神祝诅。（师古注：女须者，巫之名也。）女须泣曰：“孝武帝下我！”左右皆伏。（师古注：见女须言武帝神下，故伏而听之。）言：“吾必令胥为天子。”胥多赐女须钱，使祷巫山。（师古注：即楚地之巫山也。）会昭帝崩，胥曰：“女须，良巫也！”杀牛塞祷。及昌邑王征，复使巫祝诅之。后王废，胥浸信女须等，数赐予钱物。宣帝即位，胥曰：“太子孙何以反得立？”复令女须祝诅如前。[1]

仅此一例，不仅足证“女须”在汉初已成女巫之杰出者即“良巫”的专称（犹如道教中的“天师”、“真人”一样，可将本人之姓冠于封号之前），而且更在巫史的角度上让我们看到：汉代立国一百多年以后，楚地巫风还是这么炽盛，以至成了宫廷中争夺皇权的主要手段。明乎此，我们再来解决本文将要涉及的与“女嬃”有关的最后一个问题——汉吕后妹樊哙妻何以名吕须——也就容易多了。我们知道，从社会学的角度看，当某种风习非常盛行的时候，往往也会在人们的名字上留下影响的痕迹，而带有时代色彩的名字又往往是时代心理的标志。例如佛教传入中国之后，被南朝梁武帝定为国教，他本人几次到佛寺舍身作“寺奴”，他的长子、《文选》的编纂者昭明太子萧统的小名儿便叫“维摩”，取菩萨之名为名，以示受佛的庇佑。汉初的时代心理极重鬼神，不仅刘邦斩白蛇起义时曾经装神弄鬼，而且刚刚立国就下诏说：“吾甚重祠而敬祭”。接着就在“长安置祠祀官、女巫”。包括梁巫、晋巫、秦巫、荆巫、九天巫、河巫、南山巫七大部类。“可怜夜半虚前席，不问苍生问鬼神”[2]，

---

[1] 《汉书》卷63《武五子传》，中华书局点校本第2760~2761页（编印本第703~704页）。
[2] 唐•李商隐：《贾生》。

汉文帝也是如此。可见汉初的帝庭拥有一个庞大的史无前例的巫系统，并且是女性的巫系统。既然如此，那么吕须取名“女须”，以示受神的福佑又有何不可呢？游国恩、金开诚二先生在《离骚纂义》的按语中说：“盖巫者名须，名须者固不必皆为巫也。吕后之妹亦名嬃，岂亦巫者乎？”我们说吕后之妹当然不必是巫，但一个人采用什么样的名字，却由三个因素所决定：社会、家庭、自我。从社会角度说，吕须之名必定跟当时社会尊崇女巫的时代风气有关，试想现代人的名字，该有多少个“卫东”“卫国”“卫红”啊！这些名字不正是特殊的时代色彩的反照吗？从家庭说，吕须的父亲吕公就是一个精通相术的方士，吕须之姐及姐夫，亦即吕后和刘邦，更是深信相术，甚至装神弄鬼，大玩“刘邦是龙种”、“赤帝斩白蛇”的骗人把戏。这些都明明白白地写在《史记•高祖本纪》中：吕公一见刘邦，便大惊而起，走到门口迎接，最后竟说：“臣有息女，愿为季（刘邦字）箕帚妾。”为什么呢？他对刘邦讲了实情：“臣少好相人，相人多矣，无如季相，愿季自爱。”吕公从小就喜欢相面行当，可见资格之老了。从个人的角度说，吕须之名恐怕不是她自己所取的，而是由她父亲命名的，意在得到名巫的福佑。总之，吕须之名与女巫相关，是可以从时代背景和家庭背景中找到答案的。至于前人把“嬃”与“胥”或与“嬬（xū）”通假牵合，进而释为“贱女”、“贱妾”以至“女伴”[1]，我认为无论是从语言角度看，还是从文学角度看，都不能对《离骚》的作品本身作出较为圆满的解释。

[附记]

原载《江汉论坛》1986年6期，发表前曾提交1985年端阳节在湖北江陵举行的中国屈原学会成立大会。有增补。

[1] 见《管锥编》第二册第596页引诸家说，中华书局1979年版；北京大学《先秦文学史参考资料》第519页引诸家说，中华书局1978年版。

《远游》与屈原的“绝命词”

屈原沉江，留下了许多难解之谜。“绝命辞”就是基中之一。后世一些诗人往往写下《临终诗》，表达他们绝命前的一些主要想法。屈原是否也有这种打算？如果有，实行了没有？如果实行了，又是哪部作品？回答这些问题只有一个权威：屈原。权威消失之后，一切人的判断都是猜谜而已，谜底永远不会出来。但“求知”与“好奇”，又驱使后人不断地猜测。有时，竟在猜测之中发现新的问题。比如本文在猜完“屈原绝命辞”之后，又对《远游》是否屈原作品发表了一通议论。是耶非耶，在目前还没有考古材料证明的条件下，大概也只有屈原能够说了算。

中国比较文学的先驱之一的梁宗岱先生，1934 年曾撰《谈诗》一文[1]，从比较文学乃至比较文化的角度提出：《远游》“说不定”是屈原“最后一篇作品”，是屈原“在思想底天空放射最后一次的光芒”。现将梁先生的有关文字迻录于后，以供学术界参考。在我看来，梁先生视野广阔，所言虽未必是，但给人启迪良多：

> 记得在中学读书的时候，曾经在什么地方看见有人要证明《远游》不是屈原的作品。其中一个理由便是屈原在其他作品里从没有过游仙底思想；在《离骚》里他虽曾乘云御风，驱龙使凤以上叩天阍，却别有所求，而且立刻便“仆夫悲，余马怀兮”……回到他故乡所在的人世了。
>
> 我却以为这足以证明《远游》是他未投身于汨罗之前所作——说不定是他最后一篇作品。
>
> 因为他作《离骚》的时候，不独对人间犹惓怀不置，即用世的热忱亦未销沉，游仙的思想当然不会有的。可是放逐既久，长年飘泊行吟于泽畔及林庙间，不独形容枯槁，面目憔悴，满腔磅薄天地的精诚与热情，也由眷恋而幽忧，由幽忧而疑虑，由疑虑而愤怒，……所谓“肠一日而九回”了。曰《渔父》，曰《卜居》，曰《悲回风》，曰《天问》，曰《招魂》……凡可以自解，自慰，自励，怨天，尤人的，都已倾吐无遗了。这时候的屈原，真到了山穷水尽的绝境了。“从彭咸之所居”，是他唯一的出路了。
>
> 然而这昭如日月的精魂，能够甘心就此沦没吗？象回光返照一般，他重振意志底翅膀，在思想底天空放射最后一次的光芒，要与日月争光，宇宙终古：这便是《远游》了。
>
> 其实“山穷水尽，妙想天开”，正是人类极普通，极自然的心理；即在文艺里，也不过与黄金时代之追怀及乌托邦之模拟，同为“文艺上的逃避”（Evasion littéraire）之一种。不过屈原把它发挥至最高点，正如陶渊明在他底惊人的创造《桃花源记》里，同时树立了后两种底典型罢了。

---

[1] 梁宗岱：《诗与真》，北京：中央编译出版社2006年版，第102-103页。

在世界的文艺宝库中，产生情形与《远游》相仿佛，可以与之互相辉映的，有德国大音乐家悲多汶底《第九交响乐》。悲多汶作《第九交响乐》的时候，正是贫病交困，百忧菌集，备受人世底艰苦与白眼的时候。然而“正是从这悲哀底深处”，罗曼罗兰说，“他企图去讴歌快乐”。岂仅如此？这简直是对于命运的挑战。所以我们今天听了，竟被抛到快乐底九霄去呢！可是假如落到我们文学史家手里，岂不适足以证明这是悲多汶底赝品吗？（这《第九交响乐》犯赝品底嫌疑，还有一个证据，就是在悲多汶底九个交响乐中，这是唯一有合唱的。）

梁先生的意见在楚辞学界一直未引起注意。1988 年，我曾在刊于《文学遗产》该年 1 期的一篇文章中加以简介。我以为梁氏的意见不仅涉及了屈原“绝命词”的问题，而且涉及了文艺心理学和辨伪学的一些重要问题。我个人是同意梁氏意见的，因为《离骚》里的“远游”和“游于四方”等等思想，带有浓烈的政治色彩，而《远游》的“愿轻举而远游”、“顺凯风以从游”、“游惊雾之流波”、“涉青云以泛滥游”，则显得轻松、超脱，是一种卸下政治重负的思想漫游。屈原由于对楚国政局彻底失望而产生超脱之想，由悲痛、悲凉的心境而产生忘却一切的快乐情绪，应该说是符合物极必反的心理变化的规律的。一个人的政治热血不可能一辈子澎湃不已。试想白居易、王安石的变化便可明了这一点。基于这个理由，我认为《远游》的最后两句诗：“超无为以至清兮，与泰初而为邻”，应该这样理解：连“无为”都不加以考虑了，那就化为一股“至清”之气吧，去与那创生宇宙的最初元气一道，永远流通于宇宙之间。这说的其实就是死亡！只是完全不用悲痛语言而已。什么是“无为”？“无为”就是“无不为”，不刻意追求而结果自然会有，这就叫“无为而无不为”。例如孔子所云“天何言哉！四时行焉，百物兴焉”[1]，天不言便是无为，而四时行、百物兴便是无不为。庄子把这种境界称为“至乐”。其《至乐篇》云：“天无为以之清，地无为以之宁。故两无为相合，万物皆化生。……故曰天地无为而无不为也，人也孰能得无为哉！”[2] 屈原说“超无为以至清”，“超无为”就是超越于“无

[1] 《论语•阳货》。朱熹《四书章句集注》，中华书局1983年版，第180页。
[2] 陈鼓应：《庄子今注今译》，北京：中华书局1983年版，第449页。

为而无不为”，“至清”就是化为最“轻”而且最“清”之气，上达于天之外。只有化为“气”，才可能与“泰初”为邻。《列子•天瑞》说：“太初者，气之始也。”[1]与“泰初”为邻就是与原始之气为邻。注意，只是“为邻”，而不是混一。如果是混一，那就是“无为”而不是“超无为”了。那么“超无为”和“化为气”的涵义又指什么呢？其实就是“死”的雅言。这不是与《远游》求长生的神仙思想相背离了吗？非也！神仙家认为能够抛弃形体而变化为气或者能够在气与形之间自由转换才是真正的长生。《庄子•知北游》说：“人之生，气之聚也；聚则为生，散则为死。……故曰：‘通天下一气耳！’”[2]抛却形体而化为清气，便可与宇宙中的原始之气相伴并行而流通于宇宙之间。《至乐篇》又说：“庄子妻死，惠子吊之。……庄子曰：‘……察其始而本无生（生命），非徒无生也而本无形，非徒无形也而本无气。杂乎芒芴（恍惚）之间，变而有气，气变而有形，形变而有生，今又变之而死，是相与为春秋冬夏四时行也。”[3]庄子说的“变之而死”就是“变为气”；“相与为春秋冬夏四时行也”，就是“与泰初而为邻”。后世神魔人物往往化为一阵清风或一阵狂风而游荡天地，便是这种观念的发展。我意《远游》结尾是言“死”，一种到达“至乐”之境的“死亡”！

大智慧的人死前会有“至乐”亦即最快乐的感觉与认知吗？本文开篇所引梁宗岱先生的美文，曾以贝多芬的《第九交响乐》为证。其实，在世界文化史上，最著名的例子，莫过于古希腊大哲学家苏格拉底在被执行死刑前的美妙比喻：天鹅临死前的快乐歌唱：

> 苏格拉底……温和地笑着说：“啊，西米！我并不认为我当前的处境是不幸。……你们以为我和平时不一样啦？脾气坏啦？你们好像把我看得还不如天鹅有预见。天鹅平时也唱，到临死的时候，知道自己要见到主管自己的天神了，快乐得引吭高歌，唱出了生平最响亮最动听的歌。可是人只为自己怕死，就误解了天鹅，以为天鹅为死而悲伤，唱自己的哀歌。他们不知道鸟儿饿了、冻了或有别的苦恼，都不唱的，就连传说是出于悲伤而啼叫的夜莺、燕子或戴胜也这样。我不

[1] 杨伯峻：《列子集释》，北京：中华书局1979年版，第6页。
[2] 陈鼓应：《庄子今注今译》，北京：中华书局1983年版，第559页。
[3] 陈鼓应：《庄子今注今译》，北京：中华书局1983年版，第450页。

信这类鸟儿是为悲伤而啼叫，天鹅也不是。天鹅是阿波罗的神鸟，我相信它们有预见。它们见到另一世界的幸福就要来临，就在自己的末日唱出生平最快乐的歌。我相信我自己和天鹅伺候同一位主子，献身于同一位天神，也从我们的主子那儿得到一点天赋的预见。我一丝一毫也不输天鹅。我临死也像天鹅一样毫无愁苦。不用我多说了。趁雅典的十一位裁判官还允许我活着的时候，随你们要问什么，都提出来问吧。”[1]

多么温和、从容、淡定、快乐！

因此，我愿意说，比较起情调悲苦但亦不乏“聊浮游以逍遥”、“和调度以自娱”、“驾八龙之婉婉兮，载云旗之委蛇。抑志而弭节兮，神高驰之邈邈。奏《九歌》而舞《韶》兮，聊假日以愉乐”的《离骚》而言，相对来说更加快乐的《远游》，只是继续放大、强化并发展了《离骚》中的快乐元素而已，属于屈原“绝命词”的可能性极大，就连《离骚》的快乐元素也是集中于结束部分。

最后，再与《远游》非屈原作的部分观点商榷如次。

一、“《远游》中大段抄袭了《离骚》等篇的词句，也可以看出是后人的摸拟之作。而且，值得注意的是，偏偏是在表现其郁愤不平情绪的时候，往往重复《离骚》、《九章》等篇的句子。……很难想象，一个伟大作家当他最需要宣泄情感时，在一篇之中的‘画龙点睛’处，会重复自己早已使用过的语句，而且是多次的重复。”[2] 此说不能成立。首先，就在《离骚》之中，作者前后重复使用的句子也很多。其次，《天问》就有“说了又说”的特点。第三，先秦著作很伟大，然而并非很精美。一部《庄子》，前后重复（重复自己，重复别人）之处极多。拿《逍遥游》来说，反复讲鲲鹏故事之处就有三次：第一次是用庄周自己的语言来讲，第二次是引用《齐谐》，第三次是引用古本《列子•汤问篇》。这是中国文学处于尚未完全专门化时代的过渡现象，不足为奇。此外，就诗歌而言，

[1] 柏拉图：《斐多》（柏拉图对话录之一），杨绛译，沈阳：辽宁人民出版社2000年版，第50页。

[2] 马茂元主编：《楚辞研究集成•楚辞注释》，武汉：湖北人民出版社1985年版，第425页。

一个时代有一个时代的"套语"，一个作家也有一个作家的"套语"，重复现象任何时代任何个人都在所难免。例如《诗经•小雅•出车》全诗48句，就有28句见于《诗经》中的其它诗作。第四，即使伟大作家，在构思上、词语上重复自己之处也并非罕见。以仅次于屈原的另一位浪漫主义伟大诗人李白而言，王安石曾批评他："白之歌诗，豪放飘逸，人固莫及，然格止于此，不知变也。"[1] 又说："太白词语迅快，无疏脱处。然其识污下，诗词十句九句言妇人酒耳。"[2] 王安石甚至指责李白见识低下，思想境界不高。明•王世贞《艺苑卮言》卷四也说"百首以后，青莲（李白）较易厌"，说的也就是李白重复自己太多！到了清代，龚自珍《最录李白集》干脆说："《李白集》，十之五六伪也。……予……定李白真诗百二十二篇。"这和一些学者认为没有屈原其人、他的作品多是伪作甚至全是伪作有点相似。到了现当代，闻一多《唐诗杂论•英译李太白诗》说："像李白这样一位专仗灵感作诗的人，粗率的作品，准是少不了的。"傅庚生《评李杜诗》说："太白的想象是夭矫腾挪无所倚傍的，不惯于与情相生，所以每逢抒情时，他的想象活动范围就狭窄得可怜，不得已时只好用生硬的情语填满空隙。"香港罗忼烈教授的《话李白》也说：如果我们细读李白全集，"那时候，就会发觉太白的创作水平很不稳定，高的太高，低的太低，参差得很。不能算为第一流的作品占了很大的比数"。又说："太白名满天下，交游极广，送别、怀思的诗自然很多。……灵感应付不来，于是难免常常雷同，施于张三的也可以施于李四，几乎成了公式。"[3] 屈原和李白一样都厌叙事而喜抒情，都是仰仗灵感写诗的人，要求他们句句是名言，句句不平庸，句句不重复，何其难也！难道伟人就没有平庸之举、平庸之言，甚至可笑之举、可笑之言了么？只要联系屈原的心境与创作环境来考虑，我们就不会苛求屈原的作品一定非是字字精金、句句美玉不可了。屈原时而激情澎湃，想象飞腾；时而缠绵悱恻，

[1] 宋•胡仔：《苕溪渔隐丛话》前集卷六引《遁斋闲览》。北京：人民文学出版社1962年版，第37页。

[2] 宋•释惠洪：《冷斋夜话》卷五"舒王编四家诗"条引王安石语。上海古籍出版社编：《宋元笔记小说大观》第二册，上海：上海古籍出版社2007年版，第2194页。

[3] 以上各家评李白语具见《罗忼烈杂著集•话李白》，上海：上海古籍出版社2010年版，第1—27页。

如泣如诉；时而慷慨陈词，头脑清醒，时而热血上涌，语言过激。他的作品总的来说是一流杰作，但各篇之间因他特殊的精神状态或创作环境的变异而显出艺术质量上的参差不齐，有时一篇之中也忽高忽低、顾此失彼（《红楼梦》也有此病）。以致不少作品被人疑为伪作，甚至连他本人的存在也被否定，说世界上本无这么一个人神参半的人，他的《离骚》是汉代一群蹩脚诗人你一言我一语拼凑起来的，他的《远游》更是一篇汉赋的草稿等等。可见以艺术水准的不均衡性否认《远游》是屈原作品，难以服人。

二、“全文由郁结愁愤到仰慕众仙，神游天庭，到达至清无为的超脱一切的幻境（漫按：此语和‘超无为以至清’的本意不甚相符，因为‘超’和‘到达’根本不对等）。……作者对待现实的态度是消极的，采取的方法是逃避人生，走向老庄的全身避祸、超然出世的道路。因此，消极因素是显而易见的，与屈原的一贯思想是格格不入的。”[1]这种说法太机械了。世界上有哪一个伟人的思想是“一以贯之”、始终不变的呢？毛泽东主席在世时就完成了中美邦交、中日邦交的正常化，跟“过去的敌人”握手，如果不用辩证法的观点去看，这和老人家一贯“反帝反修”的革命思想是否也有点“格格不入”呢？王安石执政时的政治热情与退出政坛时的闲适心态不正是一个历史名人的两面吗？著名的政治诗人白居易在贬江州司马之前何等壮怀激烈！此后又何等消极处世！又如词人秦观，当时的诗歌评论家王直方就在《诗话》中批评他说：“秦少游始作蔡州教授，意谓朝夕便当入馆，步青云之上，故作《春风解冻》诗云：‘更无舟楫碍，从此百川通！’已而久不召用，作《送张和叔》云：‘大梁豪英海，故人满青云。为谢黄叔度：鬓毛今白纷！’谓山谷也。说者以为意气之盛衰，一何容易！”[2]诸如此类，不胜枚举。英国著名的政论散文家斯威夫特（1667—1745）说：“如果一个人将他对恋爱、政治、宗教、学术之类的意见全部记录下来，从青年直到老年，那么最后将出现一大堆前后不一、互相矛盾的东西。”[3]此后，英国的诗歌巨子拜伦（1788—

[1] 马茂元主编：《楚辞注释》，武汉：湖北人民出版社1985年版，第461页。

[2] 周义敢、周雷编：《秦观资料汇编》，北京：中华书局2001年版，第45页。

[3] [英]斯威夫特：《零碎题目随想》，王佐良主编：《并非舞文弄墨——英国散文名篇新选》，北京：三联书店1994年版，第68页。

1824）勋爵更进一步指出："凡是属于人类的，不论是诗歌，是哲学，是机智，是智慧，是科学，是权力，是荣誉，是心灵，是物质，是生，是死，哪一个是不变的？"[1] 爱因斯坦与罗曼•罗兰均为大师级人物，而且私交甚好，但罗氏仍然在日记中批评爱氏"经常的180°大转弯，犹豫不定和自相矛盾"[2]。爱因斯坦是顶级科学家和哲学家，素以逻辑性、统一性著称，但他经常提倡"大胆的思辨"："我觉得，只有大胆的思辨而不是经验的堆积，才能使我们进步"[3]、"只有最大胆的思辨才有可能把经验材料之间的空隙弥补起来"[4]、"想象力比知识更重要……严格地说，想象力是科学探究中的实在因素"[5]。爱因斯坦的朋友M•玻恩也指出："爱因斯坦在这一点上是完全正确的，那就是，没有大胆的思想，单靠经验论就会使人一无所获"[6]。就连中国当代的学术大师钱钟书及其作品，他的夫人杨绛也特地声明："钱钟书常说自己是'一束矛盾'。本集的作品不是洽调一致的，只不过同出钱钟书笔下而已。"[7] 既然如此，我们怎能忍心对屈原的作品、性格、思想、语言采用"一刀切"式的研究方法呢？

三、《远游》中的一些词语和语法，跟《淮南子》及汉初"仿楚辞"的作品有相似之处，所以《远游》是汉代人的作品。这种专从用词习惯来判定古书时代的辨伪方法，过去一度是金科玉律。但随着出土文献的不断增多，这一法宝已经宣告失灵了，先秦时代许多曾被单纯从词语角度，或单纯从某些词语所包含的某些思想的角度判为伪书的作品，如《孙子兵法》、《尉缭子》等等，经出土文献证明，先秦确有其书。又如宋玉的《大言赋》与《小言赋》等，也被出土文献证明确为宋玉所作。原因

[1] [英]拜伦：《给约翰•墨里的公开信——论鲍尔斯牧师对蒲柏生平及作品的苛评》，载《英国作家论文学》，北京：三联书店1985年版，第67页。

[2] 爱因斯坦：《知识分子和政治问题》，许良英等编译：《爱因斯坦文集》（增补本）第三卷，编译者注②。商务印书馆2009年版，第168页。

[3] 爱因斯坦：《要大胆思辨，不要经验积累——1952年10月8日给贝索的信》，许良英等编译：《爱因斯坦文集》（增补本）第一卷，商务印书馆2009年版，第757页。

[4] 爱因斯坦：《伽利略<关于托勒玫和哥白尼的两大世界体系的对话>英译本序》，许良英等编译：《爱因斯坦文集》（增补本）第三卷，商务印书馆2009年版，第788页。

[5] 爱因斯坦：《论科学》，许良英等编译：《爱因斯坦文集》（增补本）第三卷，商务印书馆2009年版，第409页。

[6] 爱因斯坦：《客观世界的完备定律及其他》，许良英等编译：《爱因斯坦文集》（增补本）第三卷，编译者注①。商务印书馆2009年版，第565页。

[7] 杨绛：《钱钟书对<钱钟书集>的态度》，《钱钟书集•代序》，北京：三联书店，2008年第2版，第2页。

在于经过秦火之后，我们已经不能仅凭存世文献了解到先秦的词语和思想的全貌了，况且文献语言和文献思想，也仅仅是社会语言和社会思想的极小的一部分而已，我们怎能仅据存世文献来判定某些词语和思想先秦时代绝对没有出现过呢？[1] 据此，又怎能因为《远游》与汉人作品有某些相似之处，就判定它们是同时代的作品呢？如果这样看问题，《逍遥游》和《离骚》等先秦作品，不是也有许多与汉人作品相同或相近的语言和思想吗？然而它们却是货真价实的先秦作品。

综上所述，我以为，除非研究者找到《远游》的另外一个确凿无疑的作者，或者找到《远游》不类屈原作品的整体特征而非只言片语，否则，《远游》非屈原作的说法很难成立。至于屈原的"绝命词"，在已有的 8 种说法中[2]，《远游》的可能性最大。

[1] 参阅罗漫：《<列子>不伪与当代辨伪学的新思维》，《贵州社会科学》，1989年2期。又见中国人民大学复印报刊资料《中国哲学史》，1989年6期。

[2] 关于屈原的"绝命词"，《职大学刊》1993年1期刊周建忠先生《楚辞研究热点透视》（五），文中举出古今7种不同的说法，即1.《怀沙》说；2.《惜往日》说；3.《悲回风》说；4.《桔颂》说；5.《哀郢》说；6.《离骚》说；7.《九歌》说。就我所见，建忠先生遗漏了第8种说法：《远游》说。

屈原改革失败的历史原因

本文总结了屈原改革失败的四大历史原因：一、楚国兴盛早于秦国；二、战国末期楚国没有产生秦始皇式的政治领袖；三、楚国革新没有形成高素质的领导集团；四、屈原的古典型政治理想没有出现灭周室、吞四海的红色箭头。正因为屈原狂热追求一种客观上根本不可能实现的政治理想和人生理想，他的作品才会渗透着理想破灭的巨大悲哀；正因为他不是第一流的政治家，所以他才成就了超一流的世界级大诗人。

长期以来，对屈原悲剧命运的巨大同情，对屈原文学成就的高度赞美，影响了学术界将屈原何以在政治上失败的问题放在历史进程中加以冷静思索，一句“楚国的保守力量排斥了屈原的革新力量”的判词，代

替了真正的历史原因的寻找。本文认为，历史注定屈原的政治理想必然失败。主要原因有四：

一、楚国兴盛早于秦国。中外历史证明：没有永远强盛不衰的国家，也没有永远强盛不衰的朝代和民族。就象一个人没有永远年轻的一生，一个球队没有永远不败的记录一样。因为率先强盛的国度或民族，也往往会率先进入“超稳定”状态，民族思维固化，社会体制僵硬，领袖人物专制，追求新发展尤其是追求大发展的进取动力严重不足。[1] 屈原之世，楚国强盛的顶峰过去了。因此盛楚之末，强秦之初，几经交锋，必是秦极盛而楚极衰。历史进程提供的这种时间差，屈原不能改变，也改变不了。

二、战国之世，楚人没有秦始皇式的领袖。到怀王之世亦即屈原出生之前，楚国的政治精英已基本消失，因此屈原苦苦迷恋的“君臣遇合”，只能是主观幻想。而秦国却出现了头脑清醒、谋略过人的秦昭王。昭王之后，经二王四载的小间隔，又继起横扫六合的绝代雄豪秦始皇。此时的楚国莫说秦始皇式的君主，就是后来的项羽式的、敢以盖世勇武决一死战的人物也找不出来。无论是楚怀王与秦昭王比，还是楚襄王跟秦始皇比，楚君都是等而下之的平庸之辈。有这样的国家元首，屈原即使呼天抢地，也不可能对国家命运有任何实质性的影响和改变。

三、楚国革新缺乏强有力的领导集团。屈原在作品中不断倾诉着强烈的孤独感，证明革新在楚国缺乏集团性的领导[2]。理想和策略是靠人——尤其是靠高素质的集团性的人去实现的，没有高素质人才组成的革新集团

---

[1] 这种局势，秦昭王时也曾一度遭遇：“当是时，昭王已立三十六年。南拔楚之鄢郢，楚怀王幽死于秦。秦东破齐”，国际形势一派大好。昭王的四个舅父或为相，或为将，“有封邑，私家富重于王室”。他们认为只有自己一伙才是天下最优秀的领袖，其他人“无益，徒乱人国耳”，昭王则“厌天下辩士，无所信”（司马迁：《史记•范雎蔡泽列传》。中华书局点校本，第2403——2404页）。好在秦昭王迅速认同魏国辩士范雎关于“秦王之国危于累卵，得臣则安”（同上，第2403页）、“群臣莫当其位，至今闭关十五年，不敢窥兵于山东者，是穰侯为秦谋不忠，而大王之计有所失也”（同上，第2408—2409页）的大势分析，立即“废太后，逐穰（rǎng）侯、高陵、华阳、泾阳君（四位舅父）于关外”（同上，第2412页），启用范雎为相。后来又用蔡泽替换范雎。终于将秦国的强势局面顺利延续到秦始皇时代。

[2] 此即前注中范雎所谓“群臣莫当其位”。屈原时代的楚国政坛，用《离骚》的原话形容，则是“众芳芜秽”、乱象纷呈：“众皆竞进以贪婪兮，凭（满）不厌乎求索”，“各兴心而嫉妒”、“薋菉葹以盈室”。优秀的政治人才根本不成气候，不但资源稀缺，而且乏善可陈，已经到了“国无人”的程度。尤其糟糕的是，楚国君臣依然感觉良好。

的群策群力，屈原单枪匹马只能失败无疑。北宋一位学者说得好：

> 天将祚其国，必祚其国之君子。观其君子之众多如林，则知其国之盛；观其君子之落落如晨星，则知其国之衰；观其君子之康宁福泽、如山如海，则知其为太平之象；观其君子之摧折顿挫，如湍舟，如霜木，则知其为衰乱之时。[1]

在列国互相攻伐乃至互相吞并的时代，一国之君子的数量如何、境遇如何、作用如何，确实关乎国家之存亡、国运之盛衰、国事之成败！

四、屈原古典型的政治理想，从理论上说失落了当时最高层次的政治目标：让楚取周而代之。屈原的政治观点是向后看的，而不是反传统的，其间找不到一点彻底反周的、反旧式社会秩序的理论勇气和思想萌芽。屈原只希望中兴楚国的旧日殊荣并推进来日强盛。但先秦史表明：追求霸主地位跟追求新型的天子地位完全是两码事，其结果迥然不同。春秋霸主可以轮流当，但霸主远非旧型的周天子，更远非新型的秦天子。虽然春秋时楚庄王问周鼎之轻重已有当天子的野心，然而至少在屈原的政治蓝图中，并没有出现灭周的红色箭头，更不用说为楚王设计出未来的新型天子模式了。与此相反，统一中国一直是秦王室的既定方针。早在东周初年，秦襄公始封为诸侯，就已经“位在藩臣而胪（lú）于郊祀”，冒用天子的资格祭祀上帝了。司马迁曾慨叹为“僭（jiàn）端见（xiàn）矣”，也就是开始暴露了秦王族的夺权野心[2]。从秦孝公经秦惠文王、秦武王到秦昭王、秦王政的140年间，这种取代周王室的既定方针和基本国策从未中断。汉初贾谊的《过秦论》虽然语涉夸饰但却语语中的、字字千钧：

> 秦孝公据崤函之固，拥雍州之地，君臣固守而窥周室。有席卷天下、包举宇内、囊括四海之意、并吞八荒之心。当是时也，商君佐之。立法度，务耕织，修战守之备，外连衡而斗诸侯，于是秦人拱手而取西河之外。[3]

---

[1] 宋•罗大经《鹤林玉露》丙编卷一“病柟诗”引“林行已曰”。北京：中华书局1983年版，第244页。

[2] 司马迁：《史记•六国年表序》。中华书局点校本，第685页。

[3] 萧统：《文选》卷五十一，中华书局1977年影印本，第707页。

君臣一心即拥有集团性领导，窥周室、吞四海即瞄准了最高的政治目标，商鞅变法更是如虎添翼。到了秦昭王时，秦已自封为“西帝”而分赠齐为“东帝”，并将“取西河之外”终结为“东收周室”了[1]。我们假设楚王支持屈原、楚国得到中兴、楚王再一次称霸、屈原的古典政治理想圆满实现，可是当那并吞八荒的大潮席卷而至时，这中兴局面又能维持多久呢？历史无情的事实是：无论是与秦王式的新型政治相比，还是与秦国大臣商鞅、吕不韦、李斯的政治理论比，屈原的政治理论水平都是相当幼稚的，尤其是与秦王政的政治实绩比，屈原的那一点点“理想”实在算不了什么。由秦始皇的成功与屈原的失败可以推定：改革成功必须同时具备几大要素：1. 成熟的历史条件和恰当的历史时机。时机不恰当，一切思想的制度的变革只能产生悲剧；2. 拥有一位或几位杰出的国家领袖也就是卓越的政治人物；3. 出现一个庞大的、朝气蓬勃的、富于智慧和力量的、有效的领导集团；4. 形成坚定明确的总体改革目标，以及改革后具有崭新的历史内容和久远的历史生命的政治制度。

因此，我的结论是：屈原既不是商鞅，也不是李斯，楚王更不是秦始皇，这种重大区别说明，战国晚期楚国没有第一流的政治家，屈原所要进行的也只是改良——准确地说是以复古为核心的改良——而不是革命。楚国不可能统一中国，因为统一中国是一场伟大深刻的革命而不是一场革新。两千多年前，司马迁撰写《六国年表序》时，对秦最终统一天下感到惶惑不解，归之于“盖若天所助焉”：因为论秦之德义，它连暴戾的鲁、卫也不如；论兵力之强大，它连三晋也不如；论山川形势的险固便利，也不是唯秦独有。现当代的研究者们也常常强调说：如果楚王支持屈原，楚国凭着比齐、秦优越得多的自然环境以及财富、兵力等条件，楚国一定能最终统一中国。这一说法不仅太简单了，而且没有多大的历史根据，没有触及真正的历史原因。根据以上分析，秦楚之争，从历史进程的高度上看，乃是历史时机、政治精英与政治理论的较量，屈原和孔、孟、老、庄一样，尽管其种种向

[1] 司马迁：《史记•范睢蔡泽列传》。中华书局点校本，第2425页。

后看的政治观点不无某些现实的积极意义，但在历史大变革时期却不可能产生显著功效。屈原是历史注定的失败者，是政治上的失败英雄。正因为他狂热追求一种客观上根本不可能实现的美好幻想，他的作品才会渗透着理想破灭的巨大悲哀；正因为他不是第一流的政治家，他才成就了超一流的世界级大诗人。

[附记]

原载《云梦学刊》1989 年第 4 期。这是一篇曾在一定范围内引起关注的小文章。上海《高等学校文科学报文摘》1990 年第 2 期第 98 页摘录主要论点，又在同期第 104 页的"《云梦学刊》屈原研究专栏"介绍中评价此文："罗文以广阔的战国社会为背景，着重比较分析了屈原之世，秦楚两国的国运兴衰、领袖人物、领导集团、政治目标，论定'历史注定屈原的政治理想必然失败'。"上海《学术月刊》1991 年第 1 期《一年来若干学术问题讨论综述》一文，在《历史学•先秦史》部分设"屈原改革失败的原因"介绍本文主要论点（该刊第 67 页）、又见于复印该文的中国人民大学复印报刊资料《先秦•秦汉史》1991 年第 4 期第 95 页。本文曾提交湖北省屈原学会第三次学术讨论会，《江汉论坛》1990 年第 1 期第 80 页刊载的会议综述重点介绍了本文内容，又见于复印该文的《中国古代、近代文学研究》1990 年第 5 期第 60 页。时任中国屈原学会会长的汤炳正先生曾在 1989 年 9 月 30 日致函作者说："大作谈屈原改革失败的原因，很有见地，较之过去单纯归咎保守势力之猖獗，无疑要全面得多，也深邃得多。我一向觉得，屈原的政治家气质不够强，而诗人的气质特浓。这一点，也许我们所见略同。　　至于您认为：屈原的政治观点是'向后看'，半个世纪以前，侯外庐先生曾提出过，即认为屈原是在'迷恋旧时代之魂'。"

之所以要作如上说明，是因为在校园散步时路遇一位铁哥——历史学教授朋友，他特地告诉我："前两天（端午前后），同城某大学的某教授在中央电视台的《百家讲坛》中讲屈原失败的历史原因，我一听，这不是老弟若干年前的高论吗？怎么就变成了他的观点了呢！”听得出来，他是为朋友颇感义愤的。我没想到的是，这篇小文还让我的朋友当了一回业余的学术警察。人生之事，哪怕是无形的精神资产，有人赤裸裸地“豪抢”，也就有人见义勇为地“看守”。不过话又说回来，如果你的东西不发光，又有谁愿意费心劳神地抢去给自己增光呢？想到这儿，又不禁有些窃喜了。台湾的余光中老前辈在散文《我的四个假想敌》中说：人生有许多事情，正如船后的波纹，总要过后才觉得美的。——上面这件事儿过去好几年了，现在真的觉得蛮美好的。

屈原自卫型爱国精神的现代价值与世界意义

“爱国主义”从来都不是内涵单一的概念。英国思想家罗素在写于 1922 年的《中国问题》一书中指出：“中国的孝道再怎么过分，它的危害也及不上西方人的爱国。……爱国主义是对作战的某一方尽忠。……因此，爱国主义容易导致军国主义和帝国主义。”[1]1923 年，针对第一次世界大战时有的人把侵略别国说成爱国，中国诗人刘半农在法国巴黎写下这样两句话：“爱国虽不是个好名词，但若是只用之于防御方面，就断然不是一桩罪恶。”[2]毛泽东也曾在第二次世界大战期间说过：“有日本侵略者和希特勒的‘爱国主义’，有我们的爱国主义。”本文从理论上将爱国主义区分为“自卫型”和“扩张进攻型”两种，认为只有坚守“自卫型的爱国主义”，才能避免世界范围

[1] 〔英〕罗素：《中国问题》，秦悦译，学林出版社1996年版，第30页。
[2] 转引自周良沛编《中国新诗库》第一集，长江文艺出版社1993年版，第151页。

内的爱国主义滑向侵略别国的军国主义和帝国主义的罪恶泥坑；同时论证了在中国传统的价值观中，“自卫型爱国精神”始终占据主导地位并获得历代中国人民的认可。最早充分体现这一精神并对后世具有示范意义的诗歌作品，就是屈原的《九歌•国殇》。屈原之前，“爱国”只是“国君”一人的事。虽然国君之外的个别人物也曾出现过零星的爱国行动，但却没有形成爱国的思想。从屈原开始，从思想到行动的“爱国”才开始扩展到贵族大臣。这是中国政治思想史上一个划时代的标志。从战国的《国殇》到现代的《中华人民共和国国歌》，随着历史的发展，春秋时代楚国大臣叶公子高所奉行的“守封疆，谨邻界，不侵邻国，邻国亦不见侵”[1]的自卫型爱国精神，已经融入了现代社会与世界人类的价值系统，并将成为世界主义的坚实基础和不朽内核的主体部分。

在战国七雄趋于一统的历史巨潮之中，屈原对楚国之爱是否具有历史的进步性？具体而言是否背离了秦灭六国的历史进程？先秦时代有无爱国观念？屈原是否可以称为爱国诗人？为何除了郭沫若先生之外其他史学家极少称道屈原爱国？诸如此类貌似简单的命题，20 世纪 80 年代曾经进行过广泛讨论，可惜并未取得各方认可的进展。如今在深入研究的道路上，后继者仍然面对着一系列横亘文史的理论障碍与理论陷阱，需要进行新的突破与超越。

一、20 世纪 80 年代“屈原爱国否定论”的逻辑错误

一般说来，“爱国”的情感、思想与行为，在国与国之间的交往活动中，尤其是在国与国之间的冲突过程中，才会表现得最为鲜明突出。判定一个时代有无“爱国”观念，离不开 3 个条件：（1）当时是否存在几个并立的国家？（2）这些国家是否出现利益冲突？（3）处于冲突之中或冲突边缘的某个国民，是否曾为自己的国家利益而思考而斗争？这 3 个条件之中，第三条最为

[1] 汉•刘向：《新序•杂事第一》。

重要。因此，屈原是否爱国，不是要看当时是否已有爱国观念，以及屈原是否接触过这一观念，而是要看屈原本人是否曾为自己的国家利益而工作而斗争。别人有没有爱国观念，和屈原爱国关系不大甚至完全无关：千人爱国，不能证明“屈原爱国”；万人不爱国，不能证明“屈原不爱国”；甚至屈原的父母爱国或不爱国，也不能证明屈原爱国或不爱国。本世纪80年代的“屈原爱国否定论”，下大苦功清理先秦时代爱国观念的有无，希望以“先秦时代尚无爱国观念”来证明屈原不是爱国诗人。尽管诸君探索真理的精神是可嘉的，史料搜罗与辨析的成绩是可观的，然而探索的途径与目标则是分离的，结论也是靠不住的。

从逻辑上说，我们不能从别人和前人有无爱国观念，论定屈原有无爱国观念。屈原是否爱国，只能由屈原自己的言行来直接证明。爱国的意识与行为，可以是传统的和群体的，也可以是当下的和个体的。假定在屈原之前没有人爱过自己的国家亦即没有爱国的传统，难道屈原就不能第一个爱国从而开创爱国的传统吗？假定和屈原同时代的所有人都不爱国，难道屈原就不能单独爱国吗？“屈原爱国否定论”的逻辑错误，就在于诸君仅仅注意了爱国的传统性与群体性，忽略了爱国的当前性与个体性。

二、“爱国”一词最早使用于楚怀王接见西周使节时的外事场合

事实证明，屈原时代已经有人在国际事务中使用了“爱国”一词，而且使用于楚国的朝廷之上，使用于曾与屈原有过良好的君臣关系的楚怀王面前，因此，屈原非常有可能接触到“爱国”的词语与观念。当然，这里所说的“事实证明”，仅仅限于文献语言而非生活语言。从逻辑上说，我们无法证明“爱国”一词最早使用于楚国，更无法证明一共使用了多少次，因为我们面对的是文字的历史而非生活的历史；文献语言远远不是生活语言的全部，而存世的文献语言尤其是经过秦火之后的文献语言，更不是当时文献语言的全部。以极其有限的文献语言去推测无限丰富的生活语言是否出现过某一词语或思想观念，在方法论上是极其危险的。尽管如此，极其稀少的先秦存世文献还是证明屈原时代已经使用“爱国”一词了。《战国策•西周策》讲述了这样一个故事：

秦令樗（chū）里疾以车百乘入周，周君迎之以卒，甚敬。楚王怒，以其重秦客。游腾谓楚王曰："昔智伯伐厹(qiú)由，遗（wèi，赠送）之大钟，载以广车，因随入以兵，厹由卒亡，无备故也。桓公伐蔡也，号言伐楚，其实袭蔡。今秦者，虎狼之国也，兼有吞周之意；使樗里疾以车百乘入周，周君惧焉，以蔡、厹由戒之，故使长兵在前，强弩在后，名曰卫疾而实囚之也。周君岂能无爱国哉？恐一日之亡国而忧大王。"楚王乃悦。

这位楚王，就是楚怀王，因为樗里疾是秦惠王的异母弟，为人多智，号为"智囊"，公元前312年——楚怀王十七年，他曾作为副帅，率领秦军大败楚师于丹阳（今河南淅川县南部）。丹阳之战以后，又曾出使楚国，与秦暂时和解的楚怀王甚至向秦惠王建议：秦国应该以樗里疾为相。此次樗里疾长驱百车进入西周，自然要引起西周国君的高度戒备了。这一历史小插曲应该发生在秦楚丹阳之战前后，那时屈原尚在怀王左右。不过，那时讲的"爱国"，与今天我们所理解的"爱国主义"，是内涵不同的两回事。西周君的"爱国"，是爱自己的封国和地位。屈原之前，"爱国"是君王一人的事，因为"国"是君王的"国"。除了前引《西周策》中楚怀王所言的"周君岂能无爱国哉"之外，《中山策》亦载秦国名将白起批评秦昭王"臣闻明主爱其国，忠臣爱其名"；春秋时期，《国语•楚语下》亦载"吴人入楚，昭王出奔"，一位楚国大夫在路上批评楚昭王"君实有国而不爱"。墨子也在《兼爱》中批评"诸侯各爱其国，不爱异国，故攻异国以利其国"。只有从屈原开始，"爱国"的主体才扩展到贵族大臣，并且与"恐皇舆之败绩"相联系。这是政治思想史上一个划时代的标志。历史愈往后发展，"爱国"的主体愈宽泛，直至每个"国民"都可以谈"爱国"，即清初以来的"天下兴亡，匹夫有责"。[1]我们说屈原是"爱国"者，也决不是说他是现代意义上的"爱国"者，而是指屈原深深地热爱着自己所生长于、生活于、服务于、乃至最后献身于其中的诸侯封国，并在自己的政治生命历程中，为国家利益而情绪激动地、完全忘我地进行思考、呼号、奔走、写作，甚至痛哭流涕也在所不惜，尽一切可能的手段，与破坏国家利益的国内外敌对势力作不懈的斗争。屈原"爱国"

[1] 参阅刘洁修：《汉语成语源流大辞典》"天下兴亡，匹夫有责"条。开明出版社2009年版，第1158页。

与现代“爱国”的差别在于：先秦所说的“国”只是“天下”的一部分，而先秦人所说的“天下”，才是我们今天所理解的“国家”。根据这个理由，我主张屈原确实是一个“爱国”者，但不是一个“爱天下”者[1]；换言之，屈原确实是当时历史条件下的“爱国”者，只是不能完全等同于当今的“爱国”而已。不过，除了“国”的空间范围有别之外，“爱国”的精神实质亦即融合自觉主动、内斗奸邪、外抗强敌、发愤抒情、临危不惧、九死不悔为主要特点的自卫型爱国精神，则是古今无二的。

三、先秦时代“天下”和“国”是两个大小不同的政治空间概念

今天我们所说的统一的国家，先秦人——主要是春秋战国人，称之为“天下”。《论语•颜渊篇》载子夏语云：“舜有天下”、“汤有天下”；《季氏篇》载孔子语云：“天下有道，则礼乐征伐自天子出；天下无道，则礼乐征伐自诸侯出。……天下有道，则政不在大夫；天下有道，则庶人不议。”《尧曰》篇云：“兴灭国，继绝世，举逸民，天下之民归心焉。”在这里，“国”与“天下”是两个概念：“国”处于“天下”之中。据杨伯峻先生的《论语译注》所附《论语词典》统计，《论语》中“天下”共出现 23 次，均指中国范围内的全部土地；与“天下”同义的两个词是“四海”和“万方”，每词各出现 2 次。与“天下”相对的“国”出现 10 次；与“国”同义的“邦”出现 47 次。“天下”与“四海”和“万方”共出现 27 次，“国”与“邦”则出现 57 次，前者仅为后者的二分之一弱。这一现象或许可以这样去认识：从孔子时代起，“国”已经比“天下”大为重要了！这一趋势，到了屈原所生活的战国时代，又由于王纲解纽、王权坠落的加剧而愈演愈烈！

其实，所谓“舜有天下”、“汤有天下”，并非舜与汤以天下为“国”。

[1] 钱穆的《中国文化史导论》（修订本）认为：“中国古代人……常有一个‘天下观念’超乎国家观念之上。……周初封建时代，虽同时有一两百个国家存在，但此一两百国家，各各向着一个中心，即周天子。……国家并非最高最后的，这在很早已成为中国人观念之一了。因此在春秋时代，列国卿大夫间，他们莫不热心于国际的和平运动。……在战国时代的学者中间，真可看为抱狭隘国家观念者，似乎只有两人。一是楚国的屈原，一是韩国的韩非。他们都是贵族，因此与同时一辈平民游士的态度不同。但韩非是否始终保持狭隘的国家观念，其事尚属疑问。则其时始终坚抱狭隘国家观念的，可以说只有屈原一人了。”商务印书馆1994年6月修订版，第47—49页。

《孟子•公孙丑上》曾指出："夏后、殷、周之盛，地未有过千里者也。"千里之内，是夏、商、周的"国家"；千里之外，对不起，那是别人的"国家"，只不过属于夏、商、周的"天下"罢了。

随便翻开一本先秦古籍，就会发现先秦人将"国"与"天下"分得一清二楚，从不含糊。如《老子》五十四章说："修之于身，其德乃真；修之于家，其德乃馀；修之于乡，其德乃长；修之于邦，其德仍丰；修之于天下，其德乃普。故以身观身，以家观家，以乡观乡，以邦观邦，以天下观天下。吾何以知天下然哉？以此！"与儒家人物不同的是，老子似乎认为"天下"不止一个，因而"以天下观天下"，这和列御寇、庄周的思想有相通之外，此不赘。在儒家经典中，这种层次分明的空间观念十分流行，举其著者如下：

1.《礼记•乐记》载子夏语云："……君子……修身及家，平均天下，此古乐之所发也。"

2.《礼记•大学》："古之欲明明德于天下者，先治其国。欲治其国者，先齐其家。欲齐其家者，先修其身。欲修其身者，先正其心。……心正而后身修，身修而后家齐，家齐而后国治，国治而后天下平！"

3.《孟子•离娄上》："孟子曰：'三代之得天下也以仁，其失天下也以不仁。国之兴废者亦然。天子不仁，不保四海；诸侯不仁，不保社稷；卿大夫不仁，不保宗庙；士庶人不仁，不保四体。'"又："孟子曰：'人有恒言，皆曰天下国家。天下之本在国，国之本在家，家之本在身。'"又："孔子曰：'夫人必自侮，然后人侮之；家必自毁，然后人毁之；国必自伐，然后人伐之。'"

4.《孟子•万章下》："孟子谓万章曰：'一乡之善士，斯友一乡之善士；一国之善士，斯友一国之善士；天下之善士，斯友天下之善士。'"

在儒家典籍之外，宋玉的《登徒子好色赋》也这样写道："天下之佳人，莫若楚国；楚国之丽者，莫若臣里；臣里之美者，莫若臣东家之子。"这种由"身"而"家"而"国"而"天下"或者由"国"而"乡"而"身"的空间推理，是当时一种时髦的政治哲学的思维框架。例如，《庄子•则阳篇》就记载了一场关于争夺政治空间的君臣对话：魏国贤者戴晋人为魏惠王描述了"无穷宇宙——人迹通达之国（九州或天下）——魏国——

魏都——魏惠王”的空间层位关系，指出魏惠王与齐威王争夺国土，乃是蜗牛左角之国与右角之国的争地之战，除了“伏尸数万”、追逐败北者十五天而后返的流血劳苦之外，所得极微。

以上材料充分说明空间层次结构的观念在当时十分流行，换言之，人们对“天下”与“国”的层位划分十分清楚，不容混淆。

此外，《战国策•齐一•邹忌修八尺有馀》，几乎是“修身、齐家、治国、平天下”的逻辑展开与形象演示。邹忌的修齐治平可能并非虚构，因为《战国策•楚三》载：“唐且见春申君曰：‘齐人饰身修行得为益，然臣羞而不学也。’”不知道两次出使过齐国的屈原是否读过这篇文章或听说过这个故事，但《离骚》主人公追求天生之美、衣饰之美与品德之美的完美融合，却与本文极为相似。所幸齐王不是楚王，他马上对邹忌的委婉讽谏作出了积极响应，终于使邹忌的“由身而家”、“由家而国”的思考转换成了行之有效的治国方略。故《邹忌讽齐王纳谏》以“一统在望”的景象作结：“燕、赵、韩、魏闻之，皆朝于齐。此所谓战胜于朝廷！”

现在想来，尽管屈原热爱的是分封的诸侯之国，而不是大一统的天下，但他的“爱国”无疑是后来乃至今天人们热爱大一统之国的情感基础和伟大榜样之一。某些学者一再努力证明屈原是“没有爱国观念的爱国诗人”[1]，从本文重构的先秦政治格局的空间层位框架来看，是难以成立的。根本原因就在于学者们[2]忽略了一个最基本的事实：屈原恰恰有着强烈的“爱国”之观念而没有“爱天下”的观念。只能说屈原是一个没有“爱天下”观念的爱国诗人，却不能说他是一个“没有爱国观念的爱国诗人”。如果连“爱国观念”都没有，又算哪门子“爱国诗人”？

四、从唐人为伍子胥平反 看大一统“国家”观念对先秦人物的严重误解

治史者一定要严格注意：先秦是分民封土建国制度[3]，秦之后主要是

---

[1] 参阅周建中：《当代楚辞研究论纲》，湖北教育出版社，1992年版，第437－442页。

[2] 早在1959年，杨公骥就在《吉林师大学报》1995年第4期发表《漫谈楚的神话、历史、社会性质和屈原生平》一文，认为屈原不宜称为“爱国诗人”。

[3] 参阅杨希枚著《先秦文化史论集》的有关论述，中国社会科学出版社1995年版，第29－82页。

大一统中央集权制度，由于“国”的空间范围有别，符合后者的标准不一定符合前者。如果不注意这一点，就会发生唐人李善夷在《重修伍员庙》一文中所体现的古今不分的思维错误，李文云：

> 伍相公员也，庙在澧江之渚，自为寇之扰，为兵火所焚，为野火所燎，为风雨所坏，为江浪所侵，垂二十年，向为墟矣！虽有钟山蒋侯之验，其神亦无所依止。
>
> 澧守欲重建庙宇，里人曰：“不可！员，楚之仇也！鞭我死君，其过也甚。”又曰：“员，孝于父者，其庙废之，则无以旌其孝；建之，则地无以劝其忠。”
>
> 太守不决，一日问余。愚曰：“太守不知伍员非不忠于君者，楚平王非员之君也。书曰：‘普天之下，莫非王土；率士之滨，莫非王臣。’楚之君即非天子也，当平王之时，君上乃周景王也。楚子实天子之臣，员即楚之陪臣。吴楚之君，乃五等封。以其国迫近蛮夷，土虽广，不得为侯伯，而为子男。故仲尼修《春秋》，吴、越、楚虽大而不称王，止称‘吴子’‘越子’‘楚子’而已。‘王’乃彼之自僭，自僭则欺天，安得其下不逆？夫覆载之内，天子为君上，固不可异二。诸侯赐弓矢然后征，赐斧钺然后杀。楚子、诸子，观兵灭国，无代无之。子胥，周之臣也。君在上，不欺天者忠也；复父仇者孝也。忠教既备，安得无馨香之祀乎？”[1]

李善夷此文说得振振有词，理由冠冕堂皇，说实话，后代“屈原爱国否定论”诸学者的千言万语，恐怕也难出其右。不过，我们可以质问：为何伍员受屈，不去找周天子评理伸冤呢？“子胥，周之臣也！”周天子应该赐弓矢、赐斧钺，让诸侯们征杀无道的楚王才对，为何却冷眼旁观、不闻不问呢？然而，如果子胥去找周天子评理，那位“天子”会不会管呢？能不能管呢？这样的问题根本就不能假设，因为各地封国尤其是势力强大的封国，本身就是相对独立的；在“天下无道，礼乐征伐自诸侯出”的时代，不少封国甚至是绝对独立的。伍员没有去“上访”找周天子鸣冤，说

[1] 《文苑英华》卷763，中华书局1982年影印版，第5册第4011页。

明伍员根本没有把“周”当作比“楚”更高一级的行政机构，更没有把周天子当作“天下”的最高权力代表，因为周天子是一国之“王”，楚平王同样是一国之“王”[1]；两位周天子（景王、敬王）一概对伍员与楚王这场延续了19年的流血冲突熟视无睹，说明周天子同样没有把伍员与楚王当作自己的下属臣子加以管理；更说明周根本无权干涉楚的内政！早在西周时期，“昭王南征而不复”[2]，楚人连征伐荆楚的周昭王都敢让他丧命于汉水，区区周景王、周敬王又算得了什么？又干得了什么？这还不算，更加具有讽刺意味的是，周天子不能、更不敢干涉楚的内政，但楚王却有能力、更有胆量干涉周的内政：在伍员出逃吴国的次年（前520年），周景王死，王子猛为王，景王宠子王子朝发动叛乱，于前516年失败之时，竟然携带大量的周期典籍和文件逃往楚国！前505年，伍员亲率吴师破郢，楚乱不堪，周敬王乘机派杀手潜入楚国，刺死王子朝。如果周天子有职权、有责任、有能力过问伍员之冤与平王之暴，其叛臣王子朝，又怎敢选择楚国去投奔呢？周天子又何须等到吴师入楚，才能乘乱除掉王子朝呢？唐人柳宗元的《封建论》说得好：“余以为周之丧久矣，徒建空名于公侯之上耳！”

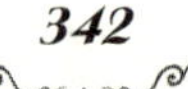

到了群雄逐鹿的战国时代，“天下”早已名存实亡，只剩下一块块完全独立的“国”土了。对许多士人来说，只有“国”才是实实在在的生存环境和用武之地，“天下”不过是往昔的一场梦境而已。当时一大批最杰出的士人（包括孟轲荀卿等人）为了自己的前程，几乎没有人愿意到“天下”的中心——周国去服务；就连春秋时代曾经说过“郁郁乎文哉，吾从周”[3]的孔夫子，也是“适周问礼”而“辞去”[4]。这难道不是最有力地证明了“国”的地位已远远高于“天下”的地位了么？可见士人们考虑问题的重心，只能是具体存在的“国”家，而不是名存实亡、若有若无的以周为中心的所谓“天下”。更何况战国时代周国已经分裂为互相攻击的东周国和西周国[5]。换言

[1] 当时那种松散的政权体制，有点儿类似于现今的英联邦：各个国家都有自己的元首，但英国女王又是英联邦名义上的共同元首；女王地位虽高，但却没有任何可以控制他国政局的实质性的权力。

[2] 《左传•僖公四年》。

[3] 《论语•八佾》。

[4] 《史记•孔子世家》。

[5] 见《战国策•东周策》中的《东周与西周战》、《东周欲为稻，西周不下水，东周患之》诸条。

之，“天下”的中心已经不复存在！

此外，还有史料说明：战国时有的周天子本来就没有将封国的大臣或人民视为自己的臣民的观念，《战国策•东周策》记载一个温国的读书人发了神经，跑去东周国首都，东周不接受。他扯谎说：我是主人。问他居住何街何巷，他又答不出来，终于被关。东周君派人询问：“你不是周人，为何说不是客人？”此人引经据典说：“臣少诵《诗》，《诗》曰：‘普天之下，莫非王土；率土之滨，莫非王臣。’今周君天下，则我天子之臣，而又为客哉？故曰‘主人’。”东周君最后派官员将这个自作聪明但又难以证明不是他国间谍的书呆子赶出城去了。想不到李善夷竟和这位温人一样，说出“楚平王非员之君也”、“子胥，周之臣也”的话，真是又一个典型的书呆子！放下温人的食古不化不谈，李善夷的思维错位，就在于他生搬硬套，将自己生存的大一统时代的君臣观念，去衡量封土建国时代的君臣观念。

综上所述：由于“天下”的中心已经不复存在，由于诸侯之“国”已经完全独立，由于孔孟之流都不再为“周天子”效力，所以屈原不可避免地成为了一个没有“爱天下”观念的“爱国”诗人。

五、史学界无须再对“屈原爱国”保持沉默了

屈原的爱国问题，文史研究界公认是一个比较重要比较复杂而且比较困难的课题。1935 年郭沫若先生在开明书店出版《屈原》一书，最早提出屈原是“爱国诗人”；1942 年 1 月，作者又在五幕历史剧《屈原》中，浓墨重彩地表现了屈原爱国的主题。此后在半个多世纪里，文学研究界的赞同之声不绝于耳，但史学界却反响较小，偶尔笼统地提到屈原“热爱祖国，热爱人民”[1]，并不对“祖国”是“楚国”还是“天下”进行论证；更多的则是有节制地保持沉默。当然，回避和沉默不等于没有问题，更不等于问题已经解决，反而说明问题难度太大。

史学界沉默的最大原因，在于长期以来学术界一直认为：秦国的扩张战争属于统一天下之战，符合历史发展的进程；即使在统一天下的过

---

[1] 白寿彝总主编：《中国通史》第三卷，上海人民出版社1994年版，第545页。

程中出现了恶劣的欲望与事件，其历史作用也还是值得肯定的；屈原的爱国言行，很大程度上与这个历史大趋势相冲突。如果肯定了屈原爱国，就难以肯定秦国统一天下的历史进步性；如果肯定了秦国统一天下的历史进步性，就不宜肯定屈原爱国。在这个两难选择中，史学界既然选择了肯定顺应历史大趋势的秦国的扩张战争，就只能以沉默来回避或否定屈原爱国了。关于这个困惑文史研究界远非一日的难题，当年郭沫若先生假设由楚国统一天下，结局将会更美好、更理想："中国由楚人统一，由屈原思想来统一，我相信自由空气一定更浓厚，学术的风味也一定更浓厚。"[1] 可是历史不能假设，既是假设，虽然不无道理，但说服力难免大为减弱。今天，我想可以这样去认识。

首先，今人站在历史长河的下游，与先秦时代拉开了2000多年的遥远距离，自然可以从宏观上十分清楚地看到秦国历时数百年的一系列战争的最终结果是统一了中国，因而认为秦国代表了历史的进步性。但是，这里有一个最为重要的问题尚未触及：从理论上说，当时只有两个周国在"空名"上享有统一天下的资格，任何诸侯国想要统一天下都是反周的非法的。屈原时代，秦国最极端的主张也只是出兵"以临二周之郊，诛周主之罪，侵楚魏之地"，建立"据九鼎，案图籍，挟天子以令天下，天下莫敢不听"的"王业"（张仪语），未敢肆无忌惮地做"天子"之梦。即使如此，也遭到了来自内部的反对："劫天子，恶名也，而未必利也，又有不义之名，而攻天下之所不欲，危！臣请谒（禀告）其故：周，天下之宗室也。"（司马错语）后者的观点还获得了秦惠王的赞同。[2] 在这样的历史条件下，包括秦国人在内的战国人，如何能超前明白秦国的扩张战争是统一之战并代表了历史的进步性？即使明白了，其他战国人又凭什么心甘情愿地把这种既进步又实惠的资格拱手让给秦人而不拼力竞争？

其次，包括楚国在内的战国七雄，都是由于兼并若干小国而拥有广大地域的。如果说符合历史大趋势，那么每一个具有兼并欲望、兼并行为、兼并结局的国家都符合历史大趋势，并不是只有秦国唯一顺应了历

[1] 郭沫若：《论古代文学》，1942年9月作，见《郭沫若古典文学论文集》，上海古籍出版社1982年版，第13页。

[2] 《战国策•秦一•司马错与张仪争论于秦惠王前》。

史的发展。最后，也是最关键的一点：秦国的兼并战争最终唯一赢得了历史性的胜利而具有历史的进步性，那是战国历史上诸多力量无数次较量的终端结果。治史者绝不能将这个终端结果简单地上溯整个战国历史的运行过程，认为只要是秦国发动的扩张战争就是统一之战；进而认为凡是利于秦国的统统符合历史发展的潮流，不利的一概有碍于统一；或者认为秦国在政治经济方面实行过某些进步措施，因此它的一切国家行为尤其是军事行为都具有历史的进步性，与之敌对的国家则一无是处。这样认识，绝对不符合历史实际。现代人所应做的，只能是肯定秦人某些强国的进步措施和最终统一了天下这个明确无误的进步性结果。至于在统一过程中，由于二周丧失了天下中心的地位和统一天下的能力，因而实际上丧失了统一天下的资格，与此同时，战国时的“天下”又没有公认秦国是二周的唯一合法取代者（这一点特别重要），因此，战国七雄都是在资格均等的社会历史条件下参与统一混战的，理论上并不存在哪一国有意阻碍统一进程的问题。如果客观效果有所阻碍，那也是历史进程中完全不能避免的，是统一的结局尚未产生的必然表现。举例来说：由于周人失鹿、弃鹿而导致天下逐鹿，鹿只有一只，但猎手却有许多个，在群雄逐鹿的漫长过程中，现代人不能一开始就认定某某猎手拥有逐鹿的资格，其他人则不应参与逐鹿。最终鹿死谁手，谁当然就是猎物的新主人。但不能因此上推在整个逐鹿过程中，他也是猎物的新主人。史学界如果能从这个角度去思考，也许就不会对屈原的自卫型爱国精神保持沉默了。

根据上述理由，我认为：屈原爱国是统一进程中的进步行为，秦王横扫六合则是统一结局的进步行为。肯定屈原爱国的历史进步性与肯定秦人扩张结局的历史进步性并不矛盾，因为这是在不同的历史阶段中、不同的历史条件下所出现的行为方式与价值观念。与此相类的，还有燕太子丹收买荆轲刺杀秦王等等，都是当时历史条件下的爱国行为；所以长期以来能够得到许多文学家、史学家的称美。相反，亡国贵族赵高，为了替被秦所灭的赵国和被秦坑杀于长平的40万赵军复仇，不惜自宫，入秦为宦官，控制朝政之后，公然在秦廷之上指鹿为马，诛杀异己，加速了暴秦的灭亡；可是，赵高的所作所为，却极少得到文学家或史学家的肯定。这其中的原因，就跟事件发生在统一之前和统一之后大有关系。

六、《国殇》鲜明地体现了屈原的自卫型爱国精神

屈原的爱国精神属于典型的自卫型爱国精神，而自卫型爱国精神正是一种可以传乎久远的国际原则，这一原则“放之天下而皆准”：既可放之于战国时代的“天下”，也可放之于当今乃至未来时代的“天下”。甚至可以这样说：现代中国人的爱国主义，就是古代自卫型爱国精神的延伸、扩展与丰富。

在战国时代，以吞并六国为战争目的的秦国被视为“虎狼之国”；在统一时代，以开疆拓土为战争目的帝王被视为穷兵黩武；中国明朝7次派往西洋各国的大型船队，每一次都以传播文化和建立友好关系为目的；当代中国所拥有的核武器以及将来可能会拥有的航空母舰、高精度武器等等，主要目的都是用于自卫以及维护地区稳定与世界和平。即使在遭受外敌大肆入侵和残酷蹂躏的时候，我们高唱的仍然只是奋勇杀敌的自卫之歌和为国捐躯的悲壮之曲。充分体现这一精神的早期诗歌作品，是屈原的《九歌•国殇》。

《九歌•国殇》传出的尽是金戈铁马之音，对其创作背景，2000多年以来，言人人殊，奇议百出，未有定论。经过长期研究，我以为：《国殇》是秦楚丹阳之战以后、蓝田之战以前，屈原为祭祀战死丹阳的全军将士和激励蓝田之战的全国将士而作。《左传•成公十三年》（前578）载刘康公语云：“国之大事，在祀与戎。”《国殇》之作，义兼祀戎，全属国家大事，故爱国之情极为纯粹，不比《离骚》、《九章》等诗杂有个人动机。所谓“国殇”，就是年轻的卫国将士战死于野外[1]。作此定性，理由有九：

一、丹阳是楚国在中原的边境城市，远离楚都，符合诗中“平原忽兮路超远”的描写。

二、此战楚国军队自主帅屈匄（gài）以下70余位将领统统被俘，故

[1] 汉•王逸《九歌•国殇》注云：“国殇，谓死于国事者。”清•戴震《屈原赋注》云：“男女未冠笄（20岁和15岁）而死者，谓之觞；在外而死者，谓之觞，殇之言伤也。国殇，死国事，则所以别于二者之觞也。”

诗中专门有对主帅的描写："霾（mái）两轮兮絷（zhì）四马，援玉枹（fú）兮击鸣鼓。""霾两轮"、"絷四马"就是《孙子兵法•九地篇》的"方马埋轮"，曹操注："方，缚也；埋轮，示不动也。"将四马捆成方形，将战车的轮子埋入地里，这些都是特指三军主帅固守阵地，与阵地共存亡的军事行为。主帅誓不后退并猛击战鼓，将士万无退却之理。全军不后退，8万将士才会尽丧敌手。早在春秋时代就产生了这样一个故事："秦欲伐楚，使者往观楚国宝器。"楚国大臣昭奚恤对秦国大使说："欲观楚国之宝器，楚国之宝者贤臣也。……理师旅，整兵戎以当强敌，提枹鼓以动百万之众，所使皆赴汤火、蹈白刃、出万死不顾一生之难，司马子反在此。"[1]昭氏之语，足证援枹击鼓是对楚军主帅的赞颂。《国语•越语下》又记载：公元前473年，越国军队将吴王及其大臣围困在姑苏宫，吴王几次派使者前来讲和，越王勾践难以对付使者辞卑礼尊的求情，命令范蠡对付使者，"范蠡乃左提鼓，右援枹（枹桴同字），以应使者"，最后，"使者辞反，范蠡不报于王，击鼓兴师以随使者，至于姑苏之宫，不伤越民，遂灭吴"。此外，战国兵书《尉缭子•武议篇》也可为证："夫将，提鼓挥枹，临难决战，接兵角刃。鼓之而当，则赏功立名；鼓之而不当，则身死国亡。是存亡安危，在于枹端。"由此可见，先秦时代的战争，主帅并不参加冲锋陷阵，而是手提鼓槌，负责击鼓与挥旗而已。击鼓得当与否，关系个人生死与国家存亡。《武议篇》还介绍了一个具体例子："吴起临战，左右进剑，起曰：'将专主旗鼓尔！临难决疑，挥兵指刃，此将事也；一剑之任，非将事也！'"先秦战争主帅"专主旗鼓"而不拿兵器，现代人对此很难想象。一位不读兵书的《九歌》研究者对此痛下斥语说："有些学者理解此句为将车埋在土里，把马匹用绳子捆住，以示必死的决心。试想，战斗如此激烈，哪有弃兵车不用之理？又哪有时间去做这等蠢事？"[2]也许不是古人太蠢，而是现代人太聪明了，想让先秦将士按照他的理解去打仗。

三、屈原之所以特意描写主帅，原因是屈匄与屈原同是屈氏家族的重要成员，屈匄之后，屈氏家族已经没有人可以继任楚国的军事要职了。

[1] 汉•刘向：《新序•杂事第一》。
[2] 林河：《〈九歌〉与沅湘民俗》，上海三联书店1990年版，第257页。

四、《国殇》说楚军之所以遭到“严杀尽兮弃原野”的灭顶之灾，原因是“天时怼（duì）兮威灵怒”，天时不助楚国，威神怒击楚军。这话从何说起呢？原来秦国开战之前，曾经向秦地四大名川之一的湫渊祭祀，在湫渊请求皇天上帝及大神厥湫（湫渊的一条龙）帮助秦军战胜楚军，这就是历史上著名的《诅楚文》；同时又将相同的《诅楚文》拿来祭祀楚国的大神巫咸，请求巫咸惩罚“多罪”如殷纣的楚怀王。两次祭祀的言词，除了神名不同之外，所有内容完全相同。[1] 事实上，“天时怼兮威灵怒”还隐含着这样一种可能：正当楚军抵抗到最艰苦最危险的时候，天气突然急剧变化，狂风、飞沙、暴雨、雷霆、闪电等气象因素大大削弱了楚军的战斗力与自信心。一个有名的例子见于《史记•项羽本纪》：项羽大败刘邦于睢水之上，并形成了三重包围圈。眼看就可以活捉刘邦了，想不到天气大变，“大风从西北而起，折木发屋，扬沙石，窈冥昼晦，逢迎楚军。楚军大乱，坏散，而汉王乃得与数十骑遁去”。古人所谓“天时”，就是对战争有利的气象、天象、时间等方面的综合因素，同时也是决定古代战争胜负的一个极重要的客观因素和心理因素。从秦楚两军总的战略区位分析：秦军从丹水上游居高临下而攻，楚军则在下游仰上而守。如果秦军再得风雨山洪之威，楚军自然只有被俘的命运了。这或许就是楚人对“天时怼兮威灵怒”的惨痛印象。

五、《诅楚文》开头就说：“有秦嗣王，敢用吉玉宣璧，使其宗族邵馨？布檄告于丕显大沈（神）厥湫（或巫咸），以底楚王熊相之多罪。”值得注意的是，文中多次提到的“皇天上帝及大沈厥湫（或巫咸）”的“光烈威神”、“几灵德赐”和“大神之威神”，这和《国殇》中的“天时怼（duì）兮威灵怒”完全相符，因为“威灵”就是“威神”的另一种说法。作为那个时代的人，屈原不仅相信秦军确实得到了上天和威神的大力帮助，甚至认为楚军之败、将士之死都是由于威神发怒的结果。这也是正确理解《国殇》的关键之一。同时，作为上古时代的一种文化观念，这和古希腊荷马史诗中认为许多英雄战死，均系敌方神灵所为的观念完全相通，因而可以互相诠释。

---

[1] 《诅楚文》出土三块石刻：《告巫咸文》、《告大沈（神）厥湫文》、《告亚驼文》。后一石经前贤研究，认为是伪造，可信的是前二石。见杨宽《秦〈诅楚文〉所表演的‘诅’巫术》，《文学遗产》1995年第5期。

六、楚国派大军进入商於，被《诅楚文》夸大为楚王“悉兴其众”，其实楚只是派出部分兵力；楚王“悉兴其众”是在丹阳失败、秦军占取楚国的汉中郡之后。《史记•楚世家》言：“楚怀王大怒，乃悉国兵复袭秦，占于蓝田，大败楚军。韩、魏闻楚之困，乃南袭楚，至于邓。楚闻，乃引兵归。”可见丹阳之战“悉兴其众”的不是楚国而是秦国：秦国不仅主动挑起了战争事端，而且早就作好了备战，包括部署兵力和祈神帮助．秦国之所以能使 8 万楚军全部覆灭并俘获 70 余名将帅，其兵员总量与战斗实力肯定远远超过楚军，这也完全符合《国殇》所言“旌蔽日兮敌若云”和“凌余阵兮躐（liè，践踏）余行”的战场景象。

七、在屈原时代，楚国的历次战争《史记》都有记载，但全军覆灭则仅有丹阳之战，故《国殇》言“严杀尽兮弃原野”，如果不是丹阳之战，那就没有哪一次战役可以当得起“严杀尽”三字以及上述的各条理由了。

八、《国语•楚语下》云：“楚有左史倚相，能道训典，以叙百物，以朝夕献善败于寡君，使寡君无忘先王之业；又能上下说（悦）于鬼神，顺道（导）其欲恶（wù），使神无有怨痛于楚国。”从屈原的《天问》、《离骚》、《九歌》等作品中可以知道，屈原秉承了左史倚相的全部品质与知识技能。《九歌》之作，目的正是针对“天时怼兮威灵怒”的前车之鉴，努力取悦于天上地下的诸多鬼神，顺应、引导、满足鬼神的好恶，使鬼神不对楚国产生怨恨之心。《国殇》赞扬与抚慰阵亡将士之魂，目的同样是化解他们对楚国最高层人物战略失误的怨恨，并祈求鬼雄们辅助即将为复仇而战的广大将士。祭祀的目的，是希望鬼神依照人的愿望而行动。《左传》载：公元前 706 年，随国的季梁说：“夫民，神之主也。”公元前 670 年，虢国的史嚚 (yín) 说：“神……依人而行。”公元前 641 年，宋国的司马子鱼说：“祭祀以为人也。民，神之主也。”活着的人民是神灵的主人，神按照人的愿望去行动，神是为人服务的。据记载，楚怀王一贯非常重视祭祀鬼神，尤其是希望鬼神能够帮助楚国军队抵抗和击退进犯的秦军，如《汉书•郊祀志》载谷永之语云：“楚怀王隆祭祀，事鬼神，欲以获福，却秦师。”陆机《要览》也说：“楚怀王于国东起白马祠，岁沉白马，飨楚邦河神，欲崇祭祀，拒秦师。”不难想见，在蓝田之战前夕，楚怀王因大怒而复仇心切，一定会对诸神举行盛大的甚至是空前的祭祀活动。由于秦国祀神而有《诅楚文》，所以楚国祀神也必定会产生相应的作品——九歌。

九、姜亮夫先生曾说："国殇一篇作用为何呢？据古社会学的民俗学讲，有这样一种制度，当国有大事，特别是军事时，为了鼓舞士气，往往在出征前有一场大规模鼓舞士气的舞蹈。楚与秦的战争需要鼓舞士气，所以用国殇的悲壮的歌声，惨烈的情节，来使出征将士在出征前夕得到一次大的鼓舞。《九歌》以国殇作结，实在是非常妙的手法。"[1] 姜先生认为《国殇》是为了所有屈原时代的"楚与秦的战争"而作，很难切合诗中"严杀尽兮弃原野"这种"灭自己威风"的不祥表达，但先生说《国殇》的作用在于"使出征将士在出征前夕得到一次大的鼓舞"，却是精辟之见。继丹阳之战而起的蓝田之战，楚怀王亲任主帅，悉兴国兵，越境反击，试图拼力夺回新旧失地，正迫切需要这种大失败之后的大鼓舞。可见《国殇》的创作与应用，具有特定的时间、事件与背景。

姜先生提到的出征前的舞蹈，古今中外都不乏其例。如摩尔根《古代社会•易洛魁人的部落》写到："舞蹈是土著的一种敬神的仪式，也是各种宗教庆典中的一项节目。……某些舞蹈是所有的部落共有的，如战争舞即是。"[2] 恩格斯也在《家庭、私有制和国家的起源》中介绍："在易洛魁人中间……要是发生战争，大半都由志愿兵来进行。……这些战士发起一个战争舞蹈，凡参加舞蹈的人，就等于宣告加入了出征队，队伍便立刻组织起来，即时出动。"[3] 中国学者也指出：《尚书•牧誓》是周武王伐纣之前，在誓师大会上发表的与战争舞蹈有关的讲话："在牧野之战开始之前，所有战士为宣告加入出征，即作为表示参加作战进行宣誓的仪式，要举行一个隆重的舞蹈。……如篇首说周武王手里拿着黄钺白旄进行指挥，在我国古代的习俗里，本来作为统帅指挥部队军事行动之用的黄钺和白旄，也就成为指挥舞蹈的用具；而战士们手中的干戈矛等，除

[1] 姜亮夫：《屈原》，载《中国历代著名文学家评传》第一卷，山东教育出版社1983年，第44页。

[2] 摩尔根：《古代社会》，商务印书馆1992年版，第113页。

[3] 《马克思恩格斯选集》，人民出版社1992年版，第4卷，第88—89页。

作为武器外，也是战争舞蹈中所执的舞具。”[1] 在《九歌•东君》中，我们就发现了这种集中了诗、歌、舞、兵器、乐器的舞蹈场面：“展诗兮会舞”、“举长矢兮射天狼”……。以此推测，《国殇》极似一篇出征之前与战争舞蹈有关的祭祀歌词。

丹阳之战时屈原大约30岁左右，正值盛年。经历并感受了强敌人侵，将帅被俘，全军被杀，河山被割，国耻空前的国家浩劫，易于激动的盛年诗人，很自然地唱出了壮怀激烈的歌声：

手持吴戈啊身披犀甲，车群混战啊短兵相接。
旌旗蔽空啊敌军如云，乱箭纷飞啊勇士争先。
冲我阵容啊踏我队伍，左马战死啊右马受伤。
两轮深埋啊缰缚四马，主帅举槌啊猛击战鼓。
天时不助啊威神发怒，杀我全军啊捐躯原野。
有出无入啊有往无返，平原广漠啊路途遥远。
佩带长剑啊挟带秦弓，身首分离啊雄心不变。
真正勇敢啊确实威武，始终刚强啊不可欺凌。
身躯虽死啊精神显灵，魂魄勇毅啊鬼中豪雄！[2]

《国殇》着眼于抵抗，尤其是失败的抵抗，既是屈原抒发强烈的爱国激情的歌声，也是楚国将士不甘失败的悲壮誓言。屈原深深知道：将士们用鲜血与生命凝成的卫国精神，将会激励更多的勇士冲上抗敌的战场；楚军今后的胜利，一定会有鬼雄们冥冥中显灵助威的功绩。因此，阵亡将士永远是可歌可泣之鬼，可礼可赞之雄！诗中故意淡化了丧师失地的悲痛情绪，不但没有半点沮丧，而且给人以不可欺凌的崇高，以及昂扬的斗志和必胜的信心。这和丹阳之战仅仅是楚国初次大败而屈原又处于盛年的特点是吻合的。我以为，这就是《国殇》产生的构思缘起和时代需要。

---

[1] 刘起釪：《古史续辨•〈牧誓〉是一篇战争舞蹈的誓词》，中国社会科学出版社1996年版，第297页。

[2] 《国殇》原词为：“操吴戈兮披犀甲，车错毂兮短兵接。旌蔽日兮敌若云，矢交坠兮士争先。凌余阵兮躐余行，左骖殪兮右刃伤。霾两轮兮絷四马，援玉枹兮击鸣鼓。天时怼兮威灵怒，严杀尽兮弃原野。出不入兮往不反，平原忽兮路超远。带长剑兮挟秦弓，首身离兮心不惩。诚既勇兮又以武，终刚强兮不可凌。身既死兮神以灵，魂魄毅兮为鬼雄。”

《国殇》奋勇杀敌、“身既死兮神以灵”的自卫型爱国精神，影响到南朝刘宋时代鲍照的《代出自蓟门行》：“羽檄起边亭，烽火入咸阳。……时危见臣节，世乱识忠良。投躯报明主，身死为国殇。”当时中国境内的民族矛盾十分尖锐，北方鲜卑族建立的北魏政权，曾在太武帝拓跋焘统率之下大举攻宋，直抵长江北岸的瓜步（今江苏六合东南），遭到宋国将士英勇而猛烈的抗击之后，方才撤军。当年鲍照37岁，正在战场对岸的江南京口（今江苏镇江）任职。本诗虽是拟乐府，但诗中有如《国殇》那种面对强敌、拼死报国的情绪和决心，却只能来自现实生活中战争风云的激荡。

《国殇》中又有“魂魄毅兮为鬼雄”之句，甚至影响到宋代女诗人李清照南渡以后所写的《夏日绝句》：“生当作人杰，死亦为鬼雄。至今思项羽，不肯过江东。”宋金两国对峙，金兵入侵中原，俘虏了徽钦二帝，迫使宋室南迁。屈原的自卫型爱国精神又如阳光雨露，再次普洒在包括李清照在内的一大群爱国诗人的情感世界，催长了一片片郁郁葱葱的爱国诗林与词林。

七、屈原自卫型爱国精神的现代价值与世界意义

时间的战车再次闯进了20世纪上半叶，同样悲壮但却更为勇烈的卫国气慨，又在中国军民奋起抗击日本侵略者的年代里，再次从《义勇军进行曲》中喷薄而出。[1] 现代立体战争的枪炮飞机，已与上古时代的戈矛刀剑大为不同：既包括了冷兵器时代的近身肉搏，又包括了远距离的以及自天而降的射杀轰炸；战争的规模更为宏广，战争的场面更为惨烈。请听《义勇军进行曲》里的现代《国殇》之音——又一曲古今同调的卫国悲歌：

起来！
不愿做奴隶的人们！

[1] 这里仅限于讨论自卫型的爱国精神。但有必要声明：秦楚之战是当时“天下”之内“国”与“国”的战争，用现代语言来表述，则是“国内战争”。然而，20世纪日本军队在中国本土遭到中国军民的顽强抵抗，则是外国民族与中国民族的“侵略与反侵略战争”，亦即“民族战争”或“国际战争”。战争的性质可以差别很大，但战争的基本形式却是“越境攻击与本土自卫（包括反击与越境反击）。”本文着重考察的，正是中国文学中可以由战国时代通向当今时代的“自卫型爱国精神”。

把我们的血肉，
筑成我们新的长城！
中华民族到了最危险的时候，
每个人都被迫发出最后的吼声。
起来！起来！起来！
我们万众一心，
冒着敌人的炮火前进！
冒着敌人的炮火前进！
前进！前进！进！

《义勇军进行曲》充分体现了中华民族自卫型的爱国精神和爱国主义，这一卫国悲歌被选定为《中华人民共和国国歌》，是中国人民自古及今一脉相承的价值观的逻辑结果。

屈原的自卫型爱国精神可以从战国通向现代，也可以从现代通向未来，通向世界。因为用现代的观点来看，只有自卫型的爱国主义，才是古往今来世界主义的坚实基础和不朽内核的重要组成部分，而扩张型、进攻型、霸权型的爱国主义，必然会滑向侵略别国的民族主义、军国主义和帝国主义的泥坑；既可能给国际社会带来灾难或浩劫，也可能使本国人民陷入苦难深渊，使自己的国家形象沾染污泥浊水和冲天臭气。毛泽东曾在第二次世界大战期间说过："有日本侵略者和希特勒的'爱国主义'，有我们的爱国主义。"[1] 从理论上说，日本侵略者和希特勒的爱国主义就是扩张型、进攻型、霸权型的爱国主义，我们的爱国主义就是自卫型、反击型的爱国主义。

不错，在19世纪末叶，恩格斯曾经说过："自从阶级对立产生以来，正是人的恶劣的情欲——贪欲和权势欲成了历史发展的杠杆。"[2] 又指出"文明时代""完成了古代氏族社会完全做不到的事情，但是，它是用激起人们的最卑劣的动机和情欲，并且以损害人们的其他一切

[1] 《毛泽东选集》，人民出版社1991年6月第2版，第2卷，第520页。

[2] 恩格斯：《路德维希•费尔巴哈和德国古典哲学的终结》（1886年初）。《马克思恩格斯选集》第4卷第233页。

秉赋为代价而使之变本加厉的办法来完成这些事情的。卑劣的贪欲是文明时代从它存在的第一日起直至今日的动力”[1]。对于恩格斯的正确论断，我是这样理解的：从现代的尤其是未来的观点来看，肯定“恶”的历史作用——因贪欲和权势欲而发动的侵略战争就是恶的一种极端形式——不等于就是赞美它，张扬它，继续变本加厉地发展它；而是敏税地发现它，客观地承认它，深入地分析它，正确地认识它，更好地限制它，有效地防止它，最终全面地剿灭它；使人类的本能与欲望在逐步减少恶的成分的形势下推动社会健康、文明、持续、快速地进步。所以恩格斯使用了“最卑劣的”“恶劣的”等情感色彩极浓的限定语。人类社会进入20世纪末叶以来，随着殖民统治逐渐走完最后的历程，国家独立与民族解放运动，已在世界范围内赢得了历史性的胜利；许多国际关系准则已经相继建立并不断完善；恶的事件——蓄意挑起国际间的武装冲突尤其是发动侵略战争——虽未完全受到遏止，但无疑已经受到比过去任何时候都更为广泛而强有力的谴责；国际商战也主要依靠互惠互利的原则进行，动用武力轰开别国大门的商战也基本难以大量出现。所有这些，都和100多年以前恩格斯所处的世界历史具有很大的不同。在21世纪的岁月里，由于东西方冷战局面的结束，由于国际社会遏止武装热战与减灾救灾能力的不断增强，为了争夺自然资源和强行推广意识形态而发生的战争，在频率上和规模上都将趋于弱势。代之而起的“战争”，将是争夺那些发展本国经济、科技、军事产生巨大作用的最有知识的劳动力。恶劣的情欲作为历史发展的杠杆的作用，虽然未能基本消除，但肯定将会不断减弱。这也是未来世界里一种虽有反复但却不可逆转的总体发展趋势。在这样的未来社会里，自卫型的爱国精神，将逐渐得到各国人民与政府的认可，并逐渐向国际主义精神和世界主义精神上升和发展。

早在1748年，享誉世界的法国政治哲学家孟德斯鸠（1689—1755），就曾在他的名著《论法的精神》中，对爱国主义与世界主义作出了精彩的表述。法国著名文艺理论家朗松（1857—1934）在《〈论法的精神〉的

[1] 恩格斯：《家庭、私有制和国家的起源》。《马克思恩格斯选集》第4卷第173页。

意义与贡献》一文中，对孟德斯鸠作出了下述评价：

孟德斯鸠是个爱国主义者。他是十八世纪所理解的那种爱国主义者，也就是在任何行动中都考虑公共利益这样一个人。他也是十九世纪所理解的那种爱国主义者，也就是忠于祖国的伟大与荣誉，随时准备为抵御外敌而捍卫祖国甚至为此牺牲生命这样一个人。

但孟德斯鸠的爱国主义并不含有对外国的任何轻视、任何怀疑、任何反感之意。他对全人类有普遍的爱，使他对组成全人类的各民族都感到亲切。

他在任何场合也不会由于对人类之爱而置自己的国家于险境。但他愿为全人类的普遍利益而牺牲本国的特殊利益；我们的一个同代人说过，有些人为了煮他们的鸡蛋而放火把欧洲烧掉，他可不是这样的人。

这里表现了孟德斯鸠的世界主义，也就是广泛的对人的同情感，这种同情感无论从感情还是从理智方面都不与爱国主义相背，而是把它净化而予以补充。下面这段被经常引用的话表明了这种世界主义的含义：

“如果有什么事情对我有用而对我的家庭不利，那我就把它从脑子里抛开。如果有什么事情对我的家庭有利，而对我的祖国不利，我就要把它忘记。如果有什么事情对我的祖国有用，而对欧洲和人类不利，我就把它看成是一桩罪恶。”[1]

屈原的自卫型爱国精神，同样“忠于祖国的伟大与荣誉”，同样“随时准备为抵御外敌而捍卫祖国甚至为此牺牲生命”，同样“并不含有对外国的任何轻视、任何怀疑、任何反感之意”，同样“不会由于对人类之爱而置自己的国家于险境”，同样不会主张为了本国利益而侵犯他国利益。正像春秋时代楚国大臣叶公子高所奉行的国家原则那样：“守封疆，谨邻界，不侵邻国，邻国亦不见侵。”[2] 这些方面，只要将秦国的《诅楚文》和屈原的《国殇》对读一遍即可明白：尽管蓝田之战是楚人的复仇之战，

---

[1] 昂利•拜尔编：《方法、批评与文学史——朗松文论选》，徐继曾译，中国社会科学出版社1992年版，第395—396页。

[2] 刘向：《新序•杂事第一》。

但《国殇》并没有半句针对敌国、敌军、敌族的恶意诅词，这在当时实属极为难得的思想境界。当然，从理论上说，屈原的自卫型爱国精神，其境界肯定没有相距2000年之久的孟德斯鸠的爱国主义那样高广深邃，因为后者不仅具有自卫性，而且具有利他性；不仅具有本国本民族的眼光，而且具有全世界全人类的眼光。尽管如此，屈原的爱国精神仍然属于人类思想圣坛上一级很崇高很重要的台阶。这一台阶直到目前人类还没有完全跨过去。在将来近乎永久的时间内，世界主义的绝大部分内容还只是人类的美好愿望和艰难追求。我认为，人类只有经过自卫型的爱国主义，才有可能逐步接近世界主义；而扩张型、进攻型、霸权型的爱国主义将永远与世界主义背道而驰。屈原的崇高与伟大，就在于他受到了特殊的历史时代和历史环境的有益的制约，使得他的一切思考、言论与行动，始终没有越出自卫型的爱国范畴。在他近半个世纪的生命历程中，专与国内外破坏楚国利益的强敌作旗帜鲜明的斗争，直到绝望投江；生前还以满腔深情礼赞为国牺牲的一代将士，寄托他的哀思、崇敬与希冀。屈原不仅以毫不妥协的斗争行为来爱国，而且以空前未有的诗歌热情和盖世才华来爱国。他是先秦时代唯一集伟大爱国者与伟大诗人于一身的文学人物，对后世影响极巨极深。事实证明，从《国殇》到《国歌》，屈原的自卫型爱国精神，一直是中国思想武库中一份极其宝贵的遗产，值得每一代中国人怀着景仰、感激之心去珍爱、欣赏与发扬光大。

屈原的自卫型爱国精神不仅属于楚国，属于中国；而且属于东方，属于世界。1953年，屈原被世界和平理事会确定为世界级的四大文化名人之一，就是世界人民对屈原的自卫型爱国精神极其崇高的诗歌艺术的精当评价。本文已经初步揭示：屈原的自卫型爱国精神虽是潜在地但却是成功地融入了现代社会与世界人类的价值系统。我们有理由相信：这一精神还将会以蓬勃的生命力，伴随人类走向未来，走向久远。

“宇宙、神、人、我”
与屈原诗歌的不可超越性

屈原作品已在诗史上创造了不可超越的伟绩，这不是指所有的楚辞体诗歌无出其右，而是指他的诗歌主题、诗歌形式和诗歌质量的不可超越。本文认为“宇宙、神、人、我”是文学世界的四大主题，也是中国先秦文学依次萌生、发展和完成的四大主题。屈原的成功和伟大，在于他生当四大主题形成第一个完整系列的时代终端，身处频繁面对宇宙、神、人、我的社会角色位置，禀有神游天地，精骛八极，来去古今的非凡情智，故能将历时分布的四大主题，独家铺展成共时的格局。屈原之后，“宇宙”主题演化为表现自然山水的文学，“神”主题演化为虚构神怪和科学幻想的文学，“人”主题演化为表现社会历史的文学，“我”主题演化为自传体文学或内心独白式的抒情诗文。迄今为止，四大主题一并超越屈原的作家尚未产生。随着产生《天问》、《九歌》的历史文化氛围的不可再现，屈原诗歌将成为一个诗人独唱四大主题的绝响。

古今中外的文学世界，完全可以概括为四大主题：宇宙、神、人、我。“宇宙”主题显示物理世界，“神”主题显示超验世界，“人”主题显示人际世界，“我”主题显示内心世界。一个作家在文学史上的应有位置，既取决于他所展示的主题之广，也取决于他所开掘的主题之深。深而不广和广而不深，都难以成为一流大家。屈原之所以是高不可及的“宇宙流”诗人，就在于他能够以集大成的和崭新多样的诗歌型式以及超凡不群的诗歌质量，前无古人后无来者地将四大主题独自高唱一遍。其辞之伟丽，其曲之繁复，其思之宏广，其气之磅礴，其情之澎湃，惊采绝艳，千古独闻，令人“神高驰之邈邈”[1]，“心飞扬兮浩荡”[2]。屈原身后最成功的追随者，盛唐时代最伟大的诗人李太白，曾将屈原的诗歌比拟为高悬的日月[3]。这是一个至高无尚的评价，因为在人类的可视宇宙中，日月之光永远是无与伦比的。本文的兴趣，就是叩询屈原何以能够成为诗国的太阳？这太阳何以能在战国时代高高托起？又是哪些最重要的精神元素的核聚变所产生的热与光，使得这轮诗歌的太阳至今高照人寰？

一、先秦：四大主题的历时分析

四大主题的出现顺序，与人类意识的发展进程大体同步。

第一阶段：浑沌意识阶段。人类处于低级蒙昧时期，是在感知宇宙的浑沌意识中成长起来的。此时的人类心智，只知道自己是宇宙中诸种存在物和生命体的一种，与日月星辰、山川河流、植物动物几无区别。他们渴望做到所能做到的，就是如何在天地之间本能地生存下来，运用个体的感觉，集体的经验，来识别和描述天地轮廓、某物某象、寒暑变迁，产生对日月星辰、风霜雨雪、山河湖海、植物动物的神秘崇拜。以为人类之外的一切事物与现象，都是有情感、能思维、会活动的鲜活的生命体。只要它们愿意，随时随地都可能参与改善或干扰人类生存的境况。这一阶段的文学之声，即是这样一些关于万事万物的零散、微弱、简短的话语。

---

[1] 《离骚》。宋•洪兴祖：《楚辞补注》，北京：中华书局1983年版，第46页。
[2] 《九歌•河伯》。宋•洪兴祖：《楚辞补注》，北京：中华书局1983年版，第77页。
[3] 李白《江上吟》：“屈平辞赋悬日月，楚王台榭空山丘。”

第二阶段：神仆意识阶段。人类处于高级蒙昧时期，先前所崇拜的万物的精灵变成了神，无限的宇宙之谜，使人类产生神仆意识，大量神话开始产生。正如汤因比所说："人最初崇拜自然，当不再崇拜自然时，便留下了一个不得不填补的精神真空；接着，他就面临着是以对人自身的崇拜还是以通过崇拜上帝、或追求梵、追求涅槃而趋向绝对实在来替代自然崇拜的选择。"[1] 我认为，此时的人类心智，决定他选择的是后者而非前者。因为此时的人类觉得自己生存的命运，完全控制在遍布宇宙的神灵手中，人类在宇宙间的地位，只是作为神灵的奴仆而存在，人类的生活状况以及欲望行为，完全取决于神灵们的喜怒哀乐，形成无所不在的神灵崇拜亦即多神论。这一阶段的文学之声，已是一曲曲充满敬畏心理的献给诸神的颂歌。

第三阶段：集体意识阶段。人类跨进了文明的门槛，文明的诞生，逐渐使神的历史改变为人的历史。此时的人类心智，开始挣脱神灵的绝对控制，可以依据本群体的力量、愿望和意志，亦即依据某种集体意识来整顿神灵世界。一方面"人"继续受控于"神"，另一方面"神"开始为"人"所用。占支配地位的统治群体或优势群体，运用自己的语言文字，记录和改造过去的古老神话。主要表现为将信仰的力量变成超验化、不朽化的一神论，亦即从泛神世界中推出一个主神，从人的世界中推出一个祭司和国王。祭司和国王具有半神半人的性质：他既是神界的后裔又是人间的英雄，他的职责既要体现神灵的人间权威，又要执行人间的集体意志。只有从这个时候起，人类才开始真正地渐次独立于自然，半自由地在宇宙中创造第二自然，建立、增强和抬高本群体的社会地位和神灵地位，打击、毁灭和取代别一群体的社会地位和神灵地位，书写越来越浓的以"人"为主色调的历史。这一阶段的文学之声，已是惊天地泣鬼神的民族大合唱，是以集体意识为主同时穿插着、渗透着浑沌意识、神仆意识的交响曲。

第四阶段：自我意识阶段。随着私有观念自上而下地不断扩展和强化，个体情感的不断丰富，个体心智的高度发达，属于个体生命的"自

[1] [英]汤因比：《一个历史学家的宗教观》第二章《自然崇拜》，中译本，四川人民出版社1990年版，第29页。

我意识”终于觉醒。人类中一些最杰出的成员，开始思考“我”的存在和“我”的价值，亦即思考“我”在人界、神界乃至在宇宙中的应有位置和可能产生的作用与影响，并以前所未有的自负与热情生气勃勃地呼喊出来。“自我意识”的极端发展就成了文学中的“自我崇拜”。这一阶段的文学之声，已成响遏行云绕梁三日的高音独唱。

至此，感知宇宙的“浑沌意识”、崇拜神灵的“神仆意识”、体现某一群体的力量与意志的“集体意识”、要求实现个体价值的“自我意识”依次产生完毕，完整地构成了人类意识之歌同时也是文学精神之歌的宏伟序曲。

中国远古至战国文学，整体上依照感知宇宙、颂神、颂人、颂我的人文轨迹向前运行：神话与早期传说感知宇宙和颂神，《诗》、《书》与史著颂人，诸子及战国策士颂我。屈原的成功和伟大，在于他生当四大主题形成第一个完整序列的时代终端，身处频繁面对宇宙、神、人、我的社会角色位置，禀有神游天地，精骛八极，来去古今的非凡情智，故能将四大主题独家高唱。主题、时代、角色、情智，四者缺一，屈原这轮诗国的太阳，就不会以如此强烈的光与热喷薄而出。即使升腾，也不会如此光华灿烂，常见常新。

中国创世神话的纪录较晚，我将中国神话中体现的宇宙观分为两个类型：原创宇宙和再创宇宙。从逻辑上说，应该先有原创宇宙，后有再创宇宙。但从文字记载来看，却是再创宇宙的记载早于原创宇宙。例如始载于西汉初期的女娲补天、共工怒触不周山的神话，就是典型的再创宇宙神话；而始载于三国时期的盘古神话却是典型的原创宇宙神话。原创宇宙神话是对宇宙“原初”形态的整体认知：

> 天地浑沌如鸡子，盘古生其中。万八千岁，天地开辟，阳清为天，阴浊为地。盘古在其中，一日九变。神于天，圣于地。天日高一丈，地日厚一丈，盘古日长一丈。如此万八千岁，天数极高，地数极低，盘古极长，后乃有三皇。[1]

[1] 唐•欧阳询：《艺文类聚》卷一引三国徐整《三五历纪》。

昔盘古氏之死也，头为四岳，目为日月，脂膏为江海，毛发为草木。秦汉间俗说：盘古氏头为东岳，腹为中岳，左臂为南岳，右臂为北岳，足为西岳。先儒说：盘古氏泣为江河，气为风，声为雷，目瞳为电。古说：盘古氏喜为晴，怒为阴。吴楚间说：盘古氏夫妻，阴阳之始也。[1]

这两则神话告诉我们：宇宙是盘古创造的，天地、山岳、日月、江海、草木、风雷、闪电、阴晴……或是他生前的活动方式，或是他死后的躯体所化。这与《山海经•大荒北经》的烛龙、《海外北经》的烛阴颇为相似。这种宇宙感知的方式其实相当简单：宇宙万象或者是一个活着的巨人，或者是一个死了的巨人，神话的创造者将人的行为方式和躯体特征去比附宇宙景观的各个部分或现象。由于人体易于认识和把握，只要将人体放大为宇宙图景，一种宇宙的整体观、生命观也就慢慢地、模糊地建立起来了。事实上不必嘲笑古人，我们现在不是还常常使用山头、山顶、山巅、山梁、山脊、山脉、山口、山腰、山脚、山背、腹地、地面、地貌、大地胸怀等等与人体相关的描述性语言么？

再创宇宙神话似乎除了说明宇宙何以如此之外，还传递着人类如何与宇宙变化相抗争、相适应的生存经验，如女娲炼五色石以补苍天，断鳌足以立四极，杀黑龙以济冀州，积芦灰以止淫水；共工使天地变形、星辰移位；后羿射日；大禹布土以定九州等等，既解释了中华民族生存环境的成因，又纲要性地列举了中华民族业已经历或将会经历的各种灾害，同时还歌颂了盘古创造宇宙的化身精神、女娲再创宇宙的丰功伟绩。

这些神话传说虽然笔录较晚，但起源很早，是人类感知宇宙时代和崇拜神灵时代的产物。女娲、共工、后羿、大禹等已经逐渐由巫术色彩很浓的神话人物向人间英雄或帝王过渡了。

在感知宇宙的神话传说之后，新一类的神话专门歌颂神灵的崇高品格或超凡能力，宣扬一种获得某一群体认可或推崇的价值观念。如藐姑射神话：

[1] 梁•任昉：《述异记》卷上。

藐姑射之山，有神人居焉，肌肤若冰雪，绰约如处子。不食五谷，吸风饮露。

乘云气，御飞龙，而游乎四海之外。其神凝，使物不疵疠而年谷熟。[1]

姑射仙子冰雪肌肤，绰约风姿，这是赞颂她美好的躯体；不食五谷，吸风饮露，这是赞美她高洁的天性；乘云气，御飞龙，而游乎四海之外，这是颂扬她超凡的能力；其神凝，使物不疵疠而年谷熟，这又是赞扬她关爱万物生命尤其是关爱人类生存的精神境界。美丽、高洁、奇能、博爱，这些后世一致认可的无限美好的价值观念，一并集中在这位神灵身上。从“年谷熟”三字可以判知是滨海稻作民族崇拜的海神。“海上风雨至，逍遥池阁凉。”[2] 凉爽的夏日风雨从遥远的海上吹来，容易使先民联想那是冰姿雪质的海外女神对年谷和人类的关照，故《山海经•海内北经》说：“列姑射在河海洲中。”列姑射就是诸姑射，而藐姑射就是诸姑射中离大陆最遥远的一座姑射山。人类受益于姑射仙子的关爱，这里透露的显然是一种感激神灵的神仆意识。又如夸父神话：

夸父与日逐走，入日，渴欲得饮，饮于河渭，河渭不足，北饮大泽。未至，道渴而死。弃其杖，化为邓林。[3]

夸父之山……其北有林焉，名曰桃林，是广员三百里。[4]

夸父不量力，欲追日影，逐之于隅谷之际。渴欲得饮，赴饮河渭。河渭不足，将走北饮大泽。未至，道渴而死。弃其杖，尸膏肉所浸，生邓林，邓林弥广数千里焉。[5]

夸父是神话中远古时代一位和太阳赛跑的英雄。灼热的阳光毁灭了

[1] 《庄子•逍遥游》。
[2] 唐•韦应物：《郡斋雨中与诸文士燕集》。
[3] 《山海经•海外北经》。
[4] 《山海经•中次六经》。
[5] 《列子•汤问篇》。

他的生命，但他抛出的那根饱浸着他的英雄膏血的手杖，却幻化成了一片“广员三百里”甚至“弥广数千里”的大桃林。[1] 没有为人间造福的价值寄托，这类神话绝对不会产生。邓林本是杖林，现代南方壮侗语诸民族仍然称“杖”为“邓”，而且上古汉语称“杖”也与“邓”相近[2]，后来邓林经过演化变为桃林。杖是世界各民族神话中神奇力量得以外化的法器，一些神灵显示神迹往往离不开手杖。中国道教故事继承中国神话精神较多，故后世神仙人物多以手杖显示神迹。如佚名《唐逸史》云：

罗公远多秘术。尝与玄宗至月宫，初以拄杖向空掷之，化为大桥。自桥行十馀里，精光夺目，寒气侵人。至一大城，公远曰：“此月宫也。”仙女数百，皆素练霓衣，舞于广庭。问其曲，曰《霓裳羽衣》。帝晓音律，因默记其音调而还。回顾桥梁，随步而没。[3]

在《圣经•民数记》第 17 章中，耶和华（上帝）让摩西亚伦的手杖（族长的标志）“发了芽，生了花苞，开了花，结了熟杏”[4]。佛教也有手杖化为榛林和竹林的故事。晋•法显《法显传》载：

（祇洹精舍）“西北四里有榛（林），名曰‘得眼’。本有五百盲人，依精舍住此。佛为说法，尽还得眼。盲人欢喜，刺杖著地，头面作礼。杖遂长大，无敢伐者，遂成为榛”[5]。

唐•玄奘《大唐西域记》卷九《摩揭陁国下》又载：

佛陀伐那山谷中东行三十馀里，至洩瑟知林（唐言“杖林”）。林竹修劲，被山弥谷。其先有婆罗门闻释迦佛身长丈六，常怀疑惑，未之信也。乃以丈六竹杖，欲量佛身，恒于杖端出过丈六，如是增高，莫能穷实。遂投杖而去，因植根焉。[6]

---

[1] 参阅拙作：《桃、桃花与中国文化》，《中国社会科学》1989年第4期。

[2] 参阅王力：《同源字典》，商务印书馆1982年版，第328页。

[3] 宋•郭茂倩编撰《乐府诗集》卷56为唐•王建《霓裳辞十首》所作题解引。上海古籍出版社1998年版，第628页。

[4] 中国基督教协会：《圣经》，1996年南京印本，第144页。

[5] 章巽：《法显传校注》，上海古籍出版社1985年版，第72～73页。

[6] 季羡林等：《大唐西域记校注》，中华书局1985年版，第711页。

从《山海经》、《圣经》与佛教故事中可以看出，每个民族都会根据自己的文化传统和地理环境，选择不同的植物幻化成林，歌颂自己的神灵之力，并在其中寄托不同的愿望。桃林寄托的是解除由特大旱灾带来的饥渴之苦与死亡之难；杏杖寄托的是以色列族的团结一心以及对唯一神的不二崇拜；榛林寄托的是枯木逢春的喜悦与感激；竹林寄托的是对佛法无边的惊异与景仰。《山海经》中还有一些持杖的神灵，均可从法器与身分标志的角度去加以解释。

《尚书》、《诗经》、《春秋》、《国语》、《左传》的出现，标志着“神”的谢幕与“人”的登台，这些文献主要叙述“人”的故事而非“神”的传奇。虽然不可避免地夹有天神人鬼的观念，但神鬼已经不是这些文献中的主角了。即使有神鬼故事，神鬼也是为人所用而已。《尚书•尧典》说：

> 曰若稽古，帝尧曰放勋，钦明文思安安。允恭克让，光被四表，格于上下（按：上下指天地）。克明俊德，以亲九族。九族既睦，平章百姓。百姓昭明，协和万邦，黎民变于时雍。

> 乃命羲和，钦若昊天，历象日月星辰，敬授人时。分命羲仲……以殷仲春；……申明羲叔……以正仲夏；……分命和仲……以殷仲秋；……申命和叔……以正仲冬。

在这里，丝毫看不见神鬼的作用。称颂帝尧的那一节文字，是后来“修身、齐家、治国、平天下”的最早源头。到了《皋陶谟》，“民”的地位也开始突显了：

> 天聪明，自我民聪明；天明威，自我民明威。达于上下，敬哉有土。

往后所谈，也都是人间历史。即使这些文字不是原汁原味，但那种思想与感情绝非后世所能伪造。直到春秋战国，这些观点还一再被提及，如《左传》襄公三十一年（前542）引《泰誓》：“民之所欲，天必从之。”《孟子•万章》引《泰誓》：“天视自我民视，天听自我民听。”《盘庚》三篇是商王在迁都的动员会上所作的长篇政治报告，其真实性已被公认，所讲也纯属人事。周公以后，周朝统治者更多的是轻天命而重民意。如《左传》僖公五年（前655）引《周书》："皇天无亲，惟德是辅。"《周书•君奭》："天不可信。"春秋之后，"民"已上升为"神之主"。前706年，随国的季梁说："夫民，神之主也。是以圣王先成民而后致力于神。"[1]前670年，虢国的史嚚说："吾闻之：国将兴，听于民；国将亡，听于神。神，聪明正直而壹者，依人而行。"[2]前641年，宋国的司马子鱼说："祭祀以为（wèi）人也。民，神之主也。"[3]战国之后，孟轲主张："民为贵，社稷次之，君为轻。"[4]赵惠文王的妻子赵威后也宣称："苟无岁，何以有民？苟无民，何以有君？"[5]夏商周以来，中国历史的舞台上，可以说正是由于各种不同的集体意志、集体力量的撞击融会，才会不断上演着波澜壮阔的"争民夺利"或"杀民夺地"的人间戏剧。一切的政治冲突、军事斗争、经济纠葛、文化碰撞、民族聚散、疆域分合、王朝兴替，无不以体现某种集体意识的"得民"、"失民"或"得地"、"失地"为轴心。文学，就在这种展现社会巨变和历史进程的活动中逐渐开辟出自己的新天地。

我的意思并不是说，在集体意识阶段完全没有自我感受和自我声音，只是说这种自我感受过于无奈，这种自我声音过于微弱，不足以成为自我意识已经觉醒的时代标志。例如下列名诗：

彼黍离离，彼稷之苗。行迈靡靡，中心摇摇。知我者，谓我心忧；不知我者，谓我何求？悠悠苍天，此何人哉！[6]

硕鼠硕鼠，无食我黍！三岁贯女，莫我肯顾。逝将去汝，适彼乐土。乐土乐土，爰得我所。[7]

临其穴，惴惴其慄。彼苍者天，歼我良人？如可赎兮，人百其身！[8]

---

[1] 《左传》桓公六年。
[2] 《左传》庄公三十二年。
[3] 《左传》僖公十九年。
[4] 《孟子•尽心下》。
[5] 《战国策•齐策•赵威后问齐使》。
[6] 《诗•王风•黍离》。宋•朱熹《诗集传》，凤凰出版社2007年版，第49页。
[7] 《诗•魏风•硕鼠》。宋•朱熹《诗集传》，凤凰出版社2007年版，第77页。
[8] 《诗•秦风•黄鸟》。宋•朱熹《诗集传》，凤凰出版社2007年版，第89页。

我徂东山，慆慆不归。我来自东，零雨其濛。我东曰归，我心西悲。[1]

昔我往矣，杨柳依依。今我来思，雨雪霏霏。行道迟迟，载渴载饥。我心伤悲，莫知我哀。[2]

何草不黄？何日不行？何人不将？经营四方。何草不玄？何人不矜？哀我征夫，独为匪民！[3]

在泰山压顶的集体意志之下，生命个体的自我意志仅仅是一株小草，虽然也能在春天之后萌芽开花，飘香结籽；面对苦难的命运可以时而惨然一笑，时而忧惧重重；但对压身巨石却绝对无意顶撞，更无力掀翻，只好听任它盘踞千年！

幸好历史不可能永久不变。

“天将降大任于是人也，必先苦其心志，劳其筋骨，饿其体肤，空乏其身，行拂乱其所为。所以动心忍性，曾益其所不能。”[4] 在种种自“天”而降的无端重压之下，我们听到一颗倔强的心依然怦怦跳动，孟轲飞翔的自我意识已穿越苦难的“烈风雷雨”而达“弗迷”之境，[5] 泰然迎接即将降临的天之大任。“虽千万人，吾往矣！”[6] 这里体现的是崇高，是自信，是对一切磨难的从容蔑视，是对人生远景的乐观展望，是个体的生命与意志对群体压迫的抗拒与征服，是前所未有的“狂者进取”[7] 的颂我之歌。不仅如此，“予，天民之先觉者也。”[8] 不仅是天民，而且是天民的先觉者，自然与众不同，这和《离骚》开篇诸句何其相似！既然自我感觉是天民，那么，自己跟“发于畎亩之中”[9]、“自耕稼陶渔以至为帝”

[1] 《诗•豳风•东山》。宋•朱熹《诗集传》，凤凰出版社2007年版，第109页。
[2] 《诗•小雅•采薇》。宋•朱熹《诗集传》，凤凰出版社2007年版，第124页。
[3] 《诗•小雅•何草不黄》。宋•朱熹《诗集传》，凤凰出版社2007年版，第203页。
[4] 《孟子•告子下》。
[5] 《尚书•舜典》曾云帝舜“纳于大麓，烈风雷雨弗迷”。
[6] 《孟子•公孙丑》；《庄子•德充符》也有“勇士一人雄入于九军”的话。
[7] 《孟子•尽心下》。
[8] 《孟子•万章上下》各见一次。
[9] 《孟子•告子下》。

的“大舜”[1]也就毫无差别了：“舜，人也；我，亦人也。”[2]“孟子道性善，言必称尧舜。”“孟子曰……成见谓齐景公曰：彼丈夫也，我丈夫也，吾何畏彼哉？颜渊曰：舜何人也？予何人也？有为者亦若是！”这不过是假托古人口吻来表达自己的内心想法。有时他也可以把标准放宽：“曹交问曰：人皆可以为尧舜，有诸？孟子曰：然！”孟子以尧舜（主要是舜）自居，完全是为了与当时的人君对峙：“民为贵，社稷次之，君为轻。”所谓“民为贵”，其实质乃是“轲为贵”，因为“轲”是“民”的杰出代表——五百年以上才有一个的“出乎其类，拔乎其萃”的代表：“五百年必有王者兴，其间必有名世者。由周以来，七百有馀岁矣，以其数则过矣，以其时考之则可矣！夫天未欲平治天下也，如欲平治天下，舍我其谁也！”“予将以斯道觉斯民也，非予觉之而谁也？”我是当今之世平治天下的唯一人选，是拯救万民于水火的超级天民，“万物皆备于我矣！”[3]“圣人复起，不易吾言也！”[4]“天下可运于掌！”[5]“王如用予，岂徒齐民安？天下之民举安！”[6]有天赋之才在脑，有尧舜之道在心，有浩然之气在胸，“吾何畏彼哉”！“孟子曰：“说大人则藐之，勿视巍巍然！堂高数仞，榱题数尺，我得志弗为也。食前方丈，侍妾数百人，我得志弗为也。般乐饮酒，驱驰田猎，后车千乘，我得志弗为也。在彼者皆（我）所不为也，在我者皆古之制也。吾何畏彼哉！”[7]受孟轲影响，此后的策志们面对列国君主之时，大都罕有微笑，少见温情，而是冰冷彻骨地嘲讽君王或大臣们的弱智：“窃为大王羞之”[8]、“窃为王悲”[9]、“夫羞社稷而为天下笑，无过此者矣！”[10]“臣以为至愚也！”[11]有的甚至危言相逼：“君听臣计则生，不听臣计则死！”[12]这些足以充分证明：新一代的人才从此

[1] 《孟子•公孙丑》。
[2] 《孟子•离娄上》。
[3] 《孟子•尽心上》。
[4] 《孟子•滕文公下》。
[5] 《孟子•梁惠王上》。
[6] 《孟子•公孙丑下》。
[7] 《孟子•尽心下》。
[8] 《战国策•齐一》，苏秦说齐宣王语以及《韩一》苏秦说韩王语。
[9] 《战国策•魏二》，犀首对魏王语。
[10] 《战国策•韩一》，苏秦说韩王语。
[11] 《战国策•赵二》，苏子说赵王语。
[12] 《战国策•赵一》，苏秦说赵国齐阳君语。

站起来了！让他们挺直脊梁的力量不是来自浩茫天宇，不是来自缥缈上帝，也不是来自古圣先贤，而是来自萌芽于心并终成顶天立地之巨树的自我意识。自从鲁迅评价《天问》“放言无惮，为前人所不敢言”[1]以来，我们总是拔高屈原的叛逆精神，其实屈原远未达到亚圣的激烈程度。这一点，我们只要看孟轲居然直比帝舜，而《离骚》的主人公只是“济沅湘以南征兮，就重华（舜）而陈辞”便可明白。更有甚者，孟轲的口号或口头禅总是“吾何畏彼哉”！屈原就不同了，你看他在帝舜那里引经据典诉说一通而毫无回应之后，立即高声抽泣：“曾歔欷余郁邑兮，哀朕时之不当。揽茹蕙以掩涕兮，沾余襟之浪浪。”这不仅仅是南北气质的不同，更是政治理论家气质和抒情诗人气质的不同。政治家如果动辄流涕，那还会有什么政治威信？反之，抒情诗人如果没有一滴眼泪，又怎能写出可歌可泣的抒情诗篇？朱熹《孟子序说》云：“孟子有些英气。”这话让他说对了！屈原与孟轲相比，缺少的正是这股冲天的英气。究其原因，孟轲重在“养气”：“我善养吾浩然之气……其为气也，至大至刚，以直养而无害，则塞于天地之间。”[2]屈原则重在“修态”（修饰外表）：“扈江离与薜芷兮，纫秋兰以为佩”、“朝饮木兰之坠露兮，夕餐秋菊之落英”、“制芰荷以为衣兮，集芙蓉以为裳”、“高余冠之岌岌兮，长余佩之陆离”、“佩缤纷其繁饰兮，芳菲菲其弥章。民生各有所乐兮，余独好修（爱好修饰）以为常”、“芳菲菲而难亏兮，芬至今犹未沬”、“及余饰之方壮兮，周流观乎上下”。[3]孟轲“养气”，是觉得天赋有所不足，应该象“纳于大麓，烈风雷雨弗迷”的大舜那样，用人世的磨砺加以补充；屈原的“修态”，则是自信天地祖宗已赐给自己诸多超凡的良好素质，只需增饰外美即可充分焕发内美。孟轲更多地显示了儒士的奋争与自励，屈原更多地显示了贵族的清高与自洁。鲁迅曾正确地指出屈原“多芳菲悽恻之词，而反抗挑战，则终其篇未能见。感动后世，为力非强”[4]。孟轲言“我”虽然英气霈然，期望“自西自东，自南自北，无思不服”[5]，但也裹挟着

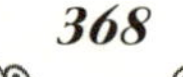

[1] 鲁迅：《摩罗诗力说》。宋•洪兴祖：《楚辞补注》，北京：中华书局1983年版，第46页。
[2] 《孟子•公孙丑上》。
[3] 引文均见《离骚》。宋•洪兴祖：《楚辞补注》，北京：中华书局1983年版，第4—42页。
[4] 鲁迅：《摩罗诗力说》。宋•洪兴祖：《楚辞补注》，北京：中华书局1983年版，第46页。
[5] 《孟子•公孙丑上》引《诗•大雅•文王有声》。

“距杨墨”、“息邪说”、“放淫辞”的霸气和津津乐“辩”的偏颇[1]，所执比较单一。屈原言“我”虽然阳刚稍逊，却如悲风天落，飘旋万里，山鸣谷应，波起云飞，花木哀感，月星变色，芳菲悽恻，不可端倪。孟轲、屈原、战国策士，没有一个不是露才扬己，渴望在历史的舞台上一展雄姿。没有他们惊天遏云的颂我之歌，战国文学的合唱定会低沉许多！

二、屈辞：四大主题的共时格局

如前所论，到了战国时代，宇宙、神、人、我的文学主题，已在历史的流程中首次形成了一个完整序列。孟轲、庄周、屈原正好处于这个完整序列的下端。前人的文化成果，既给他们提供了无限广远的思维空间，也给这些空间提供了无限丰富的文学材料，使他们能够将历时分布的四大主题，按照他们的理智需求与情感需求铺展成共时的格局。其中又以屈原的，铺展最具系统性、完整性和艺术性。在屈原的许多作品中，四大主题往往是一种共存状态的整体之美，本文为了叙述方便，不得已稍作割裂。当然，屈原在不同的作品中也各有侧重，如《天问》的开篇论析宇宙万状，此后即转入审视夏商周的社会历史亦即“颂人”，结尾表达诗人对楚国和楚王的忧愤；《九歌》“颂神”；《离骚》“颂我”。《九章》、《招魂》、《远游》则各种要素兼而有之。

1. 宇宙主题　叩问宇宙、论列万象之诗，中国诗史上罕有人作，更罕有力作与巨作。屈原之诗是对中国诗史的一种最具个人特质的最高水准的贡献，集中体现于《天问》里的天地之问和《招魂》里的六合想象。

《天问》中的问天部分，是全部中国文学中展示宇宙主题时气魄最宏大、想象最惊人的壮丽篇章。屈原之前，《诗经•小雅•大东》已开始仰望天宇，指陈织女牵牛、南箕北斗而大发议论；《庄子•逍遥游》与《天运》，已直接运用问句，叩询宇宙无限、宇宙动力以及天地日月云雨等天象。屈原正是在前人创造的基础上，将“问天”艺术推向更加宏丽奇幻的登峰造极之境。作者的“视觉想象力”穿透了苍莽浑茫的时间迷雾，直问天地如何形成？昼夜如何产生？九重之天如何营造？谁来营造？悬挂天

[1]　《孟子•滕文公下》。

宇使之不停旋转的大绳系于何处？诸天皆动，为何北极星固定不动？撑天的八根大柱顶于天盖的何处？大地形势西北高东南低，东南天柱不就短一截了吗？天圆而地方，天地相接处能够密合吗？至于“天何所沓？十二焉分？日月安属？列星安陈？出自汤谷，次于蒙汜，自明及晦，所行几里”数句，从天体的结构、星群的布置，问到太阳的运行与里程、终点与起点。其气魄、手笔与想象，后人少有能够望其项背者。经过诗人情智的重整，运动不息的宇宙充满了秩序和动感的美——大美、天地之美和无尚之美。

《天问》的问地部分同样视界广阔，大地的形状与尺度、陆地的河流、大海的容量等等，一一纳入思想的空间：“康回凭怒，地何故以东南倾？”这是从宏观地形的高低着眼，评论整个中国的三级地势及其形成原因。“九州安错？川谷何深？东流不溢，孰知其故？”这是从神话中的“洪水”着眼，问陆地的历史（九州如何在洪波中生成）与不竭的水源、不溢的海量。“东西南北，其修孰多？南北顺椭，其衍几何？”这是从“大地整体”着眼，问广袤大地的体形与周长，透露出人类企图把握整个地界规模的信念与渴望，已和当代人欣赏地球仪的姿态和感受非常接近：观察者似乎站在“庐山”之外，从而欣赏庐山“横看成岭侧成峰”的无穷妙趣。汉代司马相如的《子虚赋》曾言渤海“吞若云梦者八、九于胸中，曾不蒂芥”，历来以此比喻胸襟阔大，殊不知屈原此问，更有囊括宇宙的天外超人的气概。“昆仑县圃，其尻安在？增城九重，其高几里？”这是从地面的“高山”着眼，问传说中地表中央的第一大神山，山上悬空的花园根在何处？山顶的高城入云几里。“日安不到？烛龙何照？”这是从天地之“光”着眼，问地表上何处是太阳照不到的阴暗部分；“羲和之未扬，若华何光？”又问太阳未出，绚丽朝霞的光源来自何方。“何所冬暖？何所夏寒？”这是从“温度”着眼，问地表上不同地域的温差……。举凡地表的高下、河海的深广、大地的尺度、高耸的巨山、极地的长昼与长夜、四季如春的恒温区域，莫不以九万里风鹏背负青天朝下看的雄姿、视界与心理，加以全景式的探询和展现。

《招魂》的六合想象依照东、南、西、北、天上、地底的顺序系统展开，着力铺陈远方之恐怖，提醒游荡的灵魂千万不要误入其间：

魂兮归来！

东方不可以托些。长人千仞，唯魂是索些。十日代出，流金铄石些。……魂兮归来！

南方不可以止些。雕题黑齿，得人肉以祀，以其骨为醢（hǎi）些。……魂兮归来！

西方之害，流沙千里些。旋入雷渊，靡散而不可止些。……其土烂人，求水无所得些。彷徉无所倚，广大无所极些。……魂兮归来！

北方不可以止些。增冰峨峨，飞雪千里些。……魂兮归来！

君无上天些。虎豹九关，啄害下人些。……魂兮归来！

君无下此幽都些。土伯九约……参目虎首，其身若牛些。……

从《天问》、《离骚》、《招魂》等作品中可以看出，屈原诗歌的时间从"上下未形"的"邃古之初"开始，直到悠悠万世之后的战国时代；空间从诗人依恋不已的"故宇"、"旧乡"和"故都"开始，延展向"广大无极"的天地四方。

2. 颂神　有了近于无尽的时空，诸神和诗人的活动，也就有了无限自由的舞台：

龙驾兮帝服，聊翱翔兮周章。灵皇皇兮既降，飚远举兮云中。览冀州兮有馀，横四海兮焉穷？[1]

广开兮天门，纷吾乘兮玄云。令飘风兮先驱，使冻雨兮洒尘。君回翔兮以下，逾空桑兮从女。纷总总兮九州，何寿夭兮在予？高飞兮安翔，乘清气兮御阴阳，吾与君兮齐速，导帝之兮九坑。……乘龙兮辚辚，高驰兮冲天。[2]

夕宿兮帝郊，君谁须兮云之际？与女沐兮咸池，晞女发兮阳之

---

[1]　《九歌•云中君》。宋•洪兴祖：《楚辞补注》，北京：中华书局1983年版，第58—59页。

[2]　《九歌•大司命》。宋•洪兴祖：《楚辞补注》，北京：中华书局1983年版，第68—70页。

阿。望美人兮未来，临风怳兮浩歌。孔盖兮翠旍，登九天兮抚彗星。竦长剑兮拥幼艾，荪独宜兮为民正。[1]

暾将出兮东方，照吾槛兮扶桑。抚余马兮安驱，夜皎皎兮既明。驾龙辀兮乘雷，载云旗兮委蛇。长太息兮将上，心低徊兮顾怀。……应律兮合节，灵之来兮蔽日。青云衣兮白霓裳，举长矢兮射天狼。操余弧兮反沦降，援北斗兮酌桂浆。撰余辔兮高驰翔，杳冥冥兮以东行。[2]

与女游兮九河，冲风起兮水扬波。乘水车兮荷盖，驾两龙兮骖螭。登昆仑兮四望，心飞扬兮浩荡。[3]

创世需要空间，造神同样需要空间，没有空间就没有创造。在神话中，神灵是被歌颂的，但首先是被创造的。诗人的心灵空间所能涵盖的宇宙空间越广远，神灵或神群的活动就越自由、越奇幻，越能进入其他神灵从未经历或想见的远方和奇境，越能遭遇匪夷所思的奇人、奇事、奇景。《九歌》的神灵如此，屈原其他作品中半神化的“我”也是如此。

应当指出的是，《九歌》据远古神话与民间传说写成，但已经和原始神话大异其趣，最鲜明的特点便是诸神之间的交往方式和内心世界已经相当人间化，诸神的不同形象均被人间的审美情趣改塑过。如《少司命》：

秋兰兮青青，绿叶兮紫茎。满堂兮美人，忽独与余兮目成！入不言兮出不辞，乘回风兮载云旗。悲莫悲兮生别离，乐莫乐兮新相知。荷衣兮蕙带，倏而来兮忽而逝……[4]

秋兰馨馥的时节，人神共乐的场所，天外飘临的惊喜，欲爱无言的醉迷，快乐时光的速逝，离别在即的忧伤，一种“忽然情人”的欣悦与悲怆渗透着声声颂词。这体验虽有超现实的神秘成分，更多的还是人世间少男

[1] 《九歌•少司命》。宋•洪兴祖：《楚辞补注》，北京：中华书局1983年版，第72—73页。
[2] 《九歌•东君》。宋•洪兴祖：《楚辞补注》，北京：中华书局1983年版，第74—76页。
[3] 《九歌•河伯》。宋•洪兴祖：《楚辞补注》，北京：中华书局1983年版，第76—77页。
[4] 《九歌•少司命》。宋•洪兴祖：《楚辞补注》，北京：中华书局1983年版，第71—72页。

少女情海初泛时的潮涨潮落。又如《国殇》：

带长剑兮挟秦弓，身首离兮心不惩。诚既勇兮又以武，终刚强兮不可凌。身既死兮神以灵，魂魄毅兮为鬼雄！[1]

《孟子•滕文公下》和《万章下》，曾两次提到“志士不忘在沟壑，勇士不忘丧其元”，《国殇》所颂的神灵与鬼雄，和《孟子》所赞的志士与勇士几无差别。

3. 颂人 颂人是屈原作品中着力最多、着色最浓的部分之一。在《天问》中屈原微妙地将自己的遭际与情感融入丰富复杂的历史故事之中，站在新的历史高度，运用新的价值观念，重新审视前人的文化遗产，探索一些值得现实借鉴的历史经验。诗中涉及的古代圣君贤臣与昏君奸臣的种种史实，在一定程度上用来影射自己同现实的昏君与奸党的矛盾与斗争。[2] 在《离骚》中，灵均向大舜陈辞，讲述的全是政治历史故事，他要借此“瞻前而顾后兮，相观民之计极”，亦即探察别人政治上的主要意图。司马迁《史记•屈原列传》将屈原的这种创作动机概括为 6 句话：“上称帝喾，下道齐桓，中述汤武，以刺时事，明道德之广崇，治乱之条贯。”班固的《离骚论赞》中也有类似分析：“上陈尧、舜、禹、汤、文王之法，下言羿、浇、桀、纣之失，以风。”史学家们都正确地发现了屈原以史为鉴的良苦用心。这一类历史事件和政治故事比较枯燥，文学的色彩与情趣较之同一作品中的其它部分微弱得多，此处从略。

4. 颂我 汤因此在讨论“自然崇拜”时指出：

如果我们着手对不同时代和不同地区、为我们所了解的无数人类社会和社团所信奉的各种宗教作一概览，所产生的第一个印象就是令人惊讶的无限多样性。然而，经过考察分析，这表面的多样性便归结为不过是被人类崇拜或探索的三个对象。这三个对象是：自然界、人本身和那既非自然、亦非人而又存在于自然和人之中并超越于它们之上的绝对实在。[3]

[1] 《九歌•国殇》。宋•洪兴祖：《楚辞补注》，北京：中华书局1983年版，第83页。
[2] 参阅罗漫：《〈天问〉的博问与多重价值》，《社会科学战线》1993年3期。
[3] 汤因比：《一个历史学家的宗教观》，中译本，四川人民出版社1990年版，第27页。

汤氏所称的“自然界”，本文名为“宇宙主题”，而“绝对实在”即本文的“颂神”，“人本身”即“颂人”。在这里，汤氏没有思考“被人类崇拜或探索”的第四个对象—“自我”[1]，尤其是“自我崇拜”。其实这一现象大量存在。颂我意识的发现，是完整把握人类思想历程，尤其是把握中国先秦思想历程的一个必不可少的补充。因为一切人物的颂我，都是将自我与宗教史、社会史、战争史、文化史上的著名人物相提并论，甚至扬我抑彼。准确地说，只有核心人物极具自我崇拜的心理与言行，核外人物才会神道设教，拾柴添草，火上浇油。这从下列文化名人不绝于史的英雄告白之中可以一览无余，如孔子言：“天生德于予，桓魋其如予何”[2]、“文王既没，文不在兹乎？天之将丧斯文也，后死者不得与于斯文也；天之未丧斯文也，匡人其如予何”[3]！孟子言：“予，天民之先觉者也”、“当今之世，舍我其谁也”！庄子言：“天地与我并生，万物与我为一”[4]、“吾与日月参光，吾与天地为常。……人其尽死，而我独存乎”、“天气不和，地气郁结，六气不调，四时不节。今我愿合六气之精以育群生，为之奈何”、“天降朕以德，示朕以默”[5]；屈子言：“帝高阳之苗裔”[6]、“驾青虬兮骖白螭，吾与重华游兮瑶之辅。登昆仑兮食玉英，与天地兮同寿，与日月兮同光”[7]！李白言：“我本楚狂人，风歌笑孔丘”[8]、“天生我才必有用”[9]、“仰天大笑出门去，我辈岂是蓬蒿人”[10]！“但用东山谢安石，为君谈笑静胡沙”[11]！毛泽东言：“而今我谓昆仑，不要这高，不要这多雪。安得倚天抽宝剑，把汝裁为三截”一截遗欧，一截赠美，

[1] 1973年，汤因比在生前最后一篇论文《黑暗中的探索》中，首先“探索”了“自我”问题。认为“我既是一个旁观者，又是一个参与者”、“我是这个生物圈中的人类社会的参与者”、“我是生物圈中生命的参与者”、“但我还是存在的精神秩序的参与者”，“我觉得我同时参与三种存在秩序”，但汤氏此文的“自我”仅限指他本人。见上书《附录》，第323、324、325页。

[2] 《论语•述而》。

[3] 《论语•子罕》。

[4] 《庄子•齐物论》。

[5] 以上3条，均见《庄子•在宥》。

[6] 《离骚》。宋•洪兴祖：《楚辞补注》，北京：中华书局1983年版，第3页。

[7] 《九章•涉江》。宋•洪兴祖：《楚辞补注》，北京：中华书局1983年版，第128—129页。

[8] 李白：《庐山谣寄卢侍御虚舟》。

[9] 李白：《将进酒》。

[10] 李白：《南陵别儿童入京》。

[11] 李白：《永王东巡歌十一首》（之二）。

一截还东国。太平世界，寰球同此凉热”[1]、“惜秦皇汉武，略输文采；唐宗宋祖，稍逊风骚；成吉思汗，只识弯弓射大雕。俱往矣！数风流人物，还看今朝”[2]！由此可见颂我是始于战国文化、战国文学的一股汹涌的思潮，也是游士阶层兴起的必然结果。班固受断代史眼光的局限而不明此理，他的《离骚序》批评屈原“露才扬已”，招惹祸害。其实，如果没有孟轲等诸子作为先导，屈原恐怕也不会如此放言无惮。据我统计，《离骚》全诗总共87次使用了第一人称：“朕”4次、“吾”26次，“余”51次、“予”4次、“我”2次，平均4.3句弱一点就说1次“我”。在开篇10句中，共说了7次“我”，其中6次连续出现于4～9句之间。此后也还有连续4句或3句说“我”之处。不客气地说：《离骚》全诗时时处处震响着、回荡着“我”的声音！此种登峰造极的“自我崇拜”，前有孟轲，后有李白，上世纪则有郭沫若[3]等创造社诗人。这是中国文艺思想史上值得大书特书而又至今未书的一个巨大的惊叹号“！”

屈原和亚圣孟轲一样，对自己的天资格外看重。不过，孟轲是自命不凡：自封为“天民”或自我感觉与帝舜古今辉映。屈原则认为超群的资质源于高贵始祖与先祖的遥远遗传，

源于神秘之天和人格之天的特殊赐予：

帝高阳之苗裔兮，朕皇考曰伯庸。摄提贞于孟陬兮，惟庚寅吾以降。皇览揆余初度兮，肇锡余以嘉名：名余曰正则兮，字余曰灵均。纷吾既有此内美兮，又重之以修能。扈江离与辟芷兮，纫秋兰以为佩。

也许不能不承认，屈原这种变相的自叙族谱、自我鉴定、自行美化的诗歌创作，确属中国文化史上的空前绝后。试看尊贵如秦始皇、狂放如李太白，都没有留下过能够与屈原媲美的自我颂扬的文献，因为他们都缺少上天特意安排的高贵盖世的生日神话。

---

[1] 毛泽东：《念奴娇•昆仑》。

[2] 毛泽东：《沁园春•雪》。

[3] 也许会有人说：屈原《离骚》中的这些“我”，有的是第一人称“我”，有的则是第一人称所有格“我的”，有的还是复数形式“我们”或“我们的”，不宜合为一体。我意以为：此解固然高明精细，但可以肯定的是，屈原虽然诗歌智商冠绝古今，却不可能超前知道这类两千多年后源自西方的语法知识。参看郭沫若《天狗》、《地球，我的母亲》等诗。尤其是29行的《天狗》，说“我”高达39次，可谓后来居上。

可惜上天只给予诗人高贵而罕有的诞辰，却没有给予他抗拒衰老、免于死亡的生命。于是，一个正在衰老的形体和必然死亡的生命，就只能听任无形的时间之虫时时啃噬着渴望辉煌的伟大心灵，致使心灵承受着抗拒死亡的无量重负：

汩余若将不及兮，恐年岁之不吾与。……日月忽其不淹兮，春与秋其代序。惟草木之零落兮，恐美人之迟暮。……

老冉冉其将至兮，恐修名之不立。朝饮木兰之坠露兮，夕餐秋菊之落英。苟余情其信姱以练要[1]兮，长顑颔亦何伤！[2]

对时间的敏感和恐惧，就是对衰老和死亡的恐惧，更是对功业未建、生命虚空的恐惧。“年岁”已“将老”、“美人”无“修名”，这是何等不堪忍受的痛苦和耻辱！如果是一个滔滔天下触处皆有的肉眼凡胎也就罢了，偏偏又是高阳苗裔，血统高贵、生日大吉、“内美”充溢、“修态”不凡。你叫他如何能对“皇舆败绩”而不惊，对“谣琢谓予”而不泣，对“荃化为茅”而不伤，对“竞进贪婪”而不鄙，对“蔽美称恶”而不怒？为使心境芳洁，体态美观，为了不给君王和政敌留下一点点可以苟同流俗或未老先衰的迹象，他要修炼身心，饮露餐菊，回归自然，哪怕会因此而遭受“顑颔”之苦！

饮食的高洁芬芳，风度的翩翩君子，穿戴佩饰的超拔时辈，构成自我颂扬的物质层面。在生命存在的每一刻，都应尽力体现出人世间最高程度的美好。只有美质、美态加美饰，才会有资格成为“美人”；只有“美人”，才会引导君王去实施“美政”：

扈江离与辟芷兮，纫秋兰以为佩。……朝饮木兰之坠露兮，夕餐秋菊之落英。……进不入以离尤兮，退将复修吾初服：制芰荷以为衣兮，集芙蓉以为裳。……高余冠之岌岌兮，长余佩之陆离。……芳与

[1] “练要”疑为细腰，因楚人以细腰为美，男女皆然。《墨子•兼爱中》云：“昔者楚灵王好士细要（腰）。故灵王之臣，皆以一饭为节，胁息然后带，扶墙然后起。比期年，朝（臣）有黎黑之色。”饮露餐菊即节食，“顑颔”据宋•洪兴祖《楚辞补注》为“食不饱，面黄貌”。这属于灵均“修态”的内容之一。

[2] 《离骚》。宋•洪兴祖：《楚辞补注》，北京：中华书局1983年版，第6、12页。

泽其杂糅兮[1]，唯昭质其犹未亏。……溘吾游此春宫兮，折琼枝以继佩。……折琼枝以为羞兮，精琼靡以为粻。[2]

余幼好此奇服兮，年既老而不衰。带长铗之陆离兮，冠切云之崔嵬。被明月兮佩宝璐。……登昆仑兮食玉英，与天地兮同寿，与日月兮同光。[3]

开春发岁兮，白日出之悠悠。吾将荡志而愉乐兮，遵江夏以消忧。揽大薄之芳茝兮，搴长洲之宿莽。惜吾不及古人兮，吾谁与玩此芳草？……芳与泽其杂糅兮，羌芳华自中出。纷郁郁其远蒸兮，满内而外扬。情与质信可保兮，羌居蔽而名章！[4]

谁可与玩斯遗芳兮，长向风而舒情。高阳邈以远兮，余将焉所程？……春秋忽其不淹兮，奚久留此故居？轩辕不可攀援兮，吾将从王乔而娱戏。餐六气而饮沆瀣兮，漱正阳而含朝霞。保神明之清澄兮，精气入而粗秽除。顺凯风以从游兮，至南巢而一息。……仍羽人于丹丘兮，留不死之旧乡。朝濯发于汤谷兮，夕晞余身于九阳。吸飞泉之微液兮，怀琬琰之华英。玉色頩以脕颜兮，精醇粹而始壮。质销烁以绰约兮，神要眇以淫放。[5]

不错，这些诗句表现了浓烈的神仙家思想。但是，要想在尘世之中坚持自我人格的独立不阿，坚持“明德惟馨”的精神操守，在神仙思想弥漫的时代里，舍此，又有何处是理想的归宿呢？更何况向往神仙境界的目的之一，就是期望在未来的国家政治中，能够有时间，有精力，有美好的自

[1] 迄今为止，注家们解此句中的“泽”为“污垢”，不确。实指鲜花的芳汁与护肤的油脂调和在一起，保护着主人公洁白的肌肤不受伤害。请参读下引《思美人》的“芳与泽其杂糅兮，羌芳华自中出”。“芳•泽”一体，“芳华”出自其中。先贤之误，源于《惜往日》的“芳与泽其杂糅兮，孰申旦而别之”，但芳与泽是平行而一体的，再难分解的，不存在扬芳抑泽的问题。

[2] 《离骚》。宋•洪兴祖：《楚辞补注》，北京：中华书局1983年版，第4-42页。

[3] 《涉江》。宋•洪兴祖：《楚辞补注》，北京：中华书局1983年版，第128-129页。

[4] 《思美人》。宋•洪兴祖：《楚辞补注》，北京：中华书局1983年版，第148-149页。

[5] 《远游》。宋•洪兴祖：《楚辞补注》，北京：中华书局1983年版，第165-168页。

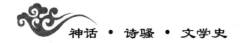

我形象来重现“美政”的辉煌。当然，如果永无机会来重现“美政”，神仙世界也就顺理成章地成为诗人最向往的富有诗意的栖居之地了。

在屈原的诗篇中，主人公“我”常常与神仙游乐，与古人为伍，悠悠时空，任我遨游；天帝之外，唯我独尊；对宇宙万象的大小神灵随心所欲地发号施令，让整个宇宙匍匐在“幻我”的脚下：这是人生中何等惬意的乐事！试想，如果没有现实中政治优越感的极度失落，怎会在文艺创造中享有如此崇高的神威呢？这种驱遣“百神”、奴役万象的权力幻觉，不过是政治欲望的特大火山，在久久压抑之后铺天盖地的大喷射、大倾泄而已。请看诗人所想望的一幅幅威风凛凛的神游场面：

曾歔欷余郁邑兮，哀朕时之不当！揽茹蕙以掩涕兮，沾余襟之浪浪。跪敷衽以陈辞兮，耿吾既得此中正。

驷玉虬以乘鷖兮，溘竢风[1]余上征。朝发轫于苍梧兮，夕余至乎县圃。欲少留此灵琐兮，日忽忽其将暮。吾令羲和弭节兮，望崦嵫而勿迫。路曼曼其修远兮，吾将上下而求索。饮余马于咸池兮，总余辔乎扶桑。折若木以指日兮，聊逍遥以相羊。前望舒使先驱兮，后飞廉使奔属。鸾皇为余先戒兮，雷师告余以未具。吾令凤鸟飞腾兮，继之以日夜。飘风屯其相离兮，帅云霓而来御。纷总总其离合兮，斑陆离其上下。吾令帝阍开关兮，倚阊阖而望予。……

灵氛既告余以吉占兮，历吉日乎吾将行。……为余驾飞龙兮，杂瑶象以为车。何离心之可同兮，吾将远逝以自疏。……扬云霓之晻蔼兮，鸣玉鸾之啾啾。朝发轫于天津兮，夕余至乎西极。凤凰翼其承旗兮，高翱翔之翼翼。……驾八龙之婉婉兮，载云旗之委蛇。抑志而弭节兮，神高驰之邈邈。奏《九歌》而舞《韶》兮，聊假日以愉乐。陟升皇之赫戏兮，忽临睨夫旧乡。[2]

---

[1] “竢风”即“待风”，《庄子•逍遥游》云：“列子御风而行，冷然善也，旬有五日而后反。……此虽免乎行，犹有所待者也。”此为屈原所本。众解为“埃风”，极误。灵均好洁嗜芳，怎会在“埃风”中满身尘土、一脸污渍，然后飞入仙境、求见天帝呢？解诗既要依据版本，更要依据学理；学理不通，版本再权威也是错的。

[2] 《离骚》。宋•洪兴祖：《楚辞补注》，北京：中华书局1983年版，第25-47页。

> 驾青虬兮骖白螭，吾与重华游兮瑶之圃。[1]

> 载营魄而登霞兮，掩浮云而上征。……召丰隆使先导兮，问太微之所居。……屯余车之万乘兮，纷容与而并驰。……建雄虹之采旄兮，五色杂而浤耀。……历太皓以右转兮，前飞廉以启路。阳杲杲其未光兮，凌天地以径度。风伯为余先驱兮，氛埃辟而清凉。……揽彗星以为 兮，举斗柄以为麾。叛陆离其上下兮，游惊雾之流波。……左雨师使径侍兮，右雷公以为卫。[2]

在人间歔欷掩涕，衣襟浪浪的诗人，一旦乘风升空，少留县圃，立即神力齐天，睥睨万类。为何升空歇足，首选县圃？为何一登县圃，人即为神？原来县圃乃是昆仑的第二神台：“登之乃灵，能使风雨。”[3] 人若至此，可获神格。在这神话的国度里，诗人令风使雨、呼鸾唤凤、调龙遣虬、览观四极、周流乎天。达到了自我颂扬的最高峰巅，亦即将自我之美的精神层面修炼到了极至。如果此后天阍不开、哲王不寤、党人嫉妒、荃化为茅、国人莫知、举国好朋，那就只能证明他们都是十足的恶草、十足的臭夫，“故都”已无芳华可采，国运已无生机可救了。

屈原的颂我其实还有许多话题可说，尤其要特别指出的是：并非自我揄扬、自我崇拜才是颂我。反过来说同样成立：痛恨邪恶、笔伐群小；指斥那些服艾盈腰、以粪为香、时俗工巧、驰鹜追逐、兴心嫉妒的败类，不也是在赞美自我和修炼自我吗？更不要说关心国运、建设典章、引导君王、滋兰树蕙的美德，以及“哀众芳之芜秽”、“哀民生之多艰”、“岂余身之惮殃兮，恐皇舆之败绩”、“虽九死其犹未悔”、“伏清白以死直”的崇高人格了。这些方面“前人之述备矣”，所以未予展开。

战国之后，四大主题汇聚成文学的主旋律：“宇宙”主题演化为表现自然山水的文学；“神”主题演化为虚构神怪和科学幻想的文学，“人”主题演化为表现社会、历史、政治、战争、英雄、家庭、爱情等题材的

[1] 《涉江》。宋•洪兴祖：《楚辞补注》，北京：中华书局1983年版，第128页。
[2] 《远游》。宋•洪兴祖：《楚辞补注》，北京：中华书局1983年版，第168-171页。
[3] 《淮南子•地形训》。

文学，“我”主题演化为自传体文学或内心独白式的抒情诗文。在已逝的文学之河中，四大主题同流并进，不可避免地相互渗透与融合。区别只在于某一时期的文学或某一作家的文学以一种为主其它为辅。回望屈原诗歌，四大主题即是不可逾越的四座高峰，这在诗史上已成不争的事实。单就某一主题或一二种主题看，也许真有后来居上者，但四大主题一并超过屈原的作家，迄今仍未产生，以后也不会产生。有些作品只可有一，不可有二。例如《天问》高居天上，俯视今古，指点神人，柳宗元的《天对》连仰见与否都成问题，更休提与之相“对”了；《离骚》一曲，寂寞千载，后起短章，殊难为继；《九歌》妙曼，群神翩翩，既美且众，绝后空前。由此可知，时代逾早、篇幅愈长、容量愈大、独创性愈强、艺术水准愈高的文艺作品，愈是难以模仿，更难以超越。诗歌之外，《史记》、《三国》、《水浒》、《金瓶梅》是写人杰作；《西游》是写神上品；《红楼》综合写之，有神有人，同时还带点曹雪芹颂我的自传之影。

“谁可与玩斯遗芳兮？长向风而舒情！”屈原不仅有政坛无助的孤愤，更有诗情无赏的寂寞。

宋玉的文学贡献与历史地位

杜甫晚年有诗云："摇落深知宋玉悲，风流儒雅亦吾师。怅望千秋一洒泪，萧条异代不同时！"表达了他对宋玉的特殊景仰。然而后人所撰的文学史，对宋玉却是轻描淡写而已。本文对宋玉的文学贡献、历史地位、特殊风格及其形成原因，作了一些新的思考。"待臣书王梦，赋有冠古才！"愿诗圣的这番评价，时时提醒广大的学者与读者：不要误解宋玉太多、太久……

中国文学史上，有两位作家一直与屈原并称，一位是庄周，并称"庄屈"；一位是宋玉，并称"屈宋"。然而宋玉却没有庄周那样幸运，进入20世纪以来，由于某种历史的误会，他在文学史上的地位受到了严重挑战。在游国恩先生等主编的《中国文学史》中，其作品除《九辩》外均被排除。中国科学院文学研究所的同名著作，也只扩大到《文选》中收录的数篇作品。近年来，随着出土文献的不断丰富，文本研究的不断深入，重评宋玉，还其应有的文学史地位，已日益引起了学术界的重视。

最近，彭德先生发现宋玉以“宋”国国名为姓，以两周帝王或诸侯贵族方可使用的至尊之“玉”为名，加上宋玉的语言风格与艺术构思，又与宋国文化巨著《庄子》极为相似，因而推测宋玉乃“楚籍宋人”，亦即宋亡后其公族之居于楚者[1]。此说的提出，又为我们考证宋玉作品的真伪与讨论宋玉的文学成就提供了新的思路。本文在时贤研究成果的基础上，以《九辩》、《招魂》、《大言赋》、《小言赋》、《风赋》、《登徒子好色赋》、《讽赋》、《对楚王问》、《神女赋》、《高唐赋》、《钓赋》11 篇作品为对象，讨论宋玉的文学贡献与历史地位。

一、推出“悲秋”情结

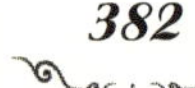

情结（Complex）指人类心理上、感情上一种繁杂的、纠结难解的异常状态。中国文学有所谓“春女思，秋士悲”[2]及“喜柔条于芳春，悲落叶于劲秋”[3]的主题，即秋天一到，文人，特别是失意文人的心头，便往往笼罩着一层悲哀的阴影，成为两千多年来“剪不断，理还乱”的典型情结。这一情结就是由文学史上第一篇“悲秋”的巨制——《九辩》——所推出。宋玉以圆熟的技巧成功地表现了给人以悲戚苍凉之感的肃杀秋景。开篇“悲哉秋之为气也，萧瑟兮草木摇落而变衰”，喷薄而唱，遗响千古。随着宋玉“悲哉”的一声呼号，仿佛人们正在拥有的季节立即被秋风卷尽，使人顿时陷入一个“宋玉之秋”的“悲惨世界”，周围全是不可抗拒的惊心动魄的突变景象。在那久雨之后的秋风、秋寒、秋景之中，伫立一位在异国他乡“登山临水”的“失职贫士”。悲秋，一种关注生命历程的强烈意识，其实质正是悲悯自我！从生命观的角度看，人生之秋与自然之秋有着本质上的同一性。于是，悲悯自然，关注生命，便表现为一次次对时间的恐惧。这，就是宋玉“悲秋”情结的焦点所在。

---

[1] 彭德：《宋玉生平考》，《东南文化》1992年第6期。

[2] 《淮南子•谬称训》。

[3] 陆机：《文赋》。

《九辩》基本上不再袭用屈原的植物动物象征体系，只将众多植物动物展现在秋日旅程的广阔视野之中，成为远行跋涉者活动的特殊背景和心灵感受的特殊氛围，使“悲秋”主题获得广阔而细致的展示，让“秋”、“愁”二字从文字学的抽象符号[1]，衍变为广阔时空中无数具体可感的文学形象与场景，从而激起不同时代的文人在感情上的强烈共鸣。宋玉“悲秋”情结的推出，把春秋战国时代的文人心态推上了新的发展阶段：它既不同于孔孟的评骘天下，舍我其谁；也不同于老庄的粪土人君，愤世嫉俗；更不同于孙武、吴起的智勇阳刚，刀光剑影，不怕在鲜血淋漓中实现自我；与屈原的建树人格，追求理想，忧国忧民，乃至怀抱高洁、慷慨赴死相比，也相去十万八千里。推出“悲秋”情结的宋玉，不是玩政治于股掌之中的风云人物，没有壮志凌云，也没有怨气冲天。但他更善于叙说平凡人生的呻吟与挣扎、向往与追求；更善于展示自然的各种色调，人心的各种感受。他让众多学不好甚至学不了孔、孟、老、庄、孙、吴、屈等伟人的普通文人——“贫士”，感到格外的真实与亲切。

宋玉之前，从《诗经》到屈原作品，先秦诗文数以百计，为何单是《九辩》成了千古悲秋之祖？影响中国文人心态两千余年的“悲秋”情结，为何只有宋玉才能推出？过去的研究多从宋玉的政治失意来加以解释，然而，宋玉之前的官场失意者何其多也，并未见有人对秋季表现出如此强烈的敏感和凄怨。很显然，政治失意与宋玉悲秋并不是唯一的直接关系。

事实上，“皇天平分四时，宋玉独悲凛秋”的最主要最直接的原因，乃是宋玉“失职”之后于某年秋季进行的一次艰难跋涉！此次“去故就新”的“远行”，先是中途“秋霖淫溢”，阻雨日久；待到“天高气清”，却又“后土不干”，路积秋潦，“独守芜泽”，“薄寒中人”。但是，为了前方渺茫的希望，宋玉又起程跋涉了。一路上由秋入冬，经“白露”，历“严霜”，遇“霰雪”，“无衣裘”，“恐溘死”。既饱受秋气之寒苦，也饱览秋景之萧条、大地之变衰……。“悲秋”情结，就在这次跋涉中孕成，并以宋玉凄怨独绝的才情加以推出。

[1] 《礼记•乡饮酒义》：“秋之为言愁也。”

二、奠定“云雨”意象

“云雨”在中国文学中的特殊涵义是迷恋中的男女合欢。这个意象几乎见于魏晋以后的各种文体，尤以旧小说为最。在文学名著如《牡丹亭》、《红楼梦》中，都有“梦中云雨”的主题和意象，而且是作者浓墨重彩大加渲染的开场情节。“云雨”意象不始于宋玉，早在《易经》中，古人就开始注意大自然由云雾生雨水、由雨水生万物的现象了。至《老子》32 章更是明确指出：“天地相合，以降甘露。”直接将“雨露”视为天地交合的产物。但是，真正将“云雨”运用于人类自身繁殖、情感交流与两性欢娱的却是宋玉。宋玉显然接受了老子的观点并加以发展：老子是将古老的宇宙形象转换为人类行为，宋玉却将平凡的人类行为转换成宇宙形象。宋玉根据长江三峡一带白昼多云、夜晚多雨的特殊气象，将巫山地区的“朝云暮雨”视作神女的永恒幻像。从此，在汉语文学中，两性交合的情感与行为，便外化为“云雨”这两种特定的自然物象了。

为何“巫山云雨”和“梦中云雨”一经形成，竟被古代社会的雅俗阶层普遍接受并久远流传呢？我以为，“梦中云雨”的文学价值、认识价值，恰恰在于它揭示了人类青春期的一种潜意识的跃动。无论男女，在其青春觉醒的人生阶段，当其理智在睡眠中放松了对潜意识的抑制之时，“与人梦交”便成为多数人的一种典型梦境[1]。这类梦境有如云之飘忽，雨之空灵。“须臾之间，变化无穷”、“风止雨霁，云无处所”、“风起雨止，千里而逝”[2]，“愿假须臾，神女称遽。回肠伤气，颠倒失据。闇然而暝，忽不知处。情独私怀，谁者可语？惆怅垂涕，求之至曙。”[3]由于这种隐私梦境如同“巫山云雨”一样不可挽留，一去不返，所以令人惆怅，令人伤感，令人追忆，乃至“求之至曙”。这是“梦中云雨”能为众多读者所认同所接受的潜在的心理基础。从巫山神女是一位“未行而亡”亦即未嫁而亡的处女，可知“闻君游高唐，愿荐枕席”，乃是青春性饥渴的意识流露。《牡丹亭》写杜丽娘在花园春色中小憩时“游园惊梦”，《红楼梦》

[1] 《当代大学生梦境分析》，《自然杂志》（上海）1984年第9期。
[2] 《高唐赋》。
[3] 《神女赋》。

写贾宝玉在秦可卿房中歇息时“梦游太虚幻境”，都是青春初觉之时，因受环境与氛围的刺激而产生的性梦幻。这种梦境中的奇丽情景，宋玉之前的文学家从未有人关注过。尽管宋玉的主要意图是借神女恋情来作政治上的委婉讽谏，但由于这种出色描绘的本身正好准确地揭示了全人类心灵所共有的隐秘和骚动，因而对后世作家的文学构思产生了重大影响。

三、描绘神女与丽人

神女与丽人的形象在宋玉笔下获得了比前人丰满得多的表现。神女与丽人的差异，在于神女乃是大自然变幻不定的影像和人间绝代佳人的交融，同时富于人情味和人类正常的生理欲求。如《高唐赋》序文所述："其始出也，對（duì, 云气浓）兮如松榯（shí, 木竹直立状）；其少进也，晰兮若姣姬，扬袂障日，而望所思。"既有自然的形象与属性，又有人类的行为与情感，这就是神女超越丽人的特性。在《神女赋》序文中，宋玉以旭日东升映射云霞的五彩缤纷和无穷变化来形容神女的“朝云”形象。这无疑是空前的创造。尽管《诗经》已用“东方之日”[1]比喻新婚洞房中新娘子的娇艳，但与巫山神女的“环姿玮态”相比，仍然不可同日而语。前者只是人像的联想，后者则是美景的感受。神女有日月般的光彩，如花的艳色，如玉的体温，若兰的气息，以及“采照万方”的盛饰和“婉如游龙”的飞翔，还有“扬袂障日而望所思”的一往情深。就连庄子，也没有写出如此英采绝伦的神女形象。与来时热情奔放，去时柔情缱绻的巫山神女相比，《逍遥游》中那个居于藐姑射山的神女，不过是“肌肤若冰雪”、“不食五谷，吸风饮露”的冷美人而已。在《神女赋》正文中，梦中神女的体貌又得到了进一步的刻划。宋玉用“阴阳”亦即云霞与日光的交互辉映，以及飞翔的翡翠鸟在阳光下所展现的羽毛的艳丽来表现神女的“姣丽”、“渥饰”与“华藻”。宋玉还对神女的瞳孔、眼珠、眉毛、朱唇作了精细入微的连续刻划，这也是前所未见的。值得注意的是，楚人对女性的审美标准，从楚灵王好细腰到《大招》的“小腰秀颈”，两百多年基本不变，但巫山神女却是“貌丰盈”和“素质干之醲

---

[1] 《诗经•齐风•东方之日》。

实”，亦即白皙、丰满且散发烈酒般的体香，这就更多地带有宋玉个人的理想色彩了，这或许与宋玉的故国——宋国的审美风尚有关亦未可知。宋玉是第一位把笔触伸进爱情梦境的作家，他对梦境以及神女的容貌、情态、心理的描摹，不仅富于开创意义，而且达到相当水准。

丽人形象的描绘以《登徒子好色赋》的一节最为传诵：

> 天下之佳人，莫如楚国。楚国之丽者，莫若臣里。臣里之美者，莫若臣东家之子。东家之子，增之一分则太长，减之一分则太短。著粉则太白，施朱则太赤。眉如翠羽，肌如白雪，腰如束素，齿如含贝。嫣然一笑，惑阳城，迷下蔡。

否定式排除句的连续运用，使“东家之子”的出场，产生了“明月出而群星退”的艺术效果。各种条件不同的读者，都会公认这位宋玉的“东邻”是天下的绝美者。奥秘在于“东家之子”不仅具有“著粉则太白，施朱则太赤”的天然丽质，而且具有“增之一分则太长，减之一分则太短”以及“腰如束素”的神秘比例，所以能够满足一切人对美女的最高期待。同时他又将《诗经》美人的“巧笑倩兮”，推衍为“嫣然一笑，惑阳城，迷下蔡”，增加了“笑”和“美”的效应描写。这方法不独是汉乐府《陌上桑》写罗敷之美的先声，而且是唐人《长恨歌》“回眸一笑百媚生，六宫粉黛无颜色”的张本。

值得文学史家格外注意的是：宋玉赋不仅描写了神话中的神女，虚构中的“东家之子”和“主人之女”，他那支多情的笔，也曾描写了劳动生活中的青年女性。在《登徒子好色赋》中，“秦章华大夫”说：

> 臣少曾远游……出咸阳，熙邯郸，从容郑、卫、溱、洧之间。是时向春之末，迎夏之阳，鶬鶬鹏喈喈，群女出桑。此郊之姝，华色含光。体美容冶，不待饰装。

对比《招魂》中“美人既醉，朱颜酡些”、“娭酒不废，沉日夜些”的宫中群女，这些在大自然中劳作的姑娘们确实美丽得多。她们不靠颜料的涂抹，酒精的刺激，青春的脸庞自然焕发出生命中最美艳的色彩。

四、展示长江三峡的自然景观

宋玉之前，奇丽的三峡景观完全是一片文学的处女地。尽管屈原曾在《九歌•山鬼》中虚构过巫山风物，但毕竟属于想象或传闻之词。是宋玉第一次把那里奇艳的朝云、神秘的暮雨、险峻的群山万壑、汹涌澎湃的险滩急流，转换为精采的艺术语言和艳丽的神女形象而千秋传诵。作者言：

> 登巉（chán）岩而下望兮，临大阺（dǐ，山旁突出处）之稸（蓄）水。遇天雨之新霁（jì）兮，观百谷之俱集。
>
> ……
>
> 在巫山下，仰视山巅……俯视崝（峥）嵘……不见其底。虚闻松声，倾岸洋洋，立而熊经。久而不去，足尽汗出。
>
> ……
>
> 上至观侧，地盖底（dǐ）平。

“登巉岩而下望”、“临大阺”、“遇天雨之新霁”、“观百谷之俱集”。“在巫山下，仰视”、“俯视”、“不见其底。虚闻松声”、“久而不去，足尽汗出”、“上至观侧”云云，完全是亲临观察的语气（文字上模仿《庄子•刻意》和《田子方》）。作者是什么季节登临的呢？因三峡地暖，节物与中土不同，故后文有“玄木冬荣，煌煌荧荧”的描写，指桂树在秋冬之际开出黄色与白色的繁花。证据见屈原的《远游》：“嘉南州之炎德兮，丽桂树之冬荣”。唐代著名诗人岑参曾任嘉州刺史，其《招北客文》也指出三峡上游的气候是“花叶再荣，秋冬如春。暮夜多雨，朝旦多云”。所述均与此同。故《高唐赋》的登临地点之一是在江峡巫山半山腰的“大阺”和“倾岸”之上，时间是秋末冬初某次一夜大雨初停之后。此时天雨新霁，百水注江：

> 长风至而波起兮，若丽山之孤亩（丘）。势薄岸而相击兮，隘交引而却会。崪（cuì）中怒而特高兮，若浮海而望碣石。……奔扬踊而相击兮，云兴声之霈霈。

这是中国文人献给长江的第一支赞歌。

巫山十二峰分布于巫峡南北岸，北岸神女峰最为纤丽奇俏。因峰顶兀立一个人形石柱，宛如娉婷少女，人称神女峰。它每日最早迎来朝霞，最后送走晚霞，又称望霞峰。刘禹锡《巫山神女庙》诗说它“片石亭亭号女郎”、“晓雾乍开疑卷幔”，这种情形，与《高唐赋》所述“晰兮若姣姬扬袂，而望所思”何其相似！当巫山云彩“崪兮直上”、“若驾驷马，建羽旗”时，又和现代气象学所说的“旗云”若合符节。《气象学词典》如此描述“旗云”：“亦称‘云旗’。在山峰处呈旗子状的一种地形云。气流绕过山峰，在背风坡形成涡旋，如果水汽充沛，则在涡旋上部靠近山峰处常有云形成。这种云紧贴在山的背风面上，并随风向后伸展，好象山顶上有一面旗子在飘扬。”[1] 观察细致而准确，表达灵动而传神，显示出宋玉与众不同的文学个性。

宋玉还仔细描写了高唐观附近那些可亲可爱的山花野鸟：

> 箕（jī）踵（zhǒng）漫衍（yǎn），芳草罗生。秋兰茝（chǎi）蕙，江离载菁（jīng）。青荃（quán）射干，揭车苞并。薄草靡靡，联延夭夭。越香掩掩，众雀嗷（áo）嗷。雌雄相失，哀鸣相号。王雎鹂黄，正冥楚鸠。姊归思妇，垂鸡高巢。其鸣喈（jiē）喈，当年遨（áo）游。更唱迭和，赴曲随流。

如此集中地描写众多花鸟，先秦时期，实为仅见。当然，巫山的奇美与神秘，全在云雨。杜甫居于三峡多年，其《寄柏学士林居》诗云：“巫峡日夜多云雨。”元稹的《离思》诗更说：“除却巫山不是云。”《高唐赋》开篇就写巫山之云：“望高唐之观，其上独有云气。……须臾之间，变化无穷。”从高峰俯视，由于云遮雾掩，故江涛声与山泉声一并从翻腾的云海深处传出，形成“云兴声之霈霈”的奇观奇响。三峡地貌及其云雨成为举世闻名的自然景观，宋玉功莫大焉。

宋玉所写，是否就是长江三峡呢？对此，大陆、台湾均有学者表示怀疑或否定。他们认为楚襄王时期，秦楚之间的政治形势与战争格局，不允许宋玉君臣远赴三峡观光怀古，登高作赋。其实不然。

---

[1] 《气象学词典》，上海辞书出版社1985年版，第965页“旗云”条。

第一，从《山海经》开始，古人一直认为巫山在西南地区的峡江一带。《山海经•大荒西经》言“西南大荒之中”“有大巫山”，又言：

有人无首，操戈盾立，名曰夏耕之尸。故成汤伐夏桀于章山，克之，斩耕厥前。耕既立，无首，走厥咎，乃降于巫山。

意为成汤当着夏桀之面斩杀夏耕。夏耕的身躯倒下之后又站了起来，虽然没了脑袋，仍然奔跑不止，避免了躯体被进一步伤害，最后停留、躲藏在巫山山系的群山之中。这显然是说夏桀的部族逃到了巫山。夏耕一族何以选择巫山为避难之所呢？原来早在夏初，巫山就是夏族的领地了。《海内南经》载：

夏后启之臣曰孟涂，是司神于巴，巴人讼于孟涂之所，其衣有血者乃执之，是请生。居山上，在丹山西。

丹山在今秭归、巴东一带，属于巫山范围。孟涂是夏启母亲涂山氏的族人，夏启委派他到巫山地区主持巴人的神判（审判），实际上就是作为巴人的统治者。巫山神女的神话就是由夏越民族带入三峡地区的原生神话。例如唐人余知古《渚宫旧事》卷3《周代下》引晋人习凿齿的《襄阳耆旧记》，巫山神女就自称：“我夏帝之季女也，名曰瑶姬。”足见巫山神女是夏越民族所创造的神话人物。其他地方有巫山，但无神女（包括地形特征的神女峰），即使有神女故事，也只能是次生的，由于族群迁徙而新增的。[1]这一点，出土文献也可间接证明。《战国楚竹书•容成氏》讲述夏朝末年，成汤不断进攻夏桀，夏桀依次“逃之鬲山氏”、“逃之南巢氏”、“去之苍梧之野”，其核心支系来到了南方，因此，今湖北鄂州一带称为扬越，峡江一带称为夔越，成都一带在甲骨文中被称为西戉（西越）。良渚文化的巨型玉琮也出土于成都。在文献中，《史记•楚世家》曾载东周早期周惠王（前676—前657在位）特许楚成王（前670—前626在位）“镇尔南方夷越之乱”；战国《越人歌》产生于长江中游；湖南里耶秦简也有“越人城邑反蛮”字

[1] 值得注意的是：被迫迁徙者一旦危机过去或事过境迁，部分不适应新环境者就会潜回原地。例如20世纪末叶的三峡水库移民，就有部分返回故地的更高地势的区域，重新开辟土地耕作与生存。这可以解释为何同一传说，会在原创地和迁徙地同有记载或同时遗存的文化现象。

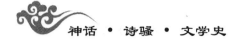

样。诸多史迹一再鲜明地凸显了夏越民族的西南迁徙路径和沿途留居的事实。所以，宋玉赋中的巫山神女的居所，只能是峡江地区的巫山。

第二，宋玉的同时代人苏秦曾经给秦惠王（前338—311在位）上书，所言巫山也是与黔中郡连在一起的："大王之国，西有巴、蜀、汉中之利……南有巫山、黔中之限。"[1] 查著名史家杨宽《战国史》的附录一《战国郡表》之四《楚国设置的郡》，黔中郡为楚威王时设置，因黔山而得名，辖境有今湘西和黔东北；巫郡为楚怀王时所设，因巫山而得名，辖境有今湖北清江中上游及川东。[2] 巫郡既然是因巫山而得名，并且是楚怀王新设，则宋玉所写，只能是峡江的巫山。

第三，再查同书《战国大事年表》[3]，楚顷襄王自即位的次年即前297年起，直至前281年，整整17年间秦楚两国无战事。因为顷襄王即位之初，齐国派兵索要楚之"东国"五百里地，秦发救兵退齐。顷襄王六年（前293），秦楚议和。次年，顷襄王取秦女。由此奠定两国的和平时期。所以，宋玉君臣完全可以自由地往返三峡。此后两国数度交兵，楚尽失巫、黔两郡及都城郢，至前278年迁都于陈（今河南淮阳），国运从此江河日下。宋玉的《高唐赋》及其襄王欲见神女的愿望，应该创作于秦派司马错由蜀攻取黔中郡（前280）的前几年。本赋之末的"王将欲往见，必先斋戒（gài）。……盖发蒙，往自会（kuài）。思万方，忧国害。开贤圣，辅不逮"，可以理解为极具针对性和前瞻性的国家战略的先见之明。

第四，《高唐赋》描写大雨之后汹涌的江水"若浮海而望碣石"，只有长江干流而不是支流才能担当得起这个"望"字。

正是多年的秦楚相安，已让楚襄王忘国忧患、耽于淫乐，连秦得巴蜀这样的亡国教训与国际危机也不加警觉，宋玉才会产生创作《神女赋》和《高唐赋》的艺术冲动和构思。否则，楚国迁都之后已经经历了失地之痛、丧都之耻、生灵涂炭之哀，襄王还要做什么往见神女的风流之梦，宋玉还要说什么"忧国害"的话，就是极不合适更不合理的政治行为和完全没有必要的艺术讽谏了。

---

[1] 诸祖耿编撰：《战国策集注汇考》卷三《秦一》（增补本），凤凰出版社2008年版，第118页。

[2] 杨宽：《战国史》，上海人民出版社2003年版，第679页。

[3] 杨宽：《战国史》，上海人民出版社2003年版，第714-716页。

五、始创娱乐文学

宋玉作为楚王的文学侍臣，少不了要写些引逗楚王开心的作品。这些作品的主要功能就是娱乐，辩诬和讽喻都是其次。也只有让楚王高兴了，辩诬和讽喻的目的才能达到。在本文认定的宋玉作品中，除《九辩》的沉痛压抑之外，都不同程度地给人以轻松、通俗之感。究其原因，便是娱乐的性质所致。此种特色的形成，大约与襄王在继位前期的19年里，楚国的国际形势尚未十分紧张有关。

宋玉文学的娱乐色彩，首先是那些大而无当或不近人情、使人惊怖的大言、小言的语言游戏。这是战国常见的一项与思维训练有关的智力活动。对文学思维也具有极大的促进作用。它们常常使作家超越于现实的时空与行为，冥想种种非现实的，甚至非物理的时空，以及发生于这些特殊时空中的离奇事件。战国时代，天文学、物理学思想获得空前发展：宇宙无始终、无边际、物质无限可分等等，成为众多思想家讨论的话题。大言、小言的智力游戏，正是在这种空间理解力空前大解放、大提高的文化背景下产生的。《大言赋》、《小言赋》是一对姊妹篇，近年，李学勤先生用《易传》与《小言赋》对勘，又用出土的《唐勒》残赋与此二赋比较，认为皆是宋玉作品[1]。此一结论代表了学术界较为一致的看法。

据《大言赋》所述，楚襄王在阳云之台主持了一次“有奖大言竞赛”。他首先说：“操是太阿戮一世，流血冲天，车不可以厉。”为何如此杀气腾腾，充满血腥味呢？《史记•楚世家》顷襄王18年（前281）载：“楚欲与齐、韩联和伐秦，因欲图周。”襄王既然有过“伐秦”、“图周”的雄心或头脑发热，那么，他在此前或此后口出“大言”，杀机毕露，也就在情理之中了。接着唐勒讲了一个绝天维、转北斗、平泰山的巨形力士；楚贵族景差讲了一个以闪电和降雨为原型的“吐舌万里唾一世”的虚拟巨怪。但是，只有宋玉“长剑耿耿倚天外”的大言，才比较符合襄王的趣味。不过光倚剑而无行动，襄王很不满意，提醒说：“未也！”宋玉领会襄王以利剑血洗世界的野心，于是描述了一个“占领了全部空间”的

[1] 李学勤：《<唐勒>、<小言赋>和<易传>》，《齐鲁学刊》1990年第4期。

超级巨人:“并吞四夷,饮枯河海。跋越九州,无所容止。”这里的“九州”乃是当时流行的世界政治地理概念。“大九州”的学说认为:中国并不处在世界的中心,而是位于世界最东南端的一个小角,仅仅占“大九州”亦即全部陆地世界的 1/81。大言竞赛以宋玉获胜而结束,因为宋玉大言与襄王意欲盲目统一中国的思路相吻合。宋玉之所以获奖甚至获宠,根本原因就在于他比别人更能善解王意。

《小言赋》不像《大言赋》那样具有强烈的政治色彩,可以说纯是语言游戏而已。但“小言”的作用是大大刺激了作家们的“视觉想象力”(T•S•艾略特语)。其中唐勒的两次小言虽然模仿《庄子•列御寇》和《外物》的痕迹过重,但也别有情趣,尤其是后一次小言:“馆于蝇须,宴于毫端。烹虱胫,切虮肝。会九族而同哜(吃),犹委馀而不殚。”最后当然还是宋玉的小言夺冠,因为“无内之中,微物潜生”之说,完全可以看作是对细菌等微生物的天才猜想。宋玉作品涉及大言的,尚有《钓赋》、《对楚王问》和《招魂》。《钓赋》的“建尧舜之洪竿,摅禹汤之修纶,投之于渎,视之于海,漫漫群生,孰非吾有”的“大王之钓”,极类《庄子》的《外物》与《说剑》,也与宋玉本人的《大言赋》相一致。《对楚王问》直接脱胎于《庄子•逍遥游》的鲲鹏故事,但个别句式如“鲲鱼朝发昆仑之墟,暴鬐于碣石,暮宿于孟潴”,则取自《离骚》而加以变化。

宋玉文学的娱乐色彩的第二点,是一种以女性为娱乐素材的胡编乱造的笑话。这在田间地头和茶楼酒肆的民间文学与通俗文学中最为常见,宋玉不妨说就是这一派的文宗。如《讽赋》显然是用笑话小品的方式为自己辩诬,因为唐勒在襄王面前说宋玉“身体容冶,口多微词,出爱主人(旅店老板)之女”,品行不端,请大王疏远他。宋玉如果正面否认与反驳,效果不一定很好。利用襄王爱听的极富刺激性的笑话小品进行反驳,证明自己面对主人之女炽烈如火的百般挑逗,依然保持“幽兰白雪”、“秋竹积雪”般高洁冰冷的情怀,令襄王佩服得赶紧声明他难以做到。这就在极为轻松的气氛中击败了对手,同时又投襄王之所好,博得新的好感与信任。

《登徒子好色赋》言登徒子在襄王面前攻击宋玉“又性好色,愿王勿与出入后宫”。把宋玉好色与襄王后宫相牵扯（《风赋》言宋玉曾与襄王“游于兰台之宫”），这可是一个掉脑袋的玩笑。故宋玉便以更尖刻、更辛辣、更令襄王发笑的语言进行反击。他先夸赞自己的女邻居如何的绝美而且绝媚，天下无人能够抵挡她的美与媚的诱惑，唯有宋玉，在“此女登墙窥臣三年”的不寻常的情况下，依然理智清醒，“至今未许也”。突然话锋一转：“登徒子则不然，其妻蓬头挛耳，齞（yàn）唇历齿。旁行踽 (jǔ) 偻 (lóu)，又疥又痔。登徒子悦之，使有五子。王孰（熟）察之，谁为好色者矣！”当然，登徒子之妻肯定并非如此之丑，宋玉也只是信口开河编笑话而已。目的是用极有讽刺锋芒的笑料，化解对方暗藏杀机的谗言。其结果是用语言的铆钉，将“好色之徒”的标签永远钉在了“登徒子”的额头上。

尽管这样，由于宋玉总体上是在编造以女性为娱乐素材的笑话，这就难免使笑话本身格调不高，流于庸俗。在笑话中，女性（包括非笑话中“自荐枕席”的巫山神女）总是扮演性主动的角色。仅这一点，就使得宋玉的那份“冰洁”，那份“不敢仰之视”的腼腆，显得十分矫情与虚假。也正是这个原因，从未有人将宋玉与坐怀不乱的柳下惠并尊为道德的楷模。

与上述笑话接近的，还有长诗《招魂》。在庄严肃穆地呼唤“魂兮归来”之后，突然换以美女如云，烛光摇曳，秋波荡漾，纵情欢娱的场面。这是先秦文学中唯一集中刻划宫廷女性群体生活的一处文字，涉及了女性的年龄、发式、体形、眼波、脸色、肌肤、服装、歌舞、宴饮等方面，以及“士女杂坐，乱而不分”的酒后失控行为。如此放浪不羁的歌舞声色，“娱酒不废，沉日夜些”的节日般狂欢，可以使人想见其国风气、其王喜好。与《神女赋》、《讽赋》等篇单写一位丽人相比，这里的女性群像别是一番风景。与《好色赋》中的郊外采桑群女相比，也具有人工装饰美与天然本色美的不同。

为何屈宋作品中会如此集中地、反复地描写女性，甚至以娱乐的心态来刻划女性呢？过去对此问题有过种种不甚切实的说法。我以为屈宋作品多是以楚王作为第一读者而创作的，所以首先应该考虑楚王“期待”

听到什么。《战国策•楚策三》载张仪问楚怀王："王徒不好色耳？"怀王竟坦然反问："寡人之独何为不好色也？"这是一代君王不讳"好色"的自我表白。《淮南子•主术训》又载："顷襄好色，不使风议。"襄王好色还不准别人讽谏议论。明乎此，宋玉公然以"好色"为赋并力辩自己并不好色就好理解了。宋玉一再表白不为美女的绝色多情所动，或许意在辩诬之外，还想对襄王有所劝诫，只因襄王不准别人讽谏，宋玉才不得已采用娱乐方式曲折地表达主题，并题其中一篇为《讽赋》。不过这样一来，宋玉那点并不显豁的讽喻之义，也就随之被彻底淹没了。因此，就其作品的实际效应而言，宋玉堪称第一位娱乐文学大师。

六、确立"微词讽谏"的文学传统

宋玉作品 5 次提到宋玉本人"口多微词"：《讽赋》3 次，《登徒子好色赋》2 次。微词就是隐晦的批评，亦即把批评的意见隐藏在述说另一问题的语言之中。我相信司马迁是读过大量宋玉作品尤其是《讽赋》与《好色赋》的，所以司马迁在《史记•屈原列传》中对以宋玉为首的楚末文人的历史评价是"皆祖屈原之从容辞令，终莫敢直谏"。"从容"取自宋玉《九辩》："然中路而迷惑兮，自压按而学诵。性遇陋以褊浅兮，信未达乎从容。""莫敢直谏"即"微词讽谏"的另一说法。具体表现请看《对楚王问》："楚襄王问于宋玉曰：'先生其有遗行与？何士民众庶不誉之甚也？'宋玉对曰：'唯。然。有之。愿大王宽其罪，使得毕其辞。'"辞的本义是"诉讼"或"口供"，《说文》云："辞，讼也。……犹理辜（治罪、判决）也。"宋玉被人诬告，接近于有"罪"，楚王允许这位被告"先生""毕其辞"亦即尽情申辩。但宋玉并没有直接讲述自己"无罪"的事实，而是讲了一个"曲高和寡"的故事，以及"蕃篱之鷃"不能理解凤凰和"天地之高"、"尺泽之鲵"不能理解鲲鱼和"江海之大"的比喻，然后说："世俗之民，又安知臣之所为哉！"演说洋洋洒洒，从容不迫，征庄引屈，联想丰富，文辞华美，但又与"证据"全不相关。这就是典型的"从容辞令"，而宋玉所要表达的中心意思即讽谏襄王不要听信群小之言的意见，却完全隐藏在一连串的故事与比喻之中。

“微词讽谏”的典型作品还有《风赋》和《高唐赋》。在《风赋》中，宋玉说楚地盛夏之风有雄雌二种，吹入宫廷的叫“大王之雄风”；吹入民间的叫“庶人之雌风”；前者使王“快哉”，是令人心旷神怡的清凉之风；后者使民“死生不卒”亦即“不死不活”，是在“穷巷之间”对下层人民造成诸多疾病和痛苦折磨的瘟湿热风。宋玉在这里首次显示了一个外地文人对楚地的盛夏热风（今日尤烈）的强烈感受。将夏天之风分为雄雌二种，我以为与《庄子•天下》引《老子》28章“知其雄，守其雌，为天下溪”的思想有关。宋玉显然是接受了老庄的思想，希望襄王关心生活在污垢环境中的下层人民，收纳他们，保护他们，使自己不失德，使人民不离心，使国家拥有更多的热爱君王的人民。然而这一层用意未免过于隐晦曲折了，襄王未必就能领悟。又如《高唐赋》讲述了一个楚国历史上楚王与巫山神女梦中风流的故事，中心意思是要襄王仿效先王，重视巫山这一楚国屏障[1]和盐库[2]的重要作用。但这一意思却是到了赋的结尾才点明：“盖发蒙，往自会。思万方，忧国害。开贤圣，辅不逮。九窍通郁，精神察滞，延年益寿千万岁。”襄王如果能使自己的心灵不受蒙蔽，前往巫山自然会见到神女[3]，如果能留心国际关系，忧虑危害国家的各种因素，启用贤圣之才，弥补自己能力之不足，才可能精神愉快，保证国运长久，“延年益寿千万岁！”这就是所谓“曲终奏雅”，影响汉赋创作甚巨。

“微词”的艺术技巧不始于宋玉，但先秦时代以宋玉运用得最具文学性。一篇叙述事实的申辩词，绝不会成为千古传诵的文学名篇，但“从容辞令”和“微词讽谏”的《对楚王问》，却使人百读不厌。这一特点渗透在宋玉的多数作品之中，而且与国家政治相关，所以，可以说是宋玉首先在文学史上确立了这一传统。

---

[1] 章炳麟《蓟汉闲话》认为：“楚上游之险，唯在于此。怀王虽被留，犹不肯割以予秦；襄王既立，宜置重兵戍守。而当时绝未念及，故玉以赋感之。人情不肯相舍者，莫如男女，故以狎爱之辞为喻。”

[2] 任乃强《华阳国志校补图注•说盐》：“宋玉的《高唐》、《神女》两赋……那是歌颂巫盐入楚的诗赋。”上海古籍出版社1987年版，第54页。又，《三国志•魏书•卫凯传》云：“盐，国之大宝也。”

[3] 《神女赋》中梦见神女的是宋玉而非襄王。《开元占经》卷113《人及鬼神占•神瑞•神女》引《瑞应图》说：“美女者，盖神女也，君德远被则至。”

七、历史地位与功过评说

依照本文观点，宋玉与文学史上第一位大散文家庄周的故土——宋国，有着某种今人还无法了解的关系。东晋襄阳人习凿齿撰《襄阳耆旧记》载楚襄王对宋玉云："子盍（何不）从楚之俗，使楚人贵子之德乎？"也是把宋玉当"外国人"看待的语气。这可以解释宋玉为何在创作上偏离屈原而更多地倾向于《诗》、《易》、《老》、《庄》的艺术风格。宋玉文学明显具有四大上源：一、屈原辞；二、庄周文；三、《诗》、《易》、《老》的文化传统；四、楚地民间传说。或许正是这些原因与条件，才使他成为先秦文学史上仅次于庄屈的具有独特成就的文学大家。诚如欧阳修所云："宋玉比屈原，时有出蓝之色。"[1] 当代楚辞学大师姜亮夫先生也说："从战国以后的文学发展来分理细绎一番，我们发现宋玉所撰各文，影响于后世者极大而且多，比屈原影响于'文学'方面还大得多。"[2] 从文学史角度看，宋玉创下了好些"第一"：第一位"悲秋"诗人，第一位写景高手，第一位刻划"女色"、女子性心理和男子性梦心理的作家，第一位赋体文学大家，第一位游衍于诗、赋、文领域的三栖型文学家。他创造了许多极富生命力的文学词汇。他塑造的一些文学形象包括他自己的形象，一直活跃在以后的文学史中。从伦理学角度看，也许有人因其作品"劝百讽一"的娱乐效果而判为过大于功；但从文学角度看，宋玉作品题材广泛，文体多样，手法繁富，文采艳发，形象鲜明，对文学发展作出了多方面的贡献。我以为其功甚大，其过甚小。宋玉文学史地位的特殊之处，大要有如下 6 点：

1. 宋玉标志着先秦文学的终结与转型。他以楚辞体的《九辩》作为先秦诗的光辉结束，又以大量的赋显示文学的转型。宋玉赋是在庄周文的基础上，吸收屈原辞而形成的新文体，与荀卿赋截然不同，对后代文学的影响也更为巨大。这是由他亦宋亦楚、亦庄亦屈、亦诗亦文的文化知识结构以及文体的综合性与独创性所决定的。概言之，宋玉处在中国文学主流的一个转折点上，既标志着早期诗的结束，又标志着早期赋的兴起。

2. 宋玉是赋体文学"第一次浪潮"的领袖。汉赋之前，楚赋的作者、

[1] 郭绍虞辑：《宋诗话辑佚》上册《陈辅之诗话》，中华书局1987年版，第291页。
[2] 姜亮夫：《楚辞学论文集•宋玉简述》，上海古籍出版社1984年版，第465页。

作品已有相当规模和成就，其中以宋玉最为杰出。班固《汉书•艺文志》说宋玉赋有16篇，与之相似的唐勒赋只说有4篇，景差赋未见记载。就连别一类型的荀子赋也只载10篇之数。更何况宋玉是一个主观色彩极为浓烈的作家，其赋每写一景一物，一人一事，都挟带着强烈的甚至是夸张的自我情感注入其中，他既能让他的所悲闻者动容，也能让他的所爱千载流芳，更能让他的所憎遗臭万年！因此，无论是从数量还是从质量、独创性和影响看，宋玉均超轶群伦。

3. 宋玉大大拓展了感伤与通俗的文学领域。《诗经》、庄周文、屈原辞都有感伤成分，但均不如宋玉作品突出、集中与全面。庄周和屈原的感伤是超人或伟人的感伤，宋玉的感伤则是凡人的大众的感伤。通俗文学有三大特点：离奇的故事情节、美丽多情的女性、浓淡多寡不等的性挑逗色彩。宋玉诸赋有的颇合这些标准。同样是写民俗与神话，屈原的《九歌》写得优美而雅洁，缥缈而深情；宋玉写女性则未免轻薄浮荡。屈原以崇敬的心情写女神，宋玉则以世俗愿望写女神；屈原把俗的文学（如民间祭祀歌词）雅化，宋玉则把雅的文学（如神女传说）俗化。

4. 宋玉作品创造了一套有别于屈原作品的象征符号。屈原在忠君、忧民、恋楚与理想人格方面，创造了一套独特的符号如龙、凤、香草、美人、恶鸟……。宋玉则是在悲秋怜己、漂亮男女及其浪漫恋情方面，创造了另一套符号，如秋气、草木摇落、登山临水、贫士失职、巫山、阳台、高唐、神女、云雨、襄王、登徒子、宋玉、东家之子……。这两套符号共同作用于中国文学史的不同层面，造成不同的文学景观。从中国文学的总体系统看，“宋玉符号”的增殖领域显然要比“屈原符号”的增殖领域宽广得多。因为“屈原符号”一般只具有第一人称单数的抒情功能，只能在典雅的抒情诗歌的特定领域出现。“宋玉符号”则同时具有抒情与描述的两种功能，可以广泛“流通”在诗歌、散文尤其是通俗化程度较高的戏曲、小说领域。正是这种思想价值不等，但文学功能又不可互代的两套符号体系的各自独立性，才使宋玉在文学史上获得了与屈原并称的地位。应当看到，能创造一套符号以影响文学史的作家为数不多，至于影响的深远与广泛，更属寥寥！

5. 宋玉将中国文学的景物描写水平提升到了新的高度。宋玉之前，《诗经》只有物色而无景色。《庄子》除大海与风外，多是鸟、鱼、树之类的独体形象，也是物色多而景色少。屈原辞以抒情为本位，具有独立存在价值的风景片断也不多。到了宋玉的《高唐赋》，中国大地上的壮观风景，才开始以长篇巨幅的系列形象和整体场面，被描绘在古典文学的殿堂之中。论四季，他的《好色赋》写春，《风赋》写夏，《九辩》及《高唐赋》写秋冬。论自然风物，他写了日月、星空、风云、雨露、霜雪、岩石、江岸、山峰、激流、花鸟、虫鱼、树木……。例如《九辩》之写日月星空："白日晼晚其将入兮，明月销铄而减毁"、"仰明月而太息兮，步列星而极明"，其意象、情感、境界，比于唐诗，风神不减。

6. 宋玉对后世文人产生了深刻影响。《九辩》而后，"悲秋"之歌，代有续唱，佳作如林。虚构或描绘美女仪态情思的作品也影响深远。初唐王勃是将诗歌从宫廷扩展到江山塞漠的功臣之一，其《秋日饯别序》云："黯然别之销魂，悲哉秋之为气，人之情也，伤如之何！极野苍茫，白露凉风之八月；穷途萧索，青山白云之万里。"可见受宋玉影响极深。正因为如此，《滕王阁序》才会有写秋名句："落霞与孤鹜齐飞，秋水共长天一色！"杜甫、李商隐对宋玉倾心服膺，究其原因，或系中原文人而滞留三峡，异方风土，感受多同。杜甫《雨》诗云："楚宫久已灭，幽佩为谁哀？侍臣书王梦，赋有冠古才！"此老乃中国诗圣，他对宋玉如此钦佩，甚至说"摇落深知宋玉悲，风流儒雅亦吾师。怅望千秋一洒泪，萧条异代不同时。"[1] 实在令人深思。李商隐专以《宋玉》为题赋诗云："何事荆台百万家，唯教宋玉擅才华？"陆龟蒙《读<襄阳耆旧传>因作诗五百言寄皮袭美》云："汉皋古来雄，山水天下秀。……自从宋生贤，特立冠《耆旧》。《离骚》既日月，《九辩》即列宿。卓越'悲秋'辞，合在《风》《雅》右。"在陆龟蒙看来，宋玉"卓越"的诗歌成就，地位虽在屈原之下，却在《风》《雅》之上。老杜、小李之后，神似宋玉者，当推北宋柳永。柳永不仅有"三秋桂子，十里荷花"、"霜风凄紧，关河冷落，残照当楼"的写秋名句，而且径比宋玉："景萧索，危楼独立面晴空。动

[1] 杜甫：《咏怀古迹五首》之二。

悲秋情绪，当时宋玉应同”[1]。叶嘉莹女士云：柳永“把中国词的发展达到了一个新的开阔的境界”，即“把词里的感情从‘春女善怀’转变成了‘秋士易感’的感情了”[2]。每当中国文学的轨迹有所转换，即从狭窄的人际、人身、人思、人情发展向广阔的宇宙自然时，总能发现宋玉的某些影响。这或许更是宋玉在文学史上不可低估的地位。

原载《中南民族学院学报》1995 年第 4 期。又载中国人民大学复印报刊资料《中国古代、近代文学研究》1995 年第 10 期；本文主要内容又见赵明主编《先秦大文学史》第三编第五章《宋玉其人及其作品》，吉林大学出版社 1993 年版，第 492——539 页（该章由我撰写）；2001 年 8 月，岳麓书社出版了吴广平教授编注的长达 42 万字的《宋玉集》，蒙作者惠赠一部并赐函云：“罗漫教授：您好！经常读到您的文章，十分钦佩！……现寄呈拙编《宋玉集》一册给您，请您批评指正！书中我对您的研究成果多所吸收，《前言》的第 8、14、31 页，正文的 80、81、106、110、116、121、130、472 页，均引述介绍了您的观点。《前言》还对您的宋玉研究作了评述。……我从您撰写的宋玉研究宏文中获取了教益、受到了启发，再次感谢您！紧握您友谊的双手！即颂 身笔双健！ 吴广平 2001 年 9 月 1 日”

《宋玉集•前言》略云：“由于银雀山出土了宋玉赋佚篇《御赋》，以此为参照，人们对传世的宋玉作品有了新的认识。随着文本研究的深入，重评宋玉，还其应有的文学史地位，已日益引起学术界重视。在这方面，罗漫先生可说得风气之先。他为赵明先生主编的《先秦大文学史》……撰写的……‘宋玉其人及其作品’和他在《中南民族学院学报》……发表的《宋玉的文学贡献与历史地位》一文，正是在这一学术背景下，提出了许多独到的见解。……”（原书第 31 页）

[1] 柳永：《雪梅香》。
[2] 叶嘉莹：《唐宋词十七讲》，岳麓书社1989年版，第243页。

宋玉的文学与文学的宋玉

"宋玉的文学"研究者相对较多，产生了一定的有创见的学术成果。而"文学的宋玉"则关注不够，对于宋玉何以在主流的文学史、思想史、文化史上评价不高，但历代文学大家如枚乘、司马相如、曹植、李白、杜甫、李商隐、柳永，尤其是民间文学和通俗文学，却对宋玉大加推崇、反复模拟和叙写的创作现象，缺少有说服力的深度研究。不管是"文学的宋玉"还是"宋玉的文学"，整体上尚未达到司马迁以"屈宋"并称的认识水平，也不尽符合宋玉民间文化色彩浓郁的文学实际。研究者惯用的"教授腔、裁判腔、权威腔、新老八股腔"依然少有突破，"复制性很强实无多少见地"（引文为刘再复先生语）的文字长城，依然借助电脑软件和互联网不断以快捷方式绵绵不绝地产生。

一、多面体的宋玉

宋玉的文学，归功于宋玉的创造与接受者的喜爱。两者同样重要：如果宋玉的文学没有那么广阔而有趣的话题，就不会有那么多的接受者蜂拥跟进；如果宋玉的文学没有那么出色的质量，就不会有接受者绵延两千多年的跟进热情。

文学的宋玉，同样归功于宋玉的创造与接受者的再创造。没有宋玉对自己从青春到衰老的、立体而风趣的、多层次多侧面的自我表达、自我描绘、自我揭示、自我吹嘘、自我崇拜，以及游戏君王、贬损同辈、漠视女权、俗化女神、谈政治、谈女人、谈性欲……就不会有那么多的赞美或憎恶。有趣的是，宋玉应当万分感谢这些赞美，同时也应当万分感谢这些憎恶：只有不停的存在于后人千变万化的趣味和情感的激烈争执中，文学的宋玉，青春的活力才不会衰竭，艺术的生命才不致枯萎。

宋玉创造文学，也被文学所创造。真正享有这种待遇的文学家屈指可数：庄周、宋玉、司马相如、李白、杜牧、柳永、苏轼、秦少游、唐伯虎、徐志摩、林徽因……

在某种意义上说，不被遗忘才是真正的活着。他们活在自己的作品里，更为难得的是活在别人的作品里，活在别人长长短短、或浓或淡、或褒或贬、或文字或口头的无休无止的话题中。

无限的多面就接近于圆体。宋玉的形象并非扁平、单一，而是比较丰满、接近浑圆：是宫廷的，也是民间的；是高洁的，也是世俗的；是真诚的，也是矫情的；是写实的，也是编造的；是欢乐的，也是感伤的；是澎湃的，也是冷静的；是嬉戏的，也是严肃的；是肤浅的，也是深刻的；是轻浮的，也是沉重的；是可赞的，也是可批的；是可爱的，也是可怕的；是好斗的，也是温情的；是正面的，也是反面的……

惟其如此，宋玉形象才可能比许许多多正襟危坐、非礼勿言的圣人君子更具文学的魅力，更得接受者的青睐，更容易成为喜爱者、厌恶者、敌视者共同的传播对象。

二、“登徒子”之谜：“官名”+“子”

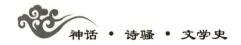

关于“登徒子”，现有三说：其一，“登徒”是复姓，“子”是尊称或男子的通称，登徒子犹如孔子、孟子；其二，“登徒”即“左徒”，楚国官职名称，“子”是后人因为不明“登徒”本义而添加；其三，“登徒”是楚国官名，“子”是尊称，《战国策•齐三》有“臣，郢之登徒也”一语可证。

笔者 1993 年即主张“登徒”是楚国官名，“子”是尊称：

> “登徒”是楚国上大夫官名，“子”是尊称，颇疑“登徒子”即景差，因不便直呼其名，故以官名代之，以“子”尊之。[1]

但直至目前，一般人只愿采取前说。但前说明显缺乏文献证据，也就是说先秦或秦汉时期叫做“登徒某”或“登徒某某”的，目前可以说一个也没有发现。第二种说法虽然仅限推测，但颇具启发性。经过近 20 年的研究，我认为第三说更加符合事实。

既然根本没有人姓“登徒”，同时又与“郢之登徒”的楚国官名相冲突，严格说来，主张“登徒”是复姓，应当是不能成立的、错误的。只是传统的惯性力量太大了，多数学人还不太情愿、不太习惯接受“登徒子”就是“官名”＋“子”。说来真怪，没有一点佐证的说法，居然会被沿袭如此之久而浑然不以为非。习惯之糊弄人，一至于斯！甚至 2010 年出版的《辞海》、《辞源》的“登徒子”词条，仍然和几十年前一样认定：“登徒是姓，子是男子的通称。”[2]“登徒，复姓；子，男子的通称。”[3]可是又完全没有书证。按照传统“无征不信”[4]的原则，上述两大权威辞书的说法是完全没有依据的、不可信从的。

当然，也与我当年没有举出古代“官名”可以＋“子”的证据有很大关系，不能将全部责任往外一推了之。1993 年之后，我特别留心古籍

---

[1] 详见赵明主编：《先秦大文学史》，长春:吉林大学出版社，1993年版，第493页脚注。

[2] 《辞海》缩印本，上海辞书出版社2010年版，第0344页。

[3] 《辞源》缩印本，商务印书馆2010年修订重排版，第2349页。

[4] 《礼记•中庸》（十三经注疏本第1634页）：“上焉者，虽善无征，无征不信，不信民弗从。”意为君主没有好的实际表现人民就不信服。后来表示没有证据人们就不相信。

中有无“官名”＋“子”的例证，果然有所发现，证实当初猜想不误。2003年，我趁编写高等学校教材《中国古代文学作品选》两汉诗歌部分的机会，在注释辛延年《羽林郎》的“不意金吾子，娉婷过我庐”（后文还有“多谢金吾子，私爱徒区区”）时指出：

> 金吾子：对执金吾的尊称，犹战国末楚人称登徒（官名）为登徒子。班固《汉书•司马迁传》亦载：“至王莽时，求封迁后，为‘史通子’。”执金吾：羽林军中的高级军官。掌巡逻京师，汉初称中尉，武帝时改称执金吾，地位与卿同。金吾本是一种铜棒，汉代卫戍京城的武官手执金吾巡夜，故名。[1]

“执金吾”可以省称“金吾”，依此，也可推测“登徒”乃“左登徒”、“右登徒”的省称之说是准确的。王莽时的“史通子”，与“金吾子”、“登徒子”一样，皆是“官名”＋“子”的称谓模式，大约与今人所谓“部长先生”、“总理阁下”没有本质的区别。虽然汉代的“史通子”、“金吾子”晚于战国的“登徒子”，三者不具备时间的同步性。但它们是同一地域、同一民族、同一文化系统中时间距离仅有100～200年左右的职官称谓[2]，具备前后关系的趋同性。因此可信度比较高。特别值得注意的是，王莽本是博学并实行复古之人，东汉著名学者桓谭批评他“嘉慕前圣之治，而简薄汉家法令，故多所变更，欲事事效古，美先圣制度”[3]，既然“欲事事效古”，那么，他对“史通子”的任命（命名），就绝不会于古无征。再有一个理由，就是西汉学者包括王莽见到的战国职官的材料，也可能比后世学者多得多。

因为教材只是针对学生发行，一般学者不屑问津，也难以问津，致使极少有学者知道可以将“登徒子”、“金吾子”、“史通子”联系起来考虑。

此外，桓谭还介绍了一位叫做“张衡”的学者被封为“阳城子”：

---

[1] 王兆鹏主编，李中华、罗漫第一卷主编，《中国古代文学作品选•先秦、秦汉卷》，武汉出版社2003年第1版，第215页。

[2] “执金吾”，汉武帝太初元年即公元前104年由“中尉”改置。

[3] 朱谦之《新辑本桓谭新论》卷四《言体篇》，中华书局2009年版，第13页。

阳城子姓张名衡，蜀郡人，王翁（王莽）时与吾俱为讲学祭酒。[1]

这位“张衡”，不知是否就是葬于南阳的著名辞赋家、科学家、《两京赋》的作者张衡，还有待进一步考证，但“阳城子”显然属于一种官职或封号。

以上对“登徒子”之谜的解说，想必已能成立，但“大夫登徒子”则极为少见，还需再费笔墨。

按《小言赋》开篇云：“楚襄王既登阳云之台，令诸大夫景差、唐勒、宋玉等并造《大言赋》，赋毕而宋玉受赏。”《大言赋》开篇则云：“楚襄王与唐勒、景差、宋玉游于阳云之台。”注意《大言赋》“宋玉”之后没有“等”字，所以在阳云之台进行大小言游戏的始终是楚襄王和他的三个大夫。两文的排名顺序极有讲究：小言时景差在前，大言时唐勒在前，任何时候宋玉都排在最后；唐勒在前时没有“大夫”二字，景差在前时特地冠以“大夫”之称。这一变化说明宋玉相当小心，不能得罪任何一人，但又必须突出景差更为高贵的贵族身份（景差与楚王同姓）。“大夫登徒子”之称，应该是由“诸大夫景差、唐勒、宋玉等”变化而来：“大夫”是三人共有的平级官职，“登徒”及其它官职则是“诸大夫”具体担任的次一级职位。再举一个不一定非常匹配的例证：彭德怀元帅曾任“副总理兼国防部长”、贺龙元帅曾任“副总理兼体育部长”、陈毅元帅曾任“副总理兼外交部长”。如在国际交往活动中，可称陈毅为“副总理外交部长先生”。如此，“大夫登徒子”就不再是什么不可理解的怪名怪物了。

三、“悲哉！”——第一个妙用惊呼语调作诗文发端的文学家

不妨说，年轻时的宋玉是一个情绪型的诗人、作家。遇到刺激，一定会惊叫、高呼、呐喊，藉以减轻内心的压力与伤痛。遇到攻击和伤害，一定会绝地反击，不留情面，用词尖刻，入骨三分，瞅准机会，认准死穴，一招毙命，让对手臭名昭著，一（遗）臭万年！当然，他也会花言巧语，

[1] 朱谦之《新辑本桓谭新论》卷十五《闵友篇》，中华书局2009年版，第62页。

强词夺理，自我文饰，自我贴金，自我保护。

不幸的是，登徒子没有看透宋玉这个功力不凡的语言杀手的厉害，贸贸然趁宋玉偶然不在楚王身边之际，私下里对楚王说宋玉这个青年长相太漂亮，说话太动听，（平时还会弹琴和唱歌）对少女少妇太有魅力，本性又特别好色，千万不要带他出入后宫。潜台词当然是：以前您让宋玉这个好色之徒出入后宫，说不定已经……这可是要人脑袋的阴狠毒招。谁知楚王太喜欢宋玉了，同时也想看看宋玉这小子如何表态，顺便也提前给他一个实实在在的警告。再见宋玉之时——当时还有一个国际贵宾"秦章华大夫"在座，楚王就迫不及待地将登徒子的话原原本本地加以转述。

接下来的故事大家都清楚了：在宋玉的语言利剑之下，登徒子果然"死"得很惨很难看！虽说在1958年，浪漫诗人毛泽东在读宋玉作品时动了恻隐之心，曾经两次想以翻天覆地的伟力，试图为"两千年不得翻身"的登徒子平反昭雪，认为登徒子堪称婚姻模范[1]——其实毛泽东的内心是极为喜欢宋玉的：宋玉的那把"倚天之剑"，他就"抽"去挥舞了一回，将巍巍昆仑"裁为三截"。——但广大国人和多数学人并不知道还有这等最高指示，即使知道，心下是否完全认同也很难说。所以直至今日，"登徒子好色"或"登徒子是好色之徒"的印象和结论，依然铁板钉钉，是一桩"读书人都知道"的常识中的常识。写到这里，宋玉是可爱还是可恨，我似乎也有点说不清了。不过，我倾向于宋玉是可爱的，他只是将一场"自卫反击战"打得过于漂亮而已。

将《登徒子好色赋》这桩广受楚国"高层"和中共"高层"集体关注的公案牵扯进来，是想让更多的人具体领教宋玉语言的冲击力、杀伤力、威慑力、征服力：激烈的情感，激烈的语言，如天雷贯耳，如天剑击地，一旦出口，或者出手，所向披靡，不可抗拒，不可翻案，悠悠千载，威力如故。

《九辩》首章，最能见出宋玉的情绪喷涌，惊呼连连、不可抑制：

> 悲哉！
> 秋之为气也！
> 萧瑟兮，

---

[1] 参看吴广平《宋玉研究》，岳麓书社2004年版，第277-278页。

草木摇落而变衰。
憭慄兮，
若在远行，
登山临水兮，
送将归。

后边，紧接着又是一连串简短而急促的呼叫：

泬廖兮……
寂漻兮……
憯凄增欷兮……
怆怳懭悢（音旷朗）兮……
坎廪兮……
廓落兮……
惆怅兮……

2000多年过去了，我们已经无法完全明白这些极为拗口的惊呼与叫喊，到底包含了多少痛苦、多少愤懑、多少挣扎、多少不平、多少说不清道不明的复杂的、激烈的情感。

《九辩》作为200多句、1500多字的长诗，估计没有几个人能够一口气读完，也没有多少人能够记住它总共说了些什么。但是，开头一句“悲哉！秋之为气也”，却让绝大多数人过目不忘，精神为之一耸，明确知道它表达了什么。因为它实在太独特了！

后来有几个作家兼诗人学习《九辩》的高唱发端，学得很像，也都写成了名篇。散文有3篇：江淹的《别赋》；李华的《吊古战场文》；韩愈的《祭十二郎文》。诗歌则是李白的《蜀道难》。《别赋》第一句——

黯然销魂者，唯别而已矣！

《吊古战场文》首句——

浩浩乎，平沙无垠，敻（xiòng）不见人……

《祭十二郎文》的正文开篇——

鸣呼！吾少孤……[1]

《蜀道难》的第一、二句：

噫吁（hū）嚱（xī）！危乎高哉！蜀道之难，难于上青天。

李白之后，好像，已经绝唱了。当然，现代诗人多的是“啊！啊”，可惜，名篇却是再也见不到了。[2]

四、解构神圣：女人、性欲、政治权力与民间叙事的多重语义

如果想要更为清楚地认识宋玉的某些迷离惝恍的侧面，一定要认真地、深入地解读宋玉文学的民间性。因为那些精彩的语言，缤纷的形象，奇异的情节，可能不少就源于民间传说、民间笑话，不一定完全是真人真事。民间文学最突出的特征之一，就是一旦要对某些不太符合老百姓味口的正统观念、权威人士、神圣事物进行解构，往往先从女性、性欲、性事着手，言在此而意在彼，利用多重语义增加叙事的深度，利用“色”彩增加叙事的有趣性、可听性、可记性和可传性。以现代民间话语表达，就是多多少少都要带一点“色”、“黄”、“荤”。

[1] 据说，林纾有一次讲授韩愈《祭十二郎》文，以凄楚哀抑的声调，朗读头一句“呜呼，余少孤”五个字，其声呜咽，似闻啜泣。学生中有身世之感者，情不自禁地哭了起来。讲解这五个字，林纾费了一小时还没有收束，连上四堂才讲完这一篇。按：韩文之前有一简短小序：“年月日，季父愈，闻汝丧之七日（漫按：民间称为首七），乃能衔哀致诚，使建中远具时羞之奠，告汝十二郎之灵。”

[2] 顾随是燕园名师，其弟子周汝昌撰有纪念之文：先生是外语系本科出身……而经过一番学习领悟，终归“本宗”——返回中华文化高层次造诣境界，而不以西方为“圭臬”或“归宿”。一次，言英文诗一起句就是“Oh! ……”在西方表示激情也，而先生云：“这一Oh,就糟了！”意谓吾华诗国，绝不如此表达感情，此中分别差异极大。漫按：依照顾随先生之见，李白的“噫吁嚱”，不仅连用3个感叹词，而且紧接又是“危乎高哉”，一共是5个感叹词，应该是很糟很糟了，可是《蜀道难》却是古今公认的名篇。足见理论的阳光并不能遍照文学的国土，真正的语言大师总是不受任何限制的。另外，李白连用3个叹词也有可能是受西南民间文化的影响。笔者少年时代曾在农村修建小水坝时见到4人以上的青壮年共举木夯或石夯，其中1人负责以夯号协调节奏和指挥夯举夯落的方位与地点，号辞以七言为主，兼讲故事和笑谑语，每句号辞伴有一声“雅——嗬嘿”或“哟—— 嗬嘿”，举夯用升调，落夯用降调，情绪高昂时可谓山鸣谷应。“雅——嗬嘿”即是3个叹词连用。现代陕北民歌《东方红》则是连用4个叹词“呼而嗨哟”。

现以一则笑话由今入古，考察荆楚民间文化对宋玉文学的润泽、点染与丰富。

若干年前的某段时期，两湖地区（也许不限）短暂流传过一条荤段子，关于女人和政治权力，当然，少不了性欲与性活动的民间叙事。需要预先声明的是：此种情节如说较为普遍，那是污蔑；如说纯属虚构，绝无一例，则是欺人与自欺。据报载，震惊全国的石家庄市某女团干，除了性别属实之外，所有的履历、学历、家庭背景、社会关系，全属造假，但仕途却在东窗事发之前一路绿灯，吉星高照，前程无量。以此推测，下述叙事，既可能是失败者的嫉妒，也不应排除真实存在的可能——此处特意强调的，主要是民间文学的叙事功能和解构功能：

> 四个青年女干部，竞争一个高一级的职位。
>
> 一人成功，三人失败。
>
> 某日，失败者相聚，各言其失。
>
> A：我上面没人。
>
> B：我上面有人，但不硬。
>
> C：我上面有人，很硬，但我没出血。

这是一场多重语义的混合叙事。第一层，政治话语：官场靠山，人脉关系；第二层：经济话语：金钱贿赂；第三层，性事话语，包含 3 个小层：1. 级差化的男女身体；2. 性贿赂；3. 处女性贿赂。起决定作用的是 3 点：强硬的上位关系，金钱贿赂，处女性贿赂。缺一不可，不可缺一。短短的三人对话，20 余字，就将女人、性欲、性事、政治、人缘、金钱贿赂、性贿赂、处女性贿赂，一网打尽。三层话语互相渗透，互为注释。说它轻松、轻率、轻薄、轻浮、轻佻……都能符合。但是，民间观察的全面、民间语言的深刻、民间总结的精到、民间智慧的高超、民间情绪的不满、民间叙事的可怕、民间解构的威力，一并可以管中窥豹。命意也极为简单，希望掌权者、执政者悠着点，最好是深以为戒：广大老百姓的眼睛不仅睁着，而且亮着！更要注意的是：老百姓（民间知识分子）的大脑一点也不笨！

选拔官员，历朝历代都是严肃之事、神圣之事，历朝历代都强调以德为先（偶尔也有例外，例如曹操），但历朝历代都有人践踏规则，自立标准，因此历朝历代的老百姓都不会太满意，才会源源不断地出现想象力、包孕力十分丰富的民间笑话，一而再、再而三地解构这种神圣。

民间话题就此打住。现将视线转入宋玉的文学世界——先看《高唐赋》所言之“巫山神女”：

> 昔者楚襄王与宋玉游于云梦之台，望高唐之观。其上独有云气……王问玉曰：“此何气也？”……玉曰：“昔者先王游高唐，怠而昼寝，梦见一妇人曰：‘妾巫山之女也，为高唐之客。闻君游高唐，愿荐枕席。’王因幸之。”（引文据吴广平编著《宋玉集》，岳麓书社2001年版，第50页，为便于读者查阅，以下宋玉作品的引文均出自该书）

请注意这里的核心句：“妾巫山之女也”云云，文字与下述5种古代文献存在极为明显的差异：

> 1. 昔先王游于高唐，怠而昼寝，梦见一妇人，自云：‘我帝之季女，名曰瑶姬，未行而亡，封于巫山之台。闻王来游，愿荐枕席。’王因幸之。（《文选》卷31江淹《杂体诗三十首》之十一“尔无帝女灵”句李善注引《宋玉集》）

> 2. “我帝之季女，名曰瑶姬。未行而亡，封于巫山之台。”（《文选》卷16江淹《别赋》“惜瑶草之徒芳”句李善注引宋玉《高唐赋》）

> 3. “我夏帝之季女也，名曰瑶姬。未行而亡，封于巫山之台。……闻君游于高唐，愿荐枕席。”王因幸之。”（唐•余知古《渚宫旧事》卷3《周代下》引《襄阳耆旧传》）

> 4. “我帝之季女也，名曰瑶姬。未行而亡，封于巫山之台。……闻君游于高唐，愿荐枕席。”王因幸之。”（宋•李昉等《太平御览》卷399《人事部40•应梦》引《襄阳耆旧记》）

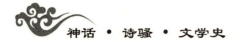

5. 宋玉所谓天帝之季女，名曰瑶姬。未行而亡，封于巫山之阳。（北魏•郦道元《水经注》卷 34《江水》）

对比今本宋玉《高唐赋》“妾巫山之女也”，五种文献同时具有“帝之季女”、“夏帝之季女”、“天帝之季女”以及“未行而亡”两大信息。从唐人李善两次引文——《宋玉集》、《高唐赋》来看，都有“帝之季女”、“未行而亡”两句，可以肯定古本《宋玉集》一定不缺这两句。今本所无，应是后人——现存《高唐赋》收入今本《文选》，主编是萧统，梁朝的一位太子、级别最高的后备干部——加以删除。原因大概是“帝女”有损于皇家的尊严。

“帝之季女”，不管是“夏帝之女”，还是“天帝之女”，均表明身份高贵，年龄幼小。“季女”即最小之女、最末之女。“未行而亡”，即未嫁而亡，依然处女，表明纯洁。高贵、年幼而纯洁——行文至此，你一定已经联想到上文所引的当代笑话了：古今一脉相承的处女膜崇拜。清代改土归流之前，湖北鄂西土司享有对当地新娘的初夜权。——笔者 1982 年 5、6 月作田野调查时，有当地长者告知：民间称之为“接龙种”。从这种华贵化隐喻中可以测知，当地新娘将初夜权献给土司，既有被迫，也有自愿。被迫是因为土司的权力、武力与当地风俗习惯的文化传统压力；自愿当然是少数，愈晚近愈如此。更古远的自愿，是出于对习俗的认同。那时想要跳出习俗之外的，即使有，也不会太多。土司也会认为是自己的神圣职责：“传龙种”的职责。“愿荐枕席”的巫山神女，也是奉献初夜权，不仅自愿，而且主动。巫山神女，最初可能是精心挑选并精心养护，然后在祭祀仪式上献给巫山神灵的纯洁少女。献祭完毕，即隆重地安葬于巫山，更往后则是立庙于巫山加以祭祀。这和《山海经•大荒西经》载夏后开“上三嫔（三位美女）于天，得《九辩》《九歌》以下”一脉相承。后世送去和亲的，难道不都是身份高贵的纯洁少女吗？偶尔有出身不太高贵的，也要加封之后方能送出。至于西门豹治邺之前当地土著和巫觋（xī）献给河神为妻的，不也是纯洁的、全无斑痕与疾病的少女吗？国外民族学方面的例子就更多了。这一点跟国家政治、跟国土安全有关。巫山是楚国门户，巫山失守，楚国就无险可据。祭祀巫山、守护巫山，对楚国而言是头等大事。后世对此有所疏忽的楚王，理应让巫山神女前来“发蒙”(《高唐赋》)——受一点传统文化、国防知识的启蒙教育。同时“思万方，忧国害” (《高唐赋》)，才不枉神女远古献祭神灵的牺牲、后来“自荐枕席”的苦心。这本身也是双赢的事业：巫山无虞，国泰民安，就能保证年年向神女献祭，至少是常常献祭；巫山落入敌国之手，国灭民殃，祭祀中断，就会断送神女的国家级的享祭。

献祭为何单单选用少女（处女）？前文说是为了纯洁。纯洁，就意味着献祭者（君王，酋长，族长，大巫）或献身者（少女）对神灵的真诚、虔诚、崇拜和忠心。

宋玉笔下的人间少女，至少有两位具有向宋玉“自荐枕席”的自我牺牲的意愿。一位是他家乡的盖世美女：

> 天下之佳人，莫若楚国；楚国之丽者，莫若臣里；臣里之美者，莫若臣东家之子。东家之子，增至一分则太长，减之一分则太短；著粉则太白，施朱则太赤。……嫣然一笑，惑阳城，迷下蔡。然此女登墙窥臣三年，至今未许也。(《登徒子好色赋》)

另一位是他出差住宿时遇见的店老板的美丽女儿：

> 臣尝出行，仆饥马疲。正值主人门开，主人翁出，妪又到市，独有主人女在。……置臣……于兰房之室……中有鸣琴焉，臣援而鼓之，为《幽兰》《白雪》之曲。主人之女……更被白縠之单衫，垂珠步摇，来排臣户……来劝臣食，以其翡翠之钗，挂臣冠缨，臣不忍仰视。为臣歌曰：“岁将暮兮日已寒，中心乱兮勿多言。”臣复援琴而鼓之，为《秋竹》、《积雪》之曲。主人之女又为臣歌曰：“内怵惕兮徂玉床，横自陈兮君之旁。君不御兮妾谁怨？日将至兮下黄泉。”玉曰：“吾宁杀人之父，孤人之子，诚不忍爱主人之女。”
>
> 王曰：“止！止！寡人于此时，亦何能已也？”(《讽赋》)

年轻的宋玉虽然身在朝廷，服务国家，服务朝廷，但对哺育他成长的家乡还是满怀记忆、爱恋、信任和感激的。在他无端地、突然地受到政敌攻击的时候，第一时间想到的就是家乡，就是家乡那些独特的民间文化资源，那是他最拿手的反击敌人的秘密武器。而他最熟悉的，莫过于长时间暗恋他的温情脉脉的邻居女郎。经过别出心裁的极具宋玉特色的语言包装之后，“东家之子”成了全天下、全楚国美少女星空中最耀眼的巨星。只要宋玉说她“登墙窥臣三年，至今未许也”，登徒子所谓“好色”的指控，就立即不攻自破了。与东家之子相比，外乡的“主人之女”完全是另一种性格，另一种形象：出奇的大胆，出格的大胆，坦诚唱出“君不御兮妾谁怨”的歌声。当然，从女权主义角度看，这是宋玉的栽赃，是宋玉的想象，是宋玉的歌声而非少女的歌声。宋玉开始弹奏的《幽兰》、《白雪》之曲——幽静、寒冷的曲调——没能让少女的情欲之火冷却，反而火上浇油，盛装丽服，抽钗解发，挑逗宋玉。宋玉赶紧弹奏更为幽冷的《秋竹》、《积雪》之曲——大面积冷色调的“秋竹”比“幽兰”更能使人冷静，体积更大的“积雪”也比“白雪”寒冷得多，但这一切都不能熄灭少女愈发高涨的激情烈火，坚持唱出在“玉床”上“横自陈兮君之旁”。这一冷热相抗、雪火互拼的心理博弈的场景，堪称古今一绝。当然也与宋玉的极端矫情、超级自恋、自我崇拜交织在一起。

宋玉常常一不小心，就将一种刻意隐藏的自命不凡、同时也是真正不凡的身份和意识显露出来——美少女们“愿荐枕席”，就是突出的一例——暗中比拟君王待遇，尽管宋玉最终拒绝了、放弃了这种待遇。

但这两个超级美少女的出场，主要的目的还是为了帮助宋玉解构神圣：两个披着神圣外衣的同僚，假借神圣的名义，干着一点也不神圣的阴暗卑鄙的勾当——背后放冷箭。前一人是大夫登徒子景差，楚国世袭的贵族，宋玉曾经的朋友[1]，楚王身边的高级干部，一个也许很不对老百姓味口的“神圣人物”，前文已有介绍，此处本来应该直接跳过，考虑到要将他与后一人——唐勒（也有学者认为此君才是登徒子）——进行对照，所以还是照录俩人背后攻击宋玉的所作所为、所言所语：

---

[1] [晋]习凿齿《襄阳耆旧记》卷一《人物》：“宋玉者，楚之鄢人也。故宜城有宋玉冢。始事屈原，原既放逐，求事楚友景差。景差惧其胜己，言之于王，王以为小臣。”指明景差是宋玉友人而且“惧其胜己”。但更早的两条西汉的资料——韩婴《韩诗外传》卷七第十七章、刘向《新序•杂事第五》，均未点明宋玉友人是景差。从时间上说，韩、刘更接近宋玉、景差；从空间上说，习凿齿与宋玉、景差生活在同一地域。从史料的真实性看，各有优长与缺点。我认为：韩、刘之记明显带有为尊者讳的官方倾向，所以没有点出贵族景差之名；习凿齿之记则带有更多的民间记忆与评价，所以扬宋抑景，借屈原抬高宋玉，说宋玉“始事屈原”（此说已为当今学者否定），但绝不讳言景差曾是宋玉友人并且“惧其胜己”。

大夫登徒子侍于楚王，短宋玉曰："玉为人体貌闲丽，口多微词，又性好色，愿王勿与出入后宫。"王以在之言问宋玉。玉曰……（《登徒子好色赋》）

楚襄王时，宋玉休归。唐勒谗之于王曰："玉为人身体容冶，口多微词，出爱主人之女，入事大王，愿王疏之。"玉休还，王谓玉曰："为人身体容冶，口多微词，出爱主人之女，入事寡人，不亦薄乎？"玉曰……（《讽赋》）

"短宋玉"和"谗之于王"没有差别；"体貌闲丽，口多微词"和"身体容冶，口多微词"完全相似；"又性好色"与"出爱主人之女"不同，前者是抽象评价，后者是具体个案。不过，两者貌似相近，但却差别不小，而且最容易被人忽略："又性好色"是本性如此，一贯如此，江山易改，本性难移，有证据可以成立，无证据也可成立，证据不实照样成立——这是一种非常恐怖、极难对付、具有百分之百杀伤力的流言蜚语；至于"出爱主人之女"，倘若属实，确是一次失足，但也许还在"可以教育好的青年"之列；"愿王勿与出入后宫"与"愿王疏之"差别巨大：前者隐有杀机，后者只是建议。"入事寡人，不亦薄乎？"可以理解为"在朝廷为寡人工作，不是有欠庄重严肃吗？"说明楚王比较清醒，不搞偏听偏信，一定要亲自向宋玉调查所谓"出爱主人之女"的指控是否属实。

两篇文章的命意和效果具有天壤之别：在《登徒子好色赋》中，因为登徒子告阴状说宋玉"好色"的话，经过楚王在外事活动的场合进行转述，使得宋玉在国际来宾的眼里丢尽了颜面，所以必须狠狠还击、十倍百倍还击！也让登徒子这家伙的名声在国际舞台上臭不可闻！结果不仅登徒子本人惹火烧身，堕入污池，万劫不复，而且近乎"灭门"——辱及登徒子夫人和5个儿子：可怜哪！他们以后如何在高干家属圈子中混呢？对于登徒子之妻的极端丑化，显然出于极度夸张和部分杜撰。反观《讽赋》，宋玉并没有对唐勒进行穷追猛打，更没有给唐勒及其家人带来任何灾难性后果，连楚王也被宋玉临场虚构的、如何摆脱"主人之女"步步进逼、紧紧纠缠的"惊险"故事迷住了，连连惊叹：别说了！别说了！要是处在那样的情景中，寡人早就成为她的俘虏了……连楚王也做不到的事，宋玉成功做到了，宋玉不是比楚王还要神圣，至少也和楚王一样神圣了吗？

《好色赋》和《讽赋》显然是以眼还眼，以牙还牙，重罪重惩，轻罪轻饶。区别对待，很讲政策。差异如此之大，读者诸君不妨想一想：登徒子、唐勒——他们会是同一个人吗！

两场貌似神圣的“检举揭发”，两位神圣之人——背地里假惺惺向楚王奉献忠心，实质上是借着捏造的罪名，打击排挤尚未结婚的年轻同事的所谓高级老干部，就这样以丑剧、笑剧和闹剧告终。神圣，就这样被“色”彩“艳”丽的笑话解构了！

然而，在解构别人神圣的同时，宋玉用他变幻莫测、风情万种、擅长民间性叙事的欢乐话语，也将自己“守身如玉”的“神圣”——对楚王、对楚国的洁白忠贞——轻轻松松地建构成功了！

然而由登徒子所谓“好色”引发的事件，并没有到此结束。宋玉如此盛赞东邻少女的盖世风采，如此大言不惭的自我吹嘘，固然可以化解和撇清“好色”的指控，但这样做不是没有风险的！倘若其他大夫追问：既然你的东邻少女是个风华绝代的世界小姐，宋玉你为何不首先推荐给咱们英明的楚王？三年时间不算太短，宋玉你从不汇报更从不推荐，你的忠心何在？倘若楚王真有兴趣，派人侦察索取，而东家之子又并非天下绝色，或者根本就没有所谓的东家之子，宋玉你又如何交差？这不是犯下了欺君之罪吗？可见凭空虚构的文学“证据”和肆无忌惮的吹牛实在太冒险了！

如果连这些问题都解决不了，宋玉还有什么资格继续留在楚王身边工作？还有什么智慧可以继续对楚王进行政治讽谏？

换了其他人，也许会一筹莫展。不过宋玉处理起来，依然轻松如故。

他首先让国际友人秦章华大夫把自己臭骂几句：“今夫宋玉盛称邻之女，以为美色。愚乱之邪臣，自以为守德，谓不如彼（登徒子）矣。且夫南楚穷巷之妾，焉足为大王言乎！”意思是：刚刚宋玉盛称他的邻家少女，以为美色。这个头脑愚笨、思维错乱、心术不正的家伙，自以为谨守道德，没有登徒子那么好色。其实，南楚小城穷巷子里的姑娘，有什麼值得向大王夸耀的呢！（用一句时髦的话说：宋玉这个乡下野小子的脑袋可能进水了！）

你看，秦章华大夫几句发言，小骂大帮忙，立即将宋玉使劲的吹嘘和可能的困境彻底解构了：“东家之子”一旦和“南楚穷巷”捆绑在一起，其美色度和高贵性马上直线下滑，几近于零！

然后，秦章华大夫再将他“少曾远游，周览九土，足历五都。出咸阳，熙邯郸，从容郑、卫、溱、洧之间”所见的各色美女介绍一番，她们不仅“华色含光，体美容冶”，而且“扬诗守礼”，比那个只会死爬楼梯登墙偷窥一言不发毫无求爱技巧的乡下小姑娘的综合素质高到天上去了！

宋玉就这样跳过了自己在不经意中挖下的巨大陷阱，在文学中成了语言角斗场上的东方不败——

> 于是楚王称善，宋玉遂不退。（《登徒子好色赋》）

一场本来惊心动魄的政治角斗，双方都拿女色做进攻的利器或防御的坚盾。在快速闪过一张张美女和惟一一张极其丑陋的女人面容之后，角斗停止了，沉寂了，烟消云散了，宋玉完胜了，你不得不惊叹：神了！

但有一些语言战场上创造和使用的独家利器流传了2000多年：风流俊美的宋玉、好色变态的登徒子、美到极点的东家之子、丑到极点的登徒子之妻、口多微词、又性好色、增之一分则太长，减之一分则太短……他们（它们）在后世的礼教社会中虽然上不了大雅之堂，但却久久风行于广大民间。

解构的是一朝一代一时一事令人生厌的政治阴谋，建构的却是千秋万代普通百姓日常生活的欢乐语汇……

公元2005年，美国文学理论家理查德•马克塞（Richard Machsey）表达了如下观点：

> 每一个重要的批评家都会形成一种话语，改变一批专门术语的语言族群。[1]

在我看来，这种现象同样出现在重要的文学家那里。而在中国先秦，则以庄周、屈原、宋玉，表现得尤其突出。

宋玉创造文学、创造形象、创造符号、创造话语，也用文学创造自己、保存自己、宣扬自己、传播自己。哪些是文学的宋玉？哪些是宋玉的本真？哪些是文学的幻影？哪些是历史的原形？这恐怕又是未来几千年的话题。

---

[1] 迈克尔•格格登、马丁•克雷斯沃斯、伊莫瑞•济曼主编：《霍普金斯文学理论和批评指南》第2版《序言》（王逢振译），外语教学与研究出版社2011年版，第9页。

汉代私家修史并不违法

《光明日报》2001年2月20日B3版载易宁、易平文章《“班固盗窃父名”说辨诬》，主要理由是：班固《汉书•叙传》不提其父《史记后传》，“盖有难言之隐。在汉代，私续《史记》是违法行为。永平间班固被人控告下狱，罪名就是‘私改作国史’（《后汉书》本传）。考西汉续《史》者甚众，而见载于《汉书》者仅有奉诏行事的冯商一家（见《艺文志》）。其他如褚少孙、扬雄等续《史》之事，盖无记录。可知汉法严禁私续《史记》，其事不得载入国史。明乎此，《汉书•叙传》‘绝不叙及’班彪《后传》之蓄疑，涣然冰释”。

就现存史料来看，易文“违法”之说不能成立。因为班固之前续写《史记》者多达19家，除去“奉诏行事的冯商一家”之外也还有18家，并未见朝廷依“法”惩处了哪一家，可见两汉并无其“法”！据记载，《史记》成书之后，先有褚少孙的“补阙”；接着有刘向、刘歆、冯商、卫衡、扬雄等15家“相次撰续，迄于哀、平间。犹名《史记》”（唐刘知几《史通•古今正史》）另有《后汉书•班彪传》唐章怀太子李贤注提及的阳城衡、史孝山2家。班彪是19家中的最后一人，同时也是距离班固最近的一位私家修史者，但却没有引起任何官方或民间的非议。至于《汉书•艺文志》仅载“奉诏行事的冯商一家”，我以为那是班固“自负甚至”又不得不提的结果（参阅范文澜《文心雕龙•史传篇》注 19）。東晉袁宏在《后汉纪》的序言中介绍，他曾阅览当时流行的各家《后汉书》，因不满这些书的繁秽杂乱，于是亲自动手，综合各种史料，前后历时 8 年，撰成《后汉纪》初稿。后来又据西晋张璠《后汉纪》加以补充。因为袁《纪》成书早于范晔的《后汉书》，现在我们就来看看袁宏在《后汉纪•孝和皇帝纪》中是如何记载班彪、班固父子的历史创作的：

彪既才高，而专心文史之间。司马迁著《史记》，自太初已后，阙而不录，其后好事者，或颇缀录其时事，然多鄙俗，不足以继其书。彪乃采前人遗事，旁贯异闻，作《后传》数十篇，因斟酌前史，而讥正其失。[1]

班彪“作《后传》数十篇”，并非奉帝命而作，而是对“好事者”“然多鄙俗”的续书深致不满而作。换言之，班彪与那些好事者没有区别，同样是私家修史，而且修成之后，“书奏，帝纳之”（《后汉书•班彪传》）。如果真有所谓“严禁私续《史记》”之“法”存在，班彪敢于冒犯“严禁”之“法”吗？敢于将犯“法”之书献给刚刚夺回汉家帝位的刘秀吗？刘秀能不依照“严禁”之“法”追究班彪的罪责吗？皇帝既然已经收下了父亲的史书，班固还有什么“难言之隐”需要遮蔽父名呢？可见“私续《史记》是违法行为”、“汉法严禁私续《史记》”云云，只是一种草率的主观性极强的推论而已，根本不能使传统的“蓄疑”“涣然冰释”。

既然所有私家修史者都没有“违法”，为何单单班固私家修史就被逮捕下狱了呢？对此，《后汉纪》和《后汉书》都交待了发生这一反常事件的特殊背景。

《后汉纪》云：

明帝初，人有上书言固私改《史记》者（《后汉书》此句作“告固私改作国史者”），诏收固京兆狱，悉敛家书封上（《后汉书》此句作“尽取其家书”）。是时扶风人苏朗，伪言图谶事，下狱死。

图是各种符号，谶是预言，“图谶”就是方士或儒生编造的关于帝王受命征验一类的书，多为隐语、预言。始于秦，盛于东汉。王莽就是以图谶为手段之一

[1] 中华书局2002年版第260页，《后汉书•班彪传》文字略同。

篡夺西汉政权的。同样，东汉的开国皇帝刘秀也是以图谶为手段之一夺回汉室政权的。图谶作为改朝换代的政治谣言的一种形式，统治者对之高度警惕，伪造、传播、研习，都会招来杀身之祸。宋洪迈《容斋三笔》卷七《光武苻坚》云：

苻坚禁图谶之学，尚书郎王佩读谶，坚杀之，学谶者遂绝。[1]

明帝作为刘秀之子，对王莽以图谶颠覆国家的剧痛记忆犹新，自然要严办苏朗的“伪言图谶”。举报班固“私改《史记》”之事，就发生在苏朗“下狱死”的政治时局高度敏感的时期内，由于受苏郎事件的影响，继位之初的明帝以为班固改史也有不利于复国不久的东汉政权的政治图谋，所以才会将他逮捕下狱。班固之弟班超，“有口辩，而涉猎书传”（《后汉书•班超传》），后来成为出使西域的著名外交官。他担心哥哥“为郡所诬，乃诣阙上书”，用自己出色的辩才“具陈固著述意”（《后汉纪》262 页），即：

固以彪所续前史未详，乃潜精研思，欲就其业（《后汉书•班固传》）。

“彪所续前史”是经先帝过目并且加以收藏了的，当然不会有问题。这时，郡守也把收缴上来的班固的修改稿呈送给明帝审查。结果，“天子甚奇，征诣校书部，除兰台令史”，班固再“研精积思二十余年”（《后汉纪》），终于写出了《汉书》的主体部分（八表及《天文志》由后人增补）。

以上分析说明，汉代私家修史并不违法，关键在于“著述意”不能危及国家政权，私撰史书与班固在《汉书》中罕称父亲作品关系不大。我以为，班固现象涉及的是“德”的问题而不是“法”的问题。

所谓“班固盗窃父名”，就是班固将父亲的《史记后传》的“六十五篇”定稿或“百篇以上”初稿（参看姚振宗《后汉艺文志》卷二、陆侃如《中古文学系年•建武二十年（公元 44 年）》）都据为己有。父子修史，前有司马谈、司马迁，后有班彪、班固，后代史家总免不了要将这两对父子进行比较。例如袁宏就在《后汉纪》中说：

“史迁之作，皆推之于谈。彪经序其谋，略以举矣，而固尽有功，岂不胜哉！”（同上引第 262 页）

---

[1] 宋•洪迈：《容斋随笔》，上册，孔繁礼点校，中华书局2005年版，第508页。

类似议论，后人多有。据说东汉末年的仲长统已在《昌言》中为班固辩诬，“惜其书佚亡，不能知所以辩之之辞”（范文澜《文心雕龙•史传篇》注语）。可是易文却说：“班固遭此非议，由来既久。东汉仲长统即指控他‘遗亲攘美之罪’。”完全将仲长统的意思弄反了！不仅如此，“遗亲攘美之罪”云云，也是《文心雕龙•史传篇》之语，即使是转述，也难以肯定就是其他人的原话，故易文又张冠李戴了！北齐颜之推《颜氏家训•文章篇》也说：

班固盗窃父史。[1]

班彪的续书，在今本《汉书》中有迹可寻，如韦贤、翟方进等传，均有“司徒掾班彪曰”字样。《韦贤传》颜师古注：

《汉书》诸赞，皆固所为，其有叔皮（班彪）先论述者，固亦具显以示后人。而或者谓固盗窃父名，观此可以免矣！[2]

颜师古是颜之推的孙子，他以此注颠覆了祖父的意见，真可谓我爱爷爷，但我更爱真理，成为后世为班固辩诬的有力证据。不过对这些证据，现代学者却有相反的解释。顾颉刚《班固窃父书》说是班固修史未成而死于狱中，今存班彪之名乃是“刊落未尽者耳”（载《史学史研究》1993年2期）；杨树达《汉书史料来源考》认为《汉书》传赞提及班彪之名者只有“三五首”而已，“此知固没而不言者甚多，彰彰明矣”！（《积微居小学金石论丛》）

我现在要特别补充的是：颜师古说“《汉书》诸赞，皆固所为”，这话不准确！只要拿《后汉书•班彪传》所载班彪的《史记论》与班固的《司马迁传赞》作一粗略对比，就会发现两者在文字与思想上如出一辙。班彪《史记论》略云：

迁之所记，从汉元至武以绝，则其功也。至于采经摭（zhí）传，分散百家之事，甚多疏略，不如其本，务欲以多闻广载为功，论议浅而不笃。其论术学，则崇黄老而薄五经，序货殖，则轻仁义而羞贫穷；道游侠，则贱守节而贵俗功；此其大敝伤道，所以遇极刑之咎也。然善述序事理，辩而不华，质而不俚，文质相称，盖良史之才也。诚令迁依五经之法言，

---

[1] 北齐•颜之推：《颜氏家训•文章篇》，王利器集解，中华书局1993年版，第237页。
[2] 汉•班固：《汉书•韦贤传》，中华书局点校本，3131页。

> 同圣人之是非，意亦庶几矣。……又进项羽、陈涉而黜淮南、衡山，细意委曲，条例不经。若迁之著作，采获古今，贯穿经传，至广博也，一人之精，文重思烦，故其书刊落不尽，上有盈辞，多不齐一。[1]

班固《司马迁传赞》略云：

> 故司马迁据《左氏》、《国语》，采《世本》、《战国策》，述《楚汉春秋》，接其后事，讫于天汉。其言秦汉，详矣。至于采经摭传，分散数家之事，甚多疏略，或有抵梧。亦其涉猎者广博，贯穿经传，驰骋古今，上下数千载间，斯以勤矣。又其是非颇缪于圣人，论大道则先黄老而后六经，序游侠则退处士而进奸雄，述货殖则崇势力而羞贱贫，此其所蔽也。然自刘向、扬雄博极群书，皆称迁有良史之材，服其善序事理，辩而不华，质而不俚，其文直，其事核，不虚美，不隐恶，故谓之实录。乌呼！以迁之博物洽闻，而不能以知（智）自全，既陷极刑，幽而发愤，书亦信矣。迹其所以自伤悼，《小雅•巷伯》之伦。夫唯《大雅》"既明且哲，能保其身"，难矣哉！[2]

奇怪的是，班固说刘向、扬雄"皆称迁有良史之才"等等，尽管许多文字包括"良史之才"是从父亲的文章中挪借过来的，但他就是故意略过父亲的名字不提！（或许他觉得父亲不够权威？）《史记论》和《司马迁传赞》是班氏父子最重要的史学理论之一，无论是对司马迁的称赞还是批评，父子都是一脉相承的，以至于古今史学界提起司马迁或《史记》，都要引述班固的《司马迁传赞》，班彪的见解就这样被后来居上的儿子完全遮蔽了！如果不是范晔在《后汉书》中将《史记论》保留下来，我们又如何知道《史记论》和《司马迁传赞》竟是如此相似呢！对《史记论》这样重要的文献尚且如此，何况其它？

当然，我们也得承认：班固的改写和增添之处，确实有后出转精之妙。或许应当这样说："班固盗窃父名"有些言重和笼统了，但对父亲"经序其谋，略以举矣"的贡献多有遮蔽也是事实，绝非如易文所说"其实所谓班固'盗窃'之说纯属'莫须有'"。撇开各自的史学成就不论，两班父子在文德这一点上，勿庸置疑是比两代司马掉下了好几个档次！

---

[1] 宋•范晔：《后汉书•班彪传》，中华书局点校本，第1325—1327页。
[2] 汉•班固：《汉书•司马迁传》，中华书局点校本，第2737—2738页。

《孔雀东南飞》的两套故事

《孔雀东南飞》由“孔雀故事”和“鸳鸯故事”拼合而成，一首一尾分属不同的故事体系。孔雀是男女主人公结束悲苦生涯的灵魂幻化，属于“远飞离别型”的悲情故事。鸳鸯则是悲剧主人公的灵魂在原住世界美好生存的象征，属于“两相厮守型”的欢情故事。两者都是死而化物而非托物起兴。但是，化为孔雀和化为鸳鸯存在难以调和的逻辑冲突，所以作者采用了模糊和隐蔽的诗法来弱化和消解孔雀之喻。

《孔雀东南飞》由两套故事拼合而成，一套是“孔雀故事”，另一套是“鸳鸯故事”。“孔雀故事”叙述女性殉情者的灵魂幻化为孔雀并且先行飞往东南方向，然后徘徊等待另一只孔雀前来同行，是诗篇的主体和故事的高潮；“鸳鸯故事”叙述殉情者合葬之后，墓地的松柏梧桐枝叶相交，枝叶中的一双鸳鸯交颈和鸣，象征殉情者生前的愿望借助墓地空间的植物和动物的亲密形态得以完美地实现，是诗篇的点睛之处和故事的尾声。两者拼合的痕迹十分明显，只是“孔雀故事”有头无尾，以其模糊和隐蔽瞒过了历代阅读者和研究者的目光而已。

“孔雀故事”从“孔雀东南飞，五里一徘徊”开始，暗接（同时也是远接）诗末刘兰芝的心理活动和二人的殉情行为：“我命绝今日，魂去尸长留。”“魂去”哪里了？诗中没有交待。为什么不交待？因为魂化孔雀和后边的魂化鸳鸯相冲突而被略去了。但诗中隐伏的线索却暗示读者，“魂去”就是诗篇开头的“孔雀东南飞，五里一徘徊”：兰芝的灵魂先行化作一只孔雀飞往东南方向，并在“十里五里，长亭短亭”的地方，等待焦仲卿的灵魂化作另一只孔雀前来会合，然后双双飞往“东南”远方。刘兰芝“举身赴清池”之后，焦仲卿先是“徘徊庭树下”，然后“自挂东南枝”，也魂化孔雀而飞赴“东南”。从刘兰芝“孔雀东南飞，五里一徘徊”，到焦仲卿“徘徊庭树下，自挂东南枝”，这一头一尾的“徘徊”和“东南”，不仅是结构上的照应，而且大有讲究，是理解全诗的两个关键性词汇。“五里一徘徊”是刘兰芝的灵魂在等待，这种等待一半是希望一半是无望。如果焦仲卿能够像她一样自杀殉情，这种等待自然是有希望的等待；如果焦仲卿在她自杀之后不愿或不能殉情，就将是无谓的等待。诗中表明，孔雀的“徘徊”亦即兰芝灵魂的担心不是多余的。二人临别之际，焦向刘保证：

> 誓不相隔卿，且暂还家去，吾今且赴府。不久当还归，誓天不相负！

刘希望：

> 君既若见录，不久望君来。……我有亲父兄，性情暴如雷。恐不任我意，逆以煎我怀。

兰芝所受的外部压力和内心压力太大了，她预料自己抗拒不了这种压力。兰芝“还家十余日，县令遣媒来”；接着“媒人去数日，寻遣丞请还”，连太守家也来求亲了。刘不得已答应，太守很高兴：

> 便利此月内，六合正相应。良吉三十日，今已二十七，卿可去成婚。

兰芝还家不到一月，已有县令、太守两家公子连连提亲。与求婚者的快速反应和接力进攻相比，焦仲卿的迎归行动太过迟缓了：“府吏闻此变，因求假暂归。”事情不到这一步，他是不会请假的。见面时他首先表示对兰芝不满并提出殉情：“卿当日贵胜，吾独向黄泉。”刘当即表示：“黄泉下相见，勿违今日言。”但焦回家向母亲陈明死志之后，“转头向户里，渐见愁煎迫”，内心的冲突与矛盾又比兰芝大得多。他不仅未在兰芝自杀之前自杀，而且在得知兰芝赴池而死之后，还是“徘徊庭树下”，然后才“自挂东南枝”，比兰芝多了一分行动的犹豫，也多了一分对生命的留恋。在长诗的作者看来，正是仲卿的“徘徊”导致了孔雀亦即兰芝灵魂的“徘徊”。灵魂化鸟的观念在中国起源很早，《山海经•北次三经》就有“女娃游于东海，溺而不返，故为精卫”之说；《天问》也有“大鸟何鸣？夫焉丧厥体”之问。为什么先要殉情的焦仲卿，反倒不如响应殉情的刘兰芝果断呢？这不仅仅是性格软弱使然，更主要的是家庭亲情和人生责任在起作用。刘是除了仲卿之外一无所爱、一无所恋，母亲兄弟均是绝情之人，所以一无牵挂，决然赴池。焦则还有老母和幼妹，未免难下决心。同时，从“仲卿”之名可以知道，他是老二。那么老大呢？全诗从未涉及，可见仲卿的父亲和兄长已故多年，焦母是孀妇，仲卿成了焦家承前启后的“独苗”和焦母唯一的依靠，这也是焦母跟兰芝相处不洽的另一层原因。因此，仲卿的人生责任又比兰芝多得多、重得多。这些因素促使仲卿在自缢之前，不得不在“庭树下”多“徘徊”几次。焦母希望独儿的人生十全十美：早一点娶一个能生育、快生育、更美丽、更贤淑的妻子。刘兰芝婚后未育则是有苦难言的：

> 十七为君妇，心中常苦悲。君既为府吏，守节常不移。贱妾守空房，相见常日稀。

“守节”之“节”旧有二解：妇节或臣节。均误。这里是指仲卿遵守官方规定的节假日制度。《古诗十九首•冉冉孤生竹》描写女子埋怨夫君婚后久别时也说：

> 思君令人老，轩车来何迟！……君亮执高节，贱妾亦何为！

意为：夫君您确实是遵守官家制度的模范，但为妻的青春日渐消逝又怎么办啊！用词、口吻和心情正与兰芝相同。这种相见日稀的夫妻生活，未生孩子就在情理之中了。焦仲卿对这一问题也是有所意识的，他向母亲解释他和妻子很相爱，来日方长，母亲不必性急：

> 儿已薄禄相，幸复得此妇。结发同枕席，黄泉共为友。共事二三年，始尔未为久。

但焦母已经不耐烦了，等不及了，急于赶走兰芝，迎娶新人。在焦母的无端挑剔和长期折磨下，兰芝才被迫主动向仲卿提出结束婚姻的要求：

> 十七为君妇，心中常苦悲。……鸡鸣入机织，夜夜不得息。三日断五匹，大人故嫌迟。非为织作迟，君家妇难为！妾不堪驱使，徒留无所施。便可白公姥，及时相遣归。

直到最后仲卿死志已定，焦母还以迎娶新人加以诱劝：

> 东家有贤女，窈窕艳城郭。阿母为汝求，便复在旦夕。

希望以明天早上或晚上就去提亲的关爱来抚平儿子受伤的心，尤其是阻止儿子殉情的极端行动。焦母的爱虽然十分蛮横，但在那个时代却是既合“情”又合“礼”的。仲卿的“徘徊”和孔雀的“徘徊”（亦即兰芝灵魂的“徘徊”）内涵迥异，但在内容上和艺术上却是必不可少的照应。这种重复和照应，暗示“孔雀东南飞”的故事情节到此已经全面结束：殉情者的灵魂已经先后幻化为一双“孔雀”飞往光明温暖的“东南”，再往前写就很难再产生激动人心的情节力量了。

“孔雀东南飞”的故事毕竟只是灵魂的飞翔和远逝的逃避，既难以交待二人殉情之后“尸长留”的问题，更难以推出这一悲剧在当时当地以及留给后人的教训意义和思索意义。这一缺环很自然地要由“鸳鸯故事”来弥合：

> 两家求合葬，合葬华山傍。东西植松柏，左右种梧桐。枝枝相覆盖，叶叶相交通。中有双飞鸟，自鸣为鸳鸯。仰头相向鸣，夜夜达五更。行人驻足听，寡妇起傍徨。多谢后世人，戒之慎勿忘（wán g）。

这一拼接有利于情节的转移和叙事空间的拓展，但是两套故事的喻象——孔雀和鸳鸯却不可避免地发生冲突：两人的灵魂要么化为孔雀，要么化为鸳鸯，二者只能居其一。拼接者解决矛盾的方法是：不明示刘焦的灵魂已经化为孔雀，只用“魂去尸长留”和“自挂东南枝”这样模糊的隐蔽的交待来处理“孔雀东南飞”的结局，然后顺利折入“两家求合葬”的新变情节之中，让双飞、双鸣、双栖的鸳鸯取代一度未能比翼远飞的孔雀，显示两个相爱者的灵魂还在悲剧的故地继续抗争并已取得另外两种生命形态的持久胜利，使悲剧情节更曲折，结构更完整，意义更丰富。

揭示《孔雀东南飞》的两套故事结构，有助于深入讨论以下的几个问题：

一、为什么说“孔雀东南飞”而不说“孔雀西北飞”呢？这是由孔雀的生活习性决定的。逯钦立《先秦汉魏晋南北朝诗•汉诗》卷十录有《乐府古辞》：

> 孔雀东飞，苦寒无衣。为君作妾，中心恻悲。夜夜织作，不得下机。三日载匹，尚言吾迟。

这和《孔雀东南飞》的开篇如出一辙。“孔雀”之所以选择温暖的日出日照的“东南”方向飞翔，原因是女主人公“夜夜织作”而“苦寒无衣”。艰苦的劳动，以及“为君作妾”不被理解的感情上心境上的凄冷，使得她十分羡慕孔雀的丽服以及它们所生存的充满光明和温暖的东方时空。孔雀原是南方非常华美的鸟类，雄羽色彩绚烂，多带有金属光泽。文献记载汉文帝时始由南方进贡到北方。《汉书•南粤王赵佗传》载赵佗派使者献给汉文帝“孔雀二双”；到汉武帝时，司马相如《上林赋》提到上林苑中有“宛雏孔鸾”，颜师古注云：“孔，孔雀。”西汉末年，刘歆《甘泉宫赋》提到甘泉宫里“翡翠孔雀，飞而翱翔”。至此，孔雀在北方已为更多的人所了解。孔雀分蓝孔雀和绿孔雀两大类型。“蓝孔雀虽是湿热地区的种，但也能在北方冬季生存；绿孔雀则经受不了太冷的气候。”[1]中国所产的孔雀是怕冷的绿孔雀[2]，因而中国的汉代诗人可以说“孔雀东飞，苦寒无衣”。又据北京大学中文系古典文学专家考证：刘兰芝殉情之时的“庵庵黄昏后，寂寂人定初”，乃是亥时初刻，“约当今之夜间九时（二十一时）”[3]，诗中借仲卿之口交待，兰芝二婚的那天，“今日大风寒，寒风吹树木，严霜结庭兰”，霜是摄氏零度以下由水蒸汽凝结而成的白色晶体，在摄氏零度以下的夜晚，怕冷的“中国绿孔雀”自然要“东南飞”而不会“西北飞”了。在这些细微的地方，不管作者是有意还是无意，效果上都达到了人性（刘兰芝灵魂）与物性（绿孔雀畏寒）的和谐统一。

二、“鸳鸯故事”可能早于“孔雀故事”。《孔雀东南飞》首见于《玉台新咏》，原有序文记载故事来源云：

> 汉末建安中，庐江府小吏焦仲卿妻刘氏，为仲卿母所遣，自誓不嫁。其家逼之，乃投水而死。仲卿闻之，乃自缢于庭树。时人伤之，为诗云尔。

最后两句点明是建安时人所作，故北京大学中文系的古典文学专家分析说：

> 关于此诗的写作年代，历来有许多争论，或以为汉末人作，或以为六朝人作。今按，根据原序，此诗基本上当成于汉末；惟民间乐府本为集体创作，在流传中总会经过不断的丰富和修改，自然随时有增附润饰的可能，故诗中不免有汉以后的风俗习惯等描写羼入，不得因此即武断为六朝人之作。至其被收入《玉台新咏》，则表示此诗最终写定的时间必在徐陵以前。[4]

---

[1] 《简明不列颠百科全书》“孔雀”条，中国大百科全书出版社1985年版，第4卷，第810页。

[2] 《辞海》“孔雀”条，上海辞书出版社1979年版缩印本，第1120页。

[3] 《两汉文学史参考资料》，中华书局1978年版，第560页注㉛。

[4] 《两汉文学史参考资料》，中华书局1978年版，第542页注①。

此说相当公允，但有一个问题尚未注意：诗中固然有一些“汉以后的风俗习惯”，但也可能有一些建安以前的“风俗习惯”。例如原诗结尾言“两家求合葬”之后，“东西植松柏，左右种梧桐”。事实上，这一风俗建安时代已不存在。曾任曹操军事参谋的仲长统（179—219）在其所著《昌言》卷下说：

古之葬，松柏梧桐以识其坟。

既然是“古之葬”，显然不是建安时代的风俗。建安年限为公元196—219，共25年，正在仲长统的后半生期间。《古诗十九首》显示：东汉时代的墓地植物是松柏和白杨，没有梧桐。如“驱车上东门，遥望郭北墓。白杨何萧萧，松柏夹广路”、“古墓犁为田，松柏摧为薪。白杨多悲风，萧萧愁杀人”。很显然，“东西植松柏，左右种梧桐”，是另外一个故事的要素，是随着整个“鸳鸯故事”一起移接在“孔雀故事”的尾部的。换言之，《孔雀东南飞》虽以刘焦故事为主干，但并非全由刘焦故事所构成，它还融合了比刘焦故事更早的一些故事片段。除了上举证据之外，《玉台新咏》卷十的《古绝句四首》更录有一个“鸳鸯故事”：

南山一桂树，上有双鸳鸯。千年长交颈，欢爱不相忘（wán g）。

南山是温暖光明之地，桂树是高洁馨香之所，一双鸳鸯在这里长命千年，交颈欢爱。梁启超《中国之美文及其历史》将此一绝句定为“汉末五言诗”[1]，其说可供参考。切换“鸳鸯”为刘焦二人灵魂的幻化物象，有几点显得比“孔雀”更为恰切。第一，虽然孔雀畏寒，适宜写兰芝凄凉悲苦的心境，但孔雀一雄多雌（1—5只），[2]不宜象征刘焦爱情的忠贞不二和生死不渝；而绝大多数鸳鸯偶居不离，古称“匹鸟”，适于比喻两情甚笃的年轻夫妇。第二，鸳鸯活动于内陆湖泊和溪流中，多筑巢于树洞内[3]；这种生活习性恰好与兰芝“投水而死”和仲卿“自缢于庭树”完

[1] 东方出版社1996年版，第156页。

[2] 据国外专家观察与研究，雄性蓝孔雀求偶时，开屏、抖翅，“并发出响亮且传得很远的叫声。一只开屏的雄鸟很快就能引来一小群雌鸟，在它的保护下，这群雌鸟与它生活数天，在此期间与雌鸟逐一交配，然后每只雌鸟独自营巢繁殖”。见[英]科林•哈里森等著《鸟》，丁长青译，中国友谊出版公司2007年版，第116页。

[3] 《辞海》1979年版缩印本，第1774页。

全对应。第三，诗中的“孔雀故事”是一个“悲情”故事，“鸳鸯故事”则是一个“欢情”故事。明白了孔雀与鸳鸯的不同生活习性，以及两个故事的情感差异，也就不难理解为什么诗人要以“悲情”的“孔雀”开头却用“欢情”的“鸳鸯”结尾的巧妙和无奈了。因为只有“鸳鸯故事”才能将诗中的“悲情”转换为“欢情”，并给全部故事提供一种符合民间审美心理的光明结局。

上述两诗——“孔雀东飞，苦寒无衣”的《乐府古辞》和“南山一桂树，上有双鸳鸯”的《古绝句》——正是《孔雀东南飞》的雏形或两个断章，从文献学的角度证明《孔雀东南飞》确实是两套故事的拼合或可拆散为两个故事。

三、“孔雀故事”和“鸳鸯故事”都是灵魂化物而非托物起兴。灵魂化物和托物起兴的区别在于一言“死”一言“活”。“孔雀东飞，苦寒无衣”是托物起兴，因为它只言“苦寒”而不言“死”；但“孔雀东南飞，五里一徘徊”却是灵魂幻化，因为它涉及刘焦的死亡。年轻情侣或年轻夫妇因情而死然后化为双鸟的传说，早在西汉后期扬雄的著作《琴清英》中就有记载了：

> 《雉朝飞操》者，卫女傅母之所作也。卫侯嫁女于齐太子，中道闻太子死。问傅母曰：“何如？”傅母曰：“且往当丧。”丧毕，不肯归。终之以死。傅母悔之，取女自操琴于冢上鼓之。忽有二雉俱出墓中，傅母抚雌雉曰：“女果为雉邪？”言未毕，俱飞而起，忽然不见。傅母悲痛，援琴作操，故曰《雉朝飞》。[1]

无论是从故事的命意上看还是从语句的结构上看，“雉朝飞”都和“孔雀东南飞”极为接近。因为雉和孔雀同为“鸡形目、雉科”，这两种雄鸟的羽衣都是流光溢彩，极为醒目，容易被先民引作美情美事的喻象。《雉朝飞》的故事不仅从侧面证明《孔雀东南飞》的故事主干确实形成于汉末，而且可以证明诗中的“孔雀”应是殉情者的灵魂幻化而非一般诗作中的托物起兴。此后，东晋•干宝《搜神记》“韩凭夫妇”的故事也可以作为灵魂化鸟的佳证：

---

[1] 唐•欧阳询：《艺文类聚》卷90。上海古籍出版社1999年新2版，第1570页。

> 宋时大夫韩凭，娶妻而美，康王夺之。凭怨，王囚之。……俄而凭乃自杀。其妻乃阴腐其衣。王与之登台，妻遂自投台下，左右揽之，衣不中手而死。遗书于带曰："……愿以尸骨，赐凭合葬。"王怒弗听，使里人埋之，冢相望也。……宿昔之间，便有文梓木生于冢之端，旬日而大盈抱。屈体以相就，根交于下，枝错于上。又有鸳鸯，雌雄各一，恒栖树上。晨夜不去，交颈悲鸣，音声感人。宋人哀之，遂号其木曰相思树。相思之名，起于此也。[1]

此种灵魂化物的观念在中国的殉情文学中源远流长，直到宋金时代，元好问还在词作《迈陂塘》的小序中记录下类似的故事："泰和中，大名民家小儿女，有以私情不如意赴水者。……是岁此陂荷花开，无不并蒂者。"其词云："问莲根、有丝多少？莲心知为谁苦？双双脉脉娇相向，只是旧家儿女！"

闻一多先生的《乐府诗笺》曾经在"孔雀东南飞，五里一徘徊"二句之下作笺云：

> 《艳歌何尝行》曰："飞来双白鹄，乃从西北来。……五里一反顾，六里一徘徊。"又曰："妻卒被病，行不能相随。……吾欲衔汝去，口噤不能开。吾欲负汝去，毛羽何摧颓！"魏文帝《临高台》曰："鹄欲南游，雌不能随。我欲躬衔汝，口噤不能开。欲负之，毛羽摧颓。五里一顾，六里徘徊。"伪《苏武诗》曰："黄鹄一远别，千里顾徘徊。"《襄阳乐》曰："黄鹄参天飞，中道郁徘徊。"以上大旨皆言夫妇离别之苦，本篇"母题"与之同类，故亦藉以起兴，惟易鹄为孔雀耳。[2]

闻先生的说法具有一定的合理性，所以被迄今为止的绝大多数研究者和注释者所沿用，或被谨慎而有保留地评论为"其说近是"[3]。但根据上文所论，借物起兴的"鹄"和死而化物的"孔雀"有着本质的区别。

后继者理应在前贤止步的地方有所前进。

---

[1] 晋•干宝撰，李剑国辑校《新辑搜神记》卷25，中华书局2007年版，第415-416页。

[2] 《闻一多全集》，三联书店1982年版，第4卷，第130页。

[3] 《两汉文学史参考资料》第542页，注②。

古代中国的斗虎奇观

斗虎，一个民族失落已久的挑战之梦。追踪文献里的零星片断，隐约看到虎与人在漫长岁月中彼此斗力斗勇与斗智，创下一个长达几千年的“双强”时代。强者之心既渴望铁拳伏虎，又对猛虎投以钦仰之情。苏轼在指挥“千骑卷平岗”的“出猎”活动时放声高唱：“为报倾城随太守，亲射虎，看孙郎！”辛弃疾坐看江山沦陷，难忘壮岁旌旗：“想当年、金戈铁马，气吞万里如虎！”如今，强者挑战的对象已不再是虎的家族，但生龙活虎的气势却从先人的血脉涌流到后代的胸膛。

风度翩翩的西班牙斗牛士，以其灵巧、机智、勇敢和险象迭生的场面，使一个民族所独有的斗牛活动扬名于世。然而，又有多少人知道古

代中国人的斗虎呢？可以想象，斗虎的惊险决不亚于斗牛，搏斗的技艺也可能积累了不少。可惜由于斗虎习俗的长期失传，致使这一东方奇观连中国人自己也几乎没有人知道了。中国古人的斗虎，大约有徒手斗虎、生擒猛虎、以剑刺虎、以刀断虎爪牙等几种。

一、徒手斗虎

《史记•殷本纪》记载：商末的殷纣王身材高大，勇力过人，反应敏捷，行动迅速，能够“手格猛兽”。格就是斗，猛兽也就是虎豹一类。汉初帝王狩猎时，还有徒手斗虎的勇士。司马相如的《子虚赋》说：“其下则有白虎玄豹，……于是乃使专诸之伦（辈），手格此兽。”先秦古籍《尸子》也有“出，见虎博（搏）之，见龙射之”的话。另一本先秦古籍《晏子春秋•内篇谏下》则记载了一个著名故事：“二桃杀三士”。说的是春秋时齐景公手下有三位斗虎勇士，晏婴设计用两个桃子让他们一一自杀。这三位勇士叫公孙接、田开疆和古冶子，都以“勇力搏虎”著名。其中公孙接“一搏猏 (jiān) 而再搏乳虎”，猏是三年生的小兽，乳虎是吃奶的虎或是哺乳期的母虎。母虎为了保护虎子，比平时凶残得多（比如母鸡为了保护小鸡，有时也会向人和鹰进攻）。公孙接先杀小兽再跟保护虎仔的母虎搏斗，其勇可知，其险亦可知。《晏子春秋》虽然是小说家言，但肯定也是在相当的生活基础上写成的。《后汉书•班超传》载班超语云：“不入虎穴，焉得虎子。”可见古人确实有杀母虎而取虎子的。

徒手斗虎古代也叫“暴虎”。《诗经•郑风•大叔于田》写道：“叔于田，乘乘马，执辔如组，两骖（cān）如舞。叔在薮，火烈是举。袒裼（tì）暴虎，献于公所。将叔无狃（niǔ），戒其伤女（汝）。”《诗经》时代的“叔”指“弟”，“伯”指“兄”，如郑庄公，又称郑伯，其弟段便称为叔段，段谋反逃往共国，则称共叔段，这就是《左传•隐公元年》所载“郑伯克段于鄢”的著名故事。《大叔于田》的叔也是一位国君之弟，他在打猎时，率领着排成行列的四马战车，车手们手握彩色丝带织成的缰绳，车两旁狂奔的骖马如同飞舞，国叔在湖边林地烧起一片熊熊烈火，林中的猛虎逃出林外，国叔脱掉上装，空手捕捉老虎，准备将老虎献给国君。诗人说：

"请国叔千万要当心，不要象平时那样随意，提防老虎伤着你！"诗中的"袒裼暴虎"，后来演变成一种斗虎的固定仪式：斗虎者只穿很少的下装空手与老虎搏斗。"暴虎"危险性极大，一般人不敢尝试。《诗经•小雅•小旻》就说："不敢暴虎，不敢冯河。"《论语•述而篇》也记载孔子教育"好勇"的子路说："暴虎凭河，死而不悔者，吾不与也。"意思是空手和猛虎搏斗，不顾深浅趟水过河，死了还不知后悔的人，我不跟着他。这说明徒手斗虎这种极端冒险的行为确实不是孔子之类的儒生所愿做的。《孟子•尽心下》也有一则"再作冯（ping）妇"的故事："晋国人冯妇，善于搏击猛虎，后来成为善良之士。一次他驱车到野外，看到一群人在追逐一只老虎，老虎停在一个角落里，没有人敢上前碰它，大伙望见冯妇，跑来迎接他。冯妇高挽衣袖，走下车来，众人高兴得欢呼起来。有知识有教养的士大夫都笑话冯妇旧瘾复发。"孟子的评价真是奇怪得很，自己没本事打虎，别人有这种本事，而且"众皆悦之"，这有什么值得"士者"之流笑话的呢？

二、生擒猛虎

《逸周书•世俘篇》记载："（周）武王狩，禽（擒）虎二十有二。"一次狩猎活动，就生擒了二十二只猛虎，既说明勇士不凡，更说明当时猛虎成群。这事发生在周初（约公元前 1100 年前后）。据战国文献《穆天子传》卷五记载：周穆王（约公元前 1000 年以后 ）在西征途中，"有虎在乎葭中，天子将至，七萃之士高奔戎请生捕虎，必全之。乃生捕虎而献之。天子命之为柙（兽笼），而畜（蓄）之东虞，是为虎牢。"这虽然是一个近于传说的故事，但写得极为生动，生捉猛虎而且不让它受一点伤，似乎是一场轻松的游戏。生擒猛虎之后必然要找一个地方放养，并且设置相应的管理机构，这大概就是现代动物园的前身了。《论语•季氏篇》也有"虎兕出于柙"的话，可见当时捕虎之风的普遍。关养猛虎的地方叫"虎牢"或"虎圈"。据说在殷代已有这种动物园了。《史记•殷本记》记载：殷纣王"益广沙丘苑台，多取野兽飞鸟置其中"。到了汉代，将"虎牢"改称"虎圈"。《史记•张释之传》说，有一次张释之跟随皇帝"登虎圈”视察，皇帝问主管官员上林尉：虎圈中各类禽兽有多少？问十余次，对方都答不上来。这时饲养员虎圈啬夫从旁边代替他详细回答了皇帝的提问。这说明虎圈中的动物太多了，主管官员才会答不上来。

三、以剑刺虎

郑州新通桥汉墓出土的空心砖画像中有一幅“刺虎图”（此图曾载《中国美术》1981 年 2 期）。刺虎者身手矫健，姿态优美，巧妙地利用地形地物将一柄利剑直指张牙舞爪、后腿腾空的猛虎之口。关于刺虎，古籍中多有记载，如《史记•张仪列传》说，先秦时代有个叫卞庄子的人看见两只老虎在吃牛，就想去刺杀老虎，但旅馆里的小伙计阻止他说：“两虎方且食牛，食甘必争，争则必斗，斗则大者伤，小者死，从伤而刺之，一举必有双虎之名。”卞庄子觉得有理，远远站着等了一会，“两虎果斗，大者杀，小者死。庄子从伤者而刺之，一举果有双虎之功。”这故事告诉人们，战国人，尤其是下层劳动者，不仅对虎的习性已有充分了解，而且刺虎时还能做到勇力与智慧的高度结合。

四、以刀断虎爪牙

《水经注•谷水注》引《竹林七贤论》说：竹林七贤之一的王戎“幼而清秀，魏明帝于宣武场上为栏，苞虎牙（其义不详），使力士袒裼迭与之搏。纵百姓观之，戎年七岁，亦往观焉。虎乘间薄（逼近）栏而吼，其声震地，观者无不辟易颠仆（逃奔跌倒），戎亭然不动。帝于门上见之，使问姓名而异之”。这段记载透露：斗虎已从一种偶然的遭遇，变为斗虎场上的惊险运动了。其中“纵百姓观之”更是带有体育运动的娱乐性质。这件事在《世说新语•雅量》中记载为“魏明帝于宣武场上（断虎爪牙），纵百姓观之”。“薄栏而吼”则作“攀栏而吼”。合两书而观再进行推测，大约是先将虎牙弄断（“苞虎牙”与“断虎爪牙”），再让力士们只穿“运动服”轮流与虎搏斗（“袒裼迭与之搏”），接着用刀剑砍断虎的四只脚爪，最后将虎杀死。程序有点近于西班牙人的斗牛。稍有不同的是让大力士与受伤发怒的猛虎搏斗。这种“运动”何时开始？何时消失？

目前还不得而知。《文物 》杂志 1989 年 10 期第 59 页有人在介绍战国绘画时介绍：相传出土于洛阳金村的虢国铜镜，其背面嵌错有一幅骑士刺虎图像。可惜我未能见到图像原件或摹本。假如这个铜镜的骑士刺虎图像属实，便可证明战国时代的工艺美术家已将骑士刺虎作为一种审美活动加以表现了。西汉时期，已有确凿的勇士刺虎的历史记载。吴世昌先生在《魏晋风流与私家园林》一文中指出："有时候别人捉来的虎、豹、大熊、狮子之类的猛兽，那就不能随便放在苑里，得想法子把它们圈起来，免得伤人。把猛虎圈了起来，还有一个用处，像罗马帝国一样，可以使罪人搏兽，他们看着玩儿。"吴先生这样分析是有道理的，《诗经•小雅•巷伯》写道："取彼谗人，投畀豺虎。豺虎不食，投畀有北。有北不受，投畀有昊。"意思是将有罪的造谣中伤者投给豺虎，如果豺虎不吃，再流放到冰天雪地的北方，到了北方他还不死，再把他交给老天爷处理，反映了诗人对造谣中伤者的极度痛恨。《庄子•则阳篇》也记载："夫楚王之为人也，形尊而严。其于罪也，无赦如虎！"不难看出，这也是将虎视为执法官的远古司法信息在战国语言中的残留。此外，宋初吴淑《事类赋注•虎》引《异苑》的记载说："扶南王范寻，常畜生虎及鳄鱼，若有讼，未知曲直，便投与鱼、虎，鱼 、虎不食，则为有理。"不过，吴先生依据的史料是《汉书》卷 54《 李广传》："（李广之孙）李禹有宠于太子，然好利，亦有勇。尝与侍中贵人饮，侵凌之，莫敢应。后诉之上（皇帝）。上召禹使刺虎。悬下圈中，未至地，有诏引（虎）出之。禹从落中（下落的过程中）以剑斫绝纍（lěi, 悬挂自己的的绳子），欲刺虎。上壮之，遂救止焉。"根据这条资料，至少在西汉，已经出现以观赏斗虎取乐的文化奇观了。令人怅然是：随着猛虎在当代成为珍稀动物和重点保护对象，这一东方奇观将永远失落了。即使有人想要重振斗虎雄风，恐怕也没有用武之地了。

除以上种种斗虎奇观之外，洛阳西汉空心砖画像还有一幅《驯虎图》：驯虎人手中的长绳套住了猛虎的脖子，猛虎向前奔跑的姿态受到抑制，虎头后扭，张口露牙瞪眼，怒向驯虎人。驯虎人蹲足扭身控制绳子，神情自若（《驯虎图》摹本曾载《中国美术》1981 年 2 期）。驯虎是否斗

虎职业的一部分？限于资料，这个问题只好留待今后解答了。

说到这里，不能不提到自称是李广后裔的唐代大诗人李白在幽州的一箭毙二虎。更不能不提到中国古典名著《水浒传》中的斗虎。在这部长篇小说中，多处写到射虎、杀虎，但最脍炙人口的是武松在景阳岗上赤手空拳击毙多次伤人的硕大猛虎，而且是在酒后和夜间。再就是李逵怒杀吃掉他老母亲的一个老虎家族。由于该书易得，这里不再详述。不过，本文提供的文化史资料说明：如果没有中国古人几千年的斗虎传统，恐怕文学中的“武松打虎”和“李逵杀虎”就不会这么精彩！

《水浒传》之后，清初张潮编《虞初新志》卷八，载有张惣(zǒng)所著《万夫雄打虎传》，说的是甘肃泾川县有一位壮士万夫雄，从小臂力过人，素以击拳勇猛著称，但没有参加过任何打猎活动。有一天，他与亲如兄弟的一位范姓好友早行于深山之中，忽然从树林里窜出一只巨虎，搏范而去。范友大喊“万夫雄救我救我！”仓促之间，万夫雄茫然不知所措，反应过来之后，马上摇晃一棵大树断根拔起，愤怒持树猛追。跑过一里左右，追上巨虎，万夫雄震天一吼，巨虎为之松口退步。范友乘机挣脱。万夫雄举树猛击，中虎后项。巨虎咆哮迎斗，但因后项骨折不能抬头。万夫雄乘势一再猛击，终于将虎打死。巨虎的咆哮和哀鸣引来了母虎和虎子，万夫雄面对疯狂复仇的母虎和虎子，心想不能中止搏击，不能躲避，只能拼死再打。于是时而后退，时而向前，又奋起平生之勇，苦斗狠斗智斗，终于又将两虎先后击毙。作者说：“家九宣从泾川来，为余述其事最奇。亦曾亲见其人，短小精悍，与之语，意气慷慨，须眉状貌，殊磊砢（kě）不凡。飞扬跋扈，犹可想望其打虎时，英风至今飒飒云。盖义愤所激，至勇生焉，即万亦不自知何以至此也。”

无论是作为一种娱乐行为，还是作为一种自卫行为，斗虎活动都已在中国划上了句号。但是，中国人几千年积聚起来的斗虎精神，理应视为不畏强敌、勇于除害、巧于生存的一种民族精神而代代相传。

原载《寻根》1995年第5期。

论审美五性

一、审美的多数性。原则上，我不太赞同“审美共识”的说法。这并不是说在诸多限制性的条件下不存在“审美共识”的现象，而是一旦取消这些限制性的条件，所谓“共识”也就随之消解了。首先是共识的人数维度。假如我们追问：什么是“共识”？是全人类的“共同认识”吗？显然不是，因为事实上绝无可能。那么，是认同度超过地球人口或其精英的二分之一算共识，还是必须达到三分之二才算共识？比例如何确定？精英又如何确定？确定比例的理论依据是什么？这些都是主张“审美共识”的中外学者目前还没有回答清楚的问题。其次是共识的地域维度。那些“审美共识”的议题是由什么样的国家的学者提出的？所谓“人民的选择”，是都市的人民还是乡村的人民？是山地的人民还是平原的人民？是内陆的人民还是岛屿的人民？是大国的人民还是小国的人民？是经济强国加军事强国的人民还是后进国家的人民？是打击国、制裁国、侵略国、加害国的人民还是他们的对手国的人民？抑或是两者相加取其多数就是“人民的选择”？假如人数多的审美选择被赋予“人民的选择”的美称，人数少的审美选择是否会被视为“反人民的选择”或者“另类的”、“反共识的”选择？当多数人的审美选择取得强势地位之后，是否会形成类似“多数人的暴政”而压制甚至剥夺少数人的审美选择？这种强势的、霸权的审美选择可以称为“人民的选择”吗？以1994—1997年俄罗斯艺术家科马和梅拉米德所绘《人民的选择：美国人最喜欢的画》为例，艺术家也只是表达：地域上限于“美国”，人数上限于多数（“最”）而非全体。如果我们硬将这种限制取消，说它就是地球人的共同选择——“审美共识”，那至少有两点不够准确：一是以“多”概全（美国范围），二是以“偏”概全（世界范围）。第三是共识的时间维度。那些“审美共识”的议题是什么年代提出的？那时的世界形势如何？国家或地区的形势如何？这种形势从形成到崩解维持了多久？政治的、哲学的、文化的主导思潮是什么？时尚旋风又是什么？例如20世纪中后期中国的无产阶级文化大革命把许多优秀的人类文化遗产冠以“封资修”的恶名统统打到，卷入运动的总人数近乎8亿（仅仅除去婴幼儿和智障者），而且8亿人中一边倒的至少占95%以上——人们不但不敢发表相反的意见，甚至连不同的意见也不敢表达——这种选择是否算“审美共识”呢？那时举国的服装通通是平民蓝、军人绿，你能说那是“人民的选择：中国人最喜欢的颜色”吗？如果是，为何今日中国的蓝、绿二色不再平分天下了呢？基于诸如此类的问题的巨量存在，我建议改用“审美多数”代替“审美共识”，因为“共识”的汉语语义接近于“全部认同”而“审美多数”则比较中性，它只涉及在一定的时空条件下赞同某一审美选择的人数居多，其本质可能是理性的也可能是非理性的，可能是自觉的也可能是被迫的，可能是正确的、进步的也可能是错误的、倒退的，不像“审美共识”那样具有一边倒的赞美性、主动性、排他性、强势性、霸权性以及潜藏着的一定程度的歧视性、胁迫性和攻击性。

二、审美的多样性。这一问题学术界早已有了非常专业、系统、深入的意见，我这里特别提醒的只是前一话题的延续，也就是要特别关注被“审美多数”所排除、所舍弃、所宽容的“审美少数”。“审美多数”是少量的甚至是单一的审美选择为多数人所赞同，“审美多样”则是众多的审美选择被少数人所坚持。在许多情况下，“审美少数”可能正是“审美多样性”最丰富的部分。就审美的意义来说，“求同”与“存异”具有同等的审美价值。整体的“异”不仅仅是被宽容的对象，也是被研究、被尊重的对象。某些此时此地很扎眼、很刺耳、很闹心的“异”，也许就是彼时彼地引发万众欢腾的“同”。“异”的审美选择越多，“审美交叉”的机会就越大，“审美多样性”就越丰富，审美天地就愈加宽广。

三、审美的变异性。审美的多样性是共时性的文化存在，审美的变异性则是历时性的文化存在。在时间之轴上，一代人有一代人的审美选择和情绪兴奋点，这与一代人有一代人的生活方式和认知空间密切相关。不仅如此，在审美个体的生命历程中，由于生存境遇的变迁，不同的时间节点也会有不同的甚至相反的生命体验和审美领悟：“少年不识愁滋味……为赋新词强说愁。而今识尽愁滋味……却道天凉好个秋”、“少年听雨歌楼上，红烛昏罗帐。壮年听雨客舟中，江阔云低断雁叫西风。而今听雨僧庐下，鬓已星星也（yǎ）。”“劳伦斯半生肺病，半生旅行：德国、意大利、撒丁岛、瑞士、法国、锡兰、澳洲、大溪地、三藩市、新旧墨西哥，最后又到法国去。‘这地方不好！’（This place no good！）他每到一个地方迟早会这样说。”（董桥）……变异，使老树绽放新花，使幼林蓬勃生长，使美感生生不息，使生命时时精彩。没有变异，审美的多样性将日渐枯萎直至死灭。

四、审美的互补性。蓝天白云，高山流水，沙漠绿洲，海洋岛屿，互补性是多样性、变异性极为重要的存在方式之一。四季如春、永远的风和日丽，总有一天会让人生厌。“东边日出西边雨，道是无晴却有晴”、“北风卷地白草折，胡天八月即飞雪。忽如一夜春风来，千树万树梨花开”，诗人并不仅仅是呈现风景的新奇，同时也是赞叹阳光和雨点的共舞，秋雪与春花的合唱，契合人类渴望审美互补的深层次的心理需求。正是互补性的审美需求，使得不同文化的交流融汇和不同区域的旅游观光成为可能，同时也使不同生活方式的独立存在，化合为赏心悦目的人文风景。曼哈顿街区里的金融巨头需要没有高楼林立的森林、草原、阳光、沙滩、大海，东非大草原的部落居民则可能向往西方大都市的摩天大厦和人造花园。李渔曾说：“富人以珍宝为异物，贫家以罗绮为异物，猎山之民见海错而称奇，穴处之家入巢居而赞异。”《红楼梦》还特地在皇亲国戚的大观园中营构一处“稻香村”。审美互补对人类生活无处不在。唯我独尊、唯我独美的个体或民族往往容易成为人类灾难的制造者，究其原因，在于这些人的文化心理结构中缺少对审美多样性和审美互补性的敏感、认知和接纳，强行将一己之见“威加海内”，或将本民族的审美选择推动为超越国界的所谓“审美共识”。

五、审美的永久性。风花雪月，山河大地，海浪星空，古往今来，表面上似乎对所有人、所有民族都保有永久的美感。按理说，进一步推之为全人类的“审美共识”不无可能。问题在于：所谓“永久性美感”已经略去了许许多多个体或群体在特殊时刻的不同感受和相反看法。事实上，从生存需求看，马背民族更喜欢游荡在辽阔无际的草原之上，农耕民族更愿意固守在炊烟袅袅的田园之中，猎人更乐于跋涉在高山深谷之间，海洋民族更习惯游弋在茫茫的大海之上。当不同空间的人们进行审美选择时难免有所偏爱，无法做到完全一致。但是，从心理需求看，生存之地亦即熟悉之地一般由于审美疲劳而没有风景，诱人的风景往往在陌生之地，甚至在远不可及的异国他乡或高不可及的月球星空，所以南朝的宜都郡太守袁山松才会说三峡江边的渔夫樵子并不知道那里的山川之美：“山松言：尝闻峡中水疾，书记及口传，悉以临惧相戒，曾无称有山水之美也。及余践跻此境，既至欣然，始信耳闻之不如亲见矣。其叠崿秀峰，奇构异形，故难以辞叙，林木萧森，离离蔚蔚，乃在霞气之表。仰瞩俯映，弥习弥佳，流连信宿，不觉忘返，目所履历，未尝有也。既自欣得此奇观，山水有灵，亦当惊知己于千古矣。”袁山松是以旅行者、考察者的心态入峡观光的，所以才会“既至欣然”、“弥习弥佳，流连信宿，不觉忘返”，以致觉得自己才是三峡之美的第一知己。同理，我们今天也绝不会认为泰山、华山的挑夫、轿夫、小贩以及当地的广大居民会与中外游客具有等价愉悦的心情。正如范仲淹所言：“巴陵胜状，在洞庭一湖。……然则北通巫峡，南极潇湘，迁客骚人，多会于此，览物之情，得无异乎？”都穆亦云：“湖山月色，千古常新，第以人情之异，故悲喜随焉。”由此可见，即使是同一时空中人们的审美选择，也会出现复杂的情况和巨大的反差。此外，美景胜地决不能对欣赏者造成生存的艰难和生命的危害。漂流的鲁宾逊没有想到要去欣赏海景，乘马三天三夜不见人烟的孤单牧民不会对“天苍苍，野茫茫”的大草原进行审美，烈日之下断水迷路的商队和探险者不会认为沙漠别具风姿，泰坦尼克号沉没之际船员和旅客不会觉得大海使他们心旷神怡，传说唐人韩愈，与朋友登上“华山绝峰”，因无法下山而“发狂恸哭”……当上述情境在世界的各个角落不停闪现的时候，作为这颗蓝色星球上的人类整体，即使完全不考虑形形色色的意识形态和宗教信仰的引导，也绝对不会达成所谓的“审美共识”。

“普遍的美”不等于“审美共识”，因为它给“特殊的美”留下了一定的存在空间。我希望“普遍的美”和整体性的“特殊的美”并存而且等值。不过，我还是更喜欢“审美多数”和“审美少数”之分，因为“多数”和“少数”只是特定条件下阶段性的变量存在而已，一旦审美主体、审美时空发生变异，“多数”和“少数”就会发生移位甚至换位，旧美感永远会遭遇新美感的挑战和颠覆。只有当审美多数和审美少数并存而且等值，“人生代代无穷已”的人类，才有可能在宇宙中欣赏到包括人类自身在内的大千世界万象纷呈的整全之美。

王维诗歌“意象并置”九大类型的文学史奇观

从唐代诗歌开始，意象并置逐渐成为中国诗歌境界营造的重要方法之一。初唐晚期是其萌芽初长阶段。盛唐诗人王维，则是此一诗法最主要、最卓越的先行者和集大成者。经考察，王维涉及意象并置的诗共27篇，占现存王维诗306篇的8.8%，几近于1/10。意象并置的句法，覆盖王维诗的七言、六言、五言。甚为奇特的是，他的《田园乐七首》之五竟然全篇皆为意象并置，这在汉语诗歌史上极为罕见。王维以一个人的智力，孤军深入诗歌秘境而创作了意象并置诗句的9种类型，这在唐代诗人之中也不多见。王维生前已被称为“当代诗匠”并且“为文已变当时体”，对汉语诗法的探索和实践作出了独特的艺术贡献。遗憾的是，由于此一功绩在学术史上迟迟未被发现而鼓吹不力，致使王维意象并置的诗学成就至今默默无闻。本文还认为：大量意象并置的诗句之所以在王维诗中独家出现，是王维移用“师法自然”的画家眼光采集诗料物象、营造诗中画境的一种结果。

意象并置，专指中国古典诗歌中全部使用名词或名词性词语进行对仗的诗句，其特征是在一首诗、一联诗或三句诗中完全不用动词维系意象间的群体关系。

中国诗歌史上意象并置的最著名例了，也是学术界最常援引的名句，要算元人马致远《天净沙•秋思》的“枯藤老树昏鸦，小桥流水人家，古道西风瘦马”，以及晚唐人温庭筠《商山早行》的“鸡声茅店月，人迹板桥霜”、《送人东归》的“高风汉阳渡，秋日郢门山”。其他如杜牧《题宣州开元寺水阁阁下宛溪夹溪居人》的“深秋帘幕千家雨，落日楼台一笛风”、北宋黄庭坚《寄黄几复》的“桃李春风一杯酒，江湖夜雨十年灯”等等也在高频率引证之列。根据温庭筠、马致远等人的诗句，初学者可能会形成“意象并置”的诗法出自晚唐以后的学术错觉。

笔者近几年研究王维诗歌，发现王维虽然不是意象并置诗法的创始者，但是，无论是实践意象并置诗法的数量、诗体、句法形态还是质量，王维都是最主要、最卓越的先知者、先行者和集大成者，王维之前已有少量的意象并置诗句，如张九龄《和许给事中直夜简诸公》的“声华大国宝，夙夜近臣心”、杨炯《出塞》的“二月河魁将，三千太乙军”、王勃《寻道观》的“玉笈三山记，金箱五岳图”等等，但无论数量还是质量，均不能与王维之作同日而语。王维的同时代人如李白的《送友人》也有“浮云游子意，落日故人情”[1]等等，质量及声誉均不亚于王维的同类诗句，但李白在意象并置方面的总体成就依然不如王维。现存王维创造的意象并置的诗句，数量众多、形态丰富、质量上乘，称之为“中国诗歌‘意象并立’第一人”实不为过。遗憾其名声反倒默默无闻。造成这种结果的唯一原因，只能是学术史上至今未见提及和鼓吹不力。

经考察，意象并置的句法覆盖王维诗的七言、六言、五言。如：

云里帝城双凤阙，雨中春树万人家。（《奉和圣制……春雨中春望之作应制》）

杏树坛边渔父，桃花源里人家。（《田园乐七首》其三）

---

[1] 李白此处模仿了孟浩然《岘山送朱大去非游巴东》的“蹉跎游子意，眷恋故人心”。李白称孟浩然为“夫子”和“故人”，与李白在诗歌艺术方面曾经受益于孟浩然有关。

阶下群峰首，云中瀑水源。（《同卢拾遗过韦给事东山别业二十韵……》）

甚为奇特的是，王维的《田园乐七首》其五竟然全篇皆为意象并置：

山下孤烟远村，天边绿树高原。
一瓢颜回陋巷，五柳先生对门。

王维之前，记忆所及，似未见到此一类型的完整诗篇。这首《田园乐》，应该属于王维对中国诗法的开创性贡献。仅此一点，就足以确立王维是中国诗歌“意象并立”诗法的卓越先驱的不二地位。

据笔者统计，王维涉及意象并立的诗共有 27 篇，占现存王维诗 306 篇[1] 的 8.8%，几近于每 10 首就有 1 首。有的重复见于两篇，如“日暮沙漠陲，战声烟尘里”，既见于《从军行》，又见于《李陵咏》。有的初看似乎不属意象并置，细审方知仍是名词意象，如《汉江临泛》的“江流天地外，山色有无中”，上句初看好像是“江水流向天地之外”，仔细辨别，方知“江流”对“山色”，属于名词而非动词，此联意为：江流的尽头在天地之外，山色的浓淡在有无之间。

为利于分析，本文将王维诗歌中意象并立的名词或名词性词语再细分为方位词、数量词、纯名词三类。从组合形式看，27 篇可以划归 9 种类型：名词 + 方位词；方位词 + 名词 ；名词 + 方位词 + 名词；方位词 + 数量词；方位词 + 名词 + 数量词；数量词 + 数量词；名词 + 数量词；数量词 + 名词；纯名词。现将具体诗句列展如下——

①名词 + 方位词：

日暮沙漠陲，战声烟尘里。（《从军行》、《李陵咏》）
山河天眼里，世界法身中。（《夏日过青龙寺谒操禅师》）
年光三月里，宫殿百花中。（《三月三日勤政楼侍宴应制》）
阡陌铜台下，闾阎金虎中。（《送熊九赴任安阳》）

---

[1] 据陈贻焮主编《增订注释全唐诗》（文化艺术出版社，北京，2001）第一册“王维”部分（卷114—117，陈铁民执笔）统计。该书体例是每一首诗皆有编号，不易误计。上述各卷篇数依次是116、93、40、67，共计316篇。除去各卷他人作品误入10篇，得306篇。

江流天地外，山色有无中。（《汉江临泛》）
寒山天仗外，温谷幔城中。（《和仆射晋公扈从温泉》）
乡树扶桑外，主人孤岛中。（《送秘书晁监还日本国》）
青山万井外，落日五陵西。（《青龙寺昙壁上人兄院集》）

②方位词＋名词：

床前磨镜客，树下灌园人。（《郑果州相过》）
城下沧江水，江边黄鹤楼。（《送康太守》）
阶下群峰首，云中瀑水源。（《同卢拾遗过韦给事东山别业二十韵……》）
杏树坛边渔父，桃花源里人家。（《田园乐》其三）
山下孤烟远村，天边绿树高原。（《田园乐》其五）

③名词＋方位词＋名词：

回风城西雨，返景（影）原上村。（《瓜园诗》）
渔商波上客，鸡犬岸旁村。（《早入荥阳界》）
趺坐檐前日，焚香竹下烟。（《过卢四员外宅看饭僧共题七韵》）

④方位词＋数量词：

山中一夜雨，树杪百重泉。（《送梓州李使君》）
黄花县西九折坂，玉树宫南五丈原。（《送崔五太守》）

⑤方位词＋名词＋数量词：

云里帝城双凤阙，雨中春树万人家。（《奉和圣制……春雨中春望之作应制》）

上述方位词计有“边”、“陲”、“里”、“外”、“上”、“中”、“下”、“前”、“西”、“南”、“旁”、“杪”12字。对于一个先行者来说，提供的范例已经非常可观了。

⑥数量词＋数量词：

五湖三亩宅，万里一归人。（《送丘为落第归江东》）

⑦名词＋数量词：

鸟道一千里，猿声十二时。（《送杨长史赴果州》）

⑧数量词＋名词：

一瓢颜回陋巷，五柳先生对门。（《田园乐》其五）

⑨纯名词：

渔浦南陵郭，人家春穀溪。（《送张五諲归宣城》）
书生邹鲁客，才子洛阳人。（《送孙二》）
齐歌卢女曲，双舞洛阳人。[1]（《扶南曲歌词五首》其二）
香饭青菰米，嘉蔬绿笋茎。（《游感化寺》）
蔗浆菰米饭，蒟酱露葵羹。（《春过贺遂员外药园》）

以上是“穷举法”展示下的王维诗作的意象并置句型。其中不少对句因“诗中有画”亦即“诗境如画境”而非常著名，如“江流天地外，山色有无中”、“阶下群峰首，云中瀑水源。”、“杏树坛边渔父，桃花源里人家”、“山下孤烟远村，天边绿树高原”、“山中一夜雨，树杪百重泉”、“云里帝城双凤阙，雨中春树万人家”。其它如“年光三月里，宫殿百花中”、“乡树扶桑外，主人孤岛中”、“五湖三亩宅，万里一归人”数联，同样极富情致。在9种类型之中，“名词＋方位词”的句例出现最多，共有8例。“方位词＋名词”与“纯名词”类型并列第二，各有5例。综合看来，“名词＋方位词”和“方位词＋名词”两类产生的名句最多。“纯名词”的句例虽然也并列第二，但整体上似乎还处于试验阶段，尚未出现特别令人难以忘怀的诗例。质量的突破必然有待数量的积累、长时间的持续实践以及更为精致的思维，这也是何以“鸡声茅店月，人迹板桥霜”这种将

[1] “歌”“舞”既是名词，也是动词，两句意为：合唱的歌曲是《卢女曲》，双舞的女子是洛阳人。作名词理解，于义更长。

时间、空间、气象、温差、听觉、视觉等等元素，亦即将高度艺术化的“现场感”作整全呈现的诗句，直至晚唐方始出现的主要原因之一。宋代以后意象并立的名句的产生，更离不开对唐代诗歌经验的学习与借鉴。譬如前举黄庭坚的名联“桃李春风一杯酒，江湖夜雨十年灯”，就明显改自晚唐李群玉《杜门》的“春风花屿酒，秋雨竹溪灯。”[1]

与王维创作了大量意象并置诗句相关的问题是：为什么这种诗学现象会独家出现在王维诗中？这是一个文学史上从未引起注意的问题。本文的初步看法：这是王维在进行诗歌创作时，移用了中国山水画中“师法自然”的画家眼光来采集诗料物象、营造诗中画境的一种结果。中国山水画在艺术表现上讲究经营位置和表达意境，而宇宙中的诸多物象，只是一种自然存在、自然呈现和自然流动而已，实际上并没有依赖人类所谓“动词”、“连词”之类的主观态势进行集聚整合——如杜甫诗“群山万壑赴荆门”之类，所以能够在散点安置之下平行并列于画幅之中。这和“云里帝城双凤阙，雨中春树万人家”、“杏树坛边渔父，桃花源里人家”、“阶下群峰首，云中瀑水源”、“山下孤烟远村，天边绿树高原”、“城下沧江水，江边黄鹤楼”、“树杪百重泉”、“鸡犬岸旁村”等等诗句的画境是高度一致的。

王维有一位好朋友苑咸，擅长文诰，曾受宰相李林甫的委托，参预撰修《唐六典》，著有《苑咸集》，宋时已佚，今存诗二首，其一为《酬王维》，诗前有小序云：“王兄当代诗匠，又精禅理。”诗称王维“为文已变当时体”。[2] 我们知道，杜甫诗《戏为六绝句》的“王杨卢骆当时体，轻薄为文哂未休。尔曹身与名俱灭，不废江河万古流”，亦曾涉及“当时体”的问题。本文在结束之际特别关心的是：王维这位“当代诗匠”改变了“当时体”的哪些形式与内涵？换言之，王维给盛唐诗坛贡献了哪些诗法新元素？引领了哪些时代新动向？王维以一个人的智力孤军深入诗歌秘境而创作的“意象并置”的9种类型，是否在“为文已变当时体”的艺术贡献之中？

---

[1] 此一发现，笔者已在拙编《宋词新选》（湖北人民出版社2001年版）第442页关于黄庭坚的介绍文字中加以揭示。

[2] 据陈贻焮主编《增订注释全唐诗》（文化艺术出版社，北京，2001）第一册“苑咸”部分（卷118，陈铁民执笔）。

王维诗“随意春芳歇”的主语倒置及全诗的“道法自然”观念

——兼释王昌龄诗“随意青枫白露寒”

王维名诗《山中秋暝》末联的“随意春芳歇，王孙自可留”，乃是“春芳随意歇，王孙自可留”的主语倒置:“春芳”是“随意歇”的主语,“王孙”是“自可留”的主语;“随意歇”是“春芳”的主动意愿,“自可留”也是“王孙”的主动意愿。王维强调的是主客体同行同心的“四时佳兴与人同”，与学术界偏重主体的理解“春天的芳华虽已消歇，秋景也佳，王孙自可留在山中”同中有异。过去由于受到“随意”一词的遮蔽和干扰，致使解诗者未能参透其中的玄机。尽管“随意”在唐诗中多次出现，含义也古今无别，但由于主语倒置，已接二连三地将明清两代几百年间颇有成就的许多唐诗学者折腾得极为伤神。半个世纪以来，学者们的理解虽然有所深入和突破，但也没有完全达到可以解释唐诗中所有“随意”的实际用法的水准。王维此诗透过写景表达一种“道法自然”的美学观念和人生哲学：大自然随其意愿不可阻挡地发生四季变化，每一变化都会形成新的景致，作为审美主体的山居之人，应当顺应和欣赏四季之美，不必执着于“春芳”的唯一之美而离开充满无限变动之美的山居之地，从而失去更多的美景观赏、美感体验和哲理沉思。

一、“随意”不是“虽然”、“任他”、“尽管”

王维名诗《山中秋暝》，在中国大学现行的古代文学课程体系中，几乎是无选不收，无史不讲，其末联云：“随意春芳歇，王孙自可留。”其中“随意春芳歇”一句，由于貌似平常而又难于确解，一些研究者采取回避的策略，另一些解诗者提供的替代语，又多少有点不尽如人意。前者如陈贻焮先生在《中国历代著名文学家评传》第二卷《王维》专节之中，详尽串讲前三联而略去此二句[1]。后者如朱东润先生主编的《中国历代文学作品选》中编第一册释作“春天的芳华虽已消歇，秋景也佳，王孙自可留在山中”[2]。陈铁民先生的《王维集校注》则释作“任他春天的花草消歇，秋景仍然很美，王孙自可留居山中”[3]。上述两解之中，“虽已消歇”表示转折，但“随意”一词是动宾结构的动词，实无转折之义；“任他春天的花草消歇”，表面上和“随意春芳歇”比较对应，而且“任他”与“随意”皆为动宾结构，这在诸种解释中属于最贴近原句结构的，可是在本句中以“任他”（意同“随他”）释“随意”，仍然意有未切：“任他”属于王维的亦即描写者的主体意愿，蕴含主体（王维）对“春芳”“随他去吧”的无可奈何的被动性；反之，“随意”则是“春芳”的亦即描写对象的客体意愿，体现客体（春芳、大自然）季节变迁必然如此的主动性（详下）。

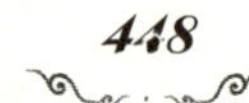

至于其他学者如施蛰存先生在《唐诗百话》中以“尽管”释“随意”：

> “随意春芳歇”，这“随意”二字向来无人注解，大家都忽略了。其实这个语词的意义和现代用法不同。它是唐宋人的口语，相当于现代口语的“尽管”。[4]

由于“尽管”距离“随意”的本义更远，所以用在本句中虽然勉强

---

[1] 山东大学文史哲研究所主编《中国历代著名文学家评传》第二卷《王维》，山东教育出版社1997年版，第180页。

[2] 朱东润主编《中国历代文学作品选》中编第一册，上海古籍出版社1980年版，第39页。

[3] 陈铁民《王维集校注》，中华书局1997年版，第452页。

[4] 施蛰存《唐诗百话》，华东师范大学出版社2011年版，第87页。

语义衔接，但置换到其它唐诗里就不无扞格了。比如放在杜甫《南楚》中的“无名江上草，随意岭头云”、《鸥》的“却思翻玉羽，随意点春苗”、《陪李金吾花下饮》的“见轻（轻飞之物）吹鸟毳（cuì），随意数花须”、元稹《夜饮》的“诗篇随意赠，杯酒越巡行”等等对仗句中就明显不通。

二、“春芳随意歇”的主语倒置

经笔者认真考察和反复思索，“随意春芳歇，王孙自可留”，乃是“春芳随意歇，王孙自可留”的主语倒置，两句各有主语：“春芳”是“随意歇”的主语，“王孙”是“自可留”的主语。倒置原因，则是五律的平仄限定。本联意为：春芳任随其意消歇（暗含：新的美景依次产生），王孙自可继续留居。稍作论证如下。

唐•刘餗（sù）《隋唐嘉话》卷上载：

> 炀帝为《燕歌行》，文士皆和，著作郎王胄独不下帝，帝每衔之。胄竟坐此见害，而（帝）诵其警句曰：“庭草无人随意绿”，复能作此语耶？[1]

在这里，“庭草”是“随意绿”的主语，“意”是“庭草”之“意”。庾信《荡子赋》的“游尘满床不用拂，细草横阶随意生”，与此类同。[2]

经用电子检索系统检索，唐人诗中的“随意”无一例外全是“任随意愿”的动宾结构，与现代用法完全相同。如现代口语“你随意”，无疑就是“你随你意”，这和唐人于鹄《送客游边》（又作《送张司直入单于》）的“莫随边将意，垂老事轻车”的“随意”毫无差别。上文说“随意春芳歇”是“春芳随意歇”的主语倒置，不仅有唐前的“庭草……随意绿”、“细草……随意生”为证，而且好几位王维前后的诗人，都有这种“主语 + ‘随意’ + 动词”的句式。最早是王绩《赠程处士》的“日光随意落，河水任情流”。此后有李峤《三月奉教作》的“芳春随意晚，佳赏日无睽”、权德舆《卦名诗》的“时鸟渐成曲，杂芳随意新”、白居易《咏兴五首》的“红绡（乐女名）信手舞，紫绡（乐女名）随意歌”。请注意：“芳春

---

[1] 唐•刘餗《隋唐嘉话》卷上，中华书局1997年版，第2~3页。
[2] 清•倪璠《庾子山集注》卷1，中华书局1980年版，第91页。

随意晚”、“杂芳随意新”，无论是结构还是句意，都和“春芳随意歇”最为接近。不仅如此，在汉语中，“随意”等动词也可修饰另一动词或形容词，如上举“随意绿”、“随意生”、“随意落”、“随意晚”、“随意新”、“随意歇”，其结构就和现代口语的“随意看” 脉相承，古今如一。再有“随意”与“任情”和“信手”对仗，更能看出“随意春芳歇”的“随意”是动词而非转折意义的“虽然”、“尽管”。简单点说，“随意”就是“随心”，成语“随心所欲”就是“随意”的最佳替代语。问题之所以变得越来越复杂，根源全在于主语倒置，是诗句的主语倒置将日常使用的词义“陌生化”了，以致批评家们误以为“随意”是一个非比寻常的特定词语而刻意回避或大费周章。平常词语“陌生化”的连锁反应，则是诗句本身的语境也被“迷宫化”了，解诗者自觉不自觉地堕入其中而“不识庐山真面目”。附带说一下：这并非笔者比前哲高明，而是拜时代所赐——现代检索手段使后来者轻而易举地占有比前人更多更全面的语料，加上本人更乐于多付出一些词义斟酌、古今对比的心力而已。

与“随意春芳歇”类似的主语倒置的诗句（有别于“随意岭头云”、“随意点春苗”两类诗句的结构），也在其他诗人的作品中出现。初唐刘行敏的《嘲崔生（犯夜）》有“愁人不惜夜，随意晓参横”、杜甫的《课小竖鉏（锄）斫舍北果林……》有“吟诗坐回首，随意葛巾低”、王昌龄的《重别李评事》有“莫道秋江离别难，舟船明日是长安。吴姬缓舞留君醉，随意青枫白露寒”。上述相关诗句都应作主语倒置理解，亦即其中的“随意”之“意”，皆属被描写的对象——是“晓参随意横”、“葛巾随意低”、“青枫白露随意寒”。由于不明白此类句式的主语倒置，王昌龄的《重别李评事》自古及今尚未有人解释得顺畅和完整，古代选家的评点几乎全部是避难就易，不少人甚至故弄玄虚，不懂装懂，或者将一些不着边际的评语乱说一气。据陈伯海主编《唐诗汇评》上卷第446—447页所录，明清两代不少唐诗学者都被这“随意”二字所困，如：

《艺苑卮言》：“‘缓’字与‘随意’字照应，是句眼。”

《唐诗归》：“谭云：‘随意’字只可如此用，如律对用不得。”

> 《唐诗选脉会通评林》：“金献之曰：‘随意’二字妙极，见得无处不伤心也。”
>
> 《<唐诗归>折中》：“吴敬夫云：‘俗语入诗而佳，如“随意”、“打点”、“真个”’等是也，然存乎手笔，不便为俗子所用。”
>
> 《载酒园诗话又编》：“‘随意’二字，似与下五字不粘，两字参观，便可意会，乃是得醉且醉耳。若正言之，如曰既有缓舞相留之人，天又渐寒，不如且醉。横嵌‘随意’二字于中，如老僧毁律，不复牵拘。然欲奉以为法，则如鸠摩弟子，先学餐针，始可纳室弟子，先学餐针，始可纳室。 黄白山评：此解终不畅。予友洪方舟云：‘“随意”，随他意也。’予谓‘寒露’字只当夜深字。莫管夜深，且须尽醉，正流连不忍分手之意。开口却云：‘莫道秋江离别难’，自己先进一步说，唐贤诗肠之曲如此。”[1]

各家批点，似乎都有以其昏昏，使人昭昭之嫌。大脑中接近一池浑水，还要硬夸自己的见解清澈见底而不断曲解臆说。其实黄白山转引的洪方舟之说“‘随意’，随他意也”，已经和今人陈铁民先生所理解的“任他”接近了，如果继续深究下去，并且多多搜寻例证，是完全有希望获得准确解释的，不料洪氏及黄白山本人仅是虚晃一枪，又偏离中心而泛论“唐贤诗肠之曲如此”去了，最终竟与该诗难点擦肩而过。

唯有明代顾璘是唯一的例外，他在《批点唐音》中没有强作解人，而是老老实实极为可爱地坦白声明：“‘随意’二字难解。”[2] 施蛰存先生也指出：

> 这首诗的结句也用“随意”。两句的意思是：尽管在秋风白露的秋天，吴姬还在歌舞留客。明代的顾璘在《唐音》里批道：“随意二字难解。”可见明代人已不懂得这个词语了。谭友夏在《唐诗归》里批道：“随意字只可如此用，入律诗用不得。”这个批语可以说是莫名其妙。为什么这两个字只能用在绝句，而不能用在律诗呢？他如果看

[1] 陈伯海主编《唐诗汇评》上卷，浙江教育出版社1995年版，第446—447页。

[2] 陶文鹏、魏祖钦整理点校《唐音评注》下，河北大学出版社2006年版，第558页。漫按：此书书名陈伯海《唐诗汇评》收录作《批点唐音》，但未收录“‘随意’二字难解”一语。大概并不认为“随意”二字难解。

到王维已经在律诗里用过，只好哑口无言了。其实谭友夏也像顾璘一样的不懂，却故意卖弄玄虚，批了这样一句，使读者以为他懂得而没有说出来。唐汝询在《唐诗解》里讲王维此句云："春芳虽歇。"这是很含糊的讲法，大概他也不知道"随意"的正确意义。[1]

引述至此，不难发现：尽管"随意"在唐诗中多次出现，含义也古今无别，但由于主语倒置，已接二连三地将明清两代几百年间颇有成就的许多唐诗学者折腾得极为伤神。半个世纪以来，学者们的理解虽然有所深入和突破，但也没有完全达到可以解释唐诗中所有"随意"的实际用法的水准。由此看来，一介小词"随意"，解释起来，却万万"随意"不得。

根据主语倒置的特点，王昌龄的这两句诗应当理解为："吴姬缓舞留君醉，青枫白露随意寒。"如果译为现代语言，则是：

（温室内）吴姬以轻歌缓舞留君与我为再次离别倾情一醉，
（江岸上）青枫与白露也随其意愿同受深夜的寒冷。

潜台词是：

再次离别的你与我不仅共享歌舞美酒的温馨，
也会像青枫与白露一样彼此甘愿分担世事的艰难。

对比施蛰存先生在上引文章中的解读：

尽管在青枫白露的秋天，吴姬还在歌舞留客。

可以见出这一解读的缺憾之处是既未释出王昌龄的主体意愿（"你与我"），更未释出青枫白露的客体意愿（"随意寒"），以及两者之间的逻辑关联和情感关联，使得"吴姬歌舞"与"青枫白露"各自独立，两不相涉。

根据以上佐证及分析，认定"随意春芳歇"应作"春芳随意歇"理解，我想大致是可以成立的。

---

[1] 施蛰存《唐诗百话》，华东师范大学出版社2011年版，第88页。

三、"道法自然"与"四时佳兴与人同"

律诗的结穴之处（尾联），往往也是全诗的画龙点睛之处。过去由于对"随意"一词的理解不准确或不够准确，导致对《山居秋暝》的审美阐释不全面、不深入。几乎所有的注释都引淮南小山《招隐士》的"王孙游兮不归，春草生兮萋萋。……王孙兮归来，山中兮不可以久留"，认为王维反用其意。如此理解，字面上固然不错，但实质上并不尽然。王维此诗并非单纯写景，而是透过写景表达一种美学观念和人生哲学：大自然一年四季随其意愿不可阻挡地发生变化，每一种变化也同时形成新的令人陶醉的景致，作为生活在大自然之中同时又是审美主体的山居之人亦即"审美的王孙"，应当自然而然地顺应和欣赏大自然的变化，不必执着于某个单一季节的美景，导致形成某种固态的审美观念，更不必因为固态的单一的审美观念——只有"春芳"才是美的——而离开充满无限变动之美的山居之地，失去更多的美景观赏、美感体验和哲理沉思。要做到并做好这一切，就必须"随意"——大自然"随意"，山居之人更要"随"自然之"意"同时也是"随"自己之"意"。这里隐然含有老子"人法地，地法天，天法道，道法自然"[1]的思想和《易经》"与时消息"的思想，《易•丰卦•彖（tuàn）》说："日中则昃，月盈则食。天地盈虚，与时消息，而况于人乎？况于鬼乎？"[2]同书《剥卦•彖》也说："君子尚消息盈虚，天行也。"[3]在《世说新语•政事》中，山涛曾以此意开导嵇康之子嵇绍，劝他应如天地间春夏秋冬的自然变化一样，适时改变处世的态度。原文说："嵇康被诛后，山公举嵇子绍为秘书丞。绍咨公出处，公曰：'天地四时，犹有消息，而况人乎？'"[4]此外，《论语•阳货》所载孔子"天何言哉？四时行焉，百物生焉，天何言哉"[5]的著名感叹，证明孔子也是主张人类应当与自然同荣同枯、同盈同虚、"法天""法地""法自然"而

---

[1] 魏•王弼《老子道德经注》第二十五章。罗宇烈校释，中华书局2008年版，第64页。

[2] 陈鼓应、赵建伟《周易今注今译》，商务印书馆2005年版，第499页。

[3] 陈鼓应、赵建伟《周易今注今译》，商务印书馆2005年版，第221页。

[4] 南朝•宋•刘义庆《世说新语•政事》第8条，朱铸禹《世说新语汇校集注》，上海古籍出版社2002年版，第151页。

[5] 朱熹《四书章句集注》，中华书局1983年版，第180页。

不违天而行的。《庄子•知北游》据以发挥说："天地有大美而不言，四时有名法而不议，万物有成理而不说。圣人者，原天地之美而达万物之理。是故至人无为，大圣不作，观于天地之谓也。"[1]庄子的意思是，天地之美是一种大美，具有最高智慧的人只要观察天地就可以了解天地之美，然后顺应天地之美即可，不必另有违背天地的作为。先秦哲学家非常重视对天地自然的观察。《周易》有《观卦》阐述"观"的哲学意义。《论语•子罕》载孔子观于河流而说："逝者如斯乎？"[2]《孟子•尽心上》载孟子曰："孔子登东山而小鲁，登泰山而小天下。故观于海者难为水……观水有术，必观其澜。日月有明，容光必照焉。"[3]《庄子•秋水》则是北海若开导河伯"观于大海"[4]，并有"道观"、"物观"、"俗观"、"差（等级）观"、"功（作用）观"、"趣（取向）观"[5]的各种不同。因为只有"观于天地"，才能"合于天地"并"有得于天地"，进而"乐于天地"，而不是《荀子•天论》的"制天命而用之"甚至是后人的"与天斗，其乐无穷；与地斗，其乐无穷"。王维虽然深受佛学影响，但他首先是一个中国文人，老子、孔子、《易经》、孟子、庄子、山涛等等对他的思想渗透，才是更早期更长久更广泛更深层的渗透，更何况佛学在中国化的过程中，本身也深受中国道家的浸染——譬如早期僧侣就直接称为"道人"，生长在这样的文化传统中，王维偶尔接受一点老子和其他前人的启示不足为奇。这和《招隐士》的主旨虽然字面有异但却本质相同：《招隐士》认为春天已经归去，漫游赏春的王孙亦应随着春归的脚步走出山中回到人间（归向朝廷）。王维认为自然之美永远在循环变化，留居山中依然可以在"观于天地"之中欣赏生生不息的美景（同时和市井、官场、政治保持一定的距离）。两者的出发点都是希望山居之人顺应自然亦即"人天同法"，不同在于《招隐士》强调顺应春天的一时的自然而走出山中，王维则强调顺应整体的四季的自然而留居山中（这和王维诗题、诗句高频率出现"山中"、"山居"两词不无关系）。这一同中有异、异中有同的审美表达，过去由于受

[1] 陈鼓应《庄子今注今译》，中华书局版1983年版，第563页。
[2] 朱熹《四书章句集注》，中华书局1983年版，第113页。
[3] 朱熹《四书章句集注》，中华书局1983年版，第356页。
[4] 陈鼓应《庄子今注今译》，中华书局版1983年版，第411页。
[5] 陈鼓应《庄子今注今译》，中华书局版1983年版，第420-421页。

到“随意”一词的遮蔽和干扰，致使众多解诗者一直未能参透其中的玄机。如果我们反过来看，将“随意春芳歇，王孙自可留”的“随意”理解为转折性的“虽然”、“尽管”，那么，“尽管春芳歇，王孙自可留”，必然是“王孙”逆“春芳”之意而留居，与王维主张山居之人顺应一年四季自然之景的本意完全不符。

事实上，王维诗文对春夏秋冬四季的常见之景皆有好诗好句加以赞美，恰如殷璠《河岳英灵集》卷上所评：“一句一字，皆出常景。”[1]其数量之多，质量之高，流传之广，在初盛唐人中并不多见。如春景的“桃红复含宿雨，柳绿更带朝烟”（《田园乐七首》其六）、夏景的“漠漠水田飞白鹭，阴阴夏木啭黄鹂”（《积雨辋川庄作》）、秋景的“荆溪白石出，天寒红叶稀”（《阙题二首》其一）、冬景的“隔牖风惊竹，开门雪满山”（《冬晚对雪忆胡处士家》）等等，可谓俯拾即是。王维虽然也和绝大多数诗人一样，对春、秋二季多有偏爱，但王维与众不同，他对夏、冬二季从来不作厌恶之语，也就是从未出现过负向的情感表达和价值评判。由此可知，王维确实认为山中季季有景，景景皆佳。换言之，王维的季节审美观是公平的、健全的，这和王维拥有相对优渥的生活条件、长年居住于辋川别墅的优美环境以及晚年万事不关心的闲适心态关系甚大。对此，笔者另有《王维诗文的四季审美》加以探讨，此处暂不展开。

从诗歌史的角度看，如果以“随意春芳歇，王孙自可留”与北宋理学家程颢《秋日偶成二首》之二的名句“万物静观皆自得，四时佳兴与人同”[2]作一比照，不难发现：在“人与风景”的主客体关系的认识上，王维已着先鞭。再放大思想的范围去考察，似乎也和法国著名雕塑家罗丹的名言“不是缺少美，而是缺少发现美的眼睛”潜在相通。简言之，《山居秋暝》这首山水名作的言外之意和审美观念，完全可以移用“道法自然”和“四时佳兴与人同”加以新的揭示。

[1] 傅璇琮编撰《唐人选唐诗新编》，陕西人民教育出版社，1996年版，第128页。

[2] 程颢、程颐：《二程集》上册，中华书局2004年版，第482页。

晚唐诗人罗虬“诘旦手刃”杜红儿冤案的形成始末

罗虬（？—881？），晚唐诗坛“三罗”之一。所作七言绝句大型组诗《比红儿诗》一百首，在晚唐盛传一时。五代以后，由于一位小说家将诗中的特殊用语恶意拼合成创作本事，致使罗虬成为一个残杀美女然后又写诗悼念的变态凶犯。从此，《比红儿诗》虽然继续流传，但宋元明清的诗话家们已是骂声一片了。其间，虽有三五学者也曾表示质疑或拨乱反正，无奈流风强盛，主持正义的声音被吹荡于天际而杳无人知。罗虬，一个对诗坛小有贡献的诗人，千余年来，始终顶着杀美的恶名而沉冤难雪。直至今日，各种相关的学术论著以及涉及罗虬的工具书，几乎无不认定《比红儿诗》呈现了一位凶手残杀美女之后的追悔心态。

一、一个杀美故事的文本审读

事情须从五代王定保（870—941？）的《唐摭言》卷10"海叙不遇"类说起，该书对罗虬先扬后抑：

> 罗虬辞藻富赡，与宗人隐、邺齐名。咸通、乾符中，时号"三罗"。广明庚子（880）乱后，去从鄜（fū）州李孝恭。籍中有红儿者，善肉声（唱歌），尝为贰车属意（副帅所爱）。会贰车聘邻道，虬请红儿歌而赠之缯（zēng）彩（色彩艳丽的丝织品）。孝恭以副车所贮（zhù，储备），不令受所贶（kuàng，赠予）。虬怒，拂衣而起，诘旦，手刃。绝句百篇，号《比红诗》，大行于时。[1]

故事极为简单，总共只有4人：罗虬、李孝恭（主帅）、红儿、二车（副车、副帅）。从中可以作出三种分析。

第一种：纯文本分析，不添加任何外在的相关信息。通过审读，可以见出：喜爱红儿的那位隐名副帅，与主帅李孝恭关系较好，他在红儿死亡之前，就被任命为友邻单位的主帅，表明此人有能力、有实力、有背景。因为有背景，所以主帅李孝恭任由他喜爱乐籍中最好的歌妓而不会与他争美，他也不担心李孝恭与他争美。在他升任邻道主帅之后，地位与鄜州主帅相等，所以李孝恭更要与他保持良好关系。李孝恭知道红儿是"副车所贮"，当然不能在他调离之后让罗虬染指，否则今后无法向过去的副手、今日的同级、将来可能的上级交代。

上述的纯文本分析只能导致这样的结论：1. 罗虬只是一个投靠李孝恭的幕僚（从事），完全没有实力挑战曾经的上司副帅，夺占他的旧爱。2. 罗虬没有胆量、更没有任何必要公然冒犯甚至一再挑战自己前来投靠、目前仰赖生存的最高上司李孝恭，一怒之下拂衣而起，直至黎明之际还没完没了地持刀杀害杜红儿，让李孝恭遭受一连串的难堪。3. 罗虬杀害杜红儿，无论是李孝恭还是邻道主帅，绝对不会坐视不理，不仅让罗虬逍遥法外，而且还让他有心情、有条件、假惺惺地写作长达一百首的大型组诗进

[1] 王定保：《唐摭言》卷10，上海古籍出版社编：《唐五代笔记小说大观》，上海古籍出版社2000年版，第1666页。

行悼念，甚至还允许这种混淆视听的诗篇广泛流传而不采取任何制止或辩明的举措。也许第 1 条、第 2 条不能说绝对没有，因为万分之一、百万分之一的胆大包天、无法无天、令人匪夷所思的另类凶犯也是可能有的。惟独第 3 条，事情结局居然如此平静和祥，波澜不惊，文本中又没有任何文字特别交代罗虬有什么无人敢碰的大背景。——要知道，初唐王勃任虢州参军时“恃才傲物，为同僚所嫉。有官奴曹达犯罪，勃匿之，又惧事洩，乃杀达以塞口。事发当诛，会赦除名”[1]；中唐女道士鱼玄机因杀死自己的贴身奴婢绿翘而“事败弃市”[2]、“为京兆尹温璋杀之”[3]。杀死带罪逃跑的官奴与杀死家婢尚且“事发当诛”或弃市，更何况罗虬所杀乃是与地方最高长官关系十分密切的著名官妓，其结果竟是无人告发更无人追究。于理不通，于法不容。鄜州并非等闲之地，刺史位高权重：

> 鄜州当长安北通朔塞之驿道，为军事之重镇，自唐初贞观间即置鄜州都督府、大都督府，管鄜坊丹延四州。安史乱后，置鄜坊丹延节度使，皆治此，所以捍卫长安，为东北之屏障。[4]

不妨设想，罗虬有何实力与此地的最高长官对着干呢？仅凭这一条，就足以证明罗虬杀害杜红儿的事实难以成立。如果坚持罗虬杀美，就必须解答四个问题：李孝恭为何不发怒？副车为何不报复？众多从事和官妓为何不举报？当时的其他文人为何不记载？遗憾的是，纯文本分析对这 4 个问题一个也解答不了。另外，从罗虬与王定保的生卒年可以推知，罗虬死时，王定保不过十一二岁。所以，《唐摭言》关于罗虬杀美的记载也有 4 种可能：1. 得之于口头上的辗转传说；2. 源于未经考证的第二三手资料；3. 王定保出于后人无法确知的原因，亲自从罗虬诗中摘词编造。4. 王定保的这条记录被人窜改过（从“诘旦，手刃。绝句百篇”之欠通可以略知）。

判断一：杀死与地方官关系密切的官妓非同小可，从罗虬的从事身份和投靠他人的境遇尤其是事件的结局看，“凶手”却没有受到任何司法追究或上司处理，也没有受到任何民间和官方的舆论谴责，反而诗名大

[1] 刘昫等：《旧唐书•王勃传》。中华书局点校本，第5005页。

[2] 钱易：《南部新书》甲卷，中华书局2002年版，第4页。

[3] 孙光宪：《北梦琐言》卷九“鱼玄机”。中华书局2002年版，第194页。

[4] 严耕望：《唐代交通图考》第一卷《京都关内区》，上海古籍出版社2007年版，第235页。

噪，其诗“大行于时”。于法、于理、于情，均属匪夷所思。

第二种，史实分析。“广明庚子”是公元880年，该年“十一月，黄巢入洛阳。十二月，入长安”。这就是著名的“广明庚子乱”。次年（881），“杭、台、温、处、郎、衡、澧、道、永等州在上年或本年都被人拥兵割据”[1]。据史料，罗虬乾符六年（879）或次年（880）已为台州刺史，台州府沦陷后（881），被地方民间武装力量的头目娄文杀害[2]。所谓“广明庚子乱后，去从鄜州李孝恭”，对罗虬来说，是完全不存在的史实。此时罗虬正在台州（今属浙江）刺史任上或已被杀，根本不可能跑到鄜州（今属陕西）来杀人！[3]退一步说，“广明庚子乱后（881）”是王定保的误记，罗虬应是此前在鄜州任职期间杀美并创作《比红儿诗》，但是，如果杀美之事流传四方，朝廷怎么会任命一个广为人知的杀人犯出任台州刺史呢（罗虬是一介书生，与地方豪强或军人割据一方迫使朝廷任命者完全不同）？就算李孝恭和那位杜红儿的旧好不念旧恶，那么多的知情人也不会告发吗？此其一。其二，据今人考证，李孝恭一直没有在鄜州任职，乾符五年至中和二年（878—882）任鄜州刺史者是李孝昌而非李孝恭。另据《新唐书•郑畋传》和《通鉴》卷二五五中和三年（883）五月载，李孝恭在881—883年任延州刺史[4]。也就是说，罗虬“广明庚子乱后，去从鄜州李孝恭”，不仅对罗虬来说是子虚乌有，而且对李孝恭来说，也是完全不存在的史实。

判断二：“广明庚子乱后”亦即公元881年以后，罗虬在浙江台州任刺史或已被杀，唐末由黄巢引发的全国性的战乱形势决定，1. 罗虬不可能从浙江去陕西杀人；2. “广明庚子乱后”即长安被占之后，唐僖宗逃蜀（与安史之乱极为相似），此前此后的一段时间，用杜甫在安史之乱中创作的名篇《北征》的诗句来说，就是“维时遭艱虞，朝野少暇日”，镇守

[1] 杨宽等主编：《中国通史词典》，上海人民出版社2008年版，第2188页。

[2] 《吴越备史》卷一：“（杜）雄，台州杨梅镇人也，初与朱党娄文俱为草寇，娄文以雄为副，文害刺史罗虬。”参傅玄琮主编：《唐才子传校笺》卷九“罗虬”（吴在庆执笔），中华书局1990年版，第135页。

[3] 参傅璇琮主编：《唐才子传校笺》卷九“罗虬”（吴在庆执笔），中华书局1990年版，第135—136页。

[4] 参傅璇琮主编：《唐才子传校笺》卷九“罗虬”（吴在庆执笔），中华书局1990年版，第134—135页。

京畿道与关内道交汇处的鄜州地方长官根本不可能有闲暇时间举行歌舞宴会；3. 时间地点不对、战乱形势不许、见证人李孝恭不在场（不在鄜州）。4. 这个神秘的“二车”、“副车”到底是谁？他所升任的“邻道”又是那一道？所有史料都没有交代他的庐山真面目，让人怀疑他只是一个为了编故事而虚构的小说人物。所以，罗虬杀害杜红儿的全部情节，完全没有一条可靠的证据。如果坚持主张罗虬杀红，就必须解答：为何朝廷要委任一个众所周知的杀人犯为台州刺史？为何委任之后全国范围内竟然无人反对？罗虬到底属于何方神圣竟然如此刀枪不入？

第三种：从罗虬与杜红儿的关系分析。上文第一种分析指向罗虬与上司李孝恭和副车的关系，第二种分析指向罗虬与时间、地点、政治军事形势的大环境、大史实关系。下文即将展开的第三种分析将指向“凶手”罗虬与“被害者”红儿的直接关系。在所谓“杀红”事件中，自始至终，罗虬与红儿未见任何冲突，罗虬请红儿演唱，红儿唱了，罗虬很满意，可见不是敷衍之唱，而是正常水平的发挥，罗虬才会特别满意而给予赠品。红儿也没有拒绝罗虬的赠品，而是最高长官李孝恭不准红儿接受。所以罗虬发怒的对象应是李孝恭而非杜红儿。在这种情景中，杜红儿不具备条件成为罗虬泄愤杀害的对象，亦即成为罗虬与上司冲突的牺牲品。

首先发现这层关系的，是清代嘉兴文人沈可培。他在《比红儿诗注自序》中引述了《唐摭言》原文之后，提出两点不同看法：1. 罗虬所恨应是阻止接受礼品的李孝恭而不是无能弱女杜红儿；2. “手刃之事，未知有无”：

> 据《摭言》有“手刃”二字，《太平广记》遂衍为罗虬手杀红儿等语。余思虬果因孝恭之阻，当怒在孝恭，与红儿何涉？虬乃迁怒于无能弱女，亦不成丈夫矣！其诗何传乎？且虬原序并无怒意，细阅《摭言》“诘旦，手刃”即接“绝句百篇”，似有譌字阙文。然读至终篇，真红儿殁后怜之而作也。“手刃”之事，未知有无。而红儿则因诗而如绘矣。[1]

---

[1] 沈可培《比红儿诗注自序》，《香艳丛书》本，第三集，人民文学出版社1994年版，第一册，第787页。

沈可培的怀疑是有道理的：不是杜红儿不愿收罗虬的赠品而激怒罗虬，而是李孝恭不准她收，红儿的身份决定她只能遵命行事，罗虬没有理由痛恨红儿并且非要选择黎明时分杀死她不可。如果罗虬真的杀死红儿，社会的同情心肯定一致倾向红儿，读者们怎么会盛传罗虬的变态作品呢？《唐才子传校笺》第五册第459页陈尚君所写"罗虬"条的补正文字，曾引沈可培语"读至终篇"至"因诗而如绘矣"数语，其中包括"手刃之事，未知有无"两句，但未作评论亦即选择存疑与谨慎的态度——在未加深入分析之前，既不便支持"有"，也不便支持"无"。

判断三：杜红儿没有伤害罗虬更没有激怒罗虬，同时"虬原序并无怒意"。

三种分析结果一致：罗虬未杀杜红儿。

我认为罗虬杀美之事，纯属于文坛敌手为了攻击罗虬及其"大行于时"的作品《比红儿诗》而虚构的创作本事。目的在于藉此败坏罗虬名声，阻止"辞藻富赡"但却"屡举不第"的罗虬可能会因诗名大噪而中举。这种枉顾事实的伎俩，罗虬之前，白居易曾经深受其害：白母患有精神病，某日不幸在看护不周时坠井而亡。当时以宰相韦贯之、张弘靖为首的敌对方，乘机将白居易旧作《赏花》《新井》摘出，攻击白居易置母亡于不顾依然赏花咏井，贬江州刺史之后再贬江州司马。[1]唐穆宗为之不平而题柱曰："此人一生争（怎）得水吃？"[2]此事发生在白居易生前并有皇帝知情，尚且难逃其诬，更何况《唐摭言》所述发生在罗虬死后，死者哪能不蒙其冤？

二、宋元人如何弥补《唐摭言》的杜撰漏洞

《唐摭言》原文的叙事结束部分"虬怒，拂衣而起，诘旦，手刃。绝句百篇"，无论如何标点，都有不通之处。

北宋李昉等编《太平广记》（成书于978年）卷273"罗虬"条抄录《唐摭言》时，适当处理了原文的不通和缺失，使之尽可能通顺和完整：

[1] 参阅周勋初主编：《唐人轶事汇编》卷二十引陈振孙《白文公年谱》。上海古籍出版社1995年版，第1082页。

[2] 钱易：《南部新书》甲卷，中华书局2002年版，第10页。

（前略）籍中有红儿者，善为音声，尝为副戎属意。会副戎聘邻道，虬请红儿歌，而赠之缯彩。孝恭以副戎所盻（xī），不令受之。虬怒，拂衣而起，诘旦，手刃红儿。既而思之，乃作绝句百篇，号《比红儿诗》，大行于时。[1]

《太平广记》将原文的“诘旦，手刃。绝句百篇”，改写成“诘旦，手刃红儿。既而思之，乃作绝句百篇”。这样一来，罗虬杀死杜红儿就变得清晰了。而且还增加了“既而思之”一句，表明创作动机。杀人动机有了，被杀对象明确了，创作动机也有了，故事完整了。

南宋晁公武撰有目录学名著《郡斋读书志》（初成于1151年，终成于1180—1187之间），该书卷18第1286条即“罗虬比红儿诗一卷”，文云：

右唐罗虬也。皇朝方性夫注。虬词藻富赡，与其族人隐、邺齐名，时号“三罗”。从鄜州李孝恭。籍中有杜红儿者，善歌，常为副使者属意。副使聘邻道，虬请红儿歌，赠之以采，孝恭不令受。虬怒，拂衣而起，诘旦，手刃之。既而追其冤，作绝句诗百篇，借古人以比其艳，盛行于世。[2]

晁公武所述，与《太平广记》总体一致。但增加了三点新意：1.《比红儿诗》北宋时已有方性夫注本，证明依然流传较广；2. 将《广记》的“既而思之”改写为“既而追其冤”，写足罗虬的忏悔之情（其实诗中并无此意）；3. 补充“借古人以比其艳”。至于“诘旦，手刃之”，可能最接近《唐摭言》的“诘旦，手刃”的原貌。也就是说，今本《唐摭言》可能在“手刃”之后丢失了一个“之”字。不过，由于方性夫注本已佚，今人已经无法知道此条文字的原创者是方性夫还是晁公武了。可以肯定的是，两位学者都同意罗虬是杀害杜红儿的凶手。

南宋计有功的《唐诗纪事》（成书时间不详，撰写时间约在1146年之后十数年间）卷69首次将罗虬的《比红儿诗并序》同录，诗序未见前人引述，是理解罗虬百首绝句的直接材料，主要说明红儿身份、资质，

[1] 李昉等编《太平广记》卷273“罗虬”，中华书局版2156页。

[2] 孙猛：《郡斋读书志校证》，上海古籍出版社2011年版，第935页。

以及解释“比红”之意：

> 《比红》者，为雕阴官妓杜红儿作也。美貌年少，机智慧悟，不与群辈妓女等。余知红者，乃择古之美色灼然于史传三数十辈，优劣于章句间。遂题《比红诗》。[1]

雕阴是鄜州的古称，汉代设为上郡雕阴县，以汉写唐，还真有点“汉皇重色思倾国”之类的托古味道。序中完全看不出罗虬发怒杀人或忏悔心理的蛛丝马迹。序中提到“群辈妓女”，如果罗虬真是凶手，当时的姐妹们岂有不紧张、不愤怒、不发声之理？“余知红者”，说明罗、杜二人早有交往，并非副帅调离之后罗虬才趁虚而入，并提前准备好赠品，待红儿宴中歌毕即当众赠予。《唐诗纪事》在此序之后收录了《比红儿诗》一百首。诗之后，附创作本事云：

> （前略）籍中有杜红儿者，善歌，常为副戎属意。副戎聘邻道，虬请红儿歌，而赠之缯彩。孝恭以副戎所盼，不令受所贶。虬怒，拂衣而起，诘旦，手刃红儿。既而思之，乃作绝句百篇，以追其冤，号《比红诗》，盛行于时。[2]

可以看出，文字只是综合了《唐摭言》和《太平广记》，仅仅依据当时流传的《比红儿诗》及注增加了“以追其冤”一句，但实质上完全没有补充任何新证据。

上述材料证明：两宋时代，对于罗虬杀美之事，所有材料共同指向一个源头：《唐摭言》。如果《唐摭言》本身的说法不是信史，那么，罗虬杀美就难以成立。

元人辛文房《唐才子传》卷9“罗虬”条补记说：

> 孝恭以其激己，坐之，倾会赦。虬追其冤……作绝句一百首。

“激”是冲击、震动，“坐”指办罪的原因。辛文房说李孝恭最终还是处罚了罗虬，不过很快就赦免了。遗憾这一说法不见于唐宋诸书，属

---

[1] 计有功《唐诗纪事》卷69“罗虬”，上海古籍出版社1987年版，第1026页。
[2] 计有功《唐诗纪事》卷69“罗虬”，上海古籍出版社1987年版，第1032页。

于孤证，而且出现很晚，难以为据。因为上举证据表明："广明庚子乱"的公元880年及次年，罗虬与李孝恭不可能同在鄜州，战乱危局也不可能举行官方的歌舞宴会，没有宴会和杜红儿的歌唱，《唐摭言》所述杀死歌女之事也就不可能发生。退一万步说，假设发生这种事，地方官李孝恭在战乱时也不可能有时间有心力去惩处和赦免罗虬。

三、《比红儿诗》内证可为"血案"辨诬

目前所见全面否定罗虬杀死杜红儿的最有力的考证文字，是已故著名考据家余嘉锡先生的一篇短文《罗虬〈比红儿〉诗》，文云：

> 《唐诗纪事》卷六十九谓罗虬手刃杜红儿，既而思之，乃作绝句百篇，以追其冤。《郡斋读书志》卷十八、《唐才子传》卷九叙其事，讥之曰："初以白刃相加，今曰：'余知红者'（虬序中有此语）虬实一狂夫也"愚按：虬既杀其人，又为之作诗，人虽狂暴，似不至此。考其事盖出于王定保《摭言》（下略——引者注）。虽与《纪事》略同，然无追思红儿而作诗之说。案：明天顺本《绀珠集》卷四引《摭言》云："罗虬避乱，往鄜州依李孝恭。有官妓红儿者善歌，虬为绝句诗百篇令歌之，号《红儿诗》，以百物比拟红儿而作也，行于时。"夫虬既杀红儿矣，安能复令之歌。疑是虬诗在先，红死在后也。王世贞《宛委余编》卷八云："罗虬《比红儿》，不过市井间烟花语耳。然《唐诗纪事》谓虬手刃此妓而作诗悼之，恐误。盖诗语有'任伊孙武心如铁，不办军前杀此人'，又'若教粗及红儿貌，争肯楼前斩爱姬'也。恐红儿自以他故死，不由手刃。"王氏此言，取证本诗，凿然有理，可见《摭言》、《纪事》之说皆非也。然其诗第一百首云："花落尘中玉堕泥，香魂应上窈娘堤。欲知此恨无穷尽，长倩城乌夜夜啼"，实有追思之意，疑此一首为死后所改也。[1]

余先生的考证有几点极为有力：一、"虬既杀其人，又为之作诗，人虽狂暴，似不至此"；二、明天顺本《绀珠集》卷四引《摭言》记载："虬

[1] 《余嘉锡文史论集》，岳麓书社1997年版，第646-647页。

为绝句诗百篇令歌之，号《红儿诗》”，证明不是先杀红儿，后作诗悼念，而是“虬诗在先，红死在后”，并且红儿还亲自演唱过这些绝句；三、同意王世贞语“恐红儿自以他故死，不由手刃”，判定“王氏此言，取证本诗，凿然有理，可见《摭言》、《纪事》之说皆非也”。当然，也指出第一百首“实有追思之意，疑此一首为死后所改也”。

既然“《摭言》、《纪事》之说皆非”，那么，罗虬妒杀美女的冤情也就可以大白于天下了！

罗虬幸甚！《比红儿诗》幸甚！

不仅如此，笔者进一步细读《比红儿诗》文本，又有几点更为重要的新发现：1. 所谓“虬请红儿歌而赠之缯彩”，纯属无中生有，是从第二十四首的“自从命向红儿去（一作断），不欲留心在裂缯”附会而成。诗意为：自从愿意将全部生命（或爱意）交付红儿之后，就是另有喜欢裂缯之声的夏朝美女也不会让罗虬动心。“去”有“之后”意，陶潜《游斜川诗》：“未知从今去，当复如此不？”“从今去，即从今后也。”[1] 如果是“自从命向红儿断”，可以理解为：自从愿意为红儿付出性命。后人所谓“生命诚可贵，爱情价更高”，某种程度上可以帮助解读“自从命向红儿断”的内涵。“裂缯”即撕断丝织品。旧时买布（民间称为扯布），商家先在布帛一侧用剪刀剪一小口，然后撕断。撕裂的过程会产生一种特殊的声响。据说夏末帝桀宠幸的女子妺喜特别爱听裂帛之音。晋人皇甫谧《帝王世纪》云：“妺喜好闻裂缯之声，（桀）为发缯裂之，以顺适其意。”[2] 王定保不知是读不懂原诗还是恶意曲解，说成“虬请红儿歌而赠之缯彩”。2.《唐摭言》所述的核心证据“诘旦，手刃”更是荒唐的编造。来源是原诗第二十七首的“凭君细看红儿貌，最称严妆待晓钟”。既然红儿“严妆待晓”而罗虬又一直在“细看”此时的“红儿”之“貌”，所以“凶杀”亦即“诘旦手刃”的时间、地点、对象就是在闺房中“严妆待晓”的杜红儿了！可是，第五十七首云：“若见红儿深夜态，更应休说绣衣裳。”《管子•轻重甲》云：“昔者桀之时，女乐三万人，端噪晨乐，闻于

[1] 张相：《诗词曲语汇释》，上海古籍出版社2009年版，第272页。

[2] 李昉等撰《太平御览》，上海古籍出版社2008年影印文渊阁《四库全书》本，第一册，第783页。漫按：此处文字各种版本《帝王世纪》均无异文。

三衢，是无不服文绣衣裳者。”[1] 大意是：深夜简单装束或卸妆之后的红儿，远远胜过早晨浓妆艳服的夏桀女乐。王定保因为罗虬见过红儿深夜的体态以及“严妆待晓”的美姿，所以只好将罗虬杀死红儿的时间安排在天快亮的拂晓时分。但是，第七十四首又说：“争知昼卧纱窗里，不有神人覆玉衣？”传说魏文帝甄皇后年幼时，“每寝寐，家中仿佛见如有人持玉衣覆其上者”[2]，红儿的昼卧之态罗虬也曾见过，是不是杀红的时间也得改到黄昏或深夜呢！

特别值得关注的是，罗虬在第六十首和六十三首中明确表达一种观点：真正的美人亦即美如红儿的女子，即使有错甚至大错也是不应该被杀的：“总是红儿媚态新，莫论千度笑争春。任伊孙武心如铁，不办军前杀此人。”《史记•孙子列传》载：孙武训练吴王一百八十名宫女，宫女爱笑，三令五申仍然不改，孙武遂不顾吴王求情与阻挡，断然处决二位宠姬。“陌上行人歌《黍离》，三千门客欲何之？若教粗及红儿貌，争教楼前斩爱姬？”《史记•平原君列传》载：平原君爱姬偶然讥笑一位跛足门客，众门客为此纷纷离去，平原君斩姬谢客，门客复归。罗虬认为这些都是宠姬不够美丽方才被杀，换言之，罗虬主张红儿级别的美女不应该因错被杀。不管这一观点是否正确，但它足以证明《比红儿诗》绝对不是先杀红儿继而后悔，“乃作绝句百篇以追其冤”的创作！因为如果红儿已被罗虬亲手杀死，这位凶手事后还会写下“不杀美女”的赞“美”诗句吗？正是因为看到这一太过明显的矛盾，前引王世贞语才会做出“恐红儿自以他故死，不由手刃”的逻辑推理。本文认为，这一推断是完全经得起检验的。

《比红儿诗》是第一手资料，而且是内证，内证高于外证，《唐摭言》即使言之有据也仅仅是外证，更何况目前全无他证。在全部《比红儿诗》中，罗虬心平气静地叙述了“余知红者”亦即他与杜红儿长期的、密切的私人关系，远远不是《唐摭言》所述的强索之爱和蓄谋凶杀。第十三首云：“若见红儿醉中态，也应休忆李夫人。”第四十七首云：“轻梳小髻号慵来（汉成帝妃赵飞燕之妹首创的妆样），巧中君心不用媒。可得红儿抛醉眼，汉王恩幸一时回。”第五十首云：“汉皇曾识许飞琼，写向人间

[1] 黎翔凤撰《管子校注》，中华书局2004年版，第三册，第1398页。
[2] 陈寿《三国志•魏书•后妃传》裴注引《魏书》，中华书局点校本，第159页。

作画屏。昨日红儿花下（一作帘外）见，大都相似更娉婷。"第四十九首云："月落潜奔暗解携（xī），本心谁道独（一作欲）单栖？还缘交甫非良偶，不肯终身作羿妻。"月落之际红儿与罗虬有解携之举，妓女本心也希望能够过上正常而温馨的家庭生活（不单栖）。只是因为与汉上游女初次邂逅的郑交甫并非良偶，所以才不肯从良嫁与。此首似乎透露罗虬曾在"月落潜奔暗解携"之际询问过红儿是否可以嫁给他，但红儿对他还不够信任，所以罗虬得到的是否定的答复，但罗虬并未计较。通观一百首诗作，完全见不到一丁点儿的"副车"的存在和影响。

不过，第七十七首倒是具有"杀美"的"重大嫌疑"："人间难免是深情，命断红儿向此生。不似前时李丞相，枉抛心力为莺莺。""命断红儿向此生"一句，实在太像一个杀人犯的不打自招了！然而，"命断红儿向此生"是否就是"杀死红儿"的同义语呢？应该不是。诗意即：人间最难避免的是一往情深，红儿确属罗虬所爱，不仅可以为之献出诗篇，就是为之献出性命也在所不惜。不像莺莺是他人（元稹）之爱而李绅为之写诗赞美，完全属于"枉抛心力"的创作活动。这和上举第二十四首的"自从命向红儿去（一作断），不欲留心在裂缯"一样，是强调红儿之美真要罗虬这位唯一能"爱"能"诗"的特级粉丝的老命，是诗人自己"命断"亦即"命为红儿而断"，并非要红儿"命断"。

只有通过文本细读，切实解决《比红儿诗》的这些易启疑窦的词语，今人才有可能撕破迷障，还原诗歌的本义和历史的真相。

四、关于"善歌"的雕阴美女与"芳林十哲"的罗虬的几点总结

1. 罗虬未杀杜红儿。这是本文核心，上文已作充分论证而下文亦将有特别重要的补证。

2. 杜红儿确是"雕阴（鄜州）官妓"。罗虬的《比红儿诗序》说红儿是"雕阴官妓"，"美貌年少，机智慧悟，不与群辈妓女等"。这一点不仅与《唐摭言》等材料吻合，而且作者在诗中三次提及，分别见于第三十五、六十八和八十三首。其中第六十八首的"今日雕阴有神艳，后

来公子莫相轻”，是一百首中《红》诗在先，“红”死在后的唯一铁证：“今日”、“后来”的“现在时”和“将来时”，无可辩驳地证明，杜红儿没有被杀！更没有被罗虬所杀！在罗虬创作此诗之后，杜红儿依然拥有至今无法明确具体时限的生命历程。这和明天顺本《绀珠集》卷四引《摭言》所说“有官妓红儿者善歌，虬为绝句诗百篇，令歌之，号《红儿诗》”严密对接。不过，与此相关而未能解决的问题是：罗虬到底是什么时候在鄜州逗留并与杜红儿结下深情的？那时真正的地方官又是何人？希望以后能够见到突破性的探讨。

3. 杜红儿“善笑”与“善歌”。“善笑”诗中多有，不赘。“善歌”除了罗虬之序没有提到之外，《唐摭言》和《诗话总龟》作“善肉声”；《太平广记》作“善为音声”；《郡斋读书志》、《唐诗纪事》及明天顺本《绀珠集》卷四引《摭言》皆作“善歌”。

4. 沦入“芳林十哲”并且屡遭物议，疑是罗虬遭诬的主要原因。由于《唐摭言》总体上是一部可信度较高的笔记小说，所以古今相信罗虬杀美的人自然也很多。根据前文所论，所谓罗虬杀美实在找不到一条可以成立的证据。不过，正如民间所说：苍蝇不叮无缝的蛋。罗虬遭诬可能另有其软肋，就是曾经为了进入官场而陷入投靠宦官的“芳林十哲”之中，加上平时恃才傲物，导致负面评价过多。《唐摭言》卷九最先记录“芳林十哲”的名单，不过另有小注说：“今记得八人。”奇怪的是，八人中却没有罗虬。词条最后说：“今所记者有八，皆交通中贵，号‘芳林十哲’。芳林，门名，由此入内故也。”末了批评“十哲”有“蛇豕之心”。[1]宋人王谠《唐语林》卷三《方正》中有一条至今不明出处的材料，述及刘允章“及掌贡举，尤恶朋党。初，进士有‘十哲’之号，皆通连中官，郭纁、罗虬，皆其徒也。每岁，有司无不受其干挠。”[2]据考，《旧唐书•刘允章传》记刘允章咸通九年（868）以礼部侍郎知贡举，罗虬当于本年应举。[3]不过，《唐语林》该条前述“初，进士有‘十哲’之号”，

[1] 王定保：《唐摭言》卷9，上海古籍出版社编：《唐五代笔记小说大观》，上海古籍出版社2000年版，第1657—1658页。

[2] 周勋初：《唐语林校证》上册。中华书局2008年版，第214页。

[3] 参傅璇琮主编：《唐才子传校笺》卷九“罗虬”（吴在庆执笔），中华书局1990年版，第133页。

并举郭纁、罗虬二人作为"芳林十哲"的代表，言下之意，罗虬、郭纁已经是进士了。但后文又述刘允章因罗虬所试诗句有"帘外桃花晒熟红"而斥落进士。[1]此外，郭纁868年也没有成为进士（详后）。那么，郭纁、罗虬868年已经是进士还是非进士，《唐语林》的叙事前后抵牾。这种抵牾又说明有关罗虬的记载，叙述完备并真实可信者实不多见。其实，《唐语林》是晚唐五代、宋、元史料中唯一将罗虬列入"芳林十哲"的孤证。其它如《唐才子传》卷9《郑谷》篇，述郑谷与许棠、任涛等"唱答往还，号'芳林十哲'"，未及罗虬[2]。《唐诗纪事》卷70《张乔》、《任涛》两述"十哲"（共有十二人）之名，均无罗虬。[3]当时进士名额有限，竞争激烈，为打击竞争对手，可谓无所不用其极。以郭纁为例，就是被人设计陷害的一例。前引《唐摭言》卷9"芳林十哲"曾述及郭纁的落第原因：

> 郭薰者，不知何许人，与丞相于都尉，向为砚席之交。……咸通十年（871），赵骘主文，（丞相）断意为薰致高等，骘甚挠阻，而拒之无名。会列圣忌辰，宰执以下于慈恩寺行香，忽有彩贴子千余，各方寸许，随风散漫，有若蜂蝶，其上题曰："新及第进士郭纁。"公卿为之辴（chǎn）然（笑状）。因之有司得以黜去。[4]

据此，871年郭纁还在考进士，而且当年也没有考取，这和《唐语林》所言868年刘允章主考之时，"进士有'十哲'之号，皆通连中官，郭纁、罗虬，皆其徒也"明显不符。此其一。其二，散发"彩贴"（小传单）之事，如果是郭纁或于丞相所为，断然不会在未考之前就以"新及第进士"自许或许人，授人以柄，致使"公卿为之辴然"。如果是竞争对手所为，则可造成郭纁狂妄，丞相专权，两者皆不将主考放在眼里的效果，达到将郭纁除名的目的。

---

[1] 周勋初：《唐语林校证》上册。中华书局2008年版，第214页。

[2] 参傅璇琮主编：《唐才子传校笺》卷九"郑谷"，中华书局1990年版，第169页。

[3] 计有功《唐诗纪事》卷70"张乔"、"任涛"，上海古籍出版社1987年版，第1038、1039页。

[4] 王定保：《唐摭言》卷9，上海古籍出版社编：《唐五代笔记小说大观》，上海古籍出版社2000年版，第1657—1658页。

五、“罗虬未杀杜红儿”始见于五代孙光宪的《北梦琐言》

孙光宪（896？—968）《北梦琐言》卷十三也对罗虬有较多批评：

> 葆光子曰：“罗虬屡举不第，务于躁进，因罢举依于宦官，典台州，昼锦也。常以展墓，勉谒邑宰，横笏傲然。宰曰：‘某虽尘吏，不达事体，然使君岂不看松柏下人乎？’讥其无桑梓之敬，曾武人之不若也。虬有俊才，尝见雕阴官妓《比红儿诗》，他无闻也。”[1]

平心而论，孙光宪对罗虬的评价虽以负面为主，但也捎及正面，如“虬有俊才”即是。更为重要的是，孙光宪读过《比红儿诗》之后，没有附和王定保之说，认为罗虬是杀美凶手。孙光宪的看法对于研究罗虬是否杀害杜红儿来说也是非常有价值的。按《宋史》卷483孙光宪本传载，“光宪博通经史，尤勤学，聚书数千卷，或自抄写，孜孜雠校，好著撰”[2]，留下著作多种。是一位读书、校书、写书都非常认真的著名学者和词人。《北梦琐言》的撰述，作者自序说是“每聆一事，未敢孤信，三复参校，然始濡毫”，故司马光的《通鉴考异》多引其书。细审“他无闻也”一语，可作二解：没有听说其它方面的事；没有听说其它方面的才能。两解皆可，但以前解为佳。其意为“罗虬有过人的才华，我曾读过他的《比红儿诗》，但没有听说其它事情”，明显是针对《唐摭言》编造罗虬杀美虽矛盾重重却无人纠谬而言，符合作者自我定位的“每聆一事，未敢孤信，三复参校，然始濡毫”的撰述原则。后解则意为“罗虬有过人的才华，我曾读过他的《比红儿诗》，但没有听说其它方面的才能”，虽可粗通，却无前解畅达并有具体的针对性。因为罗虬除了《比红儿诗》之外，还有别的诗作和撰述。[3] 据清人刘毓崧考证，王定保的《唐摭言》约成书于五代时期的916—917年之间[4]，其时孙光宪已经约20岁上下

---

[1] 孙光宪：《北梦琐言》卷十三。中华书局2002年版，第273页。

[2] 《宋史》卷483《荆南高氏世家》附，中华书局点校本，第13956页。

[3] 《太平广记》卷261载罗虬等人曾因诗句“遭主司庭责面遣”，中华书局1961年版，第2044页。又，陶珽刊本陶宗仪《说郛》卷三二引《延漏录》载罗虬“撰《花九锡》”。

[4] 阳羡生：《唐摭言》“点校说明”。上海古籍出版社编：《唐五代笔记小说大观》，上海古籍出版社2000年版。

了，其书《北梦琐言》成书于五代时期，是目前所见最早否认罗虬杀美的史家、学者和诗人。

北宋阮阅编《诗话总龟》前集（成书于1123年）卷29“书事门”，大约从创作心理角度觉得罗虬杀美之举与颂美之心难以调和，所以在删节《唐摭言》之文时，只保留“虬怒，拂衣而起”，故意略去了罗虬杀美的核心事件，这种处理方式虽然暗中传达了编者不认同罗虬杀美的判断，但由于没有任何材料和论证，所以完全没有产生任何影响：

> 罗虬罗邺罗隐齐名，号“三罗”。李孝恭籍中有红儿，善肉声，尝为贰车属意，聘邻道，虬请红儿歌而赠之缯彩。孝恭以副车所贮，不令受所贶。虬怒，拂衣而起。诘旦，为绝句百篇，号《比红儿诗》，大行于时。[1]

按照阮阅的理解，“虬怒”的对象是李孝恭；“诘旦，为绝句百篇”是第二天清晨起来写诗赞美杜红儿。单从逻辑性上看，确实比《太平广记》严密得多了。

北宋邵博是第三位否认罗虬杀美的学者。《邵氏闻见后录》（成书于1157年）卷十七载罗虬与红儿事，直接表明罗虬没有杀人，而是罗虬因为喜欢红儿被逼弃官，离开红儿之后写诗追忆：

> （罗）虬登科，从事坊州，有营妓小字红儿，先为郡将所嬖，人不敢近，虬亦悦之。郡将不能容，虬弃官去，然于红儿犹不能忘也。拟诸美物，作《比红儿诗》百首。事出《摭言》，亦略见《太平广记》中。[2]

奇怪的是，此书既说事出《摭言》和《广记》，又明显与两书的说法相左，不但不承认罗虬有杀人之举，而且连任职之地也变为坊州了！令人怀疑是所见版本不同之故。

尽管出于学术良心，一些有识之士如孙光宪、阮阅、邵博等并不相信罗虬杀美，并且形诸笔墨，但是，罗虬还是为他“务于躁进”、“依于宦官”、“横笏傲然”等等的负面行为付出了极其惨重的代价。

---

[1] 阮阅编《诗话总龟》前集卷29“书事门”，人民文学出版社1987年版，第294页。
[2] 邵博：《邵氏闻见后录》卷17，中华书局1983年版，第131页。

德国中世纪史教授克劳斯•阿诺尔德（Klaus Arnold，1942— ）在《史料考证》一文中表达了这样的观点：

> 对于史料考证而言，具有决定性意义的是真实性问题。……人们也可以把史料考证同刑事学或法官询问证人的方法来比较。因为一般而言，一个作者（或证人）的倾向并不公开，人们只能通过细微的查证或“盘问”才能认清他的倾向。……这种史料考证无论如何都需要一种内在的诠释，换言之，它首先应该来自于文本本身，而不是事先关于事实背景及其产生情事的最广泛的调查研究。此外，人们还必须深入地对文本提出问题……[1]

古代遗留下来的一些史料，由于这样那样的原因，都会出现程度不同的失真。罗虬杀美之案，即是如此。傅璇琮先生早年也在《唐代科举与文学》一书中举出《唐摭言》记载“不可靠”的一例。[2] 上文已从各种不同的角度证明了王定保记载的荒唐与谬误，首次系统清理了该案形成的始末，并在重证据、重逻辑、重法理，亦即“这种史料考证无论如何都需要一种内在的诠释，换言之，它首先应该来自于文本本身”的基础上，一一排除史料中的各种疑点，慎重推出了“罗虬未杀杜红儿”的结论。在对此一结论毫无影响的前提下，目前也还存在着一些外围的疑问：为何王定保在“芳林十哲”中不出罗虬之名（隐其恶）？却在杀美一事上肆意采摘诗语编织故事（诬其恶）？是真的忘记“十哲”之名还是另有目的？如果真属遗忘，为何不去遍访耆旧和遍查文献以求真相？为何同是注明引述《唐摭言》，邵博、阮阅的两本著作均与原书不同？明天顺本《绀珠集》卷四引《摭言》说红儿生前已唱《比红儿诗》，并与第六十八首所述红儿未死相一致，是否说明此一版本更为可信？为何今本《摭言》述罗虬杀美的“诘旦，手刃。绝句百篇”语句不通？是原本如此还是被人删改过了？有些疑问可能永远无解，有些则可能为今后的进一步探索提供思考的路径与空间。

---

[1] [德]斯特凡•约尔丹主编《历史科学基本概念辞典》第72条，孟钟捷译，北京大学出版社2012年版，第225—226页。

[2] 傅璇琮：《唐代科举与文学》，陕西人民出版社1986年版，第239—240页。

在全国生态美学会议上的致辞

尊敬的各位专家：

时维九月，秋风吹汉水，落叶满江城，欢迎各位在充满着审美意味的深秋时节，来到高山流水、白云黄鹤、汉皋游女的故地——江汉平原，来到武昌南湖之滨的中南民族大学，出席在我校召开的全国生态美学会议。对各位不辞辛劳、不避风寒、不远千里的光临，我谨代表文学院1700位各族师生表示最诚挚的谢意！

各位专家，生态美学是一个诱人的领域，也是一个可以让美学家纵横捭阖、鼓荡风云、影响社会、引领观念的崭新的人文空间。当前，中国广大地区普遍出现了单纯追求经济发展，不惜破坏生态、污染环境、绝杀物种、毁灭景观、祸及子孙的反美学行为，也出现了不少毫无经济效益的超大校门、超大衙门、超大广场、超大宾馆、超大展厅、超大体育馆、超大歌舞剧院等等。这些被建筑学家称之为“巨大结构游戏”的设施，资源浪费严重，维护成本超高，结构外观欠美，效益增长负向，使用寿命奇短，使得中国正在被外国媒体评价为“全球最大的建筑浪费国”和“全球最大的建筑垃圾生产国”。这些不正常现象的持续发生乃至畸形走俏，不但没有受到应有的批评，反倒获得某些缺少美感、丧失正义的文人们的吹捧。面对这些，美学家们有义务发出自己的声音，表明自己的判断。学科发展的动力应当是人民美好生活的需要，人类宜居宜业的需要，美学家有责任告诉公众什么是应当追求的，什么是可以参与的，什么是应当拒绝的。几百年前，清代大文豪袁枚就在《随园诗话》卷一记载了一个故事：江西一位太守将要砍伐古老的大树，一位没有留下姓名的诗人在树上题诗说：

遥知此去栋梁材，
无复清阴覆绿苔。
只恐月明秋夜冷，
误他千岁鹤归来。

此诗的“发表”，我估计是写于纸上，贴于树上。全诗没有严词酷批，也没有冷嘲热讽，而是从关爱树阴下弱小的绿苔以及秋夜归来的千年老鹤的感受出发，说明失去一棵古树可能产生的连锁反应。袁枚说：“太守读之，怆然有感，乃停斧不伐。”一首诗救下了一棵古树，也保护了一片绿苔和一群白鹤的栖息地。这是一个成功的文艺干预错误行政行为的例子。我们希望这样敢于批评、善于批评的诗人和美学家更多一些，当然也希望读诗之后能够“怆然有感”、幡然悔悟的太守多一些。

各位专家，会议结束之后，大家将到武当山进行审美考察。重阳之后，秋冬之交，武当的景色将会更美。《世说新语•言语篇》记载了王子敬的一段名言：“从山阴道上行，山川自相映发，使人应接不暇。若秋冬之际，尤难为怀。”为什么秋冬之际，旅行者更加难以用语言来表达获得的审美感受呢？刘孝标的注释告诉我们：古代会稽植物种类繁多，有松树、栝（guā）树、枫树、柏树，秋冬之际，层林尽染，加上清流泻注，山峰峻秀，所以令人目不暇接。武当山也是原始植被较广，叶海斑斓，秋风吹荡，彩波涌动，极为壮观。武当山古建筑群，1994 年被联合国教科文组织列入世界文化遗产名录。联合国专家考斯拉评价：“武当山是世界上最美的地方之一。因为这里融汇了古代的智慧、历史的建筑和自然的美学。”武当武术、武当道教音乐等也驰名海内外，别具一格，相信大家的武当之游会大有揽获。

最后祝大会取得圆满成功，祝各位专家的武汉之旅、武当之旅，平安、轻松、愉悦，祝中南民族大学文学院与各位的友情，如南湖的山光水色，常见常新。

谢谢大家！

2007 年 9 月 23 日

[附记]

这篇短小致辞，会上曾有几位不同年龄层次的外地学者给予谬奖，提议放到网上。当时觉得自己不是美学的专门家，班门弄斧，不必折腾为妙。几年过去之后，反倒有些雪泥鸿爪的心情了，穿插到书中，就权当对不吝鼓励的朋友们的怀念吧。

当欧风美雨飘洒中国文林

——龚举善教授《文化境遇与文论选择》序

居住在同一星球上的人类，不管相隔多远，总会有初次相遇的一天。相遇之时，风和日丽、鲜花美食的场面不能说没有，但肯定不会太多。相反，雷鸣电闪、剑影刀光的冲突，一般情况下，应该是免不了的。

无论和平的见面，还是战争的见面，仪式过后，留下的总是长时段的文化交锋和思想交锋。

——这就是文化境遇的形成。

不同的文化语境，自然产生不同的文化应对策略。

多年前，为了到北京参加一个全国性的庄子学术会议，我曾经在提交会议的论文里，将《庄子•应帝王》中与文化境遇相关的一则寓言，翻译为现代汉语：

> 南海的帝王叫倏（shū），北海的帝王叫忽，中央的帝王叫做浑沌。倏与忽常常到浑沌的国境相会，浑沌待他们很好。倏与忽商量报答浑沌的美意，说："人人都有七窍，用来观看、接听、饮食、呼吸，

唯独浑沌没有，人间的许多快乐他就无法享受了，让我们尝试帮他凿通吧！”一天凿一窍，到了第七天，浑沌就死了。

我对这个寓言的理解从当时到现在一直没有改变：有七窍和无七窍的区别，应该是有欲望和无欲望、已开化和未开化的隐喻。无欲望、未开化的中央氏，自有他适应中央之国的物质环境的能力。南海之帝和北海之帝不明白这个道理，硬将自己认为美好的生存方式强加给中央之帝，最后导致中央之帝由于有了他并不需要的七窍而一命呜呼。这个神话传说暗示了一个文化交流中的至上原则：好意的帮助如果不考虑对象的特殊性质，后果将与恶意的摧残一样，都会将对象彻底毁灭。乐意接受帮助的一方，如果不考虑哪些是自己的本质所需，哪些是自己的本质所忌，同样会在接受帮助的过程中逐步走向死亡。

强势文化输入之后的喧宾夺主和任意改造，难免带来南北二海之帝对中央之帝的误杀后果。不过，中央之帝的死亡，也是他自己应对能力彻底丧失的必然逻辑：从倏与忽开凿第一窍的第一锤开始，浑沌就应该有所反应、有所警觉、有所回避、有所抵制、有所抗争，总之，应该有一个思考、对话与选择的态度，而不是完全听之任之，从丧失精神走向丧失生命。至少，应当请人验证一下倏与忽是否具备给人开凿七窍的医学技术的基本资质。否则，不仅冤死害死了东道主，也让好心与善意的来宾堕落为凶手。

我自然由此想到20—21世纪中国文学批评的“失语”：离开来自西方的文学理论和概念术语，绝大部分批评文章几乎无从着笔。

难道绝大部分中国的文学批评理论工作者都成了中央之帝浑沌？

当百年欧风美雨飘洒中国文林之后，人们已经不再简单地反对外来文化及其价值了。在承认各有千秋之后，人们从未停止过在两者之间进行沟通。用时髦话语表达，则是西方话语的中国化问题。

那种“用一把欧美名牌的钥匙，怎能开得中国描金箱子上的白铜锁”（台湾文史学者、小说家高阳语）的疑问，符合中国“一把钥匙开一把锁”的思维习惯，因此信从者不在少数。但是，随着时间的推移可能会越来越少。因为和这种思维相对立的另一种思考方式认为："东海西海，心理攸同。"（钱钟书《谈艺录•序》）完全可以设想：锁与钥匙的形式可以有万千形态，但制造原理则基本相同。锁与钥匙自然讲究匹配方能进门，可是高明的急开锁师傅或英国谍工 007 之类，则根本不考虑匹配关系，而是"运用之妙，存乎一心"。虽说两种思考方式各有所长，我们还是可以轻而易举地判断，第二种方式的用武之地更为宽广。当然，我们也得承认，007 式的人才甚为稀缺。在中国，除了袁隆平的杂交水稻比较成功之外，不论是中西医结合、中西文论结合、还是古典诗和民歌结合，都没有非常可观的成果出现。由此看来，虽然寻求东西方文论的视界融合，还有比较崎岖和漫长的道路要走，但可以肯定其前景将是前所未有的广阔、光明和灿烂。

我们不希望外来的理论完全取代本土的理论，就像倏与忽善意凿杀混沌一样；同样不希望本土理论仅仅成为美术馆中好看不好用的艺术陈列品或博物馆中的仿古青铜器；我们更希望两者渐渐融合与互补，进而生新、成长为魅力独具的、可以被东西方理论家共同关注和乐于运用的、别一样态的文学理论。

龚举善教授的新著《文化境遇与文论选择》，我认为绝大部分篇幅比较自觉地追求这种中外文论视野的融合，并多处展现出这种融合的喜人景致。如果说在欧风美雨和本地土壤的共同培育下，中国文学（包括理论）的山林、园林或原野中的平林已经展现出种种新貌的话，这本书就是作者长年拍摄这片文林的生态、形态和美感的一组影集或影片。

本书的四编标题次第展开了这一文学王国中的学术景观：文化语境与应对姿态；古典诗学与现代视域；主体维度与数字指向；生态批评与批评生态。其间视域较广、跨度较大，可以说古今中外皆有指涉。从古典诗学的逻各斯中心、"言意之辨"、苏轼到当代的毛泽东、邓小平的文艺思想；从中国的蔡仪到西方的伽达默尔、梅洁、斯诺、史蒂文斯，广纳新知，频出新见。这里没有一种高音吼到底的"霸王唱"，而是中西文论合盟，灵巧应答当代的具体问题，宛如南北二海之帝与中央之帝的同台联欢。尤其是第四编（19—24 章），作者专注于生态报告文学的深度研究。从概念、文体、现状到未来选择，比较系统地提出了值得重视的一家之见。

全书除分章稍多和个别章节的国内外引述可以略作提炼之外，全书的论点、观念、主张，以及飞扬的情采、批判的锋芒、敏锐的洞见——那些我称之为中国当代文林的影集或影片的思维焰火，我都是带着愉悦的心情先睹为快的。

2012年1月8日
于武昌万科城市花园寓所

[附记]

《文化境遇与文论选择》，龚举善著，人民出版社，2012年版。举善教授是在我任内加盟本学院的学术新锐，其大著出版，索序于我，于是就有了上述文字——首位通读者的联想与感觉。

学术的本质是知识的生新

学术的本质是知识的生新。

知识的生新不是时髦的创新。

创新也许是新世纪独享最高崇拜的公共话语，上至衮衮诸公，下至草根百姓，言必创新，以创为荣。

偶尔也会随人“创新”一下，但更多的时候，我更喜欢“生新”。“生”是条件具备了，成熟了，“新”就“生”出来了。“创”往往是主体的刻意追求，因为刻意，所以不自然；因为不自然，所以先天不足；因为先天不足，所以长不大，长不美。“文革”年代流行一句话：有条件要上，没有条件创造条件也要上。大跃进、大革命、大批判、大运动，全民学哲学、全民批孔子、全民评《水浒》……豪情万万丈，雄文万万篇，斗士万万人，但“文革”当年“如雨后春笋般涌现出来”的风光无限的“新生事物”，今天可以数出多少？当年信誓旦旦“一定要进行到底”的“伟大”运动，又有多少无疾而终？

岂止“文革”年代如此？100多年来，多少风云人物只争朝夕地“创”、横空出世地“创”、朝令夕改地“创”、史无前例地“创”、直至当今上上下下“跨越式”地“创”……

中国文化讲究生生不息，有本有源，对一切无本之木、无源之水、无根之谈始终持存疑、警惕直至否定的态度。“周虽旧邦，其命维新”、“石在，火种是不会熄灭的”、“留得青山在，不怕没柴烧”、“野火烧不尽，春风吹又生”……保有优质的，就会生长新型的。老树可以长新枝、萌新叶、开新花，也可以源源不断地将种子贡献给土地，一年年，一代代，由独树渐成森林。当然，森林的法则既竞争又开放：物种不必是原生的、本土的、单一的，也是移来的、跑来的、飞来的。物种丰富了，群落形成了，鸟兽虫鱼，花草树木，就会推陈出新，各领风骚，共现奇观。

文化的“生新”很多时候往往不要求创造什么，只要能把感官发现的客观事件、自然原态或自然奥秘的某种统一性，原原本本而又未经人道地呈现出来，就是生新的一种重要方式。

“白日依山尽”，没有创造什么，仅仅描述了太阳落山的色彩播散和视觉运动，说白了，就是一句“白色的太阳就要落山了”。同样，“黄河入海流”，不但没有创造什么，而且讲的是千秋万代小儿女们都知道的最普通的常识。

“床前明月光，疑是地上霜”，是月是霜都没有弄清楚，一种似醒非醒、似知非知的感觉状态而已。

“接天莲叶无穷碧，映日荷花别样红”，全是视觉范围的物象与色彩，或是长久观察，或是蓦然所见。

可是，你又会觉得，这些诗句及其整体很有“新”意！这些“新”是怎样被孕育、被产生的呢？不错，“白日”、“山峰”、“黄河”、“大海”、“碧天”、“莲叶”；“太阳”、“荷花”都是旧的知识、人人熟知的物象。新就新在这些熟知的物象，一旦进行新的统一组合，新的“落日”、新的“流水”、新的“碧”、新的“红”也就产生了。不是创新，也不是新创，只是客观呈现，前人没有这样呈现，或者没有用诗的形式这样呈现。这就是感觉的生新、画面的生新、知识的生新、文化的生新。

“人间四月芳菲尽，山寺桃花始盛开。长恨春归无觅处，不知转入此中来。”这里同样没有创造，只是将平地与山间的不同事实和不同印象，偶然地又是直线地统一在一起，“芳菲”的时空就形成了新的转换，新的对接。通过转换与对接，自然地呈现了四月春归的行迹。

“湖光潋滟晴方好，山色空濛雨亦奇。若把西湖比西子，淡妆浓抹总相宜。”西湖、西子，越地的美景、越国的美人，彼此独立，悠悠千年，中间多少文人墨客、达官贵人？怎么就没有谁想到要将西湖之美与西子之美合二为一呢？一位西南的旷代才子，来到这东南形胜之地，适逢“饮湖上先晴后雨”的天赐良机，突然想到了，客观呈现了，一个既熟悉又陌生的文化新景也就自自然然地诞生了。

西湖是不是西子，西子是不是西湖，这些并不重要，重要的是诗人第一次把两不相干的美统一为新的美了——西湖中有西子，西子中有西湖，原有的美感被刷新，单一的美感被充实，要素是旧的，美感是新的，知识生新了。

“观察和理解的乐趣，是大自然的最优美的礼物。”[1]

文化的生新有时又需要大胆的思辨、展翅高飞的思想、合乎逻辑统一性的想象力加上经验的积攒，才能为人类创造出认识自然、认识世界的精神工具；或者，为人类寻找、指示、开辟出进入自由王国的可行路径。

观念世界无法离开经验本性而独立，同样，经验本性不能没有形而上学的指引。

再看美国诗人华莱士•史蒂文斯（Wallace Stevens,1879—1955）的一首世界级名诗《坛子的轶事》（西蒙译）：

我把一只圆形的坛子，
放在田纳西的山顶。
凌乱的荒野，
围向山峰。

荒野向坛子涌起，
匍匐在四周，

不再荒凉。
圆圆的坛子置在地上，

[1] 爱因斯坦：《给莱奥•贝克的献词》，许良英等编译：《爱因斯坦文集》（增补本）第三卷，商务印书馆2009年版，第364页。

高高地立于空中。

它君临四界。
这只灰色无釉的坛子。
它不曾产生鸟雀或树丛，
与田纳西别的事物都不一样。

圆坛、荒野、山峰、旅人，皆是人人熟知的经验中的物象和情境。

熟知的世界如何产生陌生的诗意与新奇的思想？

诗人是否真有一只圆形的坛子，是否哼哧哼哧地运着坛子爬上山峰，这些同样不重要。重要的是，诗人发现了一个能将田纳西所有事物统一起来的观念性的圆坛，而且是由诗人而非上帝来安放，安放的地点也是抽象的而非具体的田纳西的山顶，一下子既“置于地上”又“高高地立于空中”，在地与天之间成为一个视点，一个万物仰首的高高的视点。“圆形”使坛子每个角度都一样，刚一出现，凌乱的荒野顿时围向山峰，向坛涌起，形成统一的秩序、完整的组织、均等的朝向。不妨设想：此前，诗人只是一个普通的登山者，一个好奇的旅行者，一个喜欢自由行的个体，带上坛子也只是一时的心血来潮，在山顶置放圆坛，同样只是一种近于行为艺术的随意的离奇之举，而荒野围向山峰，向坛涌起，也只是意料之外的反应。但是，当一系列平凡人的平凡动作完成之后，坛子就获得了不平凡的神性：坛，不再是平凡之坛。它被人一步一步地推上神台：山顶；同时，它也一步一步主动地全面吸纳整个田纳西贡献出来的崇拜而“君临四界”：统一的神性建立起来了，不再是被动之坛、物性之坛了。它有专属于“坛”的自我感觉、清晰思想和无上威严。接着，它又有了强劲而周遍的神意辐射力和超凡的拉动力。所有田纳西的自然物性，由于这一只“灰色无釉”的常见之坛的登峰造极，顿时发生巨大的本质的改观：全体瞬间发现了值得崇拜的唯一权威，从而自动地、快速地、心甘情愿地、自发组织成群结队地匍匐于四周，彼此不再荒凉，不再分散，不再孤单——物性消失了，奴性建立了！独立性、自在性消失了，整一性、敬畏性产生了！

史蒂文斯的“坛子”，确实“不曾产生鸟雀或树丛”，因为，它只是平平凡凡的人造之物；确实“与田纳西别的事物都不一样”，因为，一到山顶，一旦脱离“我”之手，它就不再是人造物，不再是“我”之坛，反而超越于“我”和造坛者之上，变成惟一神，成为整个田纳西的荒野、群山、多族群和“我”的共同上帝。“我”之物非“我”了，“人”之物非“人”了，灵异化了，神圣化了，出乎意料地“君临”整个田纳西和“我”了！

必然源于偶然，神性源于人性，神迹源于人迹——这是不为人知的“坛子的轶事”，更是罕为人知的“造神的秘密”、“造神的历史”。这是诗，也是史。

当然，也完全可以设想为一场独具雄心或别有野心的超一流的人文策划。

中国的北极星之于满天星斗，中国龙椅上的皇帝之于遍地黎民，不是也和这只“田纳西之坛”的离奇而神圣的发迹史极其相似么？

《坛子的轶事》暴露了神迹中原本不可泄露的天机，全程演绎了凡人造神的一个精彩故事，无疑为认识全人类的种种神迹明示了一条观光的路径。

诗人依照一定视域内或思维场中的事象格局呈现某种统一组合，通过统一组合形成对比和凸显，通过对比和凸显表达某种发现，这种发现就是知识的生新。爱因斯坦说，“从那些看来同直接可见的真理十分不同的各种复杂的现象中认识到它们的统一性，那是一种壮丽的感觉”[1]。

壮丽的感觉缘于壮丽的场景，壮丽的场景缘于诸多在场事象的统一性。

宇宙以整全的统一性为基础，否则无法有序运行。

思维世界因统一性而构建，否则思想体系、知识体系、诗文结构以及一切思维产品的形式无从产生。

借助现有的前沿知识，重新认识一个字、一个词、一首诗，一篇文，一部书，一台戏，一个民族，一个国家，一个问题，一个时代以及自然的，社会的，宇宙的，神学的纷繁现象，从各种复杂关系中分辨、捕获某种统一性，用准确并有一定美感的生活语言、艺术语言、科学语言第一次使之呈现，对现象的本质有所揭示，对原有的认识有所纠正，有所提升，促进人类知识的总量不断增长和优化，这就是学术的本质。

---

[1] 许良英等编译：《爱因斯坦文集》（增补本）第一卷，商务印书馆2009年版，第57页。

人类需要大智慧的天才预言家：谈罗贯中和他的诸葛亮

“大梦谁先觉？平生我自知！草堂春睡足，窗外日迟迟。”

口吟这首五言小诗的是谁？是《三国演义》里的第一号人才诸葛亮。说是“人才”，实在太委屈了他，应该说诸葛亮就是人间第一号大天才！

这个大天才，在未遇明主之时却是个睡懒觉的大闲人。不过，他的内心充满自信：“大梦谁先觉？平生我自知！”在战乱时代，在社会急剧变动的时代，人们生活在睡梦里，看不到未来，看不到前景，好比在黑夜中，看不到月亮，看不到启明星和太阳，多么希望有人告诉他：整个世界下一步将会怎样，天下几十年后将会怎样，你自己几十年后又将会怎样……不仅仅是政治领袖需要这种前瞻性的政治顾问、智囊人物，就是普普通通的老百姓，谁不希望明明白白地了解自己的前程？只可惜，大家都在睡梦里，唯有诸葛亮，他醒了，他比别人先醒了——“大梦先觉”了。他睁开眼睛一看——看什么？看天象！所以我说他是大天才——天下即将三分：曹操占据北方，孙权拥有江东，刘备应该夺取西蜀。言罢，命童子取画一轴，挂于中堂，对刘备说：“此西川五十四州之图也。将军欲成霸业，北让曹操占天时，南让孙权占地利，将军可占人和。先取荆州为家，后即取西川建基业，以成鼎足之势，然后可图中原也。”刘备闻言，避席拱手而谢，但又担心荆州与西川均是刘姓，“备安忍夺之？”孔明说：“亮夜观天象，刘表不久于人世，刘璋非立业之主，久后必归将军。”好家伙！在天象的垂示下，人事困境的超常规突破，竟然变成了天意的预先安排。试问当时中国还有如此高明的的第二个大天才么？孔明言毕，罗贯中如此设计：“玄德闻之，顿首拜谢。只这么一席话，乃孔明未出茅庐，已知三分天下，真万古之人不及也！”

卧龙起飞了！“先生尔时年三九（27岁），收拾琴书离垄亩（mǒu）。先取荆州后取川，大展经纶补天手。纵横舌上鼓风雷，谈笑胸中换星斗。龙骧虎视安乾坤，万古千秋名不朽！”

可是我的好友——历史学者王延武教授——著文考证：所谓诸葛亮未出茅庐而三分天下的史料是伪造的。

《三国志》和文学史也告诉我们：真实的孔明也没有那么多超人的奇智。

这下问题来了：人们为什么要神化诸葛亮？罗贯中为什么要将天下已有和未有的大智慧，全都慷慨地、毫无保留地安排给了诸葛亮？

我以为：这是因为历史需要大智慧的预言家。这个预言家不是别人，正是罗贯中自己，诸葛孔明只不过是罗贯中艺术创造的代言人而已。

我佩服罗贯中——不仅仅因为我也姓罗，而是因为我崇拜大智慧，崇拜罗贯中这位“万古之人不及”的大智慧的历史预言家。

“话说天下大事，分久必合，合久必分。”这就是罗贯中对人类历史的大预言，也是罗贯中对历史哲学的大贡献。没有这3句话，古往今来的天下大势就失去了总法则；没有这3句话，《三国演义》写得再好，罗贯中也算不上历史预言家；有了这3句话，《三国演义》就不仅仅是一部文学名著，同时也是一部形象化艺术化了的历史哲学的上乘之作。罗贯中之前，《左传》等史书在叙述历史事件之时，也往往采用预言模式来强化一些事件的因果关系，或强调某个历史人物道德判断的准确无误，但却没能推出诸葛亮式的、可以进入中华民族记忆深处的智慧型历史预言家。

许多人批评罗贯中宣扬“历史循环论”。殊不知，“循环”正是宇宙运动的最基本的规律：日月经天、江河行地、四季运行、朝暮更迭、花开花落，花落花开、当完儿子，又当老子……哪一样不是“循环”？

我特别佩服罗贯中能用这种“文不甚深，言不甚俗”的语言，将一种历史哲学讲得这么浅易、明白、透彻、精炼！我敢说，天下曾有和将有无数的历史哲学家，但能将“天下大势”概括得如此简炼明快的恐怕只有罗氏一人。就连毛泽东也大加赞叹：“‘话说天下大事，分久必合，合久必分’，符合辩证法。”（《毛泽东读书笔记》第430页）

我们这一代人喊惯了许许多多的口号，诸如“我们一定要……”云云，结果往往是两三月或一二年或三五年之后，不了了之，没有下文。这说明口号本身缺少历史眼光的穿透力，更缺少可以普照全人类的智慧光芒。可悲的是，这种“一定要……”或“将××进行到底”但不久就烟消云散的充满短暂激情的口号，目前依然充斥各种媒体，雄霸着一个民族的话语权。

于是我想，我们确确实实需要培养一些真正具有大智慧头脑和世界历史眼光的历史预言家。就像我们的民族曾经在心理上迫切需要诸葛亮一样，我们要想以自己的“草船”借得别人的“利箭”，要想知道“赤壁大战”一定稳操胜券，要想“21世纪是哪里哪里的世纪”不是“人欺”或“欺人”的空话，我们就必须扎扎实实地造就一些诸葛亮式的先智慧预言——其实也是科学预言、科学谋划——而后实干、巧干、苦干，并且“鞠躬尽瘁，死而后已”的超常人才。尽量避免或禁止一些人凭感觉胡乱预言、继而轰轰烈烈地发动全民实践、最终留给历史太多太大的遗憾。我清清楚楚记得：有人曾气昂昂地宣称“我们不是预言家”，言下似乎反以为荣。但这并不等于生活不需要预言家和历史不需要预言家，更不等于现实生活中和历史活动中没有爱做“预言”的预言家。准确的预言和预见，不仅最能体现一个人或一个集团在天文、地理、政治、军事、外交、经济、文化等方面的最佳素质，而且能够给予广大民众明确的目标、坚定的信念、前进的力量以及克服困难的勇气和智慧。大智慧的预言家不出现，小聪明、伪科学甚至大骗子的预言家就会满天飞。尤其在人类社会进入网络时代，假预言更容易借助各类传媒危害社会，污染心灵。宗教是一种预言学，推出过许多先知，常常预言天堂、地狱或是世界末日之类，迄今为止的人类历史，已经证明这些都不是大智慧的预言。中国没有产生过预言世界未来的宗教，所以文学家塑造了一个通过仰观星相而三分天下的天才预言家诸葛亮，满足了历史上人们对于历史预言家的渴求与祈盼。毕竟，没有预言家的民族算不上一个拥有大智慧的民族。我想，今后我们应该在罗贯中的启示下，为大地上的芸芸众生，为我们星球的历史与未来，不仅应该允许产生文学中的极具大智慧的历史预言家，更要允许产生现实生活中的极具超级大智慧的历史预言家和科学预言家。

中国文学史的类型与功能

本文对20世纪90年代以前中国文学史的历史、现状和未来趋势作了尽可能全面的考察与预测，认为文学史的最高标志，乃是每一代人都创造出富于自己时代特色并且参与解释当前文学现象的文学通史。在这个前提下，提倡各种文学史类型的百花齐放和功能互补。目前已在分体断代史的研究上取得了许多重要成果。今后应加强断代史、文体史的研究与写作，尤其是要改变文学史领域内古代、现代、当代互不连接的局面，尽早写出一部完整的中国文学通史。本文除导言和结语之外，主要分回顾、预测、展望三大部分。

进入20世纪以来，中国文学研究界业已向世人贡献了数以百计的各种文学史。但是，却没有能象2000多年前司马迁创作中国第一部

3000年通史那样，贡献出一部连接当今文坛的真正的文学通史。这不能不说是当代文学史家的最大遗憾。据有关方面预测："种种迹象表明，90年代将会出现一个新的'文学史高潮'"[1]。在这一高潮来临之前，有必要从总体上浏览一下中国文学史（包括近代文学史、现代文学史、当代文学史）前期工程的轮廓、规模与内部结构。判明文学史的"类型"与"功能"，正是寻找一条通往这些工程深处的道路，但愿我们在沿途欣赏一些风格各异的辉煌建筑之时，也能留心一些前代的废墟与大片的空地。

本文试将迄今为止已经出现和正在酝酿的非通史体文学类型分为12类，预测九种可能陆续出现的文学史新类型，展望90年代后中国文学通史的撰述起点。

一、回顾：非通史体文学史的类型与功能

（一）分体文学史

此类文学史能使各类文体得到较为系统、深入的论述。由于文体单纯，更可清晰地看出各种文体的亚类型、小类型的消长与嬗变。如果分体文学史出于高手，则可能在文体起源与演进、该种文体与民族语言、视觉、听觉、思维、心理习惯、文化背景、时尚追求等方面的契合提出精彩看法。例如中国古诗有《弹歌》"断竹，续竹，飞土，逐肉"的二字型，后来蔚为大观的是《诗经》的四字型和《离骚》、《远游》的六言型。为什么再往后却没有按照"二、四、六、八"的级数发展为大规模的八字型，取而代之的反倒是五字型和七字型呢？再有，如果部分新诗走上格律化的道路，会不会按照"五、七、九"的级数演变为"九言格律"[2]呢？为什么近体诗在字数上选择了奇数（五言或七言），但在句数上却选择了偶数（四句或八句）？为什么诗歌字数放弃了四言与六言[3]而骈文却将"骈四俪六"奉为至宝？又如：为什么唐代诗人的五言绝句无论是数量还是质量都处于空前绝后的历史地位？为什么唐人五言名作可以有平

[1] 《文学遗产》1990年第1期第8页："文学史观与文学史"专栏"编者按"。

[2] 今人许可先生著有《现代格律诗鼓吹录》（贵州人民出版社，1987），推测新诗的格律可能是"九言格律"。

[3] 唐代王维等人写过少量的六绝，但不流行，也没有演进为六古，六律或六排。

韵、上韵、去韵、入韵或仄韵交错诸种形态而其它近体则不能如此自由？我以为：分体文学史的功能和贡献之一就是发现和解决此类问题。事实上，发现和解决某种普遍性或特殊性问题的能力便是“史识”，亦即文学史的“灵魂”。高质量的文学史不仅要叙述好“已然”的问题，更要探索和解决“所以然”的问题。

（二）断代文学史

此类史作容易之处在于一般时限较短，困难之处在于包容较多文体，不易找出各类文体总体演化的普遍性规律。至今仍然没有一部令读书界比较满意的断代文学史著作，首先是写作难度大，其次是很少有学者愿意在断代文学史领域中尝试与探索。

（三）分体断代文学史

从理论上应该承认此类文学史较前二种为易。因为考察对象在时段、体裁上毕竟小于前二种。但要写出力作也非易事。目前文学史界有分量的贡献主要集中于这种类型的文学史。

（四）流派文学史

流派有时含有家族性和群体活动地域性（后者籍贯不必尽同），所以流派文学史必然包涵家族文学史（如南朝谢氏文学家族）和小范围的地域文学史。中国文学史上有不少著名流派，但迄今从史的角度加以研探的专著似未多见。曾经深入考察研究过清代“阳羡词派”和“浙西词派”的苏州大学教授严迪昌先生说：“我以为群体、流派的研究是‘中观’研究，在形成大文学史前，必须有相当数量的断代文学史、文体史的研究专著，而以作家论为基础的流派群体的研究则又是断代文学史、文体史得以‘全景式’展现文学史现象的必不可少的中介环节和重要组合。我的《清词史》就是在经过大小十数个流派的综合研究之后形成的。当然，不同的历史阶段文学历史现象各有差异，而明清时代是流派发育成熟期，其地域性、亲族性特点尤见鲜明。为此，我近年较多地关注地域文化和文化世族的现象，并尽力地追踪着史实。”[1] 这是饱含研探甘苦的经验之谈，值得引起重视。

---

[1] 严迪昌：《筏上戋语》，《文史知识》1990年8期6页。

（五）区域文学史

中国地域辽阔，文化先进的地区，文学家的分布也较为集中。同一地域的作家要么形成流派群体，要么气质个性诗文风格相近，因为他们毕竟产生于相同的精神气候之中，染有相同的地域文化色彩。以四川为例，就多有浪漫主义特色的一流大家。从司马相加、扬雄到陈子昂、李白、苏东坡再到现代诗歌泰斗郭沫若，都显示出雄视一代的大美特色。但他们的主要成就则基本上是在巴蜀盆地之外的广阔的川外世界中取得的。上述诸人除陈子昂回乡死于县令之手外，其余诸家都是“死不回川”。我曾把这一现象称之为“文学巨星的升起与川人出川现象”。至于出川之路的古蜀道或长江三峡，又特别值得史家重视：由古蜀道可径达西都长安，由长江三峡可快达东都洛阳。这可以说是历史上川籍作家的两条成功之道。作家们也没有辜负蜀道与长江，李白有《蜀道难》一唱惊天，苏轼有《大江东去》风流千古。发现、分析并解决此类问题，区域文学史自然有不少便利之处。例如对地方风物、地方语言、区域心理、地方文学人才的出现规律或契机、成才因素等，就可能比其它类型的文学史阐述得更为精细，也容易显示出文学史的地方色彩。不过，区域文学史的局限也是明显的，有时将难以处理一些比较复杂的文学现象。比如：作家的籍贯与出生地、出生地与成长地、成长地与创作高潮期的生活区域，很多时候并不一致。如李白籍贯不清，生长于巴蜀但创作不多，流浪大半个中国后始创“诗卷长留天地间”[1]的奇迹。以致今日我们看到这样有趣的现象：专门研究四川籍作家李白的一本杂志出在安徽马鞍山李白病逝处，专门研究河南籍作家杜甫的一本杂志出在四川成都杜甫闲居处。如果一部“四川文学史”论述全部的李白作品而对杜甫在四川创作的那些集大成的作品只字不提就那么妥当？又如当代作家刘心武是四川人，但读书、创作却是在北京，把他归入“四川文学家”就不能显示他创作中的“京都特色”。古人因为没有地域性的“作家协会”的招牌可供区别，所以不能简单按籍贯把他们划入相应的区域文学史。我的想法是：两方面都应涉及，既要反映本籍作家在外地的文学活动，也要反映外籍

[1] 杜甫：《送孔巢父谢病归游江东兼呈李白》。

作家在本地创作的与本地历史文化、山川风物相关的文学作品。只有这样，才能称得上完整的地域文学史。

（六）民族文学史

我们目前所见的“中国文学史”，严格地说，应该以鲁迅早年使用过的“汉文学史”加以称呼才是正确的。例如大量少数民族的神话、史诗、民间传说、情歌等，一般都未能进入“中国文学史”的范围。当然，一些少数民族的古代民间文学因为缺少准确的年代标志，难以纳入“中国文学史”框架中的相应部位，这也是事实。目前各少数民族基本上都有了自己民族的文学史，尽管大多数还基本上处于归纳史料的阶段，而且编写原则与编写方法也处于相对封闭状态，但也有一些还是较有份量的。今后，如何吸收民族文学史的成果丰富“中国文学史”的内容，是一个不容继续忽视的问题。这方面，《中国大百科全书•中国文学卷》开了个好头。

我以为，民族文学史和区域文学史是最适宜进行小型文学通史试验的类型，可惜目前尚未见到多少可以值得借鉴的经验，尤其是至今尚无一部在“通史”意识指导下总述五十六个民族文学发展历程的巨著出现。民族文学史的撰述应分为四步走，第一步是族别文学史。第二步是大区域与同语族民族文学史，如西南区、中南区、东北区、西北区或清藏区、新蒙区等。因为大区域与同语族民族文学往往有互相影响的一面，有利于发现一些带有普遍性与特殊性的问题。第三步是总其大成的《中国少数民族文学史》。最后，也是民族文学史的最终目的，以独具特色的成果汇入中华民族的共同文学史——《中国文学史》之中。

（七）妇女文学史

这一工作解放前已经有人作过，但习惯上总是把“妇女文学”限定为“女性作家的作品”。这似乎是说，男性并不真正了解女性的心灵世界，所以男性作家所写的女性人物就不能算是“妇女文学”。我以为：妇女文学史不是讲妇女作家投身文学事业的历史，而应该是指“文学中女性世界的构成与变迁”。这“女性世界”绝不是清一色的“女儿国”，而是女性对男性、对自身、对世界的心理反应和行为反应。人类两性之间的相互了解与透视，在某些侧面，某种程度上说，往往比了解自己的同性别更深刻、更独到，更得到另一半的折服与钦佩！既然如此，还有什么更充分的理由将男性作家笔下的女性形象排斥在“妇女文学史”的花园之外呢？例如男性作家笔下的杜丽娘、林黛玉等等，难道她们所吸引所感动的对象就没有女性读者么？已有论者指出曹雪芹对丫环形象的描写无论数量还是质量都是世界之最，如果不把大观园中的女性写进“妇女文学史”，这妇女文学史的花园岂不冷清了许多？因此，新的妇女文学史应当包括女性如何写自己，女性如何写男性，女性如何写世界，男性如何写女性。这种交错的现象在民族文学史、区域文学史中也同样存在。原因是过去的文学史是以作家为主要分域的文学史，这就产生以作家为中心的习惯看法。今后，应该尝试一种以作品为目标的文学史。要知道，在所有作家中划分妇女作家和少数民族作家，更多的是从政治因素着眼而非文学性质的划分。目前应该广泛吸收女性学、心理学、美学等各个学科的相关成果，对中国女性文学作出富有时代特色的探讨。举一个有趣的小例：英国拜伦在长诗《唐璜》中曾讲到为“中国仙子的眼泪”所感动的话，可见中国女性爱流眼泪的故事曾给拜伦留下了深刻的印象。反观中国文学史，便有许多“流泪美人”。神话有贵为帝妃的娥皇、女英千里寻夫，在湘江之畔泪洒竹林，留下染有千古殷红血泪的丛丛斑竹。再如《拾遗记》卷七写魏文帝所爱美人薛灵芸眼流红泪，凝之如血，也是人间一大奇事。武则天是著名的铁血女王，她的抒情诗竟然也写女子相思流泪：“看朱成碧思（sì）纷纷，憔悴支离为忆君。不信比来长下泪，开箱验取石榴裙！”意思是女子为思念情人不断流下带血的眼泪，把身上的裙子都染成红色的石榴裙了。中唐孟郊的《古怨》诗也说：“试妾与君泪，两处滴池水。看取芙蓉花，今年为谁死！”这俨然是以泪流量的多少来衡量感情的深浅了。流泪美女，在这些地方变得格外可疼可爱。白居易也精于此道，他的《长恨歌》在缥缈仙境中安排杨贵妃“梨花一枝春带雨”，历代不知有多少文人为这一形象叫绝。到《红楼梦》中，绛珠仙子林黛玉以泪还情，泪尽而亡。女性为什么善哭呢？有人说眼泪是女性自卫的武器，不仅可以击倒强大的敌手而且有益健康。事实上并非完全如此。一本外国人写的心理学书揭开了这个隐藏深深的人性奥秘："女性的泪腺比男性要大！"这似乎纯然是生理学的问题，但它却与心理学、文学、美学如此密切相关。难道一部崭新的《中国妇女文学史》，不应该吸收诸如此类的相关成果，让女性心灵世界的展现更真实、更科学、更可信吗？何况自近代秋瑾以来，中国妇女文学的表现领域更为广阔，空间上已跨出国界，数量上更多于古代女性作家若干倍，内容上已涉及女性种种过去不敢公开表露的心理与情事。如果文学通史要"通"到现代与当代，就更需要不同学科知识来观照女性文学了。

（八）风格文学史

能够将同时代或异时代的风格相近的作家作品加以系统论述。如从庄周、屈原、曹植到李白、李贺、吴承恩、汤显祖等，他们的气质个性、作品风格有相近相通的一面，又有各具特色的一面，若能集中论述，其特色就会更加鲜明突出。再以歌颂风格的文学为例，从神话的颂神，《诗经》的颂祖，秦铭汉赋的颂圣，直到当代散文家杨朔等人的颂国，徐迟等人的歌颂科技文化精英，时下众多的报告文学歌颂取得较大经济效益的厂长经理、以及下海经商获得成功的科技人员……我们总会发现某些带有规律性的东西，比如基本上都是在建国或中兴或换代之初形成此体的兴盛周期等等。

再就是使用文学风格进行断代的问题，同一时代的文学，总会有比较普遍的风格特征存在。韦勒克在《批评的各种概念》一书中写道："巴罗克这个名词应用到文艺复兴与古典主义之间的文学风格上，是具有足够的概括性的，可以压倒地区性的流派名称，它可以表示西方文艺发展史上某一断代风格上的一致性。"[1]我国的外国文学专家杨周翰先生也认为："根据文学风格来断代，我们没有尝试过。"[2]外国文学史"没有尝试过"，中国文学史又何尝不是如此？甚至可以说，我们对风格能否断代恐怕想都没有想过。目前我们的中国文学史各类型也不是用文学概念作分期，这是因为中国文学的各个断代缺少一种可以涵盖其余的主要风格？还是我们研究不够？旧有的"建安风骨"、"盛唐气象"可否作为借鉴？

---

[1] 转引自吉列斯比《欧洲小说的演化》中译本杨周翰《序》，三联书店1987年版，第3页。
[2] 杨周翰：《欧洲小说的演化》中译本《序》，三联书店1987年版，第3页。

（九）美文文学史

梁启超曾写过《中国美文史稿》。我的初步设想是：并非要以文学作品去一一印证美学史中的诸多范畴，而是用一种潇洒的、优美的、奔放的、豪壮的种种不同笔法，感悟式地将文学史上的精美之作加以串写，并尽量显示出一种“史”的发展轨迹。如果说优秀的文学选本也能够显示文学史、文体史的发展轨迹的话，那么专讲“精美”文学的“美文文学史”能够显示一定的史的轨迹，大概是不成问题的。人们非常赞赏闻一多、朱自清、李长之、宗白华、李泽厚等人的文学文字、美学文字，可见此类著作还是人们普遍需求的。有人批评文学史用感悟笔法，实在是一大误会。

感悟式的美文并不需要对文学史实和规律面面俱到，只要求能从自己喜欢的角度，将作品内涵之“美”传达出来并能感染大部分读者即可。任何著作都可能有人不喜欢，我们不必强求所有人都读同一种风格的文学史，更不能强求人人只读同一部文学史。就象我们对大自然赏心悦目的千变万化加以赞赏，决不要求玫瑰花和紫罗兰散发出同样的芳香一样，我们怎能对文学史这精神思维的丛丛鲜花作出单一刻板的要求呢？

（十）结构文学史

我设想它是一种追踪、探讨文学作品内部结构的起源、变化、发展为主旨的文学史。

这个“结构”相当于一种“原型”，但又和人物原型、情感原型（情绪）不一样，而是组成文学史上同一类作品基本框架的“结构”，所以称“结构文学史”。例如：中国古典长篇小说大多呈现一种“三型两面”结构。两面指正面人物与反面人物，三型指正面人物中相当于或大致相当于主帅、军师、勇将的三种角色。主帅往往是贤德型人物，军师是智慧型人物，勇将是鲁莽型人物。《三国演义》中的刘备、《水浒传》中的宋江、《西游记》中的唐僧是贤德型人物。诸葛亮、吴用、孙悟空属智慧型人物，张飞、李逵、猪八戒属鲁莽型人物。有时此一类型的人物可以兼具其它类型的特点。如《说岳全传》中的岳飞便由贤德型兼具智慧与勇力的特点，遗其“鲁莽”予牛皋而已。又如孙悟空由智慧型兼具勇力的特点等等。这三型人物的相互关系颇富妙趣：主帅往往有“贤”有“德”，虽然无能甚至极端无能只会念佛诵经如唐僧者，依然是理所当然的主帅，永远坐第一把交椅。军师能力虽然超过主帅，但从无篡位之心，甘心扶主，但他不一定能获得主帅的绝对信任或勇将的衷心拥戴，主帅和勇将有时想干什么并不听从军师的劝告，甚至蔑视军师所定的“军法”。关羽与东吴交恶，刘备为关羽报仇，便是典型之例。勇将则往往冒犯主帅但又是对主帅最具忠心者，即使是冒犯主帅也是出于一片至诚的忠心（忠于一种道义）。这样，勇将往往成为主帅的“兄弟”加心腹，而军师始终与主帅和勇将保持相应的距离，与他们永远达不到水乳交融的境界。这从刘备爱张飞，宋江爱李逵，唐僧盲目听从猪八戒之中可以清楚地看得出来。悟空能力虽强，永远只在辅弼之位，保护贤德型的御弟唐僧上西天取经而已。如果勇力型人物与贤德型人物发生冲突，最终获胜的必然是政治上、观念上正确的贤德型人物，导致忠勇型人物追悔之后更加忠勇，而贤德型人物由于一贯正确而更加贤德。就这样，贤德型始终控制着智慧型与勇力型。这种“结构”是不是源于小说家们的编造？不，源于生活，由小说往前推到《史记》的《列传》，勇力型的老将廉颇与贤德型的新贵蔺相如发生冲突，结局只能是廉颇向蔺相如“负荆请罪”！这反映出儒家“以德治天下”即“耀德不观兵”[1] 的理想。通过考察《论语》的人物关系，我发现这正是孔子、子贡与子路首创其例。子贡善于经商，孔子周游列国的活动经费大都由子贡无偿提供。《论语•子张篇》记载：当时人们就议论子贡的智慧和能力超过孔子：“子贡贤于仲尼”，又当面称赞子贡说：“仲尼岂贤于子乎？”依我看，孔子是思想者而子贡是实干家，从实际能力上说，子贡确实在这一点上超过孔子。但孔子最爱的还是子路，认为自己哪天“乘桴浮于海”，出国传道出了，带的肯定是子路。可是，勇猛又鲁莽的子路则常常顶撞孔子，给孔子难堪，因为他要时时维护自己心目中的偶像。当孔子去见名声不佳的卫国王妃南子，子路曾极不高兴，逼得孔子指天赌咒才算了事。在《论语》中，出现次数最多的孔子，共 467 次；其次是子路，共 76 次；第三是子贡，共 57 次[2]。可见

[1] 《国语•周语上》。

[2] 据杨伯峻《论语译注》附《论语词典》统计，孔子含子、丘、孔氏、仲尼；子路含由、仲由、季路；子贡含赐。

贤德、智慧、忠勇三型人物（反面人物可以阳虎代之）的“小说结构”已由《论语》肇端，而这一“结构”无论在漫长的历史长河中如何变化，也始终脱不去儒学经典《论语》的厚厚的底色！中国文学中有多少诸如此类的典型结构及其变异？小说有，诗歌、戏曲、散文呢？

杨宪益先生曾就李白的一些诗歌结构加以分析，探讨了它们与西方商籁体（sonnet）亦即十四行诗的可能联系[1]；黄子平也曾从白乐天的《琵琶行》、马致远的《青衫泪》、郁达夫的《春风沉醉的晚上》、张贤亮的《绿化树》中发现了一个“士、女、商”三者平等、对立、依存的三角结构[2]。并主张应该有各式各样展示文学奥秘的文学史。那么，三百篇的结构、赋的结构、八大家散文结构、中国古典戏剧的结构等等我们又了解多少呢？

（十一）编年文学史

到目前为止，我们只见到断代编年文学史，如《中古文学系年》等。也许因为此项工程难度过大，编年文学通史至少要到21世纪之后才有可能出现了。由于一般通论性质的文学通史可以而且应该不写作家或个别作品的考证过程，所以考证的重负必将由编年文学史来承当。疑年问题是文学史难度最大的问题之一。年代的不确定，直接影响到对作品的正确解读。如果作品解读出现错误，文学史的科学性又从何谈起？不过，高一层的文学编年史却不应该停留在此一水平上，应当理清文学思潮的起伏、文学运动的脉络、作家群的形成、文学现象的演化亦即文学趣味、题材、体裁、意象、结构的创造、选择、热衷与转移等原因。同时也要自觉关注隐藏在重大的政治事件与文学运动、文学论争之后的消然流动变化的文学现象。切忌将编年文学史弄成文学杰作的编年史和著名作家年谱。我们只要想到司马光的《资治通鉴》对于历史研究的重要性，自然就会理解一部编年文学通史对于文学史研究的重要性。

（十二）文学思想史或文学批评史

文学理论一直是中国文学史的有机组成部分，虽然它们常常以鸿篇

[1] 杨宪益：《试论欧洲十四行诗及波斯诗人莪默凯延的鲁拜体与我国唐代诗歌的可能联系》，《文艺研究》1983年第3期。

[2] 黄子平：《同是天涯沦落人——一个“叙事模式”的抽样分析》，《中国现代文学研究丛刊》1985年第3期。

巨制独立成另一种“史”。文学理论不包括文学批评或文学史，文学批评中没有文学理论和文学史，或者文学史里欠缺文学理论与文学批评，这些都是难以想象的。美中不足的是，在当今能见到的许多文学史著作中，文学创作与文学理论的关系，尚未处理成“水”与“乳”的关系，而是呈现为“水”与“油”的状态。要解决这一问题，道路还很遥远，毕其功于一役是不现实的，希望能有更多的探索者通过接力而逼近这一目标。如果套用康德的一句名言：“没有科学史的科学哲学是空洞的；没有科学哲学的科学史是盲目的。”[1] 似乎也可以这样说：“没有文学史的文学史理论是空洞的；没有文学史理论的文学史是盲目的。”

二、预测：可能出现的九种文学史新类型

(一) 批评文学史

“批评文学”与“文学批评”不同之处在于：“文学批评”注重理性的寻绎，“批评文学”注重情感的建构。

中国文学批评中有一种感情浓烈、境界高广、文辞新丽的文字，历代绵绵不绝。与其称为“文学批评”，不如说是“批评文学”。它们感情抒发有余，逻辑论证不足。从“文学批评”的角度看，都可能失于不明晰、不准确、不系统。但从“批评文学”的角度看，却堪称一种成功和成熟的文学类型。如杜甫《寄李十二白二十韵》的“昔年有狂客，号尔谪仙人。笔落惊风雨，诗成泣鬼神”。晚唐郑谷《读李白集》的“何事文星与酒星，一时钟在李先生？高吟大醉三千首，留着人间伴月明”。韩愈《调张籍》的“李杜文章在，光焰万丈长。……想当施手时，巨刃摩天扬。……我愿生两翅，捕逐出八荒。……刺手跨汗漫，举瓢酌天浆。……顾语地上友：‘经营无太忙’”。与韩愈交往密切并且大量酬唱的孟郊，也写有《赠郑夫子鲂》一诗：“天地入胸臆，吁嗟生风雷。文章得其微，物象由我裁。宋玉逞大句，李白飞狂才。苟非圣贤心，孰与造化该？勉矣郑夫子，骊珠今始胎！”闻一多曾赞为“是写作的最高见解，太白亦不可

[1] 转引自[英]伊拉卡托斯：《科学研究纲领方法论》第二章《科学史及其合理重建•导言》，中译本，上海译文出版社1986年版，第141页。

及”[1]。此类文字不限于诗，文中亦有。如杜牧《李长吉歌诗叙》称赞李贺诗歌：“云烟绵联，不足为其态也。水之迢迢，不足为其情也。瓦棺篆鼎，不足为其古也。时花美女，不足为其色也。……”与其说是对李贺诗歌的评语，不如说是杜牧自家的审美再创造。杜牧是用一系列的形象与境界来评一人之诗，南宋敖陶孙则把此种手法变化为集中用一种形象或一种境界来评一人之诗，艺术效果同样可以追比杜牧，其语有：“魏武帝如幽燕老将，气韵沉雄。曹子建如三河少年，风流自赏。……谢康乐如东海扬帆，风日流丽。陶彭泽如绛云在霄，舒卷自如。王右丞如秋水芙蕖，倚风自笑。……孟浩然如洞庭始波，木叶微脱。……李太白如刘安鸡犬，遗响白云，核其归存，恍无定处。……本朝苏东坡如屈注天潢，倒连沧海，变眩百怪，终归雄浑。……秦少游如时女步春，终伤婉弱。……其他作者，未易殚陈。独唐杜工部，如周公制作，后世莫能拟议。”[2] 考这种评论的渊源，大概始于春秋时伯牙与钟子期二人鼓琴知音的故事：“伯牙鼓琴，钟子期听之，方鼓琴而志在太山，钟子期曰：‘善哉乎鼓琴，巍巍乎若太山！’少选之间，而志在流水，钟子期又曰：‘善哉乎鼓琴，汤汤乎若流水！’”[3]“若太山”、“若流水”的评论跟“如东海扬帆，风日流丽”等等同一格式。不妨说，这些文字既是“文学批评”，更是“批评文学”。从陆机《文赋》、刘勰《文心雕龙》到杜甫《戏为六绝句》、元好问《论诗绝句三十首》以至当代诗人艾青的《诗论》，均有一些篇章或段落更应称为“批评文学”。此类文字之冠，古今莫过于司空图的《二十四诗品》。名曰“诗品”，实则建构了全新的境界，其实司空图远远不是在评定诗的“品级”，而是在满怀激情地创造诗的“品格”和“境界”。而洋溢着主观情感的文字一旦具有独立的“品格”和“境界”，它就毫无疑问成为地地道道的文学华章了。常为美学家、文学评论家引述的姚鼐论阳刚之美与阴柔之美的文字也是这样：“自诸子而降，其为文无弗有偏者。其得于阳与刚之美者，则其文如霆，如电，如长风之出谷，

[1] 郑临川述：《闻一多先生说唐诗》，《社会科学辑刊》1980年第1期第125页。后收入《闻一多唐诗杂论》附录二。中华书局2009年版，第294页。

[2] 敖陶孙：《臞翁诗评》，载《诗人玉屑》卷二。中华书局2007年版，第25—26页。

[3] 吕不韦：《吕氏春秋》卷十四《本味》。陈奇猷新校释，上海古籍出版社2002年版，第744—745页。

如崇山峻崖，如决大川，如奔骐骥；……其得于阴与柔之美者，则其文如升初日，如清风，如云，如霞，如烟，如幽林曲涧，如沦，如漾，如珠玉之辉，如鸿鹄之鸣而入寥廓。……”[1] 此类独具风神的美好文字，倘能在“史”的意识的统摄下系统呈现出来，于一部卷帙浩繁的大文学史定会添色不少。

早在本世纪20年代初，周作人曾在一篇题为《美文》的短文中写到：“外国文学里有一种所谓论文，其中大约可以分作两类。一批评的，是学术性的。二记述的，是艺术性的，又称作美文，这里边又可分出叙事与抒情，但也很多两者夹杂的。这种美文似乎在英语国民里最为发达……。读好的论文，如读散文诗，因为他实在是诗与散文中间的桥。中国古文里的序、记与说等，也可以说是美文的一类。但在现代的国语文学里，还不曾见有这类文章，治新文学的人为什么不去试试呢？……我希望大家卷土重来，给新文学开辟出一块新的土地来，岂不好么？”周作人此处所说的艺术性的抒情论文，亦即“散文诗”式的“好的论文”或“美文”，部分意思与我所说的“批评文学”相近，特移录以供参考。

“批评文学”的另一含义也许还应包括文学色彩较浓的创作本事或与作品有关的趣闻。如扬雄《自序》说：“往时武帝好神仙，相如上《大人赋》，欲以风，帝反缥缥有陵云之志。”此类文字从《韩诗外传》起，至唐以后渐多，它们在原作之外，别构一个富有情趣的文学世界，既可以与原作内容相关也可以不甚相关甚至全不相关。

综观上述各种事实，“批评文学”可以界定为“由于文学地批评或文学地阐释别人的作品而形成的一种文学类型。”

（二）计量文学史

目前所见的文学史之所以被称为“前科学”或“不科学”，很大程度上与我们在文学中对作品、题材、体裁、意象、语言极少进行数量统计有关。例如当我们在文学史的“盛唐山水田园诗”一章中安排“王维”专节，就必然会受到来自统计方面的批评：“王维的边塞诗现存者多达三十余首，而对比之下，通常称之为边塞诗人的李颀，却只有不到十首的边塞

[1] 姚鼐：《惜抱轩文集•复鲁絜非书》。郭绍虞主编：《中国历代文论选》第3卷，上海古籍出版社2001年新一版，第510页。

诗，王昌龄也不过二十几首。把盛唐诗人划作山水、边塞两派，本来就有碍于我们全面地认识一个诗人，好象代表王维的边塞之作只有《使至塞上》的‘大漠孤烟直，长河落日圆’两句，而这也还是因为它是山水景物的缘故。实际上，王维的边塞诗不仅数量多，而且十分出色。”[1]当我们被历史上“千家注杜”的现象所迷惑时，我们决不知道“李诗用典实较杜诗为多，无论事典语典亦无论明用暗用，均较杜诗为多，主要见于古诗和长篇乐府，律绝及乐府歌行中的短小篇章极少。……大量用典，涉及历史人物必多。据我统计，李白诗文中出现的历史人物（唐代人不计）共有一百五十八位，杜甫诗文中出现的历史人物则为一百一十七位，……例如孔子曾在二十三首李诗文中出现，杜诗文则仅见于八首。”以往我们的印象是李白“凤歌笑孔丘”，统计分析的结果却是“嘲孔实亦为自嘲”。“他主要是把孔子视为生不逢时的异代同调与知己”[2]。统计功用之大，于此可见一斑。

统计学曾在经济学、历史学中获得成功的运用。以历史为例，法国年鉴学派的代表人物布罗代尔利用自然、社会、人文科学的研究成果，采取跨学科的研究方法，特别是数量方法，凡是可以用数量计量的现象都用统计图表方式来表达，写成了《菲力普二世时代的地中海与地中海世界》这部蜚声史学界的博士论文（1949 年出版）。到 20 世纪 50、60 年代之交，美国的史学界则建立了“计量历史学”，虽然他们不注重对历史过程的描述，但注意运用电子计算机对大量的历史统计资料进行数量分析研究，得出了许多公认的重要结果。对文学而言，国外的形式主义文论也形成了“统计风格学”一派。前苏联文艺家鲍里斯•雅尔哈（1889—1942）曾在《精确的文艺学方法论》这部著作中主张：“要把审美印象定量化。”他在两方面取得了与众不同而令人瞩目的成功：一是在诗法研究中把统计学方法运用得十分娴熟，以至于统计学方法从他开始，已经成为进行诗法研究的一个“传统”分析手段；二是在文学史考察中，他相当精确地描述出文学风格交替嬗变的波浪性曲线，确定出作家在某一具体的“文化律动弹性轨道”上（在某一时代的艺术风格结构中）的独特

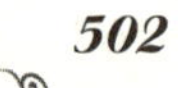

[1] 林庚：《唐诗综论•唐代四大诗人》，人民文学出版社1987年版，第115—116页。
[2] 裴斐：《李白与历史人物》（上），《文学遗产》1990年3期，第50、52页。

位置。[1]有了定量的分析，既可对文学史的运行作前景瞻望与背景回溯的双向透视，又可对作家作品进行纵横坐标上的定位。对中国文学史来说，由于已经初步有了“计算机的闯入”，将来一些大型数据库建成之后，当我们需要判定某位作家或某群作家或某地作家的题材偏爱、风格倾向、用字频率等等时，只要通过计量便可以得出比较客观的结果。“计量文学史”的出现，将使文学史的一些重大问题如演进过程等显示出清晰的脉络。解放前，施子愉先生曾就《全唐诗》存诗一卷以上的诗人的作品进行统计，制成一表，使我们知道各体唐诗的发展概貌，如七言排律初唐尚无一首，盛唐仅有8首，中唐达到36首，晚唐又降为26首。又各体唐诗以律诗、绝句为多，绝句又以七绝为多等等。[2]如果说唐诗名作主要集中于律诗七绝的话，这似乎又告诉我们：形式的成熟以及形式的易于把握，对于诗歌数量上的繁荣与质量上的丰收都是关系密切而且举足轻重的。《诗经》、《楚辞》、唐诗、宋词、元散曲，无不是以独特的形式在诗歌史上大放光华。一个统计数字的得出往往伴随着大量的艰苦劳动，以及对问题的重要程度、价值大小的判断和选择。姜亮夫先生在考察屈原诗歌艺术时指出：“以使用视觉之语词最多，而又最细腻、最活泼”“举屈子二十五篇中所用观视类字，约二十四五字，每字使用字数不定，约共得百次左右”、“在五官功能中，最为具象者，莫详于其书视觉者矣”[3]。这个统计结果极好地证明了楚人对宏大宇宙的感知力以及对流动视觉美的高度重视。在众多的古代诗话、词话中，也有零星的统计结果，只是不成系统而且大多局限于用字频率的统计而已。

国外汉学界对古汉诗的“意象统计”，有不少值得重视的成功经验和研究成果，近年来，一大批文学硕士及文学博士论文中，也采取了以“意象统计”为方法之一来阐释和总结研究对象的艺术特征。应该说，“计量文学史”的发展前景是相当广阔的，充满希望的。值得提醒的是：计量方法也不是万能的，这取决于计量内容与相关问题的密切程度，也取决于前述的对问题的重要程度、价值大小的判断和选择。否则，为了分析

---

[1] 周启超：《他们，也不应被冷落》，《读书》1991年第1期。
[2] 施子愉：《唐代科学制度与五言诗的关系》，《东方杂志》第四十卷第八号。
[3] 姜亮夫：《楚辞学论文集》，上海古籍出版社，1984年版。第242、243、244页。

大脑而去统计白发与黑发，除了白费心力之外是毫无益处的。

（三）中外文学交流史

本类型将收纳现在被称为“中国比较文学”的大部分成果。比如中外文学的“影响研究”就要全部被囊括进来。“平行研究”的一部分，即“影响研究”不明显的“平行类文学”，只要其国度与中国接壤或隔洋相望而具有周边邻国关系，也将被视作本类型的考察研究对象。中国文学如果像鲁迅那样从文字起源算起（我认为远古先民在创造最初的一些汉字的时候，每一个原始汉字都包含着一个想象力丰富的具有文学意味的故事），至少也有5000年的久远传统。这5000年文学中的神话，可能商末周初即已传播周边，这从商末箕子入朝鲜、西周南越献白雉的古史传说中可以窥见其影。中国许多神话的类型也同样见于越南、朝鲜、日本。《山海经》、《搜神记》、《酉阳杂俎》中曾发现许多与希腊、印度、西欧同类型的神话传说。与《庄子》中的“鲲鹏神话”相类，南美哥伦比亚也有“鲸鱼变雷鸟”的神话。汉唐两代的极盛，更使中国文学光照四邻。其中日本、朝鲜不少文人已经能够以汉字写诗作文了。西学东渐后，东学亦西传。法国的伏尔泰、德国的歌德、英国的拜伦都间接接触过一些中国文学。西方主要在中国唐诗影响下形成的“意象派”诗歌，更是中国诗神远游域外的“子孙”。但“意象”“象征”诸派诗歌又反过来影响中国的新诗创作。中国新诗的一些主要作者如闻一多等又曾留学西方……其间的往返曲折，值得学贯中外的学者们去深入研究。目前已有不少单项成果，如严绍璗先生的《中日古代文学关系史稿》等，可望在不久的将来会有一部总其大成的文学交流史出现。

（四）原型文学史或题材／主题／母题文学史

一国的文学只要有久远的渊源可供追寻，就会有种种“原型”隐匿其中。这种“原型”，有时候也与“主题／母题”或“题材”相近，如梦幻、日月、神女、游仙、乡土、城镇、都市、山林、军事、游侠、宫廷、流贬、宴饮、婚恋、家庭等等，都可追寻出源流演进的轨迹。以“梦幻”为例，从“庄周梦蝶”到“黄粱一梦”、“南柯一梦”再到汤显祖的“临川四梦”和曹雪芹的《红楼梦》，梦幻始终是中国文学热衷描写的变形空间。许多

野史、笔记更以“梦”作书名，如宋人的《北梦琐言》，明人的《西湖梦寻》乃至近人的《金陵春梦》等等都是极有影响的名作。明清以降，以“梦”为字、为号、为室名者更是多如过江之鲫。以诗词写梦者如李白、杜甫、李商隐、李贺及花间诸词人均有名作流播人口，反映出“人生若梦”的中国士大夫心理的久远与普遍。估计今后将有不少这类“文学史”面世，因为这些领域毕竟易于拓展，一些才力不能驾驭通史、断代史、文体史的大量学者，必将活跃于此境。当然也会有部分学者经由此境而跨进通史、断代史、文体史的领域，这正是本文所期望的。

（五）哲学文学史

文学照样参预人类的哲学思考，有时甚至是在最深最高的层次上思考哲学问题。中国先秦“文史哲”不分家证明此种传统的悠久。就是汉魏以降，文学意识觉醒之后，也还时时在哲学境地的纵深地带作自由奔突的文学想象。庄周之《逍遥游》，屈原之《天问》自不必说，曹操、陶潜、王谢文学世族、陈子昂、李白、苏东坡、王国维等等，他们的作品都渗透着强烈的哲学意识。生死、善恶、美丑、荣辱、未来、过去、世界的构成、时间、空间、人生价值、形神、形影、人我、情欲……这些重要的哲学意识都曾是中国文学的热门课题和永恒主题。闻一多赞叹《春江花月夜》的“宇宙意识”[1]，李泽厚之推崇“死亡构成屈原作品和思想最为‘惊采绝艳’的头号主题”[2]，无不是在挖掘其哲学意蕴。又如曹雪芹曾在《红楼梦》中艺术地把过去世界的太虚幻境与现时世界的大观园，以及未来世界的回归仙境等融为一体，表达他对哲学世界的生死、时空、哀乐的认识。因此，哲学文学史将是在相当高广的层次上观照文学，使文学中蕴涵的哲学意味释放出来，张扬开去，贯注古今，沟通人类。

（六）美学文学史

文学有美，就注定有人会从美学角度去欣赏它，研究它。文学不只有一种美，于是便有许多名目来概括。文学的美不会停留在一个水平上，静止在一种状态中，于是就是“史迹”可寻。时下除《美学史》一类书籍之外，《美的历程》、《诗美学》、《中国诗歌美学》等书早已上市。后两

---

[1] 闻一多：《宫体诗的自赎》，《闻一多全集》第3卷，三联书店1982年版，第20页。

[2] 李泽厚：《古典文学札记一则》，《走我自己的路》，三联书店1986年版，第365页。

本自不必说，前一本的大部分也与文学相关。那么，唐诗艺术的审美特征又有哪些？如李杜都是一代雄才，但李白常以大刀阔斧、风驰电掣的手法来创造雄阔的境界，掀翻银河，簸却沧海，是他想象中的家常。杜甫则不一样，总是在浑茫之境中安置一点几点的极细极小的或人或物。例如在“齐鲁青未了”、“阴阳割昏晓”的泰山之境，安置一只在暮色中越飞越远的小鸟以及一双圆睁欲裂的眼睛。[1] 又如在“吴楚东南坼，乾坤日夜浮”的洞庭湖畔安置一副“老病”之躯和“孤舟”一叶。[2] 在“江湖满地”中设“一渔翁”，[3] 在“乾坤”中设一“腐儒”，[4] 在“天地”中设一“沙鸥”。[5] 杜甫爱画，其诗多具画境。又杜甫每每爱在联句中创造一种由天地之力（或南北之力、东西之力）构成的互相冲突对抗的激荡画面，如出句“江间波浪兼天涌”，乃是由地而天的伟力，而对句“塞上风云接地阴”，则是由天而地的重压。[6] 沉郁顿挫之外还须加上力的激荡，这才是真正的杜诗美学的主要风格。其它联句如“星垂平野阔，月涌大江流”[7]，“大声吹地转，高浪蹴天浮”[8]，无不如此。

美学文学史可以少管甚至不管作家生平、诗文背景等等，只要能将每一时代，每一诗人的每几点“新鲜”的“美学”的“创造”发掘出来，真正说到“美”、说得“美”，其目的也就达到了。

（七）社会学文学史

无论是自然科学技术的发展，还是社会科学的新生与迈进，最根本的动力就是“社会需要”。恩格斯曾说文艺复兴时代是一个“需要巨人而且产生了巨人的时代”。社会需要刺激着巨人们的无限想象力和创造力。至于文学的兴衰、文学体裁的更替、文学形象的深入人心等等都离不开“社会需要”！阿•托尔斯泰曾设想过这样一种情况：“命运把您这位作家抛在一个荒无人烟的孤岛上。假设说，您一直到死也见不到一个人影，

---

[1] 杜甫：《望岳》：“决眥入归鸟”。
[2] 杜甫：《登岳阳楼》：“老病有孤舟”。
[3] 杜甫：《秋兴八首》其七：“关塞极天唯鸟道，江湖满地一渔翁。”
[4] 杜甫：《江汉》：“江汉思归客，乾坤一腐儒。”
[5] 杜甫：《旅夜抒怀》。
[6] 杜甫：《秋兴八首》其一。
[7] 杜甫：《旅夜抒杯》。
[8] 杜甫：《江涨》。

您给世界留下的东西将永不见天日。在这种情况下，您还会去写小说、戏剧、诗歌？当然不会。……创作之流需要有另一个终端——倾听者、与您共同感受者：读者、阶级、人民、人类。”[1]既然如此，“社会学文学史”就有必要出现了。“老不看《三国》，少不看《水浒》”，是中国民间的口头禅。《红楼梦》为何风靡白发苍苍、老眼昏花的红学家，更倾倒情窦初开、青春梦幻的少男少女？《西游记》中孙悟空的所作所为：反抗、归顺、调侃、雇佣、不被信任、被驱出取经队伍、忍辱回归、最终成佛，能说不是历史上中国知识阶层部分潜意识的形象显现？种种文学景观渴望社会学来解释。曾有论者指出：“将作品、作者、读者都放在社会学的视野中进行研究，是古代小说社会学研究的基本方法。……比如李逵只顾一路砍去，而杀死的那些老百姓，恐怕就包括农民、市民等各阶层的人，而他心目中只有他的宋大哥及其他的江湖好汉。……最后，古代小说的社会学研究还必须在历史——美学的方法下进行提高，才能达到一种新的层次。”[2]中国作家刘心武曾回忆他在法国与一位汉学评论家对话，对方说：《水浒传》显示了作者对人道主义价值也就是人的生命的极度轻视和淡漠。武松、李逵为了报仇，常常滥杀无辜，如丫环、奴仆之类。每见杀了一人，法国读者都会想：此人有父母吗？有老婆孩子吗？她或他死了之后他们怎么办？怎么哭？怎么想？但《水浒》作者却显得非常轻松甚至非常愉快地一路写下去，毫不顾及这些……。这说明即使是用社会学方法研究文学，也能得出新意，得出可以建构新的社会心理和社会价值观的新见解。

说到从社会学角度研究文学，不能不涉及一点当代的研究倾向：在一些“唯方法论”者看来，似乎谁还在使用“社会学方法”，谁就没有“现代观念”和“当代意识”。事实上，没有一种研究视角可以“包括宇宙”，也没有一种研究方法可以“包打天下”，最好是把每一种方法都用到该用的地方，切忌牺牲一种方法而把另一种方法捧到天上。我们需要文学研究一体格局下的多元并存与互补，更期待各种方法互补之后的高度和谐与整体提高。

---

[1] 《A•H•托尔斯泰文集》（十卷本），莫斯科，1961年版，第10卷，第63页。转引自鲍列夫《美学》，中译本，中国文联出版公司1986年版，第475页。

[2] 骆冬青：《从<水浒传>谈古代小说的社会学研究》，《文史知识》1980年8期。

值得深思的是，在西方，批评家们也并非永远一味崇拜所谓“本体批评”的“谈艺”。那些“尊本文而不外骛”的“单向掘进”难免一一碰到坚硬的石壁，不得不常常改变探索的方向：“曾经也是只问形式不问内容的托多罗夫恍然大悟：文学不单单有结构，还有思想和历史。”“弗莱在（细察）中发现并不存在特殊的文学，文学总是由历史和社会环境来界定的，文学不过是社会中诸种叙述中的一种，文学外有文学，文学中有非文学。”[1] 中国哲人老子曾说：“容乃公，公乃全，全乃天，天乃道，道乃久。”[2] 如果用来阐释文艺，就是包容才能公正，公正才能全面，全面才能符合自然，符合自然才能得出规律，得出规律才能生命永久。纵观中外文艺思潮史，不少理论或口号昙花一现，不就是不容、不公、不全、不天、不道，才导致其生命力的“不久”么？笔者笃信：只有眼光宏放，魄力雄大，襟怀宽广的文学史家，才会“万法皆备于我”，创造出第一流的文学史著。

（八）宗教文学史

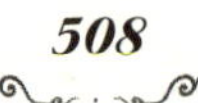

宗教与文学的关系，最早是原始宗教与神话的关系。各国神话中都渗透着大量的原始宗教色彩，各种原始神灵后来就变成了神话中的主角。待到各种主要宗教如佛教、伊斯兰教、基督教等建立之后，他们的经典同时也充满着文学意味。《圣经》、《古兰经》和佛典中都有不少文学意味极浓的篇章、段落和诗歌。说明这个阶段宗教家是在自觉选择文学形式宣传宗教思想。这本不奇怪，因为宗教想要打动人的情感，就不能不调用一些文学手法。再往后，一旦宗教思想深入人心，一些有着宗教信仰的文学家就会自觉地利用文学形式来表现自己的或群体的或时代的或民族的宗教活动和宗教情绪。同时，文学家是社会的人，有着宗教信仰的文学家一般都与宗教人物关系密切，文学就成了一些文学家用来记录自己与宗教人物情感交流的工具。最后，也是最主要的一点，是宗教观念、宗教知识以及宗教认识世界、反映世界的方法对文学家艺术思维活动的制约、启迪或渗透。这一点，在一大批中国著名作家、文学理论家如屈原、曹植、刘勰、王维、

---

[1] 郭宏安：《批评是一种对话——读托多罗夫的<批评之批评>》，《读书》1986年第2期，第71页。

[2] 《老子》第16章。

李白、柳宗元、白居易、司空图、苏轼、吴承恩、冯梦龙、洪升、曹雪芹等人身上都有极其鲜明的体现。宗教与文学的研究目前已取得一定的成就，可望在不久的将来，这个领域会有一些真正的史著出现。

（九）文化文学史

文学史是文化的一部分，尤其是精神文化中精华的一部分。文化文学史不仅要解决文学现象的文化背景问题，最主要的，还是要解决由文化根基和文化潮流所决定的文学的一些本质问题。

以汉大赋何以会越做越大越写越长这一点来说，离开了汉代文化发展的命运和潮流就不能解释清楚。秦汉文化潮流是什么呢？就是企图创造空前绝后之业绩的文化创造心理以及与之相适应的文化实绩。如果说秦始皇真的“席卷天下，包举宇内，囊括四海，并吞八方”，那汉赋作家便是“赋家之心，包括宇宙”[1]。秦始皇上过 1 次泰山，3 次东行至海上，汉武帝就八登岱岳，巡游海滨和海上 11 次。可见在汉武帝的心中，秦始皇始终是他赶超历史最高纪录的目标和对象。就拿前者的焚书坑儒和后者的独尊儒术这两件似乎“对着干”的重大历史事件来说，其差异也是只崇法与崇儒之不同，那种大一统的排斥异端的文化专制精神却是相通的。秦人吕不韦主编的巨著是 13 万多字的《吕氏春秋》，汉武帝时人司马迁就忍辱独家写出 52 万多字的《史记》。班固不服司马迁，就写出了 81 万字的《汉书》。武帝时设五经博士，百余年后，大师众至千余人，就有“一经说至百余万言”[2] 者。至于“秦近君能说《尧典》，篇目两字之说至十余万言，但说‘曰若稽古’二三万言”[3]，如此注释发挥，能说不是一项中古时代的“世界纪录”吗？尤其值得注意的是，说这话的桓谭并非等闲之辈，他是被王充推崇为跃居司马迁、扬雄之上的“超奇”的“鸿眇之才”，所谓“观见其文，奇伟俶傥，可谓得论也。由此言之，繁文之人，人之杰也”[4]！再就字书看，从汉初《苍颉篇》的 3300 字到扬雄的《训

[1] 《西京杂记》卷2记司马相如论作赋语。

[2] 班固：《汉书•儒林传赞》。中华书局点校本，第3620页。

[3] 桓谭：《新论•正经篇》（辑佚），朱谦之《新辑本桓谭新论》卷九，中华书局2009年版，第38页。

[4] 王充：《论衡•超奇篇》：“彼子长、子云，说论之徒，君山为甲。”张宗祥校注，上海古籍出版社2010年版，第280页。

纂篇》的5340字，班固再增为6120字，许慎《说文》又广增为9353字。汉大赋越写越大便裹挟于这种推崇“繁文之人，人之杰也”的社会心理和文化潮流之中。然而，光有赋家的创作热情远远不够，还得考虑“社会需要”！《汉书•艺文志》说：“汉兴，萧何草律……曰：太史试学童，能讽书九千字，乃得为史。”许慎《说文叙》上说：“尉律：学童十七以上，始试讽籀书九千字，乃得为史。”这是一条贯彻了或基本贯彻了整整400年的国家法律：认识9000个篆字是汉代政府某一部门录用职员的起码要求！为什么要提出如此之高的识字总量的要求呢？要知道，我国21世纪县处级以上的国家公务员，至少90%难以达到这一要求。原来这是汉朝开国皇帝刘邦倡导的结果。开国之初，大臣陆贾时时在刘邦之前引述《诗经》与《尚书》，这让“原来不读书”的刘邦大为恼怒：

> 高祖骂之曰：“乃公居马上而得之，安事《诗》《书》！”陆生（先生）曰：“居马上得之，宁可以马上治之乎？且汤武逆取而以顺守之，文武并用，长久之术也。……向使秦已并天下，行仁义，法先圣，陛下安得而有之？”高帝不怿（yì，高兴）而有惭色。乃谓陆生曰：“试为我著秦所以失天下，吾所以得之者何？及古成败之国。”陆生乃粗述存亡之征，凡著十二篇。每奏一篇，高帝未尝不称善，左右呼万岁，号其书曰《新语》。[1]

这件事影响两汉思想文化甚巨，有3点值得特别提出：1.“文武并用，长久之术也。”完全可以说是汉代的第一国策；2.积极探讨“秦所以失天下”、汉所以得天下、历史上不同国家成败的根本原因，有利于进一步增强和更长久地延续汉家的统治；3.极力鼓励有思想、敢创新的学者著书立说：“每奏一篇，高帝未尝不称善，左右呼万岁，号其书曰《新语》。”有利于当朝的文化建设和壮大统治力量、增加执政智慧。从此以后，汉代的政论文章和史书，基本上就是依照刘邦的这一思想展开各有特色的论述。刘邦本人更是告诫太子要好好读书，尤其是重要文诰必须亲自撰写，不能委托他人代笔。也就是说，皇帝本人也要成为读书写作的行家

[1] 汉•司马迁：《史记•郦生陆贾列传》，中华书局点校本，第2699页（缩印本第683页）。

里手。这就顺理成章地导致汉代字书发达。因为汉大赋兼具文学与字书的两种功能，既能提供形象的文学欣赏，又能代替字书的枯燥的死记硬背，这对 17 岁以下的知识青年来说多么具有诱惑力！汉赋大家扬雄不是承认自己“少而好赋”，但紧接着又声明那是“童子雕虫篆刻……壮夫不为”[1] 吗？全部奥秘就在这里！从这个角度去观察汉赋能够风靡天下并且越做越大，就没有什么可奇怪的了。闻一多曾说：“文化定型了，文学也定型了”、“每一时代有一时代的主潮，小的波澜总得跟着主潮的方向推进，跟不上的只好留在港汊里干死完事”[2]。当然，文学也有反抗定型文化的一面，如三言二拍、《金瓶梅》是对宋明理学的反抗，汉大赋是对先秦个性文化的反抗、汉末张衡的抒情小赋又是对汉大赋铺张扬厉的反抗等等。

三、开放：文学通史的编撰原则与体例

中国文学史同行自 1983 年下半年以来由《光明日报》原“文学遗产”专栏发起的时断时续的文学史编写问题的讨论，显得相对沉闷，参加者仅限于文学研究界的少数学者，而且古代、现代、当代互不沟通或极少沟通。我以为至少应在以下五个方面加以改进：一是坚持倡导“每一代人都应该有自己的文学史”这种平等、理解、发展的观念。这不仅将使一大批年轻的文学史家的成长获得健康的激励，而且有利于造成在文学史领域中几代人融洽探讨的良好氛围。中国文学史研究界的现状无庸讳言存在“代”的鸿沟——不仅有古代、近代、现代、当代的“代沟”，亦即史段的“代沟”。而且有老年代、中年代、青年代的“代沟”，亦即史家的“代沟”。如果我们承认“一代人有一代人的文学史”，那么，我们也就会承认“一代人有一代人的文学史观”。不同的文学史观面对着同一个文学史实体，在真理面前人人都有探讨的权利，但是，探讨真理的观念和方法又必须接受来自不同方面的检测或批评。二是开放式的编写方式。主编公开，写作班子公开，尤其是编写原则甚至章节、阶段性成果公开讨论。提倡“筑室道谋”，反对“闭门造车”。三是不必以意见一致

---

[1] 扬雄：《法言•吾子篇》。汪荣宝义疏，中华书局1987年版，第45页。

[2] 闻一多：《文学的历史动向》，《闻一多全集》第1卷，三联书店1982年版，第202、205页。

和提供结论为新编文学史的基础，而是以尽力提供发现新的文学现象、探讨新的文学史领域、指出新的文学史思考方向为基础，这与我们强调一家之言的自我体系即文学史内部的整体和谐背道而驰。四是以新编文学史中心，向其它相关研究领域辐射新的信息冲击波。五是组建拥有不同文学史体例的写作班子，促进文学史学的不同流派的产生，有流派才会有争论，有争论才会有进步，同时也才会给予不同阅读趣味、不同阅读期待的读者提供多种选择和进行比较的可能。

四、展望：90年代之后中国文学通史的撰述起点

90年代之后中国文学通史的新起点应在哪里呢？笔者试谈三点看法，即“通史”通到什么时代为佳？如何认定文学史的“本体”？文学通史如何体现文学变迁的规律与非规律？

（一）我主张文学通史应该“通”到当代文学乃至当前文学。文学史的性质既是文学的也是历史的，所以作为伟大的史学家、文学家的司马迁，他那“究天人之际，通古今之变，成一家之言”的通史原则，以及直写《今上本纪》的超人胆识，对当代文学史家撰写一部连通当今文坛的、崭新的、开纪元的文学通史，应当具有直接的榜样的力量。所谓文学通史的“究天人之际”应是文学史的艺术哲学内容；“通古今之变”将展示文学史的规律与非规律及其演进与流变；“成一家之言”即显示了一部史著的学术个性色彩。以这个标准来衡量，我们目前并没有一部真正意义上的中国文学通史。虽然不少研究者学有分工，大体分古代、现代、当代，而古代又分为若干时段，某一阶段中又有分体上的精专与疏略的区别。我认为首先应该改变这种“鸡犬之声相闻，老死不相往来”的文学的“小国寡民”意识和“文学割据”现象。虽然并不要求所有的研究者这样做，但至少从事文学通史写作的研究者必须这样做。否则，文学通史不与现当代文学联系，就不是完整的通史。在这个问题上，写过《文学理论》一书的美国学者韦勒克、沃伦曾经公开表示：他们二人“都拒绝接受把文学分成‘当代的文学’和‘过去的文学’的观

点”[1]，因为应该把文学史“视作一个包含着作品的完整体系，这个体系随着新作品的加入不断改变着它的各种关系，作为一个变化的整体它在不断地增长着”[2]。韦勒克本人的《近代文学批评史》就是这样：“它应当阐明和解释我们的文学现状”、“内容将一直写到我们的时代”。[3] 中国老一辈的文学史家郑振铎先生也是这样：他在1924年出版的《俄国文学史略》中，就对当时正处于创作高峰期的高尔基进行论述并作出了高度评价。文学史上常常有这样的现象：一部作品或一首诗在它自己的时代并不特别出众，但由于它对后世文学之河提供了一种源头，所以一旦后世文学中出现与之相关的作品，它在文学史上的地位就会凸显。一些在当时声誉鹊起的作品，由于时过境迁，其地位又会隐退，一度令洛阳纸贵的左思的《三都赋》可为其证。唐人崔护的《题城南庄》，在唐诗中并非极品，但由于它诉说了一种前缘不再、旧梦难温的永恒的人生体验，衍生了后世一系列的小说与戏剧，这首小诗在文学史上的地位就得以改变。五代翁宏的五律《春残》有“落花人独立，微雨燕双飞”之句，世人罕知，不意北宋词人晏几道在《临江仙》中妙手挪用之后，立即身价百倍。在今天的文学史中没有提及的某一古代作品，说不定哪一天有一部新作在结构、意象、手法、风格等方面成功地摹仿了它，新的文学史就会给予它一席之地。“如果不同时掌握古典文学类型和中世纪时所兴起的新类型，那就不可能理解现代文学，至少是不可能理解直到浪漫主义反叛时代的文学。”[4] 我们有充分的理由坚持文学史的着眼点必须放在今天，“学院派人士不愿评估当代作家，通常是因为他们缺乏洞察力或胆怯的缘故”，这话有些尖刻，但不无道理：“他们宣称要等待‘时间的评判’，殊不知时间的评判不过也是其他批评家和读者——

[1] [美]韦勒克、沃伦：《文学理论》第一版序，刘象愚等译，修订版，江苏教育出版社2005年版，第2页。

[2] [美]韦勒克、沃伦：《文学理论》第十九章《文学史》，刘象愚等译，修订版，江苏教育出版社2005年版，306页。

[3] [美]韦勒克：《近代文学批评史》第一卷“前言”，杨启深、杨自伍译，上海译文出版社1987年版，第1页。

[4] [美]韦勒克、沃伦：《文学理论》第十九章《文学史》，刘象愚等译，修订版，江苏教育出版社2005年版，313页。

包括其他教授——的评判而已。”[1] 采用现代的感受性来探讨古代文学，会使当代文学史家对丰富的古代文学产生出新鲜的看法，正如引进文学史的观点考察当代作品也会有所发现一样。最典型最成功的例子莫过于加拿大文学批评家弗莱通过对“原型”亦即“典型的即反复出现的意象”的全面考察，发现西方文学在过去的15个世纪里，恰好依神话、传奇、悲剧、喜剧和讽刺这样的顺序，经历了由神话到写实的发展，而现代文学则又显然趋向于神话。尽管弗莱的发现忽略了“古代神话”与“现代神话”的本质区别，但如果弗莱缺乏一种考察文学通史的宏阔眼光，他又如何能发现文学类型的共性和演变，发现现代文学在形式上向神话的循环与复归呢？又如中国新诗虽然产生于西方文化涌入之际和中国留洋的诗人、学者之手，形成新诗与旧诗的明显断裂。但是，如果用通史的眼光考察，我们将发现“新诗”是一个发展的概念，每个时代都可能有自己的“新诗”。现代意义的新诗由白话诗起步，而古诗中的白话传统从先秦部分国风到明清时调，从未断绝。当外力作用与传统的创造性转化形成合力时，新诗便会产生。其中最耐人寻味的事实是：中国第一个写作现代白话诗的胡适，同时也是撰写《白话文学史》的著名学者。传统与现代、旧诗与新诗，在胡适身上表现出来的并非完全的断裂性，而是一种顺流而下的连接性。这一点，也只有从文学通史的角度才会看得深刻一些。

（二）如何认定文学史的本体？毫无疑问，文学史本体存在于全部的文学史实之中。但史家既不能重现原生态的全部历史，也不能穷尽遗留态的全部历史。因为任何一部书都意味着一些故意的遗漏，史家所能做到的，便是在遗留态的历史中选择史料构造一种评价态的历史。——原生态历史、遗留态历史、评价态历史，也有人称之为“客观历史”、“文本历史”和“书写的历史”。——可见撰写文学史的主体不同，文学史观念与评价标准不同，对文学史本体的认定也会不同。大体可分五类。一是作家本体论。此论主张文学史是作家的心态史，企图依靠史家与作家的灵犀暗通建构文学史。二是作家心态加上文学形式的本体论。1988年

[1] [美]韦勒克、沃伦：《文学理论》第四章《文学理论，文学批评与文学史》，刘象愚等译，修订版，江苏教育出版社2005年版，38—39页。

一位学者曾说："把文学史仅仅看作'作家心态史'是不够的，那可以是思想史或文化史，但还不是文学史。只有把研究深入到'形象、风格、体裁'一类范畴，我们才是在思想史或文化史的基础或背景上探讨了文学。"[1]1990年又有两位学者主张："古代文学史本体就是古代作家的心灵史和古代文学的形式史。"[2]后者还认为作家的心灵史等于艺术家本人的审美感受加上研究者的审美评价。这显然对过去的作家作品论作了新的解释。三是作品本体论。前文说过：我们应该尝试一种以作品为中心的文学史。神话作者、诗三百作者、民间诗词作者、《金瓶梅》作者等大都不可考或所考不清，一味沉迷于"作家心灵"就可能劳而无功。旧有的文学史是以一系列作家队伍带出并不成系列和队伍的文学作品。如果换过来，让一系列的作品带出一系列的作家不也是一种"文学史本体"？文学史家一定要记住：不是作家使作品不朽，而是作品使作家不朽。一旦作品不存在，作家也就无立足之地了。陈子昂在《修竹篇序》中称赞东方虬的《孤桐篇》"骨气端翔，音韵顿挫，光英朗练，有金石声"，出自陈子昂之口的如此之高的评价，即使除去友情成分，质量也可能不会太低。但因作品失传，东方虬也就失去了相应的历史地位。相反，由于《游仙窟》和《秦妇吟》的失而复得，张鷟（zhuó）和韦庄的文学史地位便大大提高。四是读者或史家本体论。这可以尧斯"接受美学"派及克罗齐"一切历史都是当代史"派为代表。美国比较文学界一位名教授保罗•德曼称："要做一个好的文学史家，就要记住我们所说的文学史和文学很少或者全无瓜葛。构成文学史的是对文学的阐释——那些有见地的阐释。"[3]这种说法过于偏激了：完全取消对文学史进程的描述，只保留对文学的阐释，换言之，将文学史的全部功能缩小为阐释文学，放弃对文学整体发展态势的把握和演进规律的追踪，这不仅没有提高文学史的理论品味，而是适得其反。国内学术界所谓"文学史是文学本体作用下的精神流动史"与此意近。五是广义的文学本体论。即文学史中有许多本体，每一本体都是不可穷尽的；研究某一本体应在众多本体的总和及网络关系中

---

[1] 黄子平：《文学史的"边际研究"》，《读书》1988年第4期第44页。

[2] 张碧波、张晓琦：《关于文学史重构的两点设想》，《东北师大学报》1990年5期。

[3] 转引自徐海昕：《管窥文学批评中的"历史主义"》《读书》1987年第7期第145页。

进行，并由此写出各种各样的文学史。1986年一位中国学者指出："除去'文学本体'，文学还有'社会学本体'、"文化学本体"、'人类学本体'、'美学本体'、'心理学本体'等等。对所有的'本体'都应当研究，而且只有在所有'本体'的总和及网络关系中研究每一'本体'，那种研究才可能是比较接近实际，比较接近真理的。"[1]很显然，一部作品是一个世界，一个作家也是一个世界，这个"世界"既是自足的又是不自足的。例如《蜀道难》是一个完整的自足的文学世界，李白也是一个完整的自足的世界，但要理解《蜀道难》和李白，就得搬弄许许多多《蜀道难》与李白之外的材料来建构一个我们所理解的"《蜀道难》世界"和"李白世界"。这就典型地暴露出作家作品的不自足性。作品中的世界并非"壶中日月"与"世外桃源"，它与作品外的世界有着千丝万缕的联系。如果不了解唐玄宗曾经下诏："男年十五，女年十三以上，听婚嫁。"[2]仅有现代婚姻观念的读者甚至研究者，就不能很好理解李白《长干行》的诗句："十四为君妇，羞颜未尝开。低头向暗壁，千唤不一回。"尤其会不明就里地对晚唐杜牧横加指责、痛下斥语，因杜牧即将离职扬州时，曾有《赠别》诗云："娉娉袅袅十三馀，豆蔻梢头二月初。春风十里扬州路，卷上珠帘总不如。"我们承认由"文学本体"构筑的"史"是"文学史"，但也不排斥由文学中的其它本体所构筑的史也是文学史（如前文所称的一些类型文学史）。用什么"本体"或哪些"本体"来建构文学史，完全取决于研究主体的文学观念、学术个性与知识素养。写得如何亦即是否更接近真理那是天赋与功力问题。犹如克罗齐所说："仅仅有学问的人不能与伟大人物有心灵的交通……至于有天资而无学问的人们则……不从本来面目上了解艺术作品，只凭幻想虚构另一些艺术作品。"[3]

至此，似乎可以说：如果"文学本体"是指作家心灵、作品形式与艺术风格等范畴的话，很自然，"文学史本体"就是"文学本体"的历时性展开加上史家的观念、天才与功力。如果没有史家的参预，任何"文学史本体"的认定与建构都是不可能的。

---

[1] 林大中：《文学中的纯文学研究：评韦勒克、沃伦的<文学理论>》，《读书》1986年第5期第74页。

[2] 《唐会要》卷83《嫁娶》，中华书局1955年版，第1529页。

[3] 克罗齐：《美学原理》，中译本，外国文学出版社1983年版，第141页。

（三）文学史的规律与非规律。我所说的规律是一种“大江东去”式、“百川归海”式和“山脉走向”式的规律。这种规律只能从极高处作动态的鸟瞰，亦即用游移的通史的全景的眼光来俯看。人们日出上班，日落休息是一种普遍规律，但对于上夜班、站岗、巡逻、行车的人来说就是非规律。文学中有非文学，规律中有非规律，逻辑中有非逻辑，线性发展中有点的跳跃。楚辞时代，北方基本上是“王者之迹息而诗亡”，四言诗的盛世已成过去，但《天问》却依然是《诗经》式四言体！专从诗体着眼的学者，遂把《天问》划为春秋作品而非屈原所作。[1] 在五言古诗走向成熟、四言古诗走向没落的汉末魏初，曹操竟写出古典的四言名作，相反他的儿子曹丕却写出了未来派的七言新体！盛唐李白是一个在各种诗体中都有开拓的伟大作家，他的《蜀道难》被人惊为“谪仙人”写的“奇之又奇”的新潮作品，但传为他所作的两首开山之作的词《菩萨蛮》与《忆秦娥》，却受到普遍的怀疑，原因是它们出现得太早了，太成熟了！规律论者说：可能么？如果我们从规律与非规律的角度，从作家打破规律标新立异的创造性角度看，至少是可以两说并存的。对于一部文学通史来说，规律与非规律同样重要。规律显示国别文学这个精神家族的某种必然的命运，非规律则显示其丰富多彩的生存方式和一些个体强大的生命力、创造力。文学史规律往往跟文学意识、文学体裁、文学理论、文学风格、文学潮流、文学派别、文学中人的价值的表现、文学形象的变化迁移、文学叙述角度的转换、文学内容的个体性或群体性、自然性或社会性等等密切相关。着眼于不同的方面，就会出现不同的文学史分期，所以文学史分期实质上是某种文学史规律的体现。我迄今所见的关于中国文学史的分期几乎全部只是中国古代文学史的分期，只有闻一多先生是唯一的例外。他在《中国文学大势鸟瞰》一文中把中国文学通史分为四段八期，并将旧文学的下限断在 1917 年，新文学即他所说的“伟大的期待”的开端放在 1918 年。在我看来，闻一多的文学史观直到目前仍然是最先进的文学史观之一，他可以说是现代学者中最早把文学史思

[1] 顾颉刚先生认为《天问》必非屈原著，写成时间当在战国早期，顾氏弟子刘起釪先生发扬师说，认为《天问》当成于春秋之末，至迟在战国初年。顾说见《三皇考•引言》，《古史辨》第7册中编61页；刘说见《古史续辨》，中国社会科学出版社1991年版，第8页。

维的触角从远古伸到当今的第一人。[1]这得益于他的杰出诗人与一流学者的两栖优势。其他对中国文学史作出过重大贡献的鲁迅、胡适、郑振铎等都是作家与学者的两栖天才。没有宏通的历史眼光和一定的文学才华，恐怕是难以独自进入文学通史的海域去漫游的。也正因为如此，群体撰写国别文学通史才成了当今一种世界性的趋势。中国未来的第一部文学通史的撰述，可能也将采取集体方式进行。

五、结语：文学史类型的百花齐放和功能的百家互补

我之所以强调一种直贯当今的文学通史的核心地位，不仅因为它是文学史领域中最大的空白，还因为它没有受到人们应有的注意。我的目的之一是希望造成一种“千呼万唤”的社会呐喊，以推动一代最富才情最具功力的文学史大家的快速成长。除了史家的个人因素之外，外力作用是不可低估的。司马迁的成功，得益于他父亲司马谈对他的至高期待。司马迁之后，续写史记者见于记载的多达十七家。班固正是在继承父业的基础上，在一种时代的文化潮流和社会期待中脱颖而出的。曹雪芹的创作与修改，除了个人天才之外，还获得脂砚斋等批评家的同步参预。《红楼梦》包含着同时代批评家无私奉献的智慧。不止我一个人常常这样想：如果鲁迅时代、闻一多时代的历史条件允许他们多用一些精力与智慧来思考文学史问题，允许当时的读者和批评家多一点对中国文学通史的迫切呼唤，也许建国后至今流行的三部主要的《中国文学史》的面貌就会大大改观。可惜历史充满太多的遗憾。也许正因为这样，我们这一代学人才如此急切地呼唤一种崭新的真正的文学通史。这呼声本身也是一种参预的意识和力量。从文学史功能上看：文学通史显示大潮流、大走向及各种重要变迁，它不可能一一展示文学中蕴藏的诸多本体和细小特征。这就需要各种非通史体的文学史类型予以补充。同时，下一代人乃至下下一代人的文学通史，也要依靠各种非通史体文学史深入研究的最新成果进行重构。如此代代相续，“本体作用下的精神流动史”才可能永久地“流动”下去。从文学史类型上看，我们已在古代、现代、当代三大时

[1] 转引自《闻一多全集•朱自清序》，三联书店1982年版，第20—21页。

段的分体断代文学史中取得了一定成绩，但高难度的断代史研究却进展不大。分体史中的不少论著尚未获得研究界的普遍认可，其它类型的文学史研究也刚刚起步，文学通史外围的大量工作如作家资料、作品数量与分类等也还须作进一步的研究。从文学史方法上说，对历史、哲学史、思想史、文化史、美学史、艺术史以及外国文学史方面的横向借鉴也不太多见。从文学史家的队伍建设来说，目前几乎清一色是学者型史家，兼具作家型的史家几乎“绝代”了。

总之，我们不仅需要一部甚至两部以上各具风貌的文学通史，而且也需要作为文学通史分枝的大量的非通史体文学史，尤其是要加强断代史、分体史、主题史、风格史方面的研究，注意相关学科研究成果中的观念、方法、体例的借鉴。力争在今后20年内贡献出一批标志一代认识水平与创造能力的文学通史和文学断代史。

[附记]

原载《中南民族学院学报》1992年第6期、1993年第4期。收入本文集时据底稿增补，部分注释根据文献的新版本进行补充和修订。初稿曾提交《文学遗产》编辑部等单位主办的“文学史观与文学史”学术讨论会，1990年10月桂林。主要观点见于《文学遗产》1991年第1期第99页的会议述要。陈友冰著《海峡两岸唐代文学研究史》上册第201-202页介绍了本文的十二类非通史体文学史名称，以及预测将会出现的九种新类型的文学史名称（台北中央研究院中国文哲研究所2001年10月出版）。自本文发表之后，各体各类文学史新著不断涌现，一些新著已经达到了较高的学术水平。不过，本文对当时的文学史观念与现状的介绍和思考，对各类文学史前景的瞻望，或许能使读者从中感受到当时的一些学术热点与学术氛围。

后记与感言：既往的求知与书写

1977年夏，我独自一人在深山栗林中与柞蚕为伍。

白天，我将这些小生灵从这棵树移到那棵树，不断为它们转换新的生存环境。并时不时用火枪来对付鸟类，保护它们。那些吃足了栗木嫩叶的柞蚕，一天天长大，由黑色变成白色，再由白色变成接近手指粗的胖乎乎而半透明的金黄色。山中的大鸟小鸟，特别是那些叫声很难听的乌鸦，明处暗处大眼小眼正眼斜眼瞧着这些美味佳肴，整天呼朋唤友，交流信息，然后或单枪匹马或成群结队偷袭蚕群。晚上，我在草棚内燃起忽明忽暗闪闪烁烁的松明，誊抄借来的《唐诗三百首》。白天的劳累，山风的呼啸，夜雨的微凉，猫头鹰的凄鸣，从未让我分心。柞蚕收获之后，带注的《唐诗三百首》也被我抄完了。当时，我并不知道下半年就要恢复高考，只是觉得读书与吟诗是我的生存需要，就像白天的劳动——挣工分以换取口粮是我的生存需要一样。唐人的思想、唐诗的境界，给了我一个自由想象、自我陶醉的精神天地。

转眼秋季到了，一个叫人激动、令人狂想的消息，以极快的速度和极大的力度冲击着知青们的神经：今年上大学必须考试，不再搞推荐了！下乡知青的据点——知青队或叫知青点，先是沸沸扬扬，很快就冷冷清清，寨门高掩，大家忙着回城、回厂复习去了。我没有这份幸运，因为我是八辈子农民的儿子，好听一点叫作“回乡知青”。不过，几乎没有半点犹豫，我也雄心勃勃信心满满地报名参加高考。高考的前一天晚上，我还和高中好友跑去看了一场电影。记得在我的母校——贵州省贵定中学（今一中）考试时，我身旁坐着一位不相识、不说话然而蛮秀丽的女生，她总是歪着头看我的卷子，由于自信她绝对超不过我，加上有一股济困扶弱的唐人侠气在胸中鼓荡，所以极慷慨地让她看个够。今天，不知伊人何在？

高考刚刚结束，心潮难平，走笔写了一首《赠同学》：

一晃三年矣，谁料今朝又聚？雪压霜欺，问百花，所馀有几？想当年，险些儿白了鬓角，灰了心意！多亏邓公，红旗又举，重使我九州大地，人才济济。看母校，一夜春风，满园桃李。几声钟响，敲断万千思绪。携手入考场，谈笑登楼梯。冬去春回，花开柳舞，想不尽，春光旖旎。好兄弟，别忘记：来年到、远峰顶上，纵览天高日丽！

文笔不过尔尔，但确是当时心情的真实记录。

在等待录取通知书的那段时间里，给我希望给我激励的因素很多很多，但真正让我立志做古典文学研究的，却是徐迟先生那篇震惊中外的报告文学《哥德巴赫猜想》。徐迟先生飞扬的思绪，奔涌的激情，优美而典雅的词语，高远而神秘的艺术境界，令我着迷，也使我产生无穷猜想，猜想自己的能力，猜想自己的未来。进京伊始，我还专门到中关村转了几圈，那情景，无异于一个虔诚教徒的朝圣。陈景润成了我们这一代大学生的偶像，《哥德巴赫猜想》也成了我个人的文学经典。随着阅读面的扩大，我渐渐知道文章中许多佳词美句的来历：“少长咸集，群贤毕至”，语出王羲之的《兰亭集序》；“人人握灵蛇之珠，家家抱荆山之玉”，源自曹植的《与杨德祖书》；“像马克思说过的要让敌人更加强壮起来，自己则再三往后退却，直到无路可退了，才作罗陀斯岛上的跳跃；粉碎了敌人，再在玫瑰园里庆功”，出于马克思的《路易•波拿巴的雾月十八日》；“何等动人的一页又一页！这些是人类思维的花朵。这些是空谷幽兰、高寒杜鹃、老林中的人参、冰山上的雪莲、绝顶上的灵芝、抽象思维的牡丹”，化自恩格斯《自然辩证法•论文•导言》的“地球上的最美的花朵——思维着的精神”；“在深邃的数学领域里，既散魂而荡目，迷不知其所之”，引自鲍照的《舞鹤赋》……。文章不仅有诗人的才情，也有学者的渊博，在一片片美丽的云霞里，包藏着数不清的水汽、阳光与色彩！如此迷人的学术领域，很自然就诱发了我穷尽毕生之力去观光、去探险的天真幻想。

研究者一旦进入自己喜爱的思维领域，就会感到其乐无穷。经过本科4年的学习，我选择《论唐人送别诗》作为我的毕业论题，成文之后有幸收入母校编印的《毕业论文选》，经修改又以1.4万字的篇幅发表于《文学遗产》1987年2期，并得到该期“编后记”的好评。1998年，我的楚辞学论文《战国宇宙本体大讨论与〈天问〉的产生》再以1.3万字的篇幅相继发表于《文学遗产》，很快获得学术界的高度评价。章太炎的弟子、80多岁的中国屈原学会会长汤炳正教授致函说：“最近读到您的《战国宇宙本体大讨论与〈天问〉的产生》，感到非常高兴，以屈学界有此高水平的论文而引以自豪！论文不仅把产生《天问》的伟大时代和广阔空间，阐述得淋漓尽致，而且眼光敏锐地提出很多精辟见解。这无疑是屈学研究中的一篇力作！”一些知名学者如萧兵、张啸虎等也在自己的著作和论文中引述或评论该文的观点。1989年，我又在《中国社会科学》发表了长篇论文《桃、花花与中国文化》，终审此文的著名文化史家、中国社会科学院研究员庞朴先生认为：“在当前文化研究陷入空泛的情况下，这样的实证文章是非常难得的。”接着《新华文摘》1989 年第 10 期转载了这篇文章。河南省社会科学院研究员孙荪先生致函说：“近读您在《中国社会科学》第 4 期发表的《桃、桃花与中国文化》一文，极有兴味。一个桃字，您竟纵横铺写了这样一篇中国文化的大文，文中所引的文化典籍和所述民俗文化极为丰富，分析时见高论妙语。”浙江省社会科学院历史所董楚平研究员也致函说：“大作仅题目就不同凡响。您选了一个常人不易找到的角度。那优美的文笔，丰富的想象，都闪烁着作者的智慧。”1995 年，我再次在《中国社会科学》发表《词体出现与发展的诗史意义》，责任编辑致函说：“大作在总编处及定稿会上评价不错，认为较有新意，特告。”此文曾提交“中国二十世纪词学研究走势学术研讨会”，首次提出中国诗史分“偶言历程，奇言历程，奇偶言历程、白话历程”的观点，并认为词是中国诗人在奇言诗全面成熟之后所创制的一种新兴诗体，词的标志性特征是奇偶言混合使用。有关的会议综述认为此文“新辟蹊径，从诗体史的角度而非音乐史的角度对词进行定位，对词是诗之一体的本质特征进行了全面而深刻的说明，对诗之一体何以演化为词更进行了逻辑论证。”3 年之后，该文被译载于英文版《中国社会科学》1999 年第 1 期，并相继获得湖北省文艺理论家协会颁发的“湖北省首届文艺论文奖”一等奖及国家民委社会科学优秀成果一等奖。

近 30 年来，我在《中国社会科学》、《文学遗产》、《文史》、《文艺研究》、《红楼梦学刊》、《中华文史论丛》、《中国文化研究》、《民族文学研究》、《社会科学战线》、《社会科学辑刊》、《江海学刊》、《东南文化》、《江汉论坛》、《贵州社会科学》、《广西民族研究》、《中央民族大学学报》、《中国青年政治学院学报》、《北方论丛》、《云梦学刊》、《寻根》、《传统文化》、《中国诗学》、《国际百越文化研究》、《国际长江文化论集》、《国际庄子学术研讨会论文集》、《唐代文学研究》、《布依学研究》、《杜甫研究学刊》、《华中建筑》、《宋玉及其辞赋研究》以及本校学报等数十种书刊发表文史哲论文 70 余篇，出版《唐宋诗词画研究》。与人合著《先秦大文学史》、《宋词新选》等著作，被中国人民大学复印报刊资料的古代文学、语言文字学、中国哲学史、美学、民族研究、先秦～秦汉史6个专题复印论文15篇。《新华文摘》、《文艺研究》、《学术月刊》、《高等学校文科学报文摘》、《光明日报》、《人民日报（海外版）》、《楚辞评论集览》、《20世纪中国学术文存•屈原研究》、《宋玉及其辞赋研究》、《布依族历史与文化研究》、《不惑集：中央民族大学文学与新闻学院建院40周年文选》等书刊摘录观点、收录论文30余篇，独立获国家民委、湖北省社科联、团中央与中国科协等机构颁发的一、三等奖4次。

在学术研究中，我始终遵循和推崇“说必己出”的原则。如将《楚辞》总体的艺术风格区分为“奇美想象”与“险怪想象”，提出“夸张的模糊法则”、“辨伪学的新思维”、“布依（布越）族的一支属夏人后裔”等等。在研究方法上主张将“天文望远镜”与“高倍显微镜”相结合，既追求宏大的视野，也不排斥细部的剖析。如《巨人•海洋•天空：论战国文化精神与楚辞》，就被《东方诗魂》一书（东方出版社，1993）评为“突破文化圈与文化圈之间冲突与融汇的模式，超越于这个模式之上，寻找屈原与他所处的战国时代文化精神的联系”，并以4页的篇幅加以摘引。又如《屈原改革失败的历史原因》一文，大处着眼，提出四大原因，后被《学术月刊》等6家学术刊物相继摘录与评论，视为“一年来主要学术观点”之一。再如《〈锦瑟〉之谜：迷梦的挽歌与悼亡意象》，被《中国诗学》第二辑“编后记”推许为“中国新批评派细读法的尝试”，“得出令人信服的解释”。总之，不发空言，力求经得起时间的检验，并确有学术积淀的价值。时任南京博物院院长的大西南老乡梁白泉先生（四川人）在读了《先秦大文学史》中我执笔的部分之后来函说：“您对屈原、宋玉的研究，不假他人口舌，独立思考，自铸伟词，令人钦佩。……您对宋玉的评述非常好，未见有人如此全面、深刻、简要剖析，所说又很具说服力，值得向您祝贺！”

我一直不太善于整理自己的思想，更不善于让思想一次成型。总是说了，写了，也就扔一边去了，待到下次想起，才又重新拼接。同时也不太追求发表率。可以说，别人是左右逢源，我是今昔搜索。这本书网罗了我的一些新旧作品，但也有部分篇章尚未找到或未予收录。以下，谨将一些记忆所及的主要观点略作罗列，目的在于达到一定的备忘作用和方便交流：

1. 楚辞的浪漫主义风格可以区分为“奇美想象”和“险怪想象”。（1984）

2. 恩格斯的“历史观点”和“美学观点”师承于黑格尔。（1986）

3. 邹忌讽齐王纳谏是儒家“修身•齐家•治国•平天下”的形象展示。（1994）

4.《叶公好龙》的作者将艺术世界与生活世界混为一谈，没有区分人的本质生活与异质生活的差异：叶公并不可笑，任何人被天龙不经预约而突然造访都会失去常态。（1992）

5.《关雎》的原始结构与今本略有不同，中间部分是按照采集荇菜的劳动程序依次展开的“采之”、“芼之、”、“流之”；全诗的情感变化是先乐后哀——以求女开始，以思女继之，以失眠结束。（1998）

6. “桃之夭夭”即“桃之摇摇”。（1992）

7.《召南》的《摽有梅》应作《標有梅》，標是名词“树梢”之意，前人的理解有误。《標有梅》是中国最早表现“剩女焦虑”的哀歌。“摽”为“標”的异体字——《诗经》是汉代人凭记忆传授的，而汉代人常常将“木字旁”写作“提手旁”，如将“杨雄”写作“扬雄”、“標榜”写作“摽搒”等等。最为重要的是：除开“摽有梅”之外，《诗三百》的标题如“江有汜”、“野有死麕”、“丘中有麻”、“野有蔓草”、“园有桃”等等，尚有15个“×有×”、“×有××”和“××有×”的标题，“有”字前后的“×”或“××”皆为名词，无一例外。（1992）

8.《周易•涣卦》以鲜明生动的画面，记录了一个史前洪水故事。所谓“涣”，即“水流无阻，四向涣散”。卦象“上风下水”，正是风急浪猛之象。（1995）

9. 成都市郊金沙遗址的巨型十节青玉琮是良渚文化玉器的最典型代表，拥有并守护这一重宝中之重宝的部族，毫无疑问，一定是良渚文化后裔的核心支系。此一支系在甲骨文中被称为“西戉”。学术界认为古蜀文明中出现了一只外来族群，带来了先进的制玉技术，提升了蜀地的制玉水平。（2006）

10.《山海经》以极为丰富的史料记录了中国古人“占山为王”的历史，许多山神，其实就是当时的“山大王”。（1995）

11. 中国神话学界一致同意上古神话系统分为“昆仑神话系统”和“蓬莱神话系统”。我近年思考，应该增加一个“苍梧神话系统”，包括帝舜死葬苍梧神话、二妃南寻神话、洞庭君山神话、巴蛇吞象神话（象为舜弟）、巫山神女神话、刑天神话、夏耕神话、夏后开上三嫔于天得《九辩》《九歌》以下的天穆之野神话、夏后启在大乐之野舞《九代》神话、夏后启之臣孟涂司神于巴神话、《战国楚竹书》（二）《容成氏》关于夏桀“逃之鬲山氏”、“逃之南巢氏”、“去之苍梧之野”神话。（2012）

12. 从河姆渡文化到殷商时代，古越人（含夏人）大规模南迁主要有 4 次：（1）良渚文化衰亡之时；（2）帝舜禅位亦即失国之时（越人的内部权力之争）；（3）夏初帝太康失国之时；（4）夏末帝癸亦即夏桀失国之时。（2012）

13. 在汉语和汉字系统中，“艮”与“食”虽然字形相近，但字音、字义却两不相干。但古越人后裔之一的南方壮族、布依族称“吃”为“艮”，证明“艮”乃“食”及“食”字族的核心和底层。“艮”的变体“良”及其字族亦于“食”相关。（2012）

14. 墨子的政治观念非常超前，非常现代。只是我们没有很好推广这一珍贵的思想资源而已。《墨子•兼爱》说：“兄自爱也，不爱弟，故亏弟以自利；君自爱也，不爱臣，故亏臣以自利。

……皆起不相爱。”“盗爱其室，不爱异室，故窃异室以利其室；贼爱其身，不爱人身，故贼人身以利其身。……皆起不相爱。”“诸侯各爱其国，不爱异国，故攻异国以利其国。……皆起不相爱。”“若使天下兼相爱，国与国不相攻，家与家不相乱，盗贼无有……若此则天下治。”“故天下兼相爱则治，交相恶则乱。”早在 1980 年代，我就认为这篇文章应该作为联合国宪章的附属文件，题目改作《兼爱——各国首脑必读》，让他们每季度或每年度学习一次，世界也许就会少一些战乱，多一些和平。或者，在“君自爱也，不爱臣，故亏臣以自利”之下加一句：“官自爱也，不爱民，故亏民以自利。”扩大学习范围，不限于各国首脑，题目改作《兼爱——各国官员必读》。可惜，墨子不是联合国秘书长……（1988）

15. 墨子和他的学生是世界上最早的“国际维持和平部队”。《墨子•公输》载：“公输盘为楚造云梯之械，成，将以攻宋。子墨子闻之，起于齐，行十日十夜，而至于郢（楚都），见公输盘。”两人开始辩论并在楚王面前搞沙盘演练。“公输盘九设攻城之机变，子墨子九拒之；公输盘之攻械尽，子墨子之守圉（同御）有余。”公输盘突然冒出杀死墨子的念头。墨子首先挑明：“公输盘之意，不过欲杀臣；杀臣，宋莫能守，可攻也。然臣之弟子禽滑釐等三百人，已持臣守圉之器，在城上而待楚寇矣！”楚王终于放弃攻打宋国。吊诡的是：墨子返齐，过宋，遇到大雨，想进城门躲雨，守门的宋人以为他是楚国的间谍，拒绝了。真是人生何处不荒诞……（1988）

16. 墨子无疑是正义的。他行夏道（遵行夏朝人的习俗和观念），夏人尚黑，墨子学派就穿黑衣。墨派首领的尊称是“巨子”，换成现代汉语就是“老大”。墨子可能是第一任巨子。巨子职位由前任巨子传给他所认可的人。这些特点，完全符合后世黑社会的形式特征。换言之，墨子在形式上（仪式上）可以算作黑社会的祖师爷。这显然不是墨子所能预料的了。不过，这种仪式能够

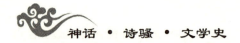

传递2400多年而且遍布全世界，很值得中外文化学者加以关注。（1988）

17. 人类有史以来的战争虽然林林总总，花样百出，但完全可以归结为两大类型：自然资源即财富之战、思想地位即意识形态之战。（1999）

18. 最早的战争表现为神与神战。如："共工与颛顼争为帝，怒而触不周之山。天柱折，地维绝（悬挂大地于天顶的巨大绳子）。天倾西北，故日月星辰移焉；地不满东南，故水潦（lǎo）尘埃归焉。"典型的"两头大象打架，遭殃的是小草"。（1992）

19. 人类的争霸之路，最早是陆地上的山头、平原、流域、草原，接着是水天一体的茫茫大海，继而是白天空空荡荡而夜晚繁星璀璨的天空。现在天空已经被密密麻麻的人造机器和人造星体纵横穿梭，人类的思维和征战不得不从天空走向外太空。当一些国家为一个或几个小岛闹得不可开交的时候，有的大国早已开始思考如何殖民太空（移民其它宜居星球）。历史似乎又重现了战国思想家邹衍的思维空间：赤县神州—小九州—小海—大九州—大瀛海—天地之际。不同的是：邹衍先生的思维空间（推想空间）是止于地面的近乎二维的低三维空间，而现代人的空天思维则是地球之外、月亮之外甚至太阳之外的上下四方的六合空间。换言之，人类已经来到一个争夺"制天权"甚至"制星权"的时代：从制山权、制地权、制海权、制空权，发展到制天权、制星权。这不仅仅是文学与科学的竞赛、文学与电影的竞赛，更是人类与造物主和诸神的竞赛。不管你喜不喜欢，人类正行进在这条天路的开端。（2012）

20. 上古汉语神话可以分为创世神话和改世神话。创世神话很不发达，而且记录很晚。盘古创世直至三国以后才开始被记录："天地浑沌如鸡子，盘古生其中。万八千岁，天地开辟，阳清为天，阴浊为地。盘古在其中"、"吴楚间说：盘古氏夫妻，阴阳之始也"。改世神话如共工头撞不周山而改变天地结构和景观、

女娲连五色石以补苍天，已经在先秦《天问》中初现端倪并在西汉《淮南子》中得到记录。（1993）

21. 盘古神话的构想基点是“一唱雄鸡天下白”。“天地混沌如鸡子”即天地如鸡蛋的蛋清与蛋黄。鸡蛋经过“一万八千年”的孕育而成雄鸡。夜半鸡鸣，天地始分，有光亮而且渐渐清晰的部分成为天，黑暗而浑浊的部分渐渐成为地。故说“天地开辟，阳清为天，阴浊为地”。古人在原始思维中将雄鸡鸣唱与“天地开辟”合二为一：鸡鸣之前，天地混成一体；鸡鸣之后，天地逐渐分离。鸡鸣几遍之后，“盘古在其中，一日九变（一夜几变的变异）。神于天，圣于地。天日高一丈，地日厚一丈，盘古日长一丈。如此万八千岁，天数极高，地数极低，盘古极长”。至今民间以粮食呼唤鸡群集合的信号（声音），仍然是“咕咕咕咕”——与盘古之“古”同音。雄鸡羽毛艳丽，民间祭神、祭祖、送鬼，必以雄鸡，雄鸡成了人神沟通的神物。雄鸡还是凤凰的主要原型。理解了雄鸡与光亮、太阳的关系，就会理解古人“凤鸣朝阳”的说法了。《诗经•大雅•卷阿》云：“凤凰鸣矣，于彼高冈。梧桐生矣，于彼朝阳。”凤凰栖息在高冈上的梧桐树上，最先迎接朝阳的光辉。也可以说：凤凰栖息在高冈上的梧桐树上，以其响亮的鸣唱声呼唤旭日东升。后人因以“凤鸣朝阳”比喻贤才生逢其时而大展才华。此外，于鬯（chàng）《香草校书》认为应作：“凤凰鸣矣，于彼朝阳。梧桐生矣，于彼高冈。”也可供参考。（1988；2012）

22. 上古汉语神话中的“洪水”或“鸿水”不是一般的“大水”。古籍中常把“横流”之水或“逆流”之水特称为“洪水”。“横流”指水流大于河道，四处泛滥；“逆流”指上游涌入之水大于下游排泄之水，致使水流倒灌上游。所以《尚书•尧典》说：“汤汤洪水方割，荡荡怀山襄陵，浩浩滔天。”《孟子•滕文公》说：“当尧之时，水逆行，泛滥于中国。”《吕氏春秋•爱类》说：“昔上古龙门未开，吕梁未发，河出孟门，大溢逆流，无有丘陵沃衍

（‘下平曰衍，高平曰原’），平原高阜（fù，高于平原的陆地曰阜），尽皆灭之，名曰鸿水。”（1999）

23. 以辨伪的新思维进行观照，《列子》总体上不是伪书：不能仅据个别词语或思想或制度判定整部书的真伪，因为经过秦火之后的先秦文献不是当时书面语言的全部，书面语言更不是生活语言的全部，以少而又少的文献语言去判定多而又多的生活语言，风险太高。（1992）

24.《逍遥游》是齐楚文化合流的思维结晶，是海洋故事与楚人哲思的美妙联姻，极大地超越和提升了故事原型的传奇性质，创造了一个在东方海天境域中游观宇宙的、集“力与美”于一体的、无与伦比的巨型意象。（1989）

25. 庄子是中国文学史、思想史上最早、最成功开掘梦境空间的文学家和思想家。“庄生梦蝶”是最具思想深度的文学故事。（1993）

26. 战国时代是一个空前关注海洋文化的时代，战国文学的太平洋视域，为中国文学添加了难以重现的思维异彩。（1989）

27. 神话中的海上仙山是巨型冰山不断漂流、逐渐溶解消失的幻化表达。（2002）

28. 文学世界依次出现的的四大主题是“宇宙、神、人、我”，屈原作品则是四大主题的共时呈现和完整呈现，中国的古今诗人尚无出其右者。（1998）

29. “离骚”即“离而骚之”，现代汉语的意思是：“离别时的心乱”，如同俗语“心乱如麻”的“心乱”，或“离别时的心境骚乱”。“乱”就是“骚”或“慅（cǎo）”。《诗经•陈风•月出》有“劳心慅兮”，“劳心”就是心境不安宁、不正常。“骚”字从马、从蚤，两者都是跑跳不安之物，故可表达躁动不安。更详尽的解释，见于屈原本人在《卜居》开篇的自我描述：“屈原既放……心烦虑乱，不知所从。”“屈原既放”就是“离”，“心烦虑乱”就是“骚”。准确地说，《离骚》应当定义为：中国诗史上痛陈政治

创伤的内心独白式心理长诗。(2012)

30.《离骚》里的“灵均”，寄寓着“沟通神人、帝王之后、治理土地、国家大权”等四重涵义。灵：繁体作靈，亦即能够呼风唤雨、乘云升空的巫。灵均即以“均”为名的巫，在名字上与巫咸、巫阳等同一格式。均：远古几位帝王的子孙都以“均”为名。帝舜之子叫“商均”，见于《史记•五帝本纪》帝俊之孙叫“义均”、后稷之孙叫“叔均”，二者见于《山海经•海内经》亦即今本《山海经》的倒数第3条：“帝俊生三身，三身生义均……。后稷是播百谷。稷之孙曰叔均，是始作牛耕。大比(妣)赤阴(后稷母亲)，是始为国。禹、鲧是始布土(治水和整理土地)，均定九州。”治理土地和执掌大权也由此而来。故《诗经•小雅•节南山》云：“秉国之均。”“均”指平整、规划和分配大水之后的土地，引申为平衡各种力量和诉求的能力与权力。这四重含义，都与《离骚》篇首的“帝高阳之苗裔兮，朕皇考曰伯庸……”等句完全应合。可以联想的是：埃及文明始于对尼罗河泛滥之后两岸土地的重新计算和分配，中国文明的起源(鲧禹时段)在某些方面与之相似。(2012)

31.《离骚》“求女”是“求贤后”。(1993)

32.《天问》曾问地球：“东西南北，其修(长)孰多？南北顺椭(椭圆)，其衍(多出)几何？”《管子•地员》和《吕氏春秋•有始》都认为大地是长方形：“东西二万八千里，南北二万六千里。”这是“天圆地方”观念的产物，而东西长于南北又是一种世界文化现象。美国伟大的科普作家I•阿西摩夫《宇宙——从天圆地方到类星体》一书认为：“由于历史上和地理上的巧合，尼罗河、底格里斯河和幼发拉底河、印度河这一系列最早的人类文明发祥地是从西到东，而不是由北向南分布的。还有，地中海也是东西走向的。所以古代文明人的那一点模模糊糊的地理知识，似乎在东西方向上比在南北方向上来得丰富一些，因而他们也就理所当然地把‘盒子宇宙’想象成东西方向长、南北方向短了。”

中国的黄河长江也是从西向东，难怪先秦人要认为东西比南北多出二千里了。（1988）

33. 屈原是“文学自娱说”的创立者。《离骚》说：“和调度以自娱兮，聊浮游而求女。及余饰之方壮兮，周流观乎上下。”“方壮”二字，表明作者虽然自称“老冉冉其将至”，其实未至，只是方壮而已。《抽思》又说：“狂顾南行，聊以娱心兮。”“娱”就是借助文学创作减轻心理压力。（2012）

34. 屈原还是“文学自救说”的创立者。《抽思》又云：“道思作颂，聊以自救兮。”痛苦之极，故作颂自救，一边在道路上跋涉，一边在脑海中构思，既可缓解劳顿，又充分利用了时间。（2012）

35. 屈原不肯浪费自己的文采，具有相当自觉的创作冲动。《怀沙》说：“众不知余之异采。”又说：“莫知余之所有。”政治才华已经没有用武之地，再不能让文学才华一同废弃。（2012）

36.《橘颂》是屈原在贵族学校读书时（相当于现在中小学之际）的作文：“年岁虽少，可师长兮。行比伯夷，置以为像兮。”真诚体现出一种极为单纯幼稚的少年心态。（2012）

37. 中国文学史应尽快大面积恢复“屈骚宋赋”并驾齐驱的书写格局。（1993）

38. “登徒子”是“官名＋子”，相当于“部长先生”一类的称呼。（1993首证、2003再证、2010补证）

39. 宋玉是中国文学“身体写作”的开山祖师。《登徒子好色赋》和《讽赋》，则是身体写作的早期名篇。（2011）

40.《孔雀东南飞》由两套故事构成：孔雀故事和鸳鸯故事。（2001）

41.《陌上桑》是一出城乡风景错位的民间生活轻喜剧：在春日朝阳照耀下炫丽登场的、宛如城中贵妇或时装女郎的秦罗敷，全然不像农家采桑女，以致引发众多男性乡民与男性路人的“爱美之心”而反常围观与集体失态。太守行走乡间之际突见“城中之景”，甚至是城中也难得常见的“美景”，不免也因爱美而派人询问其身份，罗敷高傲的答语“秦氏有好女”，自我定位仍然是“女”而未声明已为人“妻”。假设罗敷的第一次答语表明“有夫”，这出小小的喜剧就会终止于男性的围观与适度想象。然而“导演”并没有如此设计，因为只有“误会”和“巧合”才能产生戏剧。第二次答语“二十颇不足，十五尚有馀”——也许应该是“二十尚不足，十五颇有馀”，只能让太守猜测罗敷是否有夫。太守“宁可共载不”的征求意见，虽有“误读”，却未越礼。罗敷最终的答语：“使君一何愚！”明显强烈表现达了民间的“骂官”情结。使君与罗敷始终并未近距离直接见面，也没有更多的信息交流，罗敷何以知道“使君自有妇”？太守何以知道十七八岁的“罗敷自有夫”而且其夫是四十几岁的官员？如果以“爱美之心，人皆有之”和“误会创造戏剧”的心理进行观照，古今严厉的道德评判（如张玉谷的“御暴”说、刘大杰的“荒淫无耻”说、以及北京大学和复旦大学诸多前辈学者的“调戏”说等等），很大程度上属于“执法过度”或“判决过重”，带有浓度不等的阶级论阴影，并不符合本诗文本信息中的娱乐色彩：肆意调侃“男性官民的集体失态”。如果专从道德批评着眼，围观的路人和劳动者们同样高尚不了。而罗敷刻意如此的穿戴并且专门到路旁采桑，不是也有挑逗、诱惑路人之嫌吗？她对太守的批评，不是也可以看作是一个年轻的贵妇人倚仗权势、羞辱地方官吗？她的刻意摆阔和对自我身份既富且贵的自吹自擂，不是也可看作是“娇骄”二气、甚至是“娇骄矫狡”四气吗？由此可见，所谓道德批评，一不小心，就会堕入尴尬境地。（2003）

42. 唐代文人的官本位意识特别严重，凡是身沾一官半职，朋友间的诗文必然详细列举。《全唐诗》的标题，绝大部分与职官名号连在一起。（1988）

43. 王维创造了唐诗“意象并置”九大类型的文学史奇观。（2011）

44. 王维“随意春芳歇”是因为平仄限制的主语倒置，两句相连意为“春芳随意歇，王孙自可留”。（2011）

45. 李白的诞育之梦与安禄山的诞育之梦，共同蕴涵突厥文化因素：尚白、崇光，且为母亲所命名。（2009）

46. 李白生于秋初，他的生命历程是“孕于西域—诞于蜀中—五岁入学—二十远游—六十二病逝”。（2009）

47. 李白先世的“传姓”秘密，深藏于宋本《李太白集》李阳冰《草堂集序》的“易姓为名”四字之中，此中深意，直至今日，尚未有人研讨。就连熟悉多种西域古文字的史学大师陈寅恪先生也回避了这一问题。他的《李太白氏族之疑问》一文（收入《金明馆丛稿初编》），没有采用南宋蜀刻本的“易姓为名”，而是采用其它版本的“易姓与名”。只是在括弧中注明“与字缪本作为”。显然陈先生也是对“易姓为名”不以为意的。所谓“易姓为名”，就是将汉姓之（lǐ）换到名的位置，达到“以音传姓”的目的。西域突厥语系 1930 年代以前普遍没有姓，只是以“父名”或“父名＋祖父名”或“父名＋部落名”或“国名”代表姓氏。亦即“部落名”或“国名”在前，权当姓氏。与汉语姓氏排序相同。例如突厥汗国的王族以“阿史那”为姓氏。见于两《唐书》的有：阿史那弥射、阿史那步真、阿史那道真、阿史那忠等等。当时的汉人家族（部分属于逃亡者）进入西域、融入西域、长住西域，首先必须解决如何向人介绍自己及其族群、最重要的则是如何代代传姓而又确保不会暴露身份的问题。李白先人进入没有汉字的异文化社会，投靠当地突厥部族，只能选择“以音传姓”，也就是只能叫“某某—Lǐ”，前面是突厥语的姓名，后面是汉姓之音Lǐ。这种形式就叫“易姓为名”。其中的曲折，只有李白清楚，当他告诉李阳冰的时候，两个人一定推敲好如何用汉语表达才会最为准确。“易姓为名”四字，就是两人在“突厥—汉”两种语境中商讨的结果。李阳冰之后，范传正写《唐左拾遗翰林学士李公新墓碑》之时，在纯粹汉语语境中已经完全不明白“易姓为名”的跨文化内涵了，只能表述为“隐易姓名”。至于如何“隐”、如何“易”，那就完全顾不上了，说不清了。现今一些李白文集的整理本，如著名的瞿蜕园、朱金城两先生的《李白集校注》，在转录李阳冰《草堂集序》的时候，只有“易姓与名”（上海古籍出版社 1980 年版、1998 年第 2 次印刷本，第 1789 页），干脆删掉清人王琦《李太白全集》本的小注“缪本作为”四字（上海书店出版社 1988 年影印本，第 705 页；中华书局 1977 年版、2008 年第 10 次印刷本，第 1443 页）。好像“易姓为名”并不存在似的。如此处理，与该书卷首所附“北京图书馆藏宋刊本《李太白文集》书影”上第二列的“易姓为名”明显不一致。逃亡的家族，一方面不敢暴露姓氏身份，一方面又要通过变异的形式流传家族姓氏的信息。比如中原人的“敬”变异为“苟”、“司”变异为“同”（据说为司马迁的后人）、“岳”的“丘山”变异为“山丘”（据说为岳飞的后人）等等。李白先人正是适应这一需要而“易姓为名”的。（2012）

48. “以音传姓”一直是民族融合的一种重要形式。初盛唐时代社会风行突厥文化，一些读书人和朝廷官员对突厥语族“先名后‘姓’”、“以音传姓”的姓名形式可能有所了解。初唐张鷟《朝野佥载》卷四的几则笑话透露了这一信息：“周则天朝蕃人上封事，多加官赏，有为右台御使者。因则天尝问郎中张元一曰：‘在外有何可笑事？’元一曰：‘……将名作姓李千里，将姓作名吴栖梧。左台胡御史，右台御史胡。’胡御史，胡元礼也；御史胡，蕃人为御使者。”（中华书局 1979 年版，第 77 页）也只有在跨文化语境中，才会出现“将名作姓李千里，将姓作名吴栖梧”和“御史胡”这样的“笑话”。“易姓为名”和“将姓作名”、“将名作姓”比较相似：都是“以音（Lǐ、Wú）代字（汉字）”。（2012）

49. 李白先世选择“以音传姓”，亦即“抵抗失忆”，只能这样告诉远徙他乡的后人：“Lǐ”这个音，在遥远的中原指一种果树（音与树统一），我们家族和部分中原人王族就以这种果树为姓（树与人统一，亦即父祖以上都称Lǐ）。这无疑是一种非常高明的生存智慧和家族记忆。李阳冰《草堂集序》说李白一家“神龙之始（公元705年），逃归于蜀，复指李树而生伯阳（先秦老子之名，借指李白）”。“复指李树”，就是又指着“李树”告诉所有族人：我们姓名中的“Lǐ”，就是这种果树“李”，“李”也就是我们的姓。从此开始，李白一家终于“复”“名”为“姓”——由“某某—Lǐ”恢复为“李某某”。（2012）

50. 李白先世“易姓为名”、“以音传姓”，必须以当时突厥人名的最末音节可以含有“Li”音为前提，否则就不可能成立。在今人吴玉贵先生所著《突厥第二汗国汉文史料编年辑考》（上中下，中华书局2009年版）之中，本人先后查得突厥人名含有“Li”音的有如下12位：突利、颉利、执失思力、何力、结社率（lì）、那利、婆伽利、葛逻禄吐利、比来栗（比栗）、舍利叱利、乌可利、登利（登里）。其中“突利”与“吐利”应该是相同的音节不同的汉写。另有部落名“踏实力”。尤其是最后的“登利”又写作“登里”，而汉语“里”“李”同音，可见李白一家“以音传姓”，是可以在突厥—汉两种语境中找到交集之处的。（2012）

51. 李白父亲名“李客”，和《旧唐书》卷145《刘全谅传》载玄宗时突厥人白知礼父亲名“客奴”颇为相似：“父客奴，由征行，家于幽州之昌平。”（2012）

52. 李阳冰说李白是“凉武昭王暠（gǎo）九世孙”，“中叶非罪，谪居条支，易姓为名”。这个“九世”，放到古代突厥文化语境中去理解，也将会获得另一种新的理解。据介绍：突厥后裔之一的哈萨克族对7代之内的祖先名字特别重视：“哈萨克族人名与哈萨克族历史、族源以及宗教信仰有着十分密切的关系，是哈萨克民族文化的一个重要组成部分。它在哈萨克族人民生活中有着重要的地位，哈萨克人对名字，特别是对祖先的名字十分重视，一个哈萨克族小孩从呀呀学语起，他（她）的父母就对他（她）传授7代内祖辈的名字。哈萨克族有句有名的谚语：‘不知道自己7代内祖辈名字的人，是生下来没有父母的人。'认为不知道自己祖辈名字的人，是没有教养的，是不光彩的。到了青年时期，在一对初识的萌发着爱情的青年男女对歌时，双方用歌互问对方名字之后，便开始盘问对方祖先的名字，最多的能唱出自本人起上溯77代祖辈的名字，最少的也能唱出7代祖先的名字。倘若一方不能答出7代祖辈的名字，对方和他（她）的关系便告吹。"（张联芳主编《中国人的姓名•哈萨克族（范玉梅撰）》，中国社会科学出版社1992年版，第586—587页）何以会告吹呢？哈萨克族学者、北京民族翻译局编审木耐先生2012年12月1日在西昌的一个聚会中告诉笔者：哈萨克族严禁7代之内的血缘关系通婚。我认为这和中原地区的"五服"血缘关系及其社会功能完全相似。以此观照李白的"九世"记忆，显然是其祖父以上7代，加上李白父子两代，一共9代。（2012）

53. 哈萨克族77代祖先的历史，一般情况下也可能进入先秦时期了。也只有父子联名制或父子部落联名制，才能利于后人背诵如此长远的家族谱系。（2012）

54. 李阳冰序在"九世孙"之后又述云："蝉联珪组，世为显著。中叶非罪，谪居条支，易姓为名。然自穷蝉至舜，五世为庶，累世不大曜。亦可叹焉。"这段话涉及帝舜及其先世，王琦注引《史记•五帝本纪》作了一个排列：帝舜—瞽叟—桥牛—勾望—敬康—穷蝉—帝颛顼—昌意。帝舜显然代指李白。李白之上就是7代，符合前引哈萨克族牢记7代以上先祖名字的习惯。"穷蝉至舜，五世为庶，累世不大曜"，意为从5世祖开始直至李白，不再拥有官职。"亦可叹焉"，李阳冰也对天才李白终身布衣，虽然一辈子竭尽努力，直至晚年病危，却始终未能弘扬家族的往昔荣耀深表遗憾！这意味着李白的5世祖要么青少年时代就随父母远徙西域，要么就是出生于西域，沦为平民。总之，家道衰落是从五世祖开始。这一信息对于理解李白先世"中叶非罪，谪居条支"，或如范碑所谓"隋末多难，一房被窜于碎叶，流离散落，

隐易姓名”，具有相当重要的时间判断的价值。（2012）

55. 魏颢《李翰林集序》载李白“身既生蜀，则江山英秀”。这是李白生于蜀中的确证之一。后人解“生蜀”为“生长于蜀”，以证李白生于西域碎叶。不确。因上文已经使用了一个“诞生”语义十分明确的“生”字：“蜀之人无闻则已，闻则杰出，是生相如、君平、王褒、扬雄，降有陈子昂、李白，皆五百年矣！”明确肯定李白与司马相如等蜀地英杰一样，都属于“出生”于蜀地的“五百年”一现的一代天才。因此，李白出生于蜀地，共同得到了李阳冰和魏颢两位李白生前好友的记录，这种记录只能来源于李白的自述，具有不可质疑的确定性。（2012）

56. 李白病故之后，其家人请李华写了一篇《故翰林学士李君墓志》，很短，共 152 字。文中说李白“上为王师，下为伯友。年六十有二不偶，赋《临终歌》而卒”。这是李白享年 62 岁的唯一明确的记载。为何单请李华撰写？为何如此之短？学术界甚至有人怀疑此文是伪作。我的研究结论是：此文不伪，确实出自李华之手。但是，李华是在重病之中撰写的。墓志很短，可能与李华体力不支有关。不久李华也去世了。理由是：（1）李白生于神龙初年即705年，卒于大历元年即766年，而李华也卒于766年。（2）李白后人单请李华撰写墓志，因为李华是盛唐散文大家，两人不仅同姓、而且同是由于安史之乱而遭受处罚之人。（3）李白病逝于安徽当涂，当时李华在楚州（今江苏淮安市一带）居家养病，两地距离不太远。（2012）

57. 普通华人在拼音文字社会传姓之难，远远超出国内人的最大想象。《光明日报》1995 年 11 月 17 日第 6 版，载有舒畅先生的短文《夏威夷华裔姓氏记趣》，可以帮助我们现代人理解李白先世如何传姓的困境。

“生活在夏威夷的中国移民，本来文化程度及生活背景就有很大差异，各地方言，南腔北调，虽是同一个汉字却有着不同的发音。这样，在美国移民局办理移民登记时，有人用英文拼写，有人按美语发音，甚至有人依字义直译。于是，出现了同姓的人在这里却有着不同英文姓氏的情况。譬如姓周的，有用 Chow、Chou、Jou 等；姓陈的，有用 Chan、Chen、Tan 等；姓黄的，有用 Huang、Wong、Hwong 等。姓白的更妙，有 Pai，也有干脆直译成 White 的。真可谓百花齐放。不少华人担心，移民如此过不了 3 代，恐怕连亲戚相见却不相识了。更难避免同姓、同族通婚的事情。

“有一个姓黄的夏威夷华裔青年说，他的曾祖父祖籍广东省，名叫黄阿康，大家都叫他‘阿康哪’。他娶了一名夏威夷本地人为妻。结婚注册时，因不懂英文，所以由朋友大笔一挥，替他填上‘Wong Akana’（黄阿康哪），从此他就用这个英文名字。由于中英文姓和名的排列刚好相反，他生的 15 个小孩都以 Akana 为姓，结果全家都成了 Akana。这名青年的祖父生了 17 个‘小 Akana’；他的叔父、伯父也都生了一大群‘小 Akana’。现在，夏威夷有不少人姓Akana，其中却极少有人知道他们原是‘黄氏’后裔。

“还有一个姓 Kao 的青年，他已搞不清楚自己的祖父祖籍是福建还是广东？姓高还是姓郭？只知道父名叫阿基，娶了夏威夷本地人后，登记成‘Kao Aki’，后代人也跟着姓 Aki。巧的是，夏威夷有一种很好吃的鱼也叫 Aki，因此一般人还以为他们是‘太平洋底来的人’。

“值得一提的是，在夏威夷，虽然各种怪异姓氏都有，异族通婚的情况也非常普遍，很多人的身上混着不同的血源，纯血统的夏威夷本地人已很稀少，经过各种族大混血的现代夏威夷人，绝大多数男子长得潇洒英俊，女孩生得娇美动人。”（节录）

夏威夷华裔的例子，至少有两点重要的启示：（1）李白父亲率领其家族“逃归于蜀，复指李树而生伯阳”，证明李白先世是以“李树”作为家族记忆的核心，保证了姓氏之“李”不会因发音变异而产生混乱。（2）李白英俊潇洒，具有混血儿的特征。唐玄宗一度喜欢李白，贺知章等知名大臣也喜欢李白，除了李白过人的才气，一定还有李白令人倾慕的丰仪。晚唐段成式的《酉阳杂俎》卷十二说："李白名播海内，玄宗于便殿召见，神气高朗，轩轩然若霞举，上不觉亡（忘）万乘之尊。"帝王如此，年轻女性更为李白做出惊人举动，李白有《示金陵子》自述云："金陵城东谁家子？窃听琴声碧窗里。落花一片天上来，随人直渡西江水。楚歌吴语娇不成，似能未能最有情。谢公正要东山妓，携手林泉处处行。"李白不仅是"软件"的李白，同时也是"硬件"的李白。（2012）

58. 李白肤色白皙、身材高大、膂力过人。李白颇为自负地叙写自己"白若白鹭鲜……受气有本性，不为外物迁"，杜甫《梦李白》的"落月满屋梁，犹疑照颜色"可为佐证；李白自称"长不满七尺"，如果以 6.5 尺计算，相当于现在的 1.95 米以上；李白曾在幽州"一射两虎穿"，又曾"手刃数人"和以武功授徒，可见膂力不弱。以此推测，李白属于含有白人血统的身材高大的个体。（2009—2012）

59. 少年李白隐居岷山之阳，"养奇禽千计"数年，需要大量粮食。以 1 天 10 斤（每只鸟仅得 1 钱）计算，每年需粮 3650 斤。如果隐居 3 年，则费粮过万。若非家境富裕，父母支持，定难长久。由此可见，李白出生于富商之家，应无疑义。（2009）

60. 李白诗歌既有"刀光剑影"，也有"珠光宝气"：言刀剑，言金玉，言珠宝，比例之高，均为盛唐第一。这是西域商人携刀带剑、珠玉随身、能言善辩、兼有武功的习性流露。（2012）

61. 李白的《静夜思》，如果以知名度和记诵率来考量，实属古今第一，堪称"天下第一绝句"。（2007）

62. 李白的《菩萨蛮》是作者在用"过去的经验"和"清晰的记忆""与自己交谈"，是将过去的诗文表达，变化为歌词表达，诗、文、词三者保存着独有的同一性和清晰性。（2008）

63. 蜀道多暴虎。五代孙光宪《北梦琐言》逸文卷第一"周雄毙虎”条（中华书局2002年版，第440页）云：“唐大顺、景福已后（原文如此），蜀路剑、利之间，白卫岭石筒溪虎暴尤甚，号‘税人场’。商旅结伴而行，军人带甲列队而过，亦遭攫搏。时递铺卒有周雄者，膂力心胆，有异于常。日夜行役，不肯规避。仍持托权利剑，前后于税人场连毙数虎，行旅赖之。”（原载《广记》卷432）李白《蜀道难》的描写不完全是想象。（2011）

64. 杜甫《古柏行》的“双皮溜雨四十围，黛色参天二千尺”，因违反“夸张的模糊法则”而偶然失误。（1986）

65. 卢纶《塞下曲》云：“月黑雁飞高，单于夜遁逃。欲将轻骑逐，大雪满弓刀。”诗中涉及匈奴族的一个习俗，古今评注家一概未曾注意。《史记•匈奴列传》载：“单于朝出营，拜日之始生；夕拜月。……举事而候星月，月盛壮则攻战，月亏则退兵。”月黑，指月亏欲尽之夜。匈奴、突厥等族以为不利的天时，所以主动退兵。（1988）

66. 李白的乐府名篇《关山月》云：“明月出天山，苍茫云海间。长风几万里，吹度玉门关。汉下白登道，胡窥青海湾。由来征战地，不见有人还。……”正是以匈奴“举事而候星月，月盛壮则攻战”为开头：每当秋来，游牧民族马肥兵快，几万里的浩浩长风不仅将天山之月、天山之云吹到玉门关，更重要的是同时也将“匈奴兵马下天山”的信息“吹度玉门关”。汉兵下白登道而迎击，胡兵窥青海湾而犯境。游牧民族与农耕民族的千年交战之地，只有白骨累累，遍野埋沙……本人如此理解，似乎未经人道。（2012）

67. 李白一生未曾涉足西域，只好表现为种种白日梦想，所作诗篇，虽出虚构，依然宛如亲见。真正两度从军西域的岑参，有关西域的佳作甚多。奇怪的是，入关之后，岑参几乎没有特别精彩的作品了。原因何在？另外，岑参与李白，似乎未曾发生交往。其因又何在？李白与王维素不往来，已成学界话题。希望李白与岑参无诗赠答，也能找出个中缘由。（2012）

68. 李白在孟浩然生前，写下高度景仰的“吾爱孟夫子，风流天下闻。……高山安可仰，徒此挹清芬”的结交诗。又有情深意切的“故人西辞黄鹤楼，烟花三月下扬州。孤帆远影碧空尽，惟见长江天际流”的送别诗。孟浩然因为年长于李白，所以完全没有诗篇应答。孟浩然离世之后，李白不见悼伤之作或怀念之作。是失传了？还是没有创作冲动了？王维、杜甫则留下了怀念的诗篇。（1998）

69. 李白《三五七言》云："秋风清，秋月明。落叶聚还散，寒鸦栖复惊。相思相见知何日？此时此夜难为情。”有人仅凭感觉，怀疑不是李白所作。其实，李白之前，义净禅师（635—713）已有《一三五七九言：在西国王舍城怀旧之作》云："遊，愁。赤县远，丹思抽。鹫岭寒风驶，龙河激水流。既喜朝闻日复日，不觉颓年秋复秋。已毕耆山本愿诚难遇，终望持经振锡往神州。”（义净：《大唐西域求法高僧传》，中华书局1988年版，第193—194页）李白求新求异、善于学习而又力求不与人同的创作思维，于此可见一斑。（2009）

70. 唐代文人年长者大都心安理得地领受小一辈的热情称颂，绝少有文字应答。孟浩然、王昌龄、韩荆州等人，对李白就是如此。李白对他的铁杆粉丝杜甫，照样如此！相比之下，“几度见诗诗总好，及观标格过于诗。平生不解藏人善，到处逢人说项斯！”太感动中国了。（2000）

71. 李贺“帝成白玉楼，立召君为记。天上差（chāi），乐不苦也”，是濒死状态中的幻视幻听。（1990）

72. 明•郎瑛《七修类稿》卷二十五《辩证类》“李贺玉楼事”云：“李商隐传贺曰……先辈已辨其无此理也，然无所据。昨见《宣室志》载，贺卒，母梦贺曰：‘上帝迁都白瑶宫，作凝虚殿，命某与文士辈纂乐章。今为神仙，愿母毋以为念。’据是，必义山特借此一梦，神怪其辞，骇人耳目，以见贺之临终自异也。不然，何一事而言之不同耶？好怪者因以传之，世不察也。”（上海书店出版社 2009 年 4 月第 1 版，第 263 页）郎瑛不明白：民间故事的最大特点正是“一事而言之不同”的变异性。（2012）

73.《长恨歌》是一篇以文人文学抵抗民间遗忘的杰出作品。陈鸿《长恨歌传》载：元和元年 (806)12 月，陈鸿、王质夫、白居易三人“暇日相携，游仙游寺，话及此事（李、杨之爱），相与感叹。质夫举酒于乐天前曰：‘夫希代之事，非遇出世之才润色，则与时消没，不闻于世。乐天深于诗，多于情者也，试为歌之。如何？’乐天因为《长恨歌》”。倘若没有白居易的记录与润色，李隆基和杨玉环的恋爱故事，可能就真的“与时消没，不闻于世”了。留下的，可能分为两类：（1）从高耸入云的道德制高点和和政治制高点滚滚而下的重力批判文字。（2）在低俗而浑浊的宫廷圈子中千回百转的情色叙事（可从当代电视言情剧中想见其情态）。（1997；2012）

74. 白居易《长恨歌》，是“罪美情”三重意识不断共生不断流动不断消长、并且相互扭结相互依存的精神系统。（2004）

75.《锦瑟》是李商隐晓梦晨起、看月迎日的悼亡之作。（1992）

76. 中国诗史可以简述为“偶言、奇言、奇偶言、白话”四大历程。（1995）

77. 苏轼悼念亡妻之作《江城子》的首句“十年生死两茫茫”之“茫茫”，如果引入杜甫《赠卫八处士》的结句“明日隔山岳，世事两茫茫”、白居易《长恨歌》的“上穷碧落下黄泉，两处茫茫皆不见”加以阐释，定会加深时空生死的感怆。（2012）

78. 蘅塘退士编《唐诗三百首》，中国几乎家藏一本。此书卷二为“七言古诗”，首录陈子昂《登幽州台歌》：“前不见古人，后不见来者。念天地之悠悠，独怆然而涕下。”也几乎人人背诵如流。可是此诗完全没有一句“七言”！不知编者何以疏忽如是？不知读者何以不察如是？此诗实为“杂言”，但全书未给“杂言”“立卷”或“立类”。（2008）

79. “明月别枝惊鹊，清风半夜鸣蝉”是严整的对句，意为：“明月照耀，分枝之鹊惊；清风吹拂，半夜之蝉鸣”。（1990）

80.《醉翁亭记》的“者……也”结构仿效《孙子兵法•行军篇》。（2003）

81. 古人的文章创作皆有法则。所“法”之“则”就是模仿、超越、批判的样板。晋人常璩《华阳国志》卷十载：“（扬雄）以经莫大于《易》，故则而作《太玄》；传莫大于《论语》，故作《法言》；史莫善于《仓颉》，故作《训纂》；赋莫弘于《离骚》，故反而广之；典莫正于《尔雅》，故作《方言》。”没有样板，就是没有法则。这一点，强调独创的现代人不太容易理解，往往对借鉴前人的单一模仿作品产生“不主一家”之类的错误解读。事实上，杜甫的“转益多师”是专指众多的诗歌作品而言的。（2010）

82. 尼采自诩：“格言、警句是“永恒”的形式，作为使用这种文体的第一个德国人，我是这方面的大师；我的野心是：用十句话说出其他人用一本书说出的东西，——说出其他人用一本书也说不出的东西……”（尼采《偶像的黄昏——或怎样用锤子从事哲学》，李超然译，商务印书馆 2009 年版，第 123 页）尼采这段话，如果用于中国的《老子》一书，可能更为恰切。当然，老子没有这样狂。不是不狂，只是没有尼采这样狂。（2012）

83. 关于胡服、胡饭与胡俗。四库全书本太平御览卷 859“胡饭”条云：“《续汉书•五行志》曰：‘灵帝好为胡服、胡饭，京师贵戚皆竞为之。’（上海古籍出版社影印本第八册，第 570 页）唐代京师胡俗盛行，不期汉末已经如此！所谓中原风俗，自汉已降，不知还有多少属于汉族风俗？汉唐时代，中国是文化中心，故称外来者为“胡”：胡服、胡饭、胡姬。今日则曰“洋”：洋装、洋节、洋文、洋人、洋妞。（2011）

84. 王安石解“坡”为“土之皮也”，苏轼讽刺说：“滑”是不是“水之骨”呢？这是一个很有趣味的争论。我认为：“滑”当然不能解为“水之骨”，但是，水下之骨却必然是滑的。“滑”

的构造是让识字者在原点即初始条件下产生联想：某种坚硬、平光如骨的物体尤其是平面——比如光洁度较高的石板、瓷砖等等——只要其上有水、有雪、有稀泥、有油渍、有果皮，这种地方必定非常“滑”，最容易摔倒和翻车。泥路之滑，滑坡之滑，就是因为底泥坚硬而表泥浮动。简言之：物体坚硬平光而表面有水，必“滑”。(2012)

85.《清明上河图》的“清明”是以“天气清明”兼喻“政治清明”，“清明上河”意为“在国家安定繁荣年代的某个晴朗秋日，来往汴河两岸观览市井百态”。(2009)

86. 湖北省简称“鄂”，源于壮侗语族的“龙”即“扬子鳄”，上古时代该族居于长江中游，有著名的《越人歌》传世。(1996)

87. 战国时代在思想史上是自我意识发展的巅峰时期，《庄子》一书常常在贬抑圣贤中高扬自我。庄周是我笑尧舜，孟轲是我如尧舜，屈原是我法尧舜。(2002)

88.《庄子》的“卮言”是“酒话中的真话”和“真话里的酒话”，“卮言日出”即“酒话连篇（酒话天天有）”。(2000)

89.《庄子》中的“至德之世”，是研究我国远古食物采集文化的珍贵文献。作者对人类无知无欲、无争无斗、生活富足、快乐自在的生存状况和智力水平作出的精细描绘并非虚构。老庄学派的“尚柔”、“不争”哲学，其源头远在原始时代“富裕的食物采集文化”之中。(2000)

90.《庄子•山木》憧憬资源紧张时代的人类依然能够保持资源富足时代的心境：虽然“君子之交淡如水”，但生活却非常惬意。相反，《大宗师》中干涸之地的鱼群“相濡以沫，不如相忘于江湖”。鱼群快要干死了，面临危难，它们会互吐水沫滋润彼此，这种精神很伟大，但却不能保证它们活下来。如果鱼群生活在大江大海，水资源无限充足，还有必要互相滋润吗？危困之中、濒死之际的道德互助，远远不如优裕环境中的彼此相忘、独立自由。人类生活应当首选“相忘于江湖”，因为这是最大的幸福；迫不得已才能选择“相濡以沫”，因为这是极度苦难的结果。上帝（造物者）或人类，与其让鱼群产生伟大的“相濡以沫”的精神，实在不如让它们拥有大江大湖的自由自在的（在今天还得加上没有污染的）生存环境。庄子的梦想不一定符合现实，但其可爱之处在于没有提倡所谓的“苦难美学”。（2000）

91. 女娲补天神话，源于远古一次巨大陨石撞击地球引发的链式灾害反应。“补天”（巫术仪式）之石为陨石，陨石断面有多种金属元素的光泽，故称“五色石”。此说在网络上广泛传播，长时间高频率进入中学试题、模拟高考试题、模拟考研试题和各种职业考试试题．（2001）

92. 神话中鲧用于治水的息壤息石，其原型为现实中的矿物膨润土。（1995）

93. 中国神话之所以简短零散，与上古中国的文字载体（甲骨、金属器皿、竹木）不如纸草、泥板、贝叶、巨型方尖碑等等有关。现存中国神话完全属于纲目神话而不是体系神话。例如“女娲补天”仅有 4 条纲目：“于是女娲炼五色石以补苍天，断鳌足以立四极，杀黑龙以济冀州，积芦灰以止淫水。”“后羿射日”则是 7 条纲目：“诛凿齿于畴华之野，杀九婴于凶水之上，缴大风于青丘之泽，上射十日而下杀猰貐（此句含两条纲目），断修蛇于洞庭，禽封狶于桑林。”具体内容完全被抽离。神话英雄完成 4 件大事或 7 件大事，放在非汉语神话体系之中，一定是洋洋洒洒、惊心动魄、充分传达本民族大智大勇的史诗性叙事结构。这无疑是上古文人和上古汉字追求简洁记录的罪过。如果是民间口头神话，一定会完整保存故事内容并不断变异与丰富。（1992）

94.《红楼梦》主题人各有见，是否还可以如此理解：这是人类历史上一曲少年世界诗情生活的伟大挽歌。与其定位于“世情小说”，不如定位于“少年诗情小说”更副其实。少年世界充满诗情，不管是植根于空灵缥缈的太虚幻境，还是来源于诗性少年的灵根慧性，大观园中的少男少女（包括那些可爱的小演员们），大都爱诗、知诗、唱诗，少部分还能诗。少年世界的形成、生长、强盛与衰亡，始终由内力与外力相互促成：既因成人世界的善意辅助而建构，又不断经受成人世界的观念污染、强力入侵甚至暴力打击。一方面，少年世界的成长满足了成人世界的的期望，但又逐渐使之产生某种程度的失望、忧虑甚至失控的威胁，监控打击的结果，自然是对少年世界的彻底毁灭。另一方面，少年世界的成熟，同时也是迈向成人世界的过渡与转型，最终只能导致自我消失。如果说“雏凤清于老凤声”，雏凤如何可能不太过分地毁灭自我而成长为老凤？老凤如何永久持有甚至刻意维护一定的雏凤之清？转型为成人世界，难道一定要毁弃少年世界吗？《红楼梦》既然是“梦”，只能通向梦破的结局。曹雪芹借助古代中国一个艺术化的贵族之家，超越了具体的时代、地域和民族，在中国最早将全人类都会经历的少年世界的生活过程与情感过程，作出了悲剧化的诗意呈现，书写了具有人类普遍意义的永恒主题，成就了作品的高明、伟大和不朽。（2012）

95.《西游记》中的“齐天大圣”孙悟空，放言“皇帝轮流做，明年到我家”，其实乃是全球某些人类成员的共同梦想。孙悟空的所作所为：从自然本性的反抗死亡、搅乱龙宫到被天庭收编，继而反出天堂，经历天地共剿和佛祖镇压，再被观音释放，然后一路归顺、调侃、被雇佣而不被信任、被驱出取经队伍之后又忍辱回归、最终成佛，此一生命历程和心路历程，不妨看作中国历代知识阶层另类潜意识的形象表达并具有一定的普世性。（1992；2012）

96.《三国演义》“话说天下大事，分久必合，合久必分。”这是罗贯中对人类历史的大预言，也是罗贯中对历史哲学的大贡献。没有这3句话，古往今来的天下大势就失去了总法则；没有这3句话，《三国演义》写得再好，罗贯中也算不上历史预言家。有了这3句话，《三国演义》就不仅仅是一部文学名著，同时也是一部形象化艺术化了的历史哲学的上乘之作。我特别佩服罗贯中能用这种“文不甚深，言不甚俗”的语言，将一种历史哲学讲得这么浅易、明白、透彻、精炼！我敢说，天下曾有和将有无数的历史哲学家，但能将“天下大势”概括得如此简炼明快的恐怕只有罗氏一人。（1990；2010）

97.《曹刿论战》的异彩在于：当“齐师伐我”，鲁庄公将战的时候，一介平民曹刿主动申请参与最高决策，而且不可思议的是，他居然见到国家最高领导人了！更不可思议的是，国家最高领导人居然采纳他的意见了！最不可思议的是，国家最高领导人居然让他和自己同坐一辆军事指挥车了！——“公与之乘，战于长勺”！鲁军胜利了！曹刿没有走后门、拉关系，居然一跃而为帝王师，为国家为人民也为自己建立了不朽勋业。鲁庄公固然可敬，更可敬的是鲁庄公的大臣们将军们——包括上上下下大大小小的国家 police，居然一路绿灯，没有在任何环节拿下曹刿这根葱或者这根草，而允许他直面帝王。鲁国是儒学的发源地、根据地、大本营和坚固堡垒，但鲁庄公时期却是如此的开放与现代。历史上还可以找出第二例么？（2004）

98.《曹刿论战》的异彩还在于：他以极其精炼的语言高度概括了冷兵器时代车马战争的智慧：“一鼓作气，再而衰，三而竭。彼竭我盈，故克之”、“下视其辙，登轼而望之”、“夫大国，难测也，惧有伏焉。吾视其辙乱，望其旗靡，故逐之”。写过《六国论》的宋代历史政论家苏洵，对曹刿极为神服，故取“登轼而望之”和“下视其辙”，作为他的两个宝贝儿子的大名——苏轼、苏辙：轼高于辙而在前，故为兄，“登轼而望之”，故字子瞻；辙低于轼而在后，故为弟，辙为路上的车印，故字子由——孔子的弟子子路，就叫仲由——由即“经过、通过”之意。《孙子•九变》云：“涂（途）有所不由”。苏洵的灵感，同样受赐于春秋时代的曹刿！（2004）

99. 贵州荔波在收割之后的稻田中举行的矮人舞，与《山海经》中记载的夏越民族的“刑天之舞”（又可称为“夏耕之舞”），在地域上、民族上、舞蹈形式上、舞蹈内容上，具有系统的较为严整的重合性。我认为是《山海经》中所载夏越古典舞蹈遗落在贵州高原万山丛中的稍有变异的形态。荔波，在贵州和黔南相对边缘，地理上有“三波罗”之称，即：三都、荔波、罗甸，相当于中国范围内的“新西兰”：新疆、西藏、兰州。地理上的优势，使得这些地方较好较完整地保存了悠久的布越文化。罗甸，甚至被专家称为“布越语的最后一个堡垒”——那里至今有布越语的广播电视和节庆时的露天文娱节目。（2012）

100. 司马相如的“相如”，应读“xiāng 如”。但现今不少文学教授，甚至是古典文学教授，都读司马相（xiàng）如。应予纠正。唐宋时代的律诗及词，都在平声之处使用“相如”之名。到明代，有联语云：“蔺相如，司马相如，名相如，实不相如。//魏无忌，长孙无忌，彼无忌，此亦无忌。”可证此时读书人仍读“相如”为平声。现代盛行西式教育，多数文学教授和中小学语文教师已经对汉语音律比较陌生了，导致现代中国人普遍将司马相（xiāng）如误读为司马相（xiàng）如。（2000）

101. 司马相如字“长（zhǎng）卿”，这一点古典文学教授们读错的人确实不太多。但是，很少有人注意到：长卿是长子专用的“字”。这说明：司马相如还有其他兄弟。《史记•司马相如列传》说“司马相如者，蜀郡成都人也”，又说相如“家居徒四壁立”。言其极度贫困。其实成都之家并不是司马相如的老家，充其量只是他租住的房屋，所以家具极少、陈设空空。司马迁笔下完全没有涉及司马相如的任何家人和家业，原因就在于成都本来就不是相如的原籍。作为家中长子，相如到成都打拼天下，以减轻家中负担。相如从成都、临筇、长安、开封、长安、西南夷地区，开始了他的极具传奇色彩的婚姻家庭、文学事业与政治生涯，最终在《史记》中占据了“列传”中最长的篇幅，蕴藏了司马迁对他的深心钦佩。其旧居在今四川蓬安县西锦屏乡，相传县西有司马相如故宅。梁武帝萧衍天监六年（507）于此置相如县。

上距司马相如去世（前 118）仅仅 720 多年。如今，恢复“相如县”旧县名几乎成了该县官民的一种集体诉求。（2000）

102. 吴王“夫差”读 chāi 还是读 chā ？恐怕两者都有人读而读“夫 chāi”者居多。但是，唐代的浙江籍诗人罗虬读为 chā。《比红儿诗一百首》其九云：“越山重叠越溪斜（xiá），西子休怜解浣纱。得似红儿今日貌，肯教将去与夫差（chā）？”应以读 chā 为是。（2001）

103. 中国文学三千年的天地之“观”。中国古人的精彩，不少得之于“天地之观”。孔子“天何言哉？四时行焉，百物生焉”，观之于天地。“子在川上曰：逝者如斯乎”，观之于江河。孟子“观于海者难为水”、庄子“天下之水，莫大于海”、“海不辞东流，大之至也”，观之于大海。曹操“东临碣石，以观沧海”，观之于海畔石山。李白“登高壮观天地间，大江茫茫去不还。黄云万里动风色，白波九道流雪山”，观之于庐山之巅。范仲淹“予观乎巴陵胜状，在洞庭一湖”，观之于岳阳楼。程颢《秋日偶成二首》之二的“万物静观皆自得，四时佳兴与人同”，则是观之于天地四时。毛泽东诗词的许多名句，也是得之于天地之观：“冷眼向阳看世界，热风吹雨洒江天”、“苍山如海，残阳如血”。现今的文学少年，如果仅仅观之于网络，可能难以获致深刻的生命体验。（2009）

104. 诗歌魅力不是诗歌艺术。诗歌艺术是研究者认为自己是专家、是教授、是裁判、是权威，自己有资格以艺术的眼光、艺术的标准来评判别人的诗歌。诗歌魅力则大为不同，表达的只是诗人的作品吸引我、魅惑我，我情不自禁地堕入其中、迷茫其中、流连其中、陶醉其中，“千岩万壑路不定，迷花倚石忽已暝。”因此，我能够做的，就是渴望理解、努力理解、想办法理清某些诗歌为何令我着迷。因此之故，我愿意勉力谈论古典作家的诗歌魅力，尽量少谈所谓的诗歌艺术。（2011）

105. 雷纳•韦勒克的煌煌 8 巨册《近代文学批评史》，第 6

卷第 11 章论克林斯•布鲁克斯云：“布鲁克斯早期的论战，矛头指向了美国高等院校中文学史的教授方法。文学史简直就是罗列人名，书名，所论作家的生卒年代，可能还有生平传略及社会环境方面的资料。但是莘莘学子，他很快发现，十有八九可悲之处在于非但没有能力评价诗歌，分辨优劣，而且简直理解不了字面意思，同时也不懂欣赏。”（杨自伍译，上海译文出版社 2009 年版，第 337 页）这个问题，我认为中国大学同样存在，并且相当严重。（2011）

106. 同书第 340—341 页又说：“文本就是一个文本，后代有权发掘其中新的意义，只要能够证明，文本包含了这些新的意义。遗憾的是，晚近的许多批评忽视了这个条件，而醉心于全然武断的误读，‘曲解’甚至为彻底自由的解释辩护，引起的结果便是文学研究的诸多方面各行其是，一团混乱的风气开始甚嚣尘上。布鲁克斯坚持认为，一首严格意义上的诗篇乃是一个总体，一个具有语境的统一体，一个整体。”我同样认为中国的古典文学批评也身患此病，值得警醒。（2011）

上述种种，不一定与发表时间对应，好些只是思考的起始时间和当下的书写。

“谁可与玩斯遗芳兮？长向风而舒情！”我谨以屈原《远游》的诗句结束如上的感想，同时表达我对文学遗芳的永恒之爱！

本书是这一学期我卸下 15 年文学院院长之职（1997.10—2012.7）后课馀编成的，感谢生命中能安排这样一段相对宽裕的时间，可以匆匆清理过往的思绪。许多想法还仅有初始开端，需要展开更完整更精细的论证。不过，放在手中也是没完没了的改动，不如就这样先与读者和朋友们见面再说。需要说明的是：书中表述对于我本人以前的观点和文字，或多或少有些充实和变异。但绝对没有本质的改动。如果条件允许，希望业界的批评或引述，能够尽量以本书为准。此外，由于年龄增长，目力非常排斥小体字，所以本书字号略有膨胀，希望能够衍生利于读者纠错的附属功能。

古道热心的责任编辑杨力军女士，身为编辑部主任，尽管开会出差，编务繁忙，仍然一丝不苟、不厌其烦地为本书粗糙的电子文档加工修饰。过去我们曾经有过合作，印象深刻而良好，这也是我再次选择世界图书出版公司的主要原因。

2012 年 10 月 28 日至 12 月 18 日